U0888907

读客

读客科幻文库

跟着读客读科幻，经典科幻全看遍。

ENDYMION

安迪密恩

[美] 丹·西蒙斯 著
DAN SIMMONS
潘振华 李懿 译

文匯出版社

ENDYMION

DAN SIMMONS

我们不应忘记，人类心灵，
不管我们的哲学认为
它是如何独立创造而来，
在其诞生和成长的过程中，
它和孕育它的这个宇宙，
是紧密而不可分的。

——忒亚·德·夏丹

赐予我们神，哦，将祂们赐予我们！
赐予我们神。
我们厌倦了凡人
和机械之力。

——戴·赫·劳伦斯[1]

① 戴维·赫伯特·劳伦斯：英国小说家、诗人。著有《查泰莱夫人的情人》《儿子与情人》等小说。此诗摘自诗集《三色堇》中的《给予我们神》。

01

你不应读此。

如果你读这本书，只是想知道和弥赛亚[1]（**我们的**弥赛亚）做爱是什么感觉，那你就不该继续读下去，因为你只是个窥淫狂而已。

如果你读这本书，只因你是诗人那部《诗篇》的忠实爱好者，对海伯利安朝圣者的余生之事十分着迷且好奇，那你将会大失所望。我不知道他们大多数人发生了什么事。他们生活并死去，那是在我出生前三个世纪的事情了。

如果你读这本书，只是想更加深入地了解“宣教的那个人”所传授的信息，那你也将大失所望。我承认，我喜欢她，但更多是把她看作一个女子，而非导师，或者弥赛亚。

最后，如果你读这本书，只是想获悉**她**的命运，甚至是我本人的命运，那你也选错东西了。虽然我俩的命运似乎比任何人的都要

① 弥赛亚（Messiah）：即救世主。基督教认为耶稣就是弥赛亚。在犹太教中，弥赛亚是犹太人所盼望的复国救主及犹太国王。

确凿无疑，但是，在她的命运了尽的那刻，我并没有陪伴在她的身旁，而现在，就在我写下这些文字之时，我自己的命运也在等待着它最后一幕的落下。

如果你依然想读下去，我会感到十分惊奇。但我已经不是头一遭遇见吃惊的事了。最近的几年不可能之事一件接一件发生，一件比一件不可思议，一件比一件无可避免。我之所以写下这些，就是要分享这些记忆。也许我真正的动机并非是要分享——我几乎肯定，我写的这些东西不会被人发现——而是要一五一十地记载下事件的经过以及原委，理清整件事的来龙去脉。

“在我明白自己说的话之前，我如何知道我是怎么想的？”某个大流亡前的作家曾这样写过[①]。完全正确。我必须明白事情的准确经过，才能知道该如何去看待它们。我必须**亲眼**见到整个事件跃然纸上，所有的感情从笔端流淌而下，这样，我才能相信这一切真的发生在我身上，并将我感动。

如果你读这本书的理由和我写这本书的理由一样——为了将过去几年的混沌整理出一点模式，将这基本上杂乱无章的事件强制性地理出一点头绪（在过去几十年中，这些事统治了我们的生命）——那么，你到底是读对东西了。

从何讲起呢？也许，该从死刑说起。但说谁的死刑呢——我的还是她的？如果是我的，又是哪一次？我面前摆着好几个选择。也许，最后一次比较合适。以结局为开篇。

写下这些东西的此时，我正被关在一个薛定谔猫箱中，它正沿着高空轨道环绕着孤星世界阿马加斯特。猫箱其实不是什么箱子，

① 这句话是英国小说家爱德华·摩根·福斯特所言。

它仅仅是个壳体光滑的椭圆体，长仅六米，宽仅三米。这寸方之地，便是我度过余生的地方。我这寸方之地的内部陈设像是间极其简朴的单人房，里面有个黑匣式空气废物循环器、一张床、食物合成器。最后就是马桶、水槽、淋浴间，但后面这些东西被安置在一张纤维塑料的隔膜后，我不清楚它们被放入隔间的理由。永远也不会有人来这拜访我。隐私就像是一个空洞的笑话。

我有块写字板，还有一支触笔。我每写完一页，就会把它转印成皮纸的硬拷贝，那些皮纸是循环器造出来的。在我这寸方之地中，每一天的可见变化，便仅仅是糯米纸般薄的书页在一点点地堆高。

我看不见毒气瓶的存在。那东西被安在猫箱的静动外壳中，并连接到空气过滤单元，只要谁企图动动瓶子，或是打算在壳体上凿个洞，就会触发氰化物。辐射探测器，其定时器，以及同位素元件都安装在壳体的静态能量场中。我不知道随机的定时器什么时候会激活探测器，也不知道同样的随机计时单元什么时候会打开屏蔽微量同位素的铅质防辐射屏障。我永远也不会知道同位素会在什么时刻放射出粒子。

但是，只要那同位素一放射出粒子，我就能知道探测器什么时候会被激活。我首先会闻到苦杏仁的味道，一两秒钟后，毒气将杀死我。

我希望，那仅仅是一两秒钟就能完成的事。

理论上，根据那个古老的量子物理谜题，我现在正处于一种半死不活的叠加态中。在薛定谔本来以猫为主角的想象实验中，现在我成了那只猫，被置于概率波叠加的悬搁状态。猫箱的外壳恰恰就是一种位置融合能量，一有小侵小扰，就会发生爆炸，所以永远也不会有人打开箱子看看我是死是活。理论上说，并没有人直接负责执行我的死刑，因为每一微秒，量子理论的永恒定律都在掷骰子，要么赦免我，要么将我处以极刑。没有任何观测者。

但**我本人**就是观测者。**我本人**正带着某种超然物外的兴趣，等待着那个粒子概率波的塌陷。一旦氰化物气体开始嘶嘶鸣叫，但只要它还没进入我的两肺、心脏和大脑，**我本人**就知道宇宙选择了哪一条路，来恢复其自身的正常。

至少，只要我还关心，我就会知道。从各方面考虑来看，我们大多数人最关心的便是宇宙的这一决心。

与此同时，我吃，睡，拉，撒，呼吸，每天开展被人遗忘的不变仪式。但具有讽刺意味的是，到现在我还活着——如果可以说这是“活着”的话——而且活着仅仅是为了回忆，为了写下我所铭记的事。

如果你正在读这本书，那你几乎肯定是读错东西了。但是就像我们生命中的许多事一样，行为背后的理由并非那么重要，只有**行动本身**才会长存。到最后，唯有这永恒的事实——我已经写下了这一切，而你现在正在阅读——才是最为重要的。

从何处讲起呢？从她的故事？她是你想了解的人，也是我最想铭记的人，为了她，我宁愿忘却我一生中其余的任何事、任何人。但也许，我该从那件事说起，正是那次事件，将我带到了她身边，然后又来到了这，历经了银河和远方的千山万水。

我想，我该从头说起——那是我的第一次死刑。

02

我名叫劳尔·安迪密恩。这名字念上去跟“保尔”差不多。我出生在海伯利安，出生时间是本地历法的坠船纪六九三年；或者依大流亡前历法，是公元三〇九九年；又或者是——根据我们大多数人的时间计算方式——圣神纪元，陨落后二四七年。

在我陪伴“宣教的那个人”旅行时，人们称我为守牧者，说得很对[①]。几乎正确。我的家人一直作为游牧人谋生，他们在天鹰大陆最偏远地区的荒野和草地中牧羊，我就是在那里长大的，有时候，我也会照看羊羔，把它们当作小宝宝。回忆起那些平静的夜晚，我躺在海伯利安满天星辰下的时光，那是多么愉快啊。十六岁时（按海伯利安历法计算），我离开家门，参了军，在圣神控制的地方军的旗下当兵。在我脑海里，那三年时光的大半仅仅是无聊至极的老套程序，其间有四个月的例外，相当不愉快——在大熊叛变期间，

---

① 希腊神话中，安迪密恩是个牧羊人。

我被派到尖爪冰架去和土著作战。从军队退役后，我在九尾一家粗陋的娱乐场担任保镖，兼任二十一点庄家，之后在湛江的上游河段做了两个雨季的驳船主，后来，我又在风景艺术家阿弗洛·休谟的某幢鸟嘴庄园当园丁。但是，对“宣教的那个人”的历史长卷来说，如果要展示她最亲近弟子的先前职业，那么，“守牧者”这个名号听上去相当不错。“守牧者”，这名字还带着一个漂亮的《圣经》光环[①]。

我并不反对别人冠我以“守牧者”这个头衔。但是在这个故事中，我这个守牧者麾下的羊群，其实只有一头羔羊，但她至关重要。而且，我失去她的时间，要多过于守护她的时间。

那天，我的生命永远改变、故事真正开场的时候，我二十七岁，作为一个海伯利安人，个子还算高，除了手上厚厚的老茧，以及脑子里稀奇古怪的想法，就再没一点能令人注意的地方。当时，我正在托柴海湾上游的沼泽地中担任猎人向导的工作，那地方位于浪漫港北部一百公里。当时当刻，我对性爱还一知半解，对武器却了如指掌，我的第一手经验告诉我，力量的贪欲可以影响到男女间的风流韵事，我懂得如何用我的拳头和平庸的智慧来生存，也对很多很多事感到好奇，同时，唯有在明了我的余生几乎不会有什么伟大的奇迹发生之时，我才感到安心。

我真蠢。

二十八岁的那年秋天，可以用一个个“没有”来描述。我从没有离开过海伯利安，也从来没有想过我可能会旅行到外世界。我去过天主教堂，这是当然；一个世纪前，在安迪密恩被洗劫一空后，我的家人逃到了偏远地区，即便在那儿，圣神也伸展出它那教化的

---

① 《圣经·约翰福音》第十章提到耶稣乃是一位牧羊人，并称其为“好牧人”，原句是：我是好牧人，好牧人为羊舍命。

影响羽翼——但是我既没有接受基本信仰，也没接受十字形。虽然我混在女人堆里，但是我从没恋爱过。除了外婆的教导外，我的知识全是自学的，都是从书中汲取的。我贪得无厌地阅读书籍。在二十七岁时，我觉得自己已经无所不知了。

其实我一无所知。

因此，在我二十八岁那年的初秋，当我自负满满、既无知又迟钝地以为，这世界不会有什么大事发生时，我却犯了一件事，这件事将给我带来一次死刑，并让我重获新生。

托柴海湾上游的沼泽地危险重重，这一事实自陨落前就毫无改变。但无数腰缠万贯的猎人——很多都来自外世界——每年都到那儿去猎鸭子。那里的原绿头鸭来自七个多世纪前的种舰，它们在飞船中重生并逃了出来，但很快大多数都死了，一方面无法适应海伯利安的气候，另一方面是被土著掠食者捕猎殆尽。虽然如此，还是有不少鸭子在天鹰中北部的沼泽地中幸存了下来，使得猎人们趋之若鹜。而我，便成了他们的向导。

在沼泽地和湛江支流之间，有一片大拇指般狭长的页岩和烂泥地，上面坐落着一座被遗弃的纤维塑料庄园，我们总共有四个人在庄园外工作。另外三个向导致志于钓鱼和大型狩猎，但在鸭季到来时，我就成了这座庄园和绝大部分沼泽地的主宰。这里是一片亚热带湿地，大部分区域长满了浓密的茶马植物、堰木林；涝滩岩地中长有巨型普罗米修斯树群，数量倒还不算多。在初秋那冰冷干燥的寒流吹袭下，野鸭每年会从南部岛屿迁徙至羽翼高原极偏远的湖泊区，中途，它们会在此地稍作逗留。

破晓前的一个半小时，我叫醒了四名“猎人”。我已经为他们准备好早餐，有火腿、烤面包、咖啡，但是四个大腹便便的生意人在狼吞虎咽的时候，却还满腹牢骚，脏话连篇。我只好提醒他们，把武器检查一下，擦洗擦洗：其中三人带着便携式霰弹枪，第四个竟带了把古式能量步枪，真是蠢到家了。就在他们嘟嘟囔囔吃东西的时候，我出了小屋，来到屋后，和依姿坐在一起。依姿是条拉布拉多巡猎犬，打从幼崽时起就和我在一起了。依姿知道我们要去打猎，我只得摸摸她的脑袋和脖子，让她少安毋躁。

之后我们走出簇叶丛生的庄园，坐一条平底小舟离去。此时，旭日的第一抹光线已经透了出来。辐射蛛纱在枝丫的黑色隙缝间、在树梢上飞掠。四名猎人——罗尔曼、赫瑞格、鲁修民、庞尼苏——坐在小船座板的前部，而我则站在船的另一边替他们撑篙。依姿和我在一起，双方被中间的一堆隐蔽浮体隔开。这些圆盘状物体曲线玲珑的底部依然显示出纤维塑料外壳粗糙无光的表面。罗尔曼和赫瑞格穿着昂贵的变色雨披，但等到我们深入了沼泽地，他俩才激活了聚合体。接近淡水沼泽的时候，我叫他们别再大声说话，因为绿头鸭就聚集在那儿。四个人齐齐朝我瞪了一眼，但他们还是放低了声音，很快，便鸦雀无声了。

我把小舟泊在射击地外，放出隐蔽浮体，此时，天已经大亮，都可以看书了。我拉起缀满补丁的防水裤，下到水深齐胸的沼泽中。依姿在小舟一侧俯下身子，眼神明亮，但我迅速打了个手势，叫她不要跳下来。她抖抖身子，但还是坐了回去。

“请把您的枪给我。”我对打头的那个人——庞尼苏先生说道。这些每年光顾一次的猎人进入微小的隐蔽浮体，便会马上被麻烦缠住——他们没法在上面站稳身子。我可不信他们在那时能紧紧把住自己的霰弹枪，所以早些时候我已经叫他们清空枪膛，把保险栓扣上，但是当庞尼苏把枪递给我的时候，枪膛指示器却依旧闪着红光，表示弹药满荷，而保险栓也被拉了下来。我退出子弹，扣上保险栓，把枪插进肩头上绑着的防水卡头，稳住隐蔽浮体，与此同时，这个体格最魁伟的家伙从小舟上走了下来。

“我很快就回来。”我低声对另外三个说道，然后开始涉过大片大片的茶马叶，通过动力皮带把掩体一路往前拉。我不能让猎手们自个去安放隐蔽浮体，因为沼泽地危险重重，其中充斥着无数流泥泡囊，它们会将撑篙人连人带篙一起拖进烂泥中；里面还聚居着无数吸血扁虱，这些虫子大如充血的气球，喜欢从高空的树枝上跳落在移动的物体上；树上则装饰着无数悬垂的束带蛇，在粗心大意的人眼里，它们完全就是一片片茶马叶；同时遍野都是好斗成性的雀鳝，能咬穿人的手指。对初来乍到的拜访者来说，令人惊奇的事还有得是。此外，经验告诉我，如果让这些业余猎人自己安置掩体，一看到第一群绿头鸭出现，这些家伙就会朝自己人互相扫射。所以，我的工作便是不让这些事情发生。

我让庞尼苏躲在一片隐蔽的弯曲树叶丛中，那里位于露天水池最大一片水域的南部泥滩，可以将整片水域尽收眼底，我给他指了指方位，告诉他我将在哪里安置另外三个隐蔽浮体，并叫他透过掩体帆布的狭缝注意外面的动静，等到每个人都各就各位时才能开始射击。嘱咐完毕，我就回去找另外三人。我把鲁修民安置在第一个男人右手边的二十米远处，为罗尔曼找到了一个靠近河口的好地方，最后，我回去找赫瑞格先生——那个愚蠢地带着能量武器的家伙。

再过十分钟，太阳就要升起来了。

“他娘的你那狗屎脑袋终于记起俺来了。”我涉水回到那胖家伙身旁的时候，他朝我吼道。这人早已进入了隐蔽浮体，变色裤子已经湿漉漉了。小舟和河口之间的池水里冒出一个个甲烷气泡，说明那里有个巨型烂泥泡囊，因此，我来回行动的时候，必须小心地沿着泥滩边上行走，以防碰到它。

“俺们给你钱，他娘的可不是要你浪费俺们的时间。”他嘴里叼着根粗雪茄，冲着我咆哮道。

我点点头，伸手向前，摘掉他咬在牙缝中那根点着的雪茄，把它掷离了泡囊。还算走运，那些气泡没被引燃。“野鸭会闻到烟味的。”我对他说，毫不顾及他那张开的血盆大口和通红的脸。

我马上滑到动力器具上，把他的隐蔽浮体拉进露天的沼泽地中。自我刚才的旅程之后，沼泽地表面已经再次覆满了红橙相间的水藻，我的胸膛从中开辟出一条小径。

赫瑞格先生抚弄着那把昂贵但无用的能量步枪，眼睛一直瞪着我。“小子，他娘的给俺注意你的烂嘴，要不俺来替它把把关。”他冲我嚷道。身上的雨披和变色狩猎上衣敞开着，让我得以看见他脖子上挂着的一条金光闪闪的圣神双交十字架，胸部靠上位置还有一条真实十字形的红色条痕。赫瑞格先生是名重生基督徒。

我没吭一声，默默地把他的隐蔽浮体安置在河口左边合适的地方。现在，四个神射手都能朝池子的方向射击，而不用怕误伤对方。安置好后，我终于开口道：“把帆布裹在身上，从小缝中朝外看。”同时解下动力器具的绳索，把它系在一块茶马根上。

赫瑞格先生咕哝了一声，但还是没去动伪装帆布，那块布依旧卷在圆顶的木棒上。

“先别急，等我放好诱饵再射击，”我对他说，同时给他指了指另外三个射击地，“别朝河口开火。我会把小舟拉到那儿，同我的狗待在一起。”

赫瑞格先生默不作答。

我耸耸肩，涉水回到小舟旁。依姿依旧坐在我叫她候命的地方，但从她紧绷的肌肉和闪光的眼神来看，她内心正如一条小狗狗般雀跃。爬上小舟之前，我揉了揉她的脖子。“好姑娘，再等会儿。”我柔声说道。安坐的命令撤销后，她马上朝船头奔来，而我则开始拉着小舟朝河口前进。

辐射蛛纱已经不见，随着黎明前的光线凝结成乳状的晨光，流星雨形成的天纹慢慢褪去了。泥滩边，昆虫奏起的交响乐和两栖螃的呱呱叫声逐渐淡去，取而代之的是清晨的鸟鸣声和雀鳝偶尔涨起战斗毒囊时发出的咕隆声。东方的天空正慢慢转深，幻化成白日的湛青色。

我拉着小舟，涉过丛丛树叶，示意依姿待在船头别动，然后从横坐板底下拿出四只假鸟诱饵。此地的岸线地带覆着一层非常薄的冰，但是沼泽的中部依然畅通无阻。我把诱饵安放在那儿，临走时把它们一个个激活。这里的水非常浅，仅仅齐胸高。

我回到小舟，躺到依姿边上，藏进隐蔽的叶丛中，恰在这时，野鸭飞来了。依姿首先听到了它们的响动。她的整个身体突然紧张起来，鼻子上探，似乎能顶着风闻到它们的气味。一秒钟之后，传来翅膀的轻微扑扇声。我向前挪了挪，从纤柔的树叶中朝外窥探。

在池子中央，那些诱饵正在游动，清理着身上的羽毛。其中一只拱起脖子，引吭高歌，就在此时，一群活生生的绿头鸭出现在南部的林木线上方。其中由三只鸭子组成的飞行小队从大队伍中脱离而出，张开翅膀缓缓减速，沿着无形的轨道往下朝沼泽地滑去。

我感觉到了惯有的兴奋感，每逢这种时刻，我总会产生此种感觉：喉咙干涩，心怦怦直跳，似乎即将停跳片刻，然后是明显的痛楚。我一生绝大多数时间生活在偏远地区，观赏着自然，但如此美景，总会触动我的心灵深处，我找不到言语来形容。除了我，依姿也如乌黑的雕像一般，一动不动，僵坐在那儿。

就在那时，枪声响起。三个带着霰弹枪的人马上持续不断地开火，一颗子弹甫一射出，便立马开始下一击。能量步枪则发出光束，横扫过沼泽地，在晨雾中，可以清楚地看见那束狭长的紫光。

打头的那只鸭子被来自四面八方的子弹击中：它马上粉身碎骨，被轰成一堆羽毛和内脏的残渣。第二只收起翅膀，一头栽倒，所有的优雅和美丽都被轰出了它的身躯。第三只绿头鸭失足朝右边倒去，在水上恢复平衡，奋力扑扇翅膀，想要飞起来。能量光束紧紧跟在它屁股后面肆意挥砍，如无声的镰刀割过树叶和枝丫。霰弹枪再次咆哮，但这只绿头鸭似乎预判到了开火，它先是朝湖面俯冲，猛地朝右倾斜，然后笔直朝河口飞来。

笔直朝我和依姿飞来。

这只鸟离水面不足两米，翅膀奋力扑扇，整个身体一心想要逃脱捕杀。我恍然大悟，它是想要穿过敞开的河口，飞进树林。虽然它与众不同的飞行路线让人不知道该向哪儿瞄准，但四个人还在射击。

我右脚蹬了蹬，把小舟从隐蔽的树枝下推了出去。“快停火！”我以命令的口吻向他们叫道，这是我在地方军担任中士的短暂生涯中学会的。有两人停了火，但能量步枪和另一把霰弹枪依旧在射击。绿头鸭没有摇晃一下，便从小舟左边一米处掠过。

那鸭子扇动翅膀，从我们身边低飞而过，依姿的身子颤抖着，嘴巴大张，惊讶得下巴都似乎要掉下来了。此时，第三把霰弹枪也停止了攻击，但我看见那紫色的光束依旧穿越雾霭，摇动着朝我们奔来。我大叫一声，把依姿拉倒在横坐板之间。

绿头鸭穿过我们身后茶马枝的缝隙，逃之夭夭，继而扇动翅膀朝高空飞去。空气中突然弥漫出一股臭氧味，一束极为笔直的火苗从船尾切过。我马上扑倒在小舟底部，同时抓住依姿的项圈，把她朝我拉近。

紫色的光束堪堪掠过我弯曲的手指和依姿的项圈，差之毫厘。我看见依姿兴奋的双眼中闪过一丝异样的眼神，转瞬即逝。然后她歪下脑袋，想要俯上我的胸膛，就像她还是条小狗崽时做错事那样。就在此时，它的脑袋和项圈上部的那截脖子与身体分了家，滚落一旁，发出一声轻柔的扑通声。我依旧抓着她的项圈，她的身体依旧匍在我身上，前爪仍旧在我胸膛上颤抖。被干净利落一切两段的脖子喷涌出一泉血水，泻在我的身上。我滚到一边，将还在痉挛的无头狗的尸身推开。血还是温热的，有一股铜的味道。

那能量光束又挥了回来，离小舟一米远有棵茶马树，光束将树干上一根粗大的树枝拦腰切断，最后终于隐灭，就好像它从没存在过一样。

我站起身，越过池子朝赫瑞格望去。这胖家伙正在点雪茄，能量步枪摆在双膝之间。雪茄冒出一缕烟，与沼泽地上依旧在升腾的缕缕雾霭扭缠在一起。

我漫不经心地跨出小舟，迈入齐胸的池水中，朝赫瑞格走去，此时，依姿的鲜血依旧在我身边淋漓纷飞。

我一步步朝他走去，他端起能量步枪，抱在怀里，开口说话的时候，嘴里依旧咬着雪茄。“哟，你去不去把俺打死的那两只鸭子捡回来，还是你打算让它们在那儿漂到烂——”

离他只剩一臂之遥的时候，我伸出左手，揪住这胖家伙的变色雨披，把他拽了过来。他刚想举起能量步枪，我随即操起右手，一把把枪夺了过来，远远地扔进了沼泽地。赫瑞格开始叫嚷，雪茄掉进隐蔽浮体。我已经管不了那么多，把他从位子上拽下来，拖进水中。他跳起身，水藻从身上噼里啪啦掉下，我马上给他来了一记重拳，击中他的臭嘴。好几颗牙齿喀嚓一声折断，我感觉自己指关节上的皮也被撞破了。受了这么一击，他开始笨手笨脚地往回爬，脑袋撞在隐蔽浮体的框架上，发出一声沉闷的巨响，然后又掉进了池水中。

我站在那儿，等到他像死鱼翻白肚一样的肥脸再次浮上水面，就立马接着把他往水里按，看着一个个泡泡冒起来，看着他的双手拼命拍打，看着他肥嘟嘟的手捶向我的手腕，却怎么也打不中。这时，另外三个猎人开始在沼泽地对面的射击点位上大叫大嚷。我没有理睬他们。

最后，赫瑞格的手终于无力地垂了下去，泡泡流变成了绵弱的细流，我这才放了手，朝后退了一步。刚开始我以为他永远也不会爬起来了，但紧接着，这肥佬一头跳出水面，软趴趴地紧贴在浮体的边缘，嘴里一个劲地吐着水和水藻。我转过身，开始涉水朝其他人走去。

“今天到此为止，”我朝他们喊道，“把枪给我。我们打道回府。”

三个人都大张着嘴，似乎想要抗议；三个人瞧了瞧我的眼神和血迹斑斑的脸，便乖乖把各自的霰弹枪交给了我。

“把你们的朋友带上。”我对最后一个家伙——庞尼苏说道，然后带着武器回到小舟，卸下子弹，把枪封进船头下面的水密室，接着又把弹药匣拿到船尾。依姿的无头死尸已经变得僵硬，我把它推下了船。小舟底部已经成了一片血泊。我回到船尾，收好弹药，站着靠在篙上。

三个猎人最后终于回来，笨手笨脚地划着各自的浮体，同时还拉着另外一个，赫瑞格正四仰八叉地躺在上面。这肥佬依旧贴在一边，脸色惨白。三人爬进小舟，开始试着把浮体拉上船。

“随它们去，”我说，“把它们系在那块茶马根上。我以后再来把它们弄回去。”

他们将浮体绑好，打完结，然后把赫瑞格拉上船，像是在拉一条大肥鱼。周围寂静无声，仅有沼泽地中的鸟儿和昆虫慢慢活跃起来，还有赫瑞格持续不停的作呕声，打破这片沉寂。把他拉上船后，另外三个猎人坐在一起小声嘀咕，随着烈日将黑色池水上升腾起的最后一点晨雾蒸发殆尽，我撑着船，把大家带回了庄园。

事情本应就此结束。但是，显然它没有。

当时我正在简陋的厨房中做饭，赫瑞格从睡房中走了出来，手里拿着把粗短的军用钢矛枪。这种武器在海伯利安是非法的；除了地方军，圣神禁止任何人携带这种武器。我看见另外三个猎人的惨白脸上露出震惊的神色，正从房舍的门口窥视，而赫瑞格摇摇晃晃地走进厨房，嘴里酒气乱喷。

肥佬无法抵御自己的冲动，还想在大开杀戒前进行一番简短夸张的演讲。“他娘的婊子养的野蛮贱货……”他开口道，但我没有站在一旁听他讲完。他把枪端在胯部，不瞄准就开火扫射，我猛地向前扑倒在地。

六千钢矛炸裂了炉子，炉子上我正在炖菜的锅子，水池，水池上方的窗户，架子，架子上的瓦罐。我在敞开的案台下匍匐前进，伸手去抓赫瑞格的腿，食物、塑料、瓷器、玻璃哗啦哗啦如下雨般淋在我的脚上，就在此时，他趴在柜台上，弯下腰，朝我发射了第二波的钢矛弹。

我紧紧抓住这肥佬的脚踝，猛地一拉。他仰面摔倒在地，发出一阵轰响，地板上积了十年的灰尘扬满了天。我手脚并用地爬到他腿上，膝盖顶住他的下身，跪起来抓住他的手腕，想夺去他手里的枪。但他牢牢地抓住枪托，手指依旧扣在扳机上。弹匣发出轻柔的呜呜，表示另一波钢矛弹药已经准备就绪。赫瑞格耀武扬威地挤出一脸怪相，将枪口对准我，满嘴的威士忌味混合着雪茄味，喷在我的脸上。见状，我立马用前臂向他的手腕和重型枪支撞去，将其紧紧压在他那肉嘟嘟的下巴上。我和他互相凝望了片刻，紧接着，他一阵挣扎，扳机被第三次扣动。

我告诉其中一个猎人如何使用休息室里的无线电设备，不到一小时，一架圣神治安掠行艇便登陆在翠绿的草坪上。大陆上只有十几艘可飞行的掠行艇，所以，一看见黑色的圣神飞行器出现在眼前，我的脑子一下子冷静了下来。

他们绑住了我的手腕，在我太阳穴上贴了一块皮层同步器，把我赶进了飞行器后部的拘留室。我坐在那儿，在那闷热的沉寂环境中，汗嘀嗒嘀嗒地往下流，与此同时，经过圣神特训的法医专家手持尖嘴钳，试图从被凿得千疮百孔的地板和墙上找回赫瑞格先生的头骨和七零八落的每一块脑组织碎片。他们询问了另外三名猎人，也找到了足够赫瑞格重生的碎片。然后，透过满是划痕的有机玻璃窗，我望着他们把装着赫瑞格残尸的尸袋搬上了掠行艇。桨片呜呜，就在我觉得自己再也无法呼吸的时候，通风器放进了一丝凉爽的空气，然后，掠行艇起飞了，在庄园头上环绕了一圈，随即朝南部的浪漫港直飞而去。

他们对我的审判在六天后举行。罗尔曼、鲁修明、庞尼苏出庭作证，说我在去沼泽地的途中侮辱了赫瑞格先生，然后又在那儿对他进行了攻击。他们还说，猎犬死于由我而起的肉搏战。他们证明，我一回到庄园，就挥出了非法的钢矛枪，扬言要把他们全部杀光。赫瑞格企图把枪从我手里夺去。而我则近距离对他进行了射击，在此过程中，确实地把他的头给打爆了。

赫瑞格先生是最后一个作证的。经过了三天的重生之旅，他依旧颤颤巍巍，苍白不堪，身上穿着阴森的西装和披风，他声音颤抖地证实了其他人的证词，并描述了我对他进行的残忍攻击。法庭给我指派的辩护律师没有盘问他。对于坚决遵照圣典的再生基督徒而言，不能强迫他们四个中的任何一个在吐真剂或任何化学、电子查证方式的作用下作证。我自愿提出请求，希望进行吐真剂或全扫描的举证方式，但是检察官反对，说如此的伎俩完全无关主题，受圣神认可的法官同意了他的意见。我的法律顾问没有发表任何反对之辞。

没有陪审团裁定。连二十分钟都没到，法官就作出了判决。我有罪，被判以死刑，将用死亡之杖处刑。

我起身请求将刑期缓期执行，让我把消息转告给住在天鹰南部的姨妈和侄子，以便他们能过来看我最后一眼。请求被否决。死刑将在第二天日出时执行。

03

那晚，一名来自浪漫港圣神修道院的神父过来探监。这是名矮小的男人，有点紧张兮兮，一头稀疏的金发，还略有点口吃。一进入封闭的视察室，他便作了自我介绍，称自己是谢神父，并挥手打发守卫离开。

“我的孩子。”他刚开口，我便有一股想笑的冲动，因为这人的年纪看上去跟我差不多大，“我的孩子……你为明天做好准备了吗？”

笑的冲动顿时烟消云散。我耸耸肩。

谢神父咬着嘴唇。“你没有接受我主……”他说，声音因激动而显得很紧张。

我又有耸肩的冲动，但还是忍住了，而是说道：“神父，我没有接受十字形。但这并不是一回事。”

他那褐色的眼睛依旧不依不饶，几乎带着恳求。“这完全是一回事，我的孩子。我主已经昭示了这点。”

我没有吭声。

谢神父放下手里的弥撒书，握住我绑在一起的手腕。“你知道，如果今晚你能悔过自新，接受耶稣基督，作为你的救世主，那么……三天后……在我主宽容之心的恩典下，你将会获得重生。”那褐色的眼睛一眨不眨，“你肯定知道这个，对不对，我的孩子？”

我回了他一眼。过去的三晚，隔壁牢房有个囚犯一直在声嘶力竭地尖声喊叫，把我弄得身心俱疲。“对，神父，”我回答道，“我知道十字形是怎么运作的。”

谢神父精力旺盛地拼命摇头。“不是十字形，我的孩子，是我主的恩典。”

我点点头。“神父，你有没有经历过重生？”

神父低头看着地板。“还没有，我的孩子。但我一点也不怕那一天的到来。”他再次抬起头望着我。“你也不应害怕。”

我暂时闭上双眼。过去的六天六夜，我几乎无时无刻不在思索这一点。“瞧，神父，”我说，“我并不想伤害你的感情，但是几年前我就已经做出决定，不会将自己出卖给十字形。我想，我现在也没有理由改变自己的信仰。”

谢神父朝我凑过来，目光如炬。“任何时候你都可以皈依我主，我的孩子。但过了明天早上，就太晚了。你的死尸会从这里运出去，扔进大海，成为海湾中食腐鱼的嘴中餐……”

这景象并不是头一次出现在我脑海里。“对，”我说，“我知道被处刑的死刑犯如果没有皈依，会落得什么下场。但是我有这个——”我点了点皮层同步器，现在它被永远地连接在了我的太阳穴上，“我不需要十字形的寄生虫寄生在我体内，让我成为永世不得超脱的奴隶。”

谢神父猛地朝后退去，似乎被我狠狠掴了一掌。“将小小的一部分人生献予我主，这不是被奴役。”他叫道，口吃被冰冷的愤怒驱逐，“早在这重生的切实福祉还没出现前，就有数百万人主动献身。而现在，数十亿人满怀感激地接受了它。”他站起身，“我的孩子，你可以有你的选择。或是永恒的光明，被赋予几乎无限的生命，来侍奉基督；或是永世的黑暗。”

我耸耸肩，把头扭开了。

谢神父为我赐福，向我道别，语调中掺杂着悲伤和轻蔑，然后转过身，叫来守卫，拂袖而去。一分钟后，守卫抓住我的同步器，让痛苦刺进我的头颅，拽我回到了牢房。

我不会长篇累牍跟你们讲述那无尽秋夜中闯进我大脑中的想法，这会令你们厌烦。当时我年方二十七。我热爱生命，那热情有时会将我引入麻烦的旋涡……虽然那些麻烦从没有现在这么严重过。那晚最初几小时，我思索着，是否可以像笼中的野兽一样用爪子挠破铁栏，从中逃脱。但这座监狱高高地矗立在悬崖上，俯瞰着托柴海湾中名为“下颚”的暗礁，这些礁石一路伸向远方。所有东西要么是牢不可破的有机玻璃，要么是坚不可摧的钢铁，要么是天衣无缝的塑料。监狱守卫携带着死亡之杖，我觉得他们会毫不犹豫地使用它们。即便我能逃脱，只要同步器遥控装置上的按钮按一下，就能让我蜷紧身子，遭受到全宇宙最厉害的偏头痛，直到最后他们跟随信标找到我的藏身之处。

最后几小时，我就这么思索着自己短暂、无用一生的愚行。心里虽没感到任何遗憾，但在海伯利安的二十七年，也没有多少值得夸耀的地方。我一生的主题曲就像是那同样冥顽不灵的倔强，而正是那倔强，让我拒绝了重生的机会。

这么说来，你倒不如将自己的一生献予教会，我脑袋后面有个狂热的声音悄悄说道，那样至少，你还能获得一次生命！过了此关，你就能拥有更多的生命！你怎能拒绝这样的买卖呢？一切都比真正的死亡美好……你腐烂的尸体会成为食肉鱼、腔棘鱼和鲨虫的口中美餐。好好想想吧！我闭上双眼，为了逃脱脑海中不断回响的喊叫，假装酣睡入眠。

那一夜过得极其漫长，但是日出似乎依旧来得极为迅捷。四名守卫押着我进入死刑密室，把我绑在一把木椅上，然后封上铁门。如果扭头朝左后方看去，我便能看见一张张脸正透过有机玻璃窥视着我。不知何故，我期待着一名神父的拜临——也许不是谢神父，另一名神父，来自圣神的某位代表——给我最后一次机会，让我接受永生。但却没有。我内心有一部分感到欣慰。现在，我也不知道，在那最后的时刻，我到底会不会改变自己的主意。

行刑方式简单且呆板——不像薛定谔猫箱那么富有创意，也许吧，但不管怎样，它还是充满了智慧。一把短程死亡之杖被安在墙上，瞄准我所就坐的椅子。我能看见武器上附着一个小型通信志，正闪着红光。在我的死刑还没通过前，隔壁牢房的囚犯就已经幸灾乐祸地小声向我描述了行刑的原理。通信志电脑带有随机数生成器。当生成的数字是个小于十七的质数时，死亡之杖的光束就会被激活。就在刹那间，那团灰白物质中的所有神经突触——也就是劳尔·安迪密恩的所有人格和记忆——都将熔化，被毁。所有神经细胞都被熔成一团，就跟放射性炉渣一样。自主神经系统官能都将瞬间停止。在我的意识被毁时，心脏和呼吸也将几乎同时停止。据专家说，死亡之杖导致的死亡是毫无痛苦的，就好像死亡从来没有被创造出来过。那些经死亡之杖行刑后又重生的人通常都不愿谈及个中感觉，但是牢房中有传闻说，那痛苦得就像是堕入了十八层地狱——就仿佛大脑里所有的回路都爆炸了。

我望着通信志发出的红光，盯着短小的死亡之杖的尖端。不知哪个好事之徒给它连上了一台发光二极管显屏，所以我能看见生成的数字。它们正快速闪烁，就像是通往地狱最底层的电梯上的数字：26-74-109-19-37……他们给通信志编了程序，让它生成的数字不大于150……77-42-12-60-84-129-108-14-

我彻底输了。双手虽被不屈不挠的塑料皮带绑缚，但我握紧双拳，绷紧肌肉，肆意谩骂，冲着墙壁，冲着有机玻璃窗后扭曲的苍白面庞，冲着他妈的教会、他妈的圣神，冲着杀了我爱犬的该死孬种，冲着那天打雷劈的……

我没有看见显屏上出现的较小质数，也没有听见死亡之杖的光束被激活时发出的轻柔嗡嗡声。但我**的确**感觉到了什么，某种毒药般的冰冷感觉开始从我脑后升腾而起，用神经传导般的速度蔓延进我身体的每一部分，我非常惊讶于这感觉。专家们说错了，囚犯们说对了，我疯狂地思索着。你能感受到死亡之杖给你带来的死亡感。要不是那麻木如波浪般穿袭过我的身体，我肯定会哈哈大笑起来。

如黑色波浪般的麻木。

一阵黑色的波浪，将我携卷而去。

04

我活着醒了过来，对此没有感到很惊讶。我心想，如果谁死着醒了过来，那他才会吓呆呢。总而言之，我醒了过来，周身没有感到多大的不适，仅仅是四肢略微有点麻刺感。我躺在那儿，呆呆地望着阳光徐徐爬过粗糙的灰泥天花板，过了一分多钟，一丝急切的想法让我猛然清醒过来。

等等，我不是……他们不是……？

我坐起身，环顾四周。如果有什么念头在我脑中挥之不去，固执地认为刚才的死刑是一场梦，那么，周遭陈设简陋的环境立刻就将那念头驱得烟消云散。这房间的形状就像个圆形的馅饼，四周是涂着白水泥的弧形石墙，天花板上则刷着厚厚的灰泥。房内只有一件家具：我身下的这张床。灰泥和岩石质地朴实，但床上厚重的米黄色亚麻布弥补了这一切。另有一扇巨大的木门紧闭着，还有一面拱形窗户，通向室外的自然环境。透过窗，我望见外面湛青的天空，我继而明白，自己依旧是在海伯利安。但我不可能是在浪漫港的监狱中，此地的岩石实在是太古老了，门上的细雕太华丽了，亚麻布的质量也太上等了。

我站起身，虽然身上一丝不挂，但毫不顾忌地走到窗前。秋风凛冽，不过太阳洒在皮肤上还是让人感到暖意融融。我是在一座岩石塔楼上。放眼望去，黄色的茶马和盘根错节的低矮堰木在山岭上织出一顶实心树梢华盖，一直延绵到地平线外。常蓝植物紧紧扎根于花岗岩表面。此外，我还能看到另一些城墙、壁垒，以及另一座巍峨矗立的曲线形塔楼，沿着脚下的山脊向远方绵延而去。城墙看上去古老极了。它们的建筑式样和体系结构的建造感来自于一个高技艺和高品位的时代，时间可以追溯到陨落的好多好多年前。

我立即就猜到自己在哪儿：这些茶马和堰木的存在表明，我依旧是在天鹰大陆南部；这些雅致的遗迹则道出了一个真相：这是被遗弃的城市——安迪密恩。

虽然我的家族借用这个城市的名字作为姓氏，但我从未来过此地。不过，从我外婆那儿（她是我们宗族内很会讲故事的人），我听说了许多关于它的描述。七百多年前的那艘登陆飞船坠落在此地后，海伯利安建立了许多城市，安迪密恩便是最早建立的几座之一。在陨落前，这座城市以它杰出的大学著称于世，那是一座巨大的城堡状建筑，居高临下地耸立在旧城之上。外婆曾祖父的祖父曾是这座大学里的教授，但后来圣神军队霸占了天鹰中部的整片区域，把成千上万人打发上了流亡之路。

而现在，我回来了。

一个蓝皮肤、钴蓝眼睛的秃头男人从门外走了进来，将内衣裤和一身简单的日装放在床上，那件衣服看上去像是手织的棉织品，他向我开口道："请先生更衣。"

我承认，在此人转身走出房门的过程中，我一直默默地盯着他。蓝皮肤，明亮的蓝眼睛。没有毛发。他……它……肯定是我有生以来看见的第一个机器人。如果被人问及，我肯定会说，海伯利安已经没一个机器人了。在陨落前，制造机器人是非法的。虽然他们在具有传奇色彩的哀王比利的手下扮演了重要角色，并于几世纪前在北方建造了大多数的城市，但我从来不知道，他们中的成员竟然还活在这颗星球上。我摇摇头，穿上衣服。虽然我的肩膀很宽，腿很长，完全算不得普通人的身材，但那件日装竟然合身极了。

我走回窗前，此时，机器人又推门进来。他站在敞开的门口，张开手臂朝我招了招。“安迪密恩先生，这边请。”

我克制住一问究竟的冲动，跟在他身后，攀上塔楼的楼梯。顶上的这间房间占据了整个上部空间。午后的日光从红黄相间的彩色玻璃窗涌入。至少有一扇窗户开着，风从山谷中升涌而起，从遥远的下方传来树叶华盖发出的飒飒声。

这间房间跟我的那间单人房一样白，毫无装饰，除了圆形空间中部堆积的一堆医学设备和通信控制台。送我抵达后，机器人便离开了，临走时关上了厚重的大门，一秒钟之后，我终于发现，那堆设备的核心处坐着个人。

至少，我觉得那是个人。

这男人躺在一张流沫悬椅型卧床上，床被调整到了坐姿。管子、静脉滴管、监控细线和仿器官脐线的一端连接着设备，另一端则接到椅子中那个形容枯槁的人身上。我说他“形容枯槁”，可事实上，他的身体看上去简直就是个木乃伊，皮肤皱纹层叠，仿佛古旧皮夹克的褶皱，脑袋上布满了麻点，秃得几乎寸发不生，四肢羸弱，看那程度就像是退化了的附肢。这老人的姿势让我想到一只皱巴巴、没有羽毛的雏鸟，却从鸟窝中掉了出来。那山羊皮似的皮肤带着蓝色的色调，我脑中闪过机器人的念头，但我又看到了不同色调的蓝，手掌、两肋、前额上是淡淡的鲜蓝，我终于明白，我眼前是个名副其实的人类，他已经享受——或者说是忍受了——几个世纪的鲍尔森疗法。

现在再也没人接受鲍尔森疗法了。这项技术早已在陨落中失传，就像产自各星球的原材料在时空中遗失一样。或者只是我的揣测，但现在，这里就坐着个人，至少有好几百岁，他在几十年前必定接受过鲍尔森疗法。

老人睁开了眼睛。

我以前见过如此强势的目光，但这一生中，我从未想过如此摄人心魄的眼神会盯着自己。我当时肯定是吓得退后了一步。

“过来，劳尔·安迪密恩。”那声音听上去如同一把钝剑在刮擦羊皮纸。老人的嘴嚅动着，就像是海龟的唇缘。

我朝前走了几步，直到一台通信控制台拦在了我和木乃伊形体的中央，这才停下脚步。老人眨巴着眼睛，抬起一只瘦骨嶙峋的手，对那柔若细枝的手腕来说，那手看上去依旧太过沉重。“你知道我是谁吗？”刮擦似的声音轻如细语。

我摇摇头。

“你知道你在哪儿吗？”

我吸了口气。“安迪密恩。我想，是在被遗弃的大学中。”

皱皮折拢，露出无牙的笑容。“很好。同名者认出了这堆命名他家族的石头。但你猜不出我是谁吗？”

“猜不出。”

“你也不想问问，你是如何从死刑中活过来的？”

我以阅兵式的稍息姿态站在那儿，等待着他的答案。

老人又笑了。“很好，真是好极了。安心等待，万事皆成。当然事情的细节并不光彩……贿赂一下高层，用击昏器替代死亡之杖，然后再贿赂一下那些证明死亡和处理尸体的人。劳尔·安迪密恩，我们感兴趣的不是‘如何’，对不对？”

“对，”我终于回答道，“为什么？”

海龟的唇缘抽动了一下，庞大的头颅点了点。我现在注意到，即便经历了几个世纪的风雨摧残，那张脸依旧尖削，有棱有角——一张色帝的面容。

“对极，”他说，“为什么？为什么我们要费尽周折伪造你的死亡，他妈的横越半个大陆，把你该死的躯体运到这儿？到底是为什么？”

这些污秽之言从这老人的嘴里吐出，听上去似乎并不怎么刺耳。就好像他一直在用这些词点缀他的话语，都成了家常便饭，使得它们已没有特别的强调意味了。我等着他继续。

“因为我想让你为我办件事，劳尔·安迪密恩。”老人费力地呼吸着。白色的流体在静脉管中流淌。

“我有别的选择吗？”

那张脸又露出了笑意，但是眼神却和墙上的岩石一样亘古不变。“亲爱的孩子，我们总有选择。就此事而言，你可以不顾你欠我们的恩情，不顾我们救过你的命，尽可以离开这儿……想走多远就走多远。我的仆人不会阻拦你。要是运气好，你可以走出这片禁区，找到回文明区域的路，但是，到了那儿，你就得四处躲避圣神巡逻官，因为你身份不明，也没有证件，那会给你带来……啊……很大的麻烦。”

我点点头。我的衣服、腕表、工作证、圣神身份证现在可能都已经躺在托柴海湾里了。因为常年在沼泽地中担任猎人向导，我已经忘了当局在城市中是如何频繁地盘查人们的身份证。一回到任何一个海岸城市或者内陆城镇，我马上就会被迫想起这一点。即便是乡下的工作，比如牧羊人和向导，都需要圣神身份证，它们是用来征收税金和什一税的凭据。如此一来，我的余生便只能躲在内陆，生活在远离大陆的地方，躲着所有人。

“或者，”老人继续道，“你能为我办一件事，并变得富有。”他顿了顿，黑色的眼睛审视着我，那眼神一如专业的猎手在审视小狗崽，判断它们能不能成为上佳的猎犬。

“告诉我，是什么事。”我说。

老人闭上双眼，呼哧呼哧地喘着粗气。当他继续开口时，眼睛并没有睁开。“你识字吗，劳尔·安迪密恩？”

“识。”

“你有没有读过那部名叫《诗篇》的诗作？”

“没有。”

“但你总该听过其中一部分吧，对不对？毋庸置疑，你出生在北方的游牧部落中，讲故事的人肯定略微谈到过《诗篇》，对不对？”那嘶哑的声音中带着一种奇怪的腔调。也许，是谦逊。

我耸耸肩。“听过一点。我的宗族偏爱《嘉登史诗》[①]和《格列侬高传奇》。”

色帝的面容皱起，变成一副笑容。“《嘉登史诗》。对，那篇中有个马人英雄，也叫劳尔，对不对？”

我没有吭声。外婆一直很喜欢那个名叫劳尔的马人。母亲和我都是听着这个马人的故事长大的。

“你相信这些故事吗？”老人突然放声叫道，“我是说，《诗篇》里讲的故事。”

“**相信**它们？”我答道，“相信它们真的发生过吗？朝圣者和

① 此处的《嘉登史诗》暗指丹·西蒙斯海伯利安系列中的一部短篇《马人之死》。其主人公也叫劳尔。

伯劳，以及一切？”我迟疑了一秒钟。的确有人相信《诗篇》中的吹牛大话，也有人压根就不信，它们都是些虚构的神话和扯淡，混杂在一起，将神秘的面纱笼罩住丑陋的战争和混沌——陨落之上。“我从没认真想过这个问题，”我实话实说，“这有什么关系吗？”

老人发出一阵干巴巴、飒飒的响声，似乎气管被梗住了，不过过了一会儿我才意识到，那其实是吃吃的笑声。“没什么关系，”他终于说道，“现在，听好了。我会把这……使命给你大概讲一遍。我得花上很大的力气才能说话，所以先别提问，等我讲完一并再提。”他眨眨眼，布满斑点的爪子朝一把盖着白被单的椅子指了指，“你想坐着听吗？”

我摇摇脑袋，继续以阅兵式的稍息姿态站定。

“好吧，”老人说道，“我的故事开始于两百七十几年前，当时还是陨落期间。《诗篇》中有名朝圣者，也是我的朋友，名叫布劳恩·拉米亚，这个人确实存在。陨落之后……霸主灭亡、光阴冢打开之后……布劳恩·拉米亚生下一个女儿，起名叫黛安娜，但她性格很倔，长到刚会说话时，就自作主张把名字改了。有一段时间她叫辛西娅，然后是卡蒂……赫卡蒂的昵称……然后，到了十二岁，她坚持要朋友和亲戚们叫她忒弥斯[①]。我上一次见到她时，她叫伊妮娅……”伊——妮——娅，我听到的是这三个字。

老人顿了片刻，斜眼瞧着我。“你觉得这些并不重要，但是，其实名字相当重要。如果你没有和这座城市同名——这座城市也是取自古代一部诗作的名字——那么，你就不会引起我的注意，今天

① 希腊神话中的正义女神。以上其他名字也都是神话中的女神名。黛安娜（Diana），罗马神话中的月之女神，相当于希腊神话中的阿耳忒弥斯，辛西娅（Cynthia）是她的别名。赫卡蒂（Hecate），希腊神话中另一名月之女神。

也就不会来到这儿了。你可能已经死了，早就喂饱了大南海中的鲨虫。你明白吗，劳尔·安迪密恩？”

“不明白。”我回答。

他摇摇头。“没关系。我说到哪儿啦？”

“你上一次见到这个小孩时，她管自己叫伊妮娅。”

“对，”老头又闭上眼睛，“虽然她不是个特别吸引人的孩子，但是她……很独特。认识她的每个人都觉得她与众不同，独一无二。虽然她老是乱改名字，但这并不说明她是个被宠坏的孩子。她仅仅是……与众不同。”老头笑了笑，露出粉红的齿龈，“劳尔·安迪密恩，你以前有没有遇见过什么特别与众不同的人？”

我迟疑了一下，想了片刻。“没有。”我回答道。这不完全是实话，这老头就非常与众不同。但我知道，他问的不是这个。

“卡蒂……伊妮娅……极为与众不同，”他继续道，再次闭上双眼，“她母亲心知肚明。当然，在孩子没出生前，布劳恩就知道她很特别……”他顿了顿，微微睁开眼睛，朝我瞟来，“你应该听说过《诗篇》中的这部分内容！”

“对，”我回答，“有个赛伯人预言了此事，他说这位名叫拉米亚的女士肚子里的孩子，将来会被称为‘宣教的那个人’。”

我以为这老头要啐我一口。“愚蠢的头衔。在我认识她的那段时间中，没人将这头衔冠在伊妮娅的头上。她只是个孩子，天资聪颖，性格倔强，但仅仅是个孩子。所有独一无二的事情，都仅仅是潜在的独一无二。可接着……”

语音渐消，眼皮似乎合上了，就好像他要讲的话突然断了踪迹一样。我等待着。

“接着，布劳恩·拉米亚死了，”几分钟后他继续道，声音响了一点，仿佛这番长篇大论从未有过停顿，“伊妮娅失踪了。当时她十二岁。按照法律条文严格地来讲，我是她的监护人。但她没有得到我的批准，便消失不见。那一天，她离家出走，之后我便再也没有听到她的音讯。”此时，故事又中断了片刻，就好像这老头是台机器，偶尔会停掉，需要把内部的发条重新拧一下，才能再次开动。

“我说到哪儿啦？”最后他说道。

“你再也没有听到她的音讯。”

“对。我再也没有获悉她的音讯，但我知道她去了哪儿，也知道她会在什么时候重新出现。如今，光阴冢已经禁止进入，人们以为驻扎在那儿的圣神军队是在看守墓冢。劳尔·安迪密恩，你记得那些墓冢的名字和功能吗？”

我咕哝了一声。外婆以前一直像这样考问我，要我将她口述的故事一五一十复述出来。我以前以为外婆已经很老了，但要是坐在这个古老、枯槁的怪物身旁，外婆简直就是一个小孩。“我想我记得，”我回答，“有狮身人面像、翡翠茔、方尖石塔、水晶独碑，那位战士就埋在那儿……”

“费德曼·卡萨德上校埋在那儿，”老人咕哝道，然后眼神重新向我凝视过来，“继续。”

“还有三座穴冢……”

“只有第三座穴冢通向别处，”老头又打断道，“通向其他星球上的迷宫。圣神把它封住了。继续。”

“我记得的就只有这些……哦，还有伯劳圣殿。”

老头露出一副海龟似的机警笑容。“谁都不能忘记伯劳圣殿和我们的老朋友伯劳，对不对？你记得的就是这些吗？”

“我想是的，”我回答，“对。”

木乃伊点点头。“布劳恩·拉米亚的女儿进入其中一座墓冢，然后消失了。你猜得出是哪个吗？”

“不。”我的确不知道，但我有个猜测。

“布劳恩死后第七天，小女孩留下一张字条，在深夜前往狮身人面像，进入其中，然后消失了。孩子，你记得狮身人面像通往何处么？”

“根据《诗篇》，”我回答，“索尔·温特伯和女儿通过狮身人面像前进到了遥远的未来。”

“对，”悬椅中的老怪物低声说道，“在圣神封住狮身人面像、封锁光阴冢山谷之前，索尔、瑞秋，还有仅有的几个人进入其中消失了。早期的日子里，有很多人尝试进入——试图找到前往未来的捷径——但是看样子，狮身人面像也会做出自己的选择，并不是所有进入地道的人都能进行时间旅行。”

“那么，它接受了那个孩子。”我说。

听了我对明摆着的事实发出的陈述，老头仅仅是哼了一声。“劳尔·安迪密恩，”最后他粗声粗气地说道，“你知道我想叫你做什么事吗？”

“不知道。”我回答，心里再一次冒出了一个大大的疑虑。

“我想要你寻找我的伊妮娅，”老人说道，“我要你帮我找到她，保护她不受圣神的伤害，跟她一起逃跑，并且——在她长大成人，成为她注定要变成的那个人之时——给她捎条消息。我想要你告诉她，她的叔叔马丁快要死了，如果她想再和他说说话，那她就必须回家来。”

我克制着不要叹息。我已经猜到这老怪物就是曾经的诗人马丁·塞利纳斯，每个人都知道《诗篇》和它的作者。他是如何逃脱了圣神的清洗，获准生活在这个限制区域的，对我来说是个谜，我也不想探其究竟。“你想要我前往北方，到大马大陆，路上和无数圣神军队决一死战，然后想个办法进入光阴冢山谷，进入狮身人面像，希望它……接受我……前往遥远的未来寻找这个小孩，陪着她厮混，逛上几十年，然后叫她及时回来看望你？”

片刻的静寂，偶尔被马丁·塞利纳斯的生命维持设备的轻微声响打破。那些设备正在呼吸。“并非如此。”最后他说道。

我等他说下去。

“她并没有旅行至什么遥远的未来，”老人说，“至少，现在她离我们并不遥远。两百四十七年前，她踏入了狮身人面像的入口，但这仅仅是穿越时间的一次短途旅程……按海伯利安当地时间算，是在两百六十二年前。”

“你怎么知道这一切的？”我问。据我读过的一切，所有人——甚至连那些研究密封墓冢达两个世纪之久的圣神科学家——都无法预测狮身人面像会将一个人送到多远的未来。

“我**就是**知道，”老迈的诗人说道，“你怀疑我的话吗？”

我没有回答他的问题，而是说道：“如此说来，这个孩子……伊妮娅……会在今年的什么时候从狮身人面像中出来。”

“她将在四十二小时十六分钟后从狮身人面像中出来。”垂老的色帝说。

听到此话，我惊讶地眨了眨眼。

“圣神正等候着她，”他继续道，“他们也知道她什么时候会出现，一分不差……”

我没有问他，圣神是怎么知道的。

“……抓住伊妮娅，是圣神行动日程上至为关键的一件事，”老诗人粗声粗气地说着，“他们清楚，宇宙的未来取决于此。”

现在我知道，这老诗人肯定是老得不中用了。宇宙的未来绝不可能仅取决于一个事件——对此我心知肚明。但我没有吭声。

“此时此刻，光阴冢山谷及其周围地区，聚集的圣神军队已达三万之众。至少五千人是梵蒂冈瑞士卫兵。”

听到此话，我吹了个口哨。梵蒂冈瑞士卫兵是精英中的精英，是圣神大范围扩张时使用的训练极为有素、装备极为先进的军事力量。十几名梵蒂冈瑞士卫兵，只要全副武装，便可打败海伯利安地方军整整一万人的部队。“也就是说，”我回道，“我还有四十二小时的时间赶到大马，穿越草海和山脉，用某种办法绕过两三千圣神精英部队，然后救下小女孩？”

“对。”躺在床上的古老身躯说道。

我克制着不去转眼珠子。“救下之后呢？”我反问，“我们根本就没有藏身之所。圣神控制着海伯利安上的一切，包括所有的太空船、航路，以及以前属于霸主的所有世界。如果这个小女孩有你说的那么重要，他们会把海伯利安翻个底朝天，直到找到她为止。即便我们有办法离开这个星球——事实上我们不能——我们也无路可逃。”

“出星球的话，还是有办法的，”诗人疲惫地说，“有一艘飞船。”

我吞了一大口唾沫。有一艘飞船。想到几个月的时间一直在星际间旅行，与此同时家乡已经过去几年甚至几十年，这简直让我无法呼吸。想当初，我加入地方军，就是因为我天真地以为某天能加入圣神军队，能在星际间翱翔。对一个已经决定不接受十字形的年轻人来说，这念头实在是太愚蠢了。

“可是，”我应道，依旧不太相信他竟会拥有一艘飞船，而圣神商团中也没有谁敢搭载亡命之徒。“即便我们到得了另外一个星球，他们也照样能抓到我们。除非你觉得我们能通过飞船飞行时产生的几百年时间债逃脱。”

“不，”老人说，“不是几百年，也不是几十年。你可以乘飞船到最近的一个原霸主星球，然后使用一条秘密通道。你会到达一些古老的世界，你会沿着特提斯河旅行。”

我终于明白，这老头已经神志不清了。当远距传输器崩溃，人工智能组成的技术内核遗弃人类之时，世界网和霸主也在同一天消亡了。星际旅行再一次化为天堑强压在人类头上。现在，唯有圣神军队，以及商团——教会的傀儡，还有让人恨之入骨的驱逐者，才敢无所畏惧地挑战黑暗的星际空间。

“过来。”老人招招手，粗声粗气地唤我走近，手指一直蜷缩着。我俯身压在矮矮的通信控制台上，闻到一股味道……那是一种混杂着药物、老朽，以及某种类似皮革的淡淡气味。

外婆在营火晚会时讲过关于特提斯河的故事，但我无须回忆这些东西就知道，为什么这老头已经老得不中用了。每个人都知道特提斯河；它和所谓的“中央广场”是两条远距传输大道，连系着一个个霸主星球。中央广场是条大街，连接着一百几十颗恒星下的一百几十个世界。一条条宽阔的街道向所有人开放，通过永不关闭的传送门首尾相连。相比之下，特提斯河用的人比较少，但是，还是有大型商业船只和无数娱乐艇轻松自如地漂浮其上，顺着这唯一的一条水上航路从一个世界流向另一个世界，对它们来说，特提斯河是非常重要的。

因为世界网远距传输网络的陨落，相互连接的传送门纷纷断开，中央广场被肢解成上千个远隔万里的碎片；而特提斯河也不复存在了，一百多个世界上的一条条独立的河段重新变成一百多条小河，永远也无法再次会面。甚至面前的这位诗人也描述过这条河的死亡。我还记得外婆背诵这首《诗篇》时使用的那些字词：

这条静静流淌了
两个多世纪的河流，
由技术内核的技法
在时空中互相串连，
现在永远停止淌流。
富士星，巴纳之域，
永埔星，天津四丙，
希望星，艾科提恩。
特提斯河流经之处，
如穿越人类世界的
美丽缎带，而现在，
那些入口停止运转，
那些河床永远干涸，
那些水流不再打旋。
内核技法永远失传，
旅行之人永远迷途，
入口封锁，大门封锁，
特提斯河，永不再流。

“过来。”老迈的诗人细语着，依旧在用蜡黄的手指召唤我。我凑近了些。古老怪物朝我低声细语时，嘴里呼出的气就像是从敞开的墓冢中盘旋而出的干风——没有什么气味，但是极为古老，不知何故还带着那些被遗忘世纪的芬芳：

美的事物是一种永恒的喜悦：

它的美与日俱增；

它永不湮灭……[1]

我直起身，点了点头，就好像这老人说了什么有道理的话似的。但显而易见，他已经疯了。

老诗人似乎看穿了我的心思，他咯咯地笑了起来。“很多人说我是疯子，这些人低估了诗的力量。先别决定，劳尔·安迪密恩。我们稍后晚餐时再见，到时我会把你将要面临的挑战悉数讲给你听。现在……请休息一下！经历了死亡和重生，你肯定感到很累。”老头拱起身子，又传来一阵干巴巴的咯咯响声，我现在明白，他是在哈哈大笑。

在机器人的引领下，我回到房间。透过塔楼的窗户，我瞥到外面的庭院和房屋。有那么一次，我还透过高侧窗户见到了另外一个机器人——同样是男性——穿越了庭院。

我的向导打开房门，退后一步。我意识到，他不会把我锁在里面，因为我已经不是什么囚犯了。

“先生，晚装已经为您摆好。”蓝皮肤的男人说道，“当然，如果您愿意，您也可以在古老的大学旧址中逛逛，一切随您意。但我要提醒您，安迪密恩先生，附近的森林和山上有危险的野兽，您可要当心。”

我点点头，微微一笑。如果我真的想要离开，即便有危险的野兽，也不能让我打退堂鼓。但此时此刻，我并不想出去。

---

① 摘自济慈《安迪密恩》。此处选用屠岸译本。

机器人返身离去，我突然涌起一股冲动，朝前迈了一步，做了一件事，它将永远地改变我的生命航向。

“等等，”我说道，朝他伸出一只手，“我们还没互相自我介绍过呢。我叫劳尔·安迪密恩。”

这个机器人就这么看着我伸出的手，过了好长一段时间也没做任何反应，我觉得自己肯定是做出了什么违背协议的举动。毕竟，几个世纪前，应大流亡的扩张之需，机器人被造出来时，他们都是低人一等的。但是，这人造人紧接着便抓住我的手，用力握了起来。“我叫贝提克，”他轻声说道，“很高兴认识您。”

贝提克。我好像在哪儿听过这个名字，可就是想不起来。我继续道：“贝提克，我想和你谈谈。我想多了解一些关于……你、这个地方和老诗人的事。”

机器人抬起那双蓝眼睛，我觉得自己在那里面看到了某种被逗乐的眼神。“好的，先生，”他说，“我很高兴和您谈话。但恐怕得过一会儿，现在我有很多事要做。”

“那就稍后吧，”我朝后退了一步，“我很期待这次谈话。”

贝提克点点头，走下了塔楼阶梯。

我走进房间。这地方依旧和先前一样，但床铺已经铺好，另外还多了一套雅致的晚装，整齐地摆在那儿。我走到窗前，朝外俯瞰着安迪密恩大学。高高的常蓝植物在冷风中飒飒作响。塔楼附近矗立着一尊堰木，一片片紫色的叶子从树上飘下，沙沙地落在底下二十米的石板路上。空气中充满了茶马叶与众不同的肉桂香。我是在天鹰东北方的荒野中长大的，就夹在那些群山和被称为鸟嘴的崎岖地域之间，离这儿仅有几百公里，但是，现在从山岭上吹下的新鲜寒风对我来说却是相当陌生。天空的湛青之色似乎也比我在荒野和低地中看到的要深一些。秋风拂面，我畅快地呼吸着，却又不禁莞尔：不管前面有着什么不可思议的事情在等待着我，只要能活下来，那还有什么不愉快的呢。

我转身从窗户边离开，朝塔楼的阶梯走去，打算在这个跟我同姓的大学和城市中四处转悠转悠。不管那老头变得多么疯狂，晚餐时的谈话还是会相当有趣的。

就在我几乎到达塔楼阶梯的底部时，我猛然停下脚步。

*贝提克。这名字来自我外婆所讲述的《诗篇》。贝提克是那个为朝圣者的浮置游船“贝纳勒斯”号领航的机器人，正是在他的引领下，船只从大马大陆的济慈城向东北出发，沿着霍利河，途经纳雅得的内河港口、卡拉船闸、杜霍波尔林，最后抵达河流的尽头，边陲。从边陲起，朝圣者七人开始独自穿越草之海。*我回忆起自己小时候聆听这些故事的情景，当时我很纳闷，为什么所有机器人中，只有贝提克有名字，我也很想知道朝圣者把他留在边陲后，他发生了什么事。这个名字已经有二十年没有出现在我脑子里了。

我微微摇了摇头，纳闷疯掉的到底是老诗人，还是我呢。一面想一面走了出去，来到了夕阳之下，我想好好看看安迪密恩。

05

就在我辞别贝提克的同一时刻，六千光年外，在一个只知NGC编号[①]和天文坐标的无名星系中，一队由三艘迅击火炬舰船组成的圣神特遣部队正在摧毁一颗环轨森林星球。舰队指挥官乃是费德里克·德索亚神父舰长。那颗驱逐者的森林星球在圣神战舰的震慑下，简直毫无还手之力。这次遭遇战，更准确的描述应该是大屠杀，而非战斗。

在此，我必须稍作解释。我并没有想当然地猜测这些事件：它们的确如我所描述的那样发生了，完全不假。我将告诉你关于费德里克·德索亚神父舰长和其他首脑正在做的事，但这并非目击证人的证词，这不包含任何人的想法，也不带有任何人的感情，它们是纯粹的事实。我以后会跟你解释为什么我会知道这些事……没有一

① NGC：星云星团总表，是目前广泛使用的星团、星云和星系的一个基本星表，简称NGC，它由丹麦天文学家德雷尔根据英国天文学家赫歇尔家族早期星表于1888年编制的。星表包含约8000个天体。

丝曲解地洞晓一切……但是现在，我请求你相信它们，它们的确如我所述——就是事实。

言归正传，三艘圣神火炬舰船正以高过六百倍重力水平的减速度从相对论速度减速——几个世纪以来，航天飞行员将其称为“德尔塔五号树莓酱”[①]——意思就是说，如果内部的密蔽场突然失效片刻，那么，船员就会跟甲板上的一层树莓酱毫无二致。

但密蔽场并没有失效。距离一天文单位的时候，费德里克·德索亚神父舰长将环轨森林调到视野球面。战斗控制中心内的所有人都停下手中的活，朝显示屏望去：几千棵经过驱逐者基因剪裁的树木，每一棵至少长达半公里，正以复杂精美的舞步沿黄道面运行——被引力挤压在一起的灌木林，麻花状的一缕缕树木，微微变化排列方序的林木，都在一刻不停地作运动，树叶总是转向那颗G型恒星，长长的枝干时刻改变着位置，找寻完美的排列，饥渴的树根深深地扎在湿气和营养物的蒸汽迷雾中，提供气体的是些守牧彗星，它们在森林群落中不断游移，如同一个个巨型脏雪球。在枝丫与枝丫、树与树之间，可以看见千奇百怪的驱逐者在飞来飞去——有些是人类的形体，但拥有银镜般的皮肤，展开的蝶翅薄如蝉翼，长达数百米。那些翅翼伸展，捕获着灿烂的日光，在环轨森林的绿色枝叶间亮灭，犹如璀璨的圣诞彩灯。

“开火！”费德里克·德索亚神父舰长下达了命令。

在距离星球三分之二天文单位的地方，圣神特遣部队的“三贤”——三艘火炬舰船开启了它们的远程武器。在如此遥远的距离外，即使是远程武器，它们发出的能量光束似乎也只是慢慢地爬向它们的目标，就如黑色床单上的渺小萤火虫，但是圣神舰船装载着

① 这也是著名吉他手乔·史崔尼的一首曲子。德尔塔五号是一种高速推进器的名称。

超高速、超动力的武器：它们本身就属于极小的霍金驱动星际舰船，有些还装载着等离子弹头，在微秒内便能加速至相对论速度，并在森林内引爆，另一些武器的设计非常精巧，只要进入实空，就会突然被恢复，质量增大，一举突破树丛防线，就如一颗炮弹以零距离朝湿纸板发射一样。几分钟后，三艘火炬舰船进入能量光束的射程，带电粒子束瞬时刺向四面八方。他们能看见光束，仅仅是因为现在纷乱的胶体微粒已经灌满了整个空间，就像是陈旧阁楼中扬起的灰尘。

森林剧烈燃烧。基因剪裁过的树皮，双氧荚果，自动封闭的树叶，所有东西都因剧烈的减压而爆裂，或是被光束和可控等离子冲击波的卷须锯断，逃脱的氧气给真空中的大火来了个火上浇油，直至空气燃尽，慢慢冻结。森林燃烧着。成千上万的树叶从爆炸的森林中飞离，每一片树叶或者叶丛都成了耀眼的火葬堆，与此同时，在太空的黑色背景下，树干和枝丫也炙热灼烧起来。守牧彗星被火苗击中，瞬时蒸发殆尽，随之产生的蒸汽和熔岩碎片的冲击波将麻花状的森林炸得四分五裂。为了适应太空而经过基因剪裁的驱逐者——几世纪以来，圣神军队轻蔑地称其为“撒旦的天使”——陷在爆炸的冲击波中，如同一只只通体透明的飞蛾被火焰缠住了身子。其中一些仅仅是被等离子炸弹或彗星冲击波炸得灰飞烟灭。另一些被带电粒子束击中，成了亢奋运动的物体，直到他们精巧的翅膀和器官粉身碎骨。还有一些企图逃走，他们以最大的限度张开太阳能翅膀，想要逃脱被屠戮的危险，但只是徒劳。

无人生还。

这次遭遇战总共花了不到五分钟时间。事毕，“三贤”特遣部队的加速度降至三十倍重力，从森林中减速穿过，先前逃过一劫的巨树碎片终被火炬舰船的聚变火焰尾迹引燃。五分钟前尚还在太空飘浮的森林——绿叶捕获日光，树根畅饮彗星水球，驱逐者天使如辐射蛛纱般飘动在枝丫间——现在仅剩一圈烟雾和扩扬的废墟，散布在弧形空间的黄道面上。

“有无生还者？”德索亚神父舰长问，他正站在C^3控制中心中部显屏的边缘，双手扣紧背在身后，轻松自如地稳住身体，仅用脚掌近大脚趾根部接触到显屏框周围的粘紧带。虽然事实上，火炬舰船依旧在以低于三十倍重力的加速度减速，但作战控制中心内的重力水平却维持在五十分之一标准重力的微引力水平。中心内十几名军官或坐或站，脑袋齐刷刷朝球面的中心望去。德索亚是名矮个男子，按标准算，年纪差不多有三十五六岁，圆圆的脸蛋，黑黑的皮肤，几年来，朋友们都注意到他那双眼睛反射出的更多是司铎似的慈悲，而非军人的冷酷无情。现在，它们则充满了困惑。

“无人生还。”斯通圣母指挥官应道，她是德索亚的副手，也是舰上的另一名耶稣会士。她撇下面前的战术显示屏，转向一台闪烁的通信设备，插上分流器。

德索亚明白，C^3中心内他手下这些军官无人喜欢这样的战役。摧毁驱逐者的环轨森林是他们任务的一部分——这些看似无害的巨树是作战游群的补给和改装中心——但是很少有圣神战士喜欢如此野蛮的屠戮。他们接受特训，是为了成为教会的骑士，圣神的守护者，而不是去抹杀美好的事物，谋杀手无寸铁的生命，即便这些生命是经过基因剪裁、放弃了自己灵魂的驱逐者。

“打开常规搜寻模式，”德索亚命令，“命令全体船员暂时离开作战岗位。”一艘现代的火炬舰船上，船员仅仅包括十几名军官，加上另外五六个其他人员。

斯通圣母指挥官突然打断道：“长官，仰角七十二度方向捕获到霍金驱动失真信号，坐标229，43，105。超光速出口点位于七十万零五百公里外。其为单兵式舰船的可能性是百分之九十六。相对速度不明。”

“全体进入作战岗位！”德索亚立即下令。他微微一笑，但自己却没有意识到这一点。也许驱逐者正匆忙赶来营救他们的森林。也许是什么远程武器，刚刚由驱逐者的一个防御者从星系欧特云外的某处发射过来。也许是一整队驱逐者游群作战部队的单兵先锋，如果是这样的话，他的特遣部队即将末日临头。不管是什么可怕的威胁，德索亚神父舰长宁愿与这种……这种汪达尔人似的野蛮行径决一死战。

“舰船正在跃迁。”德索亚头顶一名站在高位的目标探测军官汇报道。

“很好。”德索亚神父舰长说。他注视着眼前闪动的显示屏，重新接上分流器，打开了好几个虚拟视像频段。现在，C^3界面隐去了，他正站在浩瀚的空间中，如一个五百万公里高的巨人，观看着自己的飞船成为带着焰尾的小点，那个烟雾形成的弯曲柱体（也就是被摧毁的森林）在环带的高点处开始偏向，就在此时，入侵者忽然出现在七十万公里外的黄道面的上方，离他仅一臂之遥。他自己所处舰船周围的红色圆球表示的是达到作战状态的外部能量场。整个空间中填充着其他色块，显示着传感器的读数、探测脉冲，以及目标瞄准预备过程。德索亚继续工作在毫秒级的战术级别上，他只要打个响指，就能发射出武器，或者释放出能量。

“捕获无线电应答信标，”通信官回报，“电流代码检验。这是一艘圣神信使舰船。大天使级。”

德索亚蹙紧眉头。是什么十万火急的事，令得圣神司令部派出了梵蒂冈最快的舰船呢？——信使舰船极为迅捷，它也是圣神最为秘密的武器。在战术空间中，德索亚能看到包裹在这艘微小飞船四周的圣神代码，那根聚变焰尾长达数十公里。舰船几乎没有浪费能量使用内部密蔽场，如此说来，舰内的重力早已超出把人挤压成树莓酱的水平了。

“是无人驾驶飞船？”德索亚问道。他巴不得如此。大天使级的舰船能在几日内——实时的几日！——飞行到已知空间中的任何地方，而不像其他飞船需要几星期的舰上时间，那等于实时的好几年。但在这大天使级的旅程中，无人能够生还。

斯通圣母指挥官迈入战术环境，站在他身旁。那身黑色的长套衫在太空的背景下几乎隐没不见，以至于苍白的脸庞似乎是飘在了黄道面上，来自虚拟恒星的光线照亮了她瘦削的颊骨。“不，长官，”她柔声说道，在此模式下，声音只有德索亚一人能听到，“信标显示，船上载有两人，正处于沉眠状态。”

“我的上帝。”德索亚低声道。这句话与其说是咒骂，不如说是祈祷。即便在高重力的沉眠箱中，这两人，已在超光速的旅程中死亡，现在更肯定早成了一片极薄的蛋白质酱，而非健全的树莓酱。“快准备重生龛。”他在通用频段上命令道。

斯通圣母指挥官摸了摸耳后的分流器，皱皱眉。“代码中封嵌着信息。立即复活两名人类信使，阿尔法优先级。任务重新分配，属于欧米迦级别。”

德索亚神父舰长猛地转过脑袋，默默地盯着他的副官。依旧在燃烧的环轨森林涌出一团团烟雾，缠绕在两人的腰际。那个高优先级的立即复活的指示，违抗了教会的教条，也违抗了圣神司令部的章程；同时它也异常危险——重生通常历经三日，在此情况下，不完全重建的概率接近零，但如果挤压到三小时，那么概率将几乎达到百分之五十。而欧米迦级别的优先职责，则意味着它来自佩森的教皇陛下。

德索亚瞧见助手的眼神，知道她也明白了。信使舰船来自梵蒂冈，肯定是那里的某人，或者是圣神司令部的某人（也许两者都是），觉得这条信息非常重要，一定得派一艘无可替代的大天使级信使舰船，杀死两名高阶圣神军官（因为没有别人可以受此大天使级的重托），来进行传达工作，并将这两名军官置于不完全重建的风险之中。

在战术空间中，德索亚扬扬眉毛，以回应助手质问的眼神，同时在指挥频段上说道："很好，指挥官。命令三艘舰船进入速度同步状态。准备好一支登船小队。我希望沉眠箱立即进行转移，并于六点三十分完成复活工作。请代我向'梅尔基奥'号上的赫恩舰长和'卡斯帕'号上的布莱兹圣母舰长致以问候，并邀请他们来我的'巴尔萨泽'号①，我们将于七点整与信使会面。"

德索亚神父舰长从战术空间迈入C^3现实。斯通和其他人依旧凝望着他。

"快，"德索亚一面喊，一面冲出显屏区，蹿过一大片空间，来到私人舱的入口，用力把自己拽进圆形舱口中，"信使复活后马上叫醒我。"他对着一张张注视着他的苍白脸庞说道，话音刚落，舱门马上闭合。

---

① 三艘舰船的名字便是前面提到的"三贤"。它们也是《圣经》中所记载的由伯利恒之星引导的给刚诞生的耶稣带来礼物的三位智者。

06

走在安迪密恩的街上，我开始绞尽脑汁将我的生命、我的死亡以及我的重生想个明白。

在此处我要首先声明，对这些事——我受的审判，我的“死刑”，我与这神话中的古诗人的奇遇——我并没有如这些平静的语句所显示的那样静如止水。我内心有一部分正不住地颤抖。他们**想要我的命！**我觉得，我该将责难的矛头对准圣神，但其实，法院并不是圣神的执法者——它并不直接隶属于教会。海伯利安有自己的地方自治理事会，浪漫港法院是依照我们当地的法律建立的。死刑也并非圣神惯常的刑罚（尤其是在教会用神权统治的世界上），而是从海伯利安旧殖民期延续下来的刑罚。那迅速下达的判决、那躲避不了的结果以及那草率的处决，要说有什么与众不同的话，就是它乃是海伯利安及浪漫港商业领袖的反应，他们非常害怕吓跑圣神的外世界游客，这恐惧超过害怕任何事情。我乃一乡下匹夫，区区一个猎人向导，非但没有照顾好富裕的游客，还杀死了他们中的一个，所以，他们拿我示范，作出了杀鸡儆猴的警告。别无其他。其实我不应该往心里去的。

可我偏偏往心里去了。现在，我驻足在塔楼外，感觉到日光的热量在庭院宽阔的铺路石上跃动，我缓缓举起双手，它们依旧在不停地颤抖。这么多事发生得实在是太快，在审判和死刑前短暂的时光里我强加给自己的平静已经从我这索取了太多东西了。

我摇摇头，慢慢穿过大学的遗址。安迪密恩城高高地矗立在一处斜披上，而大学矗立得更高，它在殖民期就坐落在山脊之上，因此，站在此地可以尽览南方和东方的景致，那真是美极了。底下山谷中的茶马林闪着嫩黄的光彩。湛青的天空没有一丝凝结尾迹，也看不到一艘飞船。我知道，圣神对安迪密恩毫不在乎，他们关心的只是东北部的羽翼高原区，他们的军队依旧驻守在那儿，他们的机器人依旧在开采独一无二的十字形共生体，但是天鹰大陆的这块区域已经有好几十年是雷池禁区，这让它带上了某种清新、荒凉的感觉。

闲逛了十分钟，我意识到，只有我醒来的那座塔楼及其周围的几栋建筑有人居住。大学的其余地方全是废墟——庞大的厅堂向自然力量敞开门户，实业工厂在几世纪前就被洗劫一空，运动场上杂草丛生，天文台的穹顶四分五裂。蹲踞在遥远山下的城市看上去更加空寂，我远远地望见，整座城市街区都被纠结的堰木和野葛霸占了。

当然，我也能看出这座大学在它那个时代的美丽：大流亡后的新哥特式建筑是用沙岩建造的，这些石头采自不远处羽翼高原的山麓小丘。三年前当我担任著名的风景艺术家阿弗洛·休谟的助手时，他曾为鸟嘴时尚海岸的第一家族庄园进行改造设计，而我则干了很多重活，当时的很多需求都是些“砸钱的蠢作”——在池塘、森林或山顶上建造一些人造遗迹。对于这件事，我还勉强称得上一名专家，我能将古老的岩石巧妙地堆砌出遭受过风吹雨打的形态，将其仿制成遗迹的样子——结果甚是荒唐，它们大多数竟然比这些偏地世界的人类历史还要古老。但休谟的蠢作没有一个比眼前这些真实的遗迹要打动人心。我游荡在这个曾经的伟大学院的骸骨中，赞赏着这些建筑，回忆起我的家族。

以当地城市的名称为姓，是大部分土著家族的传统——因为我的家族的确就是土著，是七百年前第一艘种舰的开拓先锋的后裔，也是我们世界的三等公民：在圣神外世界人员和大流亡殖民者于几世纪前随我祖先的足迹来到这个世界之后，我们自然成了第三等。然后，几个世纪以来，我们的人民就生活并劳作在那些山谷和山脉中。我确信，我那些土著亲戚主要是干着一些卑贱的活儿——就如我父亲在他早逝前所从事的（他死时我才八岁），就如我母亲去世之前一直做的（父亲死后第五年，她也死了），就如我这星期前所干的。在大家被圣神赶出这片地区的十年后，我的外婆出生了，但她生活的那段时间仍旧充满了回忆，记得我们部族游历至羽翼高原的日子，也记得在南方纤维塑料庄园中劳作的时光。

但我没有回家的感觉，我的家是在此地东北方的冰冷荒野，浪漫港北面的沼泽地是我生活和工作的地方。这座大学和城镇从来没有进入过我的生命，跟诗人老头《诗篇》中的疯狂故事一样，它跟我没有多大的关系。

在另一座塔楼的底部，我驻足片刻，喘了几口气，对脑袋里最后的念头思量了一番。如果诗人要我办的事是真的，那么，《诗篇》中那些“疯狂的故事”真的将会和我扯上千丝万缕的联系。我回想着外婆背诵的那首史诗——回忆起在北部山丘照看羊群的那几个夜晚，几辆电池驱动的大篷车挤在一起，围成一个保护圈，好让我们过夜，淡淡的篝火丝毫也不能减弱天顶上群星和流星雨的光辉，我回忆起外婆慢条斯理、字斟句酌的语调，她每念完一节，都会等我向她复述一遍，我回忆起自己在此过程中的焦急切盼——我倒更加愿意坐在提灯边自己看书呢。想起今夜竟能和那些诗词的作者一起共进晚餐，我不由得微微一笑，这真是不可思议啊。此外，这老诗人还是他的那首诗歌颂的七名朝圣者之一呢。

我又摇了摇头。一切来得太快，也太多了。

眼前的这座塔楼有点奇怪。比我醒来时身处的那座更大、更宽敞，却仅有一扇窗户——那是塔身三十米处一个敞开的拱洞。更有趣的是，原先的一扇门被砖砌封住了。在阿弗洛·休谟手下担任砖匠和泥瓦匠的那几个月里，我已经练就了一双火眼金睛，现在，我凝视着这些砖石，心里估摸着，这扇门肯定是在一个世纪前，在这一地区被遗弃前封住的——但时间并不久远。

到今日，我也不知道当日下午那时候，明明有那么多遗迹可供观瞻，到底是什么东西引得了好奇心，让我进入那栋建筑一探究竟——但我真的是十分好奇。我回忆起当时仰望着塔楼对面的陡峭山壁，注意到那些纵横交错的多叶茶马已经弯弯曲曲地爬到了塔楼周围，它们就像是长着厚皮的常春藤。*如果能爬上山坡，穿过……那里的……茶马林，就能顺着蔓枝爬上那扇窗户的窗台……*

我又摇了摇头。这念头实在是太荒谬了。如此天真的探险少说也会扯坏身上的衣服，擦破手上的皮。最糟糕的情况是，我会从那三十米之上掉下来，摔在下面的石板上。为什么要冒这个险？这幢被砖围砌起来的古老塔楼中，除了蜘蛛和蛛网，还会有什么呢？

十分钟后，我已经远远地爬到一根弯曲的茶马枝上，一点一点地朝前挪动，试图找到石头上的裂口或者头顶藤蔓上足够粗的枝条。由于这根树枝是靠在石墙上生长的，所以我不能跨坐其上。相反，我必须跪在那儿膝行前进——头顶上悬垂的茶马藤实在是低得让我站立不得——那种暴露在危险之中、随时都可能被推进底下深渊的感觉真是可怕极了。每当秋风刮起，树叶和树枝微微摇晃的时候，我就会停止攀登，竭尽全力抓住什么东西。

最后，我终于爬到了窗前，嘴里骂骂咧咧起来。我一开始的估计——在底下三十米处的行道上不经过脑子地计算而来——有点不太准确。脚下的茶马枝的确在窗台下方，但距离几乎有三米远。中间一大块石头上，没有任何瑕疵可供足踏或手抓。如果要爬上窗台，我必须奋力起跳，并祈望自己的手指抓到什么东西。那实在是太疯狂了。塔楼中没有任何东西值得我这样冒险。

我等着风慢慢平息，蹲起身，飞身跳起。在那晕眩的一秒内，我弯曲的手指在崩溃的石头和粉尘上扒寻，指甲弄破，却没有找到任何支撑点。但紧接着，它们碰到了旧窗台腐朽的边角，紧紧抓住。我用力把自己朝上拉，累得气喘吁吁，胳膊肘上的衬衫也撕破了。我穿着贝提克为我准备的软底鞋在岩石上奋力蹬踏，希望能找到什么支点。

但我终究还是爬了上去，蜷着身子趴在窗台上，心里琢磨着，待会儿究竟该怎么爬下去，该怎么回到茶马枝上。一秒后，眯眼望进黑漆漆塔楼的内部，我更加忧心忡忡了。

“见鬼。”我自顾自地嘀咕道。在我紧抓不放的这个窗台下方，是一块古旧的木地板，但塔楼内部空空如也。日光从窗户中渗透进来，照亮地板上方及下方的腐朽楼梯，那是条螺旋楼梯，它在塔楼内部扭曲延伸，就像是包裹在外围的茶马藤蔓。我还看到斑斑点点的日光从上方三十米高的地方洒下，那可能是个临时搭建的木屋顶。这时我意识到，这座塔楼只不过是一座粮仓，一座六十米高的巨石圆柱体。难怪就只有一扇窗户。难怪早在安迪密恩的民众被疏散前，那扇门就被砖堵住了。

我依旧在窗台上保持平衡，不太相信里面腐朽的地板能让我安全着陆。我最后一次摇了摇头。总有一天，好奇心会害死我的。

我眯起眼，望进漆黑的塔楼内部。里面实在是太黑了，跟外面午后的强烈阳光形成巨大反差。我完全看不见对面的墙壁和螺旋楼梯，几丝散射光微微照亮近处的内部岩石空间，能隐隐约约看见下面的腐烂楼梯，头顶几米上方的内部空间是个巨大的圆柱形——但是，在我这一层，里面大多数东西都……看不见了。

“上帝啊！”我低叹道。有什么东西填满了大半个漆黑的塔楼。

我慢慢地、小心翼翼地用手臂支撑住身体的重量，在窗台上稳住，然后慢慢下到内部的平地上。脚下的木板吱呀作响，但看上去还是结实得很。我的手依旧紧紧抓着窗框，小心地用脚探了探，转身察看。

花了大半分钟，我终于意识到眼前的究竟是何物。这是一艘太空飞船，它填满了塔楼的内部空间，就像一颗子弹被塞进了老式左轮枪的枪膛。

我现在把全身的重量都挪到了脚上，几乎不去管地板到底能不能支撑住我，迈步向前，想要看得更清楚些。

按太空舰船的标准看，这艘飞船并不高——也许只有五十米——而且很修长。船体的金属——如果那的确是金属的话——看上去是乌黑的，似乎能吸收光线。我在船体上看不见任何光辉或色泽。通过观察飞船后面的石墙，以及看石头上的反射光在何处消失，我才辨认出飞船的轮廓。

在那瞬间，我毫不怀疑这是一艘太空飞船。它简直就是我想象中的太空飞船。我曾在一本书中读到过，许许多多个世界上的小孩画房子的时候，依旧是先画一个方盒，然后在顶上画个三角锥，一个长方形的烟囱，再描上一点盘旋的烟——就连那些被怀疑是住在有机的生长荚体（这些东西高高地长在基因剪裁过的住宅树木上）

中的小孩也一样。同样，他们画山的时候，依旧是描一个陡角山峰似的三角锥，即便他们家园附近的山脉更类似于羽翼高原底部那些圆润丰满的山丘。我不记得那篇文章最后是如何解释其原因的——也许是种族记忆，也许是大脑已经与生俱来地被刻上了某种符号象征。

我正在注视着的、凝视着的看上去就像是负空间①的东西，跟如今的太空飞船不太一样。

我见过极其古老的旧地火箭的图像——它们存在于圣神前、陨落前、霸主前、大流亡前……见鬼，几乎是一切之前——它们的样子跟这艘流线型的黑色舰船一模一样。高，细，两端圆度渐变，上端尖削，下端装有翼片。我眼前的正是这样一艘太空船，那是刻在人脑中与生俱来的、带着种族回忆的完美的象征性画面。

海伯利安没有任何私人飞船，也没有什么停错了地方的飞船，对此我深信不疑。太空飞船，即便是简单的行星间旅行的品种，也极昂贵、极罕见，不可能无所事事地待在某座古老的岩石塔楼中。曾几何时，在陨落的几百年前，当时世界网的资源似乎取之不尽、用之不竭，太空船可能多得用不完——它们属于军部军队、霸主外交官、行星政府、法人、基金会、探险队，甚至有不少私人飞船属于超级亿万富翁。但即使在那些日子里，也只有行星级的经济才能负担起建造星际飞船的费用。在我这一生中，在我母亲、外婆和她们的母亲、外婆的一生中，唯有圣神——教会和原始星际政府的联盟——才能负担任何种类的飞船的费用。在这已知宇宙中，无人能消受私人星际飞船的费用，就算佩森的教皇陛下也没这个实力。

这便是一艘星际飞船，我知道它是。别问我是怎么知道的，我就是知道。

---

① 负空间：构图中实体周围的空间，也就是非作品对象部分（如背景）占据的空间。对应的正空间是指组成作品的对象所占据的空间。

我毫不顾及脚下破破烂烂的台阶，开始沿着螺旋楼梯上上下下。船体离我还有四米远。它那深不可测的黑暗令我头晕目眩。就在塔楼内部的半道外，在我身下十五米处，一小块楼梯的过渡平台朝外伸出，几乎触及船体，飞船漆黑的曲线差一点就将平台挡在我的视线之外。

我朝它冲去。脚下一块腐烂的台阶真的断裂了，但我跑得太快，没去管它。

那过渡平台没有栏杆，仿佛一块跳水板朝外伸出。要是从那上面掉下去，我肯定会摔得粉身碎骨，我的尸骨将永世躺在密封塔楼的黑暗之中。但我丝毫没有考量片刻，便走了过去，手掌贴上飞船的船体。

船体带着温热感。感觉不像金属，更像是什么沉睡生物的光滑表皮。船体微微颤动，让这幻觉感更加真实——就好像飞船真的在呼吸一样，就好像我能用手摸到底下的心跳似的。

突然，我手掌下的物体真的动弹了，那块船壳凹陷下去，折拢——不像我见过的那些通过机械牵拉而上升的入口，也没有通过铰链落下门板——它仅仅是**折进了**船体中，从面前消失，就像朝后张开的唇缘。

灯光突然开启。一条内部走廊发出柔和的光，天花板和墙壁像是什么有机物，似乎让我瞥到了某种机械化的子宫颈。

我在那儿停了三纳秒时间。这几年来，我的生命和大多数人一样，安宁，一成不变。但这星期，我因为意外杀死了一个人，然后被宣告有罪，被判以死刑，接着便在外婆最心爱的神话中醒了过来。所以我现在为什么要驻足于此呢?

我走进太空船，舱门在身后回拢关闭，就像是饥饿的大嘴吞下了一小口可口的美味。

我从没想过通过飞船的这条走廊是这般模样。在我脑海中，太空飞船的内部应该像是远航运输舰的货舱，就是在我当兵时，把我们的地方军联队运到大熊的那种舰船，它们全是灰不溜秋的金属、铆钉，推不动的舱门，嘶嘶冒气的蒸汽管。但这里没有一丁点那样的东西。走廊很光滑，一路蜿蜒，几乎不带什么装饰，内部的防水壁盖着华美的木板，暖暖的，有机的，犹如血肉之躯。可能有气闸，但我一扇都没有见到。随着我一路向前，隐藏的灯光在前面慢慢开启，又在我经过之后，在身后慢慢熄灭，始终让我处于一小片亮光之中，而前方和后头都是一片黑暗。我明白，这艘船的长度不可能超过十米，但是微微弯曲的走廊让它从里面看上去比在外面看到的要大许多。

最后，走廊终于抵达尽头，我来到的这个地方肯定是飞船的中心：那是一个敞开的舱井，中部一条金属扶梯呈螺旋形伸向上方和下方的黑暗中。我踏上第一级台阶，光线突然从上面的什么地方照了下来。我揣测着，是不是有更有趣的东西在上面等待着我，于是我开始往上走。

上层机舱占满了飞船的整个圆形空间，有个古老的全息井，样子跟我在古书中看到的差不多，还有散乱的几把椅子和几张桌子，为什么这样摆，我弄不明白；还有一台大钢琴。在这里我要说，海伯利安出生的人中，能够认出那东西是钢琴的不及万分之一——更认不出它是大钢琴。我母亲和外婆都对音乐有着浓厚的兴趣，在我们的一辆电篷车中，就放着一台钢琴，差不多占满了整辆车子。我时常听到叔叔和外公一个劲地抱怨，说那乐器太占地方、太重——在穿越天鹰荒野的过程中，我们把所有的力气都用在推那件沉重的大流亡前的乐器上了；他们抱怨，这年头会省事儿的人都带袖珍合成器，那玩意儿可以奏出跟任何一种钢琴……任何乐器一模一样的声音。但妈妈和外婆坚持己见——这世上没有任何东西可以媲美于钢琴的音色，尽管每次搬动之后，都必须重新调音。外婆在晚上的营火会上弹奏拉赫马尼诺夫、巴赫、莫扎特的音乐时，外公和叔叔倒不会抱怨。我从年老的外婆那儿了解了大钢琴的历史——包括大流亡前的大钢琴。而现在，我眼前就摆着一台。

我没去看全息井和其他设备装置，没去看弯曲的窗玻璃墙，那里仅仅显示出塔楼内部黑色的岩石，我目不斜视地朝大钢琴走去。键盘上金色的字体写着“施坦威”。我轻轻吹着口哨，手指抚过琴键，尚不敢按下去。按外婆所说，在三八年的天大之误前，这家公司就已经停止生产钢琴，因此大流亡后就再也没有一台“施坦威”钢琴出产过。这么说来，我摸到的，是一台至少有一千年历史的乐器。对于我们这群痴迷音乐的人来说，“施坦威”和“斯特拉迪瓦里”都已经成了神话。这怎么可能？我思索着，手指依旧抚触着琴键，它们像是传说中的象牙①——一种被称为大象的已经绝种了的动物的长牙。像塔楼里那位老诗人之类的人，很可能从大流亡前的困境中活到现在——鲍尔森疗法和冰冻沉眠在理论上对此作出了解释——但是木头、弦线和象牙的人工制品却很少有机会完成穿越时空的漫长之旅。

我舒展手指弹了段和弦：C-E-G-B降调，然后是C大调和弦。音质完美无瑕，飞船的音响效果也完美无缺。我们那台古老的直立式钢琴每次经过穿越荒野的几英里旅程之后，就得由外婆调一下音，但这台乐器在经历了无尽光年和数世纪的旅程之后，音质似乎依旧完美如初。

---

① 品质最优的钢琴，白键以象牙制成，黑键的材料则是乌木（黑檀木）。

我拉出琴凳，坐上去，开始弹奏贝多芬的《致爱丽丝》。这首简单的曲子微微带着伤感，但似乎很符合这幽静黑暗空间的意境。事实上，随着一个个音符如溪流般汇入圆形的房间，光线也好像在我四周暗淡了下去，旋律在黑暗的楼梯上不断回响。我一面弹，一面回想起母亲和外婆，她们绝不会想到，我早年的钢琴课能让我有幸在一艘隐藏的太空飞船中独奏一曲。这想法中的悲伤情绪也齐齐灌注到了弹奏的音乐中。

奏毕，我的手指迅速从键盘上收回，内心几乎带着负疚感，我突然想到，连这么简单的曲子都弹得那么糟糕，对于这台来自过去的礼物——这台完美的钢琴来说，我是不是太厚颜无耻了呢。我在那儿静静地坐了片刻，思索着这艘飞船，思索着老诗人，思索着自己在这疯狂图谋中所扮演的角色。

“棒极了。”我身后传来一个轻柔的声音。

我承认，我吓得马上跳了起来。我没听见谁从楼梯上爬了上来或是爬了下来，也没感觉到任何人进入这个房间。我猛地扭过头。

房间内没有任何人。

“我已经好久没有听到这首特别的曲子了。”那声音又传了过来。似乎是从这空荡荡的房间中心发出的，“我先前的乘客更喜欢拉赫玛尼诺夫。”

我的手按在凳子边缘，稳住自己的身子，思索着各种各样的愚蠢问题，这些问题的答案显而易见。

“你是飞船吗？”我问道，不知道这是不是一个愚蠢的问题，但我想要答案。

“当然。”传来它的回答。那声音很轻柔，但微微带着男子气概。我以前当然也听过机器的语音声——一直以来，这种东西就到处都是——但它们全都不是真正意义上的智能机器。早在两个多世纪前，教会和圣神就禁止任何真正的人工智能的存在，在看到技术内核是如何帮助驱逐者摧毁霸主后，几千个被毁世界上的数万亿人类中，大多数都全心全意地表示了赞同。我意识到，我的身体已经就这一顾虑作出了反应：一想到我正在和真正的有感知的装置对话，我的手掌不由得变得潮湿，喉咙也绷紧了。

“你……啊……你先前的乘客是谁？”我问。

它略微停顿片刻。“人们一般都把那位先生叫作领事，”飞船最后终于说道，“他一生中大部分时间都是霸主的外交官。”

这回轮到我停下来思考了。我突然想到，也许浪漫港的“死刑”已经把我的神经搅乱了，让我觉得自己生活在了外婆的一篇史诗之中。

“领事发生了什么事？”我问。

“他死了。”飞船回答。语气中微微带着遗憾。

“怎么死的？”我问。在老诗人《诗篇》的结尾，世界网陨落之后，霸主领事乘着一艘飞船飞回环网。是**这艘**飞船吗？“在哪儿死的？”我又补充了一句。根据《诗篇》记载，霸主领事乘坐着飞离海伯利安的那艘飞船，被注入了第二个约翰·济慈赛伯人的人格。

“我不记得领事是在哪儿死的，”飞船回答，“我只记得他死了，然后我回到了这里。我猜，那个时候有谁在我的指令库中编入了指令。”

“你有名字吗？”我问，微微有点好奇，我是不是在和约翰·济慈的人工智能人格说话呢。

“没有，”飞船说，“仅仅是**飞船**。”这回是再一次的停顿，而非简单的沉默，“尽管我似乎的确记得曾有过一个名字。”

“是约翰吗？”我问，“或者叫乔尼？”

“也许吧，”飞船说，“所有细节都很模糊。”

“为什么会这样？”我问，“你的记忆出故障了吗？”

“不，完全没有，”飞船回答，“就我追根溯源得出的结果，大约两百年前，我经历了很大程度的硬件损伤，它删除了我的某些记忆，但此后的记忆和其他功能都完好无损。”

“可你记不起这起事件了？这起损伤？”

“对，完全不记得了，”飞船回答，带着十足的兴高采烈，“但我相信，这件事就发生在领事死的那个时候，发生在我返回海伯利安的时候，但我不太确信。”

“之后呢？”我说，“你回来之后，就一直藏在这座塔楼中吗？”

“对，”飞船说，“我曾在诗人之城待过一段时间，但过去两个世纪的绝大部分时间，我都是在这里度过的。”

“谁带你来这儿的呢？”

“马丁·塞利纳斯，”飞船回答，“诗人。你今天早上已经和他见过面了。”

“你知道这一切？”我问。

“噢，当然，”飞船说，“正是我，把你经受审判和被判死刑的消息告诉了塞利纳斯先生。正是我，帮助安排了贿赂官员，把你沉睡的身体运到了这里。”

“你怎么办到的？”我问，这艘庞大、古老的飞船竟然还能和人通电话，这幅景象真是太匪夷所思了。

“海伯利安没有真正的数据网，”飞船说，“但我监控着所有的自由微波和卫星通信，还有我能接入的某些自以为安全的可视光纤和脉塞频段。”

“这么说，你是老诗人派去的间谍喽。”我说道。

“可以这么说。”飞船回答。

“你知道老诗人为我准备的计划吗？”我问，转身再次坐在键盘前，开始弹奏巴赫的《G弦上的咏叹调》。

“安迪密恩先生。”身后传来另一个声音。

我停止弹奏，转身看见了机器人贝提克，他正站在圆形楼梯的顶部。

“我的主人有点担心你是不是迷路了，”贝提克说，“我来带你回塔楼。你正好有时间穿好衣服吃晚餐。”

我耸耸肩，走到楼梯井。在跟着蓝皮肤的男人走下楼梯前，我转过身，对着逐渐暗去的房间说道:“很高兴与你谈话，飞船。”

“我也很高兴遇见您，安迪密恩先生，”飞船说，“我们很快会再见面的。”

07

火炬舰船“巴尔萨泽”“梅尔基奥”“卡斯帕”驶离熊熊燃烧的环轨森林，距离已达一个天文单位，但依旧在环绕无名的恒星减速，就在此时，斯通圣母指挥官在德索亚神父舰长的船舱入口前鸣了鸣铃，告诉他信使已经重生。

“事实上，只有一位成功复活。”她飘浮在打开的伸缩门前，更正道。

德索亚神父舰长一惊。“失败的那位……有没有……重新进入重生龛？”他问。

“还没有，”斯通回答道，“萨皮阿神父正陪着幸存者。”

德索亚点点头。“是圣神派来的？”他问，并暗自期待如此。来自梵蒂冈的信使比军方派来的更加难缠。

斯通圣母指挥官摇摇头。“都来自梵蒂冈。葛隆斯基神父和范崔斯神父，两人都隶属基督圣心会[①]。”

---

① 基督圣心会（Legion of Christ）：天主教的一个传教会组织，于1941年在墨西哥由马素尔神父创建。

德索亚努力克制着不去叹息。几个世纪以来，基督圣心会已经差不多取代了更开明的耶稣会——早在天大之误发生的一个世纪前，他们在教会的权势就已经滋长得相当庞大——现在所有人都明白，教皇已经把他们作为教会阶层内负责艰难使命的突击部队。“哪一位复活了？”他问。

“范崔斯神父，”斯通瞥了眼通信志，“长官，他现在应该已经醒了。”

“很好，”德索亚说道，“到六点四十五分的时候，将内部场能调整至标准重力。接入通道，让赫恩和布莱兹舰长上我的飞船，代我向他们问好。护送他们到前会议室。我和范崔斯会面后，再同他一道过去。”

“是，是。”斯通圣母指挥官唯唯应声，随即离去。

重生龛外面的待苏室更像个小礼拜堂，而不是医务室。德索亚神父舰长面朝祭坛拜了拜，然后来到等在轮床边的萨皮阿神父身旁，信使已经坐了起来。萨皮阿算是最老的圣神船员之一了——至少有七十标准岁——卤素光照在他光秃秃的脑袋上，反射着柔和的光芒。德索亚总觉得这位舰船医疗神父的脾气很坏，脑袋也不太灵光，很像他小时候认识的那几个教区教士。

“舰长。”医疗神父致意道。

德索亚点头回礼，朝坐在轮床上的男人走近。范崔斯神父很年轻——只有二十七八岁的样子——一头长长的黑色卷发，是梵蒂冈眼下正流行的式样。或者，至少是德索亚最后一次在佩森和梵蒂冈见到的发式：此次任务的两个月，已经产生了三年的时间债。

“范崔斯神父，”德索亚说，“你能听见我说话吗？”

坐在小床上的年轻人点点头，哼哼着。重生后的最初几分钟，交谈是相当困难的。当然这只是德索亚的听闻。

“啊，”医疗神父说道，“我最好把另一个人的身体放回重生龛。”他朝德索亚皱皱眉头，就好像是舰长本人把重生搞砸似的，“当然，那只是白费力气，神父舰长。在葛隆斯基神父成功苏醒前，我们还要等上几星期——或许是几个月。这会让他很痛苦的。”

德索亚点点头。

“你想见见他吗，神父舰长？”医疗神父继续道，“当然他的身体现在……嗯……几乎不成人形了。内脏能看得一清二楚，相当……”

“去干你的事吧，神父，”德索亚平静地说道，“解散。”

萨皮阿神父又皱了皱眉，似乎打算回应，但就在此时，重力警笛开始鸣响，随着内部密蔽场开始重新调整，两人不得不保持平衡，以免脚在地板上打滑。重力慢慢地升至一倍重力，范崔斯神父也一头栽倒在轮床的软垫中，医疗神父慢吞吞地出了门。即便才经历了区区一天的零重力状态，重力的回归也实在太难以忍受了。

“范崔斯神父，”德索亚轻声说道，“能听见我说话吗？”

年轻人点点头。眼神中显露出忍受着剧痛的神色。这男人的皮肤闪着光泽，就好像他刚刚接受了植皮手术——或是刚刚重获新生。德索亚看到，他全身的血肉是嫩生生的粉红，几乎像是被烧焦了，胸膛上青灰色的十字形比正常的要大一倍。

“你知道你是在哪儿吗？”德索亚低声道。或者你知道自己是谁吗？他在心里加上一句。重生后意识会变得非常混乱，这种状态会持续几个小时，甚至是几天。德索亚知道，信使受过特训，能克服这种混乱的状态，但有谁会经受死亡和重生的特训呢？德索亚在神学院就学时，他的一位老师曾平实地解释道——“尽管意识不会记得死亡，但细胞会，它们会记住曾经经历的死亡。”

“我记起来了，”范崔斯神父细语，那声音听上去比他皮肤看上去的样子还要生疏，“你是德索亚神父？”

“德索亚神父舰长。正是在下。”

范崔斯试图用手肘将自己撑起来，但没有成功。“过来点。”他低声道，虚弱得都无法从枕头上抬起头来。

德索亚凑近了些。这名神父身上带着一丝甲醛味。司铎中只有特定的成员才会经过重生这一真正神迹的特训，德索亚希望自己最好不要变成其中之一。他可以施行洗礼，执行临终涂油或圣餐仪式——身为星际飞船的船长，他有更多机会担任后者而不是前者的工作——但他从来没出席过重生圣礼。他完全不知道相关的程序，将这男人毁坏和压扁的躯体、腐朽的神经和四分五裂的脑组织，复原成眼前的人类形体，这是十字形带来的奇迹。

范崔斯轻声细语起来，德索亚只得靠得更近，重生神父的嘴唇几乎贴到了他的耳朵上。

“有话……必须……”范崔斯费尽力气开口道。

德索亚点点头。“我已经为你安排了一场简报，十五分钟后开始。另两艘飞船的舰长也将出席，我们会为你提供一把悬椅……”

范崔斯摇起头来。“无须……集会。信息……仅仅……传达于你。”

德索亚面无表情。“好吧。那你想等到你……”

那颗脑袋又一次痛苦地摇起来。神父脸上的皮肤极其光滑，带着细纹，好似望见了底下的条条肌肉。“就现在……”他低声道。

德索亚朝他凑近，等着。

“你得……立即……乘着……这艘大天使信使……飞船……”范崔斯喘息着，“它已经预先………编好程序……将直达……目的地。”

德索亚依旧面无表情，但他在思索，那将会因为加速而带来一次痛苦的死亡。上帝啊，您能不能别把这杯传给我？①

“我该怎么向其他人说呢？”他问。

范崔斯神父摇摇头。“什么都别说。让你的参谋指挥……‘巴尔萨泽’号。将特遣部队的指挥权交给布莱兹圣母舰长。三贤特遣部队……还有……其他任务。”

“我能打听一下它们有什么任务吗？”德索亚问。为了故作平静，他绷紧下巴，感觉很难受。三十秒之前，这艘飞船和特遣部队的生存与胜利，是他生命的首要理由，而现在，两者都离他远去。

“不，”范崔斯说，“这些……任务……和你……无关。”

重生的神父因痛苦和虚弱而显得苍白不堪。德索亚意识到，自己从中得到了一些报复性的宽慰，但他立即念了一小段祷文，祈求上帝宽恕自己的想法。

“我得马上走，”德索亚重复道，“能带些私人物品吗？”他想带上妹妹在复兴之矢临终前给他的小型瓷雕。这么多年的宇宙飞行中，那个易碎的小东西一直陪伴在他左右，在高重力状态下的时候，它会被锁在一个静态平衡立方体中，以免损坏。

“不行，”范崔斯神父说，“走吧……快。什么都别带。”

“这命令是来自……”德索亚询问道。

范崔斯皱皱眉，他的表情因痛苦而扭曲。“这是教皇陛下尤利乌斯十四世直接签署的命令，”信使回答，“属于……欧米迦级……级别优先于所有来自圣神军事司令部或太空指挥舰队的命令。德索亚神父舰长……你……明白……了吗？”

“明白。”耶稣会士回答，他恭顺地微微颔首。

---

① 耶稣在最后的晚餐上举杯递酒给门徒。弥撒礼仪中也有这一段《圣经》的引述。“这杯（酒）”的《圣经》意义是门徒要跟耶稣一样受苦，就可以修成圣德，成义成圣，得进天国。

这艘大天使级的信使舰船没有名字。德索亚从不觉得火炬舰船算得上漂亮——它们的形状像个葫芦，指挥和武器模块在庞大的霍金驱动和星系内聚变推进球体的映衬下显得极其渺小——但这艘大天使比它还要丑陋。信使飞船是一堆不对称球体、十二面体、链挂、结构缆线、霍金驱动装置的集合，像是造飞船的事后才想起来还缺个客舱，只得在那堆垃圾的中心草草安置了一个。

德索亚和赫恩、布莱兹、斯通短暂地见了个面，仅向他们谈及自己将被召走，然后将指挥权转交给新任的（同时也是惊讶的）特遣部队和“巴尔萨泽”号舰长。事情办完后，他乘上一艘单人转移分离舱，向大天使飞去。德索亚试图不去回头看自己心爱的“巴尔萨泽”，但在接入信使舰船的最后一刻，他还是转过身，依依不舍地朝火炬舰船望去，日光涂抹在它流线型的侧面上，仿佛新月般的朝日正在一颗美丽的星球上冉冉升起，接着，德索亚毅然决然地扭头离去。

一进入飞船，他就发现这艘大天使只有最原始的虚拟战术指挥部、手动控制器，还有舰桥。指挥舱的内部比德索亚“巴尔萨泽”上的拥挤小房间大不了多少，这地方挤满了缆线、可视光纤的导线、技师触显，以及两张加速卧床。剩下的一个容身之所便只有那个带衣橱的狭小导航室。

不，德索亚立即发现，加速卧床并不是标准型号的。这些未加软垫、制成人形的钢盘，看起来不像卧床，倒更像是验尸台。这些托盘四周有个凸边——他肯定，它们是为了防止液体在高重力下晃荡而出——他也意识到，飞船中唯一补偿性的密蔽场就笼罩在这些卧床周围——目的是为了防止被碾成齑粉的血肉、骨头、脑组织在最后的减速产生的零重力间隙飘走。德索亚看见那些喷嘴，他想，水或者某种清洁溶液会从那高速喷射出，用来清洗钢托。但清洁工作并不怎么成功。

“两分钟后加速，”某个充满金属质感的声音说道，“拴上安全带。”

一点都不考究，德索亚想，连个“请”都不说。

“飞船？”他喊道。虽然他明白圣神飞船绝不允许任何真正的人工智能的存在——事实上，圣神的所有地方都不容人工智能的存在——不过他想，也许梵蒂冈会在一艘大天使级的信使舰船上破个例。

“离初始加速还有一分三十秒。”那金属声继续道，德索亚明白，他正在对一台蠢蛋电脑白费口舌。于是他赶忙拴上安全带。带子很宽，很厚，几乎就是摆摆样子。既然有密蔽场，他——或者说他的遗骸——就会被固定在原处。

“三十秒，”那蠢蛋声音继续道，“记住，超光速传送将会致命。”

“多谢。”费德里克·德索亚神父舰长说。他的心正猛烈跳动，耳朵里满是怦怦的声音。各种各样的仪器闪烁着异光。但没有任何东西象征着人类的超驰控制，所以德索亚撇眼不顾。

“十五秒，”飞船说，“现在你可以进行祈祷了。”

“滚你妈。”德索亚破口大骂。自他离开信使的恢复室以来，他就一直在祈祷。骂了句粗口之后，他额外添上最后的祈祷，请求上帝宽恕。

“五秒，”那声音道，“这是最后一次提示。以基督之名，愿上帝保佑你，助你成功重生。”

“阿门。”德索亚神父舰长说道。他闭上双眼，加速开始了。

08

夜幕很快就笼罩在安迪密恩废城之上。我待在塔楼中（这无尽之日的早先时候，我就是在这里醒来的），站在这个制高点上，望着秋日夕阳的最后一丝光辉慢慢变暗，逐渐隐灭。是贝提克带我回来的，他领我进了房间，里面的床上依旧摆着时髦的简易晚装——棕褐色的裤子在膝部之下束紧，白色亚麻衬衣，袖子带着点褶饰，黑色的皮背心，黑色的长袜，黑色的软皮靴，金色的袖带。机器人又领我去了楼下的盥洗室，并告诉我，门边挂着的厚棉袍是为我准备的。我向他致以谢意，洗完澡，吹干头发，穿上那些摆好的衣装，但没戴金色的袖带。我走到窗前等着，夕阳越发变得光辉灿烂，越发向地平线坠去，影子蹑手蹑脚地从大学顶上的山上爬了下来。最后，光线终于隐灭，以至于影子也逃之夭夭了，东方那座山脉的顶上，天鹅座最亮的那颗星星现出光芒。此时，贝提克回来了。

"到时候了？"我问。

"还没到，先生，"机器人回答，"是你早先吩咐我回来，好和我聊聊。”

“啊，对，”我一面说，一面朝床铺指了指，那是房间内唯一的一件家具，“坐。”

蓝皮肤的男人依旧站在门口。“先生，我站着好了。”

我双臂抱在胸前，背靠在窗台上。从敞开的窗口吹进习习凉风，带着茶马的味道。“你不必称呼我先生，”我说，“叫我劳尔好了。”我犹豫了片刻，“除非你的内置程序让你在跟……啊……”我本想说“人类”，但却又不想让我的口气听上去像是我觉得贝提克不是人，“……跟人们说话时必须那样称呼他们。”这话说得真让我感到别扭。

贝提克笑了。“不，先生。我没有安装内置程序……我不是机器。虽然有几个人造假体——比如有一个可以加大我的力量，还有一个提供抗辐射性能——但除此之外，我没有任何人造零件。我仅仅是得到教导，万事均得遵从，必须完成职责。如果您不反对，我就叫您安迪密恩先生。”

我耸耸肩。“没关系。真是抱歉，我对机器人实在是一无所知。”

贝提克薄薄的小嘴又咧了开来。“安迪密恩先生，您不必道歉。当今世上，很少有人见过我的种族。”

我的种族。有趣。“告诉我关于你们种族的事吧，”我说，“在霸主时代，制造机器人不是非法的吗？”

“是的，先生。”他回答。我注意到，他正以阅兵式的姿态站着，于是漫不经心地想到，他是否从事过军事职务呢。“在旧地上，在大流亡前的许多霸主家园上，制造机器人是非法的。但是全局下达了许可令，容许制造一定量的机器人，派至偏地使用。在那些日子里，海伯利安就是这些偏地中的一个。”

“现在它依旧是。”我说。

“是的，先生。”

“你是什么时候被制造出来的？住在哪个星球上？以前都做什么工作？”我劈头盖脑地问道，“如果你不介意我问这些问题的话。”

“当然不介意，安迪密恩先生。”他轻声道。这个机器人的声音带着一丝方言语调，我感觉很陌生。来自外世界。很古老。“按照你们的纪年法，我是在坠船纪二六年被制造的。”

“也就是公元二十五世纪，”我说，“六百九十四年前。”

贝提克点点头，不置可否。

“也就是说，你是在旧地被毁之后出生……被制造的。”我说，但更多的是在自言自语。

“对，先生。”

“海伯利安是你的第一个……啊……工作地吗？”

“不，先生，”贝提克回答，“在我被制造出来后的起初半个世纪里，我在阿斯奎斯星球工作，服务于亚瑟王八世殿下，也就是流亡之温莎王国的至尊君主。同时，我也服务于他的侄子，流亡之摩纳哥的鲁珀特王子。亚瑟王驾崩后，按他的遗愿，我接着服侍他的儿子，威廉王二十三世殿下。”

“哀王比利。”我说。

“对，先生。”

“你之所以来海伯利安，是不是因为哀王比利想要逃离贺瑞斯·格列依高的叛乱？”

“对，”贝提克说，“事实上，早在将军叛乱的三十二年前，我和我的机器人兄弟们就被派到了海伯利安上，之后陛下和其他殖民者才加入我们。格列依高将军赢了北落师门之战后，我们就被派到了这里。陛下觉得最好为流亡王国准备一个备用的基地。”

“你就是在那个时候遇到塞利纳斯先生的，对吗？”我问道，指了指天花板，想象着坐在上面的诗人老头，正躺在维生脐线组成的网络中。

“不，”机器人回答，“人们住在诗人之城的那几年里，出于职责关系我并没有和塞利纳斯先生接触过。我很高兴后来能遇到他，就在陛下驾崩后的两个半世纪后，当时他正要开始向光阴冢山谷的朝圣旅途。”

“自那之后你就一直待在海伯利安上，”我说，“在这星球上待了五百多年！”

“对，安迪密恩先生。”

“你死不了吗？”我问，虽然知道这个问题有点无礼，但我还是想问。

贝提克微微一笑。“当然不，先生。如果出现意外或者受伤，严重得无法修复，我会死。我能活那么长时间，只是因为我被制造出来时，我的细胞和身体系统使用了一种纳米技术，会让我自行进行鲍尔森疗法，从本质上来说，我能抵抗衰老和疾病。”

“所以机器人是蓝色的？”我问。

“不，先生，”贝提克回答，“我们之所以是蓝色的，是因为在我被制造出来时，已知的人类种族没有一种是蓝色的，制造我的设计师觉得有必要让我们能从外观上和人类区别开来。”

“你不把自己当成人类吗？”我问。

“不，先生，”贝提克说，“我把自己当成机器人。”

我对自己的天真置之一笑。“你依旧在服侍人类，”我说，“但几个世纪前，霸主的领地上就不允许使用机器人劳工了，那是非法的。”

贝提克等着我继续。

“难道你不希望获得自由吗？”最后我终于说道，“凭你本身的资格，成为独立的人？”

贝提克走到床前。我以为他想要坐上去，但他只是过去把我换下来的衬衫和裤子折叠好。“安迪密恩先生，”他说，“我想指出的是，虽然霸主的法律已经随霸主一起消亡了，但是，几个世纪以来我一直把自己当作自由独立的人。”

“可你还是和其他人躲在这儿，为塞利纳斯先生工作。”我继续道。

“对，先生，但是，我这么做全是出于自己的选择。我被制造出来是为了伺候人类，我做得很好，我也从中得到了快乐。”

“这么说，你是自愿待在这儿的。”我继续顽固不化地问道。

贝提克点点头，微微一笑。“对，我们大家都是出于自愿的，先生。”

我叹了口气，撑起身子离开窗边。现在外面已是一片漆黑。我想，不久就会有人来叫我出席老头的晚宴了。“那么，你会继续留在这儿，照顾那个老头，直到他死为止？”我说。

“不，先生，”贝提克说，“如果有人跟我商量这件事，我不会留下来。”

我停在那里，扬起眉毛。“真的？”我问，“如果有人跟你商量，你会去哪儿？”

“如果你决定接受塞利纳斯的任务，先生，”蓝皮肤的男人说道，“那么，我会跟你一起走。”

被带到楼上的时候，我发现顶楼已经不是原来的那间病房了；它被改成了一间餐厅。流沫悬椅没了，医用监控器不见了，通信控制台也不在了，天花板露天敞开着。我举头仰望，以我牧羊人训练有素的眼睛，找到了天鹅座和双子座的星群。每一扇彩色玻璃窗前都立着高高的三脚架，上面托着一只只火盆，冒起的火苗给房间带来了暖意，也带来了光亮。房间中央，原先的通信控制台被一张三米长的餐桌替代。两盏华丽大烛台上，蜡烛光勃勃跃动，而瓷器、银器和水晶也在光亮中闪烁。桌子的两端各设席位。在远端，马丁·塞利纳斯已经坐在了一把高椅中，等着我的加入。

老诗人坐在那儿，几乎隐没不见。自我上次和他见面仅过了几个小时，但他却似乎褪去了几个世纪的老皮。现在，他已经从一个肤如羊皮纸、双眼凹陷的木乃伊转变成餐桌上另一个老人——双眼放射出一种如饥似渴的眼神。我朝桌子走近，注意到精细的静脉滴管和监控细线在桌下迂回前行，然而，那种某人死而重生的幻觉感真是太真实了。

塞利纳斯望着我的表情，咯咯地笑了起来。“劳尔·安迪密恩，今天下午你看到的是我最糟糕的一面，”他气喘吁吁道，那嗓音依旧因为衰老而显得刺耳，但比起先前充满了力量，“当时我还没从冰冷的沉眠中恢复过来。”他朝我招招手，叫我坐到桌子另一端的席位上。

“冰冻沉眠？”我蠢头蠢脑地问，把亚麻餐巾展开摊在大腿上。我已经有好几年没有坐在如此华丽的餐桌上享用盛筵了——最近一次要追溯到我被遣散离开地方军的那天，当时我直接来到南爪半岛的格兰查科港口城，进到一家高级餐馆，点了菜单上最棒的菜，把最后那个月的薪水全部挥霍一空。但那顿饭值那个价。

“当然是他妈的冰冻沉眠啦，”老诗人说道，“你觉得还有什么能够让我度过这几十年的时光？”他又咯咯地笑起来，“但解冻后，我花了好几天时间才再次恢复正常的生活速度。我已经没以前那么年轻了。”

我深吸一口气。“如果你不介意的话，先生，我想问，”我说，“你多大年纪了？”

诗人没有理我，他朝候命的机器人（不是贝提克）招了招手，那机器人朝楼梯间点了点头。于是，另几个机器人开始静悄悄地端着食物走上来。水杯被斟满。我注视着贝提克，他拿着一瓶酒，给诗人看了看，等到老诗人点头同意，便按部就班，打开瓶塞，倒了一点给诗人试尝。马丁·塞利纳斯把佳酿拿到嘴边，搅动了一下，一饮而尽，咕哝了一声。贝提克把这视为赞同的意思，于是为我俩斟满酒杯。

开胃品陆续上达，我们两人每人一份。我认出了炭烧鸡肉串、柔嫩的白汁牛肉（产自鬃毛地区），搭配芝麻菜。另外，塞利纳斯还享用着卷在曼德拉草叶中的嫩煎肥鹅肝酱，它们就摆在他的边上。我拿起花式烤肉叉，尝了尝鸡肉串。味道棒极了。

马丁·塞利纳斯也许已有八九百岁，或许是目前在世的最老的人类，但这怪老头胃口真大。当他大嚼白汁牛肉时，我看见那洁白的牙齿闪闪发亮，我琢磨着，这些新添物件是假牙，还是基因修裁过的替代品呢？很可能是后者。

我意识到自己已经饿扁了。显然，我的假重生，或是爬进飞船的体力活动，都激起了我庞大的胃口。几分钟的时间内，我们没有交谈，四下里仅有服侍的机器人脚踏石板的轻柔响声、火盆中火苗的噼啪声、头顶上偶尔吹过的一丝夜风，还有我们咀嚼的声音。

机器人上前撤掉开胃菜的盘子，端来两碗热气腾腾的黑贝浓汤，此时，诗人开口道：“我听说，你今天跟我们的飞船见了一面。”

“对，”我回答，“那是不是领事的私人飞船？”

“当然。”塞利纳斯朝一个机器人招招手，于是他们从烤炉中拿出热乎乎的面包。我闻到一股诱人的香气，混合着浓汤慢慢升腾的蒸气和微风吹拂下的秋叶的气息。

“你希望我用这艘飞船救那个女孩？”我问道，心里期待着诗人问我是否答应他的那项请求。

但他没有，而是问道：“安迪密恩先生，你如何看待圣神？”

我眨眨眼，盛着浓汤的勺子正要送到嘴里。“圣神？”

塞利纳斯等着我的回答。

我把勺子放回碗里，继而耸耸肩。“我想，我对它没什么看法。”

“甚至在它们的法庭判你死刑之后，你也这么觉得？”

我没有跟他提我早先的想法——判处我死刑的，并非来自圣神的势力集团，而是海伯利安边疆法院中的人。我对他说：“不。我的意思是，圣神和我的生活没有多大的关系。”

老诗人点点头，啜了一口浓汤。“那教会呢？”

“什么，先生？”

“它和你的生活也没多大关系吗？”

“我想是的。”我觉得自己就像是个舌头打了结的少年，但是他问的这些问题比不上他将要问的那个问题，也比不上我将要给予他的回答。

“我记得，我们第一次听说圣神的时候，”他说，“仅仅是在伊妮娅失踪的几个月后。当时教会的飞船集结在轨道上，他们的军队占领了济慈、浪漫港、安迪密恩、大学，所有的航空港和重要城市。接着，他们又驾着作战掠行艇飞离，后来我们才知道，他们是在寻找羽翼高原上的十字形。”

我点点头，他说的这些我全都知道。军队占领羽翼高原，搜寻十字形，那是垂死教会的最后一搏，也是圣神统治的开始。大约在一个半世纪前，真正的圣神军队才抵达此地，占领海伯利安上所有的一切，下令所有的人从安迪密恩和高原附近的其他城镇撤离。

“但是，圣神扩张期间，那些进入此地的飞船搞来的都是些什么好事啊！”诗人继续道，“教会从佩森开始的扩张，染指古老的环网世界，然后是偏地殖民地……”

机器人撤走汤碗，端上盘子，上面摆着禽肉切片，配酸辣芥末酱，还有脆烤湛江蝠鲼，上面浇着淋丝鱼子酱。

“鸭肉？”我问。

诗人朝我笑笑，露出一口再造的牙齿。“这道菜似乎很配你……啊……上个星期经历的麻烦。”

我叹了口气，拿起叉子碰了碰一片鸭肉，湿润的水汽扑向我的脸颊和眼睛。我回想起依姿在野鸭接近空旷的水域时殷切的表情，那已经恍如隔世。我朝马丁·塞利纳斯看了看，试图想象要和几个世纪的记忆搏斗的情景。那一生的时间全部储存在他的大脑里，他是如何让自己保持清醒的呢？老诗人正以他惯有的狂野方式朝我微笑，我再一次纳闷起来，他的神志是不是健全呢？

“到圣神真正降临之时，我们也终于明白它是真实的，但我们也在纳闷，它到底是什么样的呢，”他继续道，一边说一边嚼着，“结果是神权统治……放在霸主的几个世纪里，那绝对不可思议。当然，在那时，宗教纯粹是个人的自由选择——我加入过十几个宗教，甚至在成为文坛名人的那段时间里，我自己开创了好几个宗教。”他那明亮的眼睛盯着我，“你肯定知道这些，劳尔·安迪密恩，你听过《诗篇》里的故事。”

我品尝着蝠鲼，一言不发。

“我认识很多禅宗基督的信徒，”他继续道，“当然，禅宗比基督的成分多一些，但事实上，也没多到哪里去。个人的朝圣非常有趣。力量之地，寻找自己的贝厄德科点，全是这些废话……”他咯咯地笑了起来，“当然，霸主从没想过要和宗教扯上关系。政教合一的想法太粗野了……这种东西只有在库姆-利雅得或是诸如此类的偏地沙漠世界上才会有。然后，圣神就降临了，用它天鹅绒的手套和怀揣希望的十字形……”

“圣神并没有统治，”我说，“它是在劝导。”

“完全正确，”老人赞同道，他拿叉指着我，而贝提克为他重新斟满酒杯，“圣神在劝导。它没有统治。上百个世界上，教会守护信徒，圣神劝导他们。但是，当然啦，要是你是一名希望重生的基督徒，你肯定不会不理睬圣神的劝告或教会的秘语的，对不对？”

我又耸了耸肩。自我出生到现在，教会的感化已经成了生活的永恒主题。对我来说，它一点也不陌生。

“但你不是一名希望重生的基督徒，对不对，安迪密恩先生？”

我注视着老诗人，脑中突然闪过一个可怕的疑念。他用什么巧妙的办法伪造了我的死刑，在我本将被当局埋葬在大海中的时候，把我运到了这儿。他的神通竟可以周旋于浪漫港当局。那么，他会不会是我的定罪和死刑判决的主谋？这一切是不是某种测试？

“问题是，”他继续道，毫不顾及我蛇怪似的致命眼神，“为什么你不是基督徒？为什么你不愿重生？你热爱生命吗，劳尔·安迪密恩？”

“我热爱生命。”我简明扼要地答道。

“但你没有接受十字架的教义，”他继续道，“你没有接受延长生命的赐礼。”

我放下叉子。一个机器人仆从把这理解成用膳完毕的意思，撤走盘子，上面的鸭肉原封未动。“我没有接受**十字形**。”我朝他嚷道。我该如何解释，在经历几代的流亡、受排挤、动荡的土著生活之后，我们游牧部落脑中滋生出的疑病呢？我该怎么解释像我外婆和母亲这些人的激烈独立观呢？我该怎么解释通过教育和抚养带给我的遗产——那些贤明的严格要求和天生的怀疑态度呢？我没有试着解释。

马丁·塞利纳斯点点头，就好像我已经作出了解释。“你觉得十字形并非天主教赐给信徒的礼物，也不是会通过某种非凡的祈祷得到的奇迹，对不对？”

“在我眼里，十字形就是种寄生虫。”我回应道，因为自己口气中的激烈情感而感到惊讶。

“也许你是害怕失去……啊……你的男性特征。”诗人粗声粗气道。

机器人端上两只用摩卡巧克力雕刻而成的天鹅，边上配着高地枝菌。食物放在了我俩面前，但我没去看它。《诗篇》中，那名神父朝圣者，保罗·杜雷，讲述了他发现毕库拉这个失落部族的故事，他发现了这些人是如何生存了几个世纪之久——通过那具有传奇色彩的伯劳送给他们的十字形共生体。十字形让他们重生，就像它今日在圣神的纪元中所做的，只不过在神父的故事中，这种重生会带来副作用，在经历了几次重生后，会有无法改变的大脑损伤，性器官和性冲动也会消失。毕库拉是一群智力迟钝的太监——全都是。

“不，”我回答，“我知道教会已经用什么办法把那个问题解决了。”

塞利纳斯微微一笑。做那动作的时候，劳尔感觉他就像是一个如木乃伊般干瘪的色帝。“不，一个人**只有**加入了教会，并且在教会的主持下进行了重生，**才能**消除那副作用，”他粗声粗气道，“不然，即便他用什么办法偷到了十字形，他的命运依旧和毕库拉一样。”

我点点头。一代代的人试图窃取不朽的生命，在圣神把高原封锁起来前，探险者一直在私运十字形，还有一些是从教会那儿偷来的。但结果从未改变——白痴的行为，性征的缺失。唯有教会拥有成功重生的秘诀。

“那又如何？”我问。

“那么，为什么不效忠教会，每隔十年为教会捐纳一次什一税呢？这代价难道很高么，我的孩子？数十亿人已经为了生命作出了选择。”

我静静地在那儿坐了片刻，最后说道：“数十亿人尽可以做他们想做的，但我的生命对我来说很重要。我只是想让它……**属于我自己**。”

这话甚至对我来说都没有任何意义，但是诗人再一次点了点头，似乎我的解释很像那么回事，让他很满意。我看着他吃光了盘中的巧克力天鹅。机器人撤走盘子，在我们的杯中斟满咖啡。

“好吧，”诗人说，“你有没有考虑过我的建议？”

这问题真是太可笑了，我强抑住想要笑的冲动。“嗯，”最后我说道，“我考虑过了。”

“怎么说？”

“我有几个问题。”

马丁·塞利纳斯等我往下说。

“这事到底能给我带来什么？”我问，“你跟我说，如果我回去继续在海伯利安生活，那将十分困难——因为没有证件之类的东西——可你知道，我能轻松自如地生活在荒野中。对我来说，离开这儿，去沼泽地，躲着圣神当局，肯定比拖着你的小朋友在太空中逃来逃去要容易得多。此外，对圣神来说，我已经死了。我大可以回到荒野的家乡，和我的部族待在一起，那肯定完全没有问题。”

马丁·塞利纳斯点点头。

片刻的沉默过后，我说道：“所以，我为什么要考虑你的这番无稽之谈？”

老人笑了。“因为你想成为英雄，劳尔·安迪密恩。”

我窘迫地大出一口气，双手放在桌布上。手指似乎又迟钝又笨拙，不知道该怎么摆在精美的亚麻布上。

“你想成为一名英雄，”他重复道，“你想成为那些创造历史的非凡人物之一，而不仅仅是注视着历史在你身边擦身而过，就像河水流过一块岩石。”

“我听不懂你在说什么。”其实我懂，这是当然，但是他不可能把我了解得那么透彻。

“我**很**了解你。”马丁·塞利纳斯说，仿佛是在回应我的所思所想，而不是我最后那句话。

在此处，我得说一下，我完全没有想过这个老诗人会拥有心灵感应术，连一秒钟也没想过。首先，我不相信心灵感应术的存在——或者，准确地说是当时我不相信；其次，我更感兴趣的是一个生活了差不多有一千标准年的人类的潜能，我在想，为什么即便他已经神志不清了，他还能通过别人的面部表情和动作上的微小变化，得到相当于心灵感应的效果呢！

或者，只是他侥幸猜对了罢了。

“我不想成为什么英雄，”我平静地说道，“我所在的部队被派到南大陆和叛军打仗时，我亲眼见到了他们的结局。”

“啊，大熊，”他嘀咕道，“南极的大熊，海伯利安最没有价值的冰泥之地。我记得从那儿传来过动乱传闻。”

那儿的战争持续了八个当地年，令上千海伯利安小伙命丧黄泉，他们太蠢了，应征入伍，结果被派到那儿去打仗。也许这个老诗人不像我想象的那么狡猾。

“我所说的英雄，不是指那些自己往枪口上撞的傻子，”他继续道，突然像蜥蜴一样，飞快地伸出舌头舔了舔薄唇，“我所说的英雄，是指那些胆识过人、慷慨仁慈、成为传奇佳话的人，他们甚至因此被尊奉成神灵。我所说的英雄是文学意义上的，我们的主人公惯于采取一些强大而有效的行动，他的悲剧性缺陷将带他走向毁灭之路。”诗人顿了顿，满怀期待地看着我，但我只是静静地回看着他。

“你不喜欢悲剧性缺陷？”他最后说道，“或是不惯于施展强大而有效的行动？”

“我不想成为什么英雄。”我又说了一遍。

老人弯腰朝我凑过来。他抬起头望过来的时候，眼神中带着某种戏谑的光芒。“孩子，你的头发是在哪儿剪的？”

“什么？”

他又舔了舔嘴唇。“你听到了我的问话。你的头发很长，但不乱。是在哪儿剪的？”

我叹了口气，说道：“有时候，如果我在沼泽地待太久，我会自己剪。但如果在浪漫港，我会去鞑图路上的一家小店。”

“啊……”塞利纳斯说，靠回到高背椅子上，“我知道鞑图路，在黑夜区，与其说是路，不如说是一条小巷子。那儿的自由市场以前会卖些装在镀金笼子里的雪貂。那儿是有些理发店，但是最好的一家属于一个叫伍帕拉尼的老头。他有六个儿子，每一个儿子成年时，他就会在店里加上一把椅子。”那垂老的眼睛抬了起来，注视着我，我再一次被那人格的力量震住了。“那是在一个世纪前。”他说。

“我就是在伍老爹的店里剪的，”我说，“现在，店已经属于他的曾孙卡拉卡瓦了。不过那里依旧只有六把椅子。”

“对，”诗人说，自顾自地点着头，“在你挚爱的海伯利安上，还没发生太大的变化，是不是，劳尔·安迪密恩？”

“这就是你的观点？”

“我的观点？”他反问道，摊开双手，似乎表示他并没藏着比他的观点更险恶的东西，“我并没表达什么观点。只是想到什么说什么，我的孩子。琢磨那些世界历史名人的事情是我的一项消遣，尤其是想到未来神话中的英雄会花钱去理发。顺便说一下，几个世纪前我就想到这个点子了……神话这点事和生活这点事之间的奇怪断链。你知道‘鞑图’是什么意思吗？”

他突然改变话题，对此我只能眨眨眼。“不知道。”

“那是从直布罗陀吹来的风，带着美妙的芬芳。兴建浪漫港的某些艺术家和诗人肯定觉得，沼泽地中矗立的那些山上遍布的茶马和堰木林闻上去很舒服。你知道直布罗陀吗，孩子？”

“不知道。”

“那是地球上的一块大石头，”老诗人粗声粗气道，他再次露出一口牙齿，“注意，我没有说旧地。”

我已经注意到了。

“地球就是地球。在它消失前我就生活在那儿，所以我知道。”

我对他的想法依旧不明就里。

“我想叫你找到它。”诗人说。那目光炯炯有神。

“找到……它？”我重复道，“旧地？我以为你是要我和那个女孩……伊妮娅……一起旅行呢。”

那瘦骨嶙峋的手扬了扬，叫我住口。“劳尔·安迪密恩，你陪她一起走，然后找到地球。”

我点点头，心里盘算着要不要告诉他，旧地已经在三八年的天大之误中，被一颗掉进它肚子里的黑洞给吞噬了。但当时，这个古老的怪物已经逃出了分崩离析的星球。要驳斥他的错觉没有任何意义。他的《诗篇》中提到过一些情节，说内战中的技术内核偷走了旧地——把它拐到了武仙座星团，又或者是麦哲伦星云中，《诗篇》中的记载前后矛盾——但那些全都是幻梦。麦哲伦星云是一个单独的星系……如果我没记错的话，离银河超过十六万光年远……任何飞船，不管是圣神还是霸主的，都还没有飞出我们银河的一条旋臂的狭小范围。即便拥有霍金驱动这个异于爱因斯坦事实的装置，远赴庞大的麦哲伦星云的旅途，也会花上几个世纪的舰上时间，产生好几万年的时间债。就连享受星际间黑暗之地的驱逐者，也不会开展这样的旅行。

此外，星球不可能被绑架。

“我想要你找到地球，把它带回来，”老诗人继续道，“在我死之前，我想最后看它一眼。劳尔·安迪密恩，你可以为我完成这个任务吗？”

我和老头双目对视。“当然，”我回答，“从瑞士卫兵和圣神手里救出孩子，保证她的安全，直到她成为宣教的那个人，找到旧地，把它带回来，让你再看它一眼。小事一桩。还有啥？”

“还有，”马丁·塞利纳斯说道，口气一本正经，同时还带着愚痴，“我想要你搞清楚该死的技术内核到底在搞什么鬼，阻止它。”

我点点头。“找到失踪的技术内核，阻止数千具有神力的人工智能组成的联合力量，不让它们开展它们的鬼计划。”我重复着，口气流露出讽刺之意，“行。好办。还有啥？”

“还有。你得和驱逐者谈一谈，看看他们是否能给予我不朽……**真正的**不朽，而不是这重生基督徒的狗屎玩意儿。”

我假装在一个无形的记事本上记录着。“驱逐者……不朽……不是基督徒的狗屎。好办。行。还有啥？”

“还有，劳尔·安迪密恩。我希望圣神被摧毁，教会力量垮台。”

我点点头。已经有两三百个已知的世界自愿加入圣神，数万亿人类欣然得到教会的洗礼。圣神的军力，比霸主军部在其鼎盛时期梦想过的力量还要强大。“好，”我回答，“我会负责这件事。还有啥？”

“还有。我要你阻止伯劳，不让它伤害伊妮娅，不让它消灭人类。”

我犹豫了片刻。据这老头自己的史诗记载，伯劳已经被战士费德曼·卡萨德在某个未来年代消灭了。虽然知道在和一个精神错乱的人对话的时候，谈逻辑是没有用的，但我依旧提起了这点。

“对！”老诗人大叫道，“但那是在未来的年代，数千年的未来。而我要你现在阻止伯劳。”

“好吧。”我说道。何必去争？

马丁·塞利纳斯软软地靠回到椅子中，他的能量似乎消散了。我瞥见，这个活木乃伊再一次变得皱纹重重、双眼凹陷、十指枯槁。但那眼睛依旧闪着炯炯的光彩。我试图想象这个男人在他盛年时期的人格力量，但我想象不出。

塞利纳斯点点头，贝提克带来两只酒杯，往里面倒上香槟。

“那你是接受了，劳尔·安迪密恩？”诗人问，他的嗓音强力，正式有礼，“你接受了这个任务，营救伊妮娅，和她一起旅行，同时完成其他任务？”

“有个条件。”我说。

塞利纳斯皱皱眉，等着我开口。

“我想带上贝提克。”我说道。机器人此时还站在桌旁，手里拿着香槟酒瓶，他的目光始终平视前方，完全没有转头朝我俩看上一眼，也没流露出什么表情。

诗人却流露出惊讶的表情。“我的机器人？你当真？”

“对，当真。”

“在你的高曾祖母还没发育前，贝提克就已经跟着我了。”诗人粗声粗气道。那瘦骨嶙峋的手砸在桌子上，力量重得让我担心他脆弱的骨头会不会散架。“贝提克，”他叫道，“你想跟他去吗？”

蓝皮肤的男人目不转向，点了点头。

“该死，”诗人说，“好吧，带着他。你还想要什么，劳尔·安迪密恩？我的悬椅，要不要？我的呼吸器？我的牙？”

“别的什么都不要。”我说。

“那么，劳尔·安迪密恩，”诗人说，声音又变得正式了，“你接受我给你的任务吗？你是否会营救我的孩子伊妮娅，帮助她，保护她，直到她完成自己的使命……或是半道崩殂？”

“我接受。”我回答。

马丁·塞利纳斯举起酒杯，我也配合他的动作。太迟了，我本想让机器人和我们一起喝上一杯，但是此时，老诗人已经开始念他的祝酒词。

“敬愚蠢之事，”他说，“敬超凡之疯狂。敬荒唐之任务。敬沙漠中哭泣之弥赛亚。敬暴君之死。敬我们敌人之毁灭。”

我举杯往唇边送去，但是老头还没说完。

“敬英雄，”他说，“敬理发的英雄们。”他举起香槟一饮而尽。

我也一饮而尽。

09

费德里克·德索亚神父舰长重生了，他睁着双眼，差不多是在用孩子的好奇眼光打量着四周，同时迈着步子，穿过圣彼得广场上典雅的伯尔尼尼拱形柱廊，朝圣彼得大教堂走去。天色很好，冷冷的日光，淡蓝的天空，空气寒意料峭（佩森唯一一块可供居住的大陆海拔很高，达一千五百米，空气很稀薄，却不可思议地富含氧气），展现在德索亚眼前的一切都浸沐在午后华丽的光线中，于是乎，巍峨的柱廊周围，匆匆赶路的人们的头顶，都出现了一个个光环；日光照射而下，浸浴着乳白色的大理石雕像，反衬出主教的鲜艳红袍，以及那些以阅兵姿站立的瑞士卫兵的蓝、红、橘三色夹杂的条带装；屹立在广场中央的高大方尖石塔，大教堂正面刻有凹槽的壁柱，都被涂上了亮彩，而笼罩着整座广场、顶点距地面一百米高的庞大穹顶，也被引燃了其本身的光辉。鸽子翩翩起飞，在广场上盘旋，映照着横射而来的绚丽光线，一对对翅膀忽而在天空中变成白色，忽而在圣彼得闪光穹顶的衬托下变成黑色。一群群人在两侧移动，朴素的神父穿着黑色的法衣，扣着粉红的纽扣，主教们穿着红边白衣，枢机穿着如鲜血般殷红的法衣，梵蒂冈的平民穿着墨黑的紧身上衣裤，白色的轮状皱领，修女们的宗教服装发出沙沙声，就仿佛白鸥展翅翱翔，男女神父穿着朴素的黑衣，圣神军官穿着红黑相间的制服，跟德索亚穿的一模一样；零零散散还有一些幸运的旅客和平民来宾身着他们最上等的衣服，这些人得到恩典，有幸参加教皇弥撒，大多数人都身着黑色装束，但所有人的衣料都华美异常，使得最黑的纤维都在光线下璨璨发光。人群朝高耸的圣彼得大教堂走去，小声交谈，举止兴奋，但又很严肃。教皇弥撒是件庄重的大事。

今日，与德索亚神父舰长同行的有三人，巴乔神父、吴玛姬舰长、卢卡斯·奥蒂蒙席。自他一死告别三贤特遣部队后，仅仅过了四天——三天重生及一天恢复。巴乔，身材圆胖，举止文雅，他是德索亚的重生医疗神父；吴玛姬，身材苗条，沉默寡言，是圣神舰队元帅马卢辛的副官；奥蒂，虽然已达八十七标准岁高龄，但身体健康，思维敏捷，是西蒙·奥古斯蒂诺·卢杜萨美枢机——权高势大的梵蒂冈国务秘书——手下的总管和副职大臣。据说，卢杜萨美枢机在圣神的权势是一人之下，万人之上。天主教教廷中唯一一个可以得到教皇陛下注意的人，一个才华卓绝得令人恐惧的人。这位枢机的权高势大的一个表现是：他也是具有传奇色彩的*Sacra Congregatio pro Gentium Evangelizatione*或称*de Propaganda Fide*——“信仰宣传传教圣会”[①]的会长。

对德索亚神父舰长来说，这两位权高势大的人物的出现，并未

---

① 信仰宣传传教圣会（Congregation for the Evangelization of Peoples）：罗马教皇格利高里十五世创办的机构，机构的宗旨是维护天主教的统治地位，对抗方兴未艾的宗教改革运动。前文的两个名字乃是其拉丁文名称。

令他感到多么惊讶。随着四人爬上通向大教堂的宽阔台阶，那落在大教堂正面的日光，才真正令他感到惊奇。早已安静下来的人群，列队进入巨大的空间中，他们依旧保持着沉默，途中行经一个个身着华美作战制服的瑞士卫兵。一行人进入教堂中殿。在这无比寂静的场面下，就连一丁点声音都会发出回响，在走向教堂长凳的途中，面对着极其广阔的巨大空间，面对那一幅幅永恒的艺术作品，德索亚激动得热泪盈眶。在右边第一座小礼拜堂内，是米开朗琪罗的圣母怜子像；阿诺尔佛·迪坎布里奥的圣彼得古铜像，右足历经几个世纪的亲吻，已被磨得光亮；被底座灯光照得光辉璀璨的那尊雕像是皮耶特罗·甘比在十六世纪雕琢的圣女裘利安娜·法康内丽，距今大概有一千五百多年的历史了。

德索亚神父舰长指蘸圣水画着十字，跟着巴乔神父走到预订的长凳前，这时，他已经泪流满面。随着最后的喧嚣和咳嗽声在巨大的空间中慢慢沉寂，三名男性神父和另外一名女性圣神军官跪倒在地，开始祈祷。现在，大教堂已经近乎黑暗，仅有微小的卤素聚光灯照耀着如金子般闪耀的艺术和建筑珍品。透过婆娑泪眼，德索亚望着刻有凹槽的壁柱和伯尔尼尼神龛（罩着镀金华盖的中央祭坛，只有教皇才可以站在那里宣讲弥撒），下面是巴洛克式的紫铜色支柱。他思索着自重生以来过去二十四小时的奇迹。对，那非常痛苦，而且脑子迷糊——就好像脑袋被击得晕头转向后刚刚醒转——而且，那痛苦比头痛更加宽泛、更加厉害，似乎身体的每一个细胞都记得死亡的耻辱，直至现在都在反抗这种耻辱。但他也感到惊奇。对细枝末节的惊奇和敬畏：巴乔神父喂给他吃的肉汤的味道，透过教区长住所的窗户第一眼看到的佩森的淡蓝天空，他那天看到的一张张脸庞、听到的一个个声音，都充满了感人至深的仁慈。德索亚神父舰长虽然是个很敏感的人，但自五六岁起，他就再没哭过。然而今日他却潸然泪下……公然、恬不知耻地潸然泪下。耶稣基督第二次给予了他生命之礼，上帝和他——一个出生在落后世界的贫困家庭中的正直忠实之人——分享了复活的圣礼，现在，他的细胞在回忆死亡剧痛的同时，似乎也记起了新生的圣礼。他喜悦得热泪盈眶。

壮丽的小号音符突然鸣响，如金色的刀刃刺穿这片宁静，合唱队在欢快的乐声中高唱，渐高的管风琴音符回荡在巨大的空间中，然后一系列璀璨的光芒突然照射而下，照亮了慢慢出场准备举行弥撒的教皇和他的扈从。弥撒开始了。

德索亚见到圣父的第一印象是，他是多么年轻啊！当然，教皇尤利乌斯十四世刚到花甲之年，虽然他担任教皇的时间其实已经持续了二百五十多年，其间只有他自己的死亡和重生，才会打断他漫长的统治生涯，他总共经历过八次加冕典礼，第一次是作为尤利乌斯六世——之前是伪教皇忒亚一世八年的统治——随后的每一次加冕典礼，他用的都是尤利乌斯这个名字。德索亚注视着开始宣讲弥撒的圣父，这位圣神舰长想起了尤利乌斯的故事——这是他从官方的教会历史和禁诗《诗篇》中了解到的。《诗篇》，每一个识字的少年都会去读，虽然会冒着失去灵魂的危险，但他们依旧乐此不疲。

两方都指出，尤利乌斯教皇在第一次重生前，是个名叫雷纳·霍伊特的年轻人，追随保罗·杜雷的身影成为一名神父，后者是个具有超凡魅力的耶稣会考古学家和神学家。杜雷是圣忒亚教义的支持者，此教义认为人类有能力朝上帝的方向进化——事实上，在杜雷于陨落后攀上圣彼得的王座时，据他自己的说法是，人类可以进化成为上帝。雷纳·霍伊特神父在第一次重生并成为尤利乌斯六世后，努力消抹的，正是这一异端邪说。

两份记载——教会历史和受禁的《诗篇》——都一致同意，是杜雷神父在偏地世界海伯利安的流放过程中，发现了十字形这个共生体。但到此处，历史却出现了分歧，开始分道扬镳。根据诗作所言，十字形是杜雷是从异星生物伯劳那里获得的。而根据教会的教义，伯劳——如果存在撒旦的话，它就是撒旦的一个表现——跟十字形的发现毫无关系，但它后来诱惑了杜雷神父，也诱惑了霍伊特神父。教会历史记载，杜雷最终屈服于怪物的变节行为。而《诗篇》，在异教徒神话和歪曲历史的混沌杂陈中，讲述了杜雷是怎样将自己钉在了海伯利安羽翼高原的火焰林中，而没有将十字形带回教会。根据马丁·塞利纳斯这个异教徒诗人所言，这是为了拯救教会，不让它陷入对寄生虫的依赖，将其代替精神的信仰。但根据教会历史记载（也是德索亚所相信的），杜雷将自己钉死，是为了结束共生体给他带来的痛苦，同时与魔鬼伯劳结盟，防止教会在发现重生的圣礼后，恢重生命力——因为在伪造考古记录而被放逐之后，杜雷已经将其视为敌人。

按两篇故事所说，雷纳·霍伊特神父旅行至海伯利安，是为了寻找他的朋友和昔日的导师。按渎神的《诗篇》所言，霍伊特接受了杜雷的十字形，也得到了他自己的，但后来在陨落前最后的日子里，他回到海伯利安，希望邪恶的伯劳解除他的负担。教会指出了其中的谬误，它解释了霍伊特神父是如何勇敢地回到海伯利安，去降伏窝在老巢中的魔鬼。不管怎样，两者都记录了同一事实，霍伊特在这最后一次的海伯利安朝圣中罹难，而杜雷复活了，身上携带着自己的十字形，也携带着霍伊特神父的，并在陨落的混沌中回到了佩森，成了近代历史上第一个伪教皇。杜雷（忒亚一世）九年的荒诞统治是教会的一个低谷，但在伪教皇因事故死亡后，雷纳·霍伊特从双方共享的身体中重生了，并由此开创了一个新时代：尤利乌斯六世的辉煌统治；杜雷称为寄生虫的圣典造化之物的发现；尤利乌斯从上帝那里得到的启示——这启示依旧只有教会最为秘密的圣所才能知晓——十字形将如何引领他们走向胜利之地；教会随后的成长，从二流的教派变成人类正式的信仰。

德索亚神父舰长注视着教皇——一个瘦削、苍白的男人——将圣餐高举在祭坛之上，这位圣神军官满怀惊惧地浑身颤抖。

巴乔神父已经向他解释，那势不可挡的新奇感和惊惧感是重生圣礼的余效，它们会在随后的几日或几星期内慢慢消失，但是安宁健康的实质感会徘徊上一段时间，随着每一次的重生，那感觉会越来越强。德索亚终于明白，为什么教会将自杀列为最不可饶恕的重罪之一——自杀的人会被立即逐出教会，因为在品尝了死亡的苦灰之后，他们会产生一种越来越强烈的激情感觉，就好像离上帝本尊越来越近了。如果对于自杀的惩罚没有那么严厉的话，重生会很容易上瘾。

德索亚神父舰长依旧忍受着死亡和重生带来的痛苦，他的感官和意识因为晕眩而东倒西歪，他注视着教皇弥撒接近圣餐仪式的高潮，圣彼得大教堂现在又和仪式开始时一样，突然爆发出赞颂和狂响。这位战士明白，他立刻就会品尝到由圣父亲自化体而来的耶稣血肉，他就像个孩子般泪流满面。

弥撒过后，在冷夜之下，圣彼得上方的天穹宛如白色的陶瓷。德索亚神父舰长和他的新朋友在梵蒂冈花园的阴影中漫步。

“费德里克，”巴乔神父开口道，“我们将要参加的会议非常重要，非常非常重要。你的意识是否能清楚地领会将要传达给你的重大信息？”

“是的，”德索亚说，“很清楚。”

卢卡斯·奥蒂蒙席拍了拍圣神军官的肩膀。“费德里克，我的孩子，你确信吗？必要的话，我们可以再等一天。”

德索亚摇摇头。他的意识正蹒跚在刚刚目睹的美妙庄严的弥撒上，舌头依旧回味着圣餐和圣酒的完美滋味，他感觉此刻基督正在向他耳语，但是他的头脑很清晰。“我准备好了。”他回答。吴玛姬舰长正站在奥蒂身后，犹如一个沉默的影子。

“很好，”蒙席说，他对巴乔神父点点头，“神父，我们已经无须你的服务。谢谢。”

巴乔点点头，他微微颔首，静悄悄地退出了众人的视线。德索亚清楚地明白，他再也不会与这位和蔼的重生医疗神父见面了，这纯爱的急流让更多的眼泪盈满了他的眼眶。他衷心感谢黑夜，因为它们遮掩了泪水；他知道，必须在会议中克制好自己。他琢磨着，这重要的会议究竟会在哪里举行——在传说中的波吉亚寓所[①]？西斯廷教堂？圣座的梵蒂冈办事处？也许是在那个曾被叫作波吉亚塔楼的圣神联络处。

卢卡斯·奥蒂蒙席在花园远端停下脚步，朝一条石凳挥了挥手，示意其他人就坐，那条石凳旁边坐着另外一个人，德索亚神父舰长意识到，此人正是卢杜萨美枢机，会议便在这个香气四溢的花园中举行。德索亚跪在蒙席面前的砾石上，亲吻着伸出的那只手上的戒指。

“请起。”卢杜萨美枢机说道。他是个身形庞大的男人，圆圆的脸庞，厚重的面颊，低沉的声音听上去就像是德索亚耳中的上帝之声。“坐下。”枢机说。

德索亚坐上石凳，其他人依旧站着。枢机左边的暗影中，坐着

① 波吉亚寓所：教皇亚历山大六世（罗德里戈·波吉亚）在梵蒂冈的一套公寓房，房间中由意大利画家平图里乔画满了壁画。亚历山大六世是历史上最恶毒、最荒淫的教皇之一。

另一个人。在昏暗的光线下，德索亚分辨出那是身圣神制服，但看不清军衔。在他们左边一个凉亭的阴影中，他隐约察觉到其他人的存在——至少有一人坐着，好几个站着。

“德索亚神父，”西蒙·奥古斯蒂诺·卢杜萨美枢机开口道，他朝左边坐着的男人点点头，“容我向你引见舰队元帅威廉·李·马卢辛。”

德索亚立即起身立正行礼。“很抱歉，元帅，”他用力张开紧咬的牙关，“我没认出您。”

“别紧张，”马卢辛说道，“坐下，舰长。”

德索亚再一次坐下来，但现在更加审慎了。得知了身边这些人的面目，就犹如炽热的日光，立时驱散了他重生的欢愉迷雾。

“舰长，我们很满意你的工作。”马卢辛元帅说。

“谢谢，长官。”神父喃喃道，他再次朝边上的影子望去。很明显，凉亭那有人在朝这边看。

“我们也是，”卢杜萨美枢机发出低沉的声音，“那就是我们挑中你担任此项任务的原因。”

“任务，枢机大人？”德索亚问。他因为紧张和迷惑而晕头转向。

“和往常一样，你将为圣神和教会这两方服务。”元帅说，在昏暗的光线下凑向前。佩森星球没有月亮，但这里的星光非常明亮，德索亚逐渐适应了昏暗的光线。在什么地方，有只小铃铛在召唤僧侣进行晚祷。从梵蒂冈建筑群透来的光线将圣彼得穹顶浸浴在柔和的光辉中。

“和往常一样，”枢机接过话匣，“你将向教会和军事当局两方汇报工作。”庞大的男人顿了顿，朝元帅看了一眼。

“我的任务是什么，枢机大人？元帅？”德索亚问，不太清楚该向哪个人发问。马卢辛是他的最高上司，但圣神军官通常服从教会高级官员的命令。

两人都没答话，但马卢辛朝吴玛姬舰长点了点头，后者正站在数米开外的一个树篱旁。受到召唤，这位圣神军官马上走向前，递给德索亚一个全息立方体。

“激活它。”马卢辛元帅说。

德索亚按了一下小型陶瓷方块的底部，一个女孩的影像朦胧地出现在立方体上。德索亚转了转影像，留意到女孩有着深色的头发、大大的眼睛和热切的目光。在黑暗的梵蒂冈花园中，孩子虚幻的脑袋和脖子成了最明亮的东西。德索亚神父抬起头，在枢机和元帅的眼睛中看到了全息像的光辉。

“她的名字……嗯，我们还无法确定她的名字，”卢杜萨美枢机说道，“神父，你觉得她看上去有多大？”

德索亚重新朝全息像望去，琢磨着她的年龄，然后把得出的结果换算成标准年。“也许有十二岁？”他猜测道。自一岁起，他就很少有机会和孩子相处。“十一岁？标准算法。”

卢杜萨美枢机点点头。“二百六十多标准年前在海伯利安上失踪的时候，她十一标准岁，神父。”

德索亚又朝全息像看了一眼。这么说，这个孩子很可能已经死了——他记不起圣神是不是在二百七十七年前把重生圣礼带到海伯利安的。她也可能已经长大成人，并且重生过了。他不知道他们为什么要让他看这个孩子几个世纪前的全息像。但他没有多言。

“这小孩是布劳恩·拉米亚所生，”马卢辛元帅说，“你对这个名字有印象吗，神父？”

的确有，但是德索亚暂时想不出究竟那具体是什么。然后，《诗篇》中的句子出现在他的脑海中，他也记起了故事中的那个女性朝圣者。

“是的，”他说，“我记得她的名字。她是陨落前跟教皇陛下一起进行最后朝圣的朝圣者之一。”

卢杜萨美枢机凑近了些，胖嘟嘟的双手交叉着摆在膝盖上。一身袍子鲜红鲜红，全息像发出的光线照在上面。“布劳恩·拉米亚和一个异物发生了关系，”枢机咕哝道，“一个赛伯人。一个克隆人，它的意识是居住在技术内核中的人工智能。你记得这些历史和那首禁诗吗？”

德索亚神父眯起眼。他们把他带到梵蒂冈的这座花园里，是不是想要惩罚他在小时候读了这首禁诗？二十年前他已经为自己的罪孽忏悔过了，作为补赎，他此后也再没读过那首诗。一想到此，他的脸便羞红一片。

卢杜萨美枢机咯咯地笑了起来。“没事，我的孩子。教会里的每个人都坦白过这一罪孽……禁物太诱惑人……我们都看过那本禁书。你记得那个叫拉米亚的女人和这个叫约翰·济慈的赛伯人有过肉体关系吗？”

“有一点印象，”德索亚说，然后马上补充道，“大人。”

“你知道约翰·济慈是谁吗，我的孩子？”

“请恕我无知，大人。”

“他是大流亡前的一名诗人。”枢机声音低沉地说道。高高的头顶上，三艘圣神登陆飞船的蓝色等离子减速尾迹刺穿了星野。德索亚神父舰长甚至不用仔细端详，便认出了飞船的构造和火力装备。他已经记不得受禁的《诗篇》中那个诗人的名字，对此他并不惊讶；还是个小孩的时候，德索亚神父舰长就对机器和大型太空战产生了浓厚的兴趣。而大流亡前的任何东西，尤其是诗，对他来说并没有什么吸引力。

“在那渎神的诗文中，这个女人——布劳恩·拉米亚——不仅仅和赛伯人异种发生了关系，”枢机继续道，“还怀上了他的孩子。”

德索亚扬起眉毛。“我以为赛伯人是……我是说……他们……啊……”

卢杜萨美枢机又咯咯地笑了起来。“他们生不了孩子？”他说，“就像机器人？不……这个男人的身体是由人工智能异种克隆出来的，而他也育成了夏娃之女。”

德索亚点点头，好像明白了什么，但其实这些关于赛伯人和机器人的谈话在他眼里就像是关于狮鹫兽和独角兽的天方夜谭。那些生物曾经存在过，但就他所知，现在全都绝种了。德索亚神父舰长试图想象，在这上帝的宇宙中，这些关于已故诗人和怀孕妇女的谈话到底有何要紧，他的脑子飞速运转。

似乎是为了回答德索亚脑中的疑问，马卢辛元帅开口道：“你眼前的这个小女孩正是那个孩子，舰长。那个赛伯异种被摧毁后，布劳恩·拉米亚在海伯利安生下了这个孩子。”

“这个小孩不是一个……完全的人类，”卢杜萨美枢机轻声继续道，“虽然她父亲……那个济慈赛伯人的身体被摧毁了，但他的人工智能人格依旧储存在一个舒克隆环分流器中。”

马卢辛也凑向前，似乎这信息只能让三人知道。“我们相信，这孩子还没出生前，就和关在舒克隆环中的济慈人格有了交流，”他轻声说，“我们几乎肯定，那……胎儿……通过赛伯人人格和技术内核取得了联系。”

德索亚突然涌起一股画十字的冲动，但他克制住了。他阅读到的文献、得到的教导、自己的信仰，都向他宣扬着，技术内核是邪恶的化身，完全是魔王在人类近代史中最活跃的显灵。技术内核的毁灭，不仅仅解救了陷入围困之地的教会，也让人类自身得到了超度。德索亚很难想象一个未出世的人类灵魂是如何和那些毫无实体、没有灵魂的智能进行直接接触的。

“这小孩非常危险，”卢杜萨美枢机小声道，“虽然技术内核已经因远距传输器的陨落而被消除，虽然教会不再允许无灵魂的机器拥有真正的智能，但是，这小孩已经得到了指令，她是那些垮台的人工智能派来的特务……魔王派来的特务。”

德索亚揉揉脸，他突然感到累极了。“听你的话，好像她还活着，”他轻声道，“仍旧是个孩子。”

卢杜萨美枢机变换了坐姿，一身丝制长袍瑟瑟作响。他的嗓音低沉而又不祥。“她的确活着，”他说，“仍旧是个孩子。”

德索亚又看了看飘浮在他们中间的小女孩的全息像，然后碰了碰立方体，影像消失了。“通过冰冻沉眠？”他问。

“在海伯利安上，有几座光阴冢，”卢杜萨美声音低沉地说道，“其中有一座被称作狮身人面像，你应该记得那首诗或教会历史中的记载，那座墓冢是一扇穿越时间的传送门。没人明白它是如何运转的，对大多数人来说，它只是一堆石头。”枢机朝元帅望了望，然后又回视面前的神父舰长，“大约两百六十四标准年前，这个孩子进入狮身人面像消失了。当时我们就已经知道这个小孩对圣神非常危险，但我们来迟了一步。现在，我们得到可靠消息，她将在不到一个标准月的时间内……从墓冢中出现，依旧是个孩子，依旧对圣神具有致命的威胁。”

“对圣神具有致命的威胁……”德索亚重复着。他简直一头雾水。

“教皇陛下已经预见了这一威胁，”卢杜萨美声音低沉地说道，“大约在三个世纪前，我主基督认为是时候向陛下揭露这个可怜孩子所具有的威胁性，现在，圣父已经开始着手处理这事。”

“我不明白，”德索亚神父舰长坦白了自己的无知，虽然全息像已经消失，但是他脑海中依旧闪烁着那个孩子天真的面庞，“这个小女孩……在当时……在现在……怎么会对教会构成威胁？”

卢杜萨美枢机紧紧捏着德索亚的胳膊。“她是技术内核派来的特务，她将会成为潜进基督教会的病毒。我主已经向陛下揭露，这个女孩拥有妖力……非凡人所能拥有的妖力。凭其中一力，便能说服众多信徒，让他们抛下上帝的光明教义，遗弃灵魂的超度，转而侍奉魔王。”

德索亚点点头，虽然他还是不明白。卢杜萨美把他胳膊捏得生疼。“大人，您希望我做什么？”

马卢辛元帅开口回答，声音异常响亮，把原先沉浸在低声细语中的德索亚震得满脸惊愕。“从现在起，”马卢辛高声嚷道，“你将退出舰队任务，德索亚神父舰长。从现在起，你的任务是找到这个孩子……这个女孩……把她带回……梵蒂冈。”

枢机似乎瞥到德索亚眼中闪过的一丝焦虑。“我的孩子，”他说，那深沉的声音现在稍稍变得缓和，“你怕这个孩子会受到伤害，是不是？”

“是，大人。”德索亚琢磨着，他的供认不讳会不会让他丧失参与任务的资格。

卢杜萨美稍稍减轻了握力，现在是友好的轻触。“放心，我的孩子，圣座中没有人……圣神中没有人……意图伤害这个小女孩。事实上，圣父向我们……向你……下达了命令，不准伤害这个孩子，这命令属于二级优先职责。”

“你的最优先职责，”元帅接下去说道，“是将她带回……佩森。带到梵蒂冈的圣神司令部，也就是此地。”

德索亚点点头，吞了口唾沫。他脑中最初闪现的问题是：为什么是我？然后他大声回答道：“是，大人。我明白了。”

“我们会给你一个教皇授权的触显，”元帅继续道，“利用它，你可以要求当地圣神当局为你提供任何材料、帮助、联络，或者人员。有何问题吗？”

“没有，大人。”德索亚的声音很坚定，但是他的意志在摇摆。教皇授权的触显给予他的权力甚至大过于圣神行星总督。

“你今日立即前往海伯利安，”马卢辛元帅维持着尖刻、严肃的命令口吻，“吴玛姬舰长？”

那位圣神军方副官走向前，递给德索亚一个红色的作战公文碟。神父舰长点点头，但脑海中却在呐喊，今天就去海伯利安星系……大天使信使飞船！再死一次，再来一次痛苦。不，我的天啊，亲爱的上帝啊。求你叫这杯离开我！

“舰长，你来指挥我们最新式、最先进的信使飞船，”马卢辛对他说道，“它跟那艘带你来佩森的飞船非常相似，但能容纳六名乘客，军事武装和你先前的火炬舰船差不多，同时还装备有自动重生系统。”

“是，大人。”德索亚说。但他脑中在想，自动重生系统？难道让机器来执行重生圣礼？

卢杜萨美枢机又拍了拍他的胳膊。“我的孩子，很抱歉，那是机器系统。但这艘飞船能载你到圣神和教会统治区外的任何地方。如果仅仅因为上帝的仆从无法来到你的身边，我们就拒绝向你提供重生，那就错了。记住，我的孩子，这些重生设备带着圣父的福佑，因此具有真正的重生弥撒能给予的同样的圣典需求。”

“多谢，大人，”德索亚喃喃而语，“可我不太明白……教会统治区外的地方……你不是说我去的地方是海伯利安吗？虽然我没去过那儿，可我想那个星球属于圣神……”

“它的确属于圣神，”元帅打断他的话，“但如果你没有成功抓住……”他顿了顿，“没有救出那个孩子……如果因为某些无法预料的原因，你必须跟着她飞到其他世界，其他星系……我们觉得最好在飞船上为你准备自动重生龛。”

德索亚顺从地躬首，但满脑子疑惑。

“但我们衷心希望，你能在海伯利安找到那个孩子，”马卢辛元帅继续道，“到那儿之后，你和地面军指挥官巴恩斯-阿弗妮见个面，亮出教皇触显。她指挥着驻扎在海伯利安的瑞士卫兵旅，等你抵达后，他们就归你管辖了。”

德索亚眨眨眼。*管辖瑞士卫兵旅？可我是舰队的火炬舰船舰长！对地面军的调遣我完全一窍不通啊，连骑兵冲锋我都不懂！*

马卢辛元帅咯咯地笑了起来。“我们明白，德索亚神父舰长，这跟你的正规职责不太一样，但是放心，你现在的指挥履历完全足够。巴恩斯-阿弗妮指挥官会继续地面军日常的指挥工作，但务必利用所有资源，救出那个孩子。”

德索亚清了清嗓子。“那……你说我们还不知道她的名字……我是说，那孩子会怎么样？”

“在她失踪前，”卢杜萨美低沉地说道，“她称自己为伊妮娅。至于她会怎么样……嗯，请再一次放心，我的孩子，我们的目的是防止她用病毒感染圣神基督教会，但我们不会伤害她。其实，我们的任务……你的任务……就是要拯救这个孩子不朽的灵魂。圣父会亲自负责这件事的。”

德索亚从枢机的声音中听出来，会谈到此结束。于是神父舰长站起身，感觉到重生的错位感在他全身肆意穿行，仿若眩晕。*今日我得再死一次！*愉悦依旧还在，但他也悲伤得几欲掉泪。

马卢辛元帅也站了起来。“德索亚神父舰长，此次重新分配的任务一直有效，直到你将孩子带到梵蒂冈军事联络处，带到我面前。”

“我们确信，任务几星期内就会结束。”卢杜萨美低沉地说道，他没起身。

“这伟大而艰巨的责任就托付给你了，”元帅说，“那女孩有预谋的叛变将会带来毁灭性的病毒，我们不能让它感染我们基督会的兄弟姐妹，在此之前，你必须献出全身全灵，实现教皇陛下的愿望，将孩子安全带到梵蒂冈。我们知道你不会让我们失望的，德索亚神父舰长。”

“谢谢，长官。”德索亚说，他再次思考起来，为什么是我？他跪下身，亲吻枢机的戒指，起身时，发现元帅已经退回到凉亭的黑影中，那里的几个黑色身影依旧稳如磐石地待着。

卢卡斯·奥蒂蒙席和圣神舰长吴玛姬分别站到德索亚的两侧，转过身，护送他走出花园。德索亚神父舰长的意识依旧徘徊在混乱和震惊中，心脏依旧猛烈跳动，对不久前在眼前开展的重要仪式满怀着殷切和恐惧，就在此时，一艘登陆飞船起飞，等离子尾迹照亮了圣彼得穹顶，照亮了梵蒂冈的屋顶，跳动的蓝色火焰照亮了花园，他回头一瞥。凉亭的拱形阴影内，那几个人影瞬时乍现，被蓝色的等离子光照得透亮。马卢辛元帅也在那儿，背朝德索亚，两名全副武装的瑞士卫兵同样背转身站着，手里举着钢矛枪。但是，那个刹那间被照亮的端坐着的人，在未来的几年里将会反复现身于德索亚的梦境和记忆之中。

花园长凳上坐着的那个人，悲伤的双眼牢牢地锁定在德索亚远去的身影上，蓝色的等离子闪光映射出他高高的额头和悲哀的面容，虽短暂，但无法磨灭。他正是教皇陛下，尤利乌斯十四世，六千多亿忠诚天主教徒的圣父，辽阔的圣神疆土内四千多亿散落的灵魂的实际统治者，刚刚将费德里克·德索亚送向宿命旅程的人。

10

晚宴过后的第二日清晨，我们再一次来到飞船中。更准确地说，是我和机器人贝提克再一次来到飞船中，走的是一条捷径——连接两座塔楼的一条地道；马丁·塞利纳斯则以全息像的形式出现。诗人老头让飞船电脑的发射器将他表现得非常年轻，看上去真是怪异，不过依旧是个古老的色帝，双足站立，长发披散在脑袋上，耳朵是尖的。我注视着诗人，他穿着栗色的斗篷、长袖上衣、蓬蓬裤，头戴松软的贝雷帽，心里意识到，要是那些衣服正当流行的时候，他该是个怎样的纨绔子弟啊。眼前的马丁·塞利纳斯，肯定是三个世纪前作为朝圣者回到海伯利安时的样子。

“你是不是打算像他妈的乡巴佬一样一直盯着我？”全息像说道，“还是打算搞定他妈的这趟观光游，早点干我们的正事？”老诗人或许还没从昨夜的宿醉中醒过来，又或者是恢复了足够的元气，心情变得比以往更加糟糕了。

“带路。”我说。

从隧道中出来，我们乘飞船的升降机来到最底层的密封舱。贝提克和诗人的全息像领着我朝上攀爬：途经引擎舱，里面全是些看不出用途的设备，密密麻麻的管道和缆线；然后是冰冻沉眠舱——四张冰冻沉眠的睡床分别摆在各自的冰冷舱室中（我发现有一张睡床不见了，应该是马丁·塞利纳斯搬掉的）；接着是前天我刚走过的那条气密走廊——“木”墙其实是一排排储藏柜，里面装着诸如宇航服、全地形车、空行车之类的玩意儿，甚至还有些古老的武器；再往上是起居舱，就是那台施坦威和全息井的所在地；然后再次攀上螺旋形的阶梯，来到贝提克称为“导航舱”的地方——那里倒真的有个小房间，里面都是些电子导航仪表。但引起我注意的是那间藏书室，一架子一架子的书摆在里面，真正的书，印刷书。飞船的舱壁旁和窗户边，还摆着几张睡床和坐卧两用的长椅；再次沿阶梯攀登，最后，我们来到了飞船顶部，那是一个圆形的卧室，仅有一张床摆在中部。

“领事以前喜欢在这儿边听音乐边欣赏外面的疾风骤雨，”马丁·塞利纳斯说道，“飞船？”

环形房间的拱状舱壁突然变得透明，头顶的飞船船首也起了同样的变化。外面，唯有塔楼内部的漆黑岩石将我们包围，但是高高的顶上，从这筒仓的腐朽屋顶中透进一缕光线，洒落而下。接着，轻柔的音乐突然充溢整个房间。那是首钢琴曲，没有伴奏，悦耳的曲调非常古老，萦绕于怀。

“捷奇维科？”我猜测道。

老诗人轻蔑地哼了一声。“拉赫马尼诺夫，”在昏暗的光线下，色帝的面容似乎突然变得稳重了，“你能猜到是谁在弹吗？”

我侧耳聆听，弹钢琴的人技艺非常娴熟，但我想不出是谁在弹。

“是领事。”贝提克说。机器人的声音非常轻。

马丁·塞利纳斯咕哝了一声。“飞船……恢复原样。”舱壁凝固了。老诗人的全息像从舱壁边消失，又在螺旋阶梯旁闪现。他一直在这么干，效果令人惊惶不安。“好啦，要是这趟该死的观光游结束了，就到下面的起居舱去吧，我们来琢磨琢磨该如何智斗圣神教会。”

地图是老式的那种——是用钢笔在纸上描绘的——铺展在闪亮的大钢琴上。天鹰在键盘上展开羽翼，大马的马头作为一幅单独的地图蜷缩在顶上。马丁·塞利纳斯的全息像那强健有力的双腿迈出大步，来到钢琴前，手指戳向马眼的所在地。“这儿，”他说，“还有这儿。”毫无重量感的手指点在纸张上，没发出任何声音，“教皇那些狗娘养的军队从这里的时间要塞——”轻飘飘的手指戳了戳笼头山脉最东部、马眼下的一个点，“一直到马头。他们在哀王比利受诅咒的城市里有飞行器，就是这儿——”手指无声地捶向光阴冢山谷西北面几公里外的一个点，“而在山谷中，集结着大量的瑞士卫兵。”

我盯着地图。两个多世纪来，除了被遗弃的诗人之城和光阴冢山谷，大马东部四分之一的区域一直都是空荡荡的沙漠，除了圣神军队，无人能涉足其中。“你怎么知道那里有瑞士卫兵？”我问。

色帝弯起眉梢。“我有情报来源。”他说。

“你的情报来源有没有跟你提起他们的数量单位和装备情况？”

全息像发出什么声音，听上去像是老头打算朝地毯吐口水。“你不必知道具体的数量单位，”他厉声叫道，“伊妮娅明天会从狮身人面像中出来，你只要知道你和她之间有三万士兵就够了。其中有三千瑞士卫兵。现在，你打算怎么闯过他们这一关？”

我想要放声狂笑。即便海伯利安全部地方军加起来，再算上太空支援部队，我也吃不准他们是否能“闯过”六七名瑞士士兵把守的关卡，瑞士士兵的武器、训练、防御系统都极为出色。但我没笑，而是再次研究起地图来。

“你说有飞行器从诗人之城开出……你知道是什么样的飞机吗？”

诗人耸耸肩。“战斗机。电磁车在这当然使不出屁劲出来，所以他们派了一些反冲力飞行器过来，我想是喷气式飞机。”

“是速停机、疾行机、脉冲机，还是气吸机？”我问。我力图说得像回事，似乎自己很了解讲的这些东西，但是我在地方军零星捡拾到的军事知识一直聚焦在分解枪械、擦洗枪械、发动枪械，在破天气中行军时保证不让枪械淋湿，不行军、不擦洗、不分解的时候试着睡上几小时，睡着的时候力图不让自己冻死，而且——遇到必要时刻——就把脑袋往地上搁，以防被那些大熊狙击手射死，全是这档子事。

“飞机种类他妈的跟这有屁关系？”马丁·塞利纳斯咆哮道。在面容上年轻了三个世纪，这当然没有让他变得柔和，“是战斗机。我们记录到它们的时速，有多少来着……飞船？雷达最近探测到的那些信号点，时速有多少来着？”

“三马赫。”飞船回答。

“三马赫，”诗人重复道，“它们的速度快得足够飞到这儿，用火焰弹把这地方炸成灰，然后在冰啤变温前回到北大陆。”

我抬起头，不再注视地图。“我就是想问你，”我说道，“他们为什么不？”

诗人的脑袋朝我转来。“他们为什么不什么？”

“为什么不飞到这儿，用火焰弹把你炸成灰，然后在冰啤变温前打道回府？”我说道，“你是他们的威胁，他们为什么要容忍你的存在？”

马丁·塞利纳斯咕哝了一声。“因为我死了，他们以为我死了，一个死人会对谁造成威胁？”

我叹了口气，又朝地图看去。“轨道上肯定有艘火炬舰船，但我想你不知道是什么样的飞船护送它来到这儿的，是不是？”

令人惊讶的是，回答我的是飞船。“那艘火炬舰船是艘三万吨的阿基拉级神行舰，”传来那轻柔的声音，“护送它的是两艘标准的圣神级火炬舰船——‘圣安东尼[①]’号和‘圣波纳文丘[②]’号。高层轨道上还有一艘C^3舰船。”

“见鬼，C^3舰船是什么东西？”诗人的全息像嘟哝道。

我朝他看了一眼。这人活了一千年，竟然不知道如此基本的概念？诗人们真是怪物。“指挥，通信，控制。[③]”我对他说。

“这么说，那个负责指挥的圣神杂种就在上头？”塞利纳斯问。

我揉揉下巴，盯着地图。“不一定，”我说，“太空特遣部队的指挥官应该在上面，但是负责此次行动的首领可能已经下来了。圣神的指挥官都经过联合作战的特训，这里有那么多瑞士卫兵，必定有个重要人物临阵指挥。”

“好吧，”诗人说，“那么，你怎么闯过他们这一关，然后救出我的小朋友？”

“对不起，”飞船说，“轨道上还有另外一艘飞船。是在三个

---

① 圣安东尼（St. Anthony，251−356）：一位虔诚的基督教徒，在父母去世后，他将财产尽数分给穷人，自己隐居墓地，苦苦修行。其时经历了魔鬼的种种诱惑，从未动摇过他的坚定信念。

② 波纳文丘（Bonaventure，1221−1274）：意大利神学家，圣芳济会会长，阿尔巴诺的枢机。

③ 英文中指挥、通信、控制的打头字母都是C，所以简称为C^3。

标准星期前抵达的，它还派出了一艘登陆飞船，着陆于光阴冢山谷。”

“什么样的飞船？”我问道。

短暂的停顿。“我不知道，”飞船说，“它的构造非常奇怪。很小……也许只有信使飞船那么大……但推进力相关的资料，却非常……奇怪。”

“也许正是一艘信使飞船，”我对塞利纳斯说，“那些可怜的混球卡在冰冻沉眠的状态下动弹不得，一待就是好几个月，付出几年时间债的代价，仅仅是为了递送那些圣神首脑忘记告诉指挥官的事情。”

诗人全息像的手再一次轻拂地图。“说正题。你怎么把伊妮娅从这群杂种手里救出来？”

我从钢琴边走开，开口时，声音怒气冲天。“我他妈怎么知道？你花了两个半世纪的时间计划这档子愚蠢的逃亡，你才应该知道。”我挥挥手，指指飞船，“我猜，这艘船能让我们逃脱那些火炬舰船的追捕。”我顿了顿，“飞船？你的速度能超越圣神的火炬舰船，比它们先进入超光速跃迁吗？”当然，所有的霍金驱动器都提供了超越光速的虚拟速度，所以我们的逃离、生存，或是被捕、死亡，就全仰仗通向量子跃迁点的竞赛了。

“哦，可以，”飞船立即回答，“虽然我丢失了部分记忆，但是我记得，我曾拜访过驱逐者聚居地，在那段时间里，领事让我得到了改良。”

“驱逐者聚居地？”我蠢头蠢脑地重复道，皮肤不合逻辑地感到刺痛。小时候，我们都害怕驱逐者会再次侵略，我就是在这样的恐惧中慢慢长大的。驱逐者是我们的终极大敌。

“是的，”飞船的声音中带着某种自豪，“我们能比圣神第一线火炬舰船更快加速至超光速状态，速度比它们快百分之二十三。”

“它们也许能在半个天文单位外的地方用切枪把你击落。”我说道，半信半疑。

“对，”飞船同意道，“但没什么可担心的……只要我们有十五分钟的领先时间。”

我转过身，望着皱眉的全息像和沉默不语的机器人。“要真是那样，”我说，“那就太棒了。但这根本就不能帮我搞明白，我该怎么把孩子带到飞船上。我也不知道该怎么让飞船飞出海伯利安，同时拥有十五分钟的领先时间。轨道上的火炬舰船是在进行所谓的战轨巡逻——也就是作战轨道巡逻。每隔几秒，就可能有几艘飞船飞临大马大陆，监控着从一百光分外到上部大气层的每一个微小的空间。在大约三十公里上方，就是空中作战巡逻队的天下，它们很可能是天蝎级脉冲战斗机，如果需要，可以快速刺入低层轨道。不管是太空巡逻队，还是大气巡逻队，都不会让飞船在它们的显示屏上停留十五秒钟，更别提十五分钟了。”我望着诗人老头年轻的脸庞，“除非你有什么东西没告诉我。飞船，驱逐者给你装配上什么魔力隐身技术吗？隐形护盾，还是其他什么东西？”

“就我所知，没有，”飞船说，过了一秒钟，补充道，“那也不可能，对不对？”

我没去睬飞船。“瞧，”我对马丁·塞利纳斯说，“我愿意帮你救这个女孩——”

“伊妮娅。”老人说。

“对，我愿意从那些家伙手里救出伊妮娅，但是如果她果真像你说的那样，对圣神来说非常重要……我的意思是，他们派了三千瑞士卫兵，我的老天……就算拥有这样一艘一级棒的太空飞船，要进入光阴冢山谷周边的五百公里区域，也是绝对不可能的。”

虽然塞利纳斯的全息像有点失真，但我瞧见了他眼中的疑惑，于是我继续道，“我是说真的，”我说道，“即便没有太空和空中掩护，没有火炬舰船，没有战斗机，没有无线电雷达，但还有瑞士卫兵。我是说——”就在自己讲话的当口，我的双手已经紧握成拳了，“这些家伙是致命的。他们接受五人一组的特训，任意一组人马都能将这样一艘太空飞船撂倒。”

那两条色帝般的眉毛微微上拱，似乎是惊讶，又似乎是疑惑。

“听着，”我再次说道，“飞船？”

“在，安迪密恩先生？”

“你有没有防御护盾？”

“没有，安迪密恩先生。我倒是有经过驱逐者改装加强的密蔽场，但仅仅是民用。”

我不知道什么叫“经过驱逐者改装加强的密蔽场”，但是我继续问道：“它们能阻挡标准火炬舰船的带电粒子束或是切枪光束吗？”

“不能。”飞船回答。

“你能摧毁超光速或是常规动力的导弹吗？”

“不能。”

“你的速度比它们快吗？”

“不。”

“你能阻止登船攻击队的侵入吗？”

“不。”

“你有没有对付圣神战舰的攻击或防御能力？”

“除非你觉得溜之大吉属于其中之一，安迪密恩先生，不然，答案是没有。”飞船说。

我回头望着马丁·塞利纳斯。“我们完蛋了，”我低声说，“即便我能飞到小女孩身边，他们也只是把我和她一起抓走罢了。”

马丁·塞利纳斯微微一笑。“也许并非如此。”他一面说，一面朝贝提克点点头，机器人随即攀上螺旋楼梯，走到上层去了。一分钟不到，他又回来了，手里拿着一个卷起来的圆柱状物体。

“如果这是什么秘密武器，”我说，“最好是件上等货色。”

“正是如此。”诗人傻笑道。他再次点点头，贝提克随即解开了圆柱体。

那是块毯子，长不到两米，宽一米多。布块磨损得很厉害，颜色都褪尽了，但是我依旧能看见那复杂的构造和图案。精美织就的金色细线依旧明亮得就像……

“我的天，”我大叹道，同时恍然大悟，就好像被谁一拳击中了太阳神经丛[①]，“这是一块霍鹰飞毯。”

马丁·塞利纳斯的全息像清清嗓子，似乎准备要吐口水。“不是**一块**，”他咕哝道，“而是**那块**霍鹰飞毯。”

我后退了一步。这东西来自纯正的传奇，而我，正站在它的上面。

这世上仅有几百块霍鹰飞毯，而这是**第一块**——它是旧地鳞翅目昆虫学硕士、传说中的电磁系统发明家弗拉基米尔·肖洛霍夫在旧地刚毁灭不久后制造的。肖洛霍夫，当时已年届古稀，却疯狂地爱上了十几岁的侄女——阿洛提拉，他打造这块飞毯，就是为了赢取她的爱。经过一段充满激情的恋曲，那位豆蔻少女便一脚踹掉了

---

① 太阳神经丛：位于人体腹部，神经极其丰富，以肚脐为中心向四周展开，就像太阳散发光线的样子那样，所以被称为太阳神经丛。拳、脚打击此处，可立即引起剧烈的腹痛，使人不能呼吸、不能直立、腹肌痉挛、瘫倒在地。

老头，受此打击，肖洛霍夫在修缮完如今的霍金驱动器后，过了几星期便自杀身亡，飞毯也随之失却，历经几个世纪……直到迈克·沃朔在卡弗涅市场买下了它，把它带到茂伊约，于是它才在他与船员伙伴梅闰·阿斯比克的手中再次得到使用。后来，梅闰的事迹成为又一桩载入传奇史册的爱情故事——梅闰和希莉的爱情。当然，这第二个传奇，已经成了马丁·塞利纳斯《诗篇》的一部分了，如果那故事所言不虚，希莉便是领事的祖母。在《诗篇》最后讲述的传奇中，霸主领事便是驾着眼前这块霍鹰飞毯（此处的“霍鹰”不是“霍金”的谐音，指的是旧地的一种鸟，虽然是那位大流亡前的科学家的作品打开了超光速旅行的大门，导致了改良星际驱动器的发明），英勇地穿越海伯利安，从光阴冢山谷飞往济慈城，为的是要解放我现在所在的这艘飞船，驾着它飞回墓冢。

我单膝跪地，虔诚地抚摸着这块人工制品。

“老天，”塞利纳斯说道，“这他妈不过是块毯子，而且还是块丑得一塌糊涂的毯子。我都不会把它放在家里——那会和所有东西格格不入的。”

我抬起头。

“是的，”贝提克说，“这就是那块霍鹰飞毯。”

“它还能飞吗？”我问。

贝提克单膝跪地，张开蓝色的手指，碰了碰上面复杂卷曲的构造。霍鹰飞毯突然崩直，仿佛一块木板，悬浮了起来，离地面近十厘米。

我摇摇头。“我不明白……电磁系统在海伯利安应该不管用，因为这里的怪异磁场……”

“大型电磁系统不起作用，”马丁·塞利纳斯叫道，“比如电磁车，或是浮置游船，大玩意儿不行。但这块毯子能，而且它也被改进过了。”

我扬扬眉毛。“改进过？”

“还是驱逐者，”传来飞船的声音，“我记得不太清楚，不过，两个半世纪前，我们访问他们时，他们胡乱地修补了一些东西。”

“显而易见。”我说道，站起身，用脚轻轻踩了踩这张带着传奇色彩的毯子。它反弹了一下，就像是安了什么结实的弹簧，但依旧飘浮在原地。“好吧，”我说，“我们有了梅闰和希莉的霍鹰飞毯，它……要是我没记错……能自主飞行，速度达到每小时二十公里……”

“它的最高时速是二十六公里。”贝提克说。

我点点头，又轻轻碰了碰悬浮着的毯子。“要是顺风，每小时二十六公里，”我说道，“那么，光阴冢山谷离这儿有多远？”

“一千六百八十九公里。”飞船回答。

“离伊妮娅从那儿的狮身人面像中出来，还有多少时间？”我问道。

“二十小时。”马丁·塞利纳斯说。他肯定是厌倦了自己的年轻形象，因为全息投影现在又变回了我昨晚看到的老人的样子，悬椅什么的一应俱全。

我瞥了瞥腕表。“晚了，”我说，“我应该在几天前就起飞的，”我走回到大钢琴前，“嗯，如果我果真在几天前就起飞了，那又怎样？**这**便是我们的秘密武器？**它**有什么超级防御场可以保护我……保护那个女孩……不让瑞士卫兵的切枪和子弹伤着我们吗？”

“不，”贝提克回答，“它没有什么防御能力，仅有一个密蔽场，可以偏转风向，让飞行者安全地坐在上面。”

我耸耸肩。“那么，我该怎么做……带这毯子去山谷和圣神交易吗？一块古老的霍鹰飞毯，换一个小孩？”

贝提克依旧跪在悬浮的毯子旁，他的蓝色手指继续抚触着褪色的织线。“驱逐者将它进行了改良，它的电量能维持更久——高达一千小时。”

我点点头，令人惊叹的超导技术，但完全无关主题。

“并且，现在它的时速已经超过三百公里。”机器人继续道。

我咬紧了嘴唇。如此说来，明天我真能到达那里。如果我打算在一块飞行毯子上坐上五个半小时的话，可然后呢……

“我觉得应该用这艘船把她救出去，”我说，“把她带出海伯利安星系，以及诸如此类的……”

“对，”马丁·塞利纳斯说，他的声音突然变得和垂老的影像一样疲惫，“但首先，你得把她带到飞船上来。”

我从钢琴边走开，停在螺旋楼梯前，转身面对着机器人、全息像、悬浮的毯子。“你们俩还是没明白，是不是？”我开口道，声音比我意愿的要响，更加尖锐，“那些人可是瑞士卫兵！！如果你们觉得这该死的毯子能让我在他们的雷达、运动探测器和其他传感器的天罗地网下钻进去，那你们就是疯了。我是众矢之的，一只扑扇着翅膀每小时飞三百公里的坐以待毙的鸭子。相信我，那些瑞士卫兵将在瞬间用切枪击中这块玩意儿，更别提空中作战巡逻的脉冲飞机和轨道上飞行的火炬舰船了。”

我顿了顿，朝他们瞄了一眼。“除非……你们还有什么事瞒着我……”

“当然，”马丁·塞利纳斯回答，色帝的面容上露出疲色，“当然有。”

“我们把霍鹰飞毯拿到塔楼窗户外吧，”贝提克说，“你得学会怎么操控这东西。”

“现在？”我说，声音突然变轻。我感觉自己的心脏开始猛烈捶击起来。

“现在。”马丁·塞利纳斯说，“你明天三点整准时出发，到时候你一定要能够熟练驾驶。”

“我驾驶？”我说，紧盯着这块悬浮的传奇毯子，心里慢慢感觉到：*这是真的……我明天可能会死。*

“你驾驶。”马丁·塞利纳斯说。

贝提克关闭霍鹰飞毯，把它重新卷成筒状。我跟着他走下金属楼梯，出了走廊，来到塔楼的阶梯上。明亮的阳光透过敞开的塔楼窗户照射进来。*我的天*，我心里思忖，望着机器人在石坡上展开毯子，将它重新激活。这儿离下面的岩石还有很长一段距离。*我的天*，我再次想着，脉搏声在耳畔勃勃响动。老诗人的全息像已经无处可寻了。

贝提克示意我坐上霍鹰飞毯。“第一次我先带你飞。”机器人轻声说。一阵微风轻轻刮擦着附近茶马树梢上的枝叶。

我的天，我最后一次想到，随后爬上窗台，坐到了霍鹰飞毯上。

11

就在女孩预定从狮身人面像中出来的两小时前，德索亚神父舰长的指挥掠行艇中警报大作。

“空中嫌疑物，方位一-七-二，北行，时速两百七十四公里，高度四米，”声音来自六百公里上空一艘C^3舰船中的战轨巡逻防御圈控制员，“入侵者距离，五百七十公里。”

“四米？”德索亚反问道，他朝巴恩斯-阿弗妮看了看，这位指挥官正坐在对面的最高司令官控制台中，位于掠行艇中部。

“尝试低位、慢速探测。”指挥官说道。她是个身材娇小的女人，皮肤白皙，一头红发，但由于戴着作战头盔，所以看不见一片肌肤或一根头发。德索亚和指挥官相处了三个星期，还从未见过她的笑容。“放下战术护目镜。”她自己的护目镜已经就位。德索亚把自己的拉了下来。

护目镜中的光点位于大马的南端，正从海岸边往北飞来。“我们刚才怎么没见到它？”他问。

“可能刚刚起飞。”巴恩斯-阿弗妮回应道，她正在检查战术显屏上的作战资源。对德索亚来说，三星期前起初的几小时步履维艰。他向巴恩斯-阿弗妮亮出教皇触显，将她说服，把圣神最精锐部旅的指挥权转交给区区一名飞船舰长，但之后，她还是倾力合作。当然，德索亚还是将细微的作战工作留给她处理。瑞士卫兵旅的好多头头都以为德索亚只是个教皇派来的联络员。但德索亚对此毫不在意。他关心的是那个孩子，那个女孩，只要地面军指挥状况良好，那么，其余的细枝末节全都可以忽略不计。

“受沙尘暴阻挡，没有图像，”指挥官说道，“但照它的速度，它会在狮子时间前抵达这儿。”

几个月来，士兵们都管狮身人面像的开启时刻叫做“狮子时间”。只有少数几名军官知道这么多火力的焦点是一个孩子。瑞士卫兵不发牢骚，但是他们不会喜欢在这样一个乡下地方站岗放哨，和战斗任务扯不上半点关系，而且周边环境实在太过糟糕，全是飞沙走石，令人浑身不自在。

“嫌疑物继续北行，一-七-二，时速两百二十九公里，高度三米，”C^3控制员继续汇报，“距离五百七十公里。”

“该把它击落了，”指挥官巴恩斯-阿弗妮在指挥频段上说道，这是她和德索亚的专用频段，“有何建议？”

德索亚抬起头。掠行艇正朝南部倾斜转向，螳螂眼似的玻璃罩外，地平线也倾斜起来，海伯利安奇异的光阴冢在他们身下蔓延达一公里，南部天空变成了一条暗淡的黄褐色带子。“从轨道上用切枪把它击落？”他说。

巴恩斯-阿弗妮点点头，但她回应道：“你很熟悉火炬舰船的机件。不过，我们还是派一小队人马过去。”她戴着神圣手套的手碰了碰位于防御圈南端的红色光点，“格列高利亚斯中士？”她已经切换至战术频段的密光连接。

“指挥官？”传来中士低沉、困惑的声音。

“你在监控这个不明飞行物吗？”

“对，长官。”

“把它拦截，确定它的身份，然后摧毁它，中士。”

“收到，长官。”

C^3摄像机转向南部的沙漠，并将局部放大，德索亚定睛凝视。五个人形突然从沙丘中跃起，于尘云中慢慢升起，他们身上的变色聚合体也在慢慢褪色。要是在普通的星球上，他们会使用反重力装置飞行；但是在海伯利安，他们使用的是大型动力包。五人四散开来，两两之间相隔几百米，在尘云中朝南部疾驰而去。

“启动红外呈像，”巴恩斯-阿弗妮说道，于是视像转到红外图像，镜头跟着他们一起穿越逐渐厚重的尘云，“启亮目标。”她又下令。图像朝南部转去，但目标依旧是个热属性的模糊点。

“小东西。”指挥官说。

“是飞机吗？”德索亚神父舰长还是比较习惯太空战术显示屏。

“没这么小的飞机，除非是机动式飞行伞。”巴恩斯-阿弗妮说。她的声音中完全听不出紧张感。

掠行艇越过光阴冢山谷的南端，加速朝前飞去，德索亚低头看去。沙尘暴沿着前头的地平线肆虐，那是一条金褐色的带子。

“离拦截点一百八十公里，”传来格列高利亚斯中士简洁明了的声音。德索亚的护目镜图像跟从于指挥官的，他们看到的都是这位瑞士卫兵中士所看到的——空无一物。五人小队正驾着飞行器飞过极其密集的扬沙，他们的四周暗如黑夜。

“动力包开始发热了。”传来另一个人平静的声音。德索亚看了看信息显示，说话的是纪下士。“沙子堵住了通风口。”下士继续道。

德索亚透过护目镜朝巴恩斯–阿弗妮指挥官看去。他明白，她得进行艰难的抉择了——要是在沙尘暴中再待上一分钟，将会让她的士兵们死于非命；但要是无法查明不明飞行物的身份，就会在其后导致更大的麻烦。

“格列高利亚斯中士，”她下令道，嗓音依旧坚定如磐石，“马上消灭入侵者。”

通信线路上出现了短暂的停顿。“指挥官，我们能在这儿再待上几……”中士开口道。在中士的声音背后，德索亚听见尘暴在怒号。

“马上消灭它，快，中士。”巴恩斯–阿弗妮命令道。

“收到。”

德索亚切换到广距战术频段，抬起头，看见指挥官正注视着自己。“你觉不觉得这可能是声东击西的假象？”她问道，“把我们引开，以便让真正的入侵者从别的地方混进来？”

“有可能。”德索亚说。他从显示屏上看到，指挥官已经把周界线上的警报升到了第五级。第六级是作战警报。

“等着瞧。”话音刚落，格列高利亚斯的士兵们便开火了。

那狂野的沙尘暴是个大锅炉，沙子和电流在其中翻滚。距离一百七十五公里的时候，能量武器靠不住。格列高利亚斯选择了钢雨镖，并亲自持枪射击。雨镖加速至六马赫。那个不明飞行物依旧维持原来的路线。

“我想，它没装感应器，”巴恩斯–阿弗妮说，“它在盲飞。按预定程序盲飞。”

雨镖经过热能目标，在三十米的距离外引爆，两万钢矛被可控炸药倾囊放出，笔直朝入侵者的路线奔去。

“击落嫌疑物，”C^3控制员说道，格列高利亚斯同时回复道，

“命中目标。”

“找到它，查明身份。”指挥官命令道。掠行艇已经倾斜着飞回山谷。

德索亚透过护目镜的显示屏朝外张望。她已经远距离击毙目标，却没让士兵们从沙尘暴中回来。

“收到。”中士回复道，沙尘暴极其狂野，密光线路上夹杂着静电噪声。

掠行艇低低地飞临山谷上方，德索亚开始第一千次检视墓冢：此地首先映入眼帘的是伯劳圣殿，它比其他几个更靠近南方，那带刺的锯齿状扶壁让人想起那个怪物，但自最后一次朝圣以来，怪物已经长久不见于人间；接着是更为诡秘的穴冢——总共有三个——它们的入口是从峡谷壁上的粉红色岩石中开凿而出的；然后是矗立在中部的巨大的水晶独碑；接着是方尖石塔；之后是翡翠茔；最后是雕刻得精致惟妙的狮身人面像，大门紧闭，双翼展开。这跟通常朝圣者朝拜的次序截然相反——虽然三个多世纪以来，已经没有一个朝圣者了。

德索亚看了看腕表。

“一小时五十六分。”巴恩斯–阿弗妮指挥官说。

德索亚神父舰长咬了咬嘴唇。瑞士卫兵旅的警戒线在狮身人面像周围就位——几个月前就已经就位。在更远处部署着更多的部队，他们在更宽阔的警戒线内各就其位。每一个墓冢都有选派的士兵驻扎，以防预言出错。山谷那一边还有更多的部队。头顶，火炬舰船和指挥舰船在守望。在山谷的入口，德索亚的专用登陆飞船正在待命，引擎开动，一旦小孩被注射镇静剂并送上船，就马上起飞。两万公里的上方，大天使级信使飞船“拉斐尔”号和它儿童尺寸的加速床一起等候着。

首先，德索亚知道，那个名字可能叫“伊妮娅”的女孩必须接受十字形的圣礼。这将在轨道上的“圣波纳文丘”号中进行，片刻之后，沉睡的孩子将会被转移至信使飞船。三天后，她将会在佩森上重生，交付给圣神当局。

德索亚神父舰长舔舔嘴唇。他非常担心，拘留那个孩子的过程中可能会出什么岔子，孩子可能会受伤。他无法想象，一个孩子——即便是一个来自过去的孩子，一个和技术内核交流过的孩子——怎么可能会对疆域辽阔的圣神或是圣教造成威胁。

德索亚神父舰长压制住自己的想法；他无权去想象这些。他的职责是完成任务，服从自己的上级，通过这些，来服务教会和耶稣基督。

“找到不明飞行物。”传来格列高利亚斯中士粗糙的声音。显示屏一片朦胧，沙尘暴依旧十分狂野，但是五名士兵已经来到了坠毁地。

德索亚提高自己护目镜显屏的解析度，看见了四分五裂的木头和纸片，以及被打成蜂窝状的扭曲金属，那可能是一个简单的由太阳能电池供电的脉冲反作用发动机。

“无人驾驶飞机。”纪下士说道。

德索亚抬起护目镜，对巴恩斯-阿弗妮指挥官笑了笑。“你又下达了一次演习，”他说，“今天已是第五次了。”

指挥官没作任何反应。“也许下一次就是真格的，”她说，接着对着战术麦克说道：“维持五级警报。到狮子时间前六十分钟时，启动六级警报。”

所有的频段上都响起了确认声。

“我还是不明白到底谁会碍我们的事，”德索亚神父舰长说，“我也不知道他们到底如何办到。”

巴恩斯-阿弗妮指挥官耸耸肩。“驱逐者可能会在我们讲话的时候突然从超光速状态减速而来，将我们打个措手不及。”

“那他们最好带上一整个游群，”神父舰长回答，“数量不够的话，我们可以轻而易举地搞定。”

“世上无易事。”巴恩斯-阿弗妮指挥官说。

掠行艇降落在地。门闸转了一圈，放下斜轨。飞行员坐在座位中转过头，推起护目镜说道：“指挥官，舰长，你们说要在狮子时间前一小时五十分在狮身人面像着陆。我们早了一分钟。”

德索亚断开与掠行艇控制台的连接。“我打算在风暴到来前舒展舒展筋骨，”他对指挥官说道，“要不要跟我一起？”

“不。”巴恩斯-阿弗妮放下护目镜，开始低声发布命令。

掠行艇外，空气极其稀薄，一阵阵电流涌过。头顶上，天空依旧是海伯利安那独特的湛青色，但是峡谷的南方边缘已经笼罩着一层阴霾，风暴即将临近。

德索亚瞥了瞥腕表，还有一小时五十分钟。他深吸一口气，默默发誓在至少十分钟内不再去看时间，然后走进了狮身人面像那阴森耸现的阴影中。

12

谈话进行了几小时，之后，他们吩咐我回床睡觉，但只能睡到早上三点。当然，我没睡。要是明日即将奔赴旅程，那么在前日晚上，我总会翻来覆去睡不着，而这一夜，我压根就没睡。

午夜过后，安迪密恩这座城市静得出奇；秋风暂歇，夜星闪亮。一两个小时里，我就这么穿着睡衣躺在那儿。但到了一点，我爬了起来，穿上他们昨天晚上给我的耐用衣，然后开始确认我的随身行李，这已经是今晚的第五次，或是第六次了。

对于这样一个令人胆寒的冒险来说，包里并没装多少东西：一件替换用的衣服，一双袜子，一把激光手电，两个水瓶，插在皮带刀鞘中的一把小刀——我详细检视过这把武器，还有一件沉重的帆布夹克，拥有热能内衬，一块用作铺盖的超轻毯子，一个惯性引导罗盘，一件旧毛线衫，夜视镜，一副皮手套。“要探索这个宇宙，你还需要什么？”我嘀咕道。

我也仔细瞧了瞧今日将要穿的衣服——一件舒适的帆布衬衫；

一件缝着好多口袋的外穿背心；弹性十足的呢制长裤，非常结实，跟我在沼泽地猎鸭时穿的差不多；柔软的高筒靴有点紧——我觉得它们像是外婆的故事中提到的“海盗靴”；一顶软软的三角帽，用不到的时候可以折叠起来放在背心口袋里。

我把刀扣在皮带上，将罗盘放进背心口袋，静静地站到窗前。山顶上，星辰回旋，我就这么默默地注视着，直到两点四十五分，贝提克过来把我从思绪中叫醒。

塔楼最高层依旧摆着那张桌子，桌子尽头依旧是那张悬椅，老诗人坐在其中，醒着。帆布屋顶已经拉开，群星在头顶发出冷冷的光芒。沿墙壁摆放的火盆中，火苗毕毕剥剥发出爆裂声，岩壁上高高地插着一根根火把。早餐已经上齐——烤肉，水果，配着糖浆的面饼，新出炉的面包。但我只喝了杯咖啡。

“你最好吃点东西，”老诗人嘟哝道，“你可不知道下一顿会在什么时候吃。”

我站在那儿注视着他。咖啡涌出的蒸气，温暖着我的脸颊，空气却是寒意料峭。“如果不出岔子，一切按计划进行，我会在六小时内进入飞船。到那时，我就能吃了。”

马丁·塞利纳斯发出一声刺耳的声音。“什么事会一点不出岔子，劳尔·安迪密恩？”

我啜了口咖啡。“说到计划，你可以跟我讲讲到底有什么奇迹，会在我带着你的小朋友飞速离去的时候，分散瑞士卫兵的注意力。”

古老的诗人静静地瞅了我片刻。“关于这个，你只需相信我就行，成不？”

我叹了口气。我早就担心他会这么说。“老头，你要我相信的东西也太匪夷所思了。”

他点点头，但依旧保持沉默。

“好吧，”最后我说道，“我们等着瞧，看看到底会发生什么。”我转过身面对贝提克，他正站在楼梯边上。“请记得准时在那儿等我们，免得到时候找不到飞船。”

“我会记得的，先生。”机器人回答。

我走到那块霍鹰飞毯边，它就铺展在地板上。贝提克已经把我的背包放了上去。“最后，还有什么指示吗？”我问道，但不知道自己到底在对谁说。

老人坐在悬椅上，飘近了一点。在火把光辉的照射下，他看上去垂垂老矣，比先前更加枯槁，更加干瘪了。他那手指就像是发黄的骨头。“听好，”他粗声粗气道，“就这——”

在大海之上有个寂寞的伶仃人，
命定通过衰朽的皮囊来延伸
他那可憎的存在，延伸十世纪，
然后孤独地死去。谁又能设计
一次全面的对抗？没有人。因此
海洋必须涨潮又潮落百万次，
他受到压迫。可是他不会死去，
假如他能够做到这些事：——彻底
看清魔术的奥秘，详细地阐释
一切运动、形状和声音的意义；
深入地探究一切外形和实体，
一直追溯到它们的象征性本质；
他就不会死。再说，主要的是，

他必须怀着无限的虔诚从事
欢乐和痛苦的工作；——对于受暴风
袭击而沦于毁灭的一切情人们，
他都要一个挨一个安放好，只管
让时间慢慢爬行到凄凉的空间：
这件事做了，全部劳作已完成，
一个青年，为天神所爱，所指引，
将站在他的面前；引导他圆满
完成一切事。这位被选中的青年
必须这样做，否则两人都灭亡。[①]

“什么？”我问，“我不……”

“见鬼，”诗人粗声粗气道，“给我找到伊妮娅，带她到驱逐者那儿，然后活着带她回来。这不算复杂，就算是牧羊人也办得到。”

“别忘了我还是园艺家的学徒、酒吧招待、猎鸭人。”我一面说，一面把咖啡杯放下来。

“差不多三点了，”塞利纳斯说，“你得走了。”

我深吸一口气。“等等。”我说道，噔噔噔跑下楼梯，进厕所解了个手，在冰凉的石凳上靠了片刻。你是不是疯了，劳尔·安迪密恩？这是我在对自己说话，但是我却听见了外婆的轻柔声音。是的，我回答。

---

① 这段诗摘自济慈的《安迪密恩》第三卷。此处是装扮成老人的格劳科斯（Glaucus，按神话故事，他追求美丽的少女斯库拉，女巫客尔刻出于嫉妒，加害于斯库拉）向安迪密恩述说自己的身世。“为天神所爱、所指引的青年”是指安迪密恩。其后安迪密恩将帮助格劳科斯解救受到风暴袭击的情人们。这里使用了屠岸的译文。

我重新走上楼梯，腿儿不住哆嗦，心脏急速跳动，这些反应甚至吓到了我自己。

“一切就绪，”我说道，“老妈总是跟我说，离家前得把这些事搞定。”

千岁高龄的诗人咕哝了一声，操控椅子滑了过来，来到霍鹰飞毯面前。我坐上毯子，激活飞控线，盘旋升起，腾空在石地上方一米半的地方。

“记住，一进入大裂痕，找到入口，就让飞毯按设定程序飞行。”塞利纳斯说。

“我知道，你跟我说过……”

“闭上嘴，给我听好，”老家伙粗声粗气道。古老羊皮纸似的手指点了点独特的线路设计。“记住怎么操控它。一旦进入入口，挨次点击这……这……还有这，程序就会接管飞行任务。如果你想手动操作，点点这里的中断按钮，就可以中断顺序指令……”他的手指充满爱意地抚摸着古老细线上的空气。“但是到了那里面，别想自己飞。你会永远也找不到出来的路的。”

我点点头，舔了舔干燥的嘴唇。“你没告诉我，是谁设定的程序，是谁完成的飞行？”

色帝露出一口新牙。“是我，我的孩子，花了好几个月的时间，但是我办到了。那差不多是两个世纪前的事了。”

“两个世纪前！”我几乎从毯子上跳了下来，“要是这两个世纪里出现塌陷呢？地震引发的平移断层？要是什么东西拦住了我的去路，那会怎么样？”

马丁·塞利纳斯耸耸肩。“孩子，你的时速将达两百公里，”他说，“所以，我猜你会死。”他拍拍我的背，“去吧。替我向伊妮娅问声好。告诉她马丁叔叔正在等她，他想在死前看到旧地。告诉她，老头子盼望着听她来解释一切运动、形状和声音的意义。”

我操控霍鹰飞毯，又升高了半米。

贝提克走向前来，伸出一只蓝色的手。我和他握了握。“祝你好运，安迪密恩先生。”

我点点头，找不到什么话说，便驾着飞毯盘旋升高，飞出了塔楼。

要从天鹰大陆中部的安迪密恩城直接飞到大马大陆的光阴冢山谷，我本该笔直朝北飞。然而，我却一头往东飞去。

昨日的试飞——虽然我疲倦的脑袋觉得是同一天——表明，操控霍鹰飞毯实在是易如反掌，但当时的飞行速度仅是每小时几公里。现在，当我来到塔楼上方一百米高的地方时，我嘴里叼好笔形电筒，照亮惯性罗盘，将飞毯与那无形的航线对齐，和老诗人给我的地形图比照比照，设定好方向后，便将手掌按向了加速按钮。飞毯持续加速，直到温和的密蔽场自动激活，保护我不受暴风的吹袭。我回头张望了一下，希望最后看一眼塔楼，或是看看站在窗口边朝外张望的老诗人，但太迟了，荒废的大学镇早已隐没在了黑暗的群山中。

飞毯上没有示速器，所以我只能猜测，现在正以最高速度飞行。我正朝东方的高峰翱翔而去，高耸入云的雪原反射着星光，最好小心点，所以我放好笔形电筒，戴上夜视镜，继续对照地形图察看我的位置。随着陆地一点点升高，我也驾着毯子慢慢往上升，让毯子与巨石、瀑布、雪崩斜道、冰瀑保持百米距离，透过夜视镜，星光显得更加明亮，冰瀑正闪着绿光。飞毯悄无声息地飞着——甚至连风声也被密蔽场偏转得鸦雀无声了——好几次，我看见一些巨型动物跳跃着东躲西藏，它们是被头顶上突然出现的这只没有翅膀的鸟吓着了。飞了半小时后，我越过大陆陆脊，将飞毯保持在五公里隘口的中心地带。很冷，虽然密蔽场将我的些许体温保持在静止空气的旅行罩中，但我早就穿戴上热力夹克和手套了。

越过群山，我飞速下降，紧紧跟随崎岖的山原，眼前的苔原慢慢变成沼泽荒野，而沼泽荒野又变成更低海拔的低矮常蓝植物和三枝杨，接着这些高山上的树木也慢慢减少，最后消失了，闪光的特斯拉火焰林开始照亮东部，就像是假曙光[①]。

我摘下夜视镜，放回背包中。前头的景象真是美丽极了，还略微有点恐怖——整个东部地平线闪耀着电光，噼啪直响，球状闪电在一棵棵百米高的特斯拉树之间跳跃，链状闪电缠绕在特斯拉和爆裂的普罗米修斯树间，凤凰木和偶然冒起的地火在上千个地方熊熊燃烧。马丁·塞利纳斯和贝提克都警告过我这点，于是我驾着飞毯往高处飞去，虽然在此高度有风险，可能被探测到，但总比被底下的电流旋涡缠住要好。

又过了一小时，东方现出鱼肚白，我越过闪耀的火焰林，就在天空泛白，变得愈发明亮，出现日光的时候，火焰林已经落在了我的身后，大裂痕映入眼帘。

我在羽翼高原之上对照着皱巴巴的地形图看了看，检查了路线，我随即发现，过去四十分钟里我一直在爬升。随着那深不可测的巨大裂缝在这块天鹰大陆上出现，我终于感受到了现在的高度。大裂痕以其自身的方式展现出与火焰林效果相同的恐怖——狭长、垂直、从上面的平坦之地笔直朝下形成三千米的落差。我飞过大陆

① 一般在10月和11月，北半球日出前东部地平线附近可见一道特别明亮的三角光带，被称为假曙光，是光线经由星际尘埃微粒反射后形成。一年内的这个时候，黄道尘埃带在日出时几乎与地平面垂直，地平线附近厚厚的大气不能阻挡相对明亮的反射尘埃。

巨型裂缝的南端，朝底下三千米远处的河流俯冲而去。大裂痕一路往东，我慢慢减速，身下的河水几乎以同样的速度咆哮前进。片刻之间，早晨的天空在我头顶暗去，群星再次出现；就好像我掉进了一口深井。周遭的悬崖峭壁狰狞可怕，底下的河流狂野至极，河水结出块块巨冰漂浮其上，水流在一块块如我撇下的那艘飞船般大的巨石上飞跃。我和水花保持着五米的距离，越发放慢速度。应该很近了。

我看了看腕表，又对了对地图。它应该就在前面两公里远的地方……就是那儿！

它比他们说的要大——两边相距至少有三十米——极为方正。这个通向行星迷宫的入口被凿刻成神殿入口或是巨型大门的样子。我将霍鹰飞毯的速度放得更慢，朝左倾斜前进，最后停在了入口前。我看了看腕表，抵达大裂痕只花去了九十分钟不到的时间。但是，北部的光阴冢山谷离我依旧有一千公里远。以高巡航速度飞行，也得花四个小时。我又看了看腕表——按预定时间，离那个孩子从狮身人面像中出来还有四小时二十分钟。

我继续驾飞毯缓缓前进，进入洞窟。我试着回忆老诗人的《诗篇》中《神父的故事》里讲到的细节，但我只能记起，杜雷神父和毕库拉是在这儿——就在这迷宫入口内——遇到了伯劳和十字形。

眼前没有伯劳。对此我并不惊讶——自从二百七十四年前世界网陨落之后，就再也没人见过那个怪物。也没有十字形。对此我依然不感到惊讶——很久以前，圣神已经将它们从洞窟的墙壁上收割下来了。

我知道迷宫在每个人心目中的样子。在古老的霸主时期，人们发现了九个迷宫世界。它们都是类地星球——在古老的索美尺度上达到七点九。但是在地壳结构上，它们都是死气沉沉的，在这方面更像火星，而非地球。迷宫地道如蜂窝般布满了九个世界——包括海伯利安——它们的目的和作用无人知晓。人类离开旧地的好几万年前，地道就已经挖掘好，但没有找到任何关于地道挖掘者的线索。迷宫给众多神话提供了素材——包括《诗篇》——但是神秘依旧笼罩在它们头上。海伯利安的迷宫从未被测绘过，除了这一段，我即将以时速二百七十公里的速度在其中旅行。它是由一个疯狂的诗人测绘的。我希望如此。

阳光在身后逐渐淡去，我又将夜视镜拉回到眼前。黑暗裹住了我，我有一种芒刺在背的感觉。眼镜很快就会没用，因为到时候将没有一丁点光线可以用来增强。我从背包里拿了点胶带，将激光电筒绑缚在霍鹰飞毯的前端，并将光束设定在最广散射状态。虽然光线很弱，但是从夜视镜里看会明亮很多。我已经看到了前面的分叉道——洞窟依旧是个巨型、中空的直角棱镜，两边相距三十米，仅有极其细小的裂缝和塌陷。前面，地道朝右边分了个岔，然后是左边，接着是下面。

我深吸一口气，按了按程序次序。霍鹰飞毯一跃向前，加速至事先调整的速度。虽然有飞毯密蔽场的修正作用，但突如其来的歪斜让我猛地朝后靠去。

如果毯子拐错一个弯，在这么高的速度下撞向一堵墙，那么，这点微弱的能量场根本就无法保护我。岩石从身边一掠而过。霍鹰飞毯猛地倾斜，向右拐了个弯，在长长的洞窟中部恢复至水平状态，接着又潜入了一段下降的分叉地道中。

睁眼注视这一切实在是太可怕。于是我摘掉夜视镜，将它们放进大衣口袋，继而紧紧抓住毯子边缘，而这东西正不断跳跃，东倒西歪地往前行驶。我闭上双眼，已经用不着操心什么了。现在，全然的黑暗降临了。

13

狮身人面像开启前十五分钟，德索亚神父舰长在谷底来回踱步。风暴早已来袭，沙子漫天飞舞，暴风发出刺耳的响声。数百名瑞士卫兵沿着谷底一字散开，装甲运输车、炮台、导弹连、观测哨——所有东西都隐没在了沙尘暴中。但德索亚知道，它们之所以看不见，其实是伪装场和变色聚合体的作用。暴风在怒号，神父舰长必须依靠红外线才能看清一切，但就算他拉下并封住护目镜，细小的沙粒依旧勇往直前，进入装甲战衣，钻进他的嘴巴。这一天让他饱尝了沙子。吹来的红沙粘在额头和脸颊上的汗珠上，留下了细小的痕迹，就像是圣疤上渗出的鲜血。

“注意，”他在全人员频段上说道，“我是德索亚神父舰长，现按教皇之令指挥此次任务。巴恩斯-阿弗妮指挥官会马上向你们重新进行任务指示，但现在，我想特别指出……十三分三十秒后，将会有一个小孩从一个墓冢中出来，不准开展任何行动，不准射击，不准防御，不准危及到她的生命。我希望每个人都明白这一点，无论是圣神军官还是士兵，火炬舰船舰长还是太空军水手，飞行员还是机载飞行官……**记住！我们必须毫发无伤地逮捕这个孩子！**谁忽视这一警告，都将会被送交军事法庭审判，并直接处决。愿我们今日都能侍奉我主基督、我们的教会……以耶稣、玛丽、约瑟之名，我请求让任务圆满完成。德索亚神父舰长。海伯利安远征军临时指挥官，完毕。”

随着一阵“阿门”的齐声应和在战术频段上此起彼伏，他继续踱着步。“指挥官？”他兀然止步道。

“在，神父舰长。”耳机中传来巴恩斯-阿弗妮平静的声音。

“如果我叫格列高利亚斯中士的小分队到我所在的狮身人面像这边来，会不会打乱你的周界线部署？”

只有片刻停顿，德索亚由此知道，地面指挥官对计划最后几分钟的改变并不放在心上。“接待委员会”甚至现在就已经在狮身人面像的脚底下等待了，那是一小队特别遴选的瑞士卫兵，包括拿着镇静剂随时准备使用的医生；一名医师，手里的静态平衡容器中装着活着的十字形。

“格列高利亚斯和他的士兵三分钟后赶到。”指挥官回答。德索亚听见她转移至战术密光下，传来了确认的声音。他再一次把那五个男女投入了危险的环境中。

小分队于两分四十五秒后降落。德索亚仅仅从红外线模式下看见了他们；他们的反作用背包正闪着白热的光芒。

“脱下飞行包，”他命令道，“不管发生什么事，都待在我身边别动。替我留神后面。”

“遵命，长官。”格列高利亚斯中士低沉的声音伴随着狂风的咆哮一起传来。人高马大的军士走向前，护目镜和战衣赫然耸现在德索亚的红外视野中。很明显，中士想亲眼确认一下，到底是要替哪个人留神后面。

“离狮子时间还有十分钟，”巴恩斯-阿弗妮指挥官说道，“传感器显示，墓冢周围的逆熵场出现了不寻常的活动。”

“我感觉到了。”德索亚说。他的确能感受到，墓冢中的时间场在不断变换，令他产生一种头晕目眩的感觉，但不太像是晕船。不管是这儿，还是狂怒的沙尘暴，都让神父舰长感觉自己的双脚脱离了地面，头昏眼花，几乎如喝醉了一般。他小心翼翼地挪着步子，走回到狮身人面像前。格列高利亚斯和他的士兵们呈扇形紧随其后。

“接待委员会”的人马正站在狮身人面像的台阶上。德索亚慢慢走近，向他们快速传出自己的红外和无线电身份，他和拿着镇静剂针筒的医生交谈了几句——警告她别伤害孩子——然后等在那儿。现在，台阶上站着十三个人，其中包括格列高利亚斯的人马。德索亚意识到，作战小队手里的重型武器高高竖立在那里，看上去并不令人愉快。“后退几步，”他对两支小队的两名中士说道，“藏在风暴里，不要被人看见，时刻待命。”

“收到。”十名士兵朝后退了十几步，最后完全消失在漫天飞舞的风沙中。德索亚明白，这世上没有任何人能突破他们建立起来的防御线，除非死人。

德索亚对医生和拿着十字形的助理医师说道：“我们朝门口走近些。”两名穿着制服的人点点头，于是三人慢慢朝台阶上爬去。现在，逆熵场变得更加强烈了。德索亚脑中闪过往昔的记忆，当他还是个小男孩的时候，他站在故星齐胸的海水中，面对着凶狠的海浪，而潮水和回潮想方设法地要将他拉进满怀敌意的大海中。现在的情景跟那有点类似。

“离狮子时间还有七分钟。”巴恩斯-阿弗妮在通用频段上说道。接着，她在密光中对德索亚说，“神父舰长，你是否愿意让掠行艇下来接你？从这上面能进行全方位的纵览。”

“不，谢谢，”德索亚回复道，“我会和接触小队待在一起。”他在自己的显示屏上看到，掠行艇正向高处爬去，最后越过猛烈的沙尘暴，停在了一万米的高空。就像所有的优秀指挥官一样，巴恩斯-阿弗妮打算在自己不被牵连进去的情况下，掌控整个行动。

德索亚键入私人专用频段的代码，连接到专用登陆飞船上的飞行员。“广濑？”

“在，长官，有何吩咐？”

“准备好在十分钟内起飞。”

“准备就绪，长官。”

“暴风不成问题吧？”德索亚和所有的深空作战舰长一样，不相信天气甚于其他任何东西。

“不成问题，长官。”

“很好。”

“离狮子时间还有五分钟，”传来巴恩斯-阿弗妮指挥官平和的声音，“轨道探测器显示，三十天文单位内没有任何太空行动。北半球航空探测器显示，空中没有任何交通工具。地面探测器显示，笼头山脉至海岸边没有任何未经授权的活动。”

“战轨巡逻屏无异况。”传来C^3控制员的声音。

“战空巡逻无异况，”打头的天蝎机飞行员说道，“这上面依旧阳光明媚。”

“从此刻起，无线电和密光通信保持静默，直到撤销六级警报，”巴恩斯-阿弗妮说道，“离狮子时间还有四分钟，传感器显示，光阴冢已经置身于极高的逆熵场活动中。接触小队，请回话。”

“我在入口处。”恰克拉医生说。

“准备就绪。”医师回话，这是一个名叫卡夫的年轻士兵，声音微微颤抖。德索亚发现，自己还不知道卡夫是男是女。

“一切准备就绪。”德索亚回答道。他扭过头，透过清晰的护目镜四下张望。在怒吼的风沙中，即便是岩石台阶的底部也已经隐没不见。放电的电荷噼啪作响，发出爆裂声。德索亚将护目镜转换至红外状态，十名瑞士卫兵出现在视野中，武器满载弹药。

即便是在喧嚣的暴风之中，一种极度的安宁感突然降临。在战衣头盔的包裹下，德索亚听见了自己的呼吸声。停用的通信频段发出嘶嘶的静电噪声，还有爆裂声。而战术和红外护目镜上，有更多的静电噪声在猛烈捶打，德索亚只得恼怒地掀起护目镜。狮身人面像密封的入口就在身前不到三米远处，因为风沙的缘故，它时而掩蔽，时而显现，就像是时刻变换的门帘。德索亚向前走了两步，恰克拉医生和她的医师紧随其后。

“还有两分钟，”巴恩斯-阿弗妮说道，“所有武器载好弹药。高速度记录器调整至自动化。医疗直升机小队随时待命。”

德索亚闭上双眼，抵抗着时间潮汐带来的眩晕感。*这个宇宙，他想，的确奇妙。*他心存遗憾，因为见到女孩的几秒后，就得给她注射镇静剂。他已经发布了命令——她会沉沉睡去，同时被附上十字形，踏上飞回佩森的致命旅途——他明白，他很可能永远也听不到这个小女孩的声音。他心存遗憾。他很想和她谈谈话，向她问些关于过去、关于她自己的问题。

“还有一分钟。周界线火力控制全部进入自动状态。”

“指挥官！”听到声音，德索亚拉回战术护目镜，发现声音来自内部周界线的一名科学上尉，“逆熵场已经沿所有的墓冢展开至最强状态！入口开始打开了，穴冢、独碑、伯劳圣殿、翡翠茔……”

“所有频段保持静默，”巴恩斯-阿弗妮大叫道，“我们正在监控。还有三十秒。”

德索亚意识到，那个孩子即将迈入这个新时代，却不曾想到会面对三个戴着头盔、挂着护目镜、穿着战斗装甲的人，他掀起自己的面罩和护目镜。也许他永远无法和小女孩说话，但在她进入梦乡前，他希望她能看到自己的人类脸庞。

“十五秒。”德索亚第一次听到了指挥官嗓音中的紧张感。

飞扬的沙粒撕挠着德索亚神父舰长暴露在外的双眼。他抬起戴着手套的手，揉了揉，眨了眨蒙眬的泪眼。他和恰克拉医生又走近了一步。狮身人面像的入口正在朝内开启，内部一片黑暗。德索亚暗自希望能通过红外装置看到里面的东西，但是他没有拉下护目镜，他决意要让女孩看到自己的眼睛。

黑暗中，有个影子在移动。医生迈步朝那身形走去，但是德索亚碰了碰她的胳膊。“稍等。”

影子变出了身形；身形变出了样貌；是个孩子。她比德索亚想象的还要矮小，齐肩的长发随风起舞。

“伊妮娅。”德索亚说道。他本没打算对她说话，也没打算叫她的名字。

女孩抬头望着他。德索亚看见她乌黑的眸子，但他没感受到其中的恐惧——仅仅是……忧虑？悲伤？

“伊妮娅，别怕……”德索亚开口道，但医生已经迅速走上前，手里举着注射器，女孩马上后退一步。

就在此时，德索亚神父舰长见到了幽影中的第二个身形。就在此时，尖叫声响起了。

14

在此次旅行之前，我从不知道自己患有幽闭恐惧症。地下墓穴一片漆黑，而我就在里面急速飞驰，在这过程中，环绕我四周的密蔽场甚至阻塞了我的呼吸，那种四周全是石头和黑暗的感觉真是太可怕了。在饱受了二十分钟疯狂飞行的煎熬后，我关闭了自动驾驶程序，手动将霍鹰飞毯降落在迷宫的地面上，取消密蔽场，从毯子上走下来，最后忍不住放声尖叫起来。

我匆匆抓住激光笔，朝墙上照去。这是一个由岩石组成的正方形通道。现在，出了密蔽场，一股热量朝我袭来，地道肯定很深，但里面没有钟乳石，没有石笋，没有蝙蝠，没有任何活物……唯有这劈成正方形的巨洞，通向无边无际的远处。我拿着激光笔照了照霍鹰飞毯，它跟死了一样，了无生气。照我刚才那心急火燎的状态，我可能已经错误地退出了自动飞行程序，还可能将它删除了。如若这样的话，那我就死定了。到目前为止，飞毯已经在二十几个分支中急转闪躲；我不可能有办法自己找到出去的路。

我再一次尖叫起来，但这次更像是受到压力折磨、最后崩溃的喊叫，而不是出于害怕。我感觉到墙壁和黑暗在朝我慢慢包拢，于是奋力抵抗，驱赶着恶心感。

还剩三个半小时。三个半小时的幽闭恐怖梦魇，在黑暗中持续高速行驶，紧紧抓着跳跃而行的飞毯……然后呢?

我突然希望能有把武器，这看上去很可笑；就算是面对一名瑞士卫兵，也没有任何手枪能给我和他对抗的机会——甚至都没办法对抗一名非正规的地方军士兵，但是我现在却希望能有什么东西。我从插在皮带上的皮鞘中拔出小型猎刀，在激光的照射下，钢铁刀刃闪闪发光，我笑了起来。

真是太可笑了。

我把刀插回去，重新坐上毯子，按了按“继续”代码。霍鹰飞毯紧紧绷直，升离地面，倾斜着开始猛烈运动。我开始迅速向目的地奔去。

一瞬间，德索亚神父舰长瞥到了那巨大的形体，忽然间，它又消失了，然后尖叫声响起。孩子朝后退却，恰克拉医生步步紧逼，挡住了德索亚的视线。就算被呼啸的风声包围，但还是有一片切实的急速风流经过，接着，医生戴着头盔的脑袋滚滚跳跳地越过了德索亚的靴子。

“圣母马利亚。”他对着打开的麦克风小声说道。虽然掉了脑袋，但恰克拉医生的躯干依旧矗立在那儿。这时，小女孩——伊妮娅——开始尖叫，声音几乎淹没在沙暴的号叫声中。然后，仿佛是尖叫的力量作用在了恰克拉的身体上，无头尸体倒向了岩石地面。医师卡夫正一面喊着听不明白的话，一面向小女孩冲去。黑暗的迷蒙再次出现，这次他并没有看到拿东西，只是一种感觉，然后，卡夫的手臂与身体分了家。伊妮娅撒足跑向台阶，德索亚朝她冲去，但却和一个庞然大物撞了个满怀，那是一个由倒刺和刺线组成的金属雕像。长钉刺穿了德索亚的战斗装甲——怎么可能！但他却真切地感觉到鲜血正从五六个小伤口中涌出。

“不！”小女孩再次尖叫道，“住手！我命令你，住手！”

三米高的金属雕像缓缓转身。德索亚满怀困惑地怔在原地，他看见，那炽热的鲜红双眼正朝身下的女孩凝视而去，然后，金属雕塑消失了。神父舰长朝小女孩迈近一步，依旧想要让她安心，同时还想抓住她，但他的左脚突然沦陷，右膝跪倒在宽阔的岩石台阶上。

女孩朝他走来，碰了碰他的肩膀，低声述说着——身边暴风咆哮，耳机里众人的痛苦号叫此起彼伏，但不知何故，他却听见了她的话——“没事的”。

德索亚神父舰长的身体如沐春风，他的意识充满了愉悦。他泪流满面。

女孩不见了。一个巨大的身形赫然耸现在他的上方，德索亚紧握双拳，试图站起身，但他心里知道，这根本就是白费力气——怪物又回来了，要来取他的性命了。

“放松！”是格列高利亚斯中士，他正在叫喊。这大个男人扶着德索亚站起身，但神父舰长站立不住——他的左脚血流不止，已经被切断了——于是格列高利亚斯用一只巨大的胳膊抱住他，同时端着能量切枪扫荡着这片区域。

“别开火！”德索亚叫道，“那个孩子……”

“已经不见了。”格列高利亚斯中士说。他开火了，一长束纯能量急速冲进爆裂的风沙旋涡。“该死！”格列高利亚斯把神父舰长扛在披甲的肩膀上。网路上的尖叫声越来越惨烈了。

腕表和罗盘告诉我，我几乎已经到了目的地，但除此之外别无其他的暗示。我依旧在盲目飞行，依旧紧紧抓着东倒西歪、急速飞行的毯子，毯子会自己选择该飞入无尽迷宫中的哪一条分支。我完全没有感觉到隧道在朝地面攀升，那个时候，我感觉到的除了天旋地转和幽闭恐惧，别无其他。

最后两小时里，我重新戴上了夜视镜，拿出激光笔，设置在最广状态，让它照亮我们的飞行路线。时速达到了三百公里，岩壁倏忽而过，令人心慌，比起黑暗来，这更加让人感到恐惧。

当第一束光线出现并让我目盲的时候，我依旧戴着眼镜。我马上摘掉它塞回背心口袋，眨眨眼，甩掉眼中的残影。霍鹰飞毯正载着我飞速朝一个极为明亮的正方体冲去。

我记起来了，老诗人说第三座穴冢已经封闭了两个半世纪多。陨落之后，海伯利安上所有墓冢的入口都被封住了，但事实上，在第三座穴冢那封闭的入口**后面**，还有一堵石墙，它堵住了通向迷宫的路。几个小时以来，我内心一直半含期待，自己将会以时速三百公里急速撞向那堵石墙。

正方形亮光迅速变大。我意识到，这条地道已经朝上爬升了一段时间，现在终于抵达了地表。我全身平躺在霍鹰飞毯上，随着它行进到预定飞行路线的终点，我感觉到它正在放慢速度。“干得不错，老头。”我大声说道，自从三个半钟头前的尖叫插曲后，我终于再一次放开嗓门。

我的手悬在加速线上，心里有点怕，万一毯子速度慢到与步行无异，那我就成煮熟的鸭子插翅难飞了。我说过，如果要保护我不被瑞士卫兵击杀，那就一定需要什么奇迹；诗人向我允诺会有的。现在，是时候了。

沙子在墓冢的开口处盘旋飞舞，就像无水瀑布般将入口遮掩住。这是奇迹吗？希望不是。士兵可以很容易地看穿沙子中的一切。在入口前，我刹住毯子，原地悬停，从背包中拿出一块大手帕、一副太阳镜，然后用手帕捂住鼻子和嘴巴，再一次俯身平躺，手指放在飞控线上，猛按加速线。

霍鹰飞毯穿越入口，飞进了空旷的天幕中。

我操控飞毯闪向右边，忽升忽降，让毯子做着一系列疯狂的躲避动作，但我也知道，面对自动瞄准，这些力气全是白搭。没关系——我求生的本能征服了逻辑思维。

我什么也看不见。风暴实在是太凶猛了，飞毯前缘两米外的所有东西都一片模糊。愚蠢至极……我和老诗人从未谈过发生沙尘暴的可能性。现在，我都不知道自己的飞行高度了。

突然，一块如剃刀般锋利的飞拱在急速飞驰的毯子下擦过，距离不到一米，紧接着，又有一根带刺的金属压杆在上面掠过，我意识到，那是伯劳圣殿，而我差一点就撞上了它。我在朝南飞，而这恰恰是南辕北辙，我应该向山谷的北端飞才对。我看了看罗盘，确认我做的的确是这样的傻事，然后掉过头。从刚才看到的伯劳圣殿推断，毯子离地面差不多有二十米远。我停下飞毯，感觉毯子在风的吹拂下正晃动挣扎，接着操控飞毯如升降机般笔直下降，直到触及底下久经风雨的石地，继而又往上升了三米，然后维持这个高度，朝正北方飞去，速度与步行无异。

那些士兵都到哪儿去了？

仿佛是为了回答我未出口的问题，穿着战斗装甲的黑色身影急速飞过。他们手持外表华丽的能量切枪和粗短的钢矛枪，猛烈开火，我不由得缩紧身子，但他们不是在朝我射击，而是在朝我的身后开火。这些都是瑞士卫兵，他们正撒腿逃跑。这样的事真是闻所未闻。

突然，我意识到，山谷中其实充满了人类的尖叫，只不过被怒吼的风声掩盖了。我不明白是怎么回事——在这样的风暴中，士兵都应该戴好头盔，拉下护目镜。但是他们的确在尖叫。我听得见。

一艘喷射机，抑或是掠行艇，突然从我头上咆哮而过，离我不足十米。自动炮正朝两边开火——我之所以躲了过去，是因为我正好就在这东西下面。但我必须马上停住，因为前头的风暴已经被可怕的光热冲击波照亮。掠行艇，或是喷射机，不管那是什么东西，正笔直飞向前面的一座墓冢。我猜那是水晶独碑，也可能是翡翠茔。

左侧火力汹汹。于是我朝右飞去，接着又拐向西北，试图迂回绕开墓冢。突然间，我右边和正前方传来一阵尖叫。闪电状的切枪火力挥进风暴之中。这次，的确有人在朝我开火。射偏了？怎么可能？

没有等到答案到来，我便操控霍鹰飞毯下降，如一列特快升降梯，猛地撞到地面上，然后马上滚到一边，能量光束将我头顶上不足二十厘米处的空气化为离子。惯性罗盘依旧被绳子系着，围在脖子上，在我翻滚时重重地砸到脸上。但此地没有什么巨石可以让我躲避，连一块石头也没有；放眼望去全是平整的沙地。蓝色霹雳在头顶上纵横往来，我恨不得用手指在地上挖条沟壑出来。钢矛之云带着它们特有的撕心裂肺的声音在头顶上疾驰。倘若还在空中的话，那我和霍鹰飞毯早已碎尸万段了。

离我不到三米外的地方，有什么巨大的东西正站在鞭人的风沙中，双足大张，矗立在那儿。看模样像是个巨人，穿着带有尖刺的战斗装甲——一个拥有许许多多手臂的巨人。一颗等离子弹击中了它，暂时显出它长满尖刺的身形。这怪物没有熔化，没有倒地，也没有粉身碎骨。

不可能。他妈的绝不可能。我头脑中有一部分冷静地察觉到，我正满脑子污言秽语地思索着，就跟我在战场上时一样。

庞大的身影突然消失了。从我左侧传来更多尖叫声，正前方爆炸声连连。在这样一个大屠杀的局面下，我他妈到底该怎么去找那个孩子？就算被我找到了，我又如何找到通向第三座穴冢的路呢？我们本来的想法（计划）是，在老诗人允诺的那个分散注意力的奇迹发生时，我会突然从天而降，带走伊妮娅，然后再次冲向第三座穴冢，接着按一下自动驾驶的最后指令，开始三十公里的逃亡，冲向笼头山脉边缘的时间要塞。贝提克和太空飞船就将在那儿等我……只等三分钟。

飞船个子那么大，即便在这一片混乱的情况下（不管到底发生了什么），哪怕在地面上多逗留三十秒，轨道上的火炬舰船或是地面防空炮台都不可能让它逃脱。如果那样，整个营救任务就会搞砸。

地面在震动，一声震耳欲聋的隆隆声响彻整个山谷。或许是什么庞然大物被炸飞了——至少是个军火仓库，又或许是什么比掠行艇还要大的东西坠毁了。一阵猛烈的红光照亮了整个北部山谷，即便隔着沙尘暴，我也依旧能看到那汹涌的火焰。逆着那亮光，我看见几十个全副武装的人影在跑动，在开火，在坠落。其中有个人影比其他小，没有武装。那个长满尖刺的巨人站在它身旁。那小小的身形，依旧被毁灭性的火光映衬出轮廓，正在攻击那个巨人，小小的拳头捶打着倒钩和尖刺。

“该死！”我朝霍鹰飞毯爬去，但因为风暴的缘故找不到它的踪影，我抹抹进沙的眼睛，在地上爬了一圈，右掌终于摸到了布片。从毯子上下来的短短几秒钟里，它就几乎被埋在了沙子中。我开始像一头发狂的野犬般刨了起来，终于把飞行装置挖了出来，我激活它，朝那淡去的光点飞去。那两个身影已经看不见了，但我时刻保持头脑清醒，留意着罗盘的指数。两束切枪光束炙烤着空气——其中一束在我俯卧的身体之上，仅厘米之遥，另一束在毯子下，只毫米之遥。

“该死！真是活见鬼了！”我随口乱喊起来。

格列高利亚斯中士扛着德索亚神父舰长一路前行。舰长靠在他穿着装甲的肩膀上，一路上不停地晃荡。德索亚半昏半醒，他隐约意识到，有其他的黑暗身影在同他们一起奔跑着穿越风暴，并偶尔朝看不见的目标发射等离子弹，他思忖着，这些是不是格列高利亚斯小分队剩下的人呢。他忽昏忽醒，但拼命希望能再次见到那个孩子，和她说说话。

格列高利亚斯差一点撞上了什么东西，他停下脚步，命手下慢慢逼近。一架圣甲虫战斗装甲车卸下了伪装护盾，正歪歪斜斜地蹲坐在一块巨石之上。左侧导轨已经没了，后部急射小机枪的枪管也融化掉了，就像是扔进火中的蜡块。右侧眼状玻璃罩支离破碎，裂开了一个大窟窿。

“到这里面去。”格列高利亚斯气喘吁吁道。他小心地把德索亚神父舰长放了进去。过了一秒，中士也钻了进来，用能量切枪上的照明光束照亮了圣甲虫的内部。驾驶座椅看上去像是谁在上面泼了盆红色颜料。后舱壁似乎也溅上了一些乱七八糟的颜色，真像德索亚神父舰长曾经在一座博物馆中看到的一种荒谬绝伦的大流亡前“抽象艺术”。唯一的不同在于，这块金属画布是用人类的器官拙劣地涂抹而成的。

格列高利亚斯中士往歪斜的圣甲虫内钻去，让火炬舰船的舰长靠在下部机舱的舱壁上。另外两名穿着制服的身形也从破碎的玻璃罩中钻了进来。

德索亚抹了抹眼睛周围的血水和沙子，开口道：“我没事。”他本想以命令的口吻说，可声音太虚弱，几乎成了孩童的呢喃。

“是，长官。”格列高利亚斯咆哮道。中士正从皮带包中拿出医用工具。

“我不需要那个，”德索亚有气无力地说道，“战衣……”所有的装甲战衣都有自己的密封剂，还有半智能的医用衬垫。德索亚确信，这么一点小小的划伤或刺伤无足大碍，战衣肯定早已将它解决。但是现在，他低头一看。

他的左脚几乎被切断了。具备抗击、抗能性能的全聚合战斗装甲支离破碎地垂在那儿，就像廉价轮胎上的破烂橡胶。他可以看见白森森的股骨。战衣在上部大腿周围收紧，作为一条粗劣的止血带，这救了他的命，但是胸部装甲上有五六处严重的刺伤，胸部显示器上的医用灯正闪着红光。

“啊，耶稣！”德索亚神父舰长低声道。他在祈祷。

“没事的，”格列高利亚斯中士说，用他自己的止血带在大腿周围扎紧，“长官，我们会给你找个医师，然后立刻送你去飞船的诊疗所。”他望着前座椅后两个穿制服的身影，他们蹲在那里，已经精疲力竭。“纪下士？芮提戈？”

“在，中士？”两个身影中较小的那个抬起头来。

“梅里克和奥托呢？”

“死了，中士。他们在狮身人面像那儿被怪物杀了。”

“留在网路上。”格列高利亚斯中士命令道，回头去看德索亚。他脱掉铁甲手套，巨大的手指摸了摸神父舰长身上的一条大伤口，“长官，疼不疼？”

德索亚摇摇头，他都没有感觉到中士的碰触。

“好的。”中士说，但看上去很不高兴。他开始在战术网路上呼叫。

“那女孩，”德索亚神父舰长说，“我们得找到那个女孩。”

"是，长官。"虽然这么说，但格列高利亚斯依旧在另一个频段上呼叫。德索亚凝神倾听，他听到了那些喋喋不休的声音。

"小心！天哪！那东西回来了……"

"'圣波纳文丘'！'圣波纳文丘'！你发生泄漏！重复，你发生泄漏……"

"这里是天蝎1-9，控制员请回话……老天……这里是天蝎1-9，左引擎失灵，控制员……无法看清山谷……即将转向……"

"詹米！詹米！噢，上帝……"

"脱离网路！他妈的，稳定通信秩序！他妈的脱离网路！"

"天父，在天之父，愿世人皆颂圣名……"

"注意那该死的……噢，见鬼……这该死的怪物吃了一击……竟然还……见鬼……"

"好多不明目标……重复……好多不明目标……忽略火力控制……有好多……"声音被尖叫声打断。

"一号指挥，请回话。一号指挥，请回话。"

德索亚感觉自己的意识正在流失，就仿佛鲜血正从断脚中流干，在脚底下形成了一个血泊。他拉下护目镜，战术显示屏上充斥着无用数据。他键入密光通信频段的代码，连接到巴恩斯-阿弗妮的指挥掠行艇。"指挥官，我是德索亚神父舰长。指挥官？"

这条线路已经不再运转。

"指挥官死了，长官。"格列高利亚斯说，将一管肾上腺素注入德索亚赤裸的手臂。神父舰长已经不记得铁甲手套和战斗装甲是什么时候被脱去的。"我在战术信号中看见了她的掠行艇，它已经完蛋了。"中士继续说道，他正在做绑扎，将德索亚悬垂的左脚重新连接到上部大腿骨，就像是在拴系脱链的货物，"她死了，长官。布莱德森上校没有回应，火炬舰船上的冉尼尔舰长也没回话，

C^3舰船没有回话。”

德索亚挣扎着保持清醒。“到底是怎么回事，中士？”

格列高利亚斯凑近了些。他的护目镜高高拉起，德索亚第一次看清楚，这个大块头男人是个黑人。“长官，在我加入瑞士卫兵的队伍前，舰队中有个词语，用来描述这种事。”

“搞砸。”德索亚神父舰长说，挤出一丝笑容。

“你们这些有教养的海军才会这样说。”格列高利亚斯承认。他指了指破碎的玻璃罩外的另两名士兵，他们已经爬了出去。格列高利亚斯抱起德索亚，如抱小孩般把他带了出去，“在舰队中，长官，”中士继续道，现在他不再重重地喘气了，“我们称它为‘操蛋’。”

德索亚感觉意识在消退。中士放他平躺在沙地上。

“别离开我，舰长！上帝啊，该死的，听见吗？别离开我！”格列高利亚斯大声喊叫起来。

“注意你的言词，中士，”德索亚说，他感觉自己正陷入昏迷，却又无法、也不愿意抵抗，“我是名神父，记住……滥用上帝的名字是不可饶恕的大罪。”黑暗正围裹而来，德索亚神父舰长不知道自己究竟有没有大声说出最后那句话。

15

小时候，当我还住在荒野上，是个毛头小子的时候，我会双足开立，注视着炭火之烟从围成一圈的大篷车中间的空地上升起，等待着星辰的出现，望着它们在深深的湛青的天空中发出冷漠的光芒，心里思索着自己的未来，与此同时，我也在等待家里人的召唤，把我叫回到温暖的车子中吃晚饭，但自打那时起，我就感觉到了命运的嘲弄。这么多重要的事情飞速掠过，却没有立即被理解。这么多非常时刻，却被埋没进了无意义的东西之下。我自小便感觉到这一切，自此之后的我的一生，都一直在目睹这样的嘲弄。

我朝慢慢暗去的橙色爆炸火光飞去，兀然间，我与那个孩子——伊妮娅——不期而遇。我首先看到的是两个剪影，那小个子的身影正在击打那个巨人的身影，但当我片刻之后抵达时，风沙在上下飘动的霍鹰飞毯边咆哮挫磨，眼前却只剩那个女孩。

这便是那个时候我们两人互相凝望的方式：女孩带着震惊和愤怒的表情，因为风沙或是怒火的关系，双眼通红，眯缝着，小拳头紧握，衬衣和宽松的毛线衫猛烈地扑打着，就像狂风中的旗帜，齐肩的头发——我后来才注意到，那头发褐色中夹带着金色的条纹——乱蓬蓬地飞舞着，鼻涕眼泪一把抓，使得双颊上带上了泥色的条纹，脚上穿着橡皮底的儿童帆布鞋，对她即将踏上的冒险之旅来说，真是极不合适，肩膀上还挂着一只廉价的背包；而出现在她面前的我呢，肯定是满眼困惑、疯疯癫癫——一个体形庞大、肌肉健硕、样貌不太聪明的二十七岁男子，俯身平躺在一块会飞的毯子上，我的脸差不多全被手帕和墨镜给遮掩了，短衬衫污秽不堪，被风高高吹起，背包缚在一个肩膀上，背心和裤子上满是沙子和尘垢。

女孩睁大眼睛，仔细辨认，但几秒钟过后，我便意识到，她是在辨认霍鹰飞毯，而不是我。

“上来！”我大叫道。披甲戴盔的人影在边上跑过，边跑边开火。其他影子在风暴中若隐若现。

女孩没搭理我，她转过身，似乎要去寻找刚才被她捶打的巨人。我注意到她的手流着血。“混蛋，”她大叫道，几乎要哭出来了，“**那该死的混蛋**。”

这是我从我们的弥赛亚那儿听见的第一句话。

“上来！”我再次叫道，从霍鹰飞毯上下来，打算抓住她。

伊妮娅转回身，第一次注视着我，对我说道——不知何故，声音竟在刺耳的沙暴声中清晰可闻。“把面罩摘掉。”

我兀然记起脸上还蒙着手帕，于是把它拉了下来，嘴里吐出的沙子就像是红色的烂泥。

女孩似乎心满意足，她走近了些，跳上毯子。现在，我们两人都坐在轻轻摆动的悬浮飞毯上——女孩在我身后，中间挤着我俩的背包。我重新拉起手帕，喊道：“抱紧我！”

她没理我，而是紧紧抓着飞毯的边缘。

我迟疑了片刻，拉起袖子，看了看腕表。还剩不到两分钟时间了，飞船即将按计划在时间要塞开始一触即离的表演。可此时，我连第三座穴冢的入口在哪儿都不知道——也许，在这混乱的大屠杀中，我永远也找不到它。仿佛是为了强调这一点，突然有一艘导轨圣甲虫勉力越过沙丘，差一点将我们碾压在了履带之下，它朝左转去，枪炮在朝东面什么看不见的东西开火。

“抓紧！”我再次叫道，在飞毯上按了按，将状态设置于全速，同时慢慢往上升，在离谷前时刻注意着罗盘，专心朝北飞。我们可没时间去撞悬崖峭壁。

一块巨大的岩石侧翼在我们身下经过。“狮身人面像！”我回头对缩在身后的女孩喊道。但我马上意识到，这一评论是多么的愚蠢——她恰恰就是从那座墓冢中出来的。

我估摸着高度已达数百米，于是进入平飞状态，继续加速。偏转场在毯子周围出现，它将一部分空气截留下来，形成一个机舱，但即便如此，依旧有沙子在我们身边回旋。“在这么高的地方我们不会撞上什么……”我再一次回头喊道，但沙尘暴中，突然耸现出一艘掠行艇的影子，它正朝我们笔直飞来，我见状马上闭上了嘴，已经没时间做任何反应，但不知为什么，我却真的作出了无法想象的回应：我驾着飞毯迅速俯冲，速度飞快，幸好有密蔽场把我们维持在原位。掠行艇的模糊身影在我们头上擦过，距离不超过一米。渺小的霍鹰飞毯在那怪兽机器喷射出的左尾流中摇摆盘旋。

“真见鬼，”伊妮娅在身后说，“真他妈见鬼。”

这是我从我们未来的弥赛亚那儿听见的第二句话。

我重新进入平飞状态，从毯子边缘探过头窥视，试图弄清楚地面上发生的事情。飞得那么高太愚蠢，也太危险——此地每个战术传感器、探测器、雷达、目标成像器都必定在追踪我们。除了身后那刚刚经历的混乱局面，我还搞不明白，为什么到现在他们还没朝我们开火。除非……我又回头望了一眼。女孩紧紧地靠在我的后面，遮着脸，不让螫人的沙子刺痛自己。

“你还好吗？”我叫道。

她点点头，前额靠在我的背包上。我感觉她在哭泣，不过我吃不大准。

“我叫劳尔·安迪密恩。”我叫道。

“安迪密恩，”她说，扭过头。眼睛红红的，但是没有泪水，“嗯。”

“你是伊妮娅……”我止住口，想不出什么聪明的话语。继而看看罗盘，略微调整飞行方向，暗自希望我们的高度足够，可以飞越山谷对面的沙丘。但也没抱太大的希望。我抬起头，琢磨着，是否可以透过风暴看到飞船的等离子尾迹呢？但什么也看不到。

“是马丁叔叔派你来的。”女孩说。这不是一个问题。

“是的，”我回头喊道，“我们要去……啊，飞船……我已经安排好，让它在时间要塞等我们，不过我们晚了……”

一道闪电撕裂了右侧与我们相隔不到三十米的云朵，我和孩子都惊得缩了下身子。到今日，我还不知道那到底是闪电，还是谁在朝我们射击。在那无尽的日子里，我第一百次地咒骂起这块远古飞行装置的粗陋——竟然没有示速器，也没有高度计。偏转场外咆哮的暴风告诉我，我们正在全速前进，但是却找不到任何参照点作为向导，唯有云帘在不断地变幻，但根本就不可能靠着它们来辨别方向。这跟在迷宫中疾驰一样糟糕可怕，但在那儿至少有自动驾驶程序可以依赖。而在此地，纵使有一整队的瑞士卫兵在追击我们，我也多么希望马上减速，因为笼头山脉的垂直峭壁就矗立在正前方的某处。以目前差不多每小时三百公里的速度计算，我们会在六分钟内抵达山脉和要塞。在加速时我看过腕表，现在我又看了一眼。还剩四分半。我研究过地图，据它显示，沙漠在笼头山脉的峭壁前兀然止步。我会再加一分钟……

就在这时，众多事情同时发生了。

我们突然飞出了沙尘暴；不是它慢慢消失了，而是我们飞了出来，就像是从一块毯子底下钻了出来一样。就在此时，我注意到我们的方向有点偏下——要么是地面正在往上升——而我们马上就要撞上一块巨石，片刻之内。

伊妮娅惊叫起来。我没理她，双手用力拧了拧控制装置，从那块巨石上飞了过去，同时感到一阵强烈的重力加速度，将我们狠狠地按在霍鹰飞毯上，就在此时，我和孩子都发现，在我们正前方就是那面峭壁，距我们只有二十米，我们正笔直朝它飞去。来不及停下了。

我知道，从理论上讲，肖洛霍夫在设计霍鹰飞毯时，允许它垂直飞行，初始的密蔽场可以保护乘客——理论上讲，是保护他心爱的侄女——不让她从后面摔出去。理论上的说法。

现在，是时候检验理论了。

随着我们开始加速朝九十度垂直的方向爬升，伊妮娅的胳膊环绕住了我的上腹。飞毯将最后二十米的空间作为加速的起始路程，等到我们变得与地面垂直的时候，悬崖的花岗岩峭壁便来到了我们“身下”，离我们厘米之遥。出于本能，我用力探身向前，抓住毯子的坚硬前缘，做这些的时候也尽量不靠在飞控装置上。而伊妮娅，跟我一样出于本能，也探身向前，加大了她的熊抱之力，接下来的几分钟里，我被她压得都无法呼吸了，但飞毯正是在这几分钟内通过了悬崖的顶部。在攀爬期间，我尽量不往回看。如果一千多米的空旷深渊出现在我身下，也许会压垮我那过度操劳的神经。

我们来到了悬崖顶上——凿刻的台阶、岩石平台、筧嘴突然出现在眼前——我进入平飞状态。

沿着时间要塞东面的平台和露台，瑞士卫兵在此搭建了一系列的观测哨、侦察站、防空炮。要塞本身——从山脉的岩石中雕刻而出——阴森耸现在我们上方的一百多米高处，悬垂的角塔和高高的露台就在我们正上方。在那些平坦的区域，还有更多的瑞士卫兵。

但所有人都死了。他们的尸身依旧裹着无法穿透的冲击装甲，四肢摊开地躺在那儿，确凿无误地展现着死亡的姿势。有些堆在一起，四分五裂的尸身看上去就像是有一颗等离子弹在他们中间爆炸了。

但是，如果确实是等离子弹在那点距离下发生爆炸，圣神的护身装甲理应抵挡得了。而这些尸体竟然碎尸万段了。

“别看。”我回头叫道，同时放慢速度，在要塞的南端侧起毯子，转了个弯。为时已晚。伊妮娅眼睛圆睁，盯着这一切。

“该死的混蛋！”她又一次喊道。

“谁该死？”我问道，可就在此时，飞毯飞过要塞南端的花园区，我也同时看见了那里的景象。熊熊燃烧的圣甲虫和倾覆的掠行艇乱七八糟地堆弃在眼前的场景中。无数尸体被丢弃在那儿，就像一个凶残的小孩将玩具七零八落地丢得满地都是。一把带电粒子切枪武器（它射出的光束可达低层轨道）正四分五裂地躺在观赏树篱边，熊熊燃烧着。

中央喷泉上方六十米处，领事的飞船拖着蓝色的等离子尾盘旋着。蒸汽从其周遭涌出，似巨浪翻腾。贝提克站在敞开的气闸门前，招手示意我们上来。

我朝气闸门笔直飞去，快到令机器人贝提克不得不跳到一旁，而我们刹车不及，一头飞进了亮堂堂的走廊中。

· ·

“走！”我喊道，但或许是贝提克早已下达了命令，又或者是飞船根本就无须命令。飞船开始加速，多亏了惯性补偿器，我们才不至于被碾成肉冻，但是在这里能听见聚变反作用器的咆哮，听见船壳外大气的啸叫，与此同时，领事的太空飞船爬出了海伯利安，又一次进入了太空。两个世纪以来的第一次。

16

“我昏迷了多久？”德索亚神父舰长紧紧地抓着医师的长套衫，问道。

“嗯……三十，四十分钟，长官。”医师回答，试图挣脱神父的手。但德索亚紧抓不放。

“我这是在哪儿？”德索亚感觉到疼痛。撕心裂肺的疼痛——集中在腿上，但却传遍了全身——但他忍得住，并没作理会。

“在‘圣托马斯·阿基拉’号上，神父长官。”

“运兵舰……”德索亚感觉头晕目眩，意识飘忽不定。他低头看了眼左脚，止血带已经除去。小腿连着大腿的地方仅仅是些肌肉和组织的碎片。他想起来了，格列高利亚斯肯定是给他注射了止痛剂——剂量不足，无法阻挡如此剧烈的痛楚湍流，但也足够让他飘飘欲仙。“该死。”

“恐怕他们得给你截肢了，”医师说，“外科医生们都在加班加点。下一个就轮到你了，长官。我们进行了伤员鉴别分类，而且……”

德索亚意识到自己依旧紧紧抓着年轻医师的长套衫。他松了手。“不。”

“你说什么，神父长官？”

“你听见我说了什么。我得和‘圣托马斯·阿基拉’号的舰长见个面，在这之前，我不动手术。”

“可是，长官……神父长官……如果你不动手术，你会死……”

“孩子，我早已死过。”德索亚奋力击退一波使人发晕的痛苦浪潮，“送我到这艘船上的，是不是一位中士？”

“是，长官。”

“他还在这儿吗？”

“在，神父长官。那位中士正在接受伤口缝合……”

“马上叫他来我这儿。”

“可是，神父长官，你的伤需要……”

德索亚看了看年轻医师的军衔。“少尉？”

“是，长官？”

“你看见教皇触显了吗？”德索亚摸了摸，那块白金模板依旧挂在脖子上，连着那根牢不可破的项链。

“是，神父舰长，那就是为什么我们优先考虑你的……”

“少尉，给我闭嘴，马上派中士过来，违命者死……不……违命者将被逐出教会。”

格列高利亚斯已经脱掉了战斗装甲，但身形依旧庞大。神父舰长看着这大个子男人身上的绷带和临时医用包，心里意识到，中士在救自己逃离危险的过程中，自身也负了重伤。他暗自在心里记了一下，他得对此表以谢意——但不是现在。“中士！”

格列高利亚斯迅速立正。

“马上叫飞船舰长到我这儿来。马上，在我再次昏迷前，快。”

“圣托马斯·阿基拉”号的舰长是位已到中年的卢瑟斯人，和所有的卢瑟斯人一样，非常矮，看上去很有威慑力，脑袋上寸发不生，但却炫耀似的留着精心修剪的灰色胡子。

“德索亚神父舰长，在下是雷蒙皮埃尔舰长。长官，现在局面非常混乱。手术医生确切地告诉我，您需要马上进行治疗。有什么我能帮得上忙的？”

“舰长，汇报当下的情况，”德索亚以前从没见过这位舰长，但他们曾在密光中交谈过，所以他能分辨得出这位运兵舰舰长的声音。话刚说完，他眼角余光瞥到格列高利亚斯中士正打算借故从房间里离去。“中士，留在这儿。舰长？当下的情况？”

雷蒙皮埃尔清清嗓子。“巴恩斯-阿弗妮指挥官死了。就我们目前所知，光阴冢山谷中约有半数的瑞士卫兵阵亡。还有成千上万的死伤报告在源源不断地涌进来。我们已经派地面上的医师建立起移动外科中心，我们正把伤情最重的人员运到这儿，进行紧急治疗。还在寻找死者，一旦回到复兴之矢，我们将马上对他们进行重生。”

“复兴之矢？”德索亚感觉自己好像正飘浮在外科预备室的有限空间里。他的确是在飘浮——不过是在一个有束缚带的轮床中。“飞船的重力到底出了什么问题，舰长？”

雷蒙皮埃尔面无血色地笑了笑。“密蔽场在战斗中受损，长官。至于复兴之矢……嗯，它是我们的集结待命区。作战命令的指示是，此次任务一结束，就回到那儿。”

德索亚笑了起来，但听见自己的笑声后，他停了下来。这不是一种神志清晰的笑。“谁说我们的任务结束了，舰长？我们说的是什么战斗？”

雷蒙皮埃尔舰长朝格列高利亚斯中士瞥了一眼。这位瑞士卫兵依旧笔挺立正，眼睛紧紧盯着前方的舱壁。“长官，连轨道上的掩护支援艇也被大量屠杀了。”

“大量屠杀？”那剧痛让德索亚大为恼火，“也就是说，舰长，有十分之一被毁[①]。这十分之一的舰上人员有没有列入你的伤亡名单？”

“不，长官，”雷蒙皮埃尔回答，“差不多接近百分之六十。‘圣波纳文丘’号上的拉米雷兹舰长死了，他的副官死了。我的大副也死了。‘圣安东尼’号的半数舰员没有回答我们的点名。”

“飞船有没有受损？”德索亚神父舰长问。他知道，自己只剩下一两分钟的清醒……或许是……活命的时间了。

“‘圣波纳文丘’号发生了爆炸。最高司令官所在的舱尾，至少有一半被分离进了太空。不过驱动器完好……”

德索亚闭上双眼。身为一名火炬舰船的舰长，他知道，将舰船完全曝露在太空之中是倒数第二可怕的梦魇。终极梦魇是霍金堆心的内爆，但至少，这种屈辱将瞬间完成。如果飞船船壳的无数处地方开裂——就像他这条破损的小腿一样，那将意味着一段通向死亡的缓慢、痛苦旅程。

“‘圣安东尼’号呢？”

“受损，但还能运转，长官。萨蒂舰长还活着……”

“那女孩呢？”德索亚问，“她在哪儿？”黑点在视线外围舞

---

① 原文为decimate，意为每十人中杀死一个。现在通常引申为大批杀死。

动，一团团，越来越多。

“女孩？”雷蒙皮埃尔迷糊了。格列高利亚斯中士对舰长说了什么，德索亚没听见。他耳中一片响亮的嗡嗡声。

“噢，对，”雷蒙皮埃尔说，“我们的行动目标。显然，是有一艘飞船从地面上带走了她，现在这艘飞船正在朝超光传送点加速……”

“飞船？”德索亚咬牙切齿，极力摆脱掉昏沉感。“怎么会有一艘船？从哪儿来的？”

格列高利亚斯开口了，但他双眼依旧直视前方，像是在跟谁进行注视舱壁的比赛。“来自这颗星球，长官。来自海伯利安。就在……就在‘搞砸’任务的时间里，飞船冲进大气层，着陆在那座城堡……时间要塞中……将小孩和一个带她飞走的人一并带走。”

“带她飞走？”德索亚打断了他的话。耳中的嗡嗡声越来越响，他很难听清楚。

“某种单人电磁车，”中士说，“技术研究人员也不知道它到底是怎么在这儿工作的。总而言之，飞船带走了他们，穿越正遭到大屠杀的作战轨道巡逻队，现在正在朝传送点加速。”

“大屠杀。”德索亚蠢头蠢脑地重复道。他意识到自己正流着口水，于是用手背抹了抹下巴，他在低头的时候，极力不去看那条残腿。“大屠杀。到底是谁在屠杀？我们在和谁战斗？”

“还不知道，长官，”雷蒙皮埃尔回答，“就像是在旧日里……霸主军部掌权的日子里，那时，跃迁军队会从远距传送门中突然出现。长官，我是说，有成千上万穿着装甲的……东西……出现了，到处都是，而且是同一时间出现。我是说，战斗只进行了五分钟。数量达成千上万。然后又突然消失了。”

德索亚绷紧身子，透过不断聚集的黑暗和耳中传来的咆哮，他奋力去听，但是听到的话毫无意义。“成千上万？成千上万的什么？他们去了哪儿？”

格列高利亚斯走向前，低头看着神父舰长。“长官，不是成千上万。只有一个。是伯劳。”

“可那是传说……”雷蒙皮埃尔说。

“就只有伯劳，”身形巨大的黑人继续道，他没去理运兵舰舰长，“它杀死了大多数的瑞士卫兵，还有大马大陆上半数的圣神正规军，击落了所有的天蝎战斗机，毁掉了两艘作战火炬舰船，杀死了C^3舰船上的所有人，在这儿留下了它的名片，然后三十秒之后，便消失了。总共只有三十秒时间。其余的都只是我们自己人在惊慌失措地互相射击。是伯劳。”

“放屁！”雷蒙皮埃尔大叫道，因为激动，光秃秃的脑门闪着红光，“那是虚构的幻想，是吹牛大话，是异端邪说！今天攻击我们的绝不是……”

“闭嘴。”德索亚命令道。他感觉自己像是在走入一条又长又黑的隧道。不管要说什么，他一定得马上说出来。“听着……雷蒙皮埃尔舰长……按我授予的权力，按教皇授予的权力，请批准萨蒂舰长让‘圣波纳文丘’号的幸存者登上‘圣安东尼’号飞船，补足船员。命萨蒂追击那个女孩……追击那艘载着女孩的太空飞船……跟随它进入跃迁点，修正传送坐标，跟着……”

“可是，神父舰长……”雷蒙皮埃尔开口道。

“听着。”德索亚奋力压下耳中的瀑布声，放声大喊。现在，眼前除了舞动的斑点外，他什么也看不见了。“听着……命萨蒂舰长追击那艘飞船……不管到什么地方……即使花上一生的时间……一定要抓住那个女孩。这是授予他的第一指令，也是全部指令。抓住女孩，带她回佩森。格列高利亚斯？”

“在，长官。”

“中士，别让他们给我动手术。我的信使飞船完好吗？”

“您是说‘拉斐尔’号吗？是的，长官。战斗期间这艘船上没人，伯劳没有碰它。”

“广濑……我的登陆飞船的飞行员……还活着吗？”

“不，长官。他也被杀了。”

在那震耳欲聋的轰隆声中，德索亚几乎听不见中士的嗓音。“中士，征用一艘穿梭机、一名飞行员。我，你，还有你所在小队的其余人——”

“长官，我手下现在只剩两人了。”

“听着，我们四人上‘拉斐尔’号。飞船知道怎么做，告诉它，我们必须紧紧跟着那个女孩……跟着那艘飞船……以及‘圣安东尼’号。它们去哪儿，我们便去哪儿。中士，明白吗？”

“明白，神父舰长！”

“你和你的人都是重生者，是不是？”

“是，神父舰长！”

“嗯，那就准备好真正的重生吧，中士。”

“可你的腿……”从非常非常遥远的地方传来雷蒙皮埃尔舰长的声音。声音渐消渐退，产生了一连串的多普勒变音。

“在我重生后，它就会重新连上，”德索亚神父舰长小声咕哝着。他很想闭上眼睛念一段祷告词，可他压根就用不着闭眼，黑暗便降临了——四周是纯然的黑暗。他坠入了那片咆哮和嗡嗡声中，不知道是否有人听得见他的声音，也不知道自己是不是真的在讲话，他说道：“快，中士。马上！”

17

现在，过了那么多年，我写下了这些文字。我本以为，要想回忆起伊妮娅小时候的事情，会很困难。但并非如此。我曾担心，由于占据记忆的全是最近几年的事情，最近几年的景象，那早年的记忆会变得遥不可及，的确，我清楚地记得我们飘浮在环轨森林树枝间的时候，华丽的日光倾泻在她的身上；我们在零重力中第一次做爱；和她一起在悬空寺的悬空走道上散步的时候，头顶上的第一抹日光将华山的悬崖映照得通红。但却不是。我也没有屈服于内心的冲动，没有将记忆一下子跳跃到近几年的时光，虽然我心中充满了恐惧，我怕我的故事将随时被发出嘶嘶声的薛定谔毒气打断。我会写下所能写的一切，命运将会决定故事的终点。

随着飞船呼啸着攀向太空，贝提克领我们爬上螺旋阶梯，进入了那个摆着钢琴的房间。虽然飞船在狂野地加速，但密蔽场将重力保持在一个恒定的状态，不过，即便如此，我心中依旧带着一种狂热的兴奋感——也许这只是短时间内肾上腺素爆发所致的结果。那孩子很脏，身上乱糟糟的，依旧心神未定。

“我想看看我们在哪儿，”她说道，“求求你。”

飞船依命行事，把全息显像井对面的墙壁幻化成一面玻璃。大马大陆正在急速往后退却，马脸被红色的沙尘暴遮得一片模糊。向北望去，就在云层遮没的北极之处，海伯利安的边缘弯成了一条明显的圆弧。片刻之内，整个星球的轮廓显现在眼前，三大陆中的两个在稀疏的云彩下依稀可辨，大南海的蓝色让人激动不已，九尾群岛被绿色的浅海包围，然后，星球缩小了，成了一个蓝、红、白相间的球体，落在身后。我们正匆匆离去。

“那些火炬舰船在什么地方？”我问机器人，“他们现在应该向我们下战书了啊。甚至应该把我们炸成碎片了？”

“我和飞船正在监控它们的宽频信道，”贝提克说，“有其他事情……分了它们的神。”

“我不明白，”我一面说，一面在全息井的边缘踱步，内心焦躁不安，都没法在深井的垫子上坐下来休息片刻，“他们在战斗……是谁……”

“伯劳，”伊妮娅说，她第一次真正意义上地朝我凝视而来，“我和母亲都希望事情不要发展成这样，可真的发生了。对不起，太对不起了。”

我意识到，女孩在风暴中可能没有听到我的话，于是我停住脚步，弯下腰，搭着躺椅的扶手，说道：“我们还没做过自我介绍，我叫劳尔·安迪密恩。”

女孩睁着明亮的眼睛。虽然脸上粘着泥巴和沙子，但我能看出那白皙的肤色。“我记得，”她回答，“安迪密恩，是那首诗的名字。”

“诗？”我说，“我不知道什么诗。安迪密恩这个名字，是取自那座老城。”

她莞尔一笑。“我只知道那首诗，因为它是我父亲写的。马丁叔叔选了一个叫这个名字的英雄，真是太合适不过了。”

听到“英雄”这个词，我不由得扭了一下身子。事实看来，我所做的全部努力都极为荒谬不堪，没有一点英雄的影子。

女孩伸出小手。“我叫伊妮娅，”她说，“不过你已经知道了我的名字。”

我的掌心捏住她的手指，感觉冰凉冰凉的。“老诗人说，你改过好几次名字。”

那副笑容逗留在脸上。“我打赌，我还会。”她抽回小手，伸向机器人。“伊妮娅。时间的遗孤。”

贝提克和她握了握手，举止比我更温文尔雅，他深深地鞠了一躬，自我介绍道:“拉米亚女士，随时为您效劳。”

女孩摇摇头。“我的母亲才是……拉米亚女士，她已经过世了。我仅仅是伊妮娅。”她注意到我表情的变化，于是问:“你知道我母亲？”

“她很有名，”我回答道，出于某个原因，脸色微微发红，“海伯利安朝圣者都很有名。事实上，他们享誉盛名。于是就有了那首诗，壮丽的口述诗歌，真的……”

伊妮娅大笑起来。“噢，老天。马丁叔叔完成了那首该死的《诗篇》。”

我得承认，对此我真是震惊极了。我的表情肯定把我的内心显露无遗。很高兴，在这个特别的早晨，我的脸还算表情丰富。

“对不起，”伊妮娅说，“显然，那个色老头的胡乱涂鸦已经成了某种无价的文化遗产。他还活着么？我是说，马丁叔叔还活着么？”

“是的，拉……嗯，伊妮娅女士，”贝提克应道，“一个多世纪以来我享有特权，可以服侍你的叔叔。”

女孩扮了个鬼脸。“贝提克先生，你肯定是个大圣人。”

“伊妮娅女士，请叫我机器人贝提克，”他说，“嗯，不。我不是圣人，仅仅是你叔叔的仰慕者和老相识。”

伊妮娅点点头。“当年，我们从杰克镇飞到诗人之城看望马丁叔叔的时候，我碰到过几个机器人，但没有你。你刚才说，有一个多世纪。现在是哪年？”

我告诉了她。

“嗯，至少，我们在这一点上没算错。”她说道，然后沉默了，盯着远处那个退去的世界的全息像。现在，海伯利安已经成了一个小点。

“你真的来自过去？”我问。这真是个傻问题，但是那天早上，我的脑子有点不太灵光。

伊妮娅点点头。“马丁叔叔肯定已经告诉你了。”

“对。你是在逃脱圣神的追捕。”

她抬起头。那双眼睛明亮异常，眼泪汪汪。“圣神？他们自称圣神，是么？”

听了这话，我眨了眨眼。一想到有人竟然不明白圣神这个概念，真让我大感震惊。但这一切都是真的。“是的。”我回答。

“这么说，现在教会真的已经控制了一切？”

“嗯，某种程度上说，是吧。”我回答道。然后向她解释了一下，在这个名为圣神的复杂实体中，教会扮演的是什么样的角色。

“他们控制了一切，”伊妮娅得出结论，“我们猜到事情可能会朝这条路线发展。我的梦也和这一切吻合。”

“你的梦？”

"没什么。"伊妮娅说。她站起身环顾四周，然后走到施坦威钢琴边。手指轻点琴键，奏出几个音符。"这么说，这是领事的飞船。"

"是的，"飞船说，"虽然关于这位先生，我现在仅有一些模糊的记忆。你认识他吗？"

伊妮娅笑了，她的手指依旧在琴键上游曳。"不。但我的母亲认识他，她曾送给他一件礼物，就是那个——"她指了指沾满沙子的霍鹰飞毯，后者正躺在台阶边上，"当时，正值陨落之后，他正要离开海伯利安，打算回到环网。在我离开之前，他没有回来过。"

"他从没回来过，"飞船说，"我说过，我的记忆受了损伤，但是我肯定，他已经在环网的某处死去。"飞船柔和的声音突然改变，变得更加有条不紊，"我们出大气层的时候被盘问过，但是自此之后，还没人向我们发起挑战，也没人追击我们。我们已经通过地月空间，十分钟后，就将脱离海伯利安的庞大重力井。我需要设定加速的路线，请给予我指示。"

我看了看女孩。"驱逐者？老诗人说你要去他们那儿。"

"我改变主意了，"伊妮娅说，"飞船，离这儿最近的可居住星球是哪颗？"

"帕瓦蒂，一点二八秒差距[①]。会花上六天半的舰上时间，三个月的时间债。"

"帕瓦蒂是环网的一部分吗？"女孩问。

贝提克回答。"不。陨落时它不属于环网。"

---

① 秒差距（parsec）：天文学中用到的距离单位。1秒差距约等于3.2616光年，或3.086×10^{13}千米。

“从帕瓦蒂出发，离它最近的旧属环网星球是哪颗？”伊妮娅问道。

“复兴之矢，”飞船立即回答，“那将另外花上十天的舰上时间，五个月的时间债。”

我皱紧眉头。“我不清楚，”我说，“那些猎人……我是说，那些外世界的人，我过去卖命的对象，通常都来自复兴之矢。那是一个很大的圣神星球，很繁忙。我想，那里驻有很多飞船和军队。”

“但它是离这儿最近的环网星球，对不对？”伊妮娅说，“它曾拥有远距传输器。”

“对。”飞船和贝提克异口同声回答道。

“设定路线，经由帕瓦蒂星系，朝复兴之矢进发。”伊妮娅说。

“如果我们的目的地是复兴之矢，我们可以直接跃迁到那儿，那样会快出一天的舰上时间，省去两个星期的时间债。”飞船建议道。

“我知道，”伊妮娅回答，“但是我想从帕瓦蒂星系走。”她肯定是见到了我眼中的疑虑，于是她解释道，“他们会追击我们。在我们加速飞出这个星系的时候，我不想让他们知道我们真正的目的地。”

“他们并没有追我们。”贝提克回答。

“我知道，”伊妮娅说，“但是几小时之后，他们就会。然后在我的余生，一直追缉我。”她扭头望着全息井，仿佛飞船的人格就栖息在那个地方，“请执行我的命令。”

飞船依命行事，全息显示屏上的星辰也随之旋转幻变。“二十七分钟后抵达进入帕瓦蒂星系的跃迁点，”飞船发出指示，“依旧没有作战信号，也没有飞船追击，不过，火炬舰船‘圣安东尼’号正在启航，还有一艘运兵舰。”

“另外那艘火炬舰船呢？”我问，“那艘……叫什么来着？‘圣波纳文丘’号。”

“依照共通频段通信量和传感器显示，那艘舰船已经全然曝露在太空中，此刻正在发送遇难信号，”飞船回答，“‘圣安东尼’号正在回应。”

“我的天，”我低声说道，“怎么搞的？是驱逐者的攻击？”

女孩摇摇头，从钢琴边走开。“都是伯劳干的。我的父亲警告过我……”她沉默了下去。

“伯劳？”说话的是机器人，“就我所知，在传说和古老记载中，这个被称为伯劳的怪物从没离开过海伯利安——通常都逗留在光阴冢方圆几百公里的区域内。”

伊妮娅仰天躺在软垫上。眼睛依旧通红，面容看上去很疲惫。“嗯，对，但恐怕他现在已经能去很远的地方了。如果父亲说的不假，这一切仅仅是开始。”

“我们已经差不多有三百年没看到伯劳，也没听到它的消息了。”

女孩点点头，有点心不在焉。“我知道。自从墓冢在陨落时打开之后，就没了它的消息。”她仰头望着机器人，“哎呀！我饿扁了，身上也脏死了。”

“我会叫飞船准备午餐，”贝提克说，“楼上的船长卧房内有淋浴间，楼下的沉眠舱中也有，”他继续道，“船长卧房内还有浴缸。”

“那我就去那儿，”女孩说，“量子跃迁前，我会下来的。二十分钟后见。”上楼途中，她停了下来，再一次抓住我的手，“劳尔·安迪密恩，如果你觉得我刚才没领你的情，那请你原谅。谢谢你冒着生命危险来救我，谢谢你跟我一道踏上这趟旅途，谢谢你能参与到这件事中来，它是那么庞大、那么复杂，我们谁也无法想象自己会在什么地方终结。”

“不用谢。”我蠢头蠢脑地回答道。

孩子朝我莞尔一笑。“你也得冲个澡。在来日的某天，我俩会一起洗，但现在，我觉得你得用沉眠舱的那个。”

我眨巴着眼，脑海中不知作何感想，傻愣愣地望着她一蹦一跳地上了楼。

18

德索亚神父舰长在“拉斐尔”号上的重生龛中醒来。这艘大天使级舰船的名字是他亲自起的，他获得了起名的许可。拉斐尔是大天使之一，负责寻找失落的爱。

虽然此前他只重生过两次，但每次都会有一名神父向他致意，递给他杯子，让他仪式性地喝上一口圣酒，然后按惯例递上一杯橘子汁。还会有重生专家在身边跟他谈话，向他解释这一切，直到他迷迷糊糊的脑子开始重新运转。

但这一次，却唯有重生龛那幽闭恐怖的弯曲四壁。指示器闪个不停，信息显示着一行行的印记和符号。德索亚看不明白，他感觉自己已经够幸运了，尚能思索。他坐起身，双腿在重生床的边缘摇摆。

*我的腿，又是两条腿了。*当然，他还赤裸着身子，皮肤在奇异、温湿的重生箱中看上去粉红一片，闪着光，他摸着自己的肋骨、腹部、左腿——被魔鬼砍伤、破坏的所有地方。一切完好如初，将小腿割离身体的严重伤口已经不见。

“‘拉斐尔’？”

“有何吩咐，神父舰长？”天使般的声音传来，换句话说，声音中完全听不出性别。德索亚感到莫大的宽慰。

“我们在哪儿？”

“帕瓦蒂星系，神父舰长。”

“其他人怎么样了？”德索亚脑中仅有一点模糊的记忆，关于格列高利亚斯中士和他手下的两名幸存者，但他怎么也记不起自己和他们是怎么登上信使舰船的。

“我们说话的这会儿，他们已经醒了，神父舰长。”

“过了多少时间了？”

“自从中士带你上船后，仅仅过了四天不到，神父舰长。在将你安放进重生龛的几小时后，性能增强的跃迁就已完成。按照你给予格列高利亚斯中士的指示，重生需要花上三天时间，所以我们现在正维持定点位置，距离帕瓦蒂星球十天文单位。”

德索亚点头确认。即便是这么个微小的动作，也让他叫苦不迭。身体内的每一个细胞因为重生而剧烈疼痛，但是这疼痛是健康的疼痛，与伤口的可怕痛楚不一样。“你有没有联系帕瓦蒂的圣神当局？”

“没有，神父舰长。”

“很好。”在霸主的时日，帕瓦蒂是个偏远的殖民世界；现在它成了偏远的圣神殖民地。这个星球上没有星际飞船——不管是圣神军方的还是商团的——仅有一小支军事分遣队，以及一小队粗制滥造的跨行星舰船。如果要在这个星系内拘捕那个女孩，那就只能凭“拉斐尔”号自己了。

“那个女孩所在飞船有何新信息？”他问。

“不明飞船在我们跃迁的两小时十八分钟前，完成了加速，”“拉斐尔”号回答，“毫无疑问，传送坐标乃是帕瓦蒂星系。不明飞船的抵达时间大约是在两个月三星期二天十七小时后。”

“多谢，”德索亚说，“格列高利亚斯和其他人恢复并穿戴好后，叫他们去局势评议室见我。”

“遵命，神父舰长。”

“多谢。”他再次说道，同时琢磨着，*两个月三星期二天……仁慈的圣母，我在这鸟不拉屎的星系该怎么度过差不多三个月的时间啊？*也许，当时在下达命令的时候没有好好地想一想。当然，他当时正被外伤、痛苦、药物弄得心烦意乱。但离此地最近的圣神星系是复兴之矢，从帕瓦蒂启程到那儿需要花上十天的舰上时间，五个月的时间债——此时离女孩飞船从海伯利安抵达这儿，将已经过去两个月外加三天半的时间。不，他可能是没有好生想一想——他意识到现在也没有——但是他做出了正确的决定。先来到这儿，再来把事情好好想想，这是正确的做法。

我可以跃迁回佩森。直接向圣神司令部……甚至向教皇请求指示。疗养上两个半月，然后回到这儿，即使这样，时间还绰绰有余。

德索亚摇摇头，做这个动作使他疼得咬牙切齿。他已经得到了明确的指示——抓住女孩，把她带回佩森。空手返回梵蒂冈，就是承认失败，也许他们会另派一个人取代他完成任务。在起飞前的简报中，吴玛姬舰长向他解释过，“拉斐尔”号是独一无二的——这世上唯一一艘拥有武装的六人座大天使级信使飞船——虽然自他离开佩森所产生的几个月的时间债里，可能会有另一艘完工待命，但是现在返回佩森，根本就没有任何意义。如果“拉斐尔”号是唯一一艘拥有武装的大天使，德索亚能做的，就是在飞船的名册上再加两名士兵。

死亡和重生不可儿戏。在德索亚长大成人的过程中，这一戒律反复出现在他的基本信仰中，也阐明了他的观点。虽然圣礼真的存在，且授予给了信徒，但这并不意味着我们能胡乱、毫无节制地使用它。

不，我会同格列高利亚斯和其他人谈一谈，把事情就地解决。我们能制定出计划，使用冰冻沉眠房，等待最后两个月的过去。女孩的飞船到来后，穷追不舍的“圣安东尼”号也将抵达。在火炬舰船和“拉斐尔”号的夹击之下，我们能拦截飞船，登上女孩的飞船，将她抓住，这一切毫无问题。

逻辑上，这一切都合情合理，起码对德索亚痛苦欲裂的大脑来说是这样，但是他脑中也有一部分在低声倾诉，毫无问题……你真的觉得海伯利安任务这样就毫无问题了？

德索亚神父舰长痛苦呻吟，他从重生龛中爬起，悄无声息地开始寻找淋浴室、热咖啡和穿戴的服饰。

19

多年前，当我第一次经历霍金驱动的旅行时，我对它的原理懂得并不多；而现在，我对它更加无知。本质上说，这东西是某个出生在公元二十世纪的人的脑力劳动产物（也许是意外所得），当时一想到这，就几乎让我瞠目结舌，现在同样如此，但即便这样，它也远远比不上那经历本身给我造成的震撼力。

转化至超光速的前几分钟，我们聚在图书馆里——飞船告诉我们，这儿的正式名称是领航甲板。我穿着多带的那套衣服，头发还没干，伊妮娅的也是。这孩子只穿了件厚袍子，肯定是在领事的壁橱里找到的，因为那件衣服穿在她身上实在显得太大。她看上去远没有实际年龄十二岁那么大，整个人都被大量的厚绒毛穗吞没了。

“我们现在难道不该到冰冻沉眠床上去吗？”我问道。

“干吗？”伊妮娅说，“难道你不想看看好玩的东西？”

我皱皱眉。和我聊过的所有外世界的猎人和军方教员进行超光传送时，都是在沉眠中度过的。这是人类星际旅行的一贯方式。霍金力场的某种效应会对身体和意识产生影响，我的脑海中闪过幻觉、清醒时做的噩梦、无法言说的痛苦。说这些东西的时候，我努力显得很平静。

“母亲和马丁叔叔告诉我，超光状态是可以忍受的，”孩子说，“甚至还能享受享受。只不过需要时间熟悉。”

“这艘船得到了驱逐者的改装，超光状态由此变得相对容易忍受。”贝提克说。我和伊妮娅正坐在图书馆中部的那张低矮的玻璃桌旁；机器人站在一旁。我想要把他当作同等的人，但是贝提克坚持要作为仆人侍奉我们。最后我终于不再坚持狗屁平等主义，他想怎么样就怎么样吧。

“的确，”飞船回答，“他们做的修改，包括增强了密蔽场的性能，将超光速旅行的副作用降低至可接受的程度。”

“到底有什么副作用？”我问道，我并不甘愿表示出全方位的天真无知，但也不愿因为这样而一直忍受下去。

我和机器人、女孩互相望望。“几个世纪前，我曾经做过星际旅行，”贝提克最后终于说道，“但旅行期间我始终都处于冰冻沉眠状态，事实上是被储藏着。我们机器人被作为船货载运，据说，我们堆在那儿，就像是一片片冻牛肉。”

我和女孩面面相觑，尴尬地不敢看蓝皮肤男人的眼睛。

飞船响了一声，那声音就像是谁在清喉咙。“其实，”它说，“依我对人类乘客的观察来看——当然我必须声明，我的观点很值得怀疑，因为……”

“因为你的记忆很模糊。”我和女孩异口同声道。我俩再一次面面相觑，接着同时笑出了声，“抱歉，飞船，”伊妮娅说道，“请继续。”

“我只是想说，依我的观察来看，超光环境对人类的主要副作用，本质上是由力场所造成的，其一，是某种视觉混乱，其二，是精神抑郁，其三，是因无所事事而导致的萎靡。我觉得，冰冻沉眠发展出来就是为了进行长途旅行。至于短途旅行，比如我们这个，它也可作为便利设施。”

“你……啊……驱逐者给你做的修正，改善了副作用？”我问。

“修正的目的是为了改善，”飞船回应道，“当然，无聊的感觉不可能消除，那是人类特有的情况。我想，现在还没发现什么东西可以治疗无聊。”说完，飞船停顿了片刻，然后它继续道，“两分钟十秒之后，我们将抵达跃迁点，所有系统正处于最佳运行状态。依旧没人追我们，不过，‘圣安东尼’号正在远程探测器上追踪我们的轨迹。”

伊妮娅站起身。“来，我们下去看看是怎么进入超光状态的。”

“下去看？”我说道，“去哪儿？全息井？”

“不，”女孩从楼梯上喊道，“到外面去。”

这艘太空飞船有座瞭望台，我先前并不知道。即便飞船正疾速穿越太空，准备传送至超光虚拟速度，我们也可以站在瞭望台上，也就是飞船外。我先前并不知道——如果我知道，我也不会相信。

“请伸出瞭望台。”女孩对着飞船说道，于是飞船依命探出瞭望台——施坦威随着它一起来到了外面——我们穿过敞开的拱门，进入了太空。唔，不对，不是真的进入了太空，当然啦；就算是我这个乡下来的牧羊人，也知道要是真的进入严酷的太空，我们的耳膜就会爆炸，眼睛爆凸，鲜血在体内沸腾。但是，我们**看上去**的确像是走进了严酷的太空。

“危不危险？”我倚在栏杆上问道。海伯利安已经被我们抛在了身后，成了一粒小星点，海伯利安的太阳位于左舷，那是一颗炫目的恒星。飞船聚变驱动器喷射出长达数公里的等离子之尾，给人一种印象，就好像我们正稳稳地栖息在一根极高的蓝色柱子上，让人产生一种明显的恐高效果——这种无依无靠地站在太空中的幻觉，造成了某种等同于恐高症的效果。直到那一刻，我终于发现自己对任何恐惧症都相当敏感。

“如果密蔽场失效一秒钟，”贝提克说，“在如此高的重力负荷和这么高的速度下，我们会马上死掉。在不在飞船里都没啥两样。”

“那辐射呢？”我问。

“力场当然会把宇宙辐射和有害的太阳辐射偏转掉，”机器人说，“并把海伯利安太阳的各种辐射阻挡，让我们盯着它看的时候不至于变瞎。除此之外，它允许可见光射进来，甚至让它们变得更加漂亮。”

“明白了。”我说道，但依旧心存怀疑，从栏杆边走了回去。

“三十秒后进入跃迁点。”飞船说。即便在这儿，声音也好像是从半空中发出来的。

伊妮娅坐在钢琴长凳上，开始弹奏。我不知道那是什么曲子，但是听上去很古雅……也许，是首来自二十六世纪的曲子。

我想，我曾希望飞船在进入传送的时刻能说点什么——比如说最后的倒计时，诸如此类——但是没有任何公告。突然间，霍金驱动接管了聚变驱动的职责；发出短暂的嗡嗡声，就好像是我的骨头在叫唤；一阵可怕的眩晕袭遍我的全身——感觉肚子里的东西全被翻了出来，没有痛楚，但是严酷残忍；然后，就在我领会这些感觉之前，它们全部消失了。

太空也不见了。我说的太空，是指不到一秒钟之前还在观赏的景色——海伯利安璀璨的太阳，快速后退的星球小点，飞船边上的炫目之光，在那眩光之下可见的几颗明星，甚至我们曾经栖息的那根蓝焰之柱——所有的一切都不见了。取而代之的是……那真是难以形容。

飞船依旧在那儿，蒙蒙地出现在我们的“头顶和下方”，我们脚下的瞭望台看上去依旧实际存在——但是，那景象就仿佛没有任何光线照射在它上面。在我写下这些话的当口，我意识到它们是多么的荒谬——如果要看见什么东西，必定得有反射光才行，可那效果真的像是我的眼睛罢工了一样，它们直接获取了飞船的“形状”和“体积”的信息，光线仿佛被遗漏了。

飞船外，宇宙收缩成船首的一个蓝色球体，以及船尾翅翼后的红色球体。我了解基本的科学知识，本以为会看到多普勒效应，但是眼前的效应是错误的，因为之前在传送进超光状态前，我们并没有达到光速，而现在，我们已经远远地超越了它，进入了霍金曲空。不管怎样，那蓝色和红色的光圈——如果定睛凝视，我能在两个球体中看到集簇的星辰——现在越发朝船头和船尾移去，越发收缩成微小的颜色点。中间，那浩瀚的视界中，是……一片虚无。我说虚无，不是指漆黑一片。是指虚空。我的意思是当人试图观察一个盲点的时候，那种令人昏晕的无法看见的感觉。我是说一种极其强烈的虚无，它导致的眩晕几乎马上让我作呕起来，并猛烈拷打着我的身体系统，那烈度堪比几秒钟前肠子被瞬间扯出来的感觉。

“我的天！”我咬牙说道，紧紧抓着栏杆，用力闭上眼睛。但根本就没用。虚空依旧在那儿。在那一刻，我终于明白为什么星际旅行者总是选择冰冻沉眠了。

可是，难以置信，不可思议的是，伊妮娅还在弹琴。那些音符历历在耳，如水晶般轻灵，仿佛被某种传导媒介未作任何修饰地传进了我的耳朵里。即便闭上了双眼，我依旧能看见贝提克站在门口，蓝色的脸庞仰望着虚空。不，我意识到，他不再是蓝色的了……在这儿，颜色不复存在。也不是黑色，不是白色，也不是灰色。我琢磨着，那些打娘胎出来就是瞎子的人，梦中的光和色，是不是就是这种疯狂的样子。

“抵消作用。”飞船说。它的声音和伊妮娅的钢琴音符一样带着水晶般的轻灵。

突然间，那虚空塌陷在了我自己身上，景象去而复返，船头和船尾又重新出现了红色和蓝色的球体。片刻之内，船尾的蓝色球体沿着船体一路迁移，就像一个炸面圈穿过了一支记录笔，最后和船首的红色球体汇合，五颜六色的几何体突然毫无征兆地从船首的球体中射出，就像是从尔格中出现的飞行生物。我说“五颜六色的几何体”，但这根本就无法描述那复杂的实体：分形形状在脉动、盘绕、扭曲，穿越了那片虚空。螺旋形一点点长出附着着几何体的穗状物，卷曲盘绕，喷吐出同样壮美的钴蓝色、血红色的微小形状。黄色的卵状物射出脉冲星般的光芒。紫红、靛青的螺旋线盘旋着越过我们，看上去就像是宇宙的DNA。我“听见”了这些颜色的声音，它们就像是远方的雷声，就像是地平线外海浪的拍击声。

我意识到，自己正张口呆望，于是转身离开栏杆，想要把注意力集中在女孩和机器人身上。分形宇宙的千颜万色从他们身边经过。伊妮娅依旧在平静地弹奏，甚至当她抬起头朝我和我身后的分形天空望去的时候，手指依旧在琴键上游移。

“也许我们该进去了。”我说，从口中发出的每一个词音都独自悬荡在空气中，就像是树枝上的冰凌。

“太美妙了。”贝提克说，依旧抱着双臂，目光聚焦在我们周围的那一道道形状上。他的皮肤又变回了蓝色。

伊妮娅停止演奏。也许她终于感觉到我的眩晕和恐惧，于是站起身，抓住我的手，领我进了飞船。瞭望台跟着我们一起缩了回来。船体重新恢复，我终于又能畅快地呼吸了。

“有六天时间。”女孩说。我们正坐在垫着舒服垫子的全息井中。大家已经吃过东西，贝提克又从冰柜中为我们拿了些水果饮料。大家坐在那儿说着话，我的手还在微微颤抖。

“是六天九小时二十七分。”飞船修正道。

伊妮娅仰头望着舱壁。“飞船，你可否安静一会儿，除非有什么非常重要的事一定要说，或者我们问你问题了。”

“好的，伊妮娅……女士。”飞船应道。

“六天，”女孩重复道，“我们得做好准备。”

我嘬了一口饮料。“准备什么？”

“我觉得他们会在那儿等我们，所以我们得想想该如何通过帕瓦蒂星系，不让他们阻拦我们去复兴之矢。”

我细细将孩子端详了一番。她看上去很累，淋浴后，头发依旧披散着。听了《诗篇》中关于“宣教的那个人”的描述，我一直期待的是一个非凡之人——一位穿着长袍的年轻弥赛亚，一个宣讲秘语的神童。但是这个未成年人唯一的非凡之处，是她那双极为清澈的黑色双眼。“他们怎么可能在那儿等我们？”我问，“超光通信已经失效好几个世纪了，我们后面的圣神飞船没法像你的时代那样提前发出消息。”

伊妮娅摇摇头。“不，超光通信在我出生前就已经失去作用。我记得，陨落的时候，我母亲还怀着我呢。”她望了望贝提克，机器人正在喝果汁，但他没有跟我们一起坐下来。“很抱歉，我不记得你。我说过，我以前去过诗人之城，我本以为自己认识所有的机器人。”

机器人微微颔首。“伊妮娅女士，你根本就不可能记得我。在你母亲进行朝圣前，我就已经离开了诗人之城。那时，我和我的兄弟姐妹们正在霍利河和草海上工作。陨落之后，我们就……停止了服务……大家单独生活在不同的地方。”

“明白了，”女孩说，“陨落之后世界变得很疯狂，我记得，机器人要是待在笼头山脉的西部，会有危险。”

我和她对视了一下。“不，说真的，怎么会有人在帕瓦蒂等我们呢？他们不可能快过我们，因为先进入量子速度的是我们，所以说，他们最快也只能在我们的一两个小时后进入帕瓦蒂星系。”

“我知道，”伊妮娅说，“但不知道什么原因，我依然觉得他们会在那儿等我们。我们得想出什么法子，让这艘手无寸铁的飞船逃脱战舰的追捕，用速度，或是用策略。”

我们又谈了几分钟，但是大家——甚至包括飞船（我们询问了它）——都没有什么好主意。在我们谈话的时候，我始终注视着这个孩子。在她思考的时候，嘴唇微微上翘，露出一丝笑容；在她认真说话的时候，她额头会出现细微的颦蹙；她的声音极其绵柔。我终于明白，为什么马丁·塞利纳斯要我保护她不受伤害。

“我在想，离开星系的时候，为什么老诗人没有联系我们。”我若有所思地大声说道，“他肯定很想跟你说话。”

伊妮娅用手指梳理着自己的头发。“马丁叔叔永远不会使用密光或是全息形式跟我联系。我们约好了，在这次旅行结束后，我会和他好好谈谈。”

我盯着她。“这么说，你们俩已经计划好了一切？我是说——你离家出走，霍鹰飞毯，所有的一切？”

听到我的想法，她又露出了笑容。“妈妈和我确定了计划的基本细节。她死后，马丁叔叔和我讨论了这些计划。今天早上，他目送我进入了狮身人面像……”

“今天早上？”我惊道，满脸疑惑。然后，我明白了。

“对我来说，这是相当漫长的一天，”孩子悲愁地说着，“早上，我只是走了几步，便穿过了人类在海伯利安拓殖以来的一半时间。我认识的每一个人——除了马丁叔叔——肯定都已经死了。”

“不一定，”我说，“在你消失后不久，圣神便来到了海伯利安，所以，你的朋友中，可能有些人已经接受了十字形，他们可能还活着。”

“接受了十字形，”女孩重复道，微微颤抖，“我没什么亲戚——妈妈是我唯一的亲人——我不太相信，我的朋友或者妈妈的朋友会……接受十字形。”

我俩静静地对视了片刻，我意识到，这个年轻的人儿是多么异乎寻常。就在“今天早上”，当这个孩子踏进狮身人面像的时候，海伯利安上我所熟悉的大多数历史事件都还没发生呢。

“嗯，总而言之，”她说，“我们计划的那些事没有详细到连霍鹰飞毯这类的细节都能涉及——我们当然不知道领事的飞船会不会带它一起回来——但母亲和我的确计划，如果光阴冢山谷不能进就进迷宫。这计划完成得挺好。我们希望领事的飞船能带我出星球。”

“跟我说说你的时代。”我说。

伊妮娅摇摇头。“我会告诉你的，”她说，“但不是现在。你听说过我的时代。对你来说，那是历史，是传奇。而我一点也不了解你的时代——除了我的梦——所以，先告诉我现在这个时代。它有多广？有多深？我的时代保存了多少东西？[①]”

我没听出她最后的那个问题有什么典故，但我开始跟她讲圣神的事情——讲到圣约瑟[②]的大教堂，讲到……

“圣约瑟？”孩子问，“是什么地方？”

“以前的名字是济慈，”我说，“是首都。也叫杰克镇。”

“啊，”她说着，坐回到软垫上，纤细的手指捏着果汁杯，“他们改掉了这个异教名字。嗯，我父亲不会介意的。”

这是她第二次说到她父亲——我猜她说的是济慈赛伯人——但我没有停下来问她。

“对，”我说，“两个世纪前，在海伯利安加入圣神后，许多老城和标志性建筑都改了名。还有人说要把星球的名字改掉，但这个旧名字还是保留了下来。总而言之，圣神没有直接进行统治，但军方在维持秩序……”我继续说了一会儿，将技术、文化、语言、政府的细节悉数讲给她听。我描述了我听到的、读到的、见到的关于更先进的圣神星球的事，其中包括佩森的荣耀。

“哇，”在我停顿的当口，她惊叹道，“事情真的没怎么变。听上去就像是技术有点卡壳了……还没赶超霸主的时代。”

“嗯，”我说，“部分原因归功于圣神。教会禁止有思想的机器——真正的人工智能。它着重的是人类的精神发展，而不是科技进步。”

伊妮娅点点头。“当然，但你觉得它们仅凭两个半世纪的时

---

① 库特·冯内古特的《五号屠场》中有一句类似的话：“我们去了纽约的世博会，见到了福特汽车公司和沃尔特·迪斯尼，明白了过去的样子；见到了通用汽车，明白了未来的样子。然后我问了自己一个问题，现在是什么样子的：它有多广？有多深？我的时代保存了多少东西？”

② 圣约瑟是圣母马利亚的丈夫。耶稣的养父。

间，就能赶上世界网的水平吗？我是说，现在就像欧洲中世纪的黑暗时代。”

我发现自己有点生气了——她在批判圣神，虽然我不愿加入这个社会，但还是有点不高兴——于是我微微一笑。“不，”我回答，“记住，最大的变化是虚拟永生的出现。正因为如此，人口增长率被谨慎控制着，人们没有了改变世界的动机。大多数重生基督徒觉得他们的生命将长久持续下去——至少几个世纪，幸运的话会是几千年，所以他们并不急于改变一切。”

伊妮娅仔细地审视着我。“这么说，十字形重生这玩意儿真的有效？”

“噢，对。”

“那你为什么没有……接受十字形呢？”

这几天来我第三次不知道该如何解释。我耸耸肩。“我猜，是因为任性。我很顽固，有很多像我一样的人在年轻的时候离它远远的——我们都想永生，对不对？然后，当年纪不饶人的时候，他们就皈依了。”

“那你会不会？”黑色的眼睛凝视着我。

我没再耸肩，但是挥了挥手，那意思是一个样的。“我不知道。”我回答。我尚未跟她谈及自己的“死刑”，随后的重生，以及和马丁·塞利纳斯的相逢，“我不知道。”我又重复了一遍。

贝提克走进全息井的圈子中。“我想我得跟你们说一下，飞船中藏着好多冰激凌，有好几种口味，你们俩要不要来点？”

我正想提醒机器人，这次旅途中他已经不再是我们的仆人了，但话还没开口，伊妮娅便嚷道：“要！我要巧克力味的！”

贝提克点点头，笑了笑，朝我转过来。“安迪密恩先生呢？”

今天真是漫长的一天：坐在霍鹰飞毯上穿越了迷宫、沙尘暴、大屠杀——女孩说那是伯劳！这段旅程，也是我首次的外世界之旅。真是个特殊的日子。

“巧克力味，”我说道，“没错。就要巧克力味的。”

20

格列高利亚斯中士的小队只剩两人，一位是纪白森下士，一位是阿冉瓦尔·加斯帕·K·T·芮提戈。纪下士是个矮个男子，但很壮实，反应敏捷，而芮提戈个子很高——几乎跟格列高利亚斯这个大块头一样高，但是却很瘦，中士有多魁梧，他就有多瘦。芮提戈来自兰伯特星环，身上带着辐射疤，瘦骨嶙峋，喜好独来独往，这些都是典型的小行星人种的特征。德索亚听说，这个人在二十三标准岁数前，从未踏足过标准大小、标准重力的星球。经过RNA疗法和彻底的圣神军事训练，这个军人被磨炼得相当坚韧且强壮，直到他能做到在任何一个星球上战斗。阿·加·K·T·芮提戈相当矜持，都到了从不说一句话的地步，但他很好地倾听着，很好地遵循着命令，并且，就如海伯利安上的战斗所显示的，很好地活着。

纪下士很爱说话，芮提戈有多沉默，他就有多健谈。第一天的讨论时间里，纪下士的问题和评论显示出很好的洞察力和清晰的思维，虽然重生让他们的脑子都很迷糊。

因为刚刚经历了死亡，四个男人都在颤抖。德索亚想要告诉他们，经历几次之后，就会变得容易应付了，但是他自己的身体和头脑却不住地摇晃，这宽心的话语也只能变成了谎言。现在，没有了接待的重生医疗神父，没有了咨询，没有了治疗，每个圣神士兵都在极力应付自己所受的创伤。他们第一天在帕瓦蒂进行的商讨会中，疲劳和纯然的情感不断地将他们压垮，会议也不停地被打断。唯有格列高利亚斯中士在表面上看起来没有被这经历撼动。

第三天，他们在“拉斐尔”号的小型军官室中开了个会，策划最终的行动流程。

“两个月三星期后，那艘飞船就会传送进入这个星系，离我们所驻扎的位置不到一千公里远，”德索亚神父舰长说，“我们必须拦截它，并捕获小孩。”

三个瑞士卫兵谁也没有问为什么要捕获小孩。谁也不会讨论这个话题，除非他们的指挥官——德索亚——自己先提起。如果必要，他们会为完成这个秘密的任务而献身。

“我们不知道还有谁在那艘飞船上，对不对？”纪下士问。他们已经谈过这些问题，但是在新生命的头几天里，他们几乎记不住什么东西。

“对。”德索亚说。

“也不知道飞船的武器装备。”纪下士继续道，似乎脑中有张单子，他正在一一核对。

“对。”

“也不知道帕瓦蒂是不是飞船的目的地。”

“对。”

“也许，”纪下士说，“飞船打算在这儿和另一艘船会合……又或许，这个女孩想要在这儿的星球上和谁碰头。”

德索亚点点头。“‘拉斐尔’号跟我以前待过的火炬舰船不一样，没有探测器，但是我们正在扫描欧特云和帕瓦蒂星球之间的一切。如果有另一艘飞船在女孩之前传送到这儿，我们会马上知道。”

“驱逐者？”格列高利亚斯中士问。

德索亚举起双手。“一切都是猜测。我只能告诉你们，这个孩子对圣神来说是一个威胁。所以，如果驱逐者知道这个孩子的存在，那么，推测他们想要赶在我们前面捉到这个小孩，也不无道理。但如果他们胆敢一试，我们随时奉陪。”

纪下士揉了揉自己光滑的脸颊。“我还是无法想象，我们竟然可以随时飞回家，或者寻求援助，只需一天工夫。”纪下士所说的家是指天津四丙的詹弩共和国。他们已经讨论过，寻求援助毫无用处。离这儿最近的圣神战舰是“圣安东尼”号，按照德索亚的命令，他们现在应该正在女孩的飞船后面紧追不舍。

“我给圣神驻帕瓦蒂的部队司令官发送了密光消息，”德索亚说，“如我们的电脑目录所示，他们的部队组成也非常简单，只有一些轨道巡逻艇，以及十几艘岩地滑橇。我已经命他把所有的太空船都部署在地月防御哨上，时刻注意星球上的所有前哨站，同时等待进一步的命令。如果我们没有拦住女孩，让她降落在星球上了，那么，圣神会找到她的。”

“帕瓦蒂是个什么样的星球？”格列高利亚斯问。这男人低沉的声音总能引起德索亚的注意。

“大流亡之后不久，这儿被印度教新教徒作为殖民地定居了下来，”德索亚说，他从飞船电脑上读取了这一切，“沙漠世界。空气成分主要是二氧化碳，氧气不足，无法维持人类的生活，到现在依旧没有达到足量的水平，无法实现完全的地球化改造，所以，要么是这里的环境被修整过，要么是这儿的人类被修整过。人口数量从来就不多，陨落前只有几千万，现在连五十万都不到，他们大多数都住在一个大城市中，名字叫甘地。”

“是基督徒吗？”纪下士问。德索亚觉得这个问题只不过无意义的好奇心发作，纪下士很少瞎问问题。

“甘地市有几千人皈依了我教，”德索亚说，“那里有座新建的大教堂，圣马拉齐，大多数重生教徒都是杰出的商业人士，赞成加入圣神。大约在五十标准年前，他们说服了行星政府，一个投票选举的寡头统治政府，让圣神军队驻扎在这儿。他们实在是离偏地太近，得时刻提防驱逐者。”

纪下士点点头。“我只想知道，女孩的飞船要是在上面着陆，这些卫戍部队能否指望地上的平民向他们报告。”

“值得怀疑，”德索亚说，“这个世界的百分之九十九空无人烟，要么从来没人居住过，要么已经变回到沙丘和地衣原野的原始状态，大多数人都挤在甘地附近的大型铝土矿山中。不过，轨道巡逻艇会追踪她的。”

“如果她有办法跑得那么远。”格列高利亚斯说。

“她不会，”德索亚神父舰长说，他点了点桌面上的监控器，拉出了他准备多时的图形，“拦截计划是这样的：我们先睡上一段时间，在行动的三天前醒来。别担心，记住，冰冻沉眠跟重生不一样，不会产生不适的感觉。只要半小时，就能摆脱掉那一头乱麻。好……正式行动开始的三天前，拉响警报。‘拉斐尔’号迁回到这个位置……”他点了点图表上椭圆轨道的三分之二处，“我们已经知道他们飞船的超光跃迁速度，也就意味着，我们能推断出他们脱出时的速度……大约是零点零三倍光速。如果他们减速进入帕瓦蒂的速度和离开海伯利安的速度一样……”那张轨道和时间点的图表填满了整个屏幕。“这是假定情况，但是他们的跃迁点是固定的……肯定位于**这个位置**。”他拿着一支铁笔指了指离星球有十天文单位的一个红点。他们自己正沿着椭圆轨道一闪一闪地向那个点前进。“我们拦截他们的地点在**这里**，距离他们的传送点不到一光分。”

格列高利亚斯倾身凑向监控器。“到时我们都他妈的会像闪电一样飞过去，请原谅我用的语言，神父。”

德索亚笑了。“我宽恕你，我的孩子。对，速度会非常快，如果他们的飞船开始朝帕瓦蒂减速，我们的组合德尔塔五号驱动器也会减速，但是两艘船的相对速度几乎会趋于零。”

“我们会靠得多近，舰长？”纪下士问。这个男人的黑发在头顶聚光灯的照射下闪闪发亮。

“他们传送出来的时候，我们会在六百公里外向他们冲去。三分钟内，就会近得能朝他们扔石头。”

纪下士皱皱眉。“他们会朝我们扔什么？”

“还不知道，”德索亚说，“但‘拉斐尔’号很结实。我敢打赌，不管这艘不明飞船朝我们扔什么，它的防护盾都能顶住。”

持枪兵芮提戈咕哝了一声。“赌输了的话，就赔大了。”

德索亚转过椅子，望着这名士兵。他几乎已经忘了芮提戈的存在了。“对，”他说，“但是近距离之下，我们有优势。不管他们朝我们扔什么，他们时间有限。”

“那我们朝他们扔什么？”格列高利亚斯低沉地说。

德索亚顿了顿。“我和你已经检查了‘拉斐尔’号的军备，”最后他说，“如果那是一艘驱逐者的战舰，我们能把它炸掉、烤焦、砸扁、烧光，也能让它的船员平静地死去。”“拉斐尔”号装载着死光武器。在五百公里的距离下，它的有效性毋庸置疑。

“但我们不会使用这些武器……”神父舰长继续道，“除非我们有绝对把握能……能卸除那艘飞船的能力。”

“不伤害女孩的话，你能做到吗？”纪下士问。

“我们没有百分之百的把握，不伤害她……或者船上的任何人，”德索亚说，他再次顿了顿，深吸一口气，然后继续道，“所以你们得登上那艘船，抓住她。”

格列高利亚斯咧嘴一笑，露出一口大白牙。“从‘圣托马斯·阿基拉’上离开前，我为每个人拿了太空服，”这个大个子高兴地嘟哝道，“不过，我们最好在实际登船前操练一遍。”

德索亚点点头。“三天时间够不够？”

格列高利亚斯依旧咧着嘴笑着。“最好是一星期。”

“好，”神父舰长说道，“那我们就在正式拦截的一星期前醒来。这是不明飞船的示意图。”

“我还以为……真是不明的呢。”纪下士说，盯着填满屏幕的飞船平面图。这艘太空船仿佛一根末端带有机翼的缝衣针——那是小孩子笔下的太空船的拙劣画作。

“我们的确不知道它明确的身份和记录，”德索亚说，“但在我们传送离开前，‘圣安东尼’号把它和‘圣波纳文丘’拍到的飞船视频通过密光发给了我们。不是驱逐者。”

“不是驱逐者，不是圣神，不是商团，不是神行舰，也不是火炬舰船……”纪下士一口气说道，“那究竟是什么？”

德索亚将飞船影像切换到横截面图。“私人太空船，霸主时代造的，”他轻声说，“当时总共就制造了三十多艘。至少有四百年历史，甚至更久。”

纪下士轻轻吹了声口哨。格列高利亚斯揉揉庞大的下巴。连始终戴着冷漠面具的芮提戈似乎也被震住了。“这世上竟然还有私人太空船，”下士说，“我是说，超光速的私人飞船。”

“霸主以前拿这样的船奖给一些要人，”德索亚说，“首相悦石曾经有一艘，格列侬高将军也有……”

“霸主从来没有奖给**那家伙**。”纪下士咯咯地笑道。格列侬高是霸主早期最臭名昭著的传奇敌手，如果世界网是罗马帝国，那他就是偏地的汉尼拔。

“对，”德索亚神父舰长附和道，“将军是从天龙星七号的行星总督那窃取了飞船。总之，电脑说，陨落前所有的私人飞船都有目可查，要么是被毁，要么是重新改装为军部所用，最后退了役。看样子，电脑记录出错了。”

“这也不是第一次了，”格列高利亚斯抱怨道，“这些远程拍摄到的图像有没有显示出什么军备或是防御系统？”

“没有，原来的飞船是民用的，没有武器。在伯劳杀死成像小队前，‘圣波纳文丘’号的探测器没有捕捉到任何搜索雷达的信号，也没有脉冲信号。”德索亚说，“但是这艘飞船已历经几个世纪，所以我们得假设，它已经得到了改装。但是即使它装备了能和我们相抗衡的现代化驱逐者武器，‘拉斐尔’号也能飞速靠近，同时抵御他们的切枪炮火。一旦我们接近飞船，他们就不能使用动力武器了。等到我们上场战斗的时候，那些能量武器也没用了。”

“肉搏。”格列高利亚斯自言自语道。中士审视着示意图，“他们会在气闸门那儿等我们，所以，我们得炸开一扇新门，在这儿……还有这儿……”

德索亚感觉芒刺在背，惊恐万分。“我们不能破坏飞船，不能让空气泄漏……这个小孩……”

格列高利亚斯如鲨鱼般咧嘴微笑。“别担心，长官。不用一分钟，我们就能在船壳上安好一个大型捕捉袋……我拿了好几个呢，还有太空装甲服……然后我们就冲进船内，飞速搜索……”他按按键，将图像拉得更近，“我会在刺激模拟中做个草图，然后在3D状态下演习几天。这样的话，我希望能再安排一个星期作为模拟用。”那张黑脸转向德索亚，“长官，我们也许根本就不用什么美妙的冰冻沉眠。”

纪下士的手指点着嘴唇。“有个问题，舰长。”

德索亚望着他。

“我明白，在任何情况下我们都不能伤害这个孩子，但是要是有其他人插手呢？”

德索亚叹了口气，他一直在等候这个问题。“我只希望，没有人会在任务中牺牲，下士。”

“是，长官，”纪下士说，眼神异常警觉，“但如果真有人想阻碍我们呢？”

德索亚神父舰长关掉监控器，那上面又成一片空白。这间拥挤的小房间弥漫着一股油污、汗水、臭氧的味道。“我得到的命令是不能伤害小孩，”他慢慢地说道，措辞谨慎，“至于其他人如何，我没有得到指示。如果飞船上有谁……或是什么东西……想要阻碍我们的任务，那就不要心慈手软。自我防卫第一，必要的话就开枪，不必太多顾虑。”

“除了小孩，全部杀光，”格列高利亚斯咕哝道，“让上帝收拾这副烂摊子。”

德索亚一直很讨厌这句古老的唯利是图的玩笑话。

“随便怎么做，只要不伤及小孩就行。”他说。

“如果船上阻碍我们的只有一个，”芮提戈说，另外三人盯着这个小行星人类，“但却是伯劳，那该怎么办？”

小房间静悄悄的，除了飞船上一些无所不在的声音：船壳上金属展开收缩的声音，通风器的低鸣，设备的嗡嗡声，推进器偶尔发出的饱嗝声。

“如果是伯劳……”德索亚神父舰长开口道。然后顿住了。

“如果是那小小的伯劳，”格列高利亚斯中士说，“我想我能给它送上一点惊喜。这一次，事情不会像它想的那么容易的，这狗娘养的荆棘怪，原谅我的言辞，神父。”

“身为你的神父，”德索亚说，“我再一次警告你，不要再用这些亵渎的语言。身为你的指挥官，我命令你，请把你所谓的惊喜说给我听，越多越好，一定要杀掉那狗娘养的荆棘怪。”

他们暂时休会，吃了晚餐，接着开始谋划各自的战略部署。

21

你是否注意到，一趟旅途，即便是非常漫长的旅途，第一个星期发生的事往往记得最清晰，这是为什么呢？也许是因为旅途能使感知更加敏锐，也许是新环境往往会让感官做出相应的调整，抑或是熟悉新环境后，对周遭事物不再那么热衷，但是我的经验是，来到一个陌生之地、遇见陌生人的头几天，总能给旅途的余下时间定下基调。而这一次，是我的余生。

在我们伟大的冒险旅程的头几天里，我们一直在睡觉。小女孩累坏了。我得承认，在不受人打扰地睡上十六小时后，醒来时我的感觉也跟她一样。正因如此，旅途的头一天就像是在梦游，那天，我无法确切地知道贝提克在做什么。当时我还不知道机器人也要睡觉，不过也只需睡一小会儿，就像我们人类打个盹一样，他把小背包里的行李都放在了引擎室，临时搭了个吊床，睡在上面，并在那里度过了大部分时间。我本打算把飞船顶部的“主卧”让给小女孩，毕竟头天早上，她就是在那里的浴室冲的澡，不过她却在沉眠舱中搭起了睡床，而且很快就把那儿变成了她的地盘。于是顶部房间的那张柔软大床便归我使用了，过了一小会儿，我甚至还克服了恐旷症，命令船体变成透明，开始欣赏外面霍金空间中的分形光线表演。然而，很快我便命令船体恢复原状，因为那些脉动的几何体始终让我坐立不安，我无法用言语形容。

图书馆和全息井所在的两层，根据心照不宣的协议，是公共场所。厨房（贝提克称其为“调理室”）坐落在全息井那一层的舱壁中，我们时常在全息井的矮桌边吃东西，偶尔把食物带到上面领航室边的圆桌上吃。在醒来吃了“早饭”后（按照飞船时间，当时是海伯利安的下午，可是，既然我永远也见不到那个世界了，我为什么还要坚守它的时间呢？），我便径直冲向图书馆：那些书很古老，都是在霸主时期或是更早的时间里出版的，我惊讶地发现了一本史诗，那是马丁·塞利纳斯写的——《濒死的地球》——以及十几名古典作家的巨著，我儿时曾读过；在沼泽小屋那漫长的昼夜，或是在河上工作的那段时间里，我也时常重新阅读。

我在那儿浏览书籍的第一天，贝提克来到我身边，从书架上抽出一本巴掌大的绿色册子。“这本可能会很有趣。”他说。书名是《世界网旅行指南：特别献上中央广场和特提斯河》。

“也许会很有趣。”我说道，颤抖的手指掀开书页。之所以颤抖，我想，是因为意识到我们的目的地正是那儿——我们竟然正飞向旧时的环网世界！

“这些书来自一个信息唾手可得的年代，”机器人说，“既然是史前古物，肯定很有趣。”

我点点头。小时候听外婆讲旧日的故事，我曾试图想象这个世界，在那儿，所有人都带着植入体，可以随时随地接入数据网。当然，即使是在那时，海伯利安也没有数据网——它从来没有加入过环网。但是对霸主几十亿公民的绝大多数人来说，生活肯定就像是沉浸在无止境的视听、印刷信息的刺激模拟中。难怪在旧日里，绝大多数人都从来不去学如何阅读。陨落后过了很久，当星际社会被重新连接起来后，扫盲成了教会和圣神官员的首要目标之一。

那一天，我站在飞船那铺了地毯的图书馆中，锃亮的柚木和樱桃木墙壁被光线照得闪闪发亮。我回忆起，我从书架上拿了五六本书，带到桌子旁去读。

那天下午，伊妮娅也突袭了图书馆——她立即从书架上抽出那本《濒死的地球》。“杰克镇上没有这本书，我去拜访马丁叔叔的时候，他也不让我看，他说，除了未完成的《诗篇》外，这是他写过的唯一一本书，值得一读。”

“讲什么的？”我问道，依旧埋头阅读德尔莫·德兰的小说。我和孩子嘴里啃着苹果，边读边聊天，当时贝提克已经从螺旋楼梯走到楼下去了。

“旧地最后的日子。”伊妮娅说，“其实是关于马丁娇生惯养的童年，那时他还生活在北美保护区他们家族的大庄园里。”

我放下手里的书。“你觉得旧地发生了什么事？”

女孩不再咀嚼。“在我的时代，每个人都认为是三八年天大之误的黑洞吞噬了地球。它没了，完蛋了。”

我一边嚼，一边点着头。“大多数人现在还是这么认为，但是诗人老头的《诗篇》坚持说是技术内核偷走了旧地，把它送到了什么地方……”

“武仙座星团，或是麦哲伦星云，”女孩说，又咬了口苹果，“我母亲在和父亲调查他的谋杀案的时候，发现了这一事实。”

我凑向前。“介不介意说说你父亲？”

伊妮娅微微一笑。“当然不，有啥好介意的？我想我是某种混血儿，一个卢瑟斯女人和一个赛伯克隆体的孩子，不过我从来不介意这事儿。”

“你看上去不太像卢瑟斯人。”我说。高重力星球的人都很矮很强壮，大多数皮肤惨白，一头黑发；这个小孩虽然还小，但是身高有一倍重力星球的普通水准，那一头褐发还夹带着金色的发丝，而且，她太瘦了。唯有她那闪亮的棕色双眼让我想起了《诗篇》中关于布劳恩·拉米亚的描述。

伊妮娅开怀大笑，那是欢快的声音。“我像我父亲，”她说，“约翰·济慈，很矮，白肤，金发碧眼，也很瘦。”

我犹豫了片刻，然后说道：“你说，你和你父亲说过话……”

伊妮娅眼角向我投来一瞥。“对，你知道，在我出生前，内核就杀死了他的赛伯体。但是，他的人格被转移进了母亲耳后的一个舒克隆环中，好几个月来一直由她携带着，你知道这个吗？”

我点点头，《诗篇》中就是这么说的。

女孩耸耸肩。“我记得和他谈过话。”

“可当时你还没……”

“还没出生，”伊妮娅回答，“对。一位诗人的人格，和一个胚胎，会谈些什么呢？但是我们的确谈了。他的人格依旧和技术内核连接着，他让我看到了……嗯，这很复杂，劳尔，相信我。”

“我信，”我一面说，一面朝图书馆左右四顾，“你知不知道，《诗篇》说你父亲的人格离开舒克隆环后，在这艘飞船的人工智能中待了一段时间？”

“对，”伊妮娅说，她莞尔一笑，“就在昨天，我睡觉前，和飞船谈了个把小时。是的，我父亲曾经在这儿待过。陨落后，领事驾着飞船回去检查环网发生了什么事的时候，他的人格的确和飞船的意识共存着。但他现在不在这儿了，飞船也不记得他待在这里的那些情况了，它不记得我父亲发生了什么事——不知道他在领事死后离开了，还是怎么回事——所以我也不知道他是否还在这个世界上。”

“嗯，”我说着，试图选用外交性的语言，“内核已经不存在了，所以我觉得赛伯人的人格应该也不存在了。”

“谁说内核不存在了？”

听到这句话，我吓了一跳。“梅伊娜·悦石和霸主最后的行动，便是摧毁远距传输连接、数据网、超光通信，内核所在的整个维度，”最后我说道，“连《诗篇》都承认了这个事实。”

孩子依旧笑意盈盈。“哦，他们把基于空间的远距传输器炸成了碎片，其他东西都停止运转，好吧。在我的时代，数据网也的确消失了。但是，谁说内核毁灭了？就好像说，你扫掉几张蜘蛛网，蜘蛛就必死无疑了。”

我承认，我回头张望了一下。“这么说，你觉得技术内核还在？那些人工智能依旧在密谋攻击我们？”

“我不知道他们的密谋，”伊妮娅说，“但是我知道，内核依然健在。”

“怎么知道的？”

她竖起一根细小的手指。“首先，陨落后，我父亲的赛伯人格依然存在，对不对？那个人格存在的主要基础是他们所构造的内核人工智能。这就意味着，内核依旧存在于……什么地方。”

我想了片刻。如我早先所说，赛伯人——就像机器人一样——对我来说基本上是神话中的人物。我们还不如去谈矮精灵的身体特征呢。

“其次，”她继续道，竖起第二根手指，“我和内核交流过。”

听到这话，我不由得眨了眨眼。“在你出生前？”我问。

“对，”伊妮娅说，“还有，在我和母亲住在杰克镇的时候，在我母亲死后，我也和它交流过。”她捧着书，站起身，“还有今天早上。”

我唯有瞪眼的份了。

“我饿了，劳尔，”她站在楼梯顶上说道，“要不要下来看看这艘古老飞船的厨房有什么东西，能填饱我们的肚子？”

我们很快为船上生活定了作息时间表，把海伯利安的昼夜时刻作为大致的作息时间，并习惯了它。我开始明白，旧日的霸主把旧地星系的二十四小时作为一个标准，为什么这个习惯在环网时代那么重要：我在什么地方读过到，类地或经过地球化改造的环网星球中，差不多大部分——有百分之九十——一天的时间和旧地标准日相差无几，差异不超过三小时。

伊妮娅还是很喜欢把瞭望台伸出去，在霍金太空的天穹下弹奏施坦威。有时候我也会在那里待一会儿，听上几分钟，但我更喜欢飞船内部空间给予我的包容感。大家都没抱怨超光环境带来的副作用，虽然我们能感受到——情绪和平衡感偶尔的剧烈波动，一种无时不在的被人窥视的感觉，极为怪异的梦境。我经常被梦惊醒，心脏猛烈跳动，口干舌燥，被单被汗水浸湿，只有最可怕的噩梦才会带来这种感受。但我从来记不得那些梦。我很想问问他们俩的梦是什么样的，但贝提克从来不提——我不知道机器人是否做梦——至于伊妮娅，虽然她承认也做了很怪异的梦，而且还记得梦的内容，但她从来不跟我们谈起。

第二天，我们在图书馆小坐，伊妮娅提议“体验”一下太空旅行。我表示，上次已经体验过了——说这话的时候，我的脑中都是那些霍金分形——还能体验到什么更棒的东西呢。她只是大笑，然后叫飞船取消掉内部密蔽场。于是，我们马上失重了。

孩提时，我曾在梦中经历过零重力。年轻时当兵那会儿，我曾在极咸的大南海中游过，当时我闭上双眼，不费吹灰之力就能浮在水面上，想象着，旧日里的太空旅行是不是就是这种样子的。

但我能告诉你，不是这样子的。

零重力，尤其是突如其来的零重力，飞船遵照伊妮娅的要求弄出来的，极为可怕。那，完全是，坠落。

或者，这是起初刹那间的感觉。

我紧紧抓住椅子，但椅子也在坠落。感觉完全像是过去两天我们一直坐在笼头山脉的一架缆车中，突然之间，缆绳断了。我的中耳连连抗议，试图找到真正的地平线。但哪儿都不是。

不知道贝提克当时在下边的哪里，总之他蹦了过来，平静地说道:“出什么问题了？”

“没有，”伊妮娅大笑道，“我们正打算体验一下太空。”

贝提克点点头，脑袋向下钻进了楼梯洞中，继续他原先的工作去了。

伊妮娅跟着他进入了楼梯井，又跃回中部的开口处。“瞧见了吗？”她说，“飞船零重力的时候，楼梯井就成了中央深井，跟旧时的神行舰一样。”

“这样难道不危险吗？”我问，抓着椅背的手改抓到书架上。这下我发现，弹力束索将书都固定在了原位。另外一些没有被绑定的东西——放在桌子上的书，桌旁的椅子，我留在另一把椅子背上的毛线衫，剥开的几瓣橘子——都飘在了空中。

“不危险，”伊妮娅说，“但会很乱。下一次在取消内部能量场前，我们得先把所有东西都收好。”

“但是，这能量场难道……不重要吗？”

从我的角度看去，伊妮娅正颠倒地飘浮在那。比起别的体验，我的内耳更加不适应这种感觉。“在正常的空间中移动时，能量场可以让我们不被压扁，或被随处抛扔。”她一面说，一面抓着楼梯的栏杆，把自己拉到二十米深的深井中部，“但是在超光速空间中，飞船不会加速或减速，嗯……我来啦！”原先敞开的楼梯井的中部有根杆子，一路通向顶部和底部，她抓住上面的一个把手，头朝前，飞速跃出了我的视野。

“老天爷。”我低声说道，推了一把，从书架旁跃离，跳向对面的舱壁，接着，跟着她钻下了中央深井。

接下来的时间里，我们在零重力中玩着游戏：零重力追人游戏，零重力捉迷藏（我发现，当不再受重力限制后，尽可藏在最稀奇古怪的地方），零重力足球（仓库或走廊那一层的柜子里有塑料太空盔，我们拿它当球），甚至是零重力摔跤，这比我想象的要困难。我刚想抓住孩子，我俩就翻着跟头、左磕右碰地从沉眠舱的一头飞到了另一头。

最后，我们都累坏了，浑身是汗（我发现，那些汗珠都悬浮在空中，只有当人挪动一下，或是通风器吹来一缕空气，它才会动一动），于是伊妮娅再次命飞船把瞭望台打开——她下达命令后，我惊恐地大叫，但是飞船平静地跟我说，外部能量场不会有变——于是我们飘了出去，浮在随瞭望台一同探出的施坦威上，飘到栏杆上、栏杆外，进入飞船船体和能量场之间的无人之地。飘出十米后，我回头望望飞船，霍金空间在我们周围以每秒几十亿次的速度交叠、收展，于是它被那剧增的分形包围了，在冰冷的焰火荣光中闪闪发亮。

最后我们转身跃回飞船（我发现，没有东西可以借力时，这真是太难办到了），通过对讲机把贝提克叫到地板上，然后恢复了一倍重力水平的内部能量场。随着毛线衫、三明治、椅子、书本、杯中洒出的好几滴水珠突然坠向地毯，我和孩子忍不住咯咯地笑了起来。

就是在同一天，准确来说是晚上，因为当时飞船已经隐灭光线，营造出睡眠的时段，我轻手轻脚地走下螺旋楼梯，来到全息井那一层，想准备点夜宵吃，然后，透过那个通向底下沉眠舱的通道，我听到有什么细微的响声。

“伊妮娅？”我轻声唤道。没有回应。我走到楼梯口，低头望着楼梯井中部的漆黑通道，想起几小时前在那里的半空中做的滑稽动作，不由得微微一笑，“伊妮娅？”

还是没有回应，但是细微的响声还在。我脚上穿着袜子，轻手轻脚地走下金属楼梯，心里有点希望，要是能有手电就好了。

几间小房间中塞着睡床，睡床上的沉眠监控器发出淡淡的亮光。细微的响声发自伊妮娅所在的小房间。她背对着我，虽然毯子拉到了肩膀上，但我能看见领事那件旧衬衫的领子，这件衣服她一直当睡衣穿。我走向前，穿着袜子的脚走在柔软的地板上，没发出一点响声。我俯身跪到床前。“伊妮娅？”她在哭，但显然想要捂住哭声。

我碰碰她的肩膀，她终于转过身。就算是在暗淡的灯光下，我也看得出来，她肯定是哭了好长时间了；双眼又红又肿，脸颊上尽是一条条泪纹。

“出什么事了，孩子？”我低声问道。贝提克睡在下面的引擎舱中，与我们相隔两层甲板，但楼梯井是开着的。

伊妮娅没说话，过了几分钟，哭声终于慢慢停歇。“对不起。”最后她说道。

“没事的。告诉我，出什么问题了。”

“拿张餐巾纸给我，我再跟你说。”女孩说。

我在领事留下的旧袍子的口袋里摸索了一阵。没有餐巾纸，但是我在楼上吃蛋糕的时候用了一块手帕。我把手帕递给她。

“谢谢，”她擤了擤鼻子，“很高兴我们不是在零重力状态下，”她蒙在手帕下说道，“不然鼻涕会到处飞。”

我微微一笑，捏捏她的肩膀。“出什么事了，伊妮娅？”

她发出一点轻微的响声，我意识到，她是想要笑。“一切，”她说，“所有的一切都出问题了。我害怕极了，我知道的关于未来的一切都要把我吓死了。圣神军队会在几天后等待我们的到来，可我不知道该怎么通过他们的关卡。我想家，但我永远也回不去了，我认识的所有人，除了马丁，都永远不在了。我很想很想妈妈。”

我捏捏她的肩膀。布劳恩·拉米亚，她的母亲，是一个传奇——生活在两个半世纪前的一个女人。不管她葬身何处，她的骨骸应该早已化作尘埃。但对这个孩子来说，她母亲的死才仅仅过去两个星期。

“对不起，”我轻声说道，再一次捏捏她的肩膀，感觉着领事旧衬衫的材质，“没事的。”

伊妮娅点点头，抓住了我的手。她的手湿湿的。我注意到，那手掌和手指在我的大手中，显得多么瘦小啊。

“要不要和我到上面的厨房里，吃点茶马蛋糕，喝点牛奶？”我轻声说，“很好吃的。”

她摇摇头。“我想我要睡了，谢谢你，劳尔。”松手前，她又捏捏我的手，在那瞬间，我终于意识到一个真相：宣教的那个人，这个时代最新的弥赛亚，布劳恩·拉米亚的女儿将要成为的那个人，不管是谁，她依旧是个孩子——一个刚刚在零重力下咯咯地做着滑稽动作，到晚上却又忍不住哭鼻子的人。

我蹑手蹑脚走上楼梯，在脑袋钻到上一层甲板前，停下回头朝她望了一眼。伊妮娅正缩在毯子下，脸又转了回去，头发微微反射着小房间上部的控制台灯光。“晚安，伊妮娅，”我低声说，但心里知道，她听不见我的话，“一切都会没事的。”

22

格列高利亚斯中士和手下两名士兵正等在“拉斐尔”号敞开的气闸门中，与此同时，大天使级星际飞船慢慢靠近不明太空飞船，后者刚刚从超光速状态跃迁而来。他们穿的太空装甲相当笨重，肩上还背着无反作用步枪和能量武器，所以气闸门中显得非常拥挤。接着，三人探身跃出飞船，帕瓦蒂的恒星之光在他们金色的护目镜上闪耀。

“锁定飞船，”德索亚神父舰长的声音在耳机中响起，“距离一百米，正在靠近。”随着两艘船互相靠近，那艘带尾翼的针形太空船出现在他们眼前。在他们与太空船之间，防御密蔽场时而模糊，时而闪烁，它们正在驱散高能带电粒子束和切枪攻击，速度快得眼睛都跟不上。随着近距离的战火突然展开，格列高利亚斯的护目镜时暗时亮。

“好，进入敌方最低切枪射程，”德索亚安稳地坐在作战控制中心的躺椅上，说道，“出发！”

格列高利亚斯发了个手势信号，他的手下瞬时展开行动。随着两人调整自己的弧线路线，他们装甲的反作用包中，针状推进器喷射出细小的蓝色火焰。

“瓦解能量场……开始！”德索亚大叫道。

受到冲击的密蔽场暂时瓦解，虽然只是短短几秒钟，但已足够：格列高利亚斯，纪下士，芮提戈，现已进入另一艘飞船的防御卵墙之内。

“纪。”格列高利亚斯通过密光叫道，于是那微小的身影扭了扭推进器，急速朝正在减速的飞船船首飞去。“芮提戈。”另一个穿着战斗装甲的身影加速朝飞船的下部三分之一飞去。格列高利亚斯等在那儿，直到最后一刻，才停止了前进，并马上完成了一个前滚翻，又开启最大推进力，感觉到自己沉重的鞋底极其轻微地接触到了船壳。他启动靴子的磁场，感觉到两者的连接，同时拉开两腿的距离，蹲伏在船体上，只用一脚接触到船壳。

“登陆。”从耳机中传来纪下士的声音。

“登陆。”一秒之后传来芮提戈的声音。

格列高利亚斯中士从腰上解下登船轴环的绳索，将其安置在船壳上，启动粘扣装置，然后继续跪在那儿。现在，他正处于一个直径约有一米半的黑色圈环中，

“倒数三下，”他对着麦克说道，“三……二……一……行动，”他碰了碰腕部控制器，眨了眨眼，看着极薄的分子聚合体天篷从圈环中飞速旋出，在他头顶闭合，膨胀。仅仅十秒钟的工夫，他就被一个二十米长的透明袋子包围，就像一个穿着战斗装甲的人蹲伏在一个巨型避孕套中。

“准备就绪。”纪下士回应。芮提戈重复了同样的话。

“安放完毕。”格列高利亚斯“啪”的一声将炸弹贴上船壳，

缩回戴着金属护手的手，手指按向腕部仪表。“倒数五下……”飞船正在他们脚底下旋转，胡乱地发动着推进器和主引擎，但“拉斐尔”号将其紧紧锁定在密蔽场的死亡之爪下，船壳上的三个人也没有被甩飞。“五……四……三……二……一……行动！”

爆炸无声无息，这是当然，但也没有闪光或是反作用力。一块一百二十厘米的圆形船壳朝内飞了进去。格列高利亚斯朝船首望去，他只能微微看见纪下士的聚合体袋子那蛛丝般的影子，它突然膨胀，日光洒落其上。随着空气冲出船体，注入到格列高利亚斯周围，他的袋子也如一个巨大的气球膨胀起来。通过外部接收器，他听见了狂风的啸叫，五秒钟过后，又沉寂下来，周遭的空间——根据头盔传感器显示，现在充满了氧气和氮气——在短暂的压力差过程中，吹进来一大片灰尘和碎石。

“进入飞船……行动！”格列高利亚斯大叫，随即取下肩上的无反作用等离子步枪，朝船内跳去。

零重力。这让中士措手不及——他本准备跳到甲板上，顺势滚上一圈，便可安全着陆——但片刻之内，他便适应了零重力，扭了一圈，向周围四顾。

这是个公共场所。格列高利亚斯见到坐垫、古老的显示屏，和书架，上面摆满了货真价实的书籍——

一个男人从中央深井中飘了上来。

“站住！”格列高利亚斯大叫，他使用的是无线电通用波段，头盔的喇叭喊出了声。那人——仅仅是个侧面轮廓——没有停下来，他手里正拿着什么东西。

格列高利亚斯没有瞄准，端起枪直接开火。等离子弹头命中目标，在那男人身上穿出一个直径十厘米的窟窿。男人前后翻滚，血和内脏爆裂而出，有几滴血珠溅在了格列高利亚斯的护目镜和装甲护胸上。他手里的东西掉了下来，格列高利亚斯跃到楼梯井前，一瞥眼，那是本书。“见鬼。”中士嘀咕道。他杀了个手无寸铁的男人。他会为此失分的。

“进入顶层，无人，”纪下士发来无线电信号，“我下来了。”

“引擎室，”芮提戈说道，“有一人。想要逃跑，我烧死了他。没有找到小孩，我上来了。”

“肯定是在中层，或者是气闸舱那层，”中士对着麦克叫道，“继续前进，保持警惕。”灯光突然熄灭，格列高利亚斯的头盔探照灯和等离子步枪上的笔形电筒自动开启，照亮了眼前的一切，空气中满是尘埃、血珠、翻滚的手工艺品。在楼梯井顶部，他停了下来。

有人，或是什么东西，正在向上朝他飘来。他转了转头盔，但是等离子步枪上的光线已经照亮了它的身形。

不是孩子。出现在格列高利亚斯面前的，是个庞大的身形，刺线，尖刺，四条手臂，炽热的红色双眼。他感到无比困惑，但必须马上作出决定：如果他朝敞开的深井下发射等离子弹，他可能会击中孩子。如果他什么也不做，就必死无疑——就在他犹豫不决的时候，剃刀魔爪朝他伸来。

在进行舰舰移动前，格列高利亚斯曾把一根死亡之杖绑在了等离子步枪上。现在，他跃向一边，找到一个合适的角度，触发了死亡之杖。

那由刺线组成的身形从他身旁飘了过去，四条胳膊软了下来，红眼慢慢褪去色彩。格列高利亚斯想，*这该死的怪物至少还不是金枪不坏之身，它有神经突触，死亡之杖杀死了它*。他瞥见头顶上有个人，马上提起步枪，看见是纪下士，于是两人头朝前跃进了深井。*要是现在有谁把内部能量场重新开启，让重力重新回归，*那就难办了，格列高利亚斯想，这一点要记下来。

“抓到她了，”芮提戈传话过来，“她躲在了其中一间沉眠小舱里。”

格列高利亚斯和纪下士飞过公共层，向沉眠层跃去。一个穿着战斗装甲的巨大身影正抱着小孩。格列高利亚斯注意到她金褐色的头发、黑色的双眼，她正在用小拳头无助地捶打着芮提戈的胸甲。

“就是她。”他说道。然后按下按键，开始向飞船发送密光信息，“飞船清扫完毕。女孩抓到了。这次只有两个防卫者，还有怪物。”

“收到，”传来德索亚的声音，“用时两分十五秒。非常棒。出来吧。”

格列高利亚斯点点头，朝被捕的孩子看了最后一眼，她已经不再挣扎。接着，他按了按制服上的控制器。

他眨眨眼，看见躺在边上的另外两人，他们的制服经由一根脐线连到虚拟现实战术环境中。事实上，德索亚关闭了“拉斐尔”号的内部能量场，以更好维持虚拟幻境。格列高利亚斯摘掉头盔，他看见另两人也脱掉了，脸上全是汗。他着手帮纪下士脱掉笨重的装甲。

三人在小型军官室与德索亚见了面。他们本可轻松地在战术空间的刺激模拟系统中见面，不过相比之下，他们更喜欢在真实的物理环境下进行任务报告。

“相当顺利。”等大家在小型会议桌旁坐齐，德索亚总结道。

“太顺利了，”中士回答，“我可不相信死亡之杖可以杀死伯劳老怪。导航层上那个家伙，我也搞砸了……他手里拿的是本书。”

德索亚点点头。“你做的没错，把他干掉，比冒险要好。”

“两个手无寸铁的男人？”纪下士说道，“我有点怀疑。太不现实了，就跟第三次演习一样，那次有十几个全副武装的人。我们应该练习跟驱逐者对抗……至少得达到海兵级的破坏性。”

“我不明白。”芮提戈嘀咕道。

三人朝他望去，等着他说下去。

“每次演习，我们都抓住了女孩，也没伤害到她。”芮提戈终于说道。

“不对，第五次模拟……”纪下士说。

“对，对，”芮提戈说，“我知道那次我们把她杀死了，但那是意外。那次飞船被连上了引线，我们无法阻止爆炸。我不知道是否真会那样……谁听说过，一艘一亿马克的太空船有自爆按钮？这主意蠢到家了。”

另外三人面面相觑，耸了耸肩。

“这想法的确可笑，”德索亚神父舰长说，“但是我为战术环境编程的时候，就是要达到大范围参量……”

“对，”持枪兵芮提戈打断了他的话，他纤瘦的脸颊犹如匕首的刀刃，瘦削，凶狠，“我是说，要是真的发生了交火，那么女孩更可能会被烧死，而不是像我们的模拟中这么安全。这就是我要说的。”

在这艘小型飞船上生活和演习的几星期时间里，这是大家听到芮提戈说得最多的一次。

“你说得对，”德索亚说，“那么，下一次模拟，我把危险水平提高一下。”

格列高利亚斯摇摇头。“舰长，长官，我建议我们停止模拟，回到现实的演练。我是说……”他朝自己的腕表看了看，他以为自己还穿着大型战斗装甲，所以那动作做得相当缓慢。“我是说，离动真格只剩八小时了。”

“对，”纪下士道，“我同意。我宁愿待在外面进行真枪实弹的演习，虽然那样无法模拟他们的飞船。”

芮提戈咕哝了一声，表示同意。

“我也同意，”德索亚说，“但首先，我们来吃点东西——双份配额……虽然只是战术环境的演练，但这星期你们三个已经瘦掉二十磅了。”

格列高利亚斯中士倾身靠在桌子上。“长官，我们能看看图表吗？”

德索亚按了按监控器。“拉斐尔”号硕长的椭圆抛物线轨迹和逃亡船只的跃迁点几乎快要相交。相交的那个点闪着红光。

“我们再进行一次实际空间中的演习，”德索亚说，“然后希望大家都至少睡上两个小时，检查一下装备，放松一下。”虽然监控器显示着飞船时间和拦截时间，但他还是朝腕表看了看，“除非发生事故或其他意想不到的情况，”他说，“这个孩子将会在七小时四十分钟后被我们拘捕……然后，我们将准备跃迁回佩森。”

“长官？”格列高利亚斯中士说。

“何事，中士？”

“长官，我并无恶意，”中士说道，“但是在上帝该死的宇宙中，没有谁能除去意想不到的情况。”

23

“那么，”我说道，“你有什么计划？”

伊妮娅正在读书，听到我的话，她抬起头。“谁说我有计划的？”

我跨坐在椅子上。“还有一小时不到的时间，我们就要进入帕瓦蒂星系，”我说，“一个星期前，你说我们需要一个计划，万一他们知道我们要去那儿，我们就能早做准备……那么，你有什么计划？”

伊妮娅叹了口气，合上书。贝提克先前上楼去了图书馆，现在和我们一起坐在了桌子旁——他竟然和我们坐在了一起，以前可从来没这样过。

“我不太确信自己有什么计划。”女孩说。

我怕的就是这个。这一星期过得相当愉快；我们仨读了很多书，谈了很多话，玩了很多游戏——伊妮娅极擅长下象棋，也擅长围棋，但打牌就不行。日子一天天过去，并没发生什么突发事件。

有好几次，我都打算催她说说她的计划——她计划去哪里？为什么要选择复兴之矢？寻找驱逐者是不是她的目标之一？但她的回答，虽然礼貌，却也模棱两可。而她特别擅长反过来让我说话。我认识的小孩不多，甚至在我小时候，我们旅行队也没有多少小孩，而且因为外婆极为专注于我，所以我很少享受和其他孩子一起玩耍的快乐。但是这么多年来我碰到的小孩子，没有哪个像伊妮娅这般喜欢倾听。她让我讲述自己作为牧羊人的日子；她对我当风景艺术家学徒的那些日子也极为感兴趣；她问了一千个问题，想了解我当驳船主和猎人向导的日子，事实上，她不太感兴趣的只有我当兵的那段时间。对我的狗狗，她似乎尤为好奇，虽然谈起伊姿，谈起从小抚养她，训练她成为猎狗，谈起她的死，让我感到内心难以平静。

我发现，她甚至能让贝提克谈他几个世纪以来的劳役工作，我也经常耐心地跟她一起听机器人的故事：他看见过、经历过的千奇百怪的事情——各种各样的世界，和哀王比利在海伯利安定居，伯劳早期在大马大陆的肆虐，最后的朝圣（这已经被诗人老头写得家喻户晓），就连和马丁·塞利纳斯在一起的几十年，也让我们听得入迷。

但女孩自己却很少讲述。离开海伯利安的第四天晚上，她承认自己穿过狮身人面像，来到未来，不仅仅是为了逃脱圣神军队的追捕，更是为了探究她自己的命运。

“作为弥赛亚的命运？”我问道，好奇心大增。

伊妮娅笑道：“不，作为一名建筑师。”

我大吃一惊。不管是《诗篇》，还是诗人老头，都没有说起任何关于“宣教的那个人”以建筑师身份谋生的事情。

伊妮娅耸耸肩。“那正是我打算做的事。在我梦里，那个教我的人就生活在这个时代。于是，我来了。”

“那个教你的人？”我说，“我以为你才是‘宣教的那个人’。”

伊妮娅一屁股坐进全息井的软垫中，腿跷在椅背上。“劳尔，我怎么可能教别人什么东西？按标准算，我才十二岁，在这之前，我从来没离开过海伯利安……见鬼，这周之前，我连大马大陆都没离开过。我能教什么？”

我无言以对。

“我想成为一名建筑师，”她说，“在我梦里，那个会教导我的建筑师就在那边的什么地方……”她朝船体外壳挥了挥手指，我知道，她是在指古老的霸主环网，也就是我们正在奔赴的地方。

“他是谁？”我问，“男的女的？”

“是男的，”伊妮娅回答，“我还不知道他的名字。”

“他在哪个星球？”我问。

“我不知道。”

“你确信来对时间了？”我问，试图压制住声音中的火气。

“嗯，也许吧。我想是这个时间。”跟伊妮娅在一起的那个星期里，她从未发过火，但是现在，她的声音似乎也充满了火药味，到了濒临爆发的地步了。

“你仅仅是梦到了这个人？”

她从软垫上站起身。“不仅仅是梦，”她说，“对我来说，这些梦非常重要。它们不仅仅是梦……”她停住了，“你会明白的。”

我想要大声叹气，但忍住了。“你成为建筑师之后打算怎么办呢？”

她咬着指甲。这个坏习惯我打算让她改掉。“你什么意思？”

“我的意思是，诗人老头期待着你能干些大事……成为一名弥赛亚，还有其他大事——你打算什么时候开始干？”

“劳尔，”她动身走到下面的沉眠舱，“无意冒犯，但你干啥不给我滚蛋，让我一个人待一会儿？”

后来，她为这句粗鲁的话向我道了歉。在跃迁进陌生星系的一小时前，我们又坐在桌子旁开始聊天，当时我很想知道，如果我又问她关于计划的事，她会不会再冲我发火。

事实上没有。她又咬起指甲，然后停下来，说道：“好吧，你说得对。我们需要一个计划。”她望了望贝提克，“你有什么计划吗？”

机器人摇摇头。“对于这个问题，我和塞利纳斯先生谈过好多次，伊妮娅女士，但我们的结论是，如果圣神有办法比我们先到达目的地，那么，一切都完了。但这不太可能，正在追赶我们的火炬舰船在霍金空间中的速度，并没有我们快。”

“我不太确定，”我说，“过去几年，我曾为几个猎人做向导，听他们说，传闻圣神……或者教会……拥有超高速的飞船。”

贝提克点点头。“我们也听到过类似的传闻，安迪密恩先生，但是按道理讲，如果圣神开发出了这种飞船——顺便说一下，这是霸主从未实现过的突破——那么，他们为什么不将战舰和商船装配上这样的驱动器呢？似乎没有理由……”

伊妮娅轻拍桌子。“他们用什么方式先到那儿，这没多大关系，”她说，“我**梦见**他们会比我们先到。我一直在考虑计划，但是……”

“伯劳怎么样？”我说。

伊妮娅斜眼瞧着我。“它什么怎么样？”

“唔，”我说，“在海伯利安上，它非常方便地为我们解了围，所以我正好想到，它能不能……”

“该死，劳尔！”女孩朝我喊道，“我没有叫那怪物杀死海伯利安上的人。我打心眼里希望它不要那么做。”

“我知道，我知道。”我摸摸她的袖子，让她不要那么生气。贝提克将领事的好几件旧衬衫都剪短了，权且当作她的衣服，但还是没几件她能穿的。

我知道，对于逃亡途中发生的大屠杀，她相当难过。后来她承认，这也是第二天晚上她在床上哭泣的原因之一。

“对不起，”我由衷说道，“说到那个……怪物，我并无恶意。我只是想，如果有谁打算再一次阻拦我们，那么也许……”

“不，”伊妮娅说，“我的确梦见有人会阻止我们去复兴之矢，但我没有梦到伯劳出来帮忙。我们必须自己想个计划。”

“内核如何？”我试探性地说。自第一天谈起技术内核后，我们后来再也没有说过，而现在，我又重新提起了这个话题。

伊妮娅似乎陷入了沉思；或者，她只是不想理我的问题。“不管有什么麻烦在等着我们，如果我们打算求助，也只能找我们自己。或者……”她转过头，“飞船？”

“在，伊妮娅女士。”

“你在听我们说话吗？”

“当然，伊妮娅女士。”

“你有没有什么主意，来助我们一臂之力？”

“如果圣神飞船在等待你们的话，助你们免遭俘虏吗？”

“对。”伊妮娅说，声音中夹带着怒气。和飞船说话，她经常不耐烦。

“我自己倒想不出什么主意，”飞船说，“我正试图回忆，以前穿越星系的时候，领事是如何回避地方当局的……”

“想出什么办法了吗？”伊妮娅打断它的话。

“嗯，如我所讲，我的记忆没有原先那么完善……”

“对，对，”伊妮娅说，“那你能回忆起回避地方当局时要的小聪明吗？”

“嗯，主要是以速度取胜，”飞船说，“如我们先前谈过的，驱逐者对我做的修正是在密蔽场和聚变驱动器上。后者的改变，让我能够比标准的神行舰更快地进入超光传送速度……我记得前一次星际之旅，大概就是这样的。”

贝提克抱起双臂，他同伊妮娅一样定睛凝视着舱壁。“你是说，如果当局……就我们的情况而言，圣神飞船……如果他们没能在帕瓦蒂星球抓住我们，那我们就可以在他们之前，完成向复兴之矢的跃迁。”

“相当肯定。”飞船回答。

“掉头需要多少时间？”我问。

“掉头？”

“我们转向朝复兴之矢前进，并加速至量子跃迁速度所需的时间。”我说。

“三十七分钟，”飞船回答，“包括重新定向、导航测试、系统测试的时间。”

“如果在我们掉头的位置，正好有圣神飞船在巡逻，那该怎么办？”伊妮娅问，“还有其他驱逐者的修正能帮助我们么？”

“没有，”飞船回答，“虽然密蔽场增强了，但它们仍然无法跟战舰的武器相抗衡。”

女孩叹了口气，倾身趴在桌子上。“我已经想了无数次了，但还是想不出到底该怎么办。”

贝提克一副若有所思的样子，不过话说回来，他脸上总挂着那副若有所思的表情。“我们把飞船藏在安迪密恩的时候，”他说，“我注意到一项明显的驱逐者修正。”

“什么修正？”我问。

贝提克朝我们身下的全息井指了指。“他们增强了飞船的形变能力。比如说，它能探出瞭望台。在大气层飞行时，也能展开翅膀。它能将任何一层单独的生活空间完全暴露在空气中。这样一来，也就用不到装气闸门了。”

“棒极了，”伊妮娅说，“但我不知道这有什么用，除非飞船达到的形变程度，能仿冒成一艘圣神的火炬舰船，或是别的东西。你办得到吗，飞船？”

“不，伊妮娅女士，”轻柔的男声说道，“驱逐者在我身上完成了某些极其引人注目的压动技术，但是依旧得遵循物质守恒定律。”片刻的沉默后，“很抱歉，伊妮娅女士。”

“没啥，就是个傻念头。”伊妮娅说，然后站起身来，显然，有什么想法出现在了她的脑海里，两分钟内，我和贝提克都没说话，让她独自思索。最后她说道：“飞船？”

“伊妮娅女士，有何吩咐？”

“你可不可以在船壳上的任意位置变出气闸室……或是简易的开口？”

“差不多是任意位置，伊妮娅女士。不过，在通信舱和某些与驱动器相关的区域，我无法——”

“在日常起居层上呢？”女孩打断了它，“你可否将它们打开，就像你把顶部船壳变透明那样？”

“可以，伊妮娅女士。”

“如果这么做的话，空气是否会涌出去？”

飞船的回应声听上去略微有点被吓到了。“伊妮娅女士，我不会让这种事发生的。就像钢琴瞭望台，我会保持外部能量场的完整，来保护——”

“但你**的确能**打开每一层甲板，而不仅仅是气闸舱，然后放出空气减压？”当时，女孩坚持不懈的行为对我来说还很陌生。但现在，我对此已经很熟悉了。

“对，伊妮娅女士。”

我和贝提克一言不发地听着。我不能代表机器人讲话，但我自己的确不知道孩子到底在搞什么名堂。我朝她凑过去，问道:“这是计划的一部分吗？”

伊妮娅不太老实地笑了笑。我以后会把这副表情理解成调皮捣蛋的微笑。“还过于粗糙，称不上是计划，”她回答，“对于圣神为什么要抓我，我有一个假设，但是如果这个假设不对……嗯，那我的想法就是白搭。”调皮的笑容扯动了一下，呈现出一丝苦笑，“或许，无论怎么样都是白搭。”

我朝腕表瞥了一眼。“在完成减速并搞明白是否有人在守株待兔前，只有四十五分钟了。”我对她说，“你想不想跟我们说说这个白搭的计划？”

于是孩子开始解释。她没有长篇大论。讲完后，我和机器人对视了一眼。“你说得对，这称不上是个计划，肯定是白搭。”

伊妮娅依旧维持着笑容。她抓住我的手，转过我的手腕，让我的腕表正面朝上，“我们还有四十一分钟，”她说，“那你给我想个更好的出来。”

24

“拉斐尔”号正以零点零三倍光速朝恒星的方向冲去，所处路线位于椭圆回程线的最后一段，但依旧处在帕瓦蒂星系。这艘大天使级信舰（战舰）样子丑陋——巨型驱动舱，粗制滥造的通信舱，自旋臂，武器平台，凸出的天线列阵，微小的环境球和附属的登陆飞船被塞在这混乱的局面中，几乎就像是事后作出的补加设计。现在，随着它大转一百八十度，船尾向前，急速朝目标飞船预计的跃迁点飞去，它已经成了真正的战舰。

“离减速还有一分钟。”德索亚在战术频段上说道。三名士兵正站在敞开的气闸舱中，并不必确认信息的收悉。他们也知道，就算敌方飞船在实空中出现，即便是戴了护目镜，拥有放大设备，但头两分钟里，他们也肯定看不到它。

德索亚神父舰长被牢牢拴在加速椅中，一排控制面板环绕着左右，他戴着金属护手，手摆在全能控制器上，战术分流器已经接驳就绪，所以飞船已经和他结为一体。他听着通信频段上三名士兵的呼吸声，凝神注视并感觉着另一艘飞船的逼近。“俯角三十九度方向捕捉到霍金驱动失真信号，坐标000，39，099，”他对着麦克说道，“出口点位于000，距离九百公里。单兵式舰船的可能性，99%。相对时速十九公里。”

突然间，敌方飞船出现在了雷达、t-迪拉克和所有被动传感器上。“探测到目标，”德索亚对候命的士兵说，“准时，准点……该死。”

“怎么了？”格列高利亚斯中士问道。他和手下已经检查了武器、弹药、登船轴环，时刻准备在三分钟内跳出去。

“敌方飞船开始加速，而非我们大多数模拟中猜测的减速。”德索亚说。在战术频段上，他启动了飞船的预制选项。“抓紧！”他对士兵们说道，但是推进器已然点火，“拉斐尔”号已经开始旋转。“没问题，”随着主驱动器接通，重力水平提升至一百四十七倍，他补充道，“跃出飞船时，务必不要脱离能量场。再等几分钟，就能与他们的速度同步。”

格列高利亚斯、纪下士、芮提戈没有回应。德索亚听见了他们的喘息。

两分钟后，德索亚说道:“目标进入视野。”

格列高利亚斯中士和两名士兵在敞开的气闸舱中探出身。中士也看见了敌方飞船，那只是一个拖着聚变火焰的球状物。他按了按放大镜片，以看到远处的东西，然后又启动滤光器，终于见到了飞船的尊容。“跟战术中的很相像。”纪下士说。

“别把它当成战术演练里的东西，”中士厉声叫道，“真实物体和战术中的从来就不同。”他知道手下两人都觉得它跟战术里的一模一样；他们都曾在其中演练过。但格列高利亚斯中士在阿马加斯特的圣神司令部当过三年的讲师，他的直觉一向很准。

“这飞船**非常**快，”德索亚说，“如果我们还不跳上去，那我们就追不上他们了。照现在这个样子，速度同步只能维持五到六分钟。”

“我们只需三分钟，”格列高利亚斯回答，“舰长，让我们跟它并排飞行。”

“即将进入并排飞行状态，”德索亚说，“敌方正在捕获我们的动态。”“拉斐尔”号没有隐形装置，现在，所有的仪表都探测到，敌方飞船的探测器也在侦测德索亚他们。“一千米，”他说道，“依旧没有武器活动。能量场已开足马力。德尔塔五号驱动器停止运行。八百米。”

格列高利亚斯、纪下士、芮提戈卸下等离子步枪，蹲伏在原地。

“三百米……两百米……”德索亚说着。敌方飞船无声无息，加速度虽高但保持稳定。在大部分模拟中，德索亚在设置参数时，都是先狂野追击，然后才取得速度同步，继而瓦解敌方飞船的能量场。眼下，他感觉真是太容易了。神父舰长第一次感到担忧。“进入敌方最低切枪射程，”他说道，“出发！”

三名瑞士卫兵瞬时冲出气闸舱，动力包喷吐出蓝色的火焰。

“瓦解能量场……开始！”德索亚喊道。敌方飞船的能量场无休止地拼死抵抗——几乎达三秒钟，这么长的时间在战术演习中从没模拟过。但它最终还是垮了下来。“能量场瓦解！”德索亚大喊，而士兵们早已知晓，他们翻滚、减速、降落在敌方飞船的船壳上，来到预先计划的侵入位置，纪下士在船首，格列高利亚斯位于旧示意图中应该是导航层的地方，芮提戈在引擎舱之上。

“登陆。”传来格列高利亚斯的声音。一秒之后，另两人确认登陆成功。

“登船轴环安置完毕。”中士气喘吁吁道。

“安置完毕。”纪下士确认道。

“安置完毕。”芮提戈确认道。

“倒数三下，”中士大叫道，“三……二……一……行动。”

他的聚合体装袋如蛛丝般映现在日光下。

指挥座椅上，德索亚注视着德尔塔五号驱动器。加速度已升至二百三十倍重力。如果能量场现在中止运转……他甩掉这个念头。“拉斐尔”号正使出浑身解数，维持速度同步状态。再过四五分钟，他就不得不撤销命令撤退，要么就超额使用飞船的聚变驱动系统。快，他注视着战术空间和视频屏幕上穿着战斗装甲的三个身影，心里如是想。

“准备就绪。”纪下士说道。

“准备就绪。”从那艘荒唐的飞船的船尾机翼边传来芮提戈的声音。

“安放炸药，”格列高利亚斯命令道，同时“啪”的一声将炸弹贴上船壳，“倒数五下……五……四……三……”

“德索亚神父舰长。”突然传来一个女孩的声音。

“等等！”德索亚命令道。女孩的图像出现在所有的通用频段上。她正坐在一台钢琴边。正是三个月前在海伯利安的狮身人面像入口前看到的那个孩子。

“停止行动！”格列高利亚斯重复道，停下了按向引爆按钮的动作。另两名士兵服从了命令。三人都注视着护目镜嵌板上的视频广播。

“你怎么知道我的名字？”德索亚神父舰长问。但他马上知道这个问题有多蠢：没关系，三分钟内，他的手下就得进入飞船。不然，“拉斐尔”号就会落在后面，把三人撇在敌方飞船之上。他们模拟过这一可能——在抓住女孩后，士兵们控制住飞船，慢慢等着德索亚追上。但他并不喜欢这一方案。他按了按广播钮，把他的视频图像发送给女孩的飞船。

“你好，德索亚神父舰长，”女孩说，声音不慌不忙，表情看不出一丝紧张，“如果你的人打算进入我的飞船，我将放出空气，减压而死。”

德索亚眨眨眼，说道：“自杀是不可饶恕的大罪。”

屏幕上，女孩严肃地点点头。“没错，”她说，“但我并非基督徒。并且，与其被你抓去，我情愿自我了断。”德索亚仔细观察了图像——女孩的手边并没有任何操控装置。

“舰长，”从安全密光频段上传来格列高利亚斯的声音，“如果她打开气闸舱，我会在她减压结束前找到她，把她套进转移袋中。”

屏幕上，女孩注视着他，德索亚没有动嘴唇，但他在密光频段上默默对手下发出指示，“她并非十字形的人，”他说，“如果她真的死了，那我们就没有任何办法将她复活。”

“但我们也有很大的机会，能用飞船的诊疗室把她救活，修复因单纯减压而导致的创伤，”格列高利亚斯说道，“要把她那层空间的空气全部排光，需要用上三十秒，甚至更多的时间。我能抓住她。下令吧，长官。”

“我不是说着玩儿的。”屏幕上的孩子说道。话音刚落，船体上的一个圆形区域在纪下士身下及四周打开了，空气涌进真空，注满纪下士的登陆轴环袋，袋子如气球般鼓了起来。纪下士被摔进袋子中，而袋子本身，则撞上了外部能量场，朝船尾滑去。纪的动力包疯狂地喷射出火焰，最后终于稳住身子，没有掉进飞船的聚变焰尾。

格列高利亚斯的手指放在可控炸药的引爆器上，喊道：“舰长！”

"等等。"德索亚默念道。眼前的这个女孩，双手隐藏在衬衫袖子下。他被吓住了，坐立不安。现在，两艘飞船间的整片空间充满了胶状粒子和冰晶。

"我这里和顶层并不相通，"女孩说，"但是如果你不命令你的手下撤回，我会打开所有的船舱。"

刹那间，又一个气闸门爆开了，格列高利亚斯脚下的那块船壳上，一个直径两米的圆圈打开了。在女孩说话的当口，中士早已先声夺人，动力包喷射着火焰，穿越轴环袋，迅速移动到了另一处位置。现在，从开口中猛烈喷射出一团空气和小碎片，把他冲得翻了几个筋斗，但中士还是迅速操控反冲力器，稳稳着陆在五米下的一块船壳上。他脑海里清晰地出现了这艘飞船的示意图，他知道女孩就在里面——离他的攫取咫尺之遥。如果她打算炸掉这块区域，他就能抓住她，把她装进袋子里，两分钟内就能回到"拉斐尔"号，迅速将她放进诊疗室。他看了看战术显屏：芮提戈脚下的那块船壳也打开了，但他也在几秒前反跃回了太空。现在，芮提戈正滞留在离飞船三米外的地方。"舰长！"格列高利亚斯通过密光呼唤道。

"等等。"德索亚命令。他转向女孩，说道："我们无意伤害你——"

"那就叫他们回去，"女孩大声叫道，"马上！否则我就把最后一层打开。"

德索亚神父舰长衡量着选择，他觉得时间几乎停止了。但他明白，剩下的时间连一分钟也不到，到时候"拉斐尔"号就会被甩在后面。接驳至飞船和所有舱层的战术连接上，无不是闪动的警报和指示器。他不想把自己的手下抛在身后，但是，至关重要的要素乃是这个孩子。他得到的命令非常特别，无任何条件——**把孩子活捉回来。**

德索亚的整个战术虚拟环境开始闪烁红光，这信息是在警告，飞船必须在一分钟内减速，否则自动超驰装置将自行启动。面前仪器板上的情形也一样。他切换到广播频率，开始在通用频段和密光上说话。

“格列高利亚斯、芮提戈、纪……回‘拉斐尔’号。快！”

格列高利亚斯中士觉得浑身涌起无名的怒火和挫败感，就像是受到了宇宙辐射的冲击，但他乃是瑞士卫兵的成员。“遵命，长官，返回！”他大叫道，揭掉可控炸药，向大天使跃去。另两人也从船壳上升了起来，带着反作用器的蓝色尾迹。合并的能量场闪动了一会儿，让三名全副武装的男人通过。格列高利亚斯第一个抵达“拉斐尔”号的船体，他抓住一个把手，把飘过来的两个手下逐一推进冲锋舱。最后把自己拉了进去，在确认两人抓着丝网约束装置后，他按了按麦克。“长官，全部返回，拉紧保险装置。”

“脱离。”德索亚道，他在通用频段上广播道，以便让女孩听见，接着从战术空间切换回实时状态，拧了拧全能控制器。

“拉斐尔”号终于停止了百分之一百一十的推进器状态，将能量场与目标分离，开始落在后面。德索亚拉开与敌方飞船的距离，尽可能远离那艘舰船的聚变之尾：一切都表明，敌方飞船没有武装，但这艘船的聚变驱动能在太空中延伸一百公里，那么，“没有武装”也只是相对而言罢了。“拉斐尔”号的外部能量场启动至最大防御状态，飞船的抗击策略全部启动至自动化状态，时刻准备在微秒内作出反应。

女孩的飞船继续加速，出了黄道面。帕瓦蒂不是她的目的地。

*和驱逐者会合？*德索亚思索着。但他飞船的探测器依旧没有捕捉到帕瓦蒂轨道巡逻圈外的任何活动，但整个驱逐者游群或许就在日光层中等待。

二十分钟后，孩子的飞船已经离“拉斐尔”号达十万八千里之远，这个问题也得到了解答。

“捕捉到霍金空间失真信号，”德索亚对三名瑞士卫兵说道，他们依旧在冲锋舱中紧紧抓着约束器，“敌方飞船正准备加速。”

“目的地是哪儿？”格列高利亚斯问。从声音中不难听出，这位大块头中士正在强压下他的怒气。

德索亚顿了顿，回答前先重新核查了读数。“复兴之矢所在空间，”他说，“离那个星球很近。”

格列高利亚斯和另两名瑞士卫兵沉默不语。但德索亚可以猜到他们心里在想什么。*为什么是复兴之矢？那可是圣神大本营……二十亿基督徒，数万士兵，几十艘战舰。为什么去那儿？*

“也许她并不知道那里有什么。”他对着内部通信系统朗声说道。接着，他切换到战术空间，悬浮在黄道面上，望着那个红点加速至超光速，最后从这个星系消失。“拉斐尔”号依旧循着尾追的路线，离跃迁矢径还有五十分钟。德索亚出了战术空间，检查了所有的系统，然后说道：“你们可以从冲锋舱上来了。保管好所有的登船装备。”

他没问他们的意见，也没讨论是否跃迁到复兴之矢的空间——路线早已设置完毕，飞船正朝量子跃迁爬升。他没有重新问一下，他们是否准备再一次死亡。当然，跃迁将会和上一次一样致命，但它也会让他们比敌方飞船早五个月抵达圣神占领区。德索亚脑中想到的唯一一个问题是：是否要稍候片刻，等“圣安东尼”号减速进入帕瓦蒂领空，向舰长解释一下当前的局面，然后再动身出发。

他决定不等，这没多大意义。虽然只是五个月领先局面的几个小时的差别而已，但他没有等下去的耐心。德索亚命“拉斐尔”号准备一个发射机应答浮标，然后为“安东尼”上的萨蒂舰长录下了命令：立即传送至复兴之矢。这对火炬舰船来说，将是十天的旅程，同时还有五个月的时间债，跟女孩要花费的时间一样。一旦减速进入复兴领空，就马上准备战斗。

德索亚发射出航标，通过密光向帕瓦蒂司令部发出撤岗命令，然后转了转加速座椅，面向另外三人。“我明白你们是多么失望。”他开口道。

格列高利亚斯中士什么也没说，他黑色的脸庞如岩石般冷漠，但德索亚神父舰长从那沉默中看到了其他的信息：*要是再给三十秒，我就能抓住她了。*

德索亚没有放在心上。他担任指挥官已经有十多年了，曾将更为勇敢、更为忠诚的部下送去死亡之地，而没有让悔恨和辩解击垮自己。所以面对着这名魁伟的士兵，他没有眨巴眼睛。“我觉得这个女孩当真会赴死，”他开口道，说话的语气表明，这并非是在讨论，无论是现在，还是稍后，“但现在说这些已经没有意义。我们知道她要去哪里。在圣神的领空中，这个星球防卫森严，没有人能不被发现、不被拦截地通过，甚至连驱逐者游群也办不到。我们有五个月的时间来准备迎接飞船的到访，这一次，我们不会单独行动。”德索亚顿了顿，吸了口气，“你们三个干得很卖力，帕瓦蒂星系的失败并非你们所致。一旦回到复兴之矢的空间，我会负责让你们回原先的部队。”

格列高利亚斯甚至没看看两名手下，便替他们说道：“神父舰长，恕我打断，但如果我们有发言权，那我们愿跟随着你和‘拉斐尔’号，直到把小女孩安全地抓住，带她回佩森。”

德索亚试图压制住自己的惊讶。“嗯……唔，到时候再看着办，中士。复兴之矢是海军舰队总部，有好多头脑在那。到时候再看着办。来吧，把所有东西都拴上……二十分钟后开始跃迁。”

“长官？”

“何事，纪下士？”

“这次死之前，你还会听我们的忏悔吗？”

德索亚再度改回喜怒不形于色的表情。“对，下士。我先清点完这里的名单，然后再去起居室，给你们十分钟忏悔的时间。”

“谢谢，长官。”纪下士微微一笑。

“谢谢。”芮提戈说。

“多谢，神父。”格列高利亚斯声音低沉着说道。

德索亚望着三人把庞大的战斗装甲脱掉，跳开去把所有东西拴系好。在那瞬间，他直觉性地瞥到了一眼未来，同时感受到了压在肩上的千钧重担。上帝，请赐吾力量，*完成祢之祈愿……谨以天父之名……阿门*。

他坐在笨重的座椅中，转回身面朝指挥面板，开始跃迁和死亡前最后的清点。

25

从前，我在做猎鸭人向导的时候，曾为一群海伯利安出生的人服务过，其中有个气艇飞行员，他每周会驾驶飞艇从大马大陆飞到天鹰，路上行经九尾，我问他，这工作到底是啥样的。他应道：“驾驶气艇么？应了那句俗话——漫漫无聊日，惊险几分钟。”

而这趟旅程跟它差不离。我并不是说旅途上感到无聊——太空飞船内有书，有旧日的全息像，还有大钢琴，这足够让旅途变得趣味十足，接下来的十天里肯定不会感到无聊，更不用提还得去了解我的旅行同伴。但是，我们的体验的确如那句话所说：一方面是悠长的闲适时光，一方面是突然插进来的惊险小插曲。

我得承认，在帕瓦蒂星系的时候，干坐着却看不见视频信息，眼睁睁看着孩子扬言，如果圣神飞船不退后，就了断自我——还有我们！这让我心惊肉跳。我曾经在费力克斯（九尾之一）上当过十个月的二十一点庄家，观察过许多赌徒；这个十一岁的小孩简直就是个老练的扑克玩家。后来，我问她是否真会把威胁进行到底，把最后一层密闭舱打开。对此，她只是露出一贯的淘气笑容，右手打了个不知道啥意思的手势，某种掸拂的动作，似乎想把这个念头从空气中拂去。在以后的日子里，我慢慢习惯了她这个动作。

“啊，可你怎么知道那个圣神舰长叫什么名字？”我问她。

我指望着听她说说关于现世弥赛亚的超能力，但伊妮娅仅仅回答说：“一星期前我从狮身人面像中出来的时候，他正好在那儿等我。当时我听见有谁喊他的名字。”

但我很怀疑。如果神父舰长真的在狮身人面像，那么按圣神军队的标准程序，他应该全身穿着战斗装甲，在安全频段上进行通信。为什么这个孩子不说真话？

为什么我要寻求逻辑和合理？当时我问自己。到目前为止，一切都没逻辑和道理可言。

我们戏剧性地从帕瓦蒂星系逃脱后，伊妮娅到下层冲澡去了，飞船试图安慰我和贝提克。“先生们，别担心。我不会让你们因减压而死的。”

机器人和我交换了一下眼色。我想，他跟我一样也在琢磨，飞船知不知道它差点做了什么，小女孩是不是有什么特别的控制能力。

随着第二段旅途的日子一天天过去，我开始深思这个局面，沉思我的反应。我发现，最大的问题是整个旅途中我的被动消极：我几乎就像个旁观者。当时我已经二十七岁，是个退役军人，饱经世故——虽然饱经的只是海伯利安这个穷乡僻壤之地的世故，但我却让一个孩子应付眼前的紧急事件。我明白为什么贝提克在这局面下也不积极一点；毕竟，他已经适应了生物指令，几个世纪一来一直对人类言听计从。但我怎么也像头大蠢驴呢？马丁·塞利纳斯救了我的命，派我进行这疯狂的计划，保护孩子，她要去哪儿我就带她去哪儿。到目前为止，我所做的，就是驾一块毯子飞行，在孩子应付圣神战舰的时候，躲在钢琴后面心惊肉跳。

离开帕瓦蒂领空的头几天里，我们四个——包括飞船——谈到了圣神战舰。如果伊妮娅说的没错，如果在光阴冢打开的那段时间里，德索亚神父舰长果真是在海伯利安，那么，圣神的确找到了什么办法，能在霍金空间中操取捷径。这一事实不仅让人清醒，还把我吓得半死。

可伊妮娅看上去没有太过担心。日子一天天过去，我们慢慢养成了例行的船务工作，很轻松，但也有点幽闭恐惧。晚餐后，伊妮娅弹弹钢琴，然后大家在图书馆吃零食，察看飞船的全息录像和航行日志，想找到些线索，搞清楚它把领事带到过哪些地方（找到了很多线索，但都不明确），晚间打打扑克（她真是个难以应付的扑克牌对手），偶尔锻炼身体，我会叫飞船把楼梯井内的密蔽场提高到一点三倍重力，然后在相当于七层楼面的螺旋阶梯上上下下跑四十五分钟。我不太确定它是否能给我的全身带来裨益，但很快，我的小腿、大腿、脚踝看上去就像是类木行星上的象人了。

当伊妮娅发现能量场可以在飞船的小型区域中微调时，谁也拦不住她了。她开始在沉眠层的零重力气泡中睡觉。她发现图书馆层的桌子可以变形成一张台球桌，于是坚持每天至少玩两盘——每一次的重力水平都不一样。一天夜里，我在领航层中看书的时候，听到了什么响声，于是走下阶梯，来到全息井那一层，结果发现那儿的船体已经打开，瞭望台伸了出去，不过钢琴却不在那儿，倒看见一个巨型的水球——直径约有八到十米，飘浮在瞭望台和外部密蔽场之间的空间里。

“搞什么？”

“真好玩！”声音从那个跳动的水球中传出。一个头发湿漉漉的脑袋破水探出，颠倒地停在那儿，离地面有两米远，“快进来！”女孩喊道，“水很暖和。”

我侧身远离这奇异的景象，全身重量压在栏杆上，尽力不去想象，要是这个局部的球形能量场突然停止运转，那会怎么样。

“贝提克看见这东西了么？”我问。

苍白的肩膀耸了耸。瞭望台之外，分形焰火律动交叠，在水球上投射出不可思议的色彩和倒影。球体本身是个蓝色的超大水珠，随着空气的流动，表面和内部显出淡淡的斑纹。实际上，这让我想起了曾见过的旧地的照片。

伊妮娅又将头钻了进去，能看到一个苍白的人影在水里游动，然后在五米上方的曲面上重新探出头来。小水滴溅洒而出，飞出一条曲线，又回归到大球的表面——我猜，是被微分的能量场赶到了那儿，然后扩散出复杂的同心圆，在水球表面泛着涟漪。

“快进来，”她再一次喊道，“不开玩笑！”

“我没穿游泳衣。”

伊妮娅在那儿漂了片刻，踢踢水，俯身躺在水面上，接着又潜进了水中。再一次出现时，从我的角度看，脑袋完完全全颠倒了过来，她说:“谁穿泳衣了？用不着那玩意儿！”

我知道她没开玩笑，因为在她潜水的时候，我看见她白皙后背上的脊椎、肋骨，那如小男孩般的屁股反射着分形光线，就像从池塘中冒起来的两个白色小蘑菇。总之，看见这个十二岁的未来弥赛亚的屁股，就像是在看茉斯姨妈的小孙子们在浴盆中洗澡的全息幻灯片，一点也没有挑逗之意。

“劳尔，快进来！”她又喊道，随即朝水球的对面潜去。

我只犹豫了一秒钟，便马上甩掉长袍和外衣。不过身上还留着短裤，也没脱那件当作睡衣的长汗衫。

但我在瞭望台上愣了片刻，一点也不知道该怎么进到头上几米外的这个水球中去。过了一会儿，从水球上面的某处传来声音，“傻蛋，跳啊！”于是我奋力一跳。

大概到了一米半之上的地方，我突然感觉到了零重力。水真他妈冷。

我回转身，冷得哇哇大叫，感觉身体上可以收缩的地方顿时都收缩了起来，然后我开始胡乱拍水，努力把头探出球面。这时贝提克也来到了瞭望台上，他也想看看这里的响声到底是怎么回事，看见他，我没感到多大的惊讶。他抱着双臂，背倚栏杆，一条腿斜搭在另一条腿上。

“水很暖和！”我在骗他，其实已经冷得牙齿嘎嘎作响了，“快进来！”

机器人微微一笑，摇了摇脑袋，就像一位纵容孩子的父亲。我耸耸肩，回转身，潜了进去。

过了一两秒钟，我突然想起，游泳其实跟在零重力中移动很相似；在零重力的水球中浮沉，其实也跟平常的游泳差不多。两相比照，水的阻力让我感觉比在零重力中飘移更接近于游泳。但在水球中更加乐趣无穷，偶尔会在水里碰到一个气泡，我就会停下来，在那儿喘口气，接着继续在水中扑腾。

在颠来倒去地翻滚了一阵后，我已经晕头转向了。我朝一个一米长的气泡游去，最后在滚进这个圆球之前停了下来，仰头望望，看着伊妮娅的脑袋和肩膀突然出现。她低头朝我望来，挥着小手。胸口的皮肤已经起皱，可能是水太冷的缘故，或者是空气太冷了。

“好玩吧？”她一面说，一面把脸上的水撩开，又把头发往后捋了捋。金褐色的头发打湿之后，颜色看上去更深了。我盯着女孩，试图从她身上看到她母亲的影子，看到那个深色头发的卢瑟斯侦探。但毫无用处——我从没见到过布劳恩·拉米亚的照片，我只从《诗篇》中听过她的故事。

“还是有点难的，在边缘的时候，得花点本事保持平衡，不然会从水里飞出去，”伊妮娅说道，我们的气泡变化收缩，水墙在身边弯曲，“跟你比比，看谁先出去！”

她转了个身，纵身一跃。我试图紧紧跟随，但错误地扑腾着穿过了气泡。我的天，希望贝提克和孩子别看见我这难堪的手脚动作。我比她晚半分钟抵达水球的边缘。两人躺在那儿，踩着水，飞船和瞭望台都已经消失在身下，水往左右延伸，变成曲面，在我们四侧如瀑布般坠出视野，而在我们头上，深红色的分形膨胀，爆炸，收缩，然后再次膨胀。

“真希望能看到星星。”我说，声音大得连我自己都觉得奇怪。

“我也是。”伊妮娅说。她正仰着脸，望着令人心悸的光线表演，我似乎看见有一丝悲伤的情绪在她脸上一闪而过。“好冷。”她终于说道。我见她嘴巴紧咬着，感觉到她正尽力不使牙齿打颤。“下次叫飞船建水池的时候，我会叫它不要用冷水。”

“你现在最好从这儿出去。”我说。我们朝下面游去，来到水球的曲面边缘。瞭望台就像是一堵墙，慢慢升起，向我们问候，唯一的反常是出现在其中的贝提克的身形，他正站在一侧，手里拿着一块大毛巾，是为伊妮娅准备的。

“劳尔，闭上眼睛。”她对我说。于是我闭上双眼，她拍打双手，穿出水面，浮出去之后，我感受到零重力的水球重重地砸在了我的脸上。一秒钟后，我听到她的赤脚站到了瞭望台上，发出“啪”的一声。

我又等了片刻，然后睁开眼。贝提克已经把大毛巾裹在了她身上，她正缩在里面，现在，不管如何使劲地忍住，她的牙齿还是在不停打颤。“小……小心点，”她说，“从……从水里出……出来的时候，马……马上转过身来，不……不然，你……你会脑袋着地，折……折断……脖……脖子的。”

“多谢。”我应道，但还不想在他们尚未离开瞭望台前出这个水球。片刻之后，他们走了，我划着水游了出去，手臂和脚乱踢乱划，想要在重力重新来临前转个一百八十度，结果转过了头，矫枉过正，屁股重重地砸在了地上。

贝提克周到地在栏杆上为我放了块毛巾，我拿起来抹了抹脸，然后说道：“飞船，你可以取消掉零重力微型能量场了。”

但片刻之后，我意识到了自己所犯的错误，但已没时间撤销这个命令，于是，好几百加仑的水瞬间砸向瞭望台，一大摊刺骨的水如瀑布般从高处坠下。要是我当时站在它的正下方，那我很可能当场毙命，真是伟大旅行的讽刺性结局。不过，我坐的地方离大水边缘还有几米远，所以它只是把我冲到了瞭望台上，在水花从栏杆上溅起的时候，把我卷进了水流的旋涡，似乎还要把我抛向太空，越过十五米下的船尾，甚至穿出椭圆形密蔽场的底部，在那儿，我将会像一只小虫子掉入了卵形烧杯，溺死其中。

湍流咆哮而过，我紧紧抓住栏杆，毫不松手。

“对不起。”飞船说道，它也意识到自己所犯的错误，于是重塑了我们周围的能量场，将大水包纳聚集起来。我发现，没有一滴水冲进敞开的大门，流进全息井的层面。

趁着微型能量场将大水托起并且搬离的时候（那是一个不断晃悠的水球），我找回那块湿透的毛巾，穿过门口，进入飞船。船体在我身后合上，我猜，那些水应该已经被送回到了储水箱，之后会被净化，为我们所用，或是作为反应物料，就在这时，我陡然停下脚步。

“飞船！”我大叫道。

“有何吩咐，安迪密恩先生？”

“不会是你在跟我开玩笑吧？”

“你是指听从你的命令，取消零重力微型能量场吗，安迪密恩先生？“

“对。”

“不，安迪密恩先生，刚才只是我的一时疏忽。我从不开玩笑。请放心，我根本没机会受幽默感的折磨。”

“嗯。”我不太相信。手里拎着湿淋淋的鞋子和衣服，啪嗒啪嗒走上楼，擦干身体，穿好衣服。

第二天，我到贝提克那里和他聊了会儿，那地方被他称为“引擎舱”，看布局的确有点像远洋舰中的引擎舱——喷着暖气的管子，黑乎乎的像是发电机的大家伙，狭窄的通道，金属站台——不过贝提克告诉我，这块地方最原始的目的，是让船员通过不同的刺激模拟连接器，和飞船的驱动器、能量场发生器进行联系，他让我试了试。我承认，我从来没有享受过电脑合成的现实环境，在尝试了虚拟视景之后，我断开连接，坐在贝提克的吊床边，听他讲话。他告诉我，几十年来，他一直在帮着修缮这艘船，并曾一度相信这艘船再也不会飞了。听到此，我感觉到一丝如释重负之感，旅程又开始了。

“是不是不管老诗人选择了谁，叫他和女孩一起走，你都会和他们一起踏上这趟旅程？”我问他。

机器人平心静气地看着我。“过去的这个世纪里，我一直有这个想法，安迪密恩先生。但我也不太相信这会成为现实。我得谢谢你，是你让我梦想成真了。”

他的感激实在是情真意切，我立时觉得有点尴尬。“最好等到我们逃离圣神之后再谢我，”我对他说，想要改变话题，“我想，他们会在复兴之矢的领空内等我们。”

“看样子极有可能。”蓝皮肤的男人似乎并不担心这个问题。

“你觉得，要是这回伊妮娅再以打开飞船空间相威胁，还会管用么？”我问他。

贝提克摇摇头。“虽然他们想要活捉她，但肯定不会被这个唬人的话骗倒两次。”

我扬扬眉毛。“你真的觉得她是在唬人？她口气那么坚定，我觉得她真的会把我们那一层打开的。”

“我不这么想，”贝提克说，“当然，我并不了解这个小女孩，但曾有幸和她母亲愉快地共度几日，当时她和其他朝圣者正在进行海伯利安之旅。拉米亚女士是个热爱生命的人，她也关心其他人的生命。我相信，如果伊妮娅女士是独自一人的话，她可能真的会把威胁进行到底，但船上还有我俩在，我觉得她不会让我们受到伤害的。”

对此我无言以对，于是我们又说了一些其他事——飞船，我们的目的地，陨落过了这么久之后，环网世界肯定变得非常陌生了。

“要是我们在复兴之矢着陆，”我说，“你打算在那儿跟我们告别吗？”

“跟你们告别？”贝提克问道，他头一次露出惊讶的神情，“为什么要跟你们告别？”

我挥挥手，打了个僵硬的手势。“嗯……我猜……我是说，我以为你想获得自由，并会在登陆的第一个文明世界上找到自由……”我停下来，又打了个手势，表示自己真是太傻了。

“既然获允同你们一起旅行，我也就得到了自由，”机器人轻声说，微笑着，“另外，安迪密恩先生，如果我真想待在复兴之矢，我也很难融进人群中去。”

他的话让我想起了曾想到过的一个问题。“你可以改变肤色啊，”我说，“飞船的自动诊疗室可以帮你……”还没说完我就停了下来，因为我看见他脸上浮现出难以理解的微妙表情。

“你也知道，安迪密恩先生，”贝提克开口道，“我们机器人并不是通过程序设计的机器……甚至不像进化成内核的早期DNA人工智能，我们没有设置基本的参量或是阿西莫夫激发因素……但是，当初设计我们的时候，啊……人们还是极力主张，在我们身上加上一些最高行事准则。其中之一，当然是服从人类的合理命令，防止他们受到伤害。据说，阿西莫夫激发因素比机器人技术或是生物工程还要古老。但是还有一个……约束……就是不能改变肤色。”

“你没办法改变吗？”我问，“如果我们的生命需要依靠你隐藏蓝色的肤色，你也不能吗？”

“噢，当然可以，”贝提克说，“我能拥有自由意识，也能改变肤色，尤其是如果高优先级的阿西莫夫激发因素需要我这么做，比如说保护你和伊妮娅女士免受伤害，那我会那么做，但是我的选择会让我……很不自在。非常不自在。”

我点点头，但并没真的明白。我们转开话题，继续谈其他事。

就在同一天，我在主气闸层中翻了翻武器和舱外物品柜。这一检查，发现东西竟然比我预想到的还要多，有些物品相当古老，我不得不向飞船询问，才能知道它们是干什么用的。舱外物品柜中的大多数东西一看就知道是什么——太空服、危险空气防护服，太空服橱柜下的储藏壁龛中有四辆飞行车被灵巧地折叠起来放着，重型耐用提灯、露营装备、滤息面具、带脚蹼和矛枪的水下呼吸器、一条电磁飞行皮带、三个工具箱、两个装备齐全的医药箱、六副夜视及红外眼镜，同样还有六副轻型耳机，带有微珠通信器、视频和通信志功能。看到最后这样东西，我对这艘飞船表示出了质疑：我从小就觉得，在一个没有数据网的世界上，这玩意儿根本就没用。这些通信志有些很古老（这种细细的银色手环状物体在几十年前很流行），有些甚至像是史前古物：大如手册般的东西。它们都能用作通信器，或是储存海量的数据，或是能连接进当地数据网，而且，尤其是古老的那些，竟能通过远程遥控装置挂上星球的超光转播信号，以至于能接入万方网。

我拿起一个手环状物件，放入掌心，感觉轻得连一克也不到。但已经没有用处。我听来自外世界的猎人们说过，有几个星球又拥有了原始的数据网（我想，复兴之矢是其中之一），但差不多三个世纪以来，超光转播信号都一直不起作用。超光通信，霸主所仰赖的这个超光速通信的公共频段，在陨落之后便再也没有动静了。我慢慢把通信志摆回原来的衬着天鹅绒的盒子中。

“如果你离开我一段时间的话，你会觉得带着它有用了。”飞船突然说。

我回头一望。“此话怎讲？”

“它能提供信息，”飞船回答，“我很乐意将大量的基本数据记录下载到其中几个上。你可以随意使用。”

我咬紧嘴唇，试图想象把飞船的那一大堆数据套在手腕上，到底能带来多大价值。然后我记起小时候外婆说的话来——劳尔，信息就是财富，一定要珍惜它。一个人想要理解这个宇宙，除了爱和真，就数它最重要了。

“好主意，”我说道，把细细的银色手环扣在手腕上，“你什么时候能下载数据库？”

“正在下载。”飞船说。

先前在抵达帕瓦蒂领空前，我就已经仔细地检查过了武器柜；里面没有任何东西能阻挡瑞士卫兵哪怕一秒钟时间。现在，我在橱柜中翻找，脑中想到的目的却大为不同。

这些陈旧的东西看上去古旧极了，这真是怪。太空服、飞行车、提灯，几乎飞船上的所有东西，都显得很古老，样式过时。比如说，这儿没有拟肤束装，所有东西的大小、构造和颜色都似乎像是历史书中的全息像。不过，这些武器另当别论。对，它们也很古老，但在我眼里，拿在手里，它们是那么熟悉。

领事显然是个猎手。架子上摆着六七把霰弹枪：上足了油，藏得好好的。随便带上一把，我就能去沼泽地中猎鸭子。这些枪有大有小，从细小的点三一重叠式双管猎枪，到又大又重的二八号双筒枪。我拿了把古老但保存完好的十六号气枪，上面带着弹夹，把它摆到走道里。

那些步枪和能量武器真是漂亮。领事肯定是个收藏家，因为这些标本既是杀人工具，也是艺术珍品——枪托上的涡卷装饰、蓝钢、手持部件，完美的均衡。在近一千年中，特别是二十世纪之后，私人武器开始大量生产，都一击致命、廉价，同时也丑陋得如同金属制门器，我们中有些人，包括我和领事，学会了珍藏美丽的手工制造或是小批生产的枪支。枪架上，摆着大号狩猎步枪、等离子步枪（这名字没错，在地方军进行基本训练的时候，我得知，等离子弹药从枪管中射出的时候，是一束束纯能量，但弹药在挥发前，的确能得到枪管膛线的加速）、两枝雕刻得很精巧的激光能量步枪（这名字倒是错了，算是语言所造就的人工制品，而不是巧手设计而出），跟不多久前赫瑞格杀死依姿的那把差不多，一把纯黑的军部突击步枪，像是三个世纪前费德曼·卡萨德上校带到海伯利安的那把，一把内径极粗的等离子武器，肯定是领事射杀某些星球上的恐龙用的，还有三把手枪。没有死亡之杖。对此我很高兴，我不喜欢那该死的东西。

我拿出一杆等离子步枪，那是把军部突击步枪，又拿出那几把手枪，想做进一步研究。

军部武器样貌丑陋，是领事收藏品中的一个例外，但细细一看，我明白它大有用处。这东西具有多种用途——既是十八毫米等离子步枪，也是可调光束耦合能量武器；既是榴弹发射器，也是高能电子束储存器；既是钢矛发射器，也是多频率干扰器，还是寻热掷镖器——见鬼，军部突击武器除了不能帮士兵做饭，其他啥都能干。唔，不对，实际应用时，可调光束如果设置到低能状态，甚至也能用来烹饪。

在进入帕瓦蒂星系前，我曾有过胡思乱想，如果瑞士卫兵登上我们的船，我就打算用军部武器来问候他们，但现代化的作战制服可以随随便便摆脱掉任何武器发出的弹药，并且，说实话，我担心这东西会让圣神士兵疯掉。

现在，我愈发细致地审视起它；如果不是在这艘飞船上，而是要面对更加原始的敌手，比如说，一个穴居人，一架喷气式战斗机，或是装备就跟海伯利安地方军差不多的可怜虫，那么，这么灵活多变的武器可能会有用武之地。但最后我还是没拿，如果不是穿了古老的军部外动力作战制服，那这武器着实太过沉重。没有钢矛、榴弹、高能电子束这类弹药，十八毫米的脉冲弹也不可能射中任何人，而且，如果要使用能量武器，我必须在飞船里，或是旁边有电源。我把突击枪放回原处，就在放下的时候，我意识到，这把枪也许是传说中费德曼·卡萨德的私人武器。它在领事私人藏品中显得有点突兀，而且，他认识卡萨德——也许是为了纪念，他才留下了它。

我向飞船问起这事，但飞船记不起来了。“怪哉，怪哉。”我嘀咕道。

三把手枪比突击枪更古老，也更有用。它们都是领事的收藏品，虽是老古董，但它们使用的弹匣现在还能买到，至少在海伯利安上能买到。对于没去过的星球，我不能保证。最大号的那把是点六零的斯坦-津全自动穿透器，是把正经的武器，但很重；弹药模板几乎跟枪支一样重，设计时弹药使用速率非常快。我把它放了回去。另两把更加大有可为：一把小型、轻便的便携式钢矛手枪，也许是赫瑞格用来杀我的那把枪的曾爷爷。边上还附着好几百闪亮的小针卵，枪把的弹匣里一次能装五个，每个针卵都装有好几千钢矛。对于不擅长射击的人来说，这是把好武器。

最后那把手枪真正让我大吃一惊：它套在涂油的皮革枪套中，我的手指颤抖着把它抽出，端详着。我仅从古老的书本上看到过它，一把点四五口径的半自动手枪，具有真正的弹匣，具有真正的黄铜外壳，不是什么只在射击时才会形成的弹药模板，勾勒着图案的枪把，金属瞄准器，蓝钢。我拿着枪翻来覆去地看，这东西几乎可以回溯到一千年前。

我又往放这把枪的盒子里瞅了瞅：有五盒点四五的子弹，总共有好几百发。我想，这些子弹肯定也很古老，但我发现了制造商的标签：卢瑟斯。约三个世纪前。

*依据《诗篇》所述，布劳恩·拉米亚不正是有把古老的点四五手枪么？*后来，我问了伊妮娅，孩子说她从没见她母亲带过手枪。

不过，看样子我们应该带着它，还有那把钢矛手枪。我不知道这些点四五的子弹还能不能发射，于是拿了一颗，来到瞭望台上，叫飞船把外部能量场变一变，不要让子弹反弹回来，接着，我扣下了扳机。啥事也没发生。然后我记起来，这种枪有手动保险。我找到保险，咔嗒一声拉开，又开了一枪。我的天，声音震耳欲聋。但子弹的确还能用。我把枪插回枪套，又把枪套夹在我的多用途皮带上。正正好好。当然，最后一颗点四五的子弹发射之后，它就只能永远睡在那里了，除非我能找到一家会制造子弹的古老枪械会所。

我应当没必要朝什么东西发射几百颗子弹吧。当时我冷冷地想道。要是我能未卜先知就好了。

那天稍后我跟孩子和机器人碰了个面，拿出选的霰弹枪和等离子猎枪，还有钢矛手枪和点四五手枪，给他们看了看。“如果我们去陌生的地方，无人居住的陌生之地，我们应该武装好自己。”我一面说，一面把钢矛枪给他俩，但两人都拒绝接受。伊妮娅不想要武器；而机器人指出，他不能对任何人使用武器，如果有凶猛的野兽追他，那他相信我会在他身边。

我咕哝了一声，把步枪、霰弹枪和钢矛手枪放到一边。“那我就带这个吧。”我说道，摸了摸那把点四五。

“很配你这身行头。”伊妮娅微微笑道。

这次，我们没有在最后一刻进行绝境讨论。我们都觉得，如果圣神在那儿等我们的话，伊妮娅的自杀威胁不会奏效了。距离减速进入复兴星系还有两天，我们开始对即将来临的事情展开最严肃的讨论。我们吃得很好，贝提克为我们准备了河蝠鲼切片，浇着奶油酱汁。我们还突袭了飞船的酒窖，找到了产自鸟嘴葡萄园的美酒——作为饭后的余兴活动，伊妮娅弹奏起钢琴，而机器人拿出一支随身携带的笛子，吹奏起来，一小时后，话题转向了未来的事。

“飞船，你能跟我们讲讲复兴之矢吗？”女孩问。

短暂的沉默，我开始把这想象成飞船的尴尬。“抱歉，伊妮娅女士，除了已经过时几个世纪的航空信息和轨道进入图外，我没有关于这个星球的信息。”

“我去过那儿，”贝提克说，“也是在几个世纪前，不过当时我们去那儿是为了监控星球的无线电和电视通信信号。”

“我曾听一些外世界猎手说过这个星球，”我说，“他们中最有钱的一些人就来自那儿。”我向机器人打了个手势，“不如你先说？”

他点点头，抱起双臂。“复兴之矢是霸主时期最重要的星球之一。在索美尺度上与地球非常类似，由于早期的种舰拓殖，等到陨落时，已经完全都市化了。星球以其大学和医疗中心著称于世，大多数的鲍尔森理疗是在那儿进行的，但也只有有钱消费的环网公民才能享受这一疗法。此外，还有它的巴洛克式建筑——在宜内孛要塞这个山岭堡垒中的显得尤为美丽。还有它的工业产出，大多数军部太空舰船是在那儿制造的。其实，我们**这艘**太空舰船肯定也是那里造的，它是三菱-哈切联合企业旗下的产品。”

“是吗？”传来飞船的声音，“要是我知道就好了，可数据已经丢了。真有趣。”

我和伊妮娅交换了一下焦虑的眼神，这已是此次旅途的第十几次了。一艘飞船，连自己的过去或者产地都不记得，怎能让人在情况多变的星际飞行中持有什么信心呢？哦，不，我第十几次地想到，它的确让我们安然进入了帕瓦蒂星系，又安然出来了。

“复兴之矢的首都是达·芬奇，”贝提克继续道，“不过事实上，整个大陆，以及唯一一片海上的大部分都已城市化了，所以，都市中心和其他地方并没什么大的差别。”

“那是个繁忙的圣神星球，”我补充道，“陨落后最先加入圣神的星球之一。军队主要是集中在那……复兴之矢和复兴之二都有轨道和驻月部队，两颗星球上，到处都驻有基地。”

“复兴之二是什么？”伊妮娅问。

“复兴二号，”贝提克答道，“星系中的第二颗星球……复兴之矢是第三颗。二号上也有人居住，不过人数偏少。这颗行星主要以农业为主，大型自动化农场几乎遍及整个星球，复兴之矢的物资由它供应。远距传输网陨落之后，两颗星球都从中得益，在圣神恢复星球上定期的星际贸易之前，复兴星系能够自给自足。复兴之矢制造商品，而复兴之二为复兴之矢的五十亿人提供食物。”

“现在复兴之矢有多少人口？”我问。

“我想大约还是这么多——五十亿人，具体的数字可能有几亿出入，”贝提克，“我曾说过，圣神很早就来到了这儿，他们给予了十字形，随后颁布了节育制度。”

“你说你到过那儿，”我对机器人说，“这颗星球是啥样的？”

“啊，”贝提克露出懊悔的笑容，“为了开拓威廉王的新领地，我从阿斯奎斯被运往海伯利安，中途在复兴之矢的航空港待过，时间不到三十六小时。他们把我们从冰冻沉眠中唤醒，但没让我们下船。我对这个星球的记忆并不详尽。”

“那儿的居民是不是大多是重生基督徒？”伊妮娅问。女孩若有所思，似乎想着什么遥远的事。我注意到，她又开始咬指甲了。

“嗯，对，”贝提克回答，“我想，几乎五十亿都是。”

“我刚才说，这里有圣神军队重兵把守，那不是开玩笑，”我说道，“在海伯利安自卫队训练我们的圣神士兵就是从复兴之矢来的。这是个重要的卫戍星球，是和驱逐者开战时的转运中枢。”

伊妮娅点点头，但看上去依旧心不在焉的。

我不打算拐弯抹角。“我们为什么要去那儿？”我问道。

女孩抬头朝我望来。黑色的双眼非常动人，但在当时显得有点冷漠。“我想看看特提斯河。”

我摇摇头。“瞧，特提斯河是由远距传输器构成的。它不存在于环网外。或者，更准确地说，它是由一千段小河组成的。”

“我知道，”她说，“但我就是想见见环网那时候组成特提斯河的一段河。我母亲曾跟我讲起过中央广场的样子，只是那儿更悠闲。她也告诉我，人们如何乘游船从一个星球到另一个星球，历经几个星期，甚至几个月。”

我抵制住心中的怒火。“你瞧，复兴之矢有重兵防御，我们几乎不可能通过，”我对她说，“即便我们真的到了那儿，特提斯河也早就不复存在了……那儿只剩它以前的一小部分。你到底为什么要去看它？这有什么重要的？”

女孩正想耸耸肩，但中途停止了那个动作。“记得我说过的话吗？有个建筑师……我必须……我想拜他为师。”

“对，”我说道，“但你不知道他叫什么名字，也不知道他在哪个星球。那么，为什么以复兴之矢作为你的搜寻起点呢？至少，我们难道不能去复兴第二找吗？或者，跳过这个星系，去个没人的地方，比如说，阿马加斯特。”

伊妮娅摇摇头。我注意到，她的头发梳得异常服帖，可以看到油亮的金色亮光。“在我梦里，”她回答道，“这位建筑师的其中一座建筑坐落在特提斯河附近。”

“特提斯河流经的古老星球，有上百个呢，”我说道，朝她凑过去，让她知道我在很严肃地跟她说，“它们中有些不是圣神的地盘，去那儿，我们不会被抓住或是被杀掉。我们一定要先去复兴星系吗？”

“我想是的。”她轻声说。

我的一双大手摆上膝盖。马丁·塞利纳斯没说这趟旅途很容易，或者有什么意义——他只是说，它会让我成为英雄。“好吧，”我再一次说道，并听到话音中夹杂着厌烦，“孩子，这次你有什么计划？”

“没计划，”伊妮娅回答，“如果他们在那儿等我们，我会告诉他们真相，告诉他们我们打算降落在复兴之矢。我想，他们会让我们着陆。”

“如果真是这样，那然后呢？”我说，试图想象飞船被无数圣神军包围的情景。

“我想，到了那儿我们自然会明白的，”女孩说着，朝我笑笑，“你们两个，想不想在六分之一重力下打场桌球？我们这次不如赌真钱玩？”

我刚想张开嘴教训她几句，却马上改了口气。“你可没钱。”我说。

伊妮娅的笑容更灿烂了。“那我就输不了了，对不？”

26

德索亚神父舰长等待小女孩进入复兴星系的那一百四十二天里，每晚都会梦见她。她清清楚楚地出现在他眼前，面容一如在海伯利安的狮身人面像中首次见到的——弱柳纤纤，虽然眼神充满了警戒，防范着眼前的沙尘暴和可怕的身影，但丝毫没有害怕，那双小手稍稍举着，仿佛是要遮住面庞，抑或是要冲向前，抱住他。在他的梦中，她经常变成他的女儿，父女俩在复兴之矢人山人海的运河大道上散步，聊着德索亚的姐姐马利亚，她曾被送到达·芬奇的圣犹大医疗中心治疗。在梦中，德索亚和孩子手拉手走着，穿过庞大医疗建筑体边上熟悉的运河大道，同时向她细细述说，他这次将怎样计划救他姐姐的命，而不让她再像第一次那样死去。

事实上，费德里克·德索亚的家乡位于马德雷德迪奥斯[①]这颗偏远的星球，当他们一家从埃斯塔卡多平原[②]（也就是那儿的孤立区）

---

① 马德雷德迪奥斯：西班牙语中“圣母”的意思。也是秘鲁的一个行省。

② 埃斯塔卡多平原：美国高平原的一部分。在得克萨斯州和新墨西哥州交界处。

来到复兴之矢的时候，他才只有六标准岁。在马德雷德迪奥斯这颗人烟稀少的岩石沙漠星球上，几乎每个人都是天主教徒，却不属于圣神的重生天主教。一个多世纪前，当新马德里星球选择加入圣神，让其所有的信徒臣服于罗马教廷的时候，德索亚一家成了脱教的马利亚派运动一分子，离开了那儿。马利亚教派敬奉基督圣母，这是罗马教廷正统教派所不能容忍的，就这样，年轻的费德里克在一个偏远的沙漠世界上长大，在他身边，是六万名异端天主教徒，一群虔诚的侨民，这些人为了表示抗议，拒绝接受十字形。

接着，外世界刮起了一场逆转录酶病毒的风暴，它就像一柄镰刀，沿着聚集地的牧场区一路收割，十二岁的马利亚也生病了。红死病的受害者中，许多在三十二小时内毙命，也有一些复原了，但是马利亚残喘着，她的容颜曾一度美丽，但现在身上几乎全是可怕的红斑。德索亚一家将她带到埃斯塔卡多平原风暴劲吹的南方，来到圣母城的医院，但是那儿的马利亚教医师无能为力，只能祈祷。当时在马利亚城，有一队圣神的重生信徒传教团，当地人对他们冷眼相待，但还是容忍了他们的到来，团内有名神父——一个名叫马哈神父的和善男人，恳求费德里克的父亲让他奄奄一息的孩子接受十字形。当时费德里克还太小，不记得自己父母痛苦讨论的内容，但他的确记得自己的一家——母亲和父亲，另外两个姐姐和一个弟弟，所有人——都跪在马利亚教的教堂中，恳求圣母的指引和调解。

最后，埃斯塔卡多平原的马利亚教合作社的其他牧场主筹集了钱款，把他们一家送到外世界，去复兴之矢的一座著名的医疗中心。但他的兄弟姐妹却被留在了隔壁一个牧场主的家里，出于某种理由，六岁的费德里克被选中和父母与临死的姐姐一起，踏上了这漫漫旅途。对于真实的冰冻睡眠，每个人的第一次体验都不尽相同——比虚假的冰冻沉眠更危险，但花销也更少。后来，德索亚依然记得那刺骨的冰寒，即便到了复兴之矢的几星期中，似乎也一直徘徊不去。

起初，达·芬奇的圣神医师似乎抑制住了红死病在马利亚身体里的扩散，甚至还消除了些许血斑，但是，当地时间三个星期后，逆转录酶病毒重新夺回优势。这一次，又有一名圣神神父（医院职员中的一位）祈求德索亚的父母改变自己的马利亚教准则，趁还来得及，让这即将死去的孩子接受十字形。后来，在德索亚成年后，他终于了解父母进行抉择时的痛苦——一边是内心信仰的覆灭，一边是自己孩子的死亡。

在德索亚的梦里，伊妮娅是他的女儿，两人在医疗中心边上的运河大道上散步，他同时向她讲述，在马利亚昏迷前几小时，她给了他最珍贵的财产——一个独角兽瓷雕。在他的梦里，他拉着这个十二岁的海伯利安小女孩的小手，一起往前走，告诉她，他的父亲，一个在身体和信仰上都十分强韧的人，最后是如何俯首称臣，请求圣神的神父为他女儿进行十字圣礼。医院的神父同意了，但在马利亚接受十字形之前，德索亚的父母和他自己，必须正式皈依全宇天主教。

德索亚向她的女儿——伊妮娅——解释，他在当地的圣者圣约翰大教堂中接受了简短的再洗礼典礼，在那儿，他一家人与圣母恩断义绝，接受了耶稣基督的独有统治，也接受了梵蒂冈对它的修道者的权力。他也记得，就在同一晚，他接受了初次圣餐，也接受了十字形。

马利亚的十字圣礼预定在晚上十点进行。但她却在八点四十五分突然死亡。按教会的规矩，根据圣神的法律，没有接受十字形的人在脑死亡后，是不能复活并接受十字形的。

对此，费德里克的父亲没有愤怒，也没有觉得自己被新教会背叛，他把这出悲剧当作上帝（不是他从小祈祷的那个上帝——那个灌输着圣母公道的高贵圣子，而是全宇教会的那个凶狠的新旧约上帝）对他、对他一家、对埃斯塔卡多平原星球上的马利亚教派的惩罚。当他们带着身着洁白葬衣的女儿回到家乡，准备将她安葬时，长大的德索亚成了圣神天主教无情的使徒。他来的正是时候，因为牧场公社已经被红死病横扫了一番。七岁的费德里克被送到圣母城的圣神学校，他的姐姐被送到北方平原上的女修道院。在他父亲尚在人世的时候（事实上，是在费德里克跟随马哈神父到新马德里的圣托马斯神学院上学前），马德雷德迪奥斯上残存的马利亚分子就全都已经皈依了圣神天主教。马利亚可怕的死亡，让一个世界重生了。

在费德里克·德索亚神父舰长的梦里，他并没有向身旁和他结伴而行的女孩详细解释这一切，他们正穿越达·芬奇那噩梦般熟悉的街道。因为，女孩，伊妮娅，似乎早已知道这一切。

在他的梦里，在女孩的飞船抵达前的那一百四十二个夜晚，几乎每晚都重复着一件事：德索亚向孩子解释，他是怎样发现治疗红死病并拯救姐姐的方法。德索亚在第一天醒来的时候，心脏猛烈跳动，汗水浸湿了床单，他以为救马利亚性命的秘密是十字形，但是第二晚的梦证明他大错特错。

看上去，这个秘密，是把独角兽雕像送还马利亚。他对他的女儿伊妮娅说，他所要做的，就是在迷宫般的街道中找到医院，他明白，如果送回独角兽，就能拯救姐姐。但他找不到医院。他败在了迷宫手下。

差不多五个月后，就在那艘飞船从帕瓦蒂星系抵达此地的前夕，在同样一个但稍有变化的梦里，德索亚终于找到了圣犹大医疗中心，他的姐姐正睡在里面，但他随后发现，他丢了那尊雕像，恐惧慢慢将他吞噬。

在这个梦里，伊妮娅第一次开口说话。她从宽松上衣的口袋里拿出一个小型瓷雕，说道：“瞧啊，这东西自始至终都在我们手里。”

德索亚在复兴星系的几个月，不管从表面还是实际情况看，都和帕瓦蒂星系中的经历相差十万八千里。

德索亚、格列高利亚斯、纪下士、芮提戈都不知道（四人在“拉斐尔”号的重生龛中，都被碾成了肉泥），在跃迁进入星系的一小时内，飞船就收到了要求应答的信号。两艘圣神疾行侦察舰及一艘火炬舰船和“拉斐尔”号的舰载电脑交换了异频雷达编码和数据，然后与之并驾齐驱。决定已经达成：四人的待苏体将被转移到复兴之矢的圣神重生中心。

和先前在帕瓦蒂星系孤单醒来的局面不同，这一次，德索亚和他的瑞士卫兵苏醒时，接受了特定的仪式，也得到了照料。事实上，神父舰长和纪下士的重生进行得比较困难，两人被送回到重生龛中，这使得他们又多花了三天时间。后来，德索亚真不敢去想，要是不是在复兴之矢，他的飞船的自动重生设施能不能胜任这项工作。

实际上，四人在进入星系后，过了一个星期才得以重新团聚，圣神教会给他们每人都分配了一名医疗神父（顾问）。格列高利亚斯觉得这大可不必；他急不可耐地想要回到工作岗位，但德索亚和另两人愉快地接受了额外的几天休息和恢复时间。

“拉斐尔”号跃迁进入星系后几小时，“圣安东尼”号紧随而至，最后，德索亚和火炬舰船的萨蒂舰长以及运兵舰“圣托马斯·阿基拉”号的雷蒙皮埃尔舰长重新聚首。回到复兴星系圣神基地的“圣托马斯·阿基拉”号载着一千八百多名在海伯利安星系大屠杀中罹难的死尸（储藏在冰冻室中），还有两千三百名受伤的男男女女。复兴之矢和圣神轨道基地的医院、大教堂立即开始了手术和重生工作。

巴恩斯-阿弗妮苏醒过来的时候，德索亚正陪在她的床侧。这名身材娇小的红发女子样子似乎不一样了，缩小的程度几乎让德索亚的心都揪紧了，她的头发已经剃光，皮肤红红的，带着重生的黏液，身上仅仅穿着医院的大褂。但她那盛气凌人的风度，却丝毫没有消失。她几乎一醒来就马上问道："到底怎么回事？"

德索亚讲述了伯劳的大屠杀。在巴恩斯-阿弗妮被冰冻冷藏、从海伯利安运到这儿的四个月时间里，德索亚花了七个月时间来追击女孩，他将这一切一五一十说给她听。

"你搞砸了，是不是？"指挥官问。

德索亚笑了。到目前为止，这位地面军指挥官是唯一一个开诚布公跟他讲话的人。他完全明白，自己的确是搞砸了一切。他指挥了两次圣神行动，只有一个目标：逮住孩子，但两次都凄惨地失败了。德索亚觉得他会被撤出任务，甚至是提交军事法庭审判。所以最后，在女孩抵达的两个月前，当一艘大天使信舰进入星系时，德索亚立刻命令信舰回到佩森，报告他的失败，并带回圣神司令部的指示。在结束所要传达的信息前，德索亚神父舰长说他同时也会继续安排各方面的计划，以准备在复兴星系逮捕女孩，直到任务被撤销为止。

这一次，他手头可用的资源大得惊人。有两万多地面军，包括几千圣神海军精英，以及海伯利安幸存的瑞士卫兵旅，此外，德索亚发现还有大量海空军供他调遣。复兴星系中，有各种舰船听命于他的教皇触显，包括二十七艘火炬舰船（八艘属于欧米迦级）；一百零八艘群队疾行侦察舰；会在火炬舰船前头察查；六艘指挥控制战舰，周遭是三十六台快攻火炮定位雷达所组成的护卫云；攻击航母“圣玛洛”号拥有二百多艘太空/大气层天蝎战斗机，舰上载有七千名船员；古老的巡洋舰“布雷西亚之耀”，现在的新名字是“雅各”号；除了“圣托玛斯·阿基拉”号外，另有两艘运兵舰；甚至还有二十多艘恩赐级驱逐舰；五十八艘周界线防御哨艇，任何三艘都有能力防卫一整个星球（或者是机动部队）；一百多艘小型船舰，包括载有致命冲头的星系内护卫舰（善于近身格斗）、扫雷艇、星系内信舰、无人驾驶飞机，以及——“拉斐尔”号。

就在他将第二艘大天使信舰派回佩森的三天后（伊妮娅抵达前的七星期），三贤特遣部队抵达了——“梅尔基奥”号、“卡斯帕”号，以及德索亚神父舰长先前指挥的“巴尔萨泽”号。起先，德索亚在见到自己的旧部时非常兴奋，但是他意识到，他们将亲眼见到自己的降职场面。虽然如此，他还是走出“拉斐尔”号，欢迎他们的到来，即使当时他们离复兴之矢还有六天文单位的距离。他进入“巴尔萨泽”号后，斯通圣母所做的第一件事，是将他不得不留下的一包私有财产递还给他。在叠得整整齐齐的衣物之上，有一个物件被小心翼翼地包在泡沫塑料中，那是姐姐马利亚给他的礼物：独角兽瓷雕。

德索亚和赫恩舰长、布莱兹圣母舰长、斯通圣母舰长坦诚相见，他大致描述了已经完成的准备工作，但告诉他们，在女孩的飞船抵达前，肯定会有新指挥官来顶替他。两天后，他的这句话被证明是胡说。大天使级信舰跃迁进入星系，船上载有两人：吴玛姬舰长，舰队元帅马卢辛的副官；耶稣会神父布朗，卢卡斯·奥蒂蒙席（梵蒂冈的副部长，西蒙·奥古斯蒂诺·卢杜萨美枢机部长的心腹）的特别顾问。

吴玛姬舰长封缄着带给德索亚的命令，并指示在她重生前，他便可拆开观阅。于是德索亚立即拆开了它。指示非常简单——他必须继续使命，逮捕女孩，这项任务永远不会撤销，吴玛姬舰长和布朗神父，以及进入星系内的其他权贵，只能作旁观或指点（如果有指点的必要），在达成目标的过程中，德索亚神父舰长被赋予全权，可以凌驾于所有的圣神官员之上。

过去的几周、几个月中，德索亚的权力被很勉强地接受。复兴星系有三名舰队元帅，十一名圣神地面军指挥官，没有人习惯听从区区一个神父舰长的命令。但他们还是愿意服从于教皇触显。如今，在最后的几周时间里，德索亚审阅计划，会见上至各种军衔的指挥官和无军职头脑，下至达·芬奇、贝尼德托、托斯卡内里、费奥拉万特、波蒂塞里和马萨希奥各市的市长。

在最后的几周，所有计划安置完毕，各方军队部署妥当，于是，德索亚神父舰长终于有时间进行私人方面的反省和活动。他独自待着，远离了职员会议和战术模拟，这一切虽然在掌控之中，但还是稍显混乱——甚至远离了格列高利亚斯、纪下士、芮提戈这几名受任私人警卫。他走在达·芬奇的街上，拜临了圣犹大医疗中心，回忆着自己的姐姐马利亚。不知怎的，他发现，亲眼见到了这个地方，反而没有夜晚那些梦境来的震撼。

德索亚发现，那位年老的保护人——马哈神父——已经到佛罗伦萨城区的本笃升天修道院（位于复兴之矢达·芬奇的另一面）担任了多年的院长。于是，德索亚飞到那儿，和老人畅谈了一下午。马哈神父，现在已年近九十，正“期盼着第一次像基督一样新生”，他依旧和德索亚记忆中的三十多年前一样，乐观、耐心、和善。看样子，马哈最近去过马德雷德迪奥斯，“埃斯塔卡多平原被遗弃了，”老神父说道，“平原已经空无人烟。圣母城倒还有一些居民，但都只是圣神研究者——他们在视察这个星球有没有价值进行地球化改造。”

“我知道，”德索亚回答，“二十多年前，我的一家重新回到了新马德里。我的两个姐姐都在为教会服务——洛蕾塔在永埔星当修女，美琳达在新马德里当神父。”

“你的弟弟埃斯特班呢？”马哈神父问，露出热忱的笑容。

德索亚吸了口气。“去年在一场太空战中，死在了驱逐者手里，”他说，“他的飞船被炸成了灰。没找到尸体。”

马哈神父眯起眼，似乎被谁掴了一掌。“我没听说。”

“不，”德索亚说道，“你不会听说的。那儿太远，是在古老的偏地之外。甚至连我家都还没得到官方的消息。我之所以知道，是因为当时正好在邻近的地方执行任务，也正好碰到一名回来的舰长，他把消息告诉了我。”

马哈神父摇了摇他那光秃而又布满斑点的脑袋。“埃斯特班得到了我主允诺的唯一重生，”他轻声说道，泪水在眼眶里打转，“救世主耶稣基督之永恒的重生。”

“是啊，”德索亚回答，过了一会儿，他说道，“马哈神父，你还喝苏格兰威士忌么？”

老人抬起泪水蒙眬的双眼，盯着对方的眼睛，“是。但只用于医疗目的，德索亚神父舰长。”

德索亚德微微蹙起那黑色的眉毛。“马哈神父，自上次重生以来，我还没怎么恢复。”

老神父严肃地点点头。“而我还在准备第一次重生，德索亚神父舰长。我去找瓶积灰的老酒。”

随后的那个星期日，德索亚在圣约翰大教堂举行弥撒庆典，很久很久以前，他就是在这儿接受十字形的。八百多名信徒参加了庆典，包括马哈神父、布朗神父。格列高利亚斯中士、纪下士、持枪兵芮提戈也参加了，他们从德索亚的手里接过了圣餐。

那一晚，德索亚又梦到了伊妮娅。“你怎么会成为我的女儿的？”这晚，他终于问道，“我一直坚持着我的独身誓言。”

孩子笑了笑，抓住他的手。

离女孩的飞船跃迁进入星系还有一百小时，德索亚命舰队各就各位。跃迁点极为危险，靠近复兴之矢的引力井，许多专家担心，在这样一个不得当的超光出口下，那艘古老的飞船会面临引力巨舌的撕扯，如果它打算在星球上着陆，所需的减速度将十分巨大，不管什么情况，飞船都会散架。但他们没有说出口，就如他们被滞留在复兴星系中时心中的失落一样：那时许多舰队单位在边境或极外层空间还有任务亟待执行。宝贵的时间一分一秒过去，这让多数军官如坐针毡。

离跃迁还有十小时的时候，德索亚神父舰长召集各线指挥军官参加会议，这也主要是因为紧张的情绪在暗潮涌动。这样的会议经常是通过密光连接召开的，但德索亚让所有人都亲赴“圣玛洛”号航母。这艘巨船的主会议室非常大，与会的军官即便增加二十多倍，也能容纳。

德索亚先将方案重新审阅了一遍，他们已经就此演练了几星期、几个月。如果那个孩子再一次以死相胁，那么，三艘火炬舰船——也就是德索亚先前的三贤特遣部队——就会迅速向前，在女孩的飞船周围罩上十级的能量场，将船上的人全数击昏，保持飞船的静止状态，最后，拥有巨型能量场生成器的“雅各”号，会把它拖回去。

如果飞船打算像在帕瓦蒂上那样离开这个星系，疾行侦察舰和快攻战斗机将不断地骚扰它，火炬舰船便可乘机飞过来，卸去它的能力。

简报过半，德索亚顿了顿。“有问题吗？”在那一排排的简报座椅上，坐着一张张熟悉的脸孔，雷蒙皮埃尔舰长，萨蒂，吴玛姬，赫恩，布朗神父，布莱兹圣母舰长，斯通圣母舰长，巴恩斯–阿弗妮指挥官。格列高利亚斯中士、纪下士、芮提戈以阅兵姿站立在会议室之后，只有八连的人被放了进来，因为他们的身份是私人警卫。

吴玛姬舰长说道：“如果飞船打算在复兴之矢、复兴第二或是那个卫星上着陆呢？”

德索亚从低矮的讲坛上走下来。“我们已经在上次会议上谈过，如果飞船打算着陆，我们将视情况而定。”

“视哪些情况而定，神父舰长？”舰队元帅谢拉问道。此人来自C^3舰船“圣托马斯·阿基拉”号。

德索亚仅迟疑了片刻。“诸多情况，元帅。比如，飞船的目的地……是允许它着陆，还是在途中卸除它的能力，哪个对女孩更为安全……飞船是否有机会逃脱。”

“那么，是否有机会呢？”巴恩斯–阿弗妮指挥官问。这个女人又穿上了太空般漆黑的制服，身板硬朗，令人畏惧。

“我不能保证她没有机会，”德索亚神父舰长回答，“在海伯利安事件之后，我不能保证。但是，我们会将可能性降至最低。”

“如果伯劳老怪出现……”雷蒙皮埃尔舰长说道。

“我们已经预演过这一可能的场景，”德索亚说，“没有任何理由需要改变计划。这一次，我们会依靠计算机更为高精确的火力控制。在海伯利安，这个怪物在原地只会逗留两秒钟不到。太快了，人类根本就反应不过来，自动化火力系统程序也会感到困惑。我们已经将这些系统重新编程——包括每一名士兵制服上的火力控制系统。”

"那么，海兵会登上那艘船吗？"最后一排的一名疾行侦察舰舰长问道。

"除非所有计划都失败，"德索亚说，"不然的话，在女孩和她的同伴被禁锢在静止区并击昏后，他们就会登船。"

"我们会用死亡之杖来对付怪物吗？"一名驱逐舰舰长问。

"会，"德索亚回答，"只要不伤到小孩就行。还有问题吗？"

会议室内一片沉默。

"升天修道院的马哈神父会给大家祝福，"德索亚神父舰长说，"上帝保佑你们。"

27

飞船跃迁入正常空间的那天，我们来到飞船顶部领事的卧室，准备一睹进入复兴星系的情景，尽管我不知道是什么原因驱使我们去看。房间中央放着领事的大床，过去几个星期以来，我一直睡在这上面，它可以折叠成睡椅的样子，于是我把它折叠起来。床后面有两个不透明的小房间，一个是衣橱，一个是淋浴/厕所两用房。但当船体变透明的时候，这两个小房间就会变成苍穹星野中的一个黑色小块。随着飞船从霍金速度慢慢减速，我们命令船体变透明。

第一眼望见的，是复兴之矢星球，与其说是一个闪闪发光的小点，不如说是一张蓝白相间的碟片，三颗卫星中，能看到其中两颗。在那光亮的星球和卫星的左边，是复兴星系耀眼的恒星。除此之外，还能看到好多星星，这有点不同寻常，因为在恒星炫目的光芒下，天空应该是黑色的，只有非常明亮的星星，才有可能看得见。伊妮娅对此作了评论。

“那些不是星星。”飞船回答道，它已经完成那缓慢的旋转。

随着我们朝星球减速而去，聚变驱动器怒号着开动了。一般情况下，从超光中出来的时候，我们绝不能离星球和卫星那么近。引力井会让减速的过程变得非常危险，但是飞船向我们保证，它的能量场已得到增强，可以应付好任何问题。但是，除了当下这个问题。

“那些不是星星，”飞船重复道，“在我方半径一万公里内，有五十多艘飞船正处于飞行状态。在轨道防御位置上，还有几十艘。其中三艘——从其聚变信号看，是火炬舰船——在我方半径两百公里内，并且还在靠近。”

我们全都沉默了。对于最后那点信息，飞船不说我们也知道，因为那三条聚变驱动的纹迹看上去正一马当先，位于我们这艘正在减速的飞船上方，放射着勃勃亮光，朝我们靠近，就像是喷灯的火焰，直直朝我们脸上奔来。

“收到问候信号。”飞船说道。

“视像信号？”伊妮娅问。

“纯音频。”飞船的声音听起来非常僵硬而且公式化。人工智能也会感觉到紧张吗？

“让我们听听。”女孩回答。

“……刚刚进入复兴星系的飞船，”那声音说道，听上去很熟悉，我们曾在帕瓦蒂星系中听到过，是德索亚神父舰长，“注意，刚刚进入复兴星系的飞船。”他重复着。

“这是从哪艘飞船发来的？”贝提克一边问，一边望着朝我们逼近的三艘火炬舰船。他的蓝色脸庞正浸浴在等离子驱动器发出的蓝光中。

“无法得知，”飞船回答，“是密光传送信息，还没有确定来源。可能来自七十九艘飞船中的任意一艘，我现在正在追踪。”

我觉得自己得说上几句，说点机灵话。“唷克斯[1]。”我说道，伊妮娅朝我瞥了一眼，接着又重新朝逼近的火炬舰船望去。

“我们何时抵达复兴之矢？”伊妮娅轻声问。

“以现时的德尔塔五号驱动速度，还剩十四分钟，”飞船回答，“但四个行星距离内，现在的减速度将会变得无效。”

“维持现在的减速度。”伊妮娅命令道。

“注意，刚刚进入复兴星系的飞船，”德索亚的声音还在继续，“请准备好，我们的人即将登船。若有任何抵抗，我们将发射击昏武器。重复……刚刚进入复兴星系的飞船……”

伊妮娅抬头朝我看了一眼，嘴角一弯。“我想没法用减压自尽的策略了，哈，是不，劳尔？”

除了“唷克斯”之类的评价，我再也说不出啥聪明的话来了。我抬起手，摊开手掌。

“注意，刚刚进入复兴星系的飞船。我们马上将与你们并排前进，在合并外部密蔽场之时，不要抵抗。”

伊妮娅和贝提克仰着头，望着三条聚变驱动尾慢慢分开，三艘火炬舰船出现在我们周围一千米不到的边上，各自连线组成一个等边三角形，而此时，不知什么原因，我却望着女孩的脸庞。她的面容有些紧绷——只是嘴角微微的一点紧绷——但总的说来，她看上去非常镇静，全神贯注地看着眼前的事。黑色的双眼大而有神。

“注意，不明飞船，”又传来圣神舰长的声音，“三十秒后，我们将合并能量场。”

伊妮娅走到房间边缘，伸手抚摸无形的船体。站在我的位置上看，我们仿佛是站在一座高山的圆形顶峰上，四周是无数星辰和蓝

---

① 唷克斯：常用作打猎的喊叫声以催促猎狗追赶狐狸。

色的彗尾，伊妮娅就屹立在悬崖边缘。

“飞船，给我显光音频信号，让所有圣神飞船都能听见。”

德索亚神父舰长看着战术现实中和实空中的行动过程。在战术模拟中，他正站在黄道面的上方，望着一艘艘舰船部署在减速中的目标飞船周围，就像是一盏盏灯依次安置在一个轮子的轮辐和轮缘上。在中心附近，有几艘船离女孩的飞船非常近，几乎都快认不出来了，它们是“梅尔基奥”号、“卡斯帕”号、“巴尔萨泽”号。远处是十几艘火炬舰船，受命于“圣安东尼”号上的萨蒂舰长，它们和中心的四艘飞船维持着完美的同步速度减速飞行。一万公里外，恩赐级驱逐舰，六艘C^3舰船中的三艘，攻击航母“圣玛洛”号（德索亚正是在这艘船上的作战控制中心注视着一切活动），围绕着一个缓慢转动的周界中心，朝复兴之矢的地月轨道减速行进。当然，他很想和三贤特遣部队一起接近女孩的飞船，但他明白，如此近距离指挥，肯定不合适。尤其是会烦扰到斯通圣母舰长（她上星期刚受到塞拉元帅提升），会影响她第一次正式指挥工作。

因此，德索亚就待在“圣玛洛”号中注视着，他的大天使飞船“拉斐尔”号位于复兴之矢附近的暂泊轨道上，附近还有防御警戒哨和防护火炮定位雷达。德索亚迅速从“圣玛洛”号拥挤不堪、红光四射的作战控制中心转换到战术空间的聚变火焰视野中。他看见那轮状的飞船队列慢慢旋转，在其上方，十几艘飞船位于一个巨大的球体中，阻止女孩飞船从任意一个方向逃离。他将意识转换回拥挤的作战控制中心，注意到吴玛姬和布朗两名观察者脸上呈现出血红一片，巴恩斯-阿弗妮同样如此，指挥官正在和三贤舰船上的五十名海兵进行密光通信。拥挤的作战控制中心的角落里，德索亚看见了格列高利亚斯和他的两名手下。三人因为没有成为登船成员之一，都显得很失望，但德索亚把他们留在这，是为了在带孩子回佩森的旅途中，让他们担任私人保镖的工作。

他按键继续朝女孩的飞船发送密光频段信号，“注意，不明飞船，”他说道，同时感受着自己心脏的扑扑跳动，犹如后台的背景声，“三十秒后，我们将合并能量场。”他发现自己很害怕女孩遇到危险。如果哪里会出岔子，那就是在接下来的几分钟里。这一过程在无数模拟中训练过，女孩受到伤害的可能性只有百分之六……但是对德索亚来说，百分之六这个数字也太过庞大。一百四十二个夜晚以来，他每晚都会梦见她。

突然，通用频段发出沙沙的响声，从作战控制中心的扬声器中传来女孩的声音。“德索亚神父舰长，”女孩说道，只有声音，没有视像，“请不要合并能量场，也不要登船。任何企图都将导致严重的后果。”

德索亚望着信息显示，离合并能量场还有十五秒。他们已经就此演习过……这次，自杀的恐吓绝不会阻止他们登船。能量场合并后不到零点零一秒，三贤火炬舰船就将朝目标飞船发射出击昏光束。

“请想一想，神父舰长，”传来女孩轻柔的声音，“我们的飞船是由霸主时代的人工智能控制的。如果你们将我们击昏……”

“停止合并！”德索亚大叫，此时离合并还剩两秒。“梅尔基奥”号、“卡斯帕”号、“巴尔萨泽”号跳动着确认的灯光。

“你以为那只是硅，”女孩说道，“但我们飞船的人工智能内核完全是有机体——老式DNA型的处理器记忆库，如果你将我们击昏，那么，你同时也把飞船击昏了。”

“见鬼，见鬼，见鬼！”德索亚听到了这些话。起先，他以为是自己在低声嘀咕，但当他转头一看，发现其实是吴玛姬舰长在压着嗓门咒骂。

“我们正以……八十七倍重力水平减速，”伊妮娅继续道，“如果你把我们的人工智能击昏……嗯，它控制着我们所有的内部能量场，还有驱动器……”

德索亚转换到“圣玛洛”号和三贤舰船的工程频段上。“这是否属实？他们的人工智能真的会被击昏？”

沉默至少持续了十秒钟，令人无法忍受。最后，赫恩舰长在密光信号上开口了，他的学院学位是工程学，“费德里克，我们无从得知。真正的人工智能生物工艺学的资料已遗失泰半，剩下的也都被教会取缔了。那是不可饶恕的大罪……”

“对，对，”德索亚叫道，“但她说的到底是否属实？这儿肯定有人知道吧。要是我们朝飞船发射击昏光束，会不会伤害到以DNA为基础的人工智能？”

“圣玛洛”号的首席技师布兰利插入会谈，“长官，我觉得设计者在设计时会保护控制中枢在这种情况下不受……”

“你敢**保证**？”德索亚问道。

“不能，长官。”顿了半晌，布兰利才回答道。

“那人工智能果真是有机体？”德索亚继续问道。

“对，”密光上传来赫恩舰长的声音，“除了电子和虚拟内存的界面，那个时代的飞船人工智能的核心是交叉螺旋结构的DNA，它悬浮在……”

“好吧，”德索亚在多重密光频段上对所有飞船说道，“留在原位。不要……重复一遍……不要让女孩的飞船改变航向，不要让它企图加速至超光速状态。一旦出现逃亡征兆，马上合并能量场，发射击昏光束。”

三贤和外部的飞船上齐齐亮起确认的灯光。

“……所以，请不要引起这一灾祸，”伊妮娅的广播接近尾声，“我们只是想在复兴之矢着陆。”

德索亚神父舰长打开密光通信，连接到女孩的飞船，“伊妮娅，”他说道，声音温和，“请让我们登船，我们会带你去那颗星球。”

“我想还是自己登陆为好。”女孩回答，德索亚觉得在她的声音中听到了一丝逗乐的意思。

“复兴之矢是个很大的星球，”德索亚一面说，一面注视着战术信息显示，还有十分钟，敌方飞船就将进入大气层，“你打算在哪着陆？”

沉默了一分钟。接着，伊妮娅回答道：“达·芬奇的列昂纳多太空港应该是个不错的地方。”

“那个太空港已经关闭了两百多年，”德索亚说，“难道足下飞船的记忆库还停留在那个年代吗？”

通信频段上，唯有沉默。

“达·芬奇的西区有一座圣神商团太空港，”他说道，“你们可以在那儿登陆吗？”

“行。”伊妮娅回答。

“那你必须改变航向，进入轨道，并在太空交通管制下登陆，”德索亚通过密光发来信息，“我现在为你下载德尔塔五号的变更信息。”

“不！”女孩回答道，“我的飞船自己会着陆的。”

德索亚叹了口气，他望了望吴舰长和布朗神父。巴恩斯-阿弗妮指挥官开口道：“我的海兵手下可以在两分钟内登船。”

“她的飞船会在……七分钟内……进入大气层，”德索亚说道，“以她的速度，若有一丝一毫的失误，都将酿成大错。”他按键启动密光，“伊妮娅，达·芬奇上空的交通非常拥堵，你这样是无法找到登陆点的。我刚刚给你发送了轨道插车参数，请让你的飞船按照它——”

“抱歉，神父舰长，”女孩回答道，“但我们已经打算要着陆了。如果你能让太空港的交通管制部门发送进港数据，那会帮上一点忙。下回跟你说话，就是在地面上了。通话完毕。”

“该死！”德索亚骂道。他按键联系圣神商团交通管制部门，“交管部，听到请回话。”

“开始发送进港数据。”传来交管员的声音。

“赫恩，斯通，布列兹，”德索亚大叫道，“听到了吗？”

“听到，”斯通圣母舰长回答，“我们将在……三分十秒内回转航向。”

德索亚指尖轻轻一弹，进入战术界面，但中间停顿的时间也已够长，让他看到火炬舰船点燃德尔塔五号驱动器，划出制动的轨道，整个轮毂也随之分崩离析。事实上，这些飞船没有能在大气层中飞行的装置。现在，“圣玛洛”号已经进入环星球轨道，差不多处在了女孩飞船的路径上，它开始疯狂地减速，想要径直刺入大气层。“为我准备好登陆飞船。”德索亚下令。

“空战巡部队？”他对着行星级通信频段说道。

“收到，长官。”传来克劳斯飞行指挥官的确认答复。她和另外四十六艘天蝎战舰正等在达·芬奇上空的作战巡逻轨道上。

“是否在追踪？”

“正常测绘中，长官。”克劳斯回答道。

“提醒一句，飞行指挥官，除非由我直接下达命令，否则不得射击。”

“遵命，长官。”

“‘圣玛洛’号将发射出……啊……十七艘战舰，它们将会紧随目标飞船而去，”德索亚说道，“我的登陆飞船将是第十八艘。异频雷达收发器的设置为059。”

“收到，”克劳斯回答，“信标设置为059。目标飞船及十八艘友军飞船。”

“这里是德索亚，通话完毕。”他一面说，一面拔去连在作战控制中心面板上的脐线。战术空间消失了。吴舰长、布朗神父、巴恩斯-阿弗妮指挥官、格列高利亚斯中士、纪下士、芮提戈，众人随着他进入登陆飞船。飞行员是加林·诺里斯·库克上尉，他正等在飞船中，一切准备就绪。众人花了不到一分钟系好安全带，接着就从“圣玛洛”号的飞行管道中发射了出来。他们已经演习过好多次了。

进入大气层的时候，德索亚正通过登陆飞船的网络获取战术回馈信号。

“目标飞船带翼。”飞行员说道，他用了一个古老的词汇。几千年来，“干足”表示飞行器横越大陆，“湿足”表示横越水域，“带翼”是指从太空到大气层的旅行。

飞船上有个视屏，画面上所显示的东西和飞行员说的字面意思并不一样。虽然据得到的关于古老飞船的数据表示它有形变的能力，但事实上，它现在并没有生出翅翼。防御警戒拍摄下的画面清晰地显示出，女孩的飞船正在进入大气层，船尾朝前，喷射着聚变焰尾，以此维持平衡。

吴舰长朝德索亚靠过来。“卢杜萨美枢机说这个孩子对圣神是个威胁。”声音很小，以免别人听见。

德索亚仅仅点了点头。

“如果他的意思是，这小孩会对复兴之矢上的数百万人民造成威胁，那怎么办？”吴舰长继续低声道，“那台聚变驱动器本身就是个可怕的武器。如果在城市上空发生热核……”

听到这令人毛骨悚然的话语，德索亚感觉到自己的内心被什么东西紧紧钳住了，但他还是彻底思索了一番。“不，”他小声回答道，“如果她胆敢把那条聚变焰尾转向任何东西，那我们就击昏飞船，破坏引擎，把它击落。”

“那女孩……”吴舰长又问道。

“我们只能希望她从坠毁中幸免于难，”德索亚回答，“我们不能让上千……上百万……圣神公民死于非命。”他朝后靠回加速躺椅中，按键联系太空港，他知道，密光信号会刺透这艘正在啸叫的登陆飞船周围的电离层。他望了望外部视频，发现他们已经在穿越晨昏线了：那么到达太空港将是夜晚时。

“这里是空港管理处，”圣神交通主管确认道，“目标飞船正在减速进入我们指示的飞行路径。德尔塔五号驱动很高……属于非法……但尚能接受。一千公里半径内，所有的飞行器未经许可不得入内。离登陆还有……四分三十五秒。”

“空港一切安全。”巴恩斯-阿弗妮指挥官在同一个网络上插话道。

德索亚明白，太空港周遭及其内部，隐藏着数千名圣神卫兵。一旦女孩的飞船着陆，它就再也无法起飞。他看了看实况视频：达·芬奇市的灯火从地平线一端一直燃烧到另一端。女孩飞船的导航灯也亮着，红色和绿色的信标闪烁不定。明亮的登陆灯也打开了，往下刺穿了云丛。

“维持于路径之上，”传来交通管理员平静的声音，“减速度未超标。”

“我们能看到它了！”空战巡逻指挥官克劳斯在网路上叫道。

“保持距离。”德索亚通过密光下达命令。天蝎战机可以在数百公里之外刺中目标。他不想让它们挤在正着陆的飞船周围。

“收到。”

“维持于路径之上，仪表着陆系统显示降落一切正常。三分钟后着地。”管理员开始呼叫女孩的飞船，“不明飞船，可以通行，请降落。”

伊妮娅没有回应。

德索亚在战术界面中眨了眨眼。现在，女孩的飞船已经成了一个红色的小亮点，几乎就悬浮在圣神太空港上方一万公里处。德索亚的登陆飞船和战斗机位于其上方一公里外，仿佛愤怒的虫子般盘旋着。*抑或是秃鹫*，神父舰长想道。埃斯塔卡多平原上就有秃鹫，不过没人知道种舰殖民者为什么带它们过去。那平原上满眼都是树桩——树桩其实是大气生成器，每隔三十公里就安置一个，排成网格状——那里非常干燥，风力也非常强劲，任何尸体，过几小时就会变成一具木乃伊。

德索亚摇摇头，甩掉这些念头。

“离登陆还有一分钟，”管理员回报道，“不明飞船，你的降落速率已经趋近于零。请修正德尔塔五号驱动，继续沿着指定的飞行路径下降。不明飞船，请答复……”

“该死。”吴舰长低声道。

“长官，”加林·库克飞行员说道，“目标飞船停止下降。它正悬停在太空港上方两千公里处。”

“瞧见了，上尉。”德索亚回答道，目标飞船的红绿灯正在闪烁。尾翼上的着陆灯非常明亮，照亮了下方太空港停机坪足足一英里半的范围。空港内的其他飞行器都隐没在黑暗中，大多数被拖进了机库，或是到了次要滑行道上。其他盘旋的飞行器，包括他自己的这艘登陆飞船，也没发出任何光线。在多通道密光上，他说道：“所有的飞船和飞行器，保持距离，别开火。”

“不明飞船，”圣神管理员继续说道，“你已经飘出指定路径。请立即回到正常的降落速率。不明飞船，你正在脱离受管制的空域。请立即回到受控降落……”

“见鬼！”巴恩斯-阿弗妮轻声骂了一句。她的卫兵正绕着太空港飞，画出一个个同心圆，但女孩的飞船已经不再位于太空港上方——它已经飘到了达·芬奇的市中心上空。飞船的着陆灯闪了一闪，灭掉了。

“飞船的聚变驱动没有启动的迹象，”德索亚对吴舰长说，“注意，它现在正靠反重力装置维持不动。”

吴玛姬点点头，但显然不太满意。一艘具有聚变驱动的飞船，如果盘旋在城市上空，那就仿佛是脖子上悬着一把铡刀。

“空战巡逻队，”德索亚呼叫道，“我要飞到五百米区域内。请跟紧我。”他对飞行员点了点头，后者操控登陆飞船盘旋着往下飞去，如同食肉飞禽的突袭。格列高利亚斯和另两名卫兵全副武装地僵坐在飞船后部的卧椅中。

“她到底在搞什么鬼？”巴恩斯-阿弗妮指挥官轻声说道。德索亚在战术频段上看到，指挥官已经下令让百来个卫兵利用动力包跟在飘流的飞船之后。但外部摄像器无法看到这些卫兵。

德索亚突然记起在光阴冢山谷中救起女孩的那个小型飞行器，又也许是飞行包。他按键联系上地面管制员和轨道警戒哨。“侦测员，有没有观察到小型物体从目标飞船离开？”

答复来自警戒主船。“长官，正在观察……不必担心，长官，即便我们不追踪，也没比细菌大的东西飞出来。”

“很好。”德索亚说道。我还忘了什么？伊妮娅的飞船正继续缓慢地在达·芬奇上方飘流着，方向西北偏北，时速二十五公里——就像一艘竖立的飞艇，在缓缓地随风飘移。飞船上方，战斗机在盘旋，它们已经随着德索亚的登陆飞船进入了大气层。飞船周围是战空巡逻队的天蝎战机，它们就像眼睛周围猛烈旋转的飓风墙。飞船之下，空港海兵和卫兵在城市建筑和大桥上飞来飞去，他们正用制服护目镜的红外探测器和跟踪馈电追踪着一切活动。

女孩的飞船开着反重力装置，静静地飘浮在达·芬奇的摩天大楼和工业区之上。高速公路、建筑、运动场上的绿色草坪、四方形停机区都点着明亮的灯火，城市一片闪耀。数十万艘地行车在一条条高架道路上爬行，车子的前灯让城市的灯火变得更加夺目。

“长官，它在旋转，”飞行员回报，“还是开着反重力装置。”

通过视频和战术界面，德索亚看见伊妮娅的飞船正缓缓地从竖直状态变换到平卧状态。没有机翼出现。对于乘客来讲，这一飞行姿势会让他们觉得很奇怪，但事实上并没有什么不同——内部能量场肯定会控制着“上”和“下”。现在，飞船看上去更像是一艘银色的飞艇，正随着微风飘动，浮游在达·芬奇西北方的河流和铁路场地上方。交通管制员正在命令其回应，但通用频段依旧沉默着。

我还忘了什么？德索亚神父舰长思索着。

我承认，当伊妮娅命令飞船旋转到平卧状态时，我有一瞬间几乎失去了冷静。

那种自身失去平衡的感觉压倒人心。之前我们三人都站在环形房间的边上，透过透明清晰的船壳，望着下面的景色，就仿佛站在悬崖边俯视深渊。现在，我们开始倾斜着面朝几千公里下方的灯火转去。我和贝提克不由自主地朝后面的房间中心退了几步——事实上，我还连连甩了几下手，想要保持平衡。但伊妮娅依旧稳稳地停留在房间边缘，注视着倾斜到正前方的地面，它已经成了一堵城市建筑和灯火构成的墙壁。

我几乎一屁股坐在了睡椅之中，虽然地面就像是一堵巨墙，我们好像就要一头撞上去一样，不过，我还是勉力站在了那儿，控制住内心的眩晕感。随着我们往前飘流，城市街道和一个个方形街区也在慢慢地移动着。我转了个身，在身后城市炫目灯火的对比下，天上仅有几颗明亮的星辰。云朵反射着城市的橙色光线。

“现在该找什么？”我问道。飞船时不时地向我们报告，在我们周遭环绕着一些飞行器，还有一些侦测器正在探测我们。我们已经命令飞船把空港交通管制持续不停的呼叫给关闭了。

伊妮娅早先说想要看看那条河。现在我们就在河流之上——这是条黑色的、如蛇般扭曲的缎带，蜿蜒穿越城市的灯火。我们驾临其上，向西北方飘流。偶尔会有艘游艇或是娱乐船从下面经过，不过从我们的角度来看，那些灯火似乎是在沿着那堵城市之“墙”往上或者往下蠕动。

伊妮娅没有直接回答我的问题，她说道：“飞船，你是否确定这是过去特提斯河的一部分？”

“根据我的图表，对，”飞船回答，“当然，我的记忆并不……”

“看那儿！”贝提克大叫道，他指着下方黑色河流的正前方。

我什么也没看到，但显然伊妮娅看到了。“飞低点。”她命令飞船，“快。”

“已经违背安全极限，”飞船说道，“如果我们再往下，可能会……”

“飞下去！”女孩大叫，“超驰。密码：‘升C小调前奏曲’。快！”

飞船立即倾斜着往前飞去。

“往拱门飞。”伊妮娅说道，她指着头顶上城市之墙和黑色缎带上的什么东西。

“拱门？”我自言自语道。接着，我看见了——那是一段黑弦，城市灯火背景下一个漆黑的拱状物。

贝提克看了看女孩。“我以前以为，它早已坏了……被毁了。”

伊妮娅张嘴大笑。“他们不可能毁掉它。那会发生原子爆炸……即便那样也毁不了它。技术内核亲自指导了这些拱门的建设……它们的构造可以让其永世长存。”

飞船开启反重力装置，急速朝前飞去。现在，我能清楚地看到远距传送门，它就像屹立在水面上的一个巨大的铁箍。在这古老的建筑周围，已经成长起一个工业园区，铁路场地和储存场地空空荡荡的，仅有开裂的混凝土、杂草、生锈的电线、被遗弃的笨重机器。传送门还在一公里之外。透过它，我能看到对面的城市灯光……不，现在，它似乎正微微闪光，就仿佛有一道水帘从金属拱门上落了下来。

“马上要成功了！”我说道。话音刚落，一阵强烈的爆炸让飞船猛地震动起来，我们冲进了河流之中。

“远距传送门！”德索亚大叫。一分钟前，他就已经看到了它，但他还以为那是座桥。现在，他终于认清了它的真面目。“他们在朝远距传送门飞。这儿是以前的特提斯河！”他打开战术界面。确然无疑——女孩的飞船正在朝拱门加速前进。

“放松，”巴恩斯-阿弗妮指挥官说道，“传送门已经没用了。自陨落到现在，它们还没运转过。它不可能——”

“飞近点！”德索亚对着飞行员叫道，登陆飞船猛然加速，将他们所有人狠狠地扔进睡椅的软垫中。登陆飞船中没有内部密蔽场。“飞近点！近点！”德索亚朝上尉喊道。在宽频指挥频段上，他命令道，“所有飞行器，朝目标逼近。”

“他们想要飞到那儿，躲开我们。”飞行员库克说道，三倍重力把她压在了指挥座椅上。

“战轨巡逻指挥官！”德索亚呼叫道，他的声音在高倍重力下显得很不自然，“朝目标射击。毁掉它的驱动器和反重力装置。快！”

能量光束刺破黑夜。女孩的飞船似乎在半空中踉跄了一下，就像是一头肚子中弹的野兽，在离传送门还有几百米的地方，落入了河水中。水汽冲天炸起，一朵蘑菇云蹿入黑夜之中。

登陆飞船侧飞在水汽柱旁边，离水面高度一千米。空中满是盘旋的飞行器和飞行士兵。通用频段上突然间全是兴奋的喋喋不休声。

“安静！”德索亚在宽频段上命令道，“战轨巡逻指挥官，能看见目标飞船吗？”

“看不到目标飞船，”传来克劳斯的声音，“爆炸引起的水汽和碎片太多了……”

“难道发生了爆炸？”德索亚问道。接着，他在密光频段上对一千公里上方的防御警戒哨喊道，“雷达？探测器？”

“目标飞船已经坠落。”传来答复。

“蠢货，我当然知道这个，”德索亚大骂，“能不能对水下进行扫描？”

“不行，”警戒哨回答，“空中和地面的回波太混乱。深层雷达无法辨别——”

“该死，”德索亚骂道，“斯通圣母舰长？”

“在。”从轨道上的火炬舰船上传来他前任副官的声音。

“使用熔渣武器，”德索亚命令道，“对准传送门，河流之下的部分。维持一分钟，直到它熔化为止。不……三十秒。”他转换到空中战术频段，“附近的各飞行器，各士兵……你们有三十秒撤离时间，三十秒过后，带电粒子束将会切入这片区域。散开！”

飞行员库克遵循这一建议，飞船急剧地倾斜到一边，以一点五马赫的速度加速朝身后的太空港飞去。“咳！咳！”德索亚在高重力水平下大叫，“退后一千米就行。我还得看看。”

不管是视频，还是战术界面中，都在上演着一出混乱的闹剧，上百艘飞行器和飞行士兵突然远离传送门而去，就仿佛被爆炸炸开了花。等到紫色的光束从太空刺下，雷达上的这片区域几乎已经空无一物。那根光束足有十米宽，亮得根本无法裸眼观看，它准确地击中了那扇古老的传送门。混凝土、钢铁、合金钢塑材，一切立马熔成了一摊液体，城市上方几千米的范围内，喷涌出一股冲击波和蒸汽云，翻滚着向四面八方而去。这次，蘑菇云冲到了平流层。

吴舰长、布朗神父，以及其他诸人都盯着德索亚神父舰长。他几乎能听见这些人的所思所想：*我们是要活捉这女孩啊*。

他没有理睬他们的目光，对飞行员说道：“我对这一类型的登陆飞船不太熟，它能悬停吗？”

“能坚持几分钟。”飞行员回答道。她头盔下的脸上全是汗水。

“飞下去，悬停在传送拱门上，”德索亚命令，“相距五十米就行。”

“长官，”飞行员说道，“蒸汽爆炸波中有一股高热和冲击波——”

“快，上尉。”神父舰长的声音四平八稳，但根本没有争论的余地。

他们悬停在那儿。空气中满是蒸汽和暴烈的细雨，但他们的探照灯光束和高剖面的雷达笔直刺入下方。远距传输拱门闪耀着白热的光芒，依旧屹立不倒。

“太神奇了。”巴恩斯-阿弗妮指挥官低声叹道。

斯通圣母舰长进到战术界面。“神父舰长，目标被击中，但它没有倒下。需要再进行一次攻击吗？”

“不用。”德索亚答道。拱门之下的河水沸腾起来，水流重新流回至过热的伤痕之上。随着河岸上融化的金属和混凝土流进河水之中，又一阵水蒸气翻涌而上。通过外部拾音器，可以听到一阵阵的嘶嘶声。河水疯狂地旋起一个个旋涡，里面满是打转的残骸。

德索亚跳出战术界面，视线离开监视器，抬起头，看见众人又开始望着他了。*我得到的命令是要活捉这个孩子，把她带回佩森。*

“巴恩斯-阿弗妮指挥官，”他正式开口道，“可否请你命令你的士兵着陆，立即对河流及相邻区域进行一次搜查？”

“当然。”巴恩斯-阿弗妮说道，她按键进入指挥网络，开始下达命令。但她的目光一刻也没有离开德索亚神父舰长的脸。

28

他们对河流进行了打捞，但没有发现女孩的飞船，也没发现尸体，只找到一些可能来自飞船的残骸。随后几天，德索亚神父舰长开始期待自己即将面临的结果，或是军事法庭的审判，或是被逐出教会。大天使信舰被派至佩森，捎去这个信息。二十小时不到，同一艘飞船换了个人类信使回来了，也带来了判决：将会有一次审查会。听个这些消息的时候，德索亚只是点点头，他相信，这是他回到佩森接受审判或者其他更糟的判决的先兆。

令人惊讶的是，审查会的首领竟是和蔼可亲的布朗神父，他将作为西蒙·奥古斯蒂诺·卢杜萨美国务秘书的私人代表，而吴玛姬舰长将代表圣神舰队的马卢辛元帅，其他成员包括失败战中在场的另两位元帅，以及巴恩斯-阿弗妮指挥官。审查会向德索亚提供辩护律师，但他拒绝了。

五天的会议听审期间，神父舰长没有被拘押在牢——甚至没被软禁——但双方已经讲明，德索亚必须留在达·芬奇外的圣神军事基地，直到听证会结束。在那五天时间里，德索亚神父舰长走在基地疆域内的河路上，看着当地电视台和直接获取频道的新闻，偶尔会朝天空望上一眼，猜测“拉斐尔”号在暂泊轨道上的哪儿做着曲线运动，除了自动化系统，上面没有一名船员，寂静一片。德索亚衷心希望下一任船长能为它带来更多的荣耀。

他的许多朋友都来拜谒他：格列高利亚斯、纪下士和芮提戈名义上还是他的警卫，但他们已经不再携带武器，并且——和德索亚一样——实质上是被拘禁在了圣神基地中。布列兹圣母舰长、赫恩舰长和斯通圣母舰长在陈述过证词后，就将乘船前往边境，临走之前，他们都来拜见了他。那天晚上，德索亚目送着他们的登陆飞船喷射出蓝色的尾迹，升入夜空，心里艳羡不迭。“圣安东尼”号的萨蒂舰长也即将回火炬舰船、开始在另一个星系服役，他在出发前和德索亚喝了杯酒。就连雷蒙皮埃尔舰长在出庭作证之后，也过来看了看他，那秃顶男人表现出些许同情，最后让德索亚怒火中烧。

第五天，德索亚出席了听证会。处境相当尴尬——德索亚依旧拥有教皇触显，因此，表面上看，没有谁可以指责他，也无法控告他——但双方的理解是，尤利乌斯教皇经由卢杜萨美枢机的传话，决议进行这次审查会，而不管是出于军人还是耶稣会士的训练，都要求德索亚对其言听计从，因此他谦卑地照做。他没有期望能被赦免罪行。德索亚深谙自旧地的中世纪起，舰长所遵循的传统，德索亚也明白，舰长的特权就像是硬币一样有正反两面——一面是神圣的权力，可以指挥船上的任何人任何事；与其平衡的是另一面，如果船只受到任何损坏，或是任务一旦失败，舰长就需要担起全责。

德索亚并没有损坏他的飞船——不管是先前的特遣部队，还是他这艘新型飞船“拉斐尔”号，都没有。但他深刻地意识到，自己彻彻底底地失败了。不管是在海伯利安，还是在复兴之矢，他都拥有无限的圣神援助，在这种情况下，却无法捕获一个十二岁的小孩。他找不到任何失败的借口，在对他进行审查的那次听证会上，他就陈述了这般证词。

“那你为什么要命令手下用切枪攻击复兴之矢的远距传送门？”德索亚陈述完毕后，库姆博神父元帅问道。

德索亚举起一只手，继而又放下。“在那个时刻，我意识到女孩到这个星球来的目的是要去传送门，”他回答，“我们扣留她的唯一希望，就是摧毁传送拱门。”

“但它没有被摧毁，是吗？”布朗神父问。

“对，没有。”德索亚回答。

“在你的经历中，德索亚神父舰长，”吴玛姬说道，“是否有这样的东西，能够经受全作用带电粒子束一分钟的攻击，而岿然不动？”

德索亚想了片刻。“有些目标，比如环轨森林或者驱逐者的游群小行星，虽然在受到一分钟的切枪攻击后，也无法完全被摧毁，”他说道，“但会受到严重的破坏。”

“那么，远距传送门并没有受到破坏？”布朗神父追问道。

“据我所知，没有。”德索亚回答。

吴舰长转头看着其他评审成员。“这儿有一份来自首席行星工程官雷克斯顿·汉的书面陈述，他指出，构成远距传送门的合金，虽然在超过四十八个小时的时间里一直在辐射热量，但没有被攻击所破坏。”

全体评审员互相交流了几分钟。

“德索亚神父舰长，”质问重新开始后，塞拉元帅开口问道，“你是否意识到，你意欲摧毁传送门的企图，也可能会摧毁女孩的飞船？”

“是的，元帅。”

“如此一来，”塞拉继续道，“也可能会杀死那个孩子？”

“是的，元帅。”

“然而，陛下授予你的明确命令是，将孩子……安然无恙地带到佩森。可有此事？”

“是的，元帅。那的确是我得到的命令。”

“但你却有意违抗这条命令？”

德索亚深吸了一口气。“元帅，当时当刻，我觉得这是计划中的风险。我被授予的指示是，务必尽快将孩子带到佩森。在当时的紧要关头，我意识到她可能会进入远距传送门逃脱我们的追捕，我认为，毁掉传送门——但不毁掉孩子的飞船——将是我们最大的希望。坦白说，当时我认为那艘船可能已经穿过了传送门，但也可能还没接触到。所有的迹象表明，飞船被击中并掉入了河水中。我不知道这艘飞船有没有涉水的能力，可否在水中穿过传送门——或者，就这件事而言，传送门的水下部分是否还可以传送物体。”

吴舰长十指握拳。“就你所知，神父舰长，那晚之后，远距传送门是否显示出任何活动的迹象？”

“没有，舰长。”

“就你所知，神父舰长，”她继续道，“自从两百七十多标准年前环网陨落以来，是否有任何远距传送门——前环网世界或者太空中的任何传送门——曾显示出重新运转的迹象？”

“就我所知，”德索亚回答，“没有。”

布朗神父凑向前。“那么，神父舰长，也许你能跟评审会讲讲，为什么你会觉得女孩能够打开其中一扇门，企图通过这尤为特别的一扇，逃脱你们的追捕。”

德索亚这次摊开了双手。“神父，我……我不知道。我想当时我有一种很清楚的感觉，她不想被我们抓住，她沿着那条河飞行……我不知道，神父。那晚上，唯一能解释这一切的，就只有通过传送门逃脱了。”

吴玛姬舰长望了望同席的评审员。“还有何问题吗？”片刻的沉默之后，舰长说道，“庭审完毕，德索亚神父舰长。明天早上，审查会将会通知你最后的裁决。”

德索亚点点头，退了出去。

那晚，德索亚走在河边的基地小道上，试图想象如果被送交军事法庭，被剥夺神父身份，而不是监禁的话，他会怎么做。想到在如此的失败之后获得自由，这甚至比坐牢还要痛苦。审查会上没有提到逐出教会的观点——事实上根本没有提到惩罚，但德索亚清楚地明白自己将要受到的判决，明白他将会回到佩森，被送交更高一级法院接受审判，明白自己最后将被逐出教会。唯有最重大的失败或者最可怕的异端邪说，才会遭致这种惩罚，但德索亚很坚定地明白，他的失败到底有多么重大。

第二天一早，他被召进了一幢低矮的建筑中，审查会已经在那儿开了一夜的会。他立正站直，面前是一张长桌，桌子后面坐着十几名男女。

“德索亚神父舰长，”吴玛姬舰长代表其他人开口道，“之所以召集我们这个审查会，是为了就最近事件的部署和结果——尤其是就未成功捕获女孩伊妮娅这件事——回答圣神司令部和梵蒂冈的问题。经过五天的调查，经过上百小时的证言，审查会得出了结论，我们为了成功完成这项任务，动用了一切努力和准备。而这个名叫伊妮娅的孩子——或是陪着她一道旅行的什么人、什么东西——能通过失灵了几乎三个世纪的远距传输器逃脱，是无法被你或旗下的任何官员所预期到的。远距传输器能恢复工作，这个事实对圣神司令部、对教会来说，当然是关系重大。这其中的含义，将会由圣神司令部和梵蒂冈教士团的最高阶领袖进一步调查。

“至于你在任务中的作为，德索亚神父舰长，我们觉得你的行为是负责的、正确的、忠于职守的，而且也合法，只不过最后你让这个孩子的生命遭受到了危险，而你的职责应该是把她抓住。我们全体委员——仅在审查的范围内具有权威效力——建议你乘上名为‘拉斐尔’号的大天使飞船，继续你的任务，你的教皇授权的触显，将可继续使用，你认为继续任务所必需的装备和人员，也可继续征用。”

德索亚僵立在那儿，迅速眨了几下眼睛，最后终于说道：“舰长？”

“神父舰长，有何问题？”吴玛姬应道。

“这是不是意味着，我能继续让格列高利亚斯中士和他的士兵担任我的警卫？”

吴舰长微微一笑，事实上，她被授予的权力很奇怪地超过了在座的各位元帅和行星地面指挥官。“神父舰长，”她回答道，“如果你愿意，也能命令在座的全体委员担任你的私人护卫。你手中的教皇触显具有无上的权威。”

德索亚没有笑。“多谢，舰长……长官们。格列高利亚斯中士和他的两名手下就足够。我今天早上就走。”

“去哪儿呢，费德里克？”布朗神父问，“你也知道，我们彻底搜索了档案文件，但却找不到线索，无法知道远距传送门将那艘飞船传送到了哪里。特提斯河的节点河道是可变的，但显然，我们已经丢失了所有的数据，无从知道河道线路的下一个到底是哪个星球。”

“你说得没错，神父，”德索亚回答，“但被远距传输河流连接的星球，过去也就两百多个而已。女孩的飞船肯定在其中一个星球上。算上跃迁后重生所用的时间，我的大天使飞船能在两年内遍历全部星球。我将立即出发。”

在座的男男女女听到此话，唯有瞪眼的份了。他们面前的这个男人正面临着几百次死亡，几百次艰难的重生。就他们所知，自重生圣礼出现之日起，从未有人忍受过如此循环往复的痛苦与重生。

布朗神父站起身，举手为他祝福。“*以父及子及圣神之名，*[①]”他吟诵道，“再见，德索亚神父舰长。我们的祝福与你同在。”

---

① 原文为拉丁文。

29

我们离远距传送门只剩几百米的时候，他们击落了我们，这次，我觉得我们铁定玩完了。加速器被击中后，密蔽场便马上失效，我们原本**仰望**着的星球之墙，突然间就不容争辩地落到了视线**下方**，飞船就像是一间被割断了电缆的电梯，急速坠落。

我很难去形容随后的那种感觉。我知道，由于内部能量场已经转换成所谓的“坠落场”——我保证，的确就是这个词——接下来的几分钟里，我感觉就像是被吸在了一个巨大的果冻中，根本动弹不得。从某种意义上来说，的确是这样。坠落场在一纳秒之内便扩展到了飞船的每一个层面，在飞船冲进河水中、开动聚变引擎在淤泥上反弹起来、震起一大片水花的时候，它给予了我们缓冲，将我们束缚不动。飞船继续坚持不懈地往前进，穿过淤泥、水气、河水、河岸上崩落下来的残骸，直到完成下达给它的最后一个命令——穿过远距传送门。事实上，我们是想在沸腾河水的三米之下穿过传送门，但这并不影响传送门的运转。后来飞船告诉我们，当船尾穿过远距传输器的时候，它周遭的河水突然间变成了极热的水蒸气——似乎有一艘圣神舰船或是飞行器正用带电粒子束攻击它。具有讽刺意味的是，在那片刻时间里，正是这些水气将光束偏转了方向，飞船也正是趁着这个机会完成了传送。

但当时，我并不知道这些情况，只能茫然凝视。我睁着眼睛——在坠落场令人倒胃力量的作用下，我压根就无法将眼睛闭上，我注视着位于床脚的外部视频监视器，同时又透过依旧透明的飞船顶部望着外面，而此时，远距传送门闪了几下又出现了，周遭是一片水气，从河面上投下一片阳光。突然间，飞船穿进了那片蒸气云，又一次狠狠地砸在了布满石头的河流底部，最后撞在海滩上，头顶是一片蓝天，阳光明媚。

紧接着，监视器没了图像，船体也不再透明。几分钟内，我们就困在如窑洞般的黑暗之中——我正飘在半空中，那都是拜果冻般的坠落场所赐。我手臂大张，右腿半弯在身后，摆着一副奔跑的姿势，嘴巴也张着，似乎在无声尖叫，我也没法眨眼。起初有一股强烈的窒息感，令人恐惧——那坠落场就罩在我大张的嘴巴里——但我很快就意识到，我的鼻子和喉咙正在呼吸着氧气。事实证明，坠落场就像是霸主时代一种用来深海潜水的滤息面具：空气会透过压在人脸和喉咙上的大面积浆体渗透进来。这种体验不太舒服——我一直讨厌这种窒息的感觉。但那种焦虑感也容易控制。更加让人不爽的其实是黑暗和幽闭恐怖的感觉，那感觉像是被困在了一张巨大的黏糊糊的蜘蛛网里。在黑暗中那漫长的几分钟里，我有过一个念头，觉得飞船永远卡在了这个地方，失灵了，没有办法可以缓和坠落场，而我们三人将会以这种有损尊严的姿势饿死，最后在未来的某一天，飞船用光能量之后，坠落场才会瓦解，到那时，我们的白骨就会掉落在飞船的内部船体上，发出喀啦喀啦散架的声音，就像无形的算命师用于占卜的根根骨头。

事实上，五秒钟不到，能量场便慢慢消失了。灯光亮起，又闪了几下，最后被红色的警报灯取代，这一过程中，我们正被慢慢地、轻柔地放回到不久前还是一面墙的平地上。外部船体又一次变透明，但是在这淤泥和残骸的世界里，几乎没有光线渗透进来。

先前卡住不能动弹的时候，我根本没法看到贝提克和伊妮娅——我的视野被冻结，而他们并不在我的视线范围。但现在，随着能量场将我们三人一起降落到船体上，我才终于见到了他们。我竟然还听到喉咙里发出一声尖叫，我随之意识到，那是在下坠的一瞬间汇集在心口的一声喊叫，现在终于迸发了出来。

我们三人在弯曲的船壳上就那么坐了几分钟，揉揉胳膊腿，动动脑袋，确定没有受伤。接着，伊妮娅代我们大家说出了心声。“我靠！”她说道，起身站在船壳那弯曲的表面上，她的双腿在哆嗦。

“飞船！”机器人叫道。

“我在，贝提克先生。”声音平静如常。

“你有没有受损？”

“是的，贝提克先生，”飞船说，“我刚刚运行完全面的故障评定。能量场线圈、反重力装置和霍金跃迁器都受到了大面积的损坏，船尾部分壳体、四片着陆机翼中的两片也受损了。”

“飞船。”我一面开口，一面挣扎着站起身，透过透明的船体前端朝外望去。顶上是弯曲的船壁，有日光从中射进来，但外部船体的大部分陷在了泥沙和残骸中，晦暗一片。黑暗的河流淹没了三分之二的侧面，正朝我们溅起一阵阵水花。看样子像是搁浅在了一片沙质河岸上，不过还好，没完全没入河底。“飞船，”我重复了一遍，“你的传感器还能运行么？”

“只有雷达和视频传感器还能运行。”飞船回答。

“有没有人追踪？”我继续问道，“是否有圣神飞船跟我们一起穿过了远距传输器？”

“没有，”飞船回答，“在我的雷达范围内，没有任何人造的地面目标，也没有任何空中目标。”

伊妮娅走到那面垂直的墙体前，那其实是铺着地毯的地面。“连士兵也没有？”她问道。

“没有。”飞船回答。

“远距传输器还在运行么？”贝提克问。

“不，”飞船说，“就在我们传输过来后的十八纳秒后，传送门停止了运转。”

我稍微放松了一下，望向女孩，盯着她瞧了一会，试图确定她没有受伤。她的头发一团糟，眼神中带着过于兴奋的神情，但除此之外，她看上去完全正常。她朝我笑了笑：“那么，劳尔，我们该怎么出去呢？”

我抬头望了望，明白了她的意思。中央梯井在我们头顶，约有三米的距离。“飞船，”我说道，“你能重新开启能量场，让我们离开这艘船吗？”

“抱歉，”飞船说，“能量场也出了故障。一段时间内还无法修复。”

“你能在我们头顶的船壳上变出一个开口吗？”我问道。幽闭恐怖的感觉又回来了。

“恐怕不能，”飞船回答，“我现在正以电池能源运转，形变能力需要的能量超出我的可用范围。不过，主气闸门还能运行。如果你们能到那儿去，我会帮你们开门。”

我们三人面面相觑了一番。“棒极了，”最后我说道，“我们得自个儿在这一团糟的飞船里爬三十米。”

伊妮娅依旧仰望着楼梯井的开口。“这儿的重力不一样。感觉到了吗？”

我发现我感觉到了。一切都轻悠悠的。我肯定早就注意到了，不过当时还以为这是内部能量场变化所导致的——但是现在根本就没有内部能量场。这是一个不一样的世界，所以重力也不一样！我定睛凝视着孩子。

“你是说，我们能飞到上面去？”我说道，指着头顶悬挂在墙上的那张床，以及旁边的楼梯井。

“不，”伊妮娅回答，“但这儿的重力比海伯利安低。你俩把我推上去，我再扔根绳子下来，大家一起爬到气闸门去。”

我们照她的话去做了。我和贝提克用双手撑起伊妮娅，把她举到楼梯井开口处的下缘，她在那儿稳住身后，伸出手，拾起从床上凌乱垂下的毯子，一头系在栏杆上，另一头丢给我们。在我和贝提克顺着毯子爬上去后，三人摇摇晃晃走在中央梯井的柱子上，紧紧抓着边上和头顶的螺旋楼梯，平衡住身子，然后慢慢穿过红光中一片狼藉的飞船——穿过图书室，里面的书和垫子都掉落在了下面的船体上，连书架上的束缚器都不顶用了；穿过全息井区域，因为有固定锁，施坦威还在原处，但我们没有捆牢的私人物品都掉在了飞船底部。我们在这儿停留了片刻，我下到一片混乱不堪的船底，拿回了留在睡椅上的背包和武器。我把手枪别在皮带上，把放在背包里的那根绳索别在身上，比起片刻之前来，现在我已经自信满满地准备好应付接下来的不测事件了。

不知道圣神军用什么武器炸毁了飞船的下部驱动器，当我们来到走廊的时候，发现那武器也对储藏柜造成了严重的破坏：走廊里部分区域黑乎乎一片，鼓胀开来，柜子里面的东西乱七八糟地堆在被毁坏的墙上。内部气闸门虽然已经开了，但却是在我们头顶正上方的好几米开外。我不得不徒手沿着走廊最后一段的垂直区域爬了上去，最后扔下绳索，蹲在内部气闸门内，纵身一跳，跃到外部船壳上，登了上去，进入了一片明媚的阳光下，接着我探进满是红光的气闸门中，拉到了伊妮娅的手腕，把她拉了上来。片刻之后，贝提克也被我拉了上来。我们继而开始审视四周。

一个陌生的新世界！我永远也无法描述那一时刻震撼我内心的那种激动——纵使经历了可怕的坠落，纵使是面临着巨大的困境，纵使一切的一切——*我是在审视一个新世界！*这一事实对我造成的冲击，更甚于我心中对星际旅行精彩刺激的假想。这个星球和海伯利安很相像：适宜呼吸的空气，天空的蓝色比海伯利安的湛青色淡，蓝天上挂着几缕云彩，身后的河流比复兴之矢上的宽，河与河两岸的丛林，往右延绵到无边无际的远方，往左也在已遍布藤蔓的远距传送门之后无限延伸。在我们前头，飞船的船头确实扎进了河底，在一个满是沙石的河角中搁浅了，再往前，丛林又出现了，笼罩在一切之上，就像是狭窄舞台上方的破烂绿色幕布。

但是不论这一切听起来有多么的熟悉，这个世界还是十分陌生的：空气闻起来很异样，重力感觉很古怪，阳光有点过于明亮，丛林中的“树木”跟我以前见过的都不一样——当时，我只能将它们描述为羽毛状的绿色裸子植物。头顶上，我从没见过的一群孱弱白鸟在听见我们笨拙地闯进了这个世界后，扑扇着翅膀飞走了。

我们沿着船壳往河滨上走去。微风轻轻拂起伊妮娅的发丝，也牵扯着我的衣衫。空气中微微带着一股香气——似乎是肉桂和百里香的撩人气息，尽管那气味更加温和富裕。从外面看，飞船的船头并不是透明的，不过当时我还不知道，到底是飞船重新把它的表皮变得不透明了，还是它从外面看本来就是不透明的。纵使飞船已经侧身躺下，它的船体还是非常高、非常陡，要不是它深深地钻进了河岸的沙地中，我们肯定没法从上面滑下去。我又拿起绳索，让贝提克顺着它爬了下去，然后是女孩，最后我扛起背包——等离子步枪被收好，扎在了上面——独自朝下滑去，在接触到结实的泥土上时，我马上打了个滚。

啊，我在外星球的第一个脚印！虽然事实上根本就没脚印——只有一嘴沙子。

女孩和机器人扶起我。伊妮娅正斜眼瞧着船体。“我们怎么重新上去呢？”她说道。

“我们能造架梯子，砍棵树拖过来，或者——”我拍拍背包，“我还带了霍鹰飞毯。”

我们开始把注意力换到河滨和丛林上。河滨非常狭窄——从船头到森林只有几米的距离，在明亮的光线下，沙子闪耀着的颜色与普通的沙子有些不同，比较泛红。丛林又密又黑。站在河滨上，微风带着一丝凉意，但我们能感到那密密麻麻的树木下的酷热。二十米上方，裸子植物庞大的叶子瑟瑟着，震颤着，就像是某种巨型昆虫的触角。

“你们在这儿等一下。”说完，我走进丛林的荫蔽中。下层树丛也非常密，大多数都是一种黏人的蕨类植物，土壤中富含腐殖质，使它变得更像是海绵，而不是泥土。丛林闻上去有一股潮湿腐烂的气味，但和海伯利安沼泽地的气味完全不同。我头脑中闪现出吸血扁虱和咬指雀鳝，对于荒野，我仅有这么一点平淡无奇的想象，我在那儿干站着注视了片刻。藤蔓在幽暗中从裸子植物的树干上盘绕而下，在我头顶形成了一个破旧的栅格。我意识到，基础装备表中应该再添上一把弯刀。

还没进去十多米，突然间，正前方一米外一棵长着红叶子的高大灌木猛然动了起来，那“树叶”竟然拍打翅膀，在丛林天蓬下飞走了，强韧翅膀扇动起来的声音就像是海伯利安的祖先带在种舰上的大型狐蝠。

“见鬼！”我低声说道，推推搡搡地出了黑暗的丛林。当我跌跌撞撞地走上河滨的时候，衬衣已经扯烂了。伊妮娅和贝提克正满怀期待地看着我。

“是个丛林。”我说道。

我们走到河边，坐在水里冒出的一截树桩上，望着太空船。这可怜的东西看上去就像是旧地野生动物全息像中的大鲸鱼，一头搁浅了的大鲸鱼。

“我在想，它还能不能飞。”我沉思道，将一块巧克力条掰成几块，一块递给孩子，另一块递给了蓝皮肤的男人。

“哦，我想能。”从手腕上传来一个声音。

我几乎吓得跳了起来。我都忘了通信志手环了。

“是飞船吗？”我问道，抬起手腕，嘴巴对着手环，就像是在使用地方军的便携式电台。

“你不必那么做，”传来飞船的声音，“我能很清楚地听到一切，谢谢。你的问题是——我还能不能飞？回答是——几乎肯定能。很久以前，我回到海伯利安抵达安迪密恩城的时候，需要完成的那些修复工作比这还要复杂呢。”

“很好，”我说道，“很高兴听到你能……啊……修复自己。你需要原材料吗？替换用的零件？”

“不，谢谢，安迪密恩先生，”飞船说，“差不多就是对现存的材料进行重新分配，对某些受损的部件进行重新设计。修复工作无须太久。”

“不久是多久？”伊妮娅问。她已经吃完了巧克力，正在舔手指。

“六个标准月，”飞船回答，“除非碰到意料之外的难题。”

我们三人面面相觑了一番，我又重新望了望丛林。现在，太阳看上去垂得更低了，水平射出的光线照亮了裸子植物的树梢，在愈发晦暗的地面上投上了阴影。“六个月？”我问道。

“除非碰到意料之外的难题。”飞船重复道。

“有什么想法？”我对两位伙伴说道。

伊妮娅在河边洗了洗手，往脸上泼了点水，将湿头发梳到脑后，“我们是在特提斯河上，”她说道，“那就沿河而下，往下一扇远距传送门出发。”

“你还能耍那花招？”我问道。

伊妮娅拭去脸上的水，说道：“什么花招？”

我做了个漫不经心的手势。“哦，没什么……就是让一个死了三个世纪的机器重新开动。就这个花招。”

她黑色的双眼放射出诚挚的目光。“劳尔，我并不知道自己竟有这个能力，”她望着贝提克，机器人正不动声色地注视着我们，“真的。”

“当时要是你没办到，那会怎么样？”我轻声问道。

“那他们就会抓住我们，”伊妮娅回答，“我想他们会放走你们俩，把我抓回佩森。不管是你们，还是别人，都不会再听到我的消息。”

她说这话时，方式淡然，了无情感，让我不由得生出一丝寒意。“好吧，”我说道，“你的确办到了，但究竟是怎么做的？”

她轻轻一挥手，我已经慢慢熟悉了这个动作。“我不太……确定，”她说，“从那些梦中，我知道传送门很可能会让我通过……”

“让你通过？”我问道。

“对。我觉得它可能……认得出我……的确。”

我双手撑着膝盖，屈了屈腿，脚后跟已经深陷进红色的沙子中。“听你的意思，感觉远距传输器是活生生的智能生物似的。”我说道。

伊妮娅回头望着我们身后半公里外的拱门。“在某种程度上，的确是这样，”她说道，“很难跟你解释。”

“但你能确定，圣神士兵不会跟我们一道通过？”

“哦，对。除了我，传送门不会为其他任何人激活。”

我微微扬起眉毛。“那我和贝提克……包括这艘飞船……又是怎么通过的？”

伊妮娅笑了。“因为你们跟我在一起。”

我站起身。“好吧，我们以后再来搞清楚这个。现在，我想我们需要个计划。我们是去侦察一番呢，还是先把东西从飞船里搬出来？”

伊妮娅低头望着黑暗中的河水。“然后，鲁宾孙·克鲁索脱光衣服，游上那艘船，在衣服口袋里塞满饼干，又游回到了岸上……”

“什么？”我说道，举起背包，皱起眉头朝孩子望去。

“没啥，”她一面回答，一面站起身来，“就是本大流亡前的古书，马丁叔叔以前跟我读过。他以前一直说，校对员就是些没本事的混球，远到一千四百年前也是。”

我望望机器人。“贝提克，你明白她在说什么吗？”①

机器人薄薄的嘴唇微微扯动了一下，我已经开始把这看成是笑容。“安迪密恩先生，我的责任并不是要明白伊妮娅女士的话。”

---

① 伊妮娅挑了《鲁宾孙漂流记》中的一处错：既然鲁宾孙脱光了衣服，他还怎么将饼干塞满口袋呢？

我叹了口气。“好吧，回到正题……我们是趁天还没黑去侦察一番，还是把飞船里的东西挖出来。”

“我的意见是，咱们去四处瞧瞧，”伊妮娅说道，她望向黑漆漆的丛林，“但不是去那里面。”

“对，不去那里面，”我同意道，接着从背包上方拉出霍鹰飞毯，将它展开放在沙地上，“我们来看看这玩意儿在这星球上好不好使。”然后我顿了顿，举起手臂，凑近通信志，“这是哪个星球，飞船？”

飞船没有立即回答，它沉默了一秒钟，仿佛是正在忙着沉思自己的那些难题。“抱歉，基于现在内存库的状况，我无法辨别这颗星球。当然，导航系统也许能回答这个问题，但必须先看到一颗星星，以作参照物。我所知道的是，这颗星球的这一区域，现在没有任何不正常的电磁或微波信号。在上面的同步轨道上，也没有任何无线中继卫星，或是别的人造物。”

“好吧，”我说道，“但我们到底在哪儿？”我看了看伊妮娅。

“我怎么会知道呢？”伊妮娅说。

“是你带我们来这儿的！”我说道，突然发现自己在冲她发脾气，但当时，我的确感到火冒三丈。

伊妮娅摇摇头。“劳尔，我只是激活了远距传输器。我的大计划是逃离那个天知道叫什么名字的神父舰长，逃离那些飞船的追捕。就是这样。”

“还有，找到你的建筑师。”我说道。

“对。”伊妮娅说。

我朝丛林和河流四顾张望。“这地方不像是能找得到什么建筑师。我猜你说得对……我们还是继续顺着河流往前，到下一个星球。”那个爬满藤蔓的拱形门引起了我的注意。我现在终于明白，为什么我们会直冲冲地冲到岸上。因为离传送门约有半公里的地方，河流在那里来了个朝右的大转弯。由于冲过拱门的飞船维持原路笔直向前，就一头冲上了浅水，扎进了河滨中。

“等一下，”我说道，“我们难道不能对这个传送门重新调整下，用它去别的什么地方么？我们为什么一定要另外找一座？”

贝提克从飞船边上走开，以便好好看看远距传送门。“特提斯河上的这些传送门工作方式和其余众多私人传送门略有不同，”他轻声说道，“也不同于中央广场的传送门，或者是大型太空传送门。”他伸手摸进口袋，掏出一本小册子。我看到了书名——《世界网旅行指南》。“看样子，设计特提斯河的目的，主要是为了游玩和消遣。”他继续道，“传送门之间的距离，短到几公里，长的有几百公里……”

“几百公里！”我惊呼道。早先我还曾期望能在河流的下一个弯看到传送门呢。

“正是，”贝提克继续，“据我的理解，这其中的奥妙，是为了向旅游者提供一个极其多样的世界、景观和经历。总之，只有顺流而下才能通过传送门，而且，传送目的地也是随机的，换句话说，不同星球组成一套河流系统，就像一副扑克牌，不时会被洗牌，打乱次序。”

我摇摇头。“老诗人的《诗篇》中说，河流在陨落之后便被切成了一小段一小段……它们就同沙漠中的水坑一般干涸了。”

伊妮娅哼了一声。“有时候，马丁叔叔就是在胡说八道。他从来不知道特提斯河在陨落后到底发生了什么事……记得吗？他当时是在海伯利安上，从来没有回过环网。书中的一切都是他胡诌的。”

我根本没法和她讨论过去三百年里最伟大的文学作品——或是

创作它的传奇诗人。但我马上开始大笑，而且无法停歇。到最后终于停下来的时候，伊妮娅正惊奇地望着我。“劳尔，你没事吧？”

“啊，没事，”我说，“就是太高兴了。”我转过身，张开手臂，将丛林、河流和远距传送门——甚至我们像搁浅鲸鱼般的飞船包括在内，“说不出什么理由，我就是很高兴。”

伊妮娅点点头，仿佛她完全明白我的意思。

我对机器人说道，“书上有没有说这是哪个星球？这里有丛林，有蓝天……它在索美尺度上一定达到了九点五。这样的星球肯定很稀少。上面有列出这颗星球么？”

贝提克迅速翻了翻书页。“我不记得上面提到过这么一个丛林星球，安迪密恩先生。下次我仔细读读。”

“嗯，我想我们应该四处看看。”伊妮娅说，显然急着想去探索一番。

“但我们得先从飞船上抢救些重要物品下来，”我说，“我来列张表……”

“那得花上好几个小时，”伊妮娅说，“等我们干完后，太阳可能已经下山了。”

“但是，”我准备好和她争论一番，“我们必须得整备完毕才能出发……”

“如果允许我给个建议的话，”贝提克轻声打断我的话，“也许你可以和伊妮娅一起去……啊……侦察，而我则在这儿搬运你提到的必要装备。除非你觉得晚上睡在飞船里面比较明智的话。”

我们看了看可怜的飞船。河水在它的四周打旋，水面上隐约露出横向构架和黑色的残桩，那儿本来是飞船华丽的尾翼。我脑海中浮现出在那片狼藉中睡觉的情景，周遭要么全是红色的紧急灯，要么就是一片漆黑，我说道：“啊，那儿会比较安全，不过我们还是先把一路上需要的东西搬出来，等会儿再做决定。”

我和机器人就此讨论了几分钟。我带着等离子步枪，皮带上的皮套里插着点四五口径的手枪，但我还想要当时没拿的十六号霰弹枪，包括舱外锁柜中的露营装备。我吃不准该怎么去下游——霍鹰飞毯应该能容纳下我们三个，但我觉得没法把我们和所有装备都载上，于是我们决定从装太空服的壁橱下面的壁龛中卸下四辆飞行车中的三辆。那儿还有条飞行皮带，我觉得用起来会很方便，还有一些露营用的配件，比如加热立方体，三人都能用的睡袋、泡沫垫、激光手电，我还注意到有个耳机型通话器。“哦，对了，要是看到弯刀，记得拿上，”我补充道，“舱外橱柜中有好几个装满小刀和多用途刀片的盒子。我不记得有弯刀，但要是有的话……就拿一把。”

我和贝提克走到狭窄河滨的尽头，在河边找到一棵倒伏的树，把它拖到飞船边上——我拖得满头大汗，嘴里咒骂着——做成一架梯子，这样我们就能沿着它爬到弯曲的船体上。“哦，还有，看看那堆东西里面有没有绳梯，”我说道，“或者充气筏什么的。”

“还想要啥？”贝提克带着些许挖苦问道。

“没……啊，对了，要是看到桑拿浴室，也带下来。储满酒的酒吧也行。也许，再加个十二人乐队，帮我们在卸货时演奏音乐。”

“先生，我尽力而为。”机器人一面说，一面开始攀爬树梯，向船体的顶部爬去。

抛下贝提克一个人做搬运的重活，我心里有点愧疚，但我们必须知道下一个远距传送门离我们有多远，这看上去比较明智，我打心底里不想让女孩一个人飞去干侦察任务。她坐在我身后，我按了按飞控线，启动飞毯，毯子紧紧绷直，悬浮在潮湿沙地上方几厘米处。

“劲。”伊妮娅说。

“什么？”

“意思就是‘带劲’，”女孩说道，“马丁叔叔说，当他还在旧地上，是个毛小子的时候，孩子之间很流行说这话。”

我又叹了口气，接着按了按飞控线。毯子盘旋而上，很快便升到了树梢的高度。太阳已经低垂在那个多半是西方的地平线上。“飞船？”我对通信志手环说道。

“在？”飞船的语气总让我觉得自己中断了它正在进行的重要工作。

“现在跟我说话的，是你，还是你下载的数据库？”

“安迪密恩先生，只要你在我的通信范围之内，”它回答道，“跟你说话的就是我。”

“通信范围是多少？”我们升到了河面上方三十米处，贝提克正站在敞开的气闸门边向我们招手。

“两万公里，或者这颗星球的弧面之外，”飞船回答，“以哪个先到为准。我先前说过，这颗星球的轨道上没有无线通信卫星。”

我按了按前进按钮，飞毯开始往上游飞去，朝爬满枝叶的拱门飞去。“如果我在另一个星球，你能通过远距传送门跟我联系吗？”我问道。

“通过激活了的传送门？”飞船说道，“安迪密恩先生，我怎可能办到？你离我有数光年远呢。”

飞船习惯让我感觉自己像是个傻蛋，像个乡巴佬。我通常还是很喜欢它的陪伴，但我承认，要是把它丢在身后，我也不会介意什么。

飞毯加速时，风儿发出响亮的声音，伊妮娅靠在我的背上，对着我的耳朵说话，以便我能听到。“在以前，传送门里通有光纤，它们就是靠那个工作的……虽然原理上和超光通信完全不同。”

“这么说，我们往下游走的时候，如果想要和飞船保持通信，”我扭头说道，“只要拉上电话线就行了，对不？”

我的眼角瞥见了她的笑容。然而，这愚蠢的想法的确让我冒出了一个念头。“如果我们只能通过传送门往下游去，而不能往上游，”我说道，“那我们该怎么回来找飞船？”

伊妮娅一只手搭在我的肩膀上。现在，那座传送门正迅速向我们靠近。“我们只需一直顺流而下，直到我们回到原处，”她在嘈杂的风声下说道，“特提斯河是个巨圆。”

我扭过头，正视着她。“孩子，这可是真的？特提斯河可连接着——多少来着？两百多个星球呢。”

“至少有两百个，”伊妮娅回答，“我们知道的有那么多。”

我没听懂她的话。飞毯在传送门附近逐渐放慢速度，我又叹了口气。“如果特提斯河的每一段都有一百公里……那如果要回到原处，就需要飞两万公里。”

伊妮娅沉默不言。

我们悬浮在传送门边上，我第一次意识到这东西是多么庞大。似乎是由金属制造的，上面有很多图案、间隔、凹槽——也许还有神秘的文字——但丛林已经派出了藤蔓和青苔的小分队，占领了这庞然大物的顶部和两侧。复杂的拱门上，有些我原先以为是铁锈的东西，结果是群红色的“蝙蝠翅膀树叶”，它们成群结队地挂在藤蔓的主枝上。我和它们保持着一定的距离。

“要是它起作用了怎么办？”悬浮在离拱门下部一两米的地方，我对伊妮娅说道。

“试试看。”女孩回答。

我驾着飞毯慢慢向前，毯子前端接触到拱门下无形的分界线时，慢得都快停了下来。

没有任何异样，我们穿了过去。我掉过头，又从南面飞了回来。远距传送门就是个装饰华丽的金属桥，高高地弯在河流上方。

“失灵了，”我说道，“死得就像是凯尔塞的螺母。”这是外婆最喜欢说的一个词，但仅在不会被孩子听到的情况下讲，可我意识到，我身边的确有一个孩子。“抱歉。”我红着脸，回过头说道。也许我在一些地方混的时间太长了，比如说军队，或是在河上担任驳船主，又或者是在赌场担任保镖。我已经成了个十足的蠢货了。

伊妮娅也扭过头望着我，她正开怀大笑。“劳尔，”她说道，“记得吗？我可是和马丁叔叔混在一起长大的。”

我们飞回到飞船上方，朝贝提克招了招手，他正在把一箱箱装备放到沙滩上。他举起一只蓝色的手，也朝我们挥了挥。

“我们往下游去看看下一个传送门还有多远，如何？”我说道。

“就这么着吧。”伊妮娅回答。

我们朝下游飞去，丛林里没看到多少河滨或是空地，树木和藤蔓全都茂盛得长到了河边。这给我添了很大的麻烦，都不知道我们在朝什么方向前进了，于是我从背包中取出惯性引导罗盘，将它开启。在海伯利安上，这个罗盘曾是我的向导，虽然那儿的磁场变化莫测，不可信任，可是到了这里，它竟根本派不上用场。如果能有飞船的指引系统，并记下出发点，那这罗盘就能完美地工作，但那奢侈品已经在我们穿越传送门的时候损坏了。

“飞船，”我对着通信志手环说道，“你能获取我们的地磁罗盘数据么？”

“可以，”飞船立即回答，“但由于无法获知这颗星球的正北磁场在哪，所以关于你们旅行方位的数据，只能是粗略的估计。”

“那就请给个粗略的估计。”我微微侧过毯子，绕过一个很大的弯。河流又变得开阔了——差不多有一公里宽。水流似乎流得很快，但还不至于有危险。我在湛江上担任船主的经历让我学会了通过仔细观察旋涡、暗礁、沙洲之类的东西来辨别河流隐藏的危险。看样子，在这条河驾船应该很容易。

“你的前进方向约是东南偏东，”通信志回答道，“风速是每小时六十八公里。探测器表明，霍鹰飞毯的偏转场已经达到百分之八十。高度是……”

“好了，好了，”我说道，“东南偏东。”太阳正低垂在我们身后。这颗星球的公转方向的确和旧地以及海伯利安相像。

河流笔直向前，我略微加速。在海伯利安的迷宫中，我曾以每小时三百公里的速度疾驰，但我并不想在这儿飞那么快，除非万不得已。虽然这块古老飞毯的飞控线能量还能维持一段时间，但只有遇到十万火急的事情时，才有必要飞那么快。我在心中默记了一下，虽然拿了飞行车作为交通工具，但离开这颗星球前，还是有必要拿飞船的电线给飞毯充充电。

“瞧那儿。”伊妮娅叫道，她伸手指着左侧。

远远的北面，有什么东西被落日照亮，看上去像是座平顶山，或是什么巨型人造物，穿出了这一大片丛林华盖。“我们能去看看吗？”

我心里很清楚，我们有正事要做，而时间很紧张——比如说，太阳即将下山。我们有千万个理由，不应该冒险飞去看奇怪的人造建筑。很有可能那平顶山或是塔楼一样的东西，其实是圣神在这个星球上的总部。

“当然可以。”我回答道，侧着毯子，朝北面飞去，同时在心里狠狠踢了自己一脚：我是不是在犯傻啊？

那怪东西比刚才看上去的还要远。速度已经加到每小时两百公里，但至少还要飞几十分钟才能到达那建筑。

“打扰一下，安迪密恩先生，”从手腕上传来飞船的声音，“你们似乎走错了方向。现在正朝东北偏北前进，与原来的方向约有一百零三度的变化。”

“我们的正北面有什么东西从丛林中探了出来，像是塔楼或是小尖山，我们正在调查，”我说道，“你的雷达能探测到吗？”

“雷达上没有显示，”飞船回答，我又从它的声音中听出了一丝无动于衷的口吻，“我现在深陷淤泥，因此观测点的位置也不算太好。与地平线夹角二十八度之内的任何物体，都无法准确探测到。现在你们刚好在那个探测夹角内。如果再往北二十公里，我就联系不上你们了。”

“没事，”我说道，“我们只是过去看一看，搞定之后马上回到河上。”

“为什么？”飞船问道，“那东西和你们的旅途并无关系，为什么要去调查？”

伊妮娅凑过来，抬起我的手腕。“因为我们是人类。”她说。

飞船没了回应。

当我们最后飞到那座建筑前的时候，发现它高高地矗立在丛林华盖之上，足有一百米之高。底部的几层被巨大的裸子树木紧紧包围，使得这座塔楼看上去就像是一面饱经风霜的危崖，屹立在绿色的海洋之中。

看建筑的样子，既像是天然而就，又像是人工建造——至少是由某种智慧生物修饰过。塔楼直径约有七十米，似乎是由红色的石块建成的，多半是某种沙岩。落日现在已经悬垂在丛林地平面上，高度仅约十度，暮光将“危崖”浸浴在鲜红的光线中。在“危崖”

的东西两面上，处处都是敞开的口子，我和伊妮娅一开始还以为是天然形成的——风化，或是水蚀而成——但很快就发现，其实是人工雕琢的。在向东的那个面上，还雕出了很多壁龛，仔细看它们之间的距离，应该是为人类攀登用的手抓和脚蹬点。但都很浅、很窄，一想到在攀登这几百米高的“危崖”时，只是赤手空拳地抓住这些浅浅的小口，就让我肚里一阵抽紧。

“能再飞近点吗？”伊妮娅问。

我们盘绕在塔楼边上飞行着，一直和它保持着约五十米的距离。“我觉得没那个必要，”我说道，“我们已经进入了枪炮的射击范围。我可不想去引诱谁或什么东西，万一他们拿着矛或弓箭之类的武器呢。”

“我们现在这点距离，弓尽可把我们射下来。”她说道，但没再坚持飞近。

忽然间，我似乎看到了红墙的卵形开口中，有什么东西正一闪一闪地移动，但一眨眼又不见了，我琢磨着，那或许只是暮光造成的假象。

“看够了吗？”我问道。

“没有。”伊妮娅回答道。毯子倾斜着往前进，她的一双小手也随之紧紧把住我的肩膀。微风揉搓着我的短发，我回头一看，女孩的头发就如一汪小溪般在脑后波动。

“可是，我们得回去干正事。”我说道，驾着霍鹰飞毯往南朝河流飞去，并再次加速。裸子植物组成的绿色华盖看上去相当柔滑、轻软，在我们身下延绵了四十米，似乎如果有必要就可以在上面着陆。就在我想到出现这种结果的时候，我的心一阵揪紧。不过，贝提克有飞行皮带和飞行车，我寻思道，如果有必要的话，他可以来接我们。

我们终于又回到了河流上，这儿就在我原先离开河流的那个位置的东南面，相距约一公里，河流一路流向地平线，约有三十公里长，但却看不见远距传输门。

“现在走哪儿？”我问道。

“再飞远点。”

我点点头，向左侧过毯子，飞在河岸上方。除了偶尔有几只白鸟和红色的植物状蝙蝠外，我们没看到一点动物的痕迹。我正思索着红色建筑上的那些壁龛阶梯的时候，伊妮娅拉了拉我的袖子，朝差不多正下方指了指。

就在河面下，有个大家伙正在移动。水面上反射着暗淡的暮光，我们无法看清那到底是什么，但还是认出了坚韧的表皮，那东西似乎有条带刺的尾巴，两侧有鳍和纤毛，必定有八到十米长。在我想进一步看看它的细节的时候，它潜进了深水中，我们飞到了前面。

“有点像是河蝠鲼。”伊妮娅朝我喊道。我们又开始极速飞行，偏转场升了起来，风重重地砸在上面，弄出很大的响声。

“这东西比普通蝠鲼大。”我说道。我曾经养过蝠鲼，但从没见过那么长、那么宽的。这时，霍鹰飞毯似乎突然变得非常柔弱而不可靠。我飞低了三十米——现在几乎是在树梢上飞行——这样一来，如果古老的飞毯打算毫无警告地抛下我们，我们也不至于伤得太重。

我们朝南倾斜着转过另一个弯，河流在这儿突然变窄，我们很快听到喧闹的轰鸣，一面水花喷涌的水墙出现在我们面前。

瀑布并不太壮观——只有十到十五米高的样子——但是水量却大得惊人，原先一公里宽的河流，现在拥作一团穿过岩石峭壁，变得窄到只有一百米左右，那相互推挤的力量很有威慑力。再往下，又是一条湍流，冲落在下面的巨石上，接着汇聚成一个宽敞的池塘，再往前，河流再一次变宽，变得平静了。我突然傻傻地想到，我们看见的那只河中巨兽有没有准备好通过这突如其来的陡坡呢。

“我觉得天黑之前我们没法找到传送门，”我回头对女孩说道，“如果下游真有传送门的话。”

“肯定有。”伊妮娅回答。

“已经飞了至少一百公里了。”我说。

“贝提克说特提斯河每一段的平均长度就是一百公里。也许这一段有两三百公里。再说……不同的河上，传送门的数量也不一样。甚至同一个星球上的每一段河的长度也不一样。”

“谁告诉你的？”我问道，扭过身，望着她。

“妈妈。瞧，她是个侦探。有一次她接到个离婚案子，在特提斯河上跟踪一个有妇之夫和他的情人，足足跟了三星期。”

“离婚案子是什么？”我问。

“别管这些。”伊妮娅迅速挪转身，面朝我的背部，依旧盘着双腿，头发鞭打着她的脸，“没错，我们还是回贝提克和飞船那儿去。明天再来。”

我侧过毯子打了个回头，朝西面加速前进。穿越瀑布的时候，我们欢叫着，让水花打湿了脸庞和双手。

“安迪密恩先生？”通信志说道。却不是飞船的声音，而是贝提克。

“在，”我回应道，“我们正往回赶。大概还有二十五公里，三十分钟的行程。”

“我知道，”机器人平静地说道，“我在全息井中看到了那座塔，瀑布，所有的一切。”

我和伊妮娅面面相觑，脸上肯定都现出了滑稽的神情。“你是说通信志把图片发给了你？”

“当然，”传来飞船的声音，“全息或者视频格式。我们一直在收看全息像。”

“不过，由于飞船歪了个个儿，全息显像井已经翻到了墙上，”贝提克说道，“所以看着有点怪。我现在联系你们，并非是要询问你们进展如何。”

“那是为何？”我问道。

“我们似乎有个客人。”贝提克说。

“河里的大家伙？”伊妮娅问道，“像是蝠鲼什么的，个更大？”

“并非如此，”贝提克平静地说，“是伯劳。”

30

我们驾着霍鹰飞毯急速冲回飞船，速度快得大概只能看见个模糊的影子。我问飞船是否可以给我们发送伯劳的实时全息像，但它回答说，它大部分传感器都淹在了淤泥中，无法看清河滨上的情况。

“伯劳在河滨上？”我问。

“刚才在，当时我正要上飞船拿另一包东西。”贝提克说道。

“接着它又出现在了霍金驱动的蓄电圈中。”飞船说。

“什么？”我大叫，“那儿根本没有入口可以进——”没有说完这句十足的傻话，我便闭上了口，接着我问道，“它现在在哪儿？”

“我们不清楚，”贝提克说，“我现在打算爬上船壳，随身带上一台无线电。飞船会把我的话传给你们。”

“等一下……”我开口道。

“安迪密恩先生，”机器人打断道，“我建议你和伊妮娅女士不必急着回来……啊……稍微延长一下观光时间，直到我和飞船明确……啊……我们客人的意图。”

贝提克说得很有道理。我的责任是保护女孩，而当那个可算是世间最致命的杀人机器出现时，我竟推着她往火坑里跳？这漫长的一天里，我真是白痴透了。我伸手摸向飞控线，打算减慢速度，回东面去。

但伊妮娅的小手拦住了我。“不，我们回去。”

我连连摇头。“可是那怪物……”

“那怪物什么地方都能去，只要它乐意，”女孩说，她的眼神和语气非常严肃，“如果它想找你……或是我……它会马上出现在我们的这块毯子上。”

这念头唬了我一跳，甚至让我左右四顾了一下。

“回去。”伊妮娅说。

我叹了口气，调回头往上游飞去，只不过稍稍放慢了速度。我从背包中拿出等离子步枪，牢牢握住枪托。“我不明白，以前有过记录吗？这怪物竟然能离开海伯利安？”

“我想没有。”女孩说。由于偏转场减弱，她正侧着身子，脸埋在我的背上，想要躲避吹来的强风。

“那么……这是怎么回事？它是在追你吗？”

“这解释合情合理。”她声音包在了我的棉衬衣中，显得闷闷的。

“为什么要追你？”我问道。

伊妮娅突然推开了我，出于本能，我马上伸手想要抱住她，不让她从毯子后面掉下去。但她扭脱了我的手。“劳尔，我真的不知道这些问题的答案，行吗？我不知道那怪物可不可以离开海伯利安。我当然不想它跟着我。真的。”

“我信。”我垂下手，放在毯子上，她的小手、小膝盖、小脚丫就在旁边，相比之下，我的手真是大极了。

她把手放在我手上。“回去吧。”

“好。”我装上一盒等离子弹匣。弹壳是连在一起的，被浇铸成一排弹匣，每发一弹，弹壳才会分离。一盒弹匣装有五十发等离子弹。全部发射完毕，弹匣就随之不见。我在地方军的时候学过怎么装载弹药，现在我手掌一拍，将弹匣推上去，把选择器设置在“单发”状态，并确定安全栓没有取下。飞毯往前飞，我把武器横放在双膝上。

伊妮娅双手抱住我的肩膀，在我耳边说道：“你觉得这玩意儿对伯劳有用？”

我转过头，望着她。“不。”我回答。

我们向落日飞去。

我们抵达的时候，贝提克正独自待在狭窄的河岸上。他招招手，示意一切平安无事，打消了我们的疑虑。但我并未马上降落，而是在树梢上盘旋了一圈。西边的落日成了一个红色的圆球，水平悬在丛林的华盖上。

河滨上堆着箱子和设备，我降落在它们旁边的飞船阴影中，跳起身，等离子步枪的保险栓设置在取消状态。

“还是没见到它。”贝提克说道。出飞船的时候他就通过无线电跟我们说过这个，但我依旧紧张得很，万一它又出现了呢。机器人把我们带到岸上一块没长草木的地方，那儿有一对脚印——如果能把它们称为脚印的话。它的形状就仿佛有人把一台笨重且锋利的农用工具在沙子中按了两下。

我在那印记边上蹲下身，就像是个经验老到的追踪者，但马上意识到这个动作有多蠢。“它一开始出现在这儿，然后是飞船中，最后就消失了？”

“对。”贝提克回答。

“飞船，你的雷达或者视频有没有捕捉到它？”

“没有，”从手环上传来飞船的答复，“霍金驱动蓄电圈中没有视频记录器……”

“那你怎么知道它在里面的？”我问道。

“我的每一个船舱中都有质量传感器，”飞船说，“我必须精确地知道飞船的每个区域中，增加或是减少了多少质量的东西，这是出于飞行目的的考虑。”

“增加了多少质量？”我问道。

“一点零六三吨。”飞船回答。

我刚要站起身，听到这话，马上僵住了。“什么？一千多公斤？荒谬。”我又看了看那两个足印，“绝不可能。”

“不，”飞船说，“怪物待在霍金驱动蓄电圈的时间里，我精确地测到了一千零六十三公斤的质量，并且……”

“要命，”我转过身，望着贝提克，“我真想知道，历史上有没有谁比这杂种还要重。”

“伯劳直立几乎可达三米，”机器人说，“它的密度可能非常高。而且，如果有必要，也许它还可以随意改变质量。”

“有什么必要？”我咕哝道，望着林木的轮廓。太阳已经落下，从林底下已经黑咕隆咚了。最后一丝光线照射在我们头顶裸子树木的羽状叶上，最后也消失了。我们飞回来的最后一刻，云层也蜂拥而至，现在，随着夕阳余晖渐渐暗去，它们也慢慢从闪闪的红色变成了灰色。

“现在可以进行星辰定位吗？”我对通信志说道。

“准备就绪，”飞船说，“不过得先等头上的云层散尽。同时，我还要进行另外几项计算。”

“比如？”伊妮娅问。

“比如，从过去几小时中这个星系的太阳运动看来，这颗星球的一天有十八小时六分五十一秒。当然，计量单位是按旧日的霸主标准来算的。”

“当然，”我插话道，接着转身看着贝提克，“你那本书中有没有提到，特提斯河的度假星球中，有个一天十八小时的行星？”

“没有，我读过的部分中没有提到，安迪密恩先生。”

“好吧，”我说，“先决定今晚怎么办吧。我们是在这儿露营，还是去飞船里面，或者把东西都搬到飞行车上，尽快找到下游的传送门？可以搬艘充气筏。我建议第三种。伯劳可能还在附近，我可不想继续留在这个星球上。”

贝提克像上课的学生一样举起手。“我本该早点告诉你……”他说道，似乎有点不自在，“那个舱外橱柜受到了不小的损坏。里面没有找到充气筏，虽然记得库存中有一个，另外，有三辆飞行车坏掉了。”

我皱皱眉头。“完全坏了？”

“对，先生，”机器人回答，“彻底坏了。飞船觉得第四辆还能修，但需要花上几天工夫。”

“见鬼。”我咒骂了一句。

“这些飞行车还有多少电量？”伊妮娅问。

“正常使用的话，还可以用一百小时。”通信志说道。

女孩做了个放弃的手势。“总之，我觉得它们也没多大用处。多一辆少一辆都没啥差别，况且我们永远也找不到地方给它们充电。”

我揉揉脸，摸到一脸的胡茬儿。这几天下来太过激动，我都忘了剃胡子了。“我也这么觉得，但是，如果要拿什么装备的话，霍鹰飞毯就太小了，无法同时带上我们三个，加上武器，加上需要的其他东西。”

我觉得孩子可能会和我们争论到底要不要带这些装备，但她却说道，“都带着，不乘飞毯。”

“不乘飞毯？”我惊讶道。想到要在丛林中披荆斩棘地前进，我有点反胃。“没有充气筏，要么乘飞毯，要么就走路……”

“没有充气筏，别的筏子也行，”伊妮娅说，“我们可以自己做个木筏，乘着它往下游去……不只是乘这一段，而是一直坐它到目的地。”

我又揉揉脸。“可怎么过瀑布……”

“明天早上，我们可以先用霍鹰飞毯把东西运到那儿，”她说，“在瀑布下面造个筏子。除非你觉得我们造不成筏子……”

我望着那一棵棵裸子树木：很高，很细，结实，粗细正好。“能造，”我说，“以前在湛江上的时候，我就造过，把它们拴在游船后面拖一些旧货。”

“很好，”伊妮娅说道，“那我们今晚就在这儿露营……如果一天只有十八小时，那晚上应该也不会太长。明天天一亮，我们就开始行动。”

我迟疑了片刻。我可不想一直让一个十二岁的毛孩子发号施令，牵着我们的鼻子走，但这个主意似乎很明智。

“飞船这时候完蛋，真是太糟糕了，”我说，“我们本来可以开船往下游去……”

伊妮娅大声笑起来。“我从来没想过要乘这艘船在特提斯河上旅行，”她一面说，一面揉揉鼻子，“现在的情况正是我们需要的——绝无引人注目之处，就像一头能从槌球门下挤过的大腊肠狗。”

“腊肠狗是什么？”

“槌球门又是什么？”贝提克问。

“别管这些，”伊妮娅说，“今晚就待在这儿，明天我们把筏子造好，同不同意？”

我望着机器人。“在我看来，这很明智，”他说，“虽然这一切都是荒谬旅程的一部分。”

“那就算你赞成，”女孩说，“劳尔呢？”

“同意，”我说，“但我们今晚睡在哪儿？在岸上，还是在飞船里，哪个更安全？”

飞船说话了。“如果你们睡在我里面，我今晚会尽力让里面安全舒适。沉眠甲板上还有两张睡床，你们还是可以睡在那儿，另外还有几张吊床……”

“我赞成睡在岸上，”伊妮娅说，“如果你是怕伯劳，那飞船里面并不比外面安全多少。”

我望着黑漆漆的森林。“除了伯劳，夜里还会有其他东西，我也不想见到它们，”我说，“在飞船里面应该更安全。”

贝提克摸了摸一个小小的箱子。“我找到些小型周界线警报器，”他说，“可以设在营帐周围。我很乐意在晚上站岗。在船上待了那么多天，要是能在外面睡上一觉，我倒是有点兴趣。”

我叹了口气，缴械投降。“我俩轮流站岗，”我说，“天快黑了，咱们赶紧把这堆破烂弄好。”

我说的“破烂”包括我叫机器人挖出来的露营装备：一顶超薄的聚合体材质帐篷，薄得就像是蛛网的影子，但坚韧，防水，极其轻便，可以折叠起来放在口袋里；一只超导加热立方体，可以用一个面加热食物，而另五个面丝毫不热；还有贝提克提到的周界线警报器——其实是种旧时的军用运动探测器，只不过我们这个是打猎用的，几个三厘米的圆板，可以戳进地面，围成方圆两公里的周界线；睡袋，可以无限压缩的泡沫垫，夜视镜，通信装备，餐具和器皿。

我们首先把警报器安置好，把它们戳进地面，在森林和河的边缘间形成一个半圆。

“要是河里的那个大家伙爬出来吃我们，那该怎么办呢？”安好周界线后，伊妮娅问道。现在天已经完全黑了，天上云层密布，没有一颗星星。微风吹过头顶的树叶，发出飒飒的声音，听上去越发恐怖了。

“要是那玩意儿或是别的什么东西从河里爬出来，把我们吃了，”我说，“那你就会后悔没有待在飞船里。”我把最后一只探测器安置在河边。

我们把帐篷扎在河岸中央，离损坏的飞船船头不远。微纤维帐篷不需要帐篷支柱或者木桩——你所要做的，只需把纤维线折上两下，就可以把它变得坚硬，即便狂风来临，那些折痕也会绷紧不断。但安设微纤维帐篷可是一门艺术，他们俩看着我展开纤维，把边缘折成A字形，并在中央展出一个圆顶，高度可以让人站在里面，接着，我把边缘折硬，插进沙地中，支撑住。我还故意留下了一张微纤维，铺在了帐篷底下，并朝外拉了拉，制成了一个入口。贝提克点头赞赏我的杰作，伊妮娅把睡袋放好，而我则拿出加热立方体，放上平底锅，打开一罐牛肉，就在这时，我才想起伊妮娅是个素食者——在飞船上的两星期中，她差不多只吃色拉。

“好啦，”她从帐篷中钻出一个脑袋，“我想吃几个贝提克热好的面包，还要几块奶酪。”

贝提克扛来一堆木头，又围好石块，做成一个篝火圈。

“我们已经有这个了。”我说道，指了指加热立方体和正热着的那锅炖牛肉。

“没错，”机器人说，“但我觉得点上火感觉会好点。火光也会让人愉快。”

火光，的确让人愉快。我们坐在精心搭建的前庭遮篷下，注视着火焰朝天空喷射火星，突然风暴来临了。这是场奇怪的风暴，没有闪电，却有一条条方向不定的微光。从迅速移动的云层下方，直至在狂风中不停摇曳的裸子树木上方，那淡淡的彩色光舞动着。没有雷声，却有某种次音速的隆隆声，弄得我神经紧张。丛林内，一个个或红或黄的球状磷火轻摇轻舞，虽不如海伯利安森林中的辐射蛛纱那么优美，但强劲有力，似乎又有点幸灾乐祸。在我们身后，河水轻轻拍打着河岸，水花越来越汹涌。我坐在火堆旁，耳中塞着的耳机已经调到周界线探测器的频率，等离子步枪摆在腿上，夜视镜挂在额头，一有动静，就马上戴起。我这样子肯定很滑稽。但当时完全没有感觉到好笑：我脑中总是浮现出沙地中伯劳脚印的画面。

“它有没有做出危险的举动？”几分钟前我问贝提克。早先我还想叫他拿着十六号霰弹枪——相比其他武器，对于新手来说，霰弹枪是最容易的了——但他仅仅是把它放在一边，人坐在火堆旁。

“它什么也没做，”他回复道，“只是站在河岸上——很高，全身长满了尖刺，又黑又亮。眼睛通红通红。”

“它有没有看你？”

“它看着东面，望着河流下游。”贝提克答道。

就好像是在等我和伊妮娅返回，我想到。

我坐在忽明忽暗的篝火旁，注视着极光在狂风吹拂下的丛林上方舞动、闪烁，目光追踪着鬼火在黑暗的丛林中抖动轻摇，倾听着次音速的雷声低鸣着，仿佛一只饥饿的巨大野兽，同时不住地思索，自己怎么会到了这个地方。我知道，就在我们如蠢猪般坐在火堆旁的时候，丛林中肯定有迅猛龙或是一群群食腐卡利德迦在偷偷向我们靠近。也许，河水会涨——到时，就会有巨浪朝我们扑来。在沙洲中露营，其实并不愉快。今晚我们本该睡在飞船中，把气闸门关得紧紧的。

伊妮娅俯身躺在地上，望着火堆。“你会讲故事吗？”她问。

“故事！”我叫道。贝提克正抱着双膝坐在火堆对面，现在他抬起头来。

“对，”女孩说，“比如说鬼故事。”

我哼了一声。

伊妮娅用手掌托着下巴。火光照射在她的脸蛋上，显得红扑扑的。“我觉得这或许很有趣，”她说，“我喜欢鬼故事。”

我想了四五种回答，但都没有说出口。“你最好早点睡觉，”最后我说道，“如果飞船得出的昼夜时间正确的话，那晚上不会太长……”求你了，上帝，让它成真吧，我思索着。接着我大声说道，“你最好趁现在有时间睡上一会儿。”

“好吧。”伊妮娅回答道，她朝火堆、狂风下的丛林、极光、森林中的鬼火望了最后一眼，接着便转身进了睡袋，进入了梦乡。

我和贝提克就这么静静地坐了一会儿。我不时地和通信志手环说上几句话，叫飞船注意河水，如果水流涨起来，就立即通知我，后来又问它有没有探测到质量的变化，然后又问……

“安迪密恩先生，我很乐意站第一班岗。”机器人说。

“不，你去睡觉。”我说，已经忘了蓝皮肤的男人不需要多少睡眠。

“那我们就一起守夜，”他轻声说道，“但如果你实在坚持不住，你尽可以打个盹，别在意我，安迪密恩先生。”

我的确打了个瞌睡，大概是在六小时后，天还没亮前。整个晚上天都阴沉沉的，狂风大作；飞船没有完成星辰定位；我们没有被迅猛龙或卡利德迦吃掉；河水没有涨上滩来；极光没有伤害我们；湿地中也没有冒出圆球状的湿地沼气，将我们烧死。

那晚上深深烙刻在我记忆中的，除了飞速蔓延的妄想症和极端的疲倦外，就是眼前沉睡的伊妮娅，她褐中带金的长发披散在红色的睡袋边缘，拳头举到脸颊旁，就好像一个婴孩正想要吸吮大拇指。那一晚，我意识到压在肩头的千钧重担是多么的难以背负——我必须保护这个孩子，不让这个奇怪而冷漠的宇宙的利刃伤到她。

我想，正是在这个奇特的狂风大作的夜晚，我第一次明白了身为父母是何种感受。

第二天天一亮，我们便开始行动，我还记得那天早上，各种感受混杂交集，骨头酸痛，眼睛周围全是沙子，脸上的胡茬越发欣欣向荣，背部疼痛，心底里却非常喜悦——野营旅行的第一个晚上，我一般都是这个感受。伊妮娅到河边洗了洗脸，鉴于当时的情况，我得承认，她看上去非常容光焕发。

贝提克用加热立方体热好了咖啡，我和他喝了几口，注视着晨雾在迅速流淌的河流上方袅袅而上。伊妮娅拿起一个从飞船上带下来的水瓶，喝了几口水，大家从定量包中拿出干麦片，嚼了起来。

等到太阳升到丛林的华盖上，发出炽烈的阳光，驱散河面和森林中涌起的雾气时，我们已经开始用霍鹰飞毯把装备运往下游。因为我和伊妮娅昨天已经乘过飞毯，在河上开心地飞了一圈，于是这回我便让贝提克来使用飞毯，运载装备，而我则去飞船里再多搬一点东西出来，并确认一下是否带齐了所有的必需品。

衣服是个大问题。我已经把所有我认为是必需的东西都装进了箱子里，但孩子的衣服很少，只有在海伯利安上穿的那件和背包里的几件，还有就是用领事衣橱里的衣服改小的几件。如果有二百五十年的时间来思索如何营救女孩，大家肯定觉得那个诗人老头会为她准备好衣服。虽然伊妮娅显得很高兴，似乎她带的东西足够，但我很担心，如果今后碰到很冷的天气或是下雨天，这些肯定不够用。

舱外橱柜里的东西派了很大的用场。有几件制服衬里，是专门用在太空服上的，最小的那件对女孩来说还挺合身。我知道，除了在极冷的条件下，这些微孔材料可以保暖吸汗。我还为自己和贝提克挑了两件；当时天很热，而且温度还在升高，所以带上冬天穿的衣服似乎很荒谬，但是没人知道未来会怎么样。橱柜中还有一件领事的户外背心：很长，但上面有十几个口袋、夹扣、系环、隐秘的拉链格。当我把这宝贝从一团糟的橱柜中挖出来的时候，伊妮娅尖叫了一声，马上穿上它，自此之后便几乎从没脱下来过。

我们还发现了两个舱外地质学标本袋，附有肩带，作为背包用应该很不错。伊妮娅背上一个，把多出来的衣服和小玩意装了进去。

不过，我还是觉得里面应该有个筏子，但是把那儿翻了个底朝天，把锁柜全打开了，还是没有发现。

“安迪密恩先生，”我正准备告诉孩子我在找什么的时候，飞船突然开口，“我隐约记得……”

我和伊妮娅放下手中的活儿，愣住了，倾听着。飞船的声音中，带着某种奇怪的意味，似乎是痛苦。

“我隐约记得领事带走了充气筏……记得他坐在上面向我挥别。”

“在哪儿？”我问道，“哪个星球？”

“我不知道，”飞船依旧以那困惑、几乎带着痛苦的口吻说道，“也许根本就不是一个星球……我记得星辰在河流之下闪耀。”

“河流之下？”我说。我有点担心，飞船是不是因为坠毁后哪里出了问题。

“那些记忆很零碎，”飞船的口吻有点活泼了，“但我的确记得领事乘着筏子离开。那是个很大的筏子，即便坐上八九个人，都绰绰有余。”

“很好。”我“砰”的一声关上隔门。先前我和伊妮娅在气闸门上放了一把金属折叠梯，所以爬出爬进已经不费多少力了，现在我们把最后一箱东西运了出去。

贝提克把露营装备和装食物的箱子运到瀑布下，急匆匆地赶回，我看了看还剩下些什么东西：我的背包，里面装满了我的私人物品，伊妮娅的背包和挎包，多余的通信装备和护目镜，一些装着食物的包裹，还有折叠起来的等离子步枪和贝提克昨天找到的弯刀——它们就捆在我的背包顶上。即便是插在了皮鞘中，那把长刀也很难携带，但昨天在丛林中的那几分钟，让我觉得我们可能会用得上它。我还找到把斧子，甚至还有些更加便于携带的工具——一把可折叠的铲子，事实上，几千年来，我们这些加入步兵团的傻瓜得到的训练是将其称为“挖壕工具”。这样，我们的行囊几乎都被刀具塞满了。

我其实很乐意略掉斧子不拿，而是拿上把切割型激光器，我可以用它来砍伐树木制造木筏——甚至锯子也行。但是激光手电干不了那样的活儿，奇怪的是，武器柜中没有什么切削工具。我任自己沉思了片刻，寻思是不是带上那把古老的军部突击步枪，用它把树射倒，如果需要的话，就用脉冲弹把它们劈开，但片刻之后我便把这念头抛在了身后。那会弄出非常响的声音，场面太难收拾，而且射击精度太低。我最好还是用斧子，出上点汗。我倒是带了一个工具箱，里面装着在造木筏的时候可能用得上的东西，锤子、钉子、螺丝起子、螺丝钉、枢轴螺栓，还有几卷防水塑料，我觉得可以铺在筏子上，作为地面材料，虽然简陋得很，但勉强能够胜任。工具箱最上面放着三卷盘绕着的攀登绳索，是尼龙护套绳，有好几百米长。在一个红色的防水袋中，我找到几颗照明弹和简单的塑料炸弹，就是无数个世纪以来一直用作炸树桩和石头的东西，另外还有十几根雷管。我把它们带上了，尽管制造木筏的时候不大可能用得到。这堆东西中，还有两个医药包和瓶子大小的滤水器，将伴我们一起展开向东的旅程。

我还带了一根电磁飞行皮带，但这玩意算上全套吊带和动力包后，体积相当庞大。不过，我还是把它放在了背包边上，心里思忖，这东西也许会有用处。靠在我背包边上的，还有那把十六号霰弹枪，因为机器人不愿意费事带上它一起往东飞。在它旁边是三盒子弹。我也坚持要带上钢矛枪，但贝提克和伊妮娅都不愿意拿。

我的皮带上别着手枪皮套，里面插着点四五手枪，子弹已经装满。皮带上的一个口袋里放着老式的电磁指南针，是我在橱柜中发现的，还有一副折叠起来的夜视镜，望远镜，水瓶，等离子步枪的两个备用弹夹。“迅猛龙，放马过来吧！”我一边盘点，一边嘟囔道。

“啥？”伊妮娅问，她正在整理自己的包裹，现在抬起了头。

“没啥。”

贝提克着陆在地的时候，伊妮娅已经把她的东西整整齐齐地放在了新包中。她还把机器人的私人物品收拾好放在了另一个挎包中。

我历来喜欢拆营帐胜过搭建。我想，那是因为我非常喜欢把东西整理得干干净净。

“有没有忘带什么？”我对他俩说道。我们正站在狭窄的河滨上，望着整理好的包裹和武器。

“我。”从手腕上的通信志中传来飞船的声音。太空船的声音带着些许悲伤。

伊妮娅越过沙地，伸手摸摸搁浅飞船弧形的金属外壳。“你怎么样了？”

“伊妮娅女士，我已经开始了修复工作，”它说，“多谢问及。”

“你还是觉得修复时间需要六个月吗？”我问道。头顶上，最后一朵云正在消散，天空又变成了淡蓝色。或绿或白的枝叶在其下摇曳。

“约需六个标准月，”飞船说，“当然，只是修复内外两部分的功能。我没有宏观操控器，无法修复像你们那些损坏的飞行车之类的东西。”

“没事，”伊妮娅说，“我们不带这些东西。等再次见到你时，我们再修它们。”

“我们什么时候再见？”飞船说。从通信志中传出来的声音比平常轻。

孩子看着我和贝提克。谁也没有说话。最后，伊妮娅开口道：“我们**以后**会再一次需要你的服务，飞船。在你修理并等待的时间里，你能在这儿藏几个月……或者几年吗？”

“可以，”飞船说，“藏在河底怎么样？”

我望着河面上庞大的灰色飞船船体。这儿的河面很宽，也许也很深，但是一想到这艘受损的飞船藏在河底下，就感觉怪怪的。“你不会……发生泄漏吗？”我问道。

“安迪密恩先生，”飞船的口吻中似乎带着傲慢，“我是一艘星际飞船，可以穿入星云，在进入红巨星的外壳表面时也能不费吹灰之力地逃脱。如果在水中短短浸上几年，我全无可能——用你的话讲——发生泄漏。”

“抱歉，”我说道，但还是拒绝接受飞船的责难，“下水的时候别忘了关上气闸门。”

飞船没有说话。

“我们回来找你的时候，”女孩说，“能呼叫你吗？”

“用通信志波段，或者91.4无线电通用频段，”飞船说，“我会伸出一根鞭状天线，在水面上接收你们的呼叫。”

“鞭状天线，”贝提克沉思道，“这词真有趣。”

“抱歉，我记不得这个词的词源了，”飞船说，“我的记忆已经不复当初了。”

“没事，”伊妮娅说着，拍拍船壳，“你做得很好。现在你也得好好休养休养……我们回来时，希望你能恢复到顶级状态。”

“好的，伊妮娅女士。在你们顺流往下时，我会和你们保持联系，同时监控你们的行程，直到你们进入下一个远距传送门。”

贝提克和伊妮娅坐在霍鹰飞毯上，他们的背包和我们最后几箱装备把毯子挤得满满当当的。我系好笨重的飞行皮带，这意味着必须拿根绳子拴上包裹挂在胸前，一手扶着它，另一手还要拿着步枪，这样倒也能飞。我仅仅从书上看到过该如何操作电磁皮带——它们在海伯利安上不能用——但是控制器操作起来非常简单，凭直觉就行。指示器显示能量满满的，这趟旅途很短，所以我从没想过会不会掉到河里去。

我捏捏手持控制器，倾斜着飞入半空，差点刮到一棵裸子树木，我赶紧稳住身子，飞毯正悬浮在水面上十米高的地方，于是我飞过去悬停在他们旁边。虽然这身吊带内有衬垫，但穿着它吊在半空中，总没有坐在飞毯上舒服，不过，这样飞行更加刺激。我握着控制器，向他们翘起拇指，示意准备就绪，一行人开始沿河往东前进，往旭日方向前进。

飞船和瀑布之间的那片区域中，没几块沙地或河滨。但刚过瀑布，河流就变宽了，湍急的水流马上变成了一汪慢条斯理的池水。在河流南面有个好地方，贝提克正是把我们的露营装备和第一批材料放在了那儿。瀑布的声音吵极了，我们把箱子全部堆在那儿，随后我拿出斧子，望着最近的那些裸子树木。

“我在想。”瀑布哗哗作响，贝提克轻声说着，我几乎听不见。

我扛起斧子，停下手中的活。烈日当空照下，酷热难当，衬衣已经湿得紧紧贴在身上了。

“建特提斯河的时候，设计理念之一就是要使旅程愉快，”他继续道，“我在想，游艇碰见那玩意儿，会有什么愉快。”他用一根蓝色的手指指着咆哮的瀑布。

“我知道。”伊妮娅说，“我跟你想到一块儿去了。当时他们有浮置游船，但并不是每个在特提斯河上游玩的人都会乘这种船。要是你和你的小心肝来这儿想要一次浪漫的游船之旅，却行到了这瀑布之上，那真是太尴尬了。”

我站在那儿望着瀑布，水沫飞溅，上面挂着虹影。我心下思忖，以前一直觉得自己是个聪明人，而现在，是不是有点变蠢了。我以前可没想到过这种问题。“特提斯河到现在已经有三百多年的历史了，”我说，“也许这条瀑布是新近形成的。”

“也许，”贝提克说，“但我很怀疑。这些瀑布的成因，似乎是由地壳倾斜面的升降引起的，这些斜面在丛林中由北至南，一共有几英里之长。但它们的高度完全没有差别。这说明很久以前就受到侵蚀了。注意到水流中那些圆石的大小吗？我觉得自这条河存在之日起，瀑布就形成了。”

“你的特提斯旅行指南中没有提到吗？”

“没有。”机器人回答。他拿出小册子，伊妮娅接了过去。

“也许我们不是在特提斯河上，”我说，他们俩都正眼盯着我，“飞船还没有成功进行星辰定位。但是，如果这颗星球并不是原先的特提斯之旅的一部分，那会怎么样？”

伊妮娅点点头。“我也想过。如今特提斯河都被截成了一段段，传送门还在，而这儿的这些和它们是一样的。但是，谁又能说技术内核没有建造其他传送门……没有通过远距传输器连接的其他河流？”

我把斧子倒竖在地，整个人靠在斧柄上。“不管事实怎么样，我们都有麻烦了。”我说道，“你永远也找不到你的建筑师，我们也永远找不到回来的路，没法回家了。”

伊妮娅笑了。“劳尔，你杞人忧天了。自特提斯河停止运行已经过了三个世纪。也许，这儿的这条河已经开出了新的支流。也许，丛林中有别的运河或水闸，但被雨林覆盖，我们没有发现。我们不必担心这些事，只需顺流而下，看看另一座传送门在不在那儿。”

我竖起一根手指。“我又想起一件事，”我说，觉得自己比片刻之前聪明了点，“如果我们花了那么大的劲建造出木筏，往下走，却发现又有一座瀑布挡住了去传送门的路，那怎么办？也许有十座瀑布？昨晚我们没见到远距传送门，所以我们也不知道它有多远。”

“我也想过。”伊妮娅说道。

我用手指轻敲着斧柄。如果这孩子再说一次这句话，我真的会考虑拿我手里的这东西砍她。

“我已经按照伊妮娅女士的吩咐勘查过了，”机器人说，“就在前一次运东西的时候。”

我皱起眉头。“勘查？就那么点时间，你怎么可能顺河而下，飞出一百公里远？”

“对，飞不了那么远，”机器人说道，“但我可以飞得很高，还用望远镜在路线上搜索了一番。我看见这条河一路笔直流向前，大概有两百公里吧。自然，很难找到要找的东西。但在大约一百三十公里远的地方，我的确看到了拱门状的物体。而且，到拱门的整条河道中，也没看到瀑布或是大型障碍物。”

我的眉头肯定皱得更深了。“你全部都看见了？”我说道，“你飞得多高？”

“飞毯没有高度仪，”贝提克说，“但就我所看到的星球曲面和天空的黑暗程度来看，我想高度约有一百公里。”

“你穿着太空服吗？”我问道。如果人到了那个高度上，他血管中的血液就会沸腾，肺也会因为爆发性减压而破裂。“戴着呼吸器吗？”我左右四顾，但在我们一堆堆普通物品中，没有看到类似的东西。

“不，”机器人一面说，一面转身搬起一只箱子，“我只是屏住了呼吸。”

我摇摇头走开。我想，运动和独处会对我有好处。于是我开始一个人砍树。

木筏造好的时候，天差不多要黑了。如果贝提克没有和我轮流砍树，那我肯定干到深夜也搞不定。完成的产品并不漂亮，但它漂浮在了水面上。我们这个小木筏约有六米长，四米宽。筏尾叉有一根长长的撑杆，大致可以掌舵用。撑杆前方有一个凸起的区域，是伊妮娅建的单坡帐篷，前后都有入口。筏子两侧有两个拙劣的桨架，上面架着木桨，平时固定在上面，如果碰到死水或者急流，需要掌舵，可以用它来划船。我曾一度担心，蕨类的树干可能会吸水过多，万一沉了就不好办了，但我们用攀登绳索将圆木绑成两层，做成蜂窝状结构，然后在关键位置用螺栓钉牢，这样一来，筏子的地面就离水面有十五厘米的距离，坐上去感觉非常棒。

伊妮娅对微纤维帐入迷了，我得承认，她精湛高效的塑形技巧，使得我多年来造的所有棚屋都变得不值一提。站在撑杆的操纵地点上，只要一猫腰，就能进入单坡屋，它的前部有一个漂亮的屋檐，可以替我们遮挡烈日和风雨，但视线却不会受阻，屋子两侧有漂亮的前厅，我们的一箱箱装备放在那儿，不会被打湿。在帐篷的角落里，她已经摊开了塑料垫和睡袋，帐篷中部的高坐区域可以让我们很好地看清前方的东西，现在那儿堆起了一圈一米宽的石头，上面放着火盆和餐具，还有加热立方体。中心孔上吊着一盏提灯，被设置在灯笼状态。啊，我必须承认，整体效果真是惬意极了。

不过，女孩并不是整个下午都在做这顶惬意的帐篷。我本以为她会站在一旁看我们两个男人辛辛苦苦地干重活儿——那天天气越来越热，一个小时后，我就把上衣全脱了——但伊妮娅几乎是马上和我们一起干起活来，帮我们把砍下的树干拖到装备地，绑扎，钻钉子，拧螺栓和接榫，然后开始设计。她指出，我在训练中学会的安装方向舵的标准方法太过马虎，是不合格的，她把支撑三脚架的底座移到更低更远的位置，这样一来长长的撑杆操作起来就更容易了，也更有效率了。她还向我们展示了两种不同的方法，在对木筏下部的交叉支撑板进行连接时，能做得更紧、更坚固。我们所用的各种式样的圆木，都是伊妮娅用弯刀削出来的，我和贝提克只能站得远远的，以防被飞溅的木屑击中。

但是，即便三个人都卖力干活儿，等造好木筏，把装备搬到上面后，天也几乎已经黑了。

“我们今晚可以在这儿露营，明天一大早开船。”我说道，就在说话的时候，我明白自己其实不愿意那么做。他们两个也不愿意。我们爬上木筏，用长撑杆撑离河岸，如果水流过于平缓，我们将撑篙前进。贝提克掌舵，伊妮娅站在木筏的前端，留意着浅滩或者隐蔽的岩石。

最初的几个小时里，木筏之旅非常迷人，甚至可以说具有一种魔力。经过了一整天在闷热的丛林中挥汗如雨的工作，现在站在缓缓移动的筏子上，偶尔在河底的淤泥上撑上一杆，注视着黑墙般的丛林在身边缓缓而过，那可真像是天堂。太阳就在我们身后，几乎已经下山，有几分钟，河水红灿灿的，就像是滚滚的熔岩，河流两侧，裸子树木的下部被反射的光线照亮，似乎也在熊熊燃烧。天色逐渐变暗，最后变黑，我们还没看到一眼夜空，云层就从东面涌来，一如昨夜。

“我想知道飞船有没有完成定位。”伊妮娅说。

“咱们呼叫一下，问问看。”我说。

飞船还没有确定它的方位。“但我能确定，这儿不是海伯利安，也不是复兴之矢。”从手腕上的通信志中传来轻轻的声音。

“啊，真是让人松了口气呀，”我说道，“还有别的消息么？”

“我已经潜入了河底，”飞船说，“很舒服，我正准备……”

突然间，彩色的电光起伏着划过北方和西方的地平线，暴风开始猛烈地鞭打着河面，我们赶紧跑去护住我们的东西，以免被刮跑。河水泛起白浪，赶着筏子朝南边的岸上移去，通信志发出噼里啪啦的噪声。我用拇指按了一下，将手环关闭，集中精神撑篙，而贝提克也重新掌起舵来。有那么几分钟，我很害怕筏子会被浪花和咆哮的暴风撕碎。筏首正劈波斩浪地前进着，一会儿升起，一会儿落下，天很黑，唯一的亮光就是这一阵阵或绛红或绯红的闪电。这一晚，我们听见了雷声——隆隆巨响，就仿佛有人在岩石台阶上滚着庞大的铁桶，正往下朝我们奔来。与昨晚一样，极光舞动着，将天空撕裂。刹那间，一束绛红的霹雳击中了北岸上的一株裸子树，那棵树随即猛地燃烧起来，冒出五颜六色的火花，我们三人都被这景象惊呆了。身为一名前游艇船员，我开始咒骂自己的愚蠢，竟然让大家直接暴露在这样一条宽阔河流的中央——现在特提斯河已经足有一公里宽——却没有避雷针或者橡皮垫。我们什么也不能做，唯有盘坐在那儿，愁眉苦脸地看着彩色的光束劈在河两岸上，也照亮我们前方的东部地平线。

接着又突然一下子下起雨来，雷电交加。我们赶紧跑进帐篷——伊妮娅和贝提克蹲伏在前门边，警惕地留意着沙洲或者浮木，而我则站在后门边，伊妮娅造帐篷的手法很精妙，我能在撑船的同时躲在帐篷的遮蔽下。

想当年，在我还是个驳船船主的时候，湛江上常常暴雨连连。我记得当时自己缩在漏雨的旧船上，心里思索着，要是暴雨把船浸透，船会不会沉下去。但我不记得哪场雨有这次那么猛烈。

有那么一小会儿，我以为我们又来到了一座瀑布上，这座更大，我正盲目地抵着强劲的水流撑着撑杆。但事实上我们还是在往下游前进，前头并没有什么瀑布，只不过暴风雨实在是太猛烈了，我还是头一回碰到。

当时明智的做法是赶紧靠岸，等暴雨过了再上路，但是这条一望无垠的河流就像是竖立在我们面前的一堵墙，除了突然迸发的彩色电光，其他什么也看不见，我根本就不知道河岸离我们有多远，也不知道我们能不能靠岸并停好筏子。于是我把方向舵绑在高处，这样一来它就能保持船尾向后，而不会乱摆。接下来我离开岗哨，跟机器人和小孩缩在一起。天空像是开了个大口子，江河湖海正一股脑地倾倒在我们身上。

看来，女孩在塑造并稳固帐篷这方面的确有两把刷子，又或许是她运气好，反正当时那种情况下，帐篷都没有垮塌下来。我前面说我当时和他们挤在一起，但事实上，我们三个正手忙脚乱地抓着箱子，它们倒是绑得牢牢的，而筏子在一刻不停地上下颠簸，左右摇摆，四处打转。我们根本不知道筏子在朝什么方向前进，不知道筏子是不是安全地位于河中央，还是在湍流中的无数石头间乱冲乱撞，也许河流打了个弯，而我们来不及转向，筏子正铁了心地撞向悬崖。但在当时，大家早已把一切抛在了九霄云外：我们正一心保护着装备，不让它们被冲下筏子，同时也尽力互相照应。

在某个时刻——当时我正一手护着一堆背包，一手紧紧抓着女孩的衣领，而她正伸手去截住几只飞速掉出去的炊具——我从前厅往外看去，望着筏子前面，这才发现，除了帐篷所在的这个凸起的小平台之外，木筏已经全数浸在了水下。狂风刮起白浪，那些浪花在五颜六色的极光映照下，也泛着或红或黄的光芒。我记起来，我还忘了带一样东西：救生衣——水上救生漂浮器。

我把伊妮娅拉回到扑扑拍打的帐篷顶棚下，在狂风中喊道："不是零重力的话，你会游泳吗？"

"什么？"我几乎听不见她的声音，但从她的嘴唇形状我看懂了她说的是什么。

"你……会……游……泳……吗！？"

贝提克正站在摇晃的箱子中间，他抬起头来。水花击打着他的秃脑袋和长鼻子。极光爆裂的时候，那双蓝眼睛发出紫色的光彩。

伊妮娅摇摇头，虽然我不知道她到底是想说不会游，还是想说听不见。我把她拉近，她身上那件有很多口袋的背心已经湿透，在暴风的吹袭下，就像湿床单一样拍打着。“你……会……游……泳……吗？？”我声嘶力竭地大喊，差一点没气。我抬起手臂，放在身前，做着狂乱的游泳姿势。筏子颠得我们一会儿分离，一会儿接近。

从她的眼神中，我知道她听明白了。暴雨和浪花打湿了她的头发，鞭打着她的脸。她微微一笑，水花让她的嘴里全是水，她靠过来，冲着我耳畔喊道：

“谢……谢！我……很……愿……意……游……会儿……泳。但……还……是……等……以……后……吧。”

就在这时，我们肯定是撞进了一个旋涡，又或许是狂风吹在了筏子上，如同吹一面帆，让筏子开始自转起来，一开始的时候，筏子只是在原地绕圈，似乎正犹豫不前，接着它开始自转。我们三人觉得还是保命要紧，于是放开手里抓着的东西，扶稳对方，一起缩在筏子平台的中央。我意识到，伊妮娅正在喊叫——某种欢快的“哟嗬”声——没等我冲她嚷嚷叫她闭嘴，我自己也附和起她的喊叫。面对着那样一个环境——飞速自转、风暴、大雨，叫喊让人舒心，虽然雷声隆隆大响，我们根本听不见自己的声音，但是我能感觉自己的喊声在头颅和骨骼中回荡。突然间，一条绯红的电光照亮整条河流，我朝右看去，兀然见到河面上矗立起一块至少高五米的石头，筏子扭动着从旁绕过，就像是个陀螺旋转着绕过一摊炉渣，更加让我惊奇的是，贝提克正跪在地上，脑袋后仰，跟着我们一起声嘶力竭地“哟嗬”着。

风暴持续了一整晚。破晓前，雨势放缓，除了几阵间歇的倾盆大雨。那时候，极光闪电和音爆炸雷肯定已经停了，但我吃不大准，因为，当时我和我的小朋友以及机器人朋友一样，都睡得很熟，打着呼噜呢。

醒来时，天已经大亮，天空万里无云，河面很宽，平静和缓，两旁的森林缓缓而过，就像一张无缝的挂毯在我们身侧慢慢摊开。蓝色的天空也很平静。

我们就那么在日光下静静地坐了一会儿，手肘支在膝盖上，身上的衣服依旧没干，滴着水。大家都没吭声，昨晚的大旋涡依旧在我眼中回放，五颜六色的爆炸电光依旧逗留在视网膜上。

过了一会儿，伊妮娅站起身，双腿直打哆嗦。筏子表面还是湿的，但总算还浮在水面上。右舷的木头已经松脱，还有不少破烂的绳索，应该是原先的绳结。但不管怎么说，这证明我们的小船是经得起航海……经得起游河的。管它是航海还是游河。我们检查了装备，点了点有没有少东西。那个被我们挂做灯笼的提灯没了，还丢了一小盒粮食，但看样子其他东西都还在。

“嗯，你俩在边上站一会儿，”伊妮娅说，“我去准备早餐。”

她将加热立方体调到最热，一小壶水没到一分钟就沸腾了，她在自己的杯子里倒了些水，沏了杯茶，然后在咖啡壶中为我们泡好咖啡。完事后，她把壶放好，拿了个浅锅，在上面放上几片火腿，又切了几片土豆，开始煎起来。

我看着她煎，火腿发出嗞嗞的声音，“我以为你只吃素的。”

“的确是，”女孩说，“我吃麦片，还有那些难喝的复制乳，但这次我为你们掌厨，给你俩烧些好吃的，仅此一次哦。”

的确好吃。我们坐在帐篷平台的前部边缘，沐浴在阳光下，晒着湿衣服。我从湿背心的口袋里拿出那只被压扁的三角帽，拧干水，戴在头上遮挡阳光。伊妮娅见了我的样子又大笑起来。我仰头望了望贝提克，但机器人同往常一样规矩守礼，一副无动于衷的表情，就好像昨晚的“哟嗬”根本没发生过一样。

贝提克站在筏子前端，拿起撑杆——我在它上面安了个旋转座架，这样一来晚上就能在上面挂上一盏提灯。他脱掉身上破破烂烂的白衬衣，挂在座架上晾着。阳光照在他极蓝的皮肤上，闪烁着。

“旗子！”伊妮娅喊道，“正是我们这次远征需要的。”

我笑了。“可总不能挂白旗啊。那表示……”话说一半我便住口了。

我们随着水流缓缓地前进，刚在一个很大的弯处转了个弯。现在，三人都看见了庞大而古老的远距传送门，它跨立在我们两侧，矗立在头顶几百米的高处。在它宽阔的后拱顶上，长出了一棵棵树木；藤蔓爬在各式图案和凹槽上，往下垂了几米。

我们三人移步回到岗位：我负责控制方向舵，贝提克站在长长的撑杆旁，似乎已经准备好避开岩石和一些想要强行登船的东西，伊妮娅则蹲在筏子前方。

有一段很长的时间，我觉得远距传送门压根不会起作用。透过它，我望见熟悉的丛林和蓝天，而河流也穿过了它继续往前进。当我们进入巨型拱门的阴影中时，眼前的景象还是普普通通。我看见一条鱼从面前十米外的水中跃出。微风吹拂着伊妮娅的头发，在河面上梳理出一条条波纹。在我们头顶，这个古老的金属物悬在那儿，就像是孩子画笔下的一座桥。

“没啥变化嘛……”我开口道。

空气充满了静电，从某种意义上来说，甚至比昨晚的风暴还要突然、还要可怕，就仿佛有一块巨大的门帘从拱门上垂了下来，直直落向我们的脑袋。我单膝跪倒在地，感觉着那股重量，但又似乎根本没有重量。刹那间，我又感觉像是进入了一艘正在坠落的飞船，边上是突然出现的坠落场——仿佛胎儿正在黏糊糊的羊膜囊中挣扎。

接着我们进入了另一个世界。太阳不见了。日光不见了。河岸和丛林也已经不在原来的地方。四面八方全是一望无垠的水。天空似乎极为浩瀚，星星数不胜数，极为明亮，我从没想到会有这样的景象，更别提亲眼见过了。

在我们正前方，挂着三轮月亮，每一个都大如一个星球，它们如橙色的探照灯一般，照亮了伊妮娅的侧面轮廓。

31

“真令人心醉神迷。”贝提克说。

我不会像他一样用这个词来形容眼前的情景，但事实上的确恰如其分。我的第一反应是以一个个否定句来衡量周遭的环境：这不是那颗丛林星球；我们不在河流上——而是一片海洋，夜空下，无边无际的大海向四周伸展着；这里不再是白天；我们没有沉没。

波浪轻柔，然则确实是海浪，木筏的漂流方式与先前有点不同；我以船员的眼力注意到，虽然波浪似乎更加频繁地拍打木筏边缘，但一根根取自裸子树的圆木似乎也浮得更加起劲了。我单膝跪在舵旁，小心翼翼地掬起一捧海水，拿到嘴边尝了尝，但很快吐了出来，从腰带上取下军用水壶，喝了一口淡水，漱了漱口。这水竟比海伯利安上最难下咽的海水都要咸。

“哇！”伊妮娅轻声低语着。我猜她是在赞叹升起的月亮，那是三轮巨大的橙月，中间那颗庞大无比，它升起的方向我定作是东方，还有一半没跳出地平线呢，而那片天空几乎都给塞满了。伊妮娅站起身，她直立的身影映在巨大的橘黄色半球中，还不到它的一半。我绑好舵，走到木筏前端与他俩站在一起。轻柔的海浪在身下翻涌，木筏微微摇晃，我们三人只得扶住直立的桅杆，桅杆上挂着贝提克的衬衫，在夜风中扑啦啦直响。在月光和星光的照耀下，衬衫闪着白光。

有一段时间，我不再以船员的身份，而是以牧羊人的眼光审视天空。那些我儿时最喜欢的星座——天鹅座、怪老头座、双姝座、种舰座、本垒板座——全都找不到，或是星位变化太大，根本无法辨认。可银河还在：我们这个银河系那蜿蜒悠长的大道，在身后波涛汹涌的海平面那边，一直通向缓缓升起的月亮，最后在月亮的光辉中消失。通常情况下，如果天上有月亮（即便是旧地的月亮，更别提这些巨星了），星星的光芒就会变得黯淡。我猜想可能是由于碧空中全无尘埃，且四周没有其他光源，空气也较为稀薄，才为我们带来了如此奇妙的景象。很难想象，如果没有月亮的话，这些星星会是怎样。

“这里”是什么地方？我满心疑惑，但已经有了预感。“飞船，”我对通信志说道，“你还在吗？”

手环真的做出了回答，这让我有些惊讶。“下载区域还在，安迪密恩先生。需要帮忙吗？”

另外两人不再凝望上升的巨月，往通信志看过来。“你不是飞船吗？”我问，“我是说……”

“如果你是想问你是否在和飞船直接交流，答案是否定的，”通信志说，“当你们从上一座远距传送门中通过时，通信波段就被切断了。不过，这个精简版的飞船人工智能还可以接收视频信号。”

我都忘了通信志还有感光接收装置。“能告诉我们这是哪里吗？”我问。

“请稍等，”通信志说，“麻烦你把通信志往上举举——多谢——我得先搜索一下天空，匹配航空坐标。”

通信志还没搜索完毕，贝提克开口道：“我想我知道这是哪儿，安迪密恩先生。”

我也猜到了大概，不过我没打断他的话。“看这里的情形，似乎很符合无限极海的描述，”他说，“无限极海从前隶属环网，现在成了圣神的一部分。”

伊妮娅什么都没说。她还在观赏着升起的月亮，表情极为痴迷。我抬头望着几乎占满天空的橘黄色球体，可以清楚也看见它布满尘埃的表面有锈红色的云朵在流动。再仔细观察，我发现连表面的细致特征也一清二楚：棕色的污痕可能是熔岩流，长长的疤痕应该是河谷，还有支流，北极有冰原的迹象，还能隐约看见交错的辐射状线条，可能是山脊。有点像我见过的旧地星系的火星全息图——环境改造之前的。

“表面上看，无限极海有三颗月亮，”贝提克说道，“然而事实上，无限极海才是卫星，它围绕着一颗近木星大小的岩石星球转动。”

我指指布满尘埃的月亮。“就是它？”

“就是它，”机器人说。“我见过照片……没人居住，但霸主时期有许多机器人在那里采矿。”

“我也觉得这儿是无限极海。”我说，“我听一些从外星球来的圣神猎手说起过它。深海渔业很发达。他们说无限极海的海洋里有一种长触角的头索动物，能长到一百多米长……渔船遇见它，要是不先动手，会被整条吞下肚。”

然后我闭了口，三人一齐望向酒红色的深海。寂静之中，通信志突然嘀嘀叫了起来，“找到了！这片星域和我的航空数据库非常匹配。你们位于一颗亚木星行星的卫星上，与之一同绕着恒星蛇夫座70A旋转，距海伯利安二十七点九光年，距旧地星系十六点四零八二光年。该星系是个双星星系，主星蛇夫座70A距你们零点四六天文单位，伴星蛇夫座70B距你们零点八九天文单位。由于你们这儿有水和空气，几乎可以肯定你们在主星蛇夫座70A亚木星行星DB的第二颗卫星上，在霸主时期，它的名字叫无限极海。”

“多谢。”我对通信志说道。

“我还有更多的星空航空数据……”手环还在喋喋不休。

“以后再说。”我说着，关掉了通信志。

贝提克从代用桅杆上取下衬衫，穿上身。海风很强劲，空气稀薄而寒冷。我从背包里拿出隔热马甲，他俩也同样从各自的背包中取出外套。那颗惊世骇俗的月亮还在缓缓升起，升入惊世骇俗的灿烂星空。

特提斯河的无限极海这一段，夹在其他更多以娱乐为主的河段之间，短暂而宜人，《世界网旅行指南》上如是说。我们三人蹲在炉石旁，在最后一盏提灯的光亮下阅读这些书页。灯其实没必要，因为在月光的照耀下，天色就如海伯利安的多云天气一般明亮。波澜起伏的海洋之所以呈现出紫罗兰色，其实是由海里的一种浮游植物造成，与大气散射无关，虽然后者能让旅行者看到非常美丽的日落景象。这段河流很短——约五公里的航海对大多数漫游者来说已经足够——途经环网闻名的格氏海鱼烧烤坊，推荐菜品有炭烧巨型海鱼、百脚章鱼汤、上好的黄草酒。在格氏海上平台挑一座露台进餐，同时可以享受无限极海美丽的日落，以及更为美妙的月出。这颗星球以其浩瀚无垠的海洋（没有大陆，连小岛都没有）和凶狠的海洋生物（如“灯嘴大怪鱼”等）闻名，请确保你的特提斯游船位于传送门之间的中滨洋流上，并且有该星的保护体侍船随行——敬请遵守，以保证你短暂的海洋旅行，以格氏海鱼烧烤坊的美妙晚餐开始，以快乐的回忆结束。（注意：如果天气险恶，或者海洋生物活动猖獗，特提斯河无限极海的河段将被取消。下次旅行，千万别错过此地！）

就这些。我把书还给贝提克，关掉提灯，走到木筏前端，用夜视放大镜扫了扫海面。其实在三颗月亮的光芒下，根本不需要夜视镜。“这书在胡说八道，”我说，“这里距海平线至少有二十五公里，可根本看不到另一座入口。”

“也许它漂走了。”贝提克说。

“或是沉了。”伊妮娅说。

“哈哈。”我说着，扯下夜视镜，丢进背包，同他俩一起坐到发红的加热立方体旁。空气非常寒冷。

“也有一种可能，”机器人说，“就跟其他河段一样，这里分成了好几段，有些长有些短。”

“我们为什么总是碰到长的那段呢？”我说。我们正在做早饭，在昨晚漫长的风暴后，大伙都还没吃过东西，快要饿扁了，虽然在月光点点的大海上，土司、麦片、咖啡似乎感觉更像宵夜。

木筏在巨大的波涛上高低起伏，但我们很快就习惯了，没人出现晕船的迹象。喝完第二杯咖啡，我感觉好多了。旅行指南上提到的东西让我觉得有些荒谬，然而，我得承认，我不喜欢有关“灯嘴大怪鱼”的那部分。

“你挺喜欢这样的，对吧？”伊妮娅问道。我和她正坐在帐篷前，贝提克在我们背后掌着舵。

“对，”我说，“我想是的。”

“为什么？”女孩问。

我举起双手。“这是趟冒险，”我说，“可没人受伤……”

“可我觉得昨天那场风暴挺危险的。”伊妮娅说。

“嗯，对……”

“没有别的原因吗？”孩子的声音里的确带着好奇。

“我总是喜欢待在户外，”我实话实说，“野营、远离尘嚣，大自然总让我觉得……怎么说呢……让我和什么更宏大的东西有联系。”我闭了口。再说下去，我就会像个正统禅灵教徒了。

女孩靠近了些。“我父亲曾就这个话题写过一首诗，”她说，“当然，那实际上是我父亲的赛伯克隆本体，一个大流亡前的古诗人，但诗里的确有我父亲的感受。”没等我问，她又自顾自地说了下去，“他不是个哲学家。当时他还很年轻，甚至比你还小，他知道的哲学词汇很少很少，但在那首诗里，他试图清楚地描绘天人合一的各个阶段。在一封信中，他把这些阶段称为‘欢愉温度计’。”

我承认我当时吃了一惊，可以说被这短短的几句话震惊了。我还从没听过伊妮娅如此严肃地谈论一件事情，也没有使用过这样正式的词汇。而且，“欢愉温度计”这几个字在我听来隐隐有些淫秽。但我听她继续说了下去：

“父亲认为人类幸福的第一阶段是‘同宇宙精华结成友伴关系’[①]，”她轻声说。我看见坐在舵旁的贝提克也在侧耳倾听。“父亲那句话的意思，”她说，“是对大自然展开的想象和感官回应……也正是你刚才描述的那种感觉。”

---

① 济慈在《安迪密恩》中写道：“幸福在哪里？幸福在这种情绪里，/这情绪让心灵进入神圣的友谊——/同宇宙精华结成的友伴关系。”下面伊妮娅背诵的几句诗都出自《安迪密恩》。皆选用屠岸译本。

我揉揉脸，感觉胡茬儿又长长了些。再几天不刮脸，我就会变成大胡子了。我啜了口咖啡。

“对大自然的回应，父亲将诗歌、音乐、艺术都划归其中。”她说，“虽然不准确，但这是人类和宇宙产生共鸣的惯常方式——大自然激发了我们的创造力。对于父亲来说，想象即真实。他曾经写道——‘想象力可以比作亚当的梦——他醒来后发现梦境成了现实。’”

“我不是很明白，”我说，“是不是说虚构比现实……更真实？”

伊妮娅摇摇头。“不，我想他的意思是……嗯，在那首诗里，他有一段对潘神的赞歌——

你令人敬畏地打开神秘的门洞，
从这里通向无限广博的知识。

伊妮娅吹吹那杯热茶。“对父亲而言，潘神已经成了想象力的标志……尤其是浪漫的想象。”她啜了口茶，“你知道吗，劳尔，潘神是基督的寓意式先驱？”

我眨了眨眼。这孩子两天前还缠着我讲鬼故事呢。“基督？”我说。我完全是应时的产物，不敢有一丝渎神的念头。

伊妮娅喝了口茶，望着月亮。她正坐在木筏上，左臂抱着蜷起的膝盖。“父亲认为有的人——一部分人——天生具有潘神般的想象力，受其激发，会对大自然作出回应，从而被感动。”

愿你仍然做供冥想休憩的不可
思议的旅舍；正如你这样逃脱

想象，把想象推脱给仙界天国，
留下赤裸的脑筋：愿你仍然做
酵母，散布在愚笨呆钝的凡尘，
给尘世微妙的接触，叫它新生：
愿你仍然做无垠空间的象征；
倒映在大海里面的广袤苍穹；
充塞在天地之间的一个要素；
不可知……

这一段背诵之后，我们好一阵子没说话。我是听着诗长大的——牧羊人的乡野史诗、老诗人的《诗篇》、关于年轻的第谷、格力、半人马劳尔的《嘉登史诗》——过去我已习惯在繁星点点的天空下听诗，只不过我听过的、学到的、喜欢的诗，大多数都比这首要易懂得多。

万籁俱寂，只有波涛击打着木筏，微风吹拂着帐篷。过了一会儿，我说："那么，这就是你父亲对于幸福的诠释？"

伊妮娅一甩头，头发在风中摇曳。"哦，不，"她说，"这只是'欢愉温度计'理论关于幸福的第一个阶段。还有两个更高的阶段。"

"是什么呢？"贝提克问。机器人温柔的声音吓得我差点跳起来；我已经忘记了他还在木筏上，跟我们一起。

伊妮娅闭上眼，继续吟诵，她的声音轻柔悦耳，和那些毁了诗歌的摇头晃脑的歌腔完全两样。

但是这里
还有更多的纠缠，还有更甚于

自我毁灭沉醉迷惑，并逐渐
走向极端的激情：这一切的王冠
正是用爱和友谊精制而成，
它已高高地戴上了人类的头顶。

我抬头望着巨月上的沙尘暴和火山爆发的闪光。橙棕相间的地表上，飘着深褐色的云朵。“这些就是更高的阶段？”我问道，有些失望，“首先是大自然，然后是爱和友谊？”

“不完全是。”女孩说，“父亲认为，相比我们对大自然的回应，人类之间真正的友谊是更高的阶段，但我们可以达到的最高阶段是爱。”

我点点头。“就像教会宣扬的，”我说，“热爱基督……热爱人类同胞。”

“不，不，”伊妮娅说着，喝光了茶，“爸爸说的是交合之爱。性爱。”她又闭上双眼……

我深深地尝味过她的甜美的灵魂，
其他的深尝都是浅尝：一度
神圣的香泽全成了沉淀的泥土，
只想施肥于我的尘世的根株，
要我的枝柯把一个金苹果高举，
举向灿烂的天空。

听到这些，我不知该说什么。杯中还剩一点点咖啡，我把它们抖掉，清清嗓子，然后审视着硕大的月亮和依然清晰可辨的银河，过了一会儿，我说道：“那么，你觉得他当时在上什么吗？”一说完，我就想踢自己一脚。我可是在跟一个孩子说话。她可以将古诗倒背如流，或者就事论事地说，熟练地背出一首古老的情色诗歌，但她不可能理解。

伊妮娅看着我。月光下，她的大眼睛炯炯有神。“和我父亲想象出的哲学观点相比，我想，赫瑞修，在天地万物之中，应该还有更多的层面。”

“明白了。”我说着，心里却在想，*赫瑞修究竟是谁？*

“我父亲写下这些的时候，他还很年轻。”伊妮娅说，“这是他的第一首诗，却是失败之作。他想要的，他希望他的牧羊人英雄学会的，是这一切会有多么高贵——诗歌、自然、智慧、朋友的声音、勇敢的举动、陌生之地的荣耀、异性的魅力。但他在即将得到真正的精髓时，却止步不前。”

“什么真正的精髓？”我问。木筏在大海的呼吸中起伏。

“*一切运动、形状和声音的意义，*”女孩低声说，“*……一切外形和实体。一直追溯到它们的象征性本质……*”

这些话为什么如此熟悉？我过了好一阵子才回想起来。

夜幕下，我们的木筏继续在无限极海的海洋上行驶。

日出前，我们睡了两觉。吃过了两顿早餐之后，我站起身，想要看看武器。月光下吟诵哲学诗篇没啥不对，但射击精准的枪支才是根本。

不管是在飞船上，还是坠落在丛林星球的时候，我都一直没有时间检验这些轻武器，一想到身上扛的武器还没开过火，也没检查过，我就感到紧张。在地方自卫队待的短短时间里，在担任猎人向导的漫长时间里，我一直认为，熟悉一件武器，无疑和拥有一支高档的步枪一样重要——可能还更为重要。

最大的那颗月亮还没落下，太阳就升起来了——首先是双星中小的那颗，像是清晨的天空中一粒灿烂的尘埃，在它的照耀下，银河的光芒几乎看不见了，巨大的月亮也变得模糊不清；然后是那颗主星，比海伯利安的类日恒星小，但非常明亮。天空的颜色逐渐变亮，先是深蓝色，然后是钴蓝色，两颗明晃晃的太阳和一颗橙色的月亮填满了身后的天空。阳光下，拥有大气的月表像是一块烟雾弥漫的圆盘，这时肉眼已经辨别不出它的表面特征。气温逐渐升高，先是很暖和，然后慢慢热起来，最后变得炽烈。

海浪大了一些，原本温和的波浪变成了一个个两米高的巨浪，推搡着木筏，但幸好浪与浪之间相隔甚远，于是我们安稳地乘着浪花往前进，没有非常不适的反应。跟旅行指南上的描述一样，大海是一片令人不安的紫罗兰色，整齐地冒着深蓝色的浪尖，那颜色深得发黑，其中偶尔夹杂着黄藻床或者更加深紫的泡沫。木筏继续朝月亮和太阳升起的那条海平面驶去——我们认为那边是东方——希望强劲的急流可以把我们带向某处。有时候，我们感觉水流似乎根本没有载我们前进，就会拖出一根绳子，或是往木筏外丢点垃圾，看看风和水流的方向是否一致。波浪是在从南至北移动。而我们照旧往东行去。

我首先准备试用点四五，看了看弹夹，确定子弹在里面。这古老火器的弹夹和枪身是分离的，真害怕自己会在某些节骨眼上忘了重装弹药。手头已经没有多少东西可以丢下木筏，用来做射击练习的靶子，但脚边还留着几个食品包装盒，于是我丢下一个，等它漂到约十五米外时，我便朝它开火。

自动手枪发出一阵与体积不相称的巨响。我知道这些用枪子儿的东西声音都很大——我曾在新兵的基础训练中用过一些，因为冰爪叛乱者经常使用它们——但那响声差点吓得我把手枪丢进紫罗兰色的大海。伊妮娅也被吓得直起身来，她当时正注视着南方沉思着什么，就连一向镇定的机器人也跳了起来。

“对不起。”我说道，接着用双手托起沉重的武器，又开了一枪。

在使用完两夹珍贵的弹药之后，我已经确信自己可以打中十五米内的目标。如果更远的话——嗯，我希望瞄准的东西长有耳朵，会被点四五发出的响声吓破胆。

开完火，我把弹夹退出，又说起这老古董可能是布劳恩·拉米亚的。

伊妮娅看着它：“我说过，我从没见过妈妈带手枪。”

“也许她在领事乘飞船回环网时借给他了。”我边说边擦着打开枪膛的手枪。

“没有。”贝提克说。

我转头看着靠在撑杆上的他。“没有？”我问。

“拉米亚女士在‘贝纳勒斯’号上时，我见过她的武器。”机器人说，“那是把老式手枪——我想，是她父亲的——但枪柄是珍珠白的，还有激光瞄准器，并且经过改造，可以装入钢矛弹夹。”

“哦。”我说。好吧，要是先前的想法是真的该多好。“至少这东西保存完好，改造得也很棒。”我说。它肯定是放在了某种惰性盒匣里；不然，一把有千年历史的手枪压根就不能用。或者，也可能是领事在旅途中偶然获得的以假乱真的仿制品。当然，怎样都无所谓，但我面对老式武器的时候，总是会被它们所散发的——我想可以称作是历史感——震撼。

接下来，我拿起钢矛手枪开了一枪。只打了一发，就能看到它性能相当不错，谢天谢地。漂在三十米外的食品盒被炸成了上千片流沫碎片，整个浪尖忽地蹿起，微微闪光，像是在经受一场铁雨的洗礼。钢矛武器用起来会让局面变得难以收拾，很难射不中，对于目标来说很不公平，但我还是选择了它。我设好安全状态，把它放回背包。

相比之下，等离子步枪较难瞄准。我“喀哒”一下打开光学瞄准器，这把枪能瞄准的东西，近至漂在三十米外的食品盒，远到约二十五公里外的海平面，但我一枪打沉食品盒后，意识到我无从得知远距离射击是否有效。外头没有东西可用作标靶。理论上说，只要看得见，脉冲步枪就可以射中——不存在风力或弹道曲线的误差——我用望远镜看着子弹在二十公里外的波浪上砸出一个窟窿，心里却一点也没有瞄准远距目标时应有的自信。我举起步枪，瞄准身后正在西沉的巨大月亮。透过望远镜，能看见那里有一座白顶的山峰——我知道那多半是冻结的二氧化碳，而不是雪——接着，只是出于好玩的心理，我扣下扳机。与装子弹的半自动手枪比起来，等离子步枪真是安静多了：开火时发出的声音就像猫儿咳嗽了一声。望远镜倍数不足以看清是否射中，这样远的距离，两颗行星的旋转很可能会影响射击，但我很有把握刚才的射击确实击中了山峰。地方自卫队兵营总有这样的传闻，说瑞士卫兵步枪手躲在小行星或类似星体上，将附近几千公里外的驱逐者突击队员击倒。这一把戏，千年来一直没变，谁先看见敌人，谁就是赢家。

我心里想着等下再试试霰弹枪，于是就把它擦净，收好所有的武器，同时说道：“我们今天需要侦察一下。”

“你怀疑另一座传送门已经不在了？”伊妮娅问。

我耸耸肩。“指南说两扇传送门之间只有五公里。从昨晚到现在，我们至少已经漂了一百公里了，说不定还更远。”

“是不是又要用霍鹰飞毯？”女孩问。太阳正炙烤着她白皙的皮肤。

"我觉得还是用飞行皮带为好。"我说。要是有人侦察的话，至少在雷达上轮廓小一点，我心里想，但没有说出来。"你别去，孩子。"这话我说出口了，"我一个人去。"

我从帐篷下抽出飞行皮带，系紧索具，取出等离子步枪，然后激活了手动控制器。"呀，见鬼。"我骂道。皮带连一点要托起我的意思都没有。我马上觉得肯定是到了类似海伯利安的星球上，磁场飘忽不定，但接下来我看了看电力指示器。红的。没电了。用光了。"见鬼。"我又骂了一句。

我解开索具，他们两人聚到我旁边，看着我检查电线、电池匣、飞行装置。

"我们离开飞船前，刚充过电呢，"我说，"就在给霍鹰飞毯充电的同时。"

贝提克试图开启诊断程序，但因为一丁点电也没有，就连诊断都无法运行。"你的通信志应该有同样的子程序。"机器人说。

"有吗？"我蠢头蠢脑地问道。

"可以给我试试吗？"贝提克说着，指指通信志。我取下手环递给他。

贝提克揭开这个小玩意儿上的一个小格，我先前从没注意到那里竟然还能揭开。他从一条微纤上抽出一根珠头大小的导线，插进飞行皮带。指示灯闪烁起来。"飞行皮带已经损坏，"通信志说道，是飞船的声音，"电池匣约于二十七小时前耗尽。我断定是蓄电池出了问题。"

"很好。"我说，"能修好吗？还能不能再充电？"

"这块电池已经损坏，"通信志说，"但飞船的舱外储物柜中还有三块备用的。"

"很好。"我又说道。我将飞行皮带和它庞大的电池与索具一把抓起，丢到木筏外。它沉入紫罗兰色的海浪中，无影无踪了。

“一切就绪。”伊妮娅说。她正盘腿坐在霍鹰飞毯上，飘浮在木筏上方二十厘米处，“来不来陪我去四处转转？”

我没有反对，爬上飞毯坐到她身后，盘起双腿，望着她按了按飞控线。

到了五千米之上，我一边喘着粗气，一边坐在小毯子上朝外望，周遭的景象同先前在木筏上相比，似乎更为可怕。在浩瀚空旷的紫罗兰色大海上，我们的木筏只是一个小点，一个黑色小方块，漂在紫中带黑、水波粼粼的大海上。在木筏上看上去那么凶猛的巨浪，在这个高度上竟然完全看不出来。

“你父亲写下的对大自然的回应，‘同宇宙精华结成友伴关系’，我想我现在找到了另一个阶段。”我说。

“什么阶段？”伊妮娅在冰冷的空气急流中瑟瑟发抖。她身上仅披着穿到现在的汗衫和背心。

“吓得屁滚尿流。”我说。

伊妮娅大笑。我得说，我当时爱极了伊妮娅的笑声，现在想起来，也让我心里暖意融融。那种轻柔的笑声，陶醉，毫不做作，十分悦耳。我怀念极了。

“我们应该叫贝提克来侦察的。”我说。

“为什么？”

“依据他之前说的高海拔侦察，”我说，“显然他不需要呼吸空气，而且低气压之类的小事对他也毫无损伤。”

伊妮娅靠在我身上。“他并非刀枪不入。”她轻声说，“只是皮肤设计得比我们稍微强韧一点——可以在短期内起到抗压服的作用，甚至在极度真空下。另外也只是屏气的时间稍长一点而已。”

我看着她：“你对机器人很了解吗？”

“不，”伊妮娅说，“但我刚刚问过他。”她略略往前凑，双手放到飞控线上。我们正朝“东方”飞去。

我得承认，一想到我们可能会与木筏失去联系，想到也许会绕着这颗海洋星球一直飞到飞控线电力耗尽，最后一头坠向大海，成为灯嘴大怪鱼的美餐，我就心惊肉跳。我已经在惯性罗盘中将木筏设为起始点，因此，除非我把罗盘弄丢——这不大可能，因为我用一根绳子把它挂在了脖子上——总会找到回去的路，不会有事。可我仍旧担心不已。

“别飞太远。”我说。

“好的。”伊妮娅已经让速度慢下来，我估摸着现在的时速为每小时六七十公里，高度也降低了，现在可以更畅快地呼吸，空气也不再那么寒冷。但身下紫罗兰色的海洋仍旧是个无边无际的大圆。

“你的远距传输器似乎在捉弄我们。”我说。

“为什么把它们叫作我的远距传输器呢，劳尔？”

“嗯，你是它们唯一……认可的一个。”

她没有回答。

“说真的，”我说，“它们把我们送往的这些星球，你觉得有没有啥道理可讲？”

伊妮娅扭头看着我。“嗯，”她说，“我觉得有。”

我等她继续说下去。在现在的速度下，偏转力场轻微得可以忽略不计，女孩的头发被风吹拂着，拂上我的脸颊。

“你对环网了解得多不多？”她问，“远距传输器呢？”

我耸耸肩，她现在并没有回头看我，于是我大声说道：“它们是由技术内核的人工智能管理的。不管是教会的说辞，还是你马丁叔叔的《诗篇》，都认为远距传输器是个阴谋，人工智能通过它利用人类的大脑——把众多的大脑神经元变成一台巨型DNA计算机。它们就像是一群寄生虫，人类每从传送门中传送一次，就被利用一次，对吗？”

“对。”伊妮娅说。

“所以，每次我们通过这些入口，人工智能……不论在哪里……都会像巨大的扁虱一样，附在我们脑袋上，拼命吸血，对吧？”我说。

“不对。”女孩说道，又转头看着我。“并非所有远距传输器的建造、部署和维护，都是由内核的同一派成员完成的。”她说，“马丁叔叔已经完成的《诗篇》中，有没有提到我父亲发现的内核内战？”

“有。”我说着闭上双眼，努力回想从外婆口中学到的具体的诗行。现在，轮到我来背诵了。“《诗篇》中，济慈赛伯体在内核的万方网中，和某个人工智能人格交谈过。”我说。

“云门，”女孩说，“这是那个人工智能的名字。我母亲曾和父亲一起去过那儿，但和云门最后摊牌的，是我的……我的叔叔……就是第二个济慈赛伯人。继续说吧。”

“为什么叫我说？”我应道，“这些事你肯定了解得比我多。”

“不，”她说，“我认识马丁叔叔时，他还没有回去继续写《诗篇》……他说不想写下去了。告诉我，关于云门所讲的内核内战，他是怎么写的。”

我再度闭上双眼。

两个世纪以来我们就这么沉思，
然后族人开始
朝不同的方向行进：

稳定派希望保持这种共生，
反复派希望消灭人类，
终极派支持所有的选择
直到下一层次的意识诞生。
当时冲突盛行；
而现在真正的战争开始肆虐。

“对你来说，那是两百七十多标准年前。”伊妮娅说，“就在陨落之前。”

“对。”我说着，睁开双眼，搜索着汪洋大海上除了紫色波浪之外的其他物体。

“马丁叔叔的诗里有没有解释稳定派、反复派、终极派各自的动机？”

“有几句，”我说，“不过很难看懂。在那首诗里，云门和其他内核人工智能说的话都是些禅宗公案。”

伊妮娅点点头。“差不多是这样。”

“据《诗篇》所述，”我说，“内核人工智能中称为稳定派的那一群体，想继续做寄生虫，当我们使用环网时，利用人类的大脑作为能量源泉。反复派想要消灭我们。而终极派却根本无所谓，只要不妨碍他们继续研究发展机械之神……他们把它叫什么来着？”

“终极智能。”伊妮娅说着，放慢飞毯的速度，飞到更低的地方。

“对。”我说，“很深奥的玩意。它跟我们穿过这些远距传输器有什么关系呢？……要是我们还找得到下一座的话。”当时我怀疑我们根本找不到：星球太大，海洋太广阔。即使洋流正将小木筏带往正确的方向，要漂过下一个仅百米宽的圆形传送门，概率微乎其微，不用想都觉得不可能。

“远距传送门的建造和维护，并非只由稳定派一手完成，成为……你怎么说的……我们脑袋上的大扁虱。”

“好吧，”我说，“建造远距传输器的还有谁？”

“特提斯河的远距传输器是由终极派设计的。”伊妮娅说，“那是一项……嗯，我想你会说试验……有关‘缔结的虚空’的试验。这是内核对那东西的称呼……马丁在《诗篇》里用的是这个词吗？”

“对。”我说。我们现在飞得更低了，距波涛仅一千米左右，但看不见木筏或者别的任何东西。“咱们回去吧。”我说。

“好的。”我们看了看罗盘，定好回家的路线——如果一张漏雨的木筏可以被称作家的话。

“我从来都没搞懂那‘缔结的虚空’到底是什么鬼玩意儿。”我说，“是远距传输器所使用的某种超空间的东西，同时也是以我们为食的内核的藏身之地。我就明白这两点。我以为它已经在梅伊娜·悦石命令将炸弹投入远距传输器时被摧毁了。”

“‘缔结的虚空’无法被摧毁。”伊妮娅说道，声音冷冷的，似乎在想别的心事，“马丁是怎么描述它的？”

“普朗克时间与普朗克长度，”我说，“我记得不太清楚了——似乎是物理的三个基本常数的结合，重力、普朗克常数和光速。我记得诗中提到了时间和长度的极小单位。”

“长度约是10^{-35}米，”女孩说道，她将飞毯稍微加速，“时间是10^{-43}秒。”

“那对我来说毫无意义。”我说，“不就他妈的很小很短……对不起我说粗话了。”

“我宽恕你。”女孩说。我们正在缓慢爬升。“但重要的不是时间或长度，而是它们怎样组合进……缔结的虚空。在我出生前，父亲曾试图把这一点给我解释明白……”

听到这话，我眨眨眼，但接着听了下去。

“……你知道行星数据网吧？”

“对。”我说，拍了拍通信志，“这小玩意儿说，无限极海没有数据网。”

“对。”伊妮娅说，“但在从前，大多数环网星球都有。有了数据网，于是又有了万方网。”

“远距传输的媒介……那什么虚空……连接起了数据网，对吧？”我说，“军部和霸主的电子政府、全局，使用万方网和超光仪互相联系。”

“对。”伊妮娅说，“实际上，万方网就存在于超光线路的次级位面中。”

“我不知道。”我说。在我出生之前，超光媒介就已消失了。

“超光线路在陨落时断开了，你记不记得它显示的最后一条信息？”女孩问。

“记得。”我说道，闭上双眼。这次，脑海里没有浮现出诗句。《诗篇》的结尾太含糊其词，我老是没兴趣把所有诗节都记下来，尽管外婆一次次要求我这么做。“内核发来了一条神秘的消息。”我说，“大致是——挂断这条线路，不要再接上来了。”

“这条消息，”伊妮娅说，“是这样的——**从今往后，此频段将不再允许你们的滥用。你们已经干扰到了其他极为严肃地使用此频段的人。当你们明白此频段的真正用途之时，我们将恢复它的访问。**”

“对。”我说，“我想，《诗篇》中就是这么说的。然后这一超弦媒介就停止了工作。内核发了那条消息，然后关闭了超光线路。”

“那条消息不是内核发的。”伊妮娅说。

我还记得当时寒冷是怎样缓慢地贯穿全身，尽管当时有两颗太阳照射着我。“不是他们？”我愚蠢地问道，“那是谁？”

“问得好。”孩子说，“父亲每次谈起超元网——那是一个更宽广的数据平面，以某种方式连接进缔结的虚空——他总是说那里遍布狮虎熊。”

“狮虎熊。”我重复道。这些都是旧地的动物，我想它们应该没有参与大流亡，在三八年的天大之误后，旧地被黑洞吞噬，它们——哪怕连DNA样本——也应该早已灭绝，不可能转移到那里去。

“嗯，”伊妮娅说，“真希望有一天能跟它们见面。我们到了。”

我从她肩膀上看过去。现在我们在海洋的一千米之上，木筏看上去极为渺小，但还能很清楚地看见。贝提克站在方向舵旁——在中午的热气下他又光着膀子——向我们挥动他那蓝色的胳膊。我们两人也向他挥手作答。

“希望午饭能有好东西吃。”伊妮娅说。

“没有的话，”我说，“咱们就只好去格氏海鱼烧烤坊了。”

伊妮娅笑了，设好路径，向家滑翔而去。

当我们看到东方地平线上有灯光闪耀时，天色刚黑，月亮还没有升起来。我们奔向木筏前端，想看清楚那是什么东西——伊妮娅拿起望远镜观察着，贝提克把夜视镜开到最大倍率，而我则用步枪的专用观察器看着。

“不是拱门。”伊妮娅说，“是海洋里的一座平台——很大——建立在某种支柱上。”

“不过，我倒是看见了拱门。”机器人说，他正看着灯光北面的地方。女孩和我也朝那边望去。

拱门隐约可见，负空间中的一段弦，刺入海平面上的银河。平台比它近了几公里，正闪烁着导航信标，大致能看得见一些窗户，亮着灯。它隔在了我们和远距传输器中间。

“该死，”我说，“不知道那是什么鬼地方。”

“格氏烧烤坊？”伊妮娅说。

我叹了口气。“哎，就算是的话，恐怕也早换新主人了。特提斯河可是足足两个世纪都没观光客了啊。”我通过观察器仔细看着巨大的平台。“有很多层。”我低声说道，“泊着几艘船……我敢打赌是渔船。还有一块场地专用来停掠行艇或其他飞行器。好像还有两架扑翼飞机拴在那里。”

“扑翼飞机是什么？”女孩问道，放下望远镜。

贝提克答道：“是一种飞机，机翼会动，很像一种昆虫，伊妮娅女士。在霸主时期很常见，虽然海伯利安上比较少见。我记得它们也被叫作蜻蜓。”

“现在也还这么叫。”我说，“圣神在海伯利安上也有几架，我曾在大熊冰架上看到过一次。”我又举起观察器，能看到蜻蜓的前部有眼状玻璃窗，里面似乎正透着亮光。“的确是扑翼飞机。”我说。

“要去传送门，得先经过那座平台，但是如果想不被探测到的话，似乎有些不太容易。”贝提克说。

“快，”我赶紧转头不看闪耀的灯光，“快把帐篷和桅杆放下。”

我们之前又把帐篷重新搭过，在船的右舷后方做了一间小房间，作为盥洗室或私密空间，不过我从不进到里面去。现在我们撤下了微纤维帐篷，把它折成手掌那么大的一小块。贝提克放下了筏首的杆子。“方向舵怎么办？”他问。

我盯着它看了一会儿。“留着吧。它不大会被雷达探测到，而且也不比我们高。”

现在，伊妮娅又拿起望远镜审视平台。“我觉得他们现在看不见我们。”她说，“大部分时间里，我们身前身后都是海浪。但等我们靠近……”

“或者月亮升起的时候。”我补充道。

贝提克在火炉边坐下。“如果我们远远地绕开这个平台，朝入口……”

我抓抓脸，听着胡茬发出的声音。“对。我还想过用飞行皮带拖我们过去，可……”

“我们有飞毯。”女孩说着，跟我们一起蹲到加热立方体旁。卸去帐篷后，小平台看上去空空荡荡的。

“可我们怎么栓拖绳呢？”我说，“在霍鹰飞毯上烧个洞吗？”

“要是有索具的话……”机器人开口道。

“飞行皮带上倒是有不错的套索。”我说，“可我已经拿它喂灯嘴大怪鱼了。”

“我们可以自己装配个套具，”贝提克继续道，“然后把拖绳系在坐霍鹰飞毯的人身上。”

“对，”我说，“可一旦我们上了天，飞毯就非常容易被雷达探测到。既然他们平台上停着掠行艇和扑翼飞机，那几乎可以断定，他们肯定有什么交通管制措施，不管有多么原始。”

“我们可以尽量飞低一些。”伊妮娅说，“让飞毯保持在波浪上方……跟我们现在差不多高。”

我抓抓下巴。“可以办到，”我说，“可如果我们绕个大圈子，使我们不被平台发现，到达传送门时，月亮也早已升起。该死……即便我们沿海流直线前进，也无法在月亮升起前到达传送门。在那样的光亮中，他们肯定会看见我们。另外，传送门离平台只有一公里左右。他们的位置很高，在那么近的距离下，肯定会发现我们的。”

“我们并不知道他们是不是在找我们。”女孩说。

我点点头。那位在帕瓦蒂和复兴星系等我们的神父舰长的影像始终萦绕在我脑海中：一身黑色圣神舰队制服，还有罗马衣领。我甚至有些期望他就在平台上，与圣神军队一起等着我们。

“不管他们找没找，都没多大关系。”我说，“即便他们不知道我们的事，只是出来救我们，我们有没有办法编个谎话，自圆其说？”

伊妮娅笑了：“我们本想出来逛逛大海晒晒月亮，结果迷路了？你说得对，劳尔。如果他们来救我们，那我们就得在接下来的一年里，向圣神当局解释我们是谁。他们可能根本没在找我们，不过你刚才说，他们在这颗星球上……”

“对，”贝提克说，“圣神对无限极海有很大的兴趣。从我们在大学城里收集到的信息来看，圣神显然很早以前就涉足这里，重建本地秩序，创立海洋养殖集团，劝说本地的陨落幸存者皈依为重生基督徒。无限极海曾是霸主保护体；现在，又成了教会全权拥有的下属机构。”

“坏消息，”伊妮娅说，她看看机器人，又看看我，“有什么主意吗？”

“我是这么想的，”我说着，站起身来，虽然距平台至少还有十五公里，但我们一直不敢大声交谈，“与其猜谁在那儿，猜他们在做什么，还不如亲眼去瞧瞧呢？说不定只是几个格氏后人和一些睡觉的渔民。”

伊妮娅发出懊恼的叹息：“你猜，第一次看见那些灯光时，我以为那是啥？”

“啥？”我问。

“马丁叔叔的洗手间。”

“你说啥？”机器人问。

伊妮娅拍拍膝盖：“真的。妈妈曾经说，马丁·塞利纳斯在环网时代是个大名鼎鼎的签约作家，他有座跨星家宅。”

我皱皱眉：“外婆跟我讲过这些。连接房间的不是门，而是远距传输器。一座房子，每个房间都位于好几个不同的星球。”

“是十几个星球，如果妈妈说的是真的。”伊妮娅说，“他的洗手间在无限极海，其实啥都没有……就是个带马桶的浮船坞，连墙跟天花板都没有。”

我看着海浪。“天人合一也不过如此嘛。”我说着，拍拍大腿，“好啦，我要走了，再不走就没胆了。”

他们没有反对我，也没提出替我去。要是他们提出，我可能就不去了。

我换上深色裤子、颜色最深的毛衣，又往身上套了件土褐色背心，我这么做的时候，觉得有点伤感。突击队士兵上战场，我脑子里有个嘲讽的声音低声说道。我叫它闭嘴，系好挂着手枪的腰带，又从弹药包里取出三根雷管和一枚塑料炸弹，揣进腰带上的小袋中，把夜视镜从头上滑下，不带的时候可以藏在背心衣领中，不会引人注意，最后，我把通信器的耳机塞进耳朵里，高敏话筒压到喉头，不出声便能传话出来。伊妮娅戴上另一个耳机，试了试通信器。我拿下通信志，递给贝提克。“这东西太容易反光。”我说，

“而且，飞船可能会在什么紧要关头报出星空导航的数据。”

机器人点点头，把手环放进衬衫口袋。“你有什么计划吗，安迪密恩先生？”

“船到桥头自然直。”我说着，把霍鹰飞毯升高到刚刚高过木筏的水平面，然后摸摸伊妮娅的肩膀——碰触间突然觉得像是触了电。之前我们牵手时，我就有过这种感觉。当然，跟性绝没有关系，只是一种电击感。“待得低一点，孩子，”我低声对她说，“要是我需要帮助，会大声喊你的。”

璀璨的星辉下，她的眼神很严肃：“没用的，劳尔。我们到不了那里，无法帮你。”

“我知道，开个玩笑嘛。”

“别开玩笑。”她低声说，“记住，如果到木筏通过入口的时候，你没有赶回来和我在一起，那你就只能被留在这儿了。”

我点点头，比起担心被乱枪打死，这个想法更让我冷静了几分。“我会回来的。”我低声说，“在我看来，水流会把我们带往平台，不消……你觉得还有多久，贝提克？”

“大约一个小时，安迪密恩先生。”

“嗯，我也这么想。到那时，那些该死的月亮差不多会升起了。我会……想办法引开他们的注意。”我又拍拍伊妮娅的肩膀，接着朝贝提克点点头，驾着飞毯飞到海上。

哪怕天上有亮得出奇的星光，我还戴着夜视镜，但要驾着霍鹰飞毯飞过区区几公里到达平台，仍然相当困难。我必须尽量藏身在波浪之中，也就是说，我得努力飞得比浪尖低。这活干起来相当棘手。我不知道如果撞上这些波澜壮阔、慢速推进的浪尖，会发生什么事——也许什么都不会发生，也许霍鹰飞毯的飞控线会短路——但我也没打算去亲身体验一下。

随着我慢慢逼近，平台看上去变得越来越庞大。这两天来，我没有在海上见过除了木筏之外的任何东西，平台的确大极了——从外表看，有钢架结构，但大多是深色木料，由二十多根塔门支撑着，立于海面波涛的十五米上方……我突然想到，这片海上要是起了风暴会是什么景象，于是庆幸居然没有遇上——平台自身也有很多层：低一些的楼层和船坞处，至少有五条长长的渔船在上下浮动，看样子是主楼层的下方有楼梯和亮着灯的房间，此外还可看见两个塔楼——其中一个装有小型雷达反射镜——以及三块飞机起降平台，从木筏上仅看得到其中一块。现在我能看见六七架扑翼飞机，它们蜻蜓般的翅膀被捆绑了起来，在雷达塔楼旁边的圆形平台上，停着两艘更大的掠行艇。

乘飞毯飞过这里时，我已经琢磨出一个完美的计划：先制造声东击西的假象——这就是我带上雷管和塑料炸弹的原因，这些炸弹很小，但至少可以生起火来——然后偷架蜻蜓，要是被他们发现了，就径直飞进入口，否则就用它来拖着木筏高速前进。

这是个好计划，不过有一点瑕疵：我不懂得怎样开扑翼飞机。我在浪漫港剧院或地方自卫队的娱乐室里看过的全息影剧中，从来没见过这样的飞机。那些片子里的主人公，不管偷到任何东西，拿过来就会驾驶——掠行艇、电磁车、扑翼飞机、直升机、硬式飞艇、太空船。显然，我没受过英雄基本功训练；就算我成功潜入其中一架飞机，也只能咬着指甲瞪着控制面板，坐等圣神卫兵抓住我。在霸主时代当英雄肯定容易得多——那时候的机器都很聪明，弥补了英雄的愚蠢。事实上——虽然我不太愿向旅伴们承认——我会开的交通工具没几种，只有驳船、最简单的地行车，还必须是海伯利安地方自卫队用过的那种车型。如果要自个儿驾驶什么……嗯，幸好先前那艘太空船没有控制室。

我摇摇头，甩掉这些关于自己英雄短板的幻想，集中注意力飞完到平台前的最后几百米。现在，我可以相当清楚地看见灯光：停机层附近塔楼上的导航信标、每个船坞上闪烁的绿光、亮灯的窗户。很多很多窗户。我决定降落在平台最昏暗的那块地方，东边那座雷达塔楼的正下方，于是驾着飞毯，绕一条长长的弧形线路，缓慢地在浪尖中接近那个地方。回头看去，我有些期望能看见木筏紧紧跟在我身后，但海平面上一片空荡。

*希望这些人也看不到木筏。*现在，我已经能听到话语声和笑声：男人的声音，低沉的大笑。听起来像是我曾服务过的那些环网猎手，嗜酒如命，性情敦厚，但同时也有点像我在自卫队服役时的那些呆瓜战友。我集中注意力保持飞毯在较低高度，同时不被水溅湿，并且偷偷往平台上升。

“快到了。”我对通信装置默声说道。

“好的。”耳朵里传出伊妮娅低声的回应。我们说好，除非她那里有紧急情况，不然只需要回答我的呼叫。

我悬停在那儿，这边的主平台下方，是一系列的横梁、撑柱、附属甲板、狭小通道，错综复杂，如迷宫一般。不同于北边和西边灯火通明的楼梯，这里很黑——可能是视察专用的小道——然后我挑了最低最暗的一处，驾着飞毯降落。我关闭了飞控线，把小毯子卷起来，用绳子绑在两根横梁的交会处，挥刀斩断绳子，然后插刀回鞘，拉下背心盖住，脑海里突然冒出一个景象，也许在某时将不得不用这刀捅死谁，这想法让我不寒而栗。除了赫瑞格先生那场意外，我从没在肉搏战中杀死过任何人。我向上帝祈祷，再也不要杀人。

楼梯在我柔软的靴子底下发出吱嘎的声音，我希望这些声音能被波涛拍打塔门的声音和头顶传来的笑声盖过。我爬上两段楼梯，发现一架梯子，随即爬上，顶上有一扇活板门，没上锁。我慢慢推起它，有点担心会不会把一个坐在上面的持枪警卫翻倒。

我缓缓抬起头，看出这是塔楼靠海面停机层的一部分，十米之上，雷达天线正在转动，每转一次，它的暗影便将明亮的银河切断一次。

我爬上停机层，克制住想要踮起脚尖的冲动，走到塔楼一角。飞行甲板上系着两架巨大的掠行艇，但看起来黑漆漆的，空无一人。下层飞行甲板上停着几艘扑翼飞机，星光在它们昆虫般的翅翼上闪烁，黑色的观测透明罩上，闪耀着来自我们银河系的光芒。我走到上层甲板，把塑料炸弹贴到最近的一艘掠行艇底下，接上雷管，只要利用通信装置发射出适当的频码，就可将其引爆。在做这些事的时候，我老感觉有人已暗中发现了我，禁不住有些背脊发麻。然后我走下梯子，走到停扑翼飞机的那层，重复了同样的工作。我几乎肯定，就在这边亮着灯的窗户或港口处，正有人在观察我的一举一动，但没人叫唤。于是我尽量装作漫不经心，蹑手蹑脚从扑翼飞机停机层顺着小道往上走，在塔楼拐角处朝外张望。

从塔楼伸出另一段楼梯，通向下方的主平台。那里的窗户很明亮，现在拉下了百叶窗，竖起了防风板。笑声更嘈杂了，有人在唱歌，还有锅碗瓢盆撞击的声音。

我吸了口气，走下楼梯，越过一块甲板，避开门口，沿另一条小道往前走。然后我猫着腰，走过亮灯的窗户，同时努力屏住呼吸，稳住狂跳不止的心脏。要是现在有人从第一扇门走出来，那回去的路就被挡住了，我就没法回去拿霍鹰飞毯了。我的手伸到背心底下，摸摸皮套搭子下点四五手枪的枪把，试图想象一些勇敢的举动，可想到的都是快点回到我们的木筏上。我已经把声东击西的炸药放好了……还需要做什么？我意识到，我之所以还不回去，不只是出于好奇：如果这些人不是圣神军人，那我就不能引爆塑料炸弹。在尖爪冰架上参军期间，敌方反叛军选择炸弹做武器——丢进村庄，丢进地方自卫队营房，给雪地机车和小船装上一堆炸药，不管是平民还是自卫队士兵，一概杀死——我总觉得这是懦弱和下三滥的表现。炸弹这武器完全没有识别力，不论是无辜的人还是敌军士兵，统统格杀勿论。我知道，这种说教很傻，但即使明知这些小炸药顶多只会给没人的飞机放把火，我也只在别无选择时引爆它们。这里的人——也许还有女人和孩子——跟我们可无冤无仇。

我缓缓抬起头，偷偷透过最近的窗户看进去，这动作慢得荒唐，令我饱受折磨，刚看一眼，就赶紧低下，以免被人发现。锅碗瓢盆的声音来自一个明亮的厨房区——作个纠正，应该是船上的膳房，因为这里称得上是艘船。里面有六七人，全是男的，都是当兵的年纪，但没穿军装，只穿了汗衫，系着围裙。他们在打扫卫生、收拾东西、洗餐具。显然，吃晚饭的时间早已过了。

于是我贴着墙，继续猫着腰走过整条小道，轻轻走下又一条楼梯，在一长排窗户前停下，躲在两面墙相交的阴影角落里，朝西的墙上开着几扇窗户，无须抬头，就能看到里面的情况。这是个食堂——或者是餐厅。里面约坐有三十人，全是男的！面前摆着一杯杯咖啡，有的在吸重组香烟，至少有一个人在喝威士忌：或者说是装在酒瓶里的琥珀色液体，管他是什么，反正不用太在意。

这些人中，许多身着卡其布服装，但看不出是制服还是本地渔民的传统服饰。没看见一件圣神制服，这真是好事一桩。现在看来，也许这只是个捕鱼平台，只是一家旅馆，供那些不在乎花费多年时间债——应该说是不在乎朋友和家人多年思念的那些有钱的外星傻蛋下榻——供他们体验捕杀大怪物的刺激。见鬼，也许我还能认得一些人：他们现在是渔客，拜访海伯利安的时候是猎鸭人。但我可没兴趣进去瞧瞧。

现在我的信心恢复了些，我沿着长长的走道往前进，灯光透过窗户洒在我身上。似乎没有警卫，也没有岗哨。也许根本就不需要转移他们的注意力——不管月亮有没有升起，直接把木筏从这群人身边开过，谁也不会发现。那时候，他们或许在睡觉，或许在饮酒嬉闹，而我们则可顺着水流直接驶入远距传送门。现在我已能用肉眼看见它，就在东北方向，不到两公里外，一道细细的黑弧架在繁星点点的天空下。等我们到达入口，我就可以发射出预设的波频，不是来引爆埋下的塑料炸弹，而是取消引爆程序。

我转过拐角，但眼睛依旧望着传送门，不想竟撞上了靠在墙边的一个男子。栏杆那边还站着两个人，其中一人手里拿着夜视望远镜，正朝北方眺望。栏杆边的两人都带有武器。

“嘿！”撞上的那人朝我喊道。

“抱歉。”我说。在全息电影里，我可从没见过这样的场景。

栏杆旁的两人肩上挎着小型钢矛枪，胳膊随意地扶在武器上，就是无数世纪以来军人常摆的一种傲慢姿势。现在，其中一个转过枪头对准我。我撞上的那人先前正要点烟，现在他摇灭了火柴，从嘴上取下点燃的烟，瞪着眼睛望着我。

“你在这儿干什么？”他问。这人比我年轻些——按标准年龄算，也许刚二十出头——我现在看清，他身上穿着的，是圣神地面部队制服的一种，别着上尉的领徽，在海伯利安时，我经常对这样的人敬礼。他的方言口音很浓重，但没法听出来自哪个地方。

“呼吸点新鲜空气。”我笨拙地答道，但心里面却有一部分在想，一个真正的英雄会马上掏出手枪，“砰砰砰”连开三枪。而理智的一面则告诉我，千万别这么做。

另一个圣神士兵也条件反射地拽了拽钢矛枪的背带，我听到安全栓拔下时发出的“咔嗒”。“你是克林曼一伙的？”他用同样浓重的方言问道，“还是奇塔人那伙？”他的发音是“害死奇塔人那伙”，不知道他说的到底是“其他人”“奇塔人”还是“七大人”。也许，这里是关押落难贵族的海上集中营。也许，我现在正竭尽全力调动所有的口才细胞，弄得心脏在胸腔里咚咚乱撞，真害怕我立马会在这两人面前心脏病突发。

“克林曼。”我答道。要尽量少说话，我不会说方言，这很可能使我露馅。

圣神上尉竖起大拇指，指指对面的门口。“你知道规矩的，晚上实行宵禁。”你子导规矩的，万桑死刑宵禁。

我点点头，努力表现出悔悟的样子。我后腰上别着枪套，马甲只能盖住它的顶部。不过他们可能根本没注意到手枪。

“快过来。”上尉说着，又竖起大拇指，然后转过身领路。快国赖！那两个当兵的手依然扶在钢矛枪上。在这么近的距离内，要是他们开火，我浑身上下就只能剩下一点肉渣，还不够塞进一只靴子下葬。

我跟着上尉走下小道，进了门，来到我这辈子见过的最亮、最拥挤的屋子。

32

他们厌倦了死亡。六十三天内穿越了八个星系，经历八次可怕的死亡与八次痛苦的重生之后，德索亚神父舰长、格列高利亚斯中士、纪下士、持枪兵芮提戈四人，无一不厌倦了死亡与重生。

现在，每一次重生后，德索亚就会赤身站在镜子前，审视自己闪闪发光的红色皮肤，像是被活剥了人皮一样；然后，他会小心翼翼地碰碰胸膛的皮肉之下那忽而青紫、忽而绯红的十字形。每次重生后的头几天，德索亚都感觉脑袋迷迷糊糊的，双手也一次比一次颤抖得厉害。声音对他来说变得极其遥远，不论对他说话的人是圣神元帅、行星总督，还是教区教士，他似乎都不能完全集中注意力。

德索亚开始换上教区教士的行头，脱下整洁的圣神神父舰长制服，换成法衣，上好衣领。他的腰带上系有一串念玫瑰经用的念珠，他几乎一刻不停地祷念着，拨转它如同阿拉伯排忧串珠：祈祷令他冷静，助他理清思绪。德索亚神父舰长不再梦见伊妮娅是他的女儿，也不再梦见复兴之矢和他的妹妹马利亚。但他梦见哈米吉多顿——那些可怕的梦境中，环轨森林熊熊燃烧，星球陷入火海，死光扫过肥沃的农地山谷，所过之处只留遍野横尸。

在他们首次特提斯河星球的旅程之后，他明白他估算错了。在复兴星系时，他宣称，假设在每个星系花三天时间重生，发出警告，然后立即前往下一个目的地，那么两个标准年足以遍历两百颗星球。但实际操作起来，却不尽如此。

第一颗星球是鲸逖中心，先前疆土辽阔的霸主世界网的行政中心。在环网时代，它曾是上百亿人口的家园，无数轨道城市与聚居地环绕星球旋转，组成了一个实实在在的星环，它们各自拥有太空升降梯、远距传输器、特提斯河、中央广场、超光通信仪等林林总总的便捷服务。这里也是霸主数据平台万方网的中心，同时还是政府大楼的本部，当年梅伊娜·悦石一声令下，军部的飞船摧毁了环网远距传输器，鲸心在陨落中遭到重创，悦石本人也在政府大楼里死于狂怒暴民的重拳之下。随着动力网的崩溃，飘浮建筑轰然坠毁。城市里还有些尖塔，其中好些有几百层高，仅由远距传输器连接，没有任何楼梯或电梯，于是成千上万的人在里边饿死，或是等不及掠行艇的救援就跳楼身亡。这颗星球没有本土农业，食物从一千颗星球进口而来，运输方式是以行星为基地的远距传输器，或是巨大的环轨空运传送门。饥荒暴动在鲸心上持续了五十个当地年，约合三十标准年，当暴动过去，已有数十亿人死于同类手下，另外还有几十亿人死于饥荒。

早在环网时代，鲸逖中心就已经成为一颗复杂莫测、放浪不羁的星球。很少有宗教得以在此扎根，除了那些最为放纵或极端的流派。末日赎罪教派，即伯劳教会，就曾在这些无趣的世故之人中风靡一时。但在霸主扩张的数个世纪里，鲸心上真正崇拜的偶像只有权力：追寻权力、接近权力、维持权力。权势已经成为数十亿人的上帝，而当那上帝从神座上跌落，下坠途中还不忘拉下数十亿崇拜者为其垫背，于是，在城市的残垣断壁间，幸存者一面诅咒有关权势的记忆，一面在腐朽的摩天大楼的阴影之下，从零开始摸索出农耕的生活，在废弃的公路、航线、古老的中央广场商业区的残骸之间，用他们手中的犁开垦田地，从特提斯河里捕食鲤鱼，而那河曾经日载上千精雕细琢的游艇与娱乐游船。

鲸逖中心恰是滋长重生基督教、新天主教的温床，陨落过去六十标准年后，教会传教团和圣神警察抵达这颗行星，此地十数亿幸存者开始诚挚而广泛地皈依上帝。那些环网时代商企与政府大厦的尖塔，虽已荒废，却依然高大而洁白，如今终于被拆毁，新生的鲸逖中心上，新生的人们用双手清理出它们的砖石、智能玻璃和塑钢，建造出了大量教堂，里面每一周的每一天都挤满了感恩的虔诚信徒。

在重建后的人类势力版图，也就是我们所知的圣神版图中，鲸逖中心的大主教成为最重要——并且，千真万确——最有权有势的人之一，影响力堪与佩森的教皇陛下分庭抗礼。他的权力急速膨胀，持续增长，除非教皇尊荣一怒，不然无人胆敢越界（耶稣纪元二九七八年，即陨落过后第一二六年，克劳斯·克罗南伯格枢机大人被逐出教会的事件，促进了此一人之下、万人之上局面的建立）。

这一切便是德索亚神父舰长在他第一次从复兴星系向外空跃迁时发现的。他之前预测，两年，也就是大约六百天内，将经历两百次自我强加的死亡，走遍前特提斯河流经的所有星球。

他和手下的瑞士卫兵在鲸逖中心待了八天。“拉斐尔”号带着它的脉冲自动信标（里面封装着编码信息）进入了星系；戍守在那里的圣神舰队迅速作出回应，于十四小时内与其汇合。减速进入鲸心轨道交通线又花了八小时，接着又用了四小时传送，他们的待苏体才终于得以抵达行星首府圣保罗的官方重生龛。这样就花去了整整一天。

三天的正规重生及一天的强制休息后，德索亚会见了鲸心的大主教——阿吉拉·茜尔华斯基大人，这就必须再忍耐整整一天的冗长仪节。德索亚带着一件鲜为人知的权力授权物：教皇触显，大主教的教枢定是如猎狗嗅探气味一般，找到了其中的缘由，获悉了此权力的源头。几小时内，德索亚就察觉到一丝意欲攫取本地最高权力的复杂阴谋：眼下，茜尔华斯基大主教还不敢妄想成为枢机，因为自克罗南伯格被逐出教会以来，还没有任何一位鲸心的精神领袖，能够在调任至佩森与梵蒂冈之前，就被擢升到大主教之上的地位，但她目前在这个圣神辖区中的权力，要比大多数枢机的权力大得多，其中一项，就是有权任免当前的圣神舰队元帅。她一定明白德索亚携带的物件所代表的教皇权威，并认为它对自己将来的归属没有任何不利影响。

德索亚神父舰长根本不在乎茜尔华斯基大主教的妄想症，也不在乎鲸心上的教会政局。他只关心该如何阻断此地的远距传送门，不让敌人从这里逃跑。在传送到鲸逖空间的第五天，他从圣保罗大教堂及大主教行宫出发，走过五百米，来到河边。那里只有一截小支流，被挖掘成运河，流经整座城市，但它曾属于特提斯河的一部分。

巨大的远距传送门依然保存完好，因为工程师们认为，任何想要拆除它们的举措都必定会引发热核爆炸，于是长久以来，这里就被用来悬挂教会的旗幅，但此地的两座入口离得很近——蜿蜒的特提斯河仅有两公里长，经过繁华的政府大楼和齐整的鹿苑花园。现在，德索亚神父舰长、手下的三名士兵与几十位宣誓为茜尔华斯基大主教效忠的圣神警卫兵同行，他们一起站立在第一座入口前，视线越过碧草青青的河畔，望向一条三十米长的挂毯，图案是圣保罗的殉难，它悬挂在第二座入口上，纤毫毕现，近处是主教宫殿花园里繁花似锦的桃林。

先前特提斯河的这一部分现已归属于大主教大人的私人花园，所以运河沿岸及河上的所有桥梁都派有卫兵把守。但古老的人工遗迹（曾经的远距传送门）却没有得到特别的注意，内卫队的指挥官向德索亚保证，从没有任何船只或未经授权的个人能从这些入口进出，运河沿岸亦是如此。

德索亚坚持要派常设警卫守护入口。他要求架设相机，一天二十九小时监视，还要用上传感器、警报、绊网。当地圣神军队与大主教商议后，勉强履行了这些他们认为干涉其主权的行为。德索亚对这没用的政治活动都快绝望了。

第六天，纪下士莫名发起高烧，住进了医院。德索亚坚信这是重生引起的症状：他们中的每个人都各自忍受着战栗、情绪波荡和身体不适。到第七天，纪下士已经能够下地走路，他恳求德索亚让他离开病房，离开这颗星球，但现在，大主教却坚持要德索亚参加当晚的大弥撒，向尤利乌斯教皇陛下表示敬意。德索亚难以拒绝，于是当晚，在持有王节、饰有粉红纽扣的蒙席们的簇拥下，在铸有教皇三重冠和十字形钥匙图案的巨大徽章之下（德索亚脖子上挂着的教皇触显也具有同样的图案），在薰香的烟雾缭绕下，在洁白的主教法冠和叮当作响的铃铛之间，在由六百名孩童组成的唱诗班的庄严歌声中，来自马德雷德迪奥斯的简朴神父战士与优雅的大主教一同赞颂了基督神秘的十字形与复活。当晚，格列高利亚斯中士从德索亚手里领过圣餐——在他们的搜寻之旅中，每晚的圣餐仪式都是德索亚的职责，还有另外一部分人被选出来接受圣饼，默祷十字形的成就，它已成功地给予了他们永生。与此同时，三千信徒在晦暗的教堂烛光下祈祷守候。

第八天，他们离开星系，德索亚神父舰长第一次如此欢迎死亡的到来，那将是解脱的手段。

他们在天国之门上的重生龛里苏醒，这颗星球曾经环境严酷，到环网时代被改造得绿树成荫，舒适宜人，而现在很大程度上，又恢复了其本来的面目：沸腾的泥浆、致命的沼泽、不能呼吸的大气；天空中，织女星辐射出耀眼的射线。这些传送门到底通向何处？他们在复兴之矢上没有找到任何线索，于是，“拉斐尔”号的蠢蛋电脑选出古老的特提斯河流经的一系列星球，计算出最有效率的访问顺序。但德索亚感兴趣的，是他们离旧地星系越来越近——比鲸心的十二光年还要近，现在，天国之门和旧地星系的距离只有八光年多一点。德索亚意识到自己很愿意访问旧地星系，尽管旧地已经不复存在，尽管，事实上火星与其他适宜居住的行星、月球及小行星带都已成为偏僻的死水一潭，圣神对他们的兴趣还比不上当年的马德雷德迪奥斯。

但特提斯河从没流经过旧地星系，于是德索亚只得压下好奇心，接下来的几颗星球距离旧地的故园更近，他也因此略微得了些宽慰。

他们在天国之门又逗留了八天，但不是因为教会内部的政治。环星轨道上驻扎着一小队圣神卫戍部队，不过他们很少登陆这个荒废的星球。自陨落以来的二百七十四标准年中，天国之门的四亿人口大幅锐减，如今只剩八到十个狂热的采矿者，在它的泥滩表面流浪：早在悦石下令摧毁远距传输器之前，驱逐者游群已经扫荡了织女星系的这颗星球——环轨密蔽场被熔成炮灰，首都泥滩城被千刀万剐，随之遭殃的还有美丽的海滨大道公园，花费数个世纪才建起的大气生发站，也被等离子弹炸飞。远距传输器的陨落，让这里的土壤高度盐碱化，而在那之前，这颗星球早已被掘得底朝天，再也长不出一草一木。

这就是说，现在圣神卫戍部队之所以要保卫这颗炽热的行星，只是为了保护传说中丰富的原料，但他们根本没有任何理由降落到地面上。德索亚必须说服卫戍部队指挥官——圣神少校利姆——发起一次远征。在“拉斐尔”号进入织女星系的第五天，德索亚、格列高利亚斯、纪下士、芮提戈、布里斯托上尉、十多名圣神卫戍士兵换上危险环境抗性服，乘坐一艘登陆飞船，抵达曾有特提斯河流淌的泥滩。但远距传送门已经不在那里。

“我还以为它们坚不可摧呢，”德索亚说，“技术内核建造它们的时候，不仅建得坚固耐用，还在周围设下陷阱，让后人无从摧毁。”

“它们不在这里了。”布里斯托上尉说着，下令回到轨道。

德索亚制止了他。他亮出教皇触显，坚持要完成一次全方位传感搜索。最后，远距传输器终于被找到了——两门相距十六公里，深埋在将近一百米厚的泥浆底下。

“你们的谜团已经解决，”利姆少校通过密光说道，“要么是驱逐者攻击，要么是后来的泥流埋葬了传送门，填塞了原先的河流。这颗星球已经实实在在完蛋了。”

“也许，”德索亚说，“但我要求将远距传输器挖出来，并在其周围建起临时性环境泡，这样，万一有人从中经过，就不会死于非命，同时，每一扇传送门旁边都要增添常设戍卫。”

“你这该死的脑袋被驴踢了吗？”利姆少校爆跳如雷，然后，他记起了教皇触显，于是又补上一个词，“长官。”

“还没呢，”德索亚说道，怒视着摄像机，“我的命令需得在七十二小时内完成，少校，否则，接下来的三个标准年内，你都得待在下边报告星球的详细情况。”

挖掘工作加上修建环境球泡、布置戍卫人员，一共花了七十个小时。自然，如果有人沿特提斯河旅行，会发现河流到这里就断流了，只剩下沸腾的泥浆、不宜呼吸的有毒大气，还有全副武装、随时待命的士兵。在天国之门轨道上的最后一晚，德索亚在“拉斐尔”号上跪地祈祷，希望伊妮娅还没走这条路。挖出的泥浆和硫黄中没有找到她的尸骨，但负责挖掘工作的圣神工程师告诉德索亚，这里的土壤自然情况下就含有过量毒素，说不定，那孩子早已被酸液腐蚀得连骨头都不剩了。

德索亚相信这不会是事实。第九天，他传送出星系，同时警告利姆少校，希望他让哨兵随时保持警惕，保持球泡的宜居指数，对将来的拜访者嘴巴放干净点。

“拉斐尔”号即将带他们进入第三个星系，但没有人在那儿等待他们，将他们复苏。这艘大天使级飞船载着一船死尸，信标闪耀着圣神舰队的代码，进入NGC^{es}2629星系。没有回应。NGC^{es}2629星系有八颗行星，但其中能维持生命的只有一颗，名字极为平淡无奇，叫作NGC^{es}2629-4BIV。从“拉斐尔”号目前能够获得的记录来看，它似乎是霸主和技术内核忙于扩张特提斯河，耗费人力物力，在此造出的放纵标志、美学宣言。这颗行星从没有被正式殖民地化，也没有接受过严格的环境改造，只是在大流亡早期有过随机的核糖核酸洒播，后来，此地就成了特提斯河之旅的一部分，但仅供观景及动物观赏。

那并不是说这颗星球上如今已经没有人类。在乘客自动重生的最后几天中，“拉斐尔”号在太空船的暂泊轨道中发现了他们。“拉斐尔”号那接近于人工智能的计算机，用它获得的有限资源重建并弄明白了一切，NGC^{es}2629-4BIV的人口中，有极少数是前来拜访的生物学家、动物学家、游客流动支教组，他们自陨落之日起就被困于此地，成了此地的土著。尽管三个多世纪以来，他们已经在这里大量繁衍，然而，这颗原始星球上的丛林和高地上，依然只有几千人居住：核糖核酸播种衍化出的小动物嗜好吃人，并且乐此不疲。

“拉斐尔”号开足马力，只是为了完成一项简单的任务：找到远距传送门。它的内存中聊可参考的环网记录只是提到，传送门沿着北半球一条六千公里长的河流分布，两两之间距离不一。有一片大陆占据了北半球的大半江山，“拉斐尔”号校正了轨道，大致进入该大陆的同步点，开始为河流拍照，进行雷达测图。不幸的是，在这片大陆上有三条主要的河流，两条流向东，一条向西，“拉斐尔”号无法就可能性高低进行排序，于是决定对三条河流全部开展测图工作，这意味着要分析的数据，涵盖两万多公里长的距离。

在重生周期的第三晚，当四人的心脏开始跳动，身为硅基的“拉斐尔”号似乎也感觉到如释重负。

但是，当费德里克·德索亚赤身裸体地站在小房间的镜子前，听计算机描述眼下任务的时候，他心里一点都不觉得轻松。实际上，他有点想哭。他想起了斯通圣母舰长、布莱兹圣母舰长、赫恩舰长，他们此刻正在长城边境，极有可能在和驱逐者敌军猛烈交战。德索亚对他们任务的简单与忠诚艳羡不迭。

德索亚与格列高利亚斯中士及另外两人商谈之后，回顾了一遍数据，立即否定了向西的那条河流，如果它是特提斯河的话，风景太过平庸，因为流经的主要是纵深的峡谷，与那些生物大批滋生的丛林与沼泽距离颇远；并很快排除了另一条河流，因为它的瀑布与激流显然太多，在这样的特提斯河上，运输会举步维艰。于是，他开始对最长的那条河流，以及它那绵长和缓的支流，进行简单的快速雷达测图。地图上会显现出几十个甚至上百个疑似远距传送门的自然障碍物——瀑布中的嶙峋怪石、天生桥、激流里的乱石地。但这些凭肉眼就可以在几小时之后观测出答案。

到第五天，传送门的位置得到确认——它们相距甚远，难以置信，但毫无疑问是人工所造。德索亚独自驾驶登陆飞船，纪下士留在“拉斐尔”号上，万一有什么紧急情况，他好做后援。

这正是德索亚的设想中最为可怕的一幕——无从得知女孩是否已经踏上这条路，是否已乘船莅临此地。这些已停止运转的远距传输器之间，距离极远——几乎达两百公里。虽然他们乘着飞船在丛林和河流边缘的上方来回盘旋，但还是看不出是否有人曾从这条路经过，没有目击者可供询问，也没有圣神部队能够留在这里戍守。

他们在上游远距传输器附近的一座小岛上登陆，德索亚和格列高利亚斯以及芮提戈讨论起下一步的选择。

“自那艘飞船通过复兴之矢的远距传输器以来，已经过了三个标准星期。”格列高利亚斯说。登陆飞船的内部空间非常狭促，为得到最大限度的利用，他们只能坐在驾驶座中讨论各项事务。格列高利亚斯和芮提戈的战斗装甲挂在舱外壁橱里，就像两具金属肌体。

“如果他们穿过远距传输器来到这样的星球，”芮提戈说，“很可能会直接乘飞船起飞，没理由继续顺河而下。”

“的确如此。”德索亚说道，“但飞船也极有可能已被摧毁。”

“对，”中士说，“但损伤有多严重？还飞得上天吗？一边前进，一边修修补补？也许还能开到驱逐者的修理基地？这里离偏地也不远。”

“或者，那孩子也可能撇下了飞船，自己钻进了下一个远距传输器。”芮提戈说。

“假使另外的传送门还可以正常运行，”德索亚疲倦地说，“复兴之矢上的那扇并非侥幸的话。”

格列高利亚斯将一双巨大的手掌放上膝盖。“是呀，长官，这真是荒唐。就像俗话说的，大海捞针……和这个比起来，可真是小儿科了。”

德索亚神父舰长透过登陆飞船的舷窗向外望去。此处，高大的蕨类植物正在寂静的风中飘摇。“我有种感觉，她会顺着这条古老的河道下行。我觉得她会使用远距传输器，虽然我不清楚她如何办到，有人曾经把她从光阴冢山谷救出，也许就是用那个人使用的飞行器，也有可能是充气救生筏，或者偷来的船，但我总觉得，她一定会沿特提斯河而下。”

“我们在这里能做什么？”芮提戈问，“如果她已经从中穿过，那我们就已错过。如果她还没来……那么，我们可以永远等下去。要是我们有一百艘大天使级飞船就好了，那就能给这些星球每颗都部署上军队……”

德索亚点点头。在祷告时辰，他总是不由自主地走神。如果大天使级信舰都是操作简单的智能自控飞船，传送入圣神星系，播送教皇触显的权威，下令搜索，然后全速跃迁出星系，那么这项任务将会简单许多。但就他目前所知，圣神没有建造任何智能自控飞船——教会憎恶人工智能，只信赖人类之间的接触，所以几乎将其废禁。并且，据他了解，目前也只存在三艘大天使级的信使舰船——“米凯尔”号、“加布里尔”号（初次为他捎信的那艘飞船）、他的“拉斐尔”号。在复兴星系时，他就曾想任命另外那艘信舰飞船加入搜寻，但当时“米凯尔”号肩负着梵蒂冈派遣的紧急使命。德索亚头脑也不简单，他明白这项工作为什么单单会交给他，且非他莫属。但目前为止，他们已经耗费了几乎两个星期，才仅仅完成对两颗星球的搜寻。倘若换作智能自控的大天使，在不到十标准天的时间里，就足以跃迁入两百个星系，播送警报……而依照眼下的进度，德索亚乘坐“拉斐尔”号会花费四到五个标准年。精疲力竭的神父舰长突然有一股想笑的冲动。

“但她的飞船还在。”他轻快地说，“如果他们弃船而行，那么有两个选择——要么把飞船送到另外一个地方，要么把它留在特提斯河流域的某一颗星球。”

“你刚才说‘他们’，长官，”格列高利亚斯轻声说，“你确定还有其他人？”

“有人把她从咱们在海伯利安上设的陷阱中救了出去。”德索亚说，“肯定还有其他人。”

“说不定整艘船上的船员都是驱逐者，”芮提戈说，“说不定他们把那姑娘留在其中一颗星球上……现在正在回游群的途中。或者，他们也有可能带着她一起走。”

德索亚举起手，中止了谈话。关于这个话题，他们早已讨论过很多次。“我猜那艘飞船已经被我们击中，并损坏了。”他说，“只要找到它，就能顺藤摸瓜，找到那个孩子。”

格列高利亚斯指指丛林，那里正在下雨：“我们已经飞过了传送门间的整片流域，但找不到飞船的影子。等我们到达下一个圣神星系，可以再派卫戍军队来监视这些传送门。”

“对，”德索亚神父舰长说，“但他们将会有八到九个月的时间债。”他望着雨滴在挡风玻璃和舷门上划下的条条印迹，“我们来搜索这条河。”

“什么？”持枪兵芮提戈问。

“如果你的船损坏了，又不得不丢下它，你难道不会把它藏起来吗？”德索亚问。

两名瑞士卫兵凝望着指挥官。德索亚看见两人的手指在颤抖。重生也在他们身上造成了同样的影响。

“我们将用深层雷达探测河流，并尽可能地探测丛林。”神父舰长说。

“那样至少还得花一整天。”芮提戈开口道。

德索亚点点头。“纪下士留在‘拉斐尔’号上，安排飞船为丛林做深层雷达探测，河流两岸各两百公里的范围。咱们乘登陆飞船去搜索河流……登陆飞船上的系统简陋些，但我们需要搜寻的范围也更小。”

两名精疲力尽的士兵只得点头服从。

在河流的第二道弯，他们发现了点东西。那东西是金属材质的，很大，陷进了一个很深的池子，就在第一个传送门沿河几公里之下。登陆飞船在它上空盘旋，德索亚密光通知了“拉斐尔”号。“下士，我们要开始调查。我希望飞船随时准备好，我一下令，你们得在三秒钟内……但要注意，在我下命令之后，才可以用切枪攻击这东西。”

“明白，长官。”纪下士通过密光回复道。

德索亚控制着登陆飞船持续盘旋，格列高利亚斯和芮提戈带好合适的装备，在敞开的气闸门中站好，整装待发。“出发。”德索亚令箭一挥。

格列高利亚斯中士从气闸门跳下，两个全副武装的人落入水面之前，制服的电磁系统及时打开。中士和持枪兵在水面上方陡然停住，武器全部打开。

“深层雷达已经锁定在战术频段。”格列高利亚斯通过密光确认道。

“你们的视频讯号正常运行中，”德索亚坐在指挥席上说道，“开始下潜。”

两人一齐下落，撞入水面，然后消失不见。德索亚操纵登陆飞船斜转向，以便能望到左舷侧护壳外板外的景象：河流呈现墨绿色，但能看到两盏明亮的头戴式照明灯在水中熠熠闪光。“距表面约八米。”他说道。

“收到。”中士说。

德索亚抬头看着监视器，看见打旋的淤泥，一条多腮的鱼急匆匆游出亮处，然后是一个流线形的金属船壳。

“有样东西开着，可能是舱门，或是气闸门，”格列高利亚斯报告道，“这东西差不多全部都埋在了泥浆里，但就我所看到的船壳部分，估计大小跟那艘飞船差不多。我这就进去，芮提戈在外面守着。”

德索亚有种想说“祝你好运”的冲动，但没有开口。他们已经在一起很久，知道对谁应该说怎样的话。他操控登陆飞船调整了一下方向，给简陋的等离子枪上膛，那是这艘小船上唯一的军备。

格列高利亚斯一进入打开的舱门，视频数据就陡然停住。一分钟过去。两分钟。又过了两分多钟，德索亚坐在指挥席里，如坐针毡。他有些期待，飞船会从水中一跃而出，拼了老命爬向太空，企图逃跑。

“持枪兵？”他喊道。

“到，长官。”传来芮提戈的声音。

“中士那里，有没有消息，或是视频数据？”

“没有，长官。我想是船壳阻挡了密光传送。再等五分钟，然后……等等，长官。看到东西了。”

德索亚也看到了，来自持枪兵的视频数据流，在深水中看起来黑漆漆的，但清楚地显示出全副武装的格列高利亚斯中士，他的头盔、肩膀和手臂依次从敞开的气闸门开口中浮出。中士的头灯照亮了淤泥和河苔，光芒闪耀，芮提戈的摄像机瞬间一片茫白。

“德索亚神父舰长，”格列高利亚斯低沉的嗓音隆隆响着，微微有些上气不接下气，“不是这艘，长官。我想，这艘船是环网时代有钱人拥有的那种三栖快艇，长官。我猜，就是那种可以下潜——甚至还能飞一阵子的东西。”

德索亚长吁一口气。“它怎么沉的，中士？”

视频上，身着制服的身影向芮提戈翘起拇指，然后两人一起朝水面游去。“我想它是被凿沉的，长官，”格列高利亚斯说，“船上至少有十具骨架……也许有十一二具，两个还是孩子。我刚说了，长官，这东西的装配可供它在任何海洋上行驶——还能随时下潜——这些舱门不可能偶然间全打开的，长官。”

德索亚向窗外望去，两个身穿战斗装甲的人影破水而出，在河面五米高处盘旋，水流从装甲上倾泻而下。

“我觉得他们一定是在陨落之后被困在了这儿，长官，”格列高利亚斯说道，“于是就决定干脆在此了结，长官。当然这只是我的猜测，神父舰长，可是我有预感……”

“我预感你说得对，中士，”德索亚说道，“快回来。”他打开登陆飞船的舱门，身着制服的两个人影朝它飞去。

在他们还未到达前，也就是德索亚依旧独自在舱内的时候，他举起手，郑重地向河流、沉没的飞船和埋葬在那里的一切祝福。教会并不认可自杀，但教会也知道，生存还是死亡，无人能知其必然。或者，至少，德索亚知道，就连教会自己也不会明白自身何时兴，几时灭。

他们留下了运动探测器，这些东西会向所有的传送门发射光束——虽然不能抓住女孩和她的同伴，但在这期间，只要有人从那条路过来，情况就可以传达给德索亚即将派至的部队。接着，他们便乘坐登陆飞船从NGC[es]2629-4BIV起飞，在星云缭绕的星球那光亮的边缘，把这狭小厚重的登陆飞船塞进“拉斐尔”号丑陋的躯体，加速逃逸出星球的引力井，以便传送到下一个目的地：巴纳之域。

此地和德索亚准备去旧地星系的路线极为接近——相隔仅六光年①。而且，这里是大流亡前最早的星际殖民地之一，神父舰长幻想着自己可以瞥见旧地古时的容貌，心中有些期待。然而，德索亚在距离巴纳之域六天文单位的圣神基地中复活之后，立即注意到了巨变。巴纳之域的太阳成了一颗红矮星，只有旧地那颗G型恒星质量的五分之一，发光度也不到它的两千五百分之一。巴纳之域之所以能高度达到索美尺度的适应性指标，一来是由于距离恒星很近，仅零点一二六天文单位，二来是得益于多个世纪的环境改造。德索亚和手下在圣神护卫队的陪同下到达这颗星球时也发现，环境改造实在是太成功了。

早在陨落之前，巴纳之域就已被驱逐者游群蹂躏得惨不忍睹，而陨落本身，相对来讲倒还好过得多。在环网时代，这颗星球就曾是优势互补的矛盾体：这里有着发达的农业，主要种植来自旧地的进口农产品，诸如玉米、小麦、大豆，但同时，其学术职能也颇为强大——这里聚集着上百所环网最优良的小型学院。闭关自滞的农业星球与学术焦点的结合（巴纳之域上的生活倾向于模拟大约二十世纪初的北美小镇生活），吸引了众多霸主时代才华横溢的学者、作家和思想家来到了此地。

陨落之后，巴纳之域得到的抚慰，更多的是来自农业遗产，而不是知识的生产力。当陨落后五十年，圣神大规模抵达的时候，它

① 恒星巴纳星所在的巴纳星系是离地球第二近的星系。

那重生基督教的标志和基于佩森的政府仍然被抵制了好多年。巴纳之域已经实现了自给自足，并期望永远维持世外桃源的状态。直到公元三〇一六年，陨落后二一二年左右，天主教徒和那些以自由信仰者之名、松散地组织在一起的游击小队经过极其血腥的内战之后，这颗星球才正式由圣神接管。

现在，正如德索亚在陪同大主教赫伯特·斯特恩短暂的旅行期间所得悉的，这些学院早已被废弃，不然就是改头换面，变成神学院，供巴纳之域的年轻男女修习。游击队几乎已经灭绝踪迹，尽管在那条叫作“火鸡川”[①]的河流的沿岸，那些覆盖着原野森林的峡谷地带，仍有残余的抵抗势力在活动。

“火鸡川”曾经是特提斯河的一部分，也正是德索亚和手下所要去的地方。在进入星系的第五天，他们就带领由六十名圣神士兵组成的护卫队和大主教的几名精英保镖去了那里。

他们没有遇到半个游击队士兵。特提斯河的这一小段流过开阔的峡谷，在高高的页岩悬崖俯瞰下，穿过旧地移植来的落叶林，又重新在长久以来已经被开垦为农田的地方出现——农田中偶尔点缀着几间洁白的农舍和附属外屋。就德索亚看来，这里不像是个发生暴力活动的地方，他也没碰到什么暴力事件。

圣神掠行艇仔细地搜索了森林，想找到女孩所在飞船的蛛丝马迹，但什么都没发现。“火鸡川”很浅，根本不足以藏匿一艘船。安迪·福特少校，也就是负责这次搜索的圣神军官，将它称作“在糖溪[②]的此方，适合划乘独木舟的最美妙的河流”——特提斯的这一部分也就只有几公里长而已。巴纳之域拥有现代化的空中及轨道

① 火鸡川：也是美国印第安纳州第二大州立公园。

② 糖溪：印第安纳州的一条小河。

交通管制，要逃离这片区域而不被发现踪迹，任何飞船都不可能办到。然而访问了火鸡川流域的农民，却没有人见过陌生人。最后，圣神军队、大主教辖区理事会、非神职地方当局都保证，会长期监视这片区域，不管自由信仰者的骚扰存在多大的威胁。

到第八天，德索亚和手下辞别了这几十个只能称作新朋友的人，升到轨道，转移到一艘圣神火炬舰船，然后被护送回巴纳恒星深层轨道处的卫戍部队驻扎处，回到大天使舰船中。德索亚最后瞥了一眼这颗充满田园风味的星球，但只是望见了首府圣托马斯城（也就是先前叫作巴萨德的城市）中心那座大教堂高耸的双尖塔。

现在，他们偏离了去旧地星系的路线。德索亚和格列高利亚斯、纪下士、芮提戈在拉卡伊9352[①]星系苏醒，这里和旧地的距离，就跟当年那些早期种舰与鲸逖中心的距离差不多。但这里的时间延误既非官僚所为，也非军事原因，而是环境使然。这里的环网星球，曾经被称作“希毕雅图的苦涩”，如今被生存于此的好几千圣神殖民者更名为“必由恩典”，从前这里的环境就异常艰苦，而现在程度更甚。特提斯河流淌在长达十二公里的有机玻璃隧道中，早些时候隧道里的空气适宜呼吸，气压适中，但这些隧道早在两个多世纪前便已开始衰败腐化，水分在低气压下蒸发殆尽，行星上稀薄的甲烷-氨大气大量涌入，填满那些空荡的河岸和支离破碎的有机玻璃管道。

德索亚想不明白，为什么当初环网会在特提斯河里加入这么一块“大礁石”。这里既没有圣神军队的守卫，也没有庄重的教会存

① 拉卡伊（Lacaille，1713–1762），法国天文学家。曾绘制南天星座图并给其中许多星座命名。这个星系是离地球第十近的星系。

在，只有几个医疗神父与极度虔诚的殖民者一起居住，依靠矾土和硫矿勉强维生。不过德索亚和手下还是说服了一部分殖民者，让他们带路去从前的河流。

“要是她敢来这条路，那早就死了。”格列高利亚斯说，检查着巨大的传送门，它们凌驾在一条废弃的有机玻璃罩和干涸的河床上。甲烷风劲吹，诡异多端的尘土颗粒四散飞舞，使劲往这几个男子的供氧服里钻。

“如果她没下飞船，那还是死不了。”同样身穿供氧服的德索亚说道，沉思着转身，仰头看向橘黄色的天空，“飞船也可能在殖民者没注意到的情况下飞走了……这里离殖民地太远。”

带他们过来的是个头发灰白的男子，身体微驼，戴着护目镜，衣服破旧，历经风沙侵蚀，他咕哝着：“辣似真的，神户。窝们并不经常外粗，太阳太毒了，真的。”

德索亚同手下讨论后认为，要命令圣神军队来这种星球，守候在未来的几个月、甚至几年后才会到来的女孩，实在是徒劳无益。

“这项任务必将惹人腻烦，艰苦而且没有他妈的出头之日，长官。”格列高利亚斯说，“请原谅我用了渎神的语言，神父。”

德索亚心烦意乱地点点头。他们把最后几个运动传感信标留在了那里：两百颗星球，才只勘探了五个，他就已快弹尽粮绝了。要把军队派驻在这里的念头也让他感到浑身不舒服，但也找不到其他的解决办法。重生带来的疼痛与情绪上的混乱在他体内肆意驰骋，现在又加上心里潜滋暗长的郁烦与怀疑。他觉得自己像古老故事里讲的，一只瞎猫被派来抓耗子，既看不见，也没有能力同时提防两百个老鼠洞。他已经不止一次希望自己是在偏地同驱逐者战斗。

格列高利亚斯似乎读懂了神父舰长的心思，说道：“长官，您有没有认真看过‘拉斐尔’号为咱们制定的路线？”

“看过，中士。怎么了？”

“我们要去的地方中，有些已经不是我们的辖区，船长。到这趟旅行的后半部分……我们就会到达一些位于偏地的星球……那些星球，在很久以前就被驱逐者占领蹂躏过，长官。”

德索亚疲惫地点点头。“我知道，中士。我在命令飞船电脑计划旅行路线的时候，并没有把战斗区域和长城防御区也列入清单。”

“其中的十八颗星球，要是去拜访，无异于冒险。”格列高利亚斯说着，隐隐有一丝笑意，“瞧现在驱逐者是怎么统治它们的吧。”

德索亚再度点头，可什么都没说。

还是纪下士轻声开口了：“如果您想去那里看看，长官，我们将会很乐意与您同去。”

神父舰长抬头看着三人的面孔。长久以来，他都太过把他们的效忠和随伴视作理所当然。“多谢你们，”他简短地说道，“等我们进行到……旅途的那一部分时再说吧。”

“以目前状况而言，要去那些地方，恐怕还得等上一百标准年。”芮提戈说。

“极有可能。”德索亚说，“咱们系好安全带，离开这鬼地方。”

他们传送出了星系。

他们跃迁至两颗经过大幅度环境改造的星球，它们在波江五和印地五之间那半光年的空间中，旋转着各自复杂的舞步。事实上，他们依旧在旧时的比邻区域徘徊，此地基本上还属于大流亡前旧地的后院。

“双十五–三五”欧亚人居住环境实验①，是大流亡前一个大胆的乌托邦尝试，目的是在逃离敌对势力的同时，在那些恶劣的星球上不计成败地完成环境改造，并达到政治上的至臻至美——主要是通过新马克思主义主张。但结果一败涂地。霸主接手这些乌托邦，将它们变成军部太空基地和自动燃料补给站，那些驶往偏地的种舰蜂拥而至，加上后来在大流亡时期，神行舰一艘接一艘地穿过旧地的这个比邻区域，使得在暗淡的波江五和更加暗淡的印地五之间旋转的这两颗星球，成功地完成了环境改造。然后，那场挫败格列侬高舰队的著名战役，确立了这个孪生星系的盛名和军事重要性。于是圣神重建了废弃的军部基地，让失效的环境改造体系获得了新生。

德索亚搜索这两段河域的工作枯燥乏味，就像在处理军事公务。特提斯河的这两段都位于军事备用区的深处，情况很快就一目了然，过去的两个月里，那个女孩根本没有机会躲过检测，穿过这里，跑上地面，更不用说飞船了。先前，德索亚根据五号星系的已知信息，已经猜到了这一点——他以前在去长城或更远的地方时，曾多次路过这里——但他决定要亲眼见到传送门。

在旅途的这个时刻到达驻军星系，也是好事一桩，因为纪下士和芮提戈两人都能进医院治疗一下。工程师和教会重生专家在干涸的码头检查了“拉斐尔”号，结论是它的自动重生龛有些微小但致命的故障，花了三个标准天修理。

此次传送出星系后，就将到达旧地比邻区的最后一站，然后他们将进入原环网内大流亡后拓展的疆域，他们衷心希望，如果必须再度经受自动重生，那么健康状况必须先得到改善，沮丧和不稳定情绪也必须缓解。

---

① 作者虚构的一个外太空探测实验。这里的双十五可能是指波江四〇。三五是指另三颗恒星，包括此处的波江五和印地五。

“你们现在要去哪儿？”重生专家狄米崔斯问，在过去的几天里他可帮了大忙。

德索亚稍作犹豫，然后回答了他。反正即使把事实告诉这位年长的神父，也不会对任务造成妨碍。

“无限极海，”他说，“那是一颗三秒差距外的海洋星球，黄道面上方两光年——”

“啊，对，”年老的神父说，“三十年前我曾去那里传过教，劝说那些土著渔民放弃异端信仰，引领他们进入基督的圣光之下。”白发苍苍的神父举起手做了一个祝祷，“不论你在寻找什么，神父舰长，我真诚地祈祷你能在那里找到。”

就在德索亚快离开无限极海的时候，在极为偶然的情况下，他苦苦寻求的线索就这么来了。真是踏破铁鞋无觅处，得来全不费工夫。

那是他们搜寻之旅的第六十三天，恰是他们登入环轨圣神航空站，从重生龛中醒来后的第二天，他正开始安排他们在该星球上最后一天的事宜。

一个健谈的年轻人，巴林·阿兰·斯布劳尔上尉，负责德索亚与圣神蛇夫座70A舰队司令部之间的联络。这个年轻人就跟历史上所有导游一样，滔滔不绝地给德索亚和他的士兵讲起无足轻重的背景情况，听得他们耳朵都起了老茧。但他也是个很棒的扑翼飞机驾驶员，在这片海洋星球上，德索亚很高兴不用亲自驾驶这陌生的飞行器，好好做个乘客就行。斯布劳尔驾着他们飞向南部，远离圣特蕾莎广阔的漂浮城市，进入空旷的渔区，远距传输器依然漂浮其上。他慢慢放松下来。

“为什么这里的传送门都相距这么远？”格列高利亚斯问。

“啊，那个啊，”斯布劳尔上尉说，“那可说来话长了。”

德索亚盯着中士的眼睛。格列高利亚斯几乎从来不笑，除非战斗迫在眉睫，但德索亚已经逐渐习惯这大个男人眼睛里闪现的光芒，那就相当于某种狂笑。

“……于是，除了已有的环轨网，加上世界各地兴建的小型远距传输器，霸主还想在这个星球上修建特提斯河传送门……这主意真是蠢到家了，是不是，长官？竟然让一条河流经这里的海洋……不管怎么样，他们把传送门插在中滨洋流中，那倒还有点意思，因为那里正是利维坦[①]和一些更有意思的食人鱼出没的地方，要是环网游客想瞧瞧那些大鱼，倒也正好……但问题在于，唔，显而易见……”

德索亚望向别处，阳光透过扑翼飞机的玻璃罩洒下，纪下士就在那片温暖中打盹。

“显而易见，没有任何永恒的固定地基，足以安置传送门那么大的东西……你们很快就能见到它们了，长官，**非常非常大**。唔，我是说，虽然海下面长着珊瑚环礁——但传送门没有依附在任何东西上，它们漂浮着，这儿还有黄藻岛，但它们不……我是说，要是你一只脚踏在上面，立马就会陷下去，希望你明白我的意思，长官……对了，朝右舷看，长官。那就是黄藻，在往南这么远的地方不太多见。不管怎样，从前那些霸主工程师搭建传送门的手法，跟我们在过去五百年里修造平台和城市的办法有点像，长官。也就是说，他们制造了深达两百寻左右的基座——那东西一定得又大又重，长官——然后又把缆绳、把桨片似的巨大海锚拴到基座底下。但这里的海底却有些麻烦的东西……通常至少有一万寻深……水面上那些超大食人鱼，比如说灯嘴鱼，它们的爷爷就生活在那海底，

① 《圣经》中描述的巨大海怪。

长官……那么深的地方满是怪兽……长达数公里……”

“上尉，”德索亚说道，“我问的是传送门为什么间隔这么远，你说的跟那有什么关系？”扑翼飞机那蜻蜓般的翅翼一直发出高频噪音，近乎超声，催得神父舰长昏昏欲睡。纪下士正在打鼾，而芮提戈也抬起双脚，合上了眼。这段旅途甚是漫长。

斯布劳尔粲然一笑。“就快讲到这点了，长官。您也瞧见了，有了那些龙骨重锤，再用二十公里长的缆绳牵连到岩石上，我们的城市和平台就不至于漂得太远，哪怕在大潮季节，也不会漂走，长官。但这些传送门……唔，在风眼海有剧烈的海底火山运动，长官。那下头的生态完全不同，真的，一些管虫敢和巨型食人鱼来一场大战，我说真的，长官。不管怎样，旧环网时代的工程师建立那些传送门的时候，加入了绝妙的设计，一旦那些龙骨重锤和缆绳感受到下面的火山活动，它们就会……嗯，迁徙，长官，我想这是我能想到的最合适的词。”

“这么说，”德索亚说，“特提斯河传送门之间的距离，是因为海底火山运动引起的？”

“是的，**长官**。”斯布劳尔上尉说着，咧嘴大笑，似乎很开心，也为一个舰队官员竟能理解这等费解之事感到惊奇，“我们到达其中一扇了，长官。”联络员手舞足蹈地说着，操纵扑翼飞机旋转着下降，距离古老的拱门只有几米高的时候，在其上盘旋。二十米之下，紫罗兰色的海洋波涛翻腾，一阵阵浪头扑向传送门锈蚀的金属基座，水花四溅。

德索亚揉揉脸，他们总是感到疲倦乏力。如果在这频繁的重生与死亡之间，间隔再多几天就好了。

“请问，能让我们看看其他传送门吗？”他问。

“是，长官！”扑翼飞机嗡嗡响着，与浪涛保持几米的距离，向两百公里外的下一个拱门飞去。德索亚真的睡着了。当上尉用胳膊肘轻轻碰碰他，把他叫醒的时候，他正好看到漂浮在海上的第二座拱形传送门。现在已经接近傍晚，低垂的太阳在紫罗兰色的海上投下狭长的倒影。

“很好，”德索亚说，“深层雷达搜索一直都在进行吧？”

“是的，长官，”年轻的飞行员说道，“他们还加大了搜索范围，但迄今为止还是没有发现任何情况，除了找到些大得吓死人的灯嘴鱼。不过，那倒让搞钓鱼运动的家伙们激动不已。”

“那是这里的主要产业，我明白了，长官。”格列高利亚斯低沉着声音，在飞行员背后的跳伞座上说道。

“对，中士，”斯布劳尔一面说，一面弯过他的长脖子来看这个大块头，“藻类农业已经发展不下去了，现在捕鱼才是我们最大的外世界收入来源。”

德索亚指向仅几公里之外的一个平台。“那也是个捕鱼兼燃料补给的平台吗？”神父舰长刚和圣神指挥官们共度了一天，这些遍布全球的小型前哨所提交的报告，他都大致浏览过了。所有的报告中，都没谈及与飞船的接触，也没见过孩子的踪影。在这趟开赴南方传送门的漫长飞行旅途中，他们已经路过了十多个类似的平台。

“是，长官，”斯布劳尔说，“要不要我在上面盘旋片刻，或者你已经看够了？”

德索亚看了一眼传送门——扑翼飞机在距海面几米高处盘旋，拱形入口就在他们头顶——随即说道：“可以回去了，上尉。今晚要和米兰德里亚诺主教共进晚餐。”

斯布劳尔扬了扬眉毛，那动作使得他的眉毛几乎没入发际。“是，长官。”话音刚落，他便拉升起扑翼飞机，转了最后一圈，然后掉头往北飞去。

“这座平台看起来像是最近刚被摧毁。”德索亚说着，向右靠过一些，从玻璃罩的舷窗俯瞰下方的景致。

“是的，长官，”上尉回答道，“我有一个朋友刚刚从这儿轮班回来，他以前就在这个平……三-廿-六中滨站台，那是它的名字，长官……他跟我讲了一些相关的事。就在几个涨潮期前，曾有个偷猎者试图把这地方炸飞。”

“是阴谋破坏？”德索亚问道，望着向后退去的平台。

“游击战。”上尉说，“圣神占领这个地区前，本地有土著生活，这些偷猎者就是他们的后代，长官。所以我们要在每一个站台上派驻部队，在鱼汛高峰期还会增派定期巡逻船。我们得保证渔船聚在一起，长官，以免受到偷猎者的攻击。你看，这里停泊着好些船，长官……嗯，不过快要到打鱼时间了，我们圣神的军舰会护送它们出海。灯嘴鱼，嗯，长官，月亮出来的时候，它们就会浮到水面上来……你看那里，游起来个大家伙。所以那些合法的渔船……会在没有月亮的时候，打开很亮的灯，把那些巨型食人鱼引出来。不过偷猎者也会这一招，长官。”

德索亚向外望去，盯着扑翼飞机与北方地平线之间宽广的海域。“这地方，不像是会有叛乱者的藏身之处嘛。”他说。

“不，长官，”上尉说，“我是说，有，长官。实际上，他们配备的渔船，可以伪装成黄藻岛或者潜水艇，甚至有一个巨大的水下采集机，装配得像条灯嘴鱼，信不信由你，长官。”

“这么说，那座平台是偷猎者破坏的？”德索亚问道，现在只能靠说话来保持清醒。扑翼飞机振翅的嗡嗡声简直让他困得要死。

“对，长官，”斯布劳尔上尉说，“事情发生在大约八个涨潮期前。一个人单枪匹马……这事听上去有点匪夷所思，因为偷猎者通常都是成群结队来的。他炸掉了几艘掠行艇和扑翼飞机——用的二流战术，不过他们以往通常炸船。”

“打断一下，上尉，”德索亚说，“你说这事发生在八个涨潮期之前，如果按标准时间算，那是多久？”

斯布劳尔紧咬双唇：“啊，好的，长官。对不起，长官。我是在风眼海上长大的，那个……嗯，八个涨潮期大概是两个标准月，长官。”

“抓到偷猎者了吗？”

“抓到了，长官，”斯布劳尔说着，咧着嘴，露出朝气蓬勃的笑容，“嗯，实际上，这事也是说来话长，长官……”上尉瞥了眼神父舰长，看要不要继续讲下去，“那个，简而言之，长官，那个偷猎者先是被我们逮住了，然后他引爆了炸药，企图逃跑，结果被警卫乱枪打死了。”

德索亚点点头，闭上双眼。前一天他已经浏览过一百多份类似的报告，言及过去的两个标准月里广为流传的“偷猎者事件”。无限极海上，除了捕鱼之外，炸毁平台、诛杀偷猎者似乎是第二大流行的运动。

“关于那小子，最有意思的事情，”上尉说着，开始结束他的故事，“莫过于他逃跑的手段。他用的是某种从霸主时代流传下来的古老飞毯。”

德索亚猛然惊醒，他瞥了一眼中士和他的部下。三人都已经挺直而坐，正眼凝视着他。

“掉头，”德索亚神父舰长厉声说道，“带我们回那个平台。”

“后来又发生了什么？”这话德索亚已经问过五遍了。他和手下的瑞士卫兵正站在平台主管的办公室里，该地位于平台最高点，刚好在雷达抛物面天线的反射镜下。狭长的窗户外，竟有三颗不可思议的月亮正缓缓升起。

这名主管——隶属海上司令部的一名圣神舰长，名叫希·多布斯·鲍尔——体形肥硕，面色红润，汗如雨下。“后来，事情终于水落石出，我们发现，那人不属于当晚出海的任何一支捕鱼队，于是比留斯上尉带走了他，以便更进一步询问。这是标准程序，神父舰长。”

德索亚瞪着这个男人。“然后呢？”

主管舔舔嘴唇。“一开始，那人成功逃脱了，神父舰长。在上层走道进行了一番搏斗，他把比留斯上尉推进了海里。”

“后来找到上尉了吗？”

“没有，神父舰长，他肯定是淹死了，那晚虹鲨活动相当活跃——”

“说说那个被你们拘留、又让他逃掉的人。”德索亚打断道，着重强调了“逃掉”那个词。

“很年轻，神父舰长，年纪约摸二十五标准岁。很高。是个大块头年轻人。”

“你亲眼见过他？”

“哦，见过，神父舰长，我当时就和比留斯上尉、海上持枪兵阿门特一起在走道上，然后那家伙突然开打，把比留斯推下了栏杆。”

“然后他就从你们和持枪大兵的眼皮底下逃脱了，”德索亚语气平平地说道，“你们都全副武装，而这个人还……你刚才是不是说他戴着手铐？”

“是的，神父舰长。”鲍尔舰长用一块湿手绢抹了抹前额。

“在这个年轻人身上，有没有什么与众不同的地方？有没有其他细节，你没有写入……啊……递交司令部的特简行动报告里面？”

主管收起手绢，复又掏出来抹抹脖子。“没了，神父舰长……我是说，啊，对，在整个打斗的过程中，他的毛衣前襟被撕坏了一点。那足以让我注意到，他和你我都不一样，神父舰长……”

德索亚扬起眉毛。

“我是说，他不是十字架的人，”鲍尔匆忙说道，“他没有十字形。当然，那一刻我也没多想。大部分土著偷猎者，从来都没有受过洗礼。话说回来，要是他们受过洗，就不会是偷猎者了，对吧？”

德索亚没有理会这个问题。他走到满头大汗的舰长身旁，问道：“那么，那人就突然转到了主通道下，从下面逃掉了？”

“他没有逃掉，长官，”鲍尔回答，“只是找到了那张会飞的玩意儿，一定是他藏在那里的。我拉响了警报，当然。护卫部队全体出动，训练有素。”

“但是那人坐上那……玩意儿……飞走了？飞离了平台？”

“对。”平台主管说着，再次抹着额头，显然在思虑……忧虑自己的未来，“不过就一会儿。我们在雷达显示屏上找到了他，然后又用夜视镜确认过了。那张……毯子……会飞，不错，但是我们朝它开火的时候，它正掉头飞回平台——”

“它当时飞行高度是多少，鲍尔舰长？”

“高度？”主管深深地皱起额头，上面挂满了汗珠，“我估计，离水面二十五到三十米的样子，大约和我们的主甲板平行。他笔直朝我们冲来，神父舰长，好像是要从飞毯上投弹炸毁平台。当然，在某种程度上说，他成功了……我是说，他埋在甲板上的炸药当时正好爆炸了。吓得我屁滚尿流……原谅我的言辞，神父。”

“继续。”德索亚说道。他看着格列高利亚斯，那大个子正以稍息待阅的姿势，站在主管身后。从中士脸上的表情来看，他似乎很乐于在一秒钟内把满头大汗的舰长绞死。

“唔，那爆炸真是惊人，长官。救火队马上朝爆炸地点跑去，但是我和海上持枪兵阿门特、其他一些哨兵都留在了北部通道，坚守岗位……”

“非常值得称赞。”德索亚低声说着，语调中的讽刺显而易见，“继续。”

“唔，神父舰长，我所知道的也就这么些了。”满头大汗的人说道，但底气有些不足。

“是你下令朝飞行的人开火？”

“是……是，长官。”

“在你的命令之下，所有哨兵都……同时开火了？”

“对，”主管说道，双眼圆瞪，努力绞磨着脑汁，“我想大家都开火了。阿门特和我，加上另外六个人。”

“你也开枪了？”德索亚咄咄逼人地问道。

“唔，是的……当时整个站台都受到了攻击。空用甲板火光冲天，已经乱成了一锅粥。而那个恐怖分子还在朝我们飞来，载着鬼知道是什么的玩意儿。”

德索亚点点头，但似乎疑虑重重。“那么，除了那人以外，飞毯上还有没有别人，或者别的什么东西？”

“嗯，没有，”鲍尔说，“但当时天很黑。”

德索亚望向窗外升起的群月，明亮的橘黄色光芒潮水般涌入窗格。“那天晚上有月亮吗，舰长？”

鲍尔再次舔舔嘴唇，似乎想要撒谎。他知道，德索亚和手下已经询问过海上持枪兵阿门特一众，而德索亚也知道，鲍尔明白这一点。“有，但刚刚升起。”他咕哝道。

“那么当时的光线就和现在差不多？”德索亚问。

“对。”

“那么，舰长，在那个飞行装置上，你有没有看到别的什么人或是什么东西，比如包裹、背包什么的？有没有什么东西，看起来像炸弹？”

“没有。”鲍尔说着，现在，他恐惧的外表下，愤怒正在悄然潜行，“但要炸掉我们的两艘巡逻掠行艇和三架扑翼飞机，神父舰长，只需要几颗塑料炸弹就够了。”

“你说得对。”德索亚说。他踱到光辉明亮的窗户边，又开口道，“你的七名哨兵，包括海上持枪兵阿门特，当时是不是都带着钢矛枪，舰长？”

“是。”

“而你也携带着钢矛手枪。对吧？”

“对。”

“所有的钢矛弹都击中了嫌疑犯？”

鲍尔犹豫了一下，然后耸耸肩。“我想大部分都击中了。”

“你亲眼见到了结果？”德索亚轻声问。

“那杂种被击成了碎片……长官，”鲍尔说着，愤怒逐渐战胜了恐惧，“我看见他被炸得稀巴烂，四散纷飞，活像一砣撞上螺旋桨的海鸥粪……长官。然后他掉了下去……不，他仰面朝天从那张傻不啦唧的毯子上飞了下去，就像是有人用绳把他拽了下去一样，然后掉进L-3柱台边上的大海中。虹鲨一拥而上，不到十秒，它们就开始大吃特吃。”

“这么说，你们没有找回尸体？”德索亚问。

鲍尔挑衅似的抬起眼。“哦，不……找回来了，神父舰长。等到扑灭火，确认平台上没有什么危险之后，我让阿门特和凯尔默用船钩、手钩和手编网搜了一阵，找到了残尸。”鲍尔船长的声音慢慢变得自信十足了。

德索亚点点头。“那么，尸体现在在哪儿，舰长？”

主管竖起粗短的手指，它们正微微颤抖。“我们把它埋了。当然……是海葬。第二天清晨从南码头扔下去的，引来了一大群虹鲨，我们还捕杀了几条当午饭。”

“但是，你确信这具尸体正是你们先前逮捕的嫌疑犯吗？”

鲍尔眯起小眼睛看着德索亚，他的眼睛也因此显得更小了。“对……是他的残尸。他不过是个偷猎者。大紫罗兰海上向来不乏这种烂事，神父舰长。”

“大紫罗兰海上的偷猎者，从来都是驾驶古老的电磁飞行毯来的吗，鲍尔舰长？”

主管的面部表情冻结了。“你是说那玩意儿？”

“你的报告中没有提到飞毯，舰长。”

鲍尔耸耸肩:“那似乎并不重要。”

德索亚点点头:“刚才你说那张……那玩意儿……一直前行？飞过了甲板和通道，在海洋尽头消失了？上面没有任何东西吗？”

“对。”鲍尔船长说着，在椅子上坐直，整了整皱巴巴的制服。

德索亚迅速转过身:“但是，海上持枪兵阿门特说得可不一样，船长。持枪兵阿门特说飞毯找了回来，电源被关闭，他还说，最后一次看到它，是在你这儿。可有此事？”

“不。”主管说着，眼光依次扫过德索亚、格列高利亚斯、斯布劳尔、纪下士、芮提戈，最后又回到德索亚身上，“不，它从我们身边飞过之后，我再也没见到过它。他妈的阿门特在撒谎。”

德索亚向格列高利亚斯中士点点头，然后对鲍尔说道:“这样一件古老的人工制品，尚能正常运转，哪怕在无限极海上，也会值不少子儿，对吧，船长？”

“我不知道。”鲍尔挤出了这几个字，他正望着格列高利亚斯。中士刚刚走到主管的私人保险柜边，那东西由重金属制成，锁得严严实实。“我甚至都不知道那该死的东西是什么。”鲍尔又补上一句。

德索亚站在窗边。最大的那颗月亮占据了整片东部天空，远距传输拱门的轮廓，在月色中清晰地呈现出来。“那东西叫作霍鹰飞毯。”他轻声说着，几乎是在喃喃自语，“在一个叫作光阴冢山谷的地方，我们的雷达探测到了它的信号，却没能抓住它。”他又朝格列高利亚斯中士点点头。

瑞士警卫中士戴着铁手套的手掌一挥，就击碎了铁橱。他伸手进去，把盒子、文件、一堆堆钞票拨到一边，然后拿出一块叠得整整齐齐的毯子，把它带到主管的办公桌前。

“逮捕此人，让他在我眼前消失。”德索亚神父舰长轻声命令道，斯布劳尔上尉和纪下士随即把抗议连连的主管带出了办公室。

德索亚和格列高利亚斯把霍鹰飞毯在长长的桌面上铺展开来。飞毯古老的飞控线在月光下依然金光闪闪。德索亚摸摸这件人工制品的前缘，抚摸着钢矛洞穿这张纺织品时留下的撕裂痕迹。斑斑血迹，模糊了华丽的装置，曾经亮泽的超导单纤维线也变得暗淡无光。一些碎片沾在飞毯后部的短穗上，也许是人的血肉。

德索亚抬头看着格列高利亚斯：“你有没有读过一部叫作《诗篇》的长诗，中士？”

“《诗篇》，长官？没有……我并不太喜欢读书。而且，那好像是本禁书吧，长官？”

“我想是的，中士。”德索亚神父舰长说。他离开血迹斑斑的霍鹰飞毯，望向升起的月亮和清辉下的拱门。这是谜题的一部分，他思忖着。等到谜题被解开，我就会找到你了，孩子。

“我想那的确是本禁书，中士。”他又重复道，随即快速转身，朝门口走去，同时示意芮提戈将霍鹰飞毯卷起来，一并带走。“快来，”他说，声音带着几周以来前所未有的轻快，“咱们要开工喽！”

33

我在一间宽敞明亮的膳房里度过了大约二十分钟，那段记忆就像是我们经常会做的那种噩梦：你知道我指的是哪种，在那些梦里，我们发现自己身处从前到过的某个地方，但又记不起为什么会在那儿，也不知道周围都是些什么人。那名上尉和两名士兵把我押到膳房时，屋里的每一样东西都带着如噩梦般的置换感，原先熟悉的东西都变得陌生了。我说熟悉，是因为在我二十七年的人生里，有相当一部分时光都是在猎营地、军用膳房、娱乐场、古老驳船的厨房里度过的。我很熟悉周围的人：太熟悉了，当时我便是这样的感觉，因为在这间屋里所感受到的环境——吼声如雷、吹牛夸口，那些患城市紧张症的男子身上沁出的汗味，这群人因冒险旅途而团结一心，历经艰难困苦，产生的无上的男子情谊——我对于这些早已滚瓜烂熟。但现在，那熟悉感又渐渐转为陌生——他们乡音浓重的话语，我几乎无法听懂，他们在服饰上与我有着微妙的不同，四周的香烟味令人窒息。而且我知道，如果事情牵涉到他们的货币、文化，或是过往交际，那我肯定会立即露出马脚。

远处那张桌子上，摆着一个高高的咖啡壶（我所见过的膳房里，都必备这种东西），我缓缓走到那儿，尽量做出漫不经心的样子，找了个相对干净的杯子，倒了些咖啡。整个过程中，我始终注视着上尉，而他的两个手下则注视着我。看到我是这里的人，他们似乎安了心，终于转身走了出去。我啜着那味道糟透了的咖啡，不经意间发现，尽管我心里的恐惧感正像飓风一般波澜壮阔地席卷而起，但我端着杯子的手却没有丝毫颤抖，我开始盘算下一步该怎么走。

真是令人吃惊，我竟然还有武器——鞘刀和手枪——还有无线引信仪。有了引信仪，我就可以随时引爆塑料炸弹，趁乱跑向霍鹰飞毯。我已经见到了圣神哨兵，所以心里知道，要想让筏子神不知鬼不觉地经过这座平台，就得想办法转移他们的注意力。我走向窗边，窗户的朝向正是我们先前以为的北方，但那实际上是“东方”，月亮从天空中升起，正闪耀着光芒，仅凭肉眼就能看见远距传输器的拱门。我推了推窗户，推不动，不知是被锁上了，还是被钉死了。窗台下一米左右的地方，有一块钢筋盖子，通向另一间舱室，但我似乎没办法从此处到达那里。

“你和谁一起来的，小子？”

我迅速转身。最近的那群人中，有五个走了过来，其中最矮最肥的那个正在对我说话。那人一身户外装束：法兰绒格子衬衫、帆布裤、帆布马甲——和我身上的差不了多少——腰带上挂有一把刮鳞刀。我立即意识到，那些圣神士兵一定看到了我马甲底下顶出的一小截手枪皮套，以为那也是这种刀的刀鞘。

这人说的也是方言，但和外头那些圣神卫兵完全不同。我想起来了，这个渔民，可能也是外世界的人，那么我奇怪的口音应当不会招致太大的嫌疑。

“克林曼。”我说着，又啜了一口咖啡，那味道简直跟淤泥差不多。刚才，这个词就让圣神士兵信以为真了。

但对这些人似乎没什么作用。他们你看看我，我看看你，然后那个肥佬又开口说话：“我们也是跟着克林曼一伙来的，小子。从圣特蕾莎起，一路没分开过。可你没在水翼艇上。你在玩什么把戏？”

我咧嘴笑笑。“没什么把戏，”我说，“我本来也是和大家伙儿一起的——但在圣特蕾莎走丢了——于是就跟着奇塔人上路了。”

我还是没能骗过他们。这五个人互相嘀咕了一阵，好几次听到他们提到了“偷猎者”这个词，然后其中两人离开，出了门。肥佬伸出一支肥手指指着我：“我之前一直在那边，和奇塔人的向导在一起。他也没见过你。待着别动，小子。”

我才不会乖乖照办呢。我把杯子放在桌上，说道：“不，**你**在这儿待着别动。我去找上尉，澄清事实。不许动。”

这句话像是把那个肥佬给震住了，他愣在原地，我趁机走过突然安静下来的膳房，打开门，走进外面的甬道。

无路可逃。右边，有两个手持钢矛枪的圣神士兵守在栏杆处。左边，两个渔民领着早先被我撞到的瘦上尉疾步向这边走来，身后还跟着一个看上去像是圣神舰长的矮胖家伙。

“该死，”我大声说道，然后压低嗓门，“孩子，我这儿有麻烦了。他们可能会抓住我。我会把外麦一直开着，这样你就听得见声音。快笔直行到传送门。别回话！”这次交谈中，我需要确认的最后一件事，就是从耳塞里传出的嘁嘁的人声信号。

“嘿！”我一面说着，一面朝舰长跨出一步，举起双手，像是要和他握手，“我正找你呢。”

“就是他！”其中一个渔民大叫，“这人既没跟我们一起，也不是奇塔人他们一伙的。他肯定是你经常和我们说的那种浑蛋偷猎者！”

“铐了他！”舰长对上尉说，我还没来得及动动机灵，便有几名士兵从身后冒出来，抓紧了我，瘦军官一把将手铐扣在我手上。那是一副老式的金属手铐，但效果还是一样不错——我的双腕被死死锁在身前，连血液循环都差点阻断。

我当即意识到，我再也无法像个间谍一样行事了。有关我到平台袭击的一切都是一场灾难。虽然圣神军队无组织无纪律——他们本来应该保持距离，举枪对准我，同时搜我的身，卸除我的武装，之后再铐我，可他们现在还聚在我旁边不动——但我想，几秒钟之后他们就该搜我的身了。

我决定不给他们这几秒时间，于是飞快举起铐在一起的双手，抓住矮胖舰长的前襟，将他扔回两个小兵身上。一阵叫嚣推搡之后，我趁乱飞快转身，尽力向第一个持枪士兵的卵蛋踢去，然后伸手抓住第二个士兵扛在肩上的枪。那士兵大叫一声，双手把枪握住，我夺过悬带，用尽全身力气把他们向右边的地上摔去。士兵随枪倒下，没有保护的脑袋撞在墙上，马上瘫倒在地。第一个士兵，就是我踢过的那个，现在依然跪着，一只手捧着胯下，另一只手朝我抓来，把我的毛衣从正面一路撕裂，同时还把我的夜视镜从脖子上扯了下来。我朝他的喉咙踢了一脚，他随即扑倒在地。

此时，上尉已拔出钢矛手枪，但他意识到，想打中我的话，我身后的两名士兵也必定会遭殃，于是他只能用枪托猛击我的脑袋。

钢矛手枪一般不重，也不结实，但这东西却着实打破了我的头皮，还让我两眼冒起了金星。我不由得火冒三丈。

我转过身，一拳打中上尉的脸。他被我打得扭过了身子，从齐腰高的栏杆上掉了下去，双臂胡乱扑腾，还在继续下落。这人一路尖叫着，掉进二十五米之下的水里，大伙儿都呆立了一秒。

我应该说，除了我以外，大伙儿都惊呆了，因为在上尉的靴底还没完全越过栏杆时，我已经转过身，跃过倒在地上的士兵，一把拉开纱门，跑进膳房。很多人在里面乱转，其中大部分在朝这边的门口和窗户挤来，想看看这阵子嘈杂到底是怎么回事，于是我正好混迹其中，在他们中间闪躲，像是四十三人组成的斯阔米队中的一个深孵人，把球向着球门驱赶[①]。

我听见身后的门又“砰”的一声开了，不知道是舰长，还是一个士兵在大叫:“趴下！闪开！当心！”

一想到会有上千支钢矛针朝我的方向飞来，我不由得再度芒刺在背，但并没放慢脚步，我跳上一张桌子，用依然铐在一起的手腕护住脸，纵身飞向窗子，以右肩承受猛烈的撞击。

在我腾空而起的时候，我的脑海里闪过一个念头，如果那窗户是有机玻璃或智能玻璃，我的厄运将会以十足的闹剧收场——弹回膳房，被乱枪活活射死，或是被士兵从容捉住。对于建在此地的平台而言，窗户不用玻璃，而用牢不可破的材料，也完全说得通。但几分钟前，我用手指摸它的时候，**感觉**就像是玻璃。

的确是玻璃。

我掉落在屋顶的钢筋上，继续朝下坡滚去，一块块玻璃碎片在我身边飞舞，被我的身子碾得吱嘎作响。我拿上窗户的一块木条——破碎的木头和玻璃喳扎满了我的马甲和破毛衣——但我并没有放慢速度把这些东西清理掉。滚到屋顶末端的时候，我面临着几

① 斯阔米游戏，1965年由乔治·伍德布里奇和汤姆·科赫虚构的复杂比赛。一支队伍由四十三人组成，其中有四个深孵人。

个选择：直觉告诉我，应该在身后的枪手开始行动之前，滚下边缘，从视野中消失，希望下面还有一条甬道；理智却让我停下来，在滚下去之前先把周围的情况搞清楚；而记忆又认为，平台的北部边缘根本就没有任何甬道。

我综合了这几种想法，从房顶边缘滚下去，中途抓住悬梁，手指有些打滑，从晃荡的靴子中间向下望去。下边既没有甲板，也没有平台，二十米的空气之下，只有紫罗兰色的波浪。月亮才刚升起，大海在光亮下充满了生机。

我把身体往上抬，直到回头能看见被我撞坏的窗户，一群枪手在里面没头苍蝇般乱转，其中一个开了一枪，我匆忙把头垂下，躲开他们的视线。钢矛云略略高了些，但差点就打中了我紧绷的手指，误差不过两三厘米，耳畔传来上千钢针飞过的声音，犹如愤怒的蜜蜂在嗡嗡鸣叫，让我不由得瑟缩起身子。身下没有甲板，但我能看到一根管子，沿着舱室外侧水平向外延伸，直径六到八厘米。管子内侧和舱壁之间，有一道非常狭窄的隙缝，也许能方便我的手指抓住管子——要是它不会被我的重量压断，要是那冲击不会让我的肩膀脱臼，要是我铐着的双手不会发不出力，要是……我不再去想，跳了下去。前臂和钢铁手铐“啪”的一声撞上管子，几乎把我弹了个后空翻，但我的手指做好了抓握的架势，成功地抓住了，然后滑到管道内侧，紧紧抓着，稳住自己的重量。

头上又开始第二次钢矛射击，猛烈而密集，屋顶的悬梁给轰成了碎片，外墙上也被凿得千疮百孔。碎片和钢针在月光下翻滚而过，那群人朝我先前待的地方呼喊咒骂。我听到房顶上传来脚步声。

我摇晃着，尽快向左边移去。在小舱那边的角落下方，有一块甲板凌空伸出，就在四五米外的东面，离我所在的水平面的垂直距离至少三米远。进程慢得令人发狂。双肩很不自在，咔咔响着，手指因为血液循环不畅而变得麻木。我能感觉到玻璃碎片扎在头发和头皮上，鲜血流进双眼。很有可能在我到达平台之上的那点之前，头顶上的那些人就已抵达房顶边缘。

突然传来一阵咒骂呼喊，我之前抓住的那一部分房顶断裂了。显然他们的钢矛破坏了那一部分房顶，而现在他们的体重压垮了它。我听见人们仓皇回退，一路咒骂，寻找通向边缘的另外一条路线。

他们的这次耽搁只给我赢得了八到十秒，但已足够让我把双手移到管子末端，摇晃身体，一次、两次，第三次我放手飞了出去，重重摔在下头的平台上，我顺势朝东面一滚，重重地砸在栏杆上，这一击几乎把我撞得断气。

我知道，我不能躺在那儿等自己接上气来，于是飞快翻过身，朝小舱下面甲板更暗的区域滚去。至少有两支钢矛枪开火了——一发没有打中，激得十五米下的水面水花四溅，另外一发在甲板尽头撞得叮当直响，就像一百支钉枪突然同时开火。我翻身站起开跑，猫着腰躲过低矮的横杆，努力看清底下阴影的迷宫。头顶的脚步声咚咚作响。他们占有优势，知道甲板和楼梯的布局，但只有我一个人知道自己是在往哪里跑。

我正朝着最东面那块最低的甲板跑，也就是放着飞毯的地方，但连接这块维护平台的狭长甬道，却是南北走向。当我抄近路走到足够远的距离，到达主平台下时，我猜测自己应该到了东面甲板的位置，翻身跃上承重梁——它大约有六厘米宽。同时，铐着的双臂左右摇晃着保持平衡，走过一片开阔的区域，到达下一个垂直的支柱。我一直这么前进，时而朝南，时而朝北，但每条南北走向的横梁到达尽头时，总能找到一条朝东的横梁。

活板门猛地打开，脚步声在主甲板下的甬道上砸响，但我率先到达东面甲板。我朝它跳过去，找到绑在柱子上的飞毯，铺开，轻敲飞控线，毯子飞了起来。栏杆外，在通往甲板的一段狭长楼梯之上，又一扇活板门打开了。我爬上飞毯，俯卧其上，努力不让月光和波涛闪耀的光芒映照出我的身影，一边用戴着手铐的双手笨拙地敲打飞控线。

直觉告诉我该朝正北方飞去，但我立即意识到这可能是个错误。钢矛枪的射程只有六七十米，超出这个范围就不精准了，但那些人或许会有等离子步枪之类的东西。现在所有人的注意力都集中在平台的东面，所以最好的选择应该是朝西或者朝南走。

转弯向左，我飞速降到支承柱下方，急急跳过波涛，在平台边缘的掩护下朝西飞去。只有一块甲板伸到这么远的地方——也就是我跳向的那一块——我看见它的北端一个人都没有。不过我随即意识到，那里不是没有人，而是已经被钢矛枪打了个稀巴烂，太危险，没人敢站到上面去。我飞到它下方，一路向西。上层的甬道里靴声咔嗒作响，要是有人瞥见我的影子，那他定得花上一段时间来准备开火，因为有十多个塔门和横梁聚集在这儿，他肯定会瞄上半天，让他急得牙痒痒。

我从平台下方急速飞出，藏身于它的影子下——现在月亮升得高一些了——停留在距离浪尖几毫米的地方，保持低飞，努力跟随着平台西端那绵长波涛的脚步前进。我已经飞出了五六十米，正准备松口气的时候，忽然听到右边几米外传来打水和咳嗽的声音，就在下一列波涛之外。

我立马知道了那是什么，那是**谁**——被我用力揍得从栏杆之上平飞出去的上尉。我的第一反应是接着飞，身后的平台此刻已经乱成了一锅粥，很多人在大声叫喊，有人朝北方射击，更多的人在东面，在我离开的地点大呼小叫，但似乎没有人注意到我就在外头。这人曾用他的钢矛手枪打过我的头，要不是他的伙伴离我太近，说不定已经满心欢喜地杀死了我。洋流将他朝背离平台的方向冲到了这里，实在是他活该倒霉，我也爱莫能助。

我可以把他接到平台底部——也许能把他送到一根支承柱上。我已经从这条路逃脱过一次，我也能再做一遍。这家伙不过是在履行自己的职责，不值得为此殉职。

要说我讨厌自己在那种情形下涌出的良知，这无可厚非——倒不是说我经常会产生这种情绪。

我驾着霍鹰飞毯在波涛正上方停下，趴在上面，伏下脑袋和肩膀，以免被那些在平台上大喊大叫的人发现。然后我把身子朝右边探出，想看看能不能找到咳嗽声与打水声的源头。

我首先看到的是那群鱼。它们身上的背鳍，活像以前从全息影像里看到过的旧地鲨鱼，也像海伯利安南海里的食人剑背鱼，但上面说到的这两种鱼都是单鳍，它们却是双鳍。在月光下，我能清楚地看到它们：从背上的双鳍到修长的腹部，似乎闪耀着十多种鲜艳的光彩，体长约三米，尾鳍强劲有力，上下拍打，牙齿雪白，一副食肉动物的凶残模样。

我在浪尖上，顺着其中一条杀手鱼的方向，朝咳嗽声的源头看去，终于看见了上尉。他正拼命打水，挣扎着让头部露出水面，同时一直转动身体，尽量不让那些五彩的杀手鱼接近。那些双鳍的家伙在紫罗兰色的海水中游弋，不时向他冲去，当鱼接近，上尉就会用脚踢一下，尽量用靴子踢中它们的头或鳍，那鱼就会猛地闭口，转身游开。同时，其他的依旧在边上转悠，越游越近。圣神军官显然已经精疲力竭。

“该死。”我低声嘀咕。我决不能把他一个人丢在这儿。

我先是键入代码，撤销了偏转力场——这种低级密蔽场本是为高速飞行而设计的，这样，乘坐其上就不会被大风吹倒，同时，所有的乘客，特别是孩子，在任何速度下都不会从毯子上滚落。现在，要把这个落汤鸡拉上来，我可不希望电磁场碍手碍脚。接着，我驾着飞毯，沿绵长的波浪向他滑行，到他先前所在之处停了下来。

可他不在那里，他已经被海水淹没。我正考虑要不要潜下去找他，然后隐约看见他苍白的手臂在波涛中挣扎。那些鲨鱼般的东西正兜着圈儿靠近，但都停止了攻击，也许是霍鹰飞毯的影子让它们有点慌乱。

我把铐在一起的双手向下伸去，抓到他的右手腕，把他拉了上来。他的体重差点让我从飞毯上坠下去，但我向后靠去，保持住平衡，使劲把他拉到足够高的地方，方便我抓住他背后的裤带，把他拖上霍鹰飞毯，而他身上还在淌水，嘴里也在咳水。

上尉面色惨白，浑身冰冷，从头到脚都在发抖，但呕出一部分海水后，他似乎开始正常呼吸了。我很高兴：我的慷慨也就点到为止而已，万一他的情况太差，我可不会给他做口对口人工呼吸。确定他好好地趴在飞毯上，处于安全范围，没有一条路过的背鳍能跳起来咬断他的腿后，我把注意力转回到控制台，设定路线转回平台，一路上略微爬升，从马甲里摸索出通信装置，键入代码，打算引爆先前安置在掠行艇和扑翼机上的塑料炸弹。我们可以从南面到达平台，那样的话，我必须确定那边的甲板上没人：然后，我只需要简单地一按按钮，发出引爆代码，在紧接而至的混乱之中，飞转回来，从西面登陆，把上尉扔到下头能找到的第一块干地方。

我转身想看看这人是否还在呼吸，刹那间瞥见这个圣神军官单膝跪地，手里拿着什么闪闪发光的东西……

……刺向我的心脏。

他本来是要直接刺进我的心脏，但幸好我在那一刹那间扭开了身子，于是刀刃划过我的马甲、毛衣、皮肉。事实上，那截短短的利刃刺入了我的肋侧，擦过一条肋骨。那一刻我感觉到的不是疼痛，而是电击——确然是电击。我大吸一口凉气，伸手去抓他的手腕。刀刃又刺过来，这次更快更高，于是我的双手——因为沾了海水和自己的鲜血而滑溜溜的，顺着他的手腕往回滑。他再次动手，这次是往下刺，而我所能做的，充其量不过是向下拽，用手腕上手铐中间的金属链把他的手臂往下压，要不是我施加在他手臂上的力量减缓了动作，同时背心口袋里的通信装置弹开了刀刃，这一击很可能会划过同一条肋骨，甚至刺穿我的心脏。即便如此，我依旧感觉到刀刃撕裂了肋侧的皮肉，我摇摇晃晃地后退，努力在不断爬升的霍鹰飞毯上稳住脚步。

我隐隐约约意识到背后突然发生的爆炸：一定是刀刃碰到了发送按钮。我并没有转身去看，只是叉开双腿，保持平衡。飞毯继续爬升——我们现在已经距海面八到十米，而且还在上升。

上尉也迅速站起，以极自然的姿势降低重心，摆出剑术起手式。我历来讨厌锋利的武器。我给动物剥过皮，给无数的鱼掏过内脏。但哪怕是在地方军的时候，我也搞不明白，为什么人能够在近距离内对同类做出这样的事。我腰带上别有一把刀，但我知道自己不是这人的对手，唯一的希望就是把自动手枪从皮套中拔出，但那动作难度太大——手枪别在我腰间左侧，被马甲遮着，只要右手朝左下一伸就能拔出，但我现在两手只能一起动，沿着马甲的里侧摸过去，翻起套盖，拔出枪，瞄准……

他的刀从左至右划过我的身体。我向后跳到霍鹰飞毯的前部边缘，但已来不及——在我伸过手去摸枪的时候，尖锐的小刀切开了我右臂内侧的皮肉，划出一道口子。这一刀真是让我痛不欲生，我不禁大叫出来。上尉笑了，牙齿淌着海水，光洁闪亮。他依然半蹲着，知道我无路可逃，于是向前踏出半步，尖刀向上挥舞，看那轨迹，定是想刺进我的腹部，剜出内脏。

在他向我砍来时，我已开始向右转，现在我继续向右，干净利落地一跳，跳出还在爬升的霍鹰飞毯，铐着的双手直直护住脑袋，破入十米之下的海水。海洋又咸又黑。入水前我没有吸入足够的空气，而在那可怕的一瞬间，我完全不知道哪一边才是海面。然后我看见三个月亮的光芒，于是踢着水，奋力朝那个方向游去。我的头浮出水面时，正好看见上尉还站在爬升的飞毯上，现在距平台又飞近了三十米，大约二十五米高，并且还在上升。他蹲在那儿，朝我的方向看来，似乎在等我回去，好结束这场战斗。

我可回不去了，但我很想结束战斗，所以我在水下摸索着自动手枪，解开皮套扣，拔出沉重的武器，努力保持仰泳姿势，这样就可以举着那该死的东西瞄准。我的目标继续往高处攀升，快要消失，但当我用拇指拉下回击锤[①]，稳住双臂的时候，他的身影依旧凸现在那不可思议的月亮下。

上尉不再管我，转头朝平台上的嘈杂声看去，就在此时，那里的人们齐齐开火，比我还要快了半步。我不确定在那么远的距离外，自己究竟能否射中他，但他们却不可能有任何闪失。

至少有三发钢矛簇同时击中目标，他仰面掉下霍鹰飞毯，活像是有人朝空中扔下了一堆送洗衣服。他的身体被射成筛子，翻滚着掉入浪尖，我真切地看见月光从那些窟窿眼里穿过。一秒之后，一条五虹鲨鱼从我身边猛冲而过，急切地想得到那块圣神上尉做成的血淋淋的肉饵，居然撞得我倒向了一边。

我开始随波逐流，望着霍鹰飞毯，直到平台上有人抓住了它。

---

① 由弹簧驱动的击发机件之一，通常一端固定。当扣下扳机时，击锤阻铁松开，击锤因弹簧弹力快速向前，打在撞针上引爆子弹装药。

我曾幼稚地希望它可以在附近盘旋，然后回到我身边，救我出海，载我回到北面距这里一两公里外的筏子上。我对霍鹰飞毯的喜爱与日俱增——我感觉自己也成了它所代表的神秘传说的一部分，我喜欢这感觉。但我就这么望着它飞远，永远离我而去，肠子都悔青了。

我确实肠子都青了。遍体鳞伤，吞了许多咸水——更不用说咸水浸入伤口的效果——搞得我连呕带吐。我继续在海上漂流，踩着水，保证头和肩膀浮在水面上，双手紧握沉重的自动手枪。

如果要游泳，我得首先打断手铐。但怎么才能办到呢？连接手铐的铁链只有手腕的一半粗细；不管怎么扭，我也无法把枪口对准适当的地方，一枪击断铁链。

与此同时，那些背上长鳍的家伙刚饱餐完上尉，正绕着圈儿离开。我知道自己正血流如注，都能感觉到身侧和手臂内侧咸咸的鲜血正洒向咸咸的大海，湿黏的东西越积越厚。如果那些家伙跟剑背鱼或者鲨鱼一样敏锐，那么它们在几公里之外就可以闻到血腥味。我唯一的希望就是踩着水向平台游去，随时准备朝第一条靠近我的背鳍开枪，最好是能够到达一个塔门，爬上岸，或者大声呼救。那是我唯一的希望。

我倒向水中，奋力踩水，翻身朝下，然后往北面开阔的海洋游去。这漫长的一天里，我已经来过一次平台，那就足够了。

34

我这辈子从没有试过游泳的时候把双手绑在身前，也真心希望从今往后再不用遇到这种事情。幸好，这颗星球的海洋盐度颇高，我才得以浮在水面上，仅仅依靠双脚蹬水、身体摇摆、双手打水，一路向北行进。但我并没抱多大的希望能回到木筏；因为到了离平台北部至少一公里外的地方，水流开始变得湍急，况且，我们的计划是在不跟丢海上河道的前提下，尽量让木筏远离平台。

才过几分钟，那些五颜六色的鲨鱼又开始转圈。闪闪发亮的色彩在波涛之下清晰可见，让人惴惴不安。只要有一条游近意欲攻击，我就停止游水，浮在那儿，朝它的脑袋踢去。我见过已故的上尉如何把这些食肉动物驱离身前，现在我模仿得惟妙惟肖。看样子挺管用。毫无疑问，这些鱼极其凶残，但也很笨——每次只有一条展开攻击，似乎遵循着某种无形的啄序[①]——所以我每次只需要踢

① 啄序：一群家禽中存在的社会等级，其中每一只鸟禽能啄比其低下的家禽，而又被等级比它高的家禽啄咬。

中一条食人鱼的长吻。虽然如此，整个过程还是让人精疲力竭。在第一条虹鲨攻击之前，我正打算脱掉靴子，因为皮革很重，直把我往下拽，但一想到要光脚踢那些长着长牙的弹头脑袋，我就打消了念头，还是尽量穿着。很快我也判定，只要手里握着枪，就没法游泳。那些长着剑背的东西，在朝我冲来时，总会先下潜一段距离，它们似乎很喜欢这种远距离突击的攻击模式，我很怀疑从古老手枪里射出的一颗子弹，在穿过一两米深的水之后，到底还能起多大作用。最终我把手枪插回皮套，但很快又觉得真该把它俩一同扔掉。我浮在海上，转动身体，以保证不被任何一条双鳍鱼钻空子。最后，我还是脱下靴子，任它们沉向海底。下一条鲨鱼开始攻击的时候，我踢得更用力，感觉着它那小脑瓜上如砂纸般粗糙的皮肤。在我的攻击下，它们老老实实地闭上嘴，接着游走，继续转圈。

我就这样向北游去，顿一下，漂一漂，踢一脚，骂一句，游几米，再次停下来转转身子，等待下一次攻击。要不是三轮月亮的月光交织，明亮有加，剑背鱼的皮肤又光滑闪亮，肯定早有一条把我拖下去了。但现在，我很快到达了崩溃边缘，疲困交加，再也游不动了，唯一能做的就是躺在海面上，大口喘气，每次看到五颜六色地闪着光朝我的方向扑来的虹鲨，就赶紧伸腿朝它们的大白牙踢去。

刀伤疼得我龇牙咧嘴，我能感知到沿肋骨延伸的深度划伤，整个肋侧火烧火燎，还混着黏答答的感觉。我敢肯定，自己的血正涌入水中，有一次，趁那群背鳍绕着圈游远，让我得以暂且喘口气的时候，我把两手移到身侧，然后伸出水面一瞧，满手血红。紫罗兰色的海洋漫盖了整个视野，在巨月下闪着光芒，但和我的双手比起来，竟也显得逊色。我感觉到自己越来越虚弱，意识到自己快因失血过多而死了。海水变得越来越温暖，似乎我的血液让它上升到了舒适的温度，引诱着我闭上双眼，向温暖的更深处游去，每过一分钟，诱惑就变得更加强烈一分。

我承认，每次海浪把我托起，我都会朝后望一眼，希望能看到木筏，希望在北方能出现奇迹。但什么也看不到。为此我竟感到有些高兴，也许木筏没有遭到截击，已经通过了远距传送门。空中没有一艘掠行艇或是扑翼飞机，而南面的平台也只能看到渐趋微弱的火焰。我意识到，既然木筏已经安全离开，那么我最大的希望就是马上被一架执行搜索任务的扑翼飞机带走。但是这个可能获救的想法并没有让我高兴起来。我今天已经去过一次平台，不想再去了。

我仰面躺在海面上，扭过脑袋和脖子，以看清周遭那些五颜六色的背鳍，然后继续蹬水朝北方前进。我随着紫罗兰海的巨幅波涛一起上升，又落入宽阔的波谷，似乎快被大海吸进去了。我翻转过身，用力地蹬水，戴着手铐的拳头直直伸在脑袋前面，但我太疲倦了，以这种姿势没办法一直把头昂在水面上。情况越来越糟，右臂血流如注，感觉上似乎比左臂重了三倍，不知道上尉的刀是不是切断了那里的肌腱。

最终，我不得不放弃游泳的企图，集中精力漂在水上，双脚不停蹬水，以浮在水面上，让头和肩膀都露出来，双拳在面前紧握。那些长着剑背的东西，似乎发现我越来越体力不支，开始轮流朝我游来，巨口大张，迎接猎物。于是我一次次收回双腿，伸直踢出，试图用脚后跟砸中它们的长吻或者脑壳，同时尽量不让脚被咬掉。它们粗糙的外皮磨破了我的脚后跟和脚掌，让我身边的血泊越来越红，也让那些长背鳍的家伙更加狂野。它们的攻击愈发密集，而此时，我已经累得没法次次都及时收腿。一条长鱼撕裂了我的右裤腿，从膝盖到脚踝，得意地一甩尾巴，游开了，嘴里拖着一层皮。

整个过程中，我那疲倦脑瓜的一部分一直在沉思神学——不是祈祷，而是在思考，一个统管宇宙的神明，怎么会容许祂的造物这般互相践踏。有多少原始人类、哺乳动物、上万亿的其他生物，跟我一样在极度的恐惧中走过最后几分钟，心脏狂跳，肾上腺素在体内奔涌，越发快地耗尽他们的体力，小小的头脑高速运转，无助地寻求解脱？上帝怎么可能一面往宇宙中填满这样的利牙怪兽，一面又将他——或者她自己刻画成大慈大悲之神？我回忆起，外婆曾经给我讲过一个旧地科学家的故事，一个叫查尔斯·达尔文的人，他曾经提出进化论（或是叫趋势论之类的玩意）的早期理论，这个人是怎么——他自小就是一个虔诚的基督徒，虽然在那时还没有十字形的报答——变成了无神论者[1]，当时他正在研究一种陆生黄蜂，他发现这种黄蜂能使某种大蜘蛛麻痹，在其体内产下卵，蜘蛛苏醒后继续正常生活，直到黄蜂幼虫孵出，从活着的蜘蛛腹部挖个洞，钻出来。

我晃晃头，甩掉眼中的海水，伸腿踢向朝我冲来的双鳍，没中脑袋，但击中了它敏感的鳍。我赶紧收回腿，蜷成球形，才勉强躲开那猛然关上的血盆大口。下一波海浪来袭，浮力陡降，我沉下一米，吞了口咸水，然后大喘着气浮上来，眼前一片黑。更多的背鳍绕着圈游近了。接着我又沉了下去，吞了几口水，麻木的手指一番摸索，最后终于拔出了手枪，把它顶在下巴上，浮上水面，在此过程中我差点把枪丢掉。我意识到，比起用它来射杀这些海中的杀手，还不如直接把枪口对着下巴扣动扳机来得痛快。唔，这东西里头还有不少子弹——刚刚过去的惊险刺激的两个小时里，我还没用过它——我还有选择。

① 达尔文于1809年2月12日出生于医生家庭，父亲准备让他继承衣钵，但达尔文对医学毫无兴趣，于是进入剑桥学习神学，成为一个言必称《圣经》的正统基督教徒，直到1831年底，他随“贝格尔”号扬帆起航，途经大西洋、南美洲和太平洋，沿途考察地质、植物和动物，之后完全抛弃了基督教信仰，并逐渐成为不相信上帝存在的怀疑论者，或称理性主义者。

我转动身体，望着最近的那张背鳍游得越来越近，记起小时候外婆曾让我读过的一个故事。那也是一篇古典名著——斯蒂芬·克莱恩著的《海上扁舟》——讲述了沉船后逃生的几个人，乘着扁舟，在海上没有淡水的情况下，熬过了几日几夜，幸存下来，却被困在离大陆只有几百米的地方，因为那里的海浪冲得太高，过去的话扁舟肯定会翻掉。舟上的一个人——我不记得具体是哪个——经历了神学推想的所有阶段：先是祈祷，相信上帝是一个仁慈的神灵，会为了他而担心得晚上睡不着觉；继而认为上帝是一个没有良心的杂种；最后终于认定没有神会倾听他的祈祷。虽然我意识到，尽管外婆以苏格拉底式的提问和细致的引导来教育我，但我其实没有理解那个故事。我记了起来，在那人意识到他们必须游出一条生路，而且并非所有人都能活下来的时候，那降临到他身上的顿悟有多大的份量。他曾希望，造物主——这就是他现在对宇宙的看法——是一栋巨大的玻璃建筑，这样他就可以朝它扔石头。但他也意识到，即便如此，依然无济于事。

宇宙对我们的命运漠不关心。那个角色在艰难地乘风破浪，朝着生或死挣扎前进的时候，肩上背负着如此的千钧重担。可宇宙连屁也不放一个。

我意识到自己正连哭带笑，对着那些两三米外的剑背鱼又是咒骂又是挑衅。接着我拿着手枪，朝最近的背鳍瞄准，令人惊奇的是，湿透的手枪竟然发出了子弹，在木筏上听起来那么震耳欲聋的枪声，现在似乎被波浪和浩瀚的海洋吞没，变得细不可闻。那条鱼潜入水中，没了影踪。另外两条朝我发起冲锋。我朝一条开了一枪，向另一条踢了一脚。正当这时，有东西重重地打在我的脖子后面。

在这一刻，我并没有深陷于神学与哲学思考中，以至于临死不惧。我飞快旋过身，尽管并不知道被咬得多严重，但已做好了最坏的打算，甚至是开枪直接射向那该死东西的喉咙。手指扣上沉重手枪的扳机，瞄准，然后，我看见女孩的脸就在半米外。她的头发湿漉漉地紧贴在头皮上，深色的双眼在月光中闪闪发亮。

“劳尔！”她先前一定一直在叫我的名字，可是枪声和耳边的急流声把她的声音淹没了。

我眨了眨眼，挤出眼里的盐水。这不可能是真的。哦，上帝，她怎么会离开木筏，自己游到这里来了？

“劳尔！”伊妮娅再次喊道，“快朝天躺着。用手枪把它们打退。我拉你回去。”

我摇摇头，没弄明白。为什么她要把强壮的机器人留在木筏上，自己一人来追我？她怎么……

下一波海浪上，贝提克蓝色的头皮蓦然出现。他正大展双臂，用力划着水，嘴里还横叼着一把长长的弯刀，露出一口雪白的牙齿。我流着泪大笑起来，他看起来就像个三流全息电影中的海盗。

“快朝天躺下！”女孩又喊道。

我翻身躺下，一条鲨鱼样的东西朝我双腿冲来，但我太累了，根本无力踢它，于是只得把两手摆在胯间，朝它射了一枪，结果正好命中它那黑乎乎、毫无生气的两眼的中部。双鳍消失在波涛之下。

伊妮娅一只胳膊绕住我的脖子，左手托着我的右臂，以免把我闷死，然后开始奋力朝下一波巨浪游去。贝提克也游在一旁，现在只用一只手臂划水，另一只挥舞着锋利的弯刀。我看见刀锋在水中划过，然后就望见两张背鳍颤抖着向右边游开了。

“你们……”我刚开口，马上便呛得一阵乱咳。

“省点力气。”女孩气喘吁吁道，拉着我向下一个浪谷游去，继而攀上前方紫罗兰色的波墙，“还有很长一段路呢。”

“枪。”我说着，试图把枪递给她。但我感觉到黑暗犹如一条越来越窄的隧道，逐渐包围住我的视野，虽然我不想失去武器，但太迟了——我感觉到它掉入了深海。“对不起。”隧道完全闭合前，我勉强说了出来。

我脑中最后的一些思考内容，是这第一次单独行动中丢了的那些东西：宝贵的霍鹰飞毯、夜视镜、古老的自动手枪、靴子，也许还有通信装置，甚至还差点搭上自己的小命，以及朋友们的命。然后，完全的黑暗切断了我那自嘲思虑的末端。

我隐约感觉到他们把我抬上木筏，切断手铐，把它取下。女孩正给我做口对口人工呼吸，实施胸外按压，把肺里的水压出来。贝提克跪在我们旁边，使劲拉着一条沉重的绳索。

吐了几分钟水之后，我张口问：“木筏……为什么……它应该到传送门了……我不……”

我脑袋下枕着一个背包，伊妮娅把我重新推回去，用一把短刀割掉我破烂的衬衫和右裤腿。“贝提克用微薄帐篷和登山绳组装了一个海锚，”她说，“就拖在后面，让我们减慢速度，同时又不致偏离航向，这样我们就有时间来找你了。”

“干吗……”我开口道，但马上又咳出海水来了。

“别说话，”女孩说着，撕掉我身上最后的破布，“我得看看你伤得有多重。”

她有力的双手碰到我身侧又长又深的伤口，我不由得哆嗦了一下。她的手指摸到前臂上深深的口子，从肋侧一路往下，抚到腿上，那里从大腿到小腿，被鱼活脱脱撕掉一块皮。“啊，劳尔，”她难过地说道，“只不过一两个小时没有照看你而已，瞧瞧你把自己搞成什么样了。”

虚弱再度排山倒海地涌向我，黑暗杀了个回马枪。我知道自己失血过多，全身发冷。“对不起。”我低声说。

“嘘，”刺啦一声，她撕开了那个大一点的医疗包，“别说话。”

“不，”我依旧不依不饶，“是我搞砸了。本来我应该是你的保护者……守护**你**。对不起……”她把磺胺杀菌溶液直接倒在我身侧的伤口上，疼得我大声叫唤起来。我曾见过战场上的人们因此而流泪，现在我也成了其中之一。

我敢保证，如果女孩打开的是我那个现代医疗包，那我肯定撑不了多少时间，少则几秒，多则几分钟，我就会翘辫子。幸好她拿的是大个的那个——古老的军部专用医疗包，是从飞船上拿的。一开始我想，过了这么久的时间，不知道这些药品和仪器到底还顶不顶用，但很快，就看见她放在我胸膛上的医疗包表面上的指示灯开始闪烁，有些是绿的，很多是黄的，几个是红的，我知道情形不妙。

“躺回去。”伊妮娅低声说着，撕开了消毒缝线包。她把清洗包贴在我的身侧，里面那些百足虫缝线苏醒过来，爬向我的伤口。整个感觉丝毫不舒坦，那些经过基因剪裁的生命体爬进伤口那参差不齐的缘面，分泌出抗生素和清洗液，然后收拢尖锐的百足，将伤口紧紧缝合。我再次放声大叫……过了一阵子，她给我的手臂也贴上了百足缝线，我又痛快地号叫了一番。

“我们还需要几筒血浆。”她一面把两小筒液体注入医疗包注射系统，一面对贝提克说。血浆流入身体，我感觉大腿上火辣辣的。

“我们只有这四筒了。”机器人说，他正为我忙上忙下。一面滤息面具罩在我脸上，纯氧流进我的肺部。

“该死，”女孩说着注射完最后一筒血浆，“失血太多，怕是会深度休克。”

我想和他们理论，解释说我浑身发抖只是由于空气太冷的缘故，现在感觉好多了，但滤息面具完全遮住了我的脸，包括嘴、双眼、鼻子，根本没办法说话。有一阵，我心生幻觉，以为我们又回到了飞船，再度被安全场保护得动弹不得。我想脸上咸咸的东西应该不只是海水。

然后，我看见女孩手里拿着超级吗啡注射器，于是拼命反抗。我不想昏迷：如果我命不久矣，我希望能够睁大眼睛亲眼见证。

伊妮娅把我推回原位，让我脑袋枕着背包。她明白我想说什么。“我一定得让你昏迷一会，劳尔，”她柔声说，“你现在濒临休克，我们得让你的生命迹象稳定下来……如果你昏迷的话，会好办一点。”她手中的注射器发出嘶嘶的声音。

我又挥舞手臂挣扎了几秒钟，沮丧地流下泪水。奋斗了这么久，却要在昏迷状态下辞别人世。见鬼，这不公平……不能这么做……

醒来时，头顶是刺眼的阳光，周遭是可怕的热浪。好一阵子，我以为这还是无限极海的汪洋大海，但等我积聚起了足够的精力，抬起头，发现太阳已然不同——更大、更炽烈。天空是更为黯淡的蓝影。木筏似乎正在某种混凝土筑成的运河中前行，离两边只有一两米宽。触目所及，全是混凝土、太阳、蓝天，别的什么都没有。

“躺回去。”伊妮娅说着，把我的脑袋和肩膀按回背包，整了整微薄帐篷的布料，好让我的脸再度回到阴凉底下。显然，他们已经取下了自制“海锚”。

我想说话，但张不开口，于是舔了舔那像是缝合到了一起的双唇，最后终于发出了声。“我昏迷了多久？”

伊妮娅没有立即回答，而是拿过我的水壶，喂了我一小口水。“大概三十个小时。”

“三十小时！”我想要大喊出来，但发出的只是又尖又细的声音。

贝提克绕到帐篷这边，同我们一起蹲在阴影下。“欢迎回来，安迪密恩先生。”

“我们在哪儿？”

伊妮娅回答了我。“从沙漠、太阳和昨晚的星光来看，我几乎确定是在希伯伦，这条河兴许是某种输水管道。现在……嗯，你该看看这个。”她扶起我的肩膀，让我看了看运河混凝土边缘之外的地方。但除了遥远的山丘，四处一片空旷。“这段水道深约五十米，”她说着，又放下我的头，靠上背包，“过去的五六公里路一直就是这番景象。真不知道什么时候能够到头……”她沮丧地笑笑，“还没遇到任何东西、任何人……哪怕连秃鹰也没有。只能干坐着，看什么时候能到达城市。”

我皱皱眉，变了变姿势，即便动作非常轻微，也依旧感觉到身侧和手臂俱已僵硬。“希伯伦？我还以为它……”

“被驱逐者占领了，”贝提克替我说完余下的话，“对，我们得到的信息也是如此，但没关系，先生。从驱逐者那里寻求医疗护理……总比从圣神那里要好得多……”

我低头看着躺在我身边的医疗包。纤维丝爬上了我的胸膛、手臂、双腿，包上的大部分指示灯都闪着琥珀色的光。情形还是不容乐观。

“你的伤口已得到缝合并清洗。”伊妮娅说，“旧医疗包里所有的血浆都输给你了，但还是不够……而且，你似乎受到了某种感染，连多谱抗生素都没法对付。”

那就解释了为什么我觉得皮肤下像热病一样火烧火燎的。

“也许是在无限极海时，被什么海洋微生物感染了。”贝提克说，“医疗包没法确诊。等我们到了医院，就能得知原因了。据我们的猜测，特提斯河的这一段通向希伯伦的一座大城市……”

“新耶路撒冷。”我低声说。

“对，”机器人说，“即使在陨落之后，它的西奈医疗中心依然宇宙闻名。”

我本想摇摇头，但一晃脑袋，就马上感到痛苦和眩晕。“可驱逐者……”

伊妮娅用块湿布抹了抹我的额头。“我们去那里是要为你求助，”她说，“不管对方是不是驱逐者。”

一个想法挣扎着要从我迷迷糊糊的脑袋瓜冒出来，我一直酝酿，直到它真的清晰地浮现在脑海。“希伯伦……没有……我觉得它没有……”

“你说得对，先生。”贝提克说着，轻叩手里的小册子，“据指南上说，希伯伦不属于特提斯河流域，哪怕在环网如日中天的时期，他们也只在新耶路撒冷建立过一座远距传输终端。外世界参观者只能在首都活动，不能去其他地方。他们十分珍惜这里的隐私与独立。”

我朝窗外望去，水渠的崖壁缓缓掠过。突然间，我们出了高架渠，两侧变成了高高的沙丘和晒裂的岩石。热浪袭人。

“但肯定是这本书写错了，”伊妮娅说着，又抹了抹我的额头，“远距传送门在那儿……可我们却在这儿。”

“你确定……这里是……希伯伦？”我低声问道。

伊妮娅点点头，贝提克举起通信志手环，我差点都忘了还有这东西。“咱们的机械朋友拥有可靠的星空观测能力。”他说，“我们肯定在希伯伦，并且……我估计……离新耶路撒冷只剩几小时路程。”

霎时，疼痛将我生生撕裂，不管怎样试图掩饰，我还是禁不住挣扎扭动。伊妮娅拿出了超级吗啡注射器。

“别。”从干裂的唇间蹦出这个字。

“暂时就只有这最后一支了。”她低声说道。我听到嘶嘶声，而后就感到一阵愉悦的麻木蔓延开来。*如果上帝果真存在，我想着，那它应是镇痛剂。*

当我再次醒来，影子拉得狭长，我们停泊在一座低矮建筑的背阴面。贝提克正背我从木筏上下来。每走一步，疼痛都绞遍全身，但我没吭一声。

伊妮娅走在前头。街道相当宽阔，尘土飞扬，建筑物都很低矮——没有一座超过三层楼——是用一种像土砖一样的材料造成的，四下里望不见一个人。

“喂！”孩子把双手笼在嘴边，大声呼喊着。这个字在空旷的街道上回荡。

被人像个孩子一样背着，我感觉蠢极了，但贝提克好像毫不在意，我知道，如果我的生命完全仰仗他的背负，那我可受不了。

伊妮娅回到我们身边，见我睁开了眼睛，便道：“毫无疑问，这儿就是新耶路撒冷。旅行指南上说，在环网时期，这里曾住有三百万人，贝提克也说，他上次听说这里至少还有一百万人。”

“驱逐者……”我费力地说了出口。

伊妮娅利落地点点头。“运河附近有商店有建筑，但都找不到一个人。不过，看起来感觉好像几个月，甚至几周前尚还有人居住。”

贝提克说：“根据我们在海伯利安上监控到的信号，这颗星球应该在大约三标准年前就已落入驱逐者之手。但这里有住人的迹象，时间明显要近得多。”

“电网还正常运行，”伊妮娅说，“他们丢下的食物变质了，但冰箱的冷藏室还是冷的。有的人家里，桌子摆得整整齐齐，全息显像并发着嗡嗡的静电噪声，和无线电的嘶嘶声混成一片。就是不见一个人影。”

“但也没有战斗的痕迹。”机器人说着，小心地将我放在一辆地行车后部，这辆车的驾驶室后面是块金属平板，伊妮娅替我在上面铺了条毯子，免得我的皮肤直接接触灼热的金属。我的身子两侧痛得厉害，双眼金星乱舞。

伊妮娅揉揉双臂。傍晚热得起火，可她手臂上竟起了鸡皮疙瘩。“这儿肯定发生过什么**非常可怕的事**，”她说，“我感觉得到。”

我承认自己唯一能感觉到的，只有疼痛和高热，思维如同水银一般——在我抓住它们，或是将其凝聚出形状之前，它们就已经统统溜走。

伊妮娅跳上地行车的平板，蹲在我身边，贝提克打开驾驶室的门，钻了进去。神奇的是，这车子竟然还能打着火。“我会开这种车。”机器人说着，挂上挡。

我也会，我面对着他们，心里想到。我在大熊大陆上开过这种车，这是全宇宙中我知道如何操作的极少几样东西之一，或许是我能正确操作的少数几种东西之一。

车子跌跌撞撞地沿着主街前行。尽管我努力不出声，但好几次还是疼得忍不住大呼小叫。我用力咬紧牙关。

伊妮娅握着我的手。她的手指摸上去是那么冰凉，几乎快让我浑身打颤，同时，我意识到是自己的皮肤火烧火燎的。

“……是因为那该死的感染，”她正对我说，“要不然，你现在应该开始恢复了。是海里的什么鬼东西。”

“或者是那家伙刀上的东西，”我低声说道。一闭上眼睛，就看见钢矛云疯狂地轰向上尉，把他打得稀烂，于是我又睁开双眼，逃离这片景象。这边的建筑物要高些，至少有十层，它们投下纵深的阴影，但热浪依然逼人。

“……我母亲在最后一次海伯利安朝圣的途中，结交过一位朋友，那人曾在这儿住过一段时间。”她正说着，声音在听力范围内游移，像是调谐不佳的电台。

“索尔·温特伯。”我嘶哑地说道，“诗人老头《诗篇》里的学者。”

伊妮娅拍拍我的手。“我差点忘了，妈妈经历过的每一件事，都被马丁叔叔的传奇磨坊磨成了谷粉。”

车子撞上地面的凸起，震得腾起来。我的后槽牙咬得咯咯响，差点没叫出声来。

伊妮娅把我的手握得更紧了。“对啊，”她说，“真希望能见见老学者和他女儿。”

“他们毫不犹豫地……进入了……狮身人面像，”我费力地说道，“就跟……你……一样。”

伊妮娅凑近了些，从水壶里倒了点水润润我的双唇，然后点了点头。“对。但我也记得，妈妈给我讲过希伯伦的故事，还有这儿的集体农场。”

“犹太人。”我低声说着，然后停止了说话。这耗费了我太大的体力，我需要保存体力反抗痛楚。

“他们逃离了第二次大屠杀，”她说道，地行转过一个转角，她往前方看去，“他们把大流亡称为大离散。”

我闭上双眼。上尉四分五裂，衣服和血肉撕裂成一条条狭长的带子，缓慢地旋转着落入紫罗兰色的大海……

突然，贝提克抱起了我。我们正走进一栋更为庞大、更为蜿蜒曲折的建筑物——全是直指云天的塑钢与钢化玻璃。“这是医疗中心。”机器人说道。自动门在我们面前打开，发出轻轻的吱嘎声。“还没断电……但愿医疗器械都还完好无损。”

我一定睡着了一小会儿，因为当我被一条游得越来越近的双鳍鲨吓得睁开眼睛的时候，发现自己正躺在一张轮床上，被推进一个狭长的圆柱体，大概是某种自动诊疗室。

“待会儿见，”伊妮娅说着，放开我的手，“另一边见。”

我们已经在希伯伦待了十三天（当地时间）——每一天大约二十九标准小时。头三天，自动诊疗室把我从头到脚打理了一遭：据最后的数字资料显示，总共进行了不少于八次的创口手术和十多次特别治疗。

的确，给我致命威胁的，是生活在无限极海那糟糕的汪洋大海里的某种微生物，看到磁性共振与深层生物雷达扫描图像的时候，我才意识到那生物完全没有我想象中那么微小。不知道那是什么——连自动诊疗装备都搞不清楚——它已经占领了我那条被匕首划过的肋骨，沿着内部一线，像沼泽地的真菌一样疯狂生长，甚至险些扩及内脏。后来自动诊疗室报告说，如果再晚来一天做手术，那么，以后再想往我身上划一刀的话，看见的就只有地衣和脓液了。

之后，只要海洋微生物稍有再度拓殖的迹象，我就被划开，来个里外大清洗，如此程序重复两次之后，自动诊疗室终于宣布菌类被彻底铲除，继而开始对付那些没有直接威胁到生命的伤口。肋侧的刀伤本已切得够深，又加上海里那些长背鳍的朋友引得我用力踢腿、脉搏升高，我当时都差点因失血过多而死。显然，我能活下来，全得归功于老医疗包里的几筒血浆，以及伊妮娅慷慨施与的大剂量超级吗啡。就是我昏迷的那几天，才让我能一直熬到诊疗室再补充八筒血浆。

手臂上纵深的伤口并没有切断肌腱——我之前一直怕这件事，但切断了许多重要的肌肉和神经，自动诊疗室给我做的第二、第三次手术都是针对这条手臂的。我们到达的时候，医院还没停电，诊疗室的硅脑当即决定，让地下室里的器官库马上开始培育我需要的移植神经。到第八天，伊妮娅坐在我的床前，告诉我，自动诊疗室是如何向它的人类监督员反复征求意见和认可的，她说起“贝提克医生”怎样批准每个关键的手术、移植和治疗时，我都已能够笑出声来。

我那条差点被虹鲨咬断的腿，俨然成了整趟折磨中最痛苦的部分。被鲨鱼撕掉皮的那里，也长满了无限极海的真菌，清理掉它们之后，一层层新的肌肉组织与皮肤被移植了上去。很疼。疼痛止住之后，又开始发痒。关在那家医院的第二个星期，我开始经受停用超级吗啡的戒毒治疗，要是我真的相信吗啡可以让我从戒断症状和炼狱般的瘙痒中解脱，我肯定会考虑用手枪指着女孩或者机器人，向他们索要一点。但是手枪已经丢了——沉入了无底的紫罗兰色海洋。

大概是在第八天的时候，当时我已经能坐在床上，开口吃东西——虽然都是些无味的、大桶里复制出来的医用食物——我向伊妮娅讲述了接受此次任务的那短暂的几天。“在海伯利安的最后一晚，我和老诗人都喝醉了，我答应他踏上这趟旅程，完成他交付的一切。”我说道。

“完成什么？”女孩问道，勺子伸进盘子里的绿色胶冻。

“也没什么，”我说，“保护你，带你回家，找到旧地，带它回来，让他在临死前得以一见……”

伊妮娅手停下喂食的手。她那深色的眉毛在前额高高扬起。“他叫你把旧地带回来？真有意思。”

“还不止呢，”我说，“他还要求我一路上和驱逐者会谈，摧毁圣神，推翻教会，还有——原话引用——‘搞清楚该死的技术内核到底在搞什么鬼，阻止它。”

伊妮娅放下勺子，拿过我的餐巾擦嘴。“就这些吗？”

“还有，”我说着，往后靠在枕头上，“他还希望我保证伯劳不伤害你，也不摧毁人类。”

她点点头。“就这些？”

我用完好的左手揉揉满是汗水的额头。“我想是的，至少我能记起来的就这些。我说过，当时我喝醉了。”我望着孩子，“你觉得我完成得怎么样？”

伊妮娅摆了摆手，那手指极其修长。“不赖。你知道，我们在一起才不过几个标准月……事实上，还不到三个月呢。”

“对。”我说着，望向窗外，医院房顶上低低地射过一束束阳光，洒向对面高耸的土坯建筑。城市之外，我能看见那怪石嶙峋的山峦，在傍晚的霞光中放射着绯红的炫彩。“对。”我又说了一遍，声音无精打采，也没有任何开玩笑的意思，“我干得不赖。”我叹了口气，把餐盘推开，“有一件事我不明白——当然，我不明白的事多了；我不知道为什么当初木筏离得那么近，竟没被他们的雷达跟踪。”

“贝提克把它解决了。”女孩说着，又开始吃绿色胶冻。

“你说什么？”

“贝提克把它轰掉了。雷达反射镜。用你的等离子步枪。”她吃完了黏糊糊的绿东西，把勺子放好。上个星期里，她一个人包揽了护士、医生、厨师、杂役的所有工作。

“我怎么觉着，他说过不能杀人。”我说。

“他是不能，”伊妮娅说着，收走盘子，把它放在附近的碗柜上，“我问过他，但他说没规定禁止朝雷达反射镜射击。他就那么干了。然后我们确定了你的位置，跳海救你。”

“那可有三四公里的射程，”我说，“还是从颠簸摇晃的木筏上射击。他用了多少发脉冲弹？”

“一发。”伊妮娅说。她正看着我头顶上的监控器数据。

我轻轻吹了声口哨：“但愿他没有生我的气，尽管他当时离我十万八千里。”

“担心那么多做什么，你又不是雷达反射镜。”她说着，掖好干净的床单。

“他现在人呢？”

伊妮娅走到窗边，向东指去。“他找到一辆电磁车，电量满满的，正在查看从集体农场通向大咸海的路。”

“其他房屋一个人都没有？”

“什么都没有。哪怕连一条狗、一只猫、一匹马、一只宠物花栗鼠都没留下。”

我知道她不是在开玩笑。我们已经讨论过这件事——如果公社是在仓促间疏散，或者突遭天灾，人们通常都会丢弃宠物。天鹰大陆南爪的起义中，大群大群的野狗成了很棘手的事，尽管以前都是宠物，但地方自卫队还是不得不把它们活活打死。

“那就意味着，他们还有时间把宠物一同带走。”我说。

伊妮娅转过来看着我，抱起细瘦的双臂。“却留下衣物？还有电脑、通信志、私人日记、家庭全息影像……所有的私人旧物？”

“这些东西，难道不能告诉我们发生了什么事吗？日记上没有最后时刻的记载？没有监视录像？通信志上也没有最后一分钟的疯狂记录吗？”

“没。”女孩说，“一开始，要贸然偷看别人的私人通信志之类的东西，我还不太愿意，但现在我已经浏览了几十个。上一周里，有附近在打仗的普通消息。长城离这儿不到一光年远，圣神舰船正在进入这个星系。他们很少降落到这颗行星上，不过显而易见，战争结束之后，希伯伦将不得不加入圣神保护体。然后，最后的新闻广播中，有一些报道说，驱逐者突破了防线……然后就什么都没了。我猜圣神疏散了所有民众，而驱逐者继续前进，但全息新闻里却没有任何疏散通告，计算机记录里也没有，哪儿都没有。就好像人们忽然从人间蒸发了。”她揉揉手臂，“我带了一些全息广播磁盘，你想看的话可以看看。”

“等会儿再说吧。”我说。我太累了。

“贝提克明早回来。”她说着，把薄薄的被单拉到我的下巴。窗外，落日已经西沉，但山峦依旧闪耀着白日里储藏的光芒。这种薄暮反应是这颗星球上的岩石所特有的，我觉得永远也看不厌。可现在，我的眼皮已经睁不开了。

“你有没有霰弹枪？”我喃喃道，“或是等离子步枪？贝提克不在……就你一个人……”

“那些东西都在木筏上。”伊妮娅说，“现在，快给我睡觉。”

在完全清醒后的第一天，我想要感谢他们的救命之恩，但他俩都谢绝了。

“你们怎么找到我的？”我问。

“并不难，”女孩说，“你的麦克一直开着，虽然最后被圣神军官给戳烂了。发生的一切，我们都听得清清楚楚，而且还可以用望远镜看到你。”

“你们该留一个人在木筏上。”我说，“不然太危险了。”

“没那么严重，安迪密恩先生，”贝提克说，“你瞧，我们配置了海锚，极大地减慢了木筏的前进速度。另外，伊妮娅女士还想了个点子，我们在一根小圆木上拴了一条登山绳，让它浮在海面上，拖在木筏后面，大约一百米长。假使赶不上木筏，我们心里也有数，能够在拖绳漂得太远之前，带你游到拖绳边。事实证明，我们成功了。”

我摇摇头。“我还是觉得你们干了件蠢事。”

“别客气。”女孩说。

到第十天，我试着站立，只成功了一小会儿，但好歹是场胜利。第十二天，我走过整条走廊，到达尽头的厕所，这可是场大胜仗。到第十三天，全城停电了。

医院地下室的应急发电机及时启动，但我们知道，此地不能久留。

“真希望可以把自动诊疗室带走。”我说。这是最后一天的傍晚，我们坐在九楼的露台上，俯瞰覆满阴影的大街。

“我们倒是能把它装上木筏，”贝提克说，“但怎么接电源却是个问题。”

“说正经的，”我说着，努力表现得不要像先前那样，像个患有妄想症、深受打击和挫败的病人，“我们得去药房看看有没有什么用得着的东西。”

“已经拿好了，”伊妮娅说，“三个全新的改良医疗包，一整袋血浆筒，一个便携式诊断器，超级吗啡……别问，今天不会给你超级吗啡的。”

我伸出左手。“瞧见了吗？今天下午手已经不抖了。我很快就不会再向你要了。”

伊妮娅点点头。头顶上，羽毛般的云朵在薄暮的微光中闪耀。

“你觉得这些发电机还能维持多久？”我问机器人。城市里只有少数几栋建筑依然亮着，医院是其中之一。

“也许几周吧，”贝提克说，“几个月以来，电网都是在自行维修、自行运转，但这颗星球的环境太严酷——你已经注意到了，每天早晨，沙漠上都会刮沙尘暴，横扫而来——虽然这个非圣神星球拥有极为先进的技术，但也还需要人类来维持。”

“熵真是个贱货。”我说。

“唉呀，唉呀，”伊妮娅靠在露台墙上，声音远远传来，“熵可以成为咱们的朋友。”

“什么时候？”我问。

她转过身，两肘背在后面靠着，身后是黑暗的矩形房屋，恰恰凸显了她那古铜色皮肤的光泽。“它通过专制的形式，”她说，“磨灭了诸多帝国。”

“一下子说出这么深奥的话，你真不简单，”我说，“我们又在谈论什么专制？”

伊妮娅又摆手，好一阵子，我以为她不打算继续说下去了，然后她讲道：“匈奴、息慎、西哥特、东哥特、埃及、马其顿、罗马、亚述。”

“好吧，”我说，“但是……”

“阿瓦尔、北魏，”她继续道，“还有柔然、马穆鲁克、波斯、阿拉伯、阿巴斯、塞尔柱。”

“好吧，”我说，“但我不明白……”

“库尔德、伽色尼，”她继续说着，面带微笑，“更不用提蒙古、隋、唐、布米德、十字军、哥萨克、普鲁士、纳粹、苏联、日本、爪哇、北阿盟、科勒姆–佩罗、南极民族国。”

我举手打住，她终于闭口不说了。我望着贝提克问道：“我甚至都不知道这些是什么星球，你听说过吗？”

机器人面无表情。“我相信它们都和旧地有关，安迪密恩先生。”

“搞什么啊。”我说。

“我相信，这个词用在这个语境中是正确的。”贝提克淡淡地说道。

我回头看着女孩。“那么，这就是我们为老诗人颠覆圣神的计划？藏在某个地方，等待熵为圣神敲起丧钟？”

她又抱起双臂。“非也非也，”她说，“正常情况来说，那应该是个好计划——只要盘坐几千年，任时间接掌一切。但那些该死的十字形把方程式复杂化了。”

“你这是什么意思？”我说着，声调严肃。

“即便我们想颠覆圣神，”她说，“我也——顺便说一下——不会那么做。那是你的工作。但是即使我们真想做到这一点，熵也不会站在我们这一边，因为那种线虫让人们几近永生。”

“几近永生。”我低声说着，“我承认，快死的时候，我想起了十字形。它会使我安逸得多……况且，即使它会带来痛苦，也远不至于像一系列手术和恢复那般难熬……只须死去，然后让那东西把我复活。”

伊妮娅盯了我好一会儿。最后她说：“正因如此，这颗星球才会拥有圣神内外最棒的医疗救护站。”

“为什么？”我问。在药物和疲倦的作用下，我的脑子活像一锅粥。

“因为他们是……犹太人，”女孩低声说着，“很少有人接受十字形。他们的生命只有一次。”

那晚我们默默坐了很久，阴影填满了新耶路撒冷的城市峡谷，医院的电网正在度过自己最后的辉煌时刻，嘤嘤嗡嗡，生机勃勃。

第二天清晨，我走到了古董地行车那儿，也就是十三天前把我拉到医院的那辆，但是，我坐在后部，在他们用褥垫为我铺成的床上，命令它为我寻找一家枪铺。

在附近转了一小时后，我们很快发现，新耶路撒冷根本没有枪铺。“好吧，”我说，“那去警察总局。”

这倒是找到了好几处。我挥挥手拒绝了女孩和机器人主动扶我的好意，一瘸一拐地走进我们找到的第一栋楼，但我很快发现，一个和平社会里贮藏的武器真是少得可怜。这里没有枪架，甚至连防暴枪和击昏器都没有。“我猜，希伯伦没有军队，也没地方自卫队什么的吧？”我说。

“我想没有，”贝提克回答道，“在三标准年前驱逐者侵入前，这颗星球上的人没有遇到过敌人，也没见过危险动物。”

我咕哝了一声，继续察看。最后，我砸开某个局长办公桌底部那上了三重锁的抽屉，总算找到点东西。

“我想，那是把斯坦-津，”机器人说，“一种发射弱能等离子弹的手枪。”

“我知道这是什么东西。”我说。抽屉中还有两盒弹夹，大概有六十发子弹。然后我走出门，举起枪，朝遥远的山坡瞄准，扣动扳机环。手枪发出一阵“突突”声，山坡上一道微光闪过。“很好。”我说着，把古老的武器插入空荡荡的皮套。我先前担心这是把具名枪——除了拥有者外，没人能使用它。这种武器在好几个世纪以来，时而风靡时而退隐。

“木筏上还有钢矛手枪。”贝提克说道。

我摇摇头。但愿很长一段时间内我都不需要用那种东西。

在我康复期间，贝提克和伊妮娅已囤积好了水和食物，到我能一瘸一拐地走向运河码头时，我看到经过整修、焕然一新的木筏上多出来好多箱子。“问个问题，”我说，“那边栓有很多舒适的小气艇呢，为什么非要乘这堆漂浮木料呢？或者，乘电磁车也行啊，有空调的那种，多舒服。”

女孩和蓝皮人交换了一下眼神。“在你还没完全恢复的时候，我们已经表决过，”她说，“决定继续坐木筏赶路。”

“难道我没表决权吗？”我厉声说道。我本是想假装生气，但怒气涌上来时，却是真实的。

“当然，”女孩说着，叉开双腿在甲板上站稳，两手叉腰，“那就投票吧。”

“我赞成要一辆电磁车，舒舒服服地旅行。”我说着，听到声音里任性的语调，我讨厌这样，但还是继续说了下去，“或者要一条那边的船。我赞成丢掉这堆木头。”

“投票已记录，”女孩说，“我和贝提克都赞成保留木筏，它不会丧失动力，而且不会沉到海里。那边的船可能会被无限极海的雷达探测到，而电磁车在有些星球上又开不了。两票赞成保留木筏，一票反对，那就留着它。”

“谁说要实行民主？”我问道。我承认，我脑海里闪过一幅幅打这孩子屁股的画面。

“谁说不实行民主？”女孩反问。

这段时间里，贝提克一直站在码头边缘，摆弄一条绳索，满脸沉思的表情，还带着一丝尴尬，那副表情，就像是人们听到别家吵架时一样。他身着一件宽松的上衣、一条肥大的黄色亚麻短裤，头上戴着一顶黄色宽边帽。

伊妮娅走上木筏，松开系在筏尾的绳索。“你想要一艘小船或者电磁车……或者浮床，对此……我不拦你，劳尔。但我和贝提克要继续乘这个。”

我已经开始朝码头边拴着的一艘漂亮小游艇蹒跚而去。“等等，”我说，有力一些的那条腿支撑住身体，转过身看着她，“如果我独自一人的话，远距传输器应该不会让我过去吧？”

“对。”女孩说。贝提克已经踏上了木筏，现在她撤开了筏头的绳索。这里的运河比渡槽那混凝土槽床要开阔得多：一路流经新耶路撒冷，大约有三十米宽。

贝提克站在舵桨边，看着我，女孩捡起长长的撑杆，把筏子撑离了码头。

“等等！”我说，“该死，等一下！”我一跛一跛地走下码头，奋力跳向木筏，越过大约一米的距离，还未完全复原的腿撞上筏面，尽管我使劲用那条完好的胳膊稳住自己，还是滚进了单薄的帐篷。

伊妮娅向我伸过手来，但我没有理会，自行站起身来。“老天，你这牛崽子真倔。”我说。

“这话不该由你来说吧。”女孩回敬道，然后走过去坐在木筏前端，我们已经驶进中央水流。

出了建筑的阴影，希伯伦烈日的光线变得更加刺眼。我同贝提克一道站在舵桨旁，戴上古老的三角帽，想得到一点阴凉。

“我猜，你是站在她那边的。”驶进宽广的沙漠，河流又变窄了，成了先前的渡槽，我最终开口了。

“我完全中立，安迪密恩先生。”蓝皮肤的人说道。

“哈！”我说，“可你赞成乘坐木筏。”

“迄今为止，它用起来都颇为顺手，先生。”机器人说着，后退一步，我蹒跚向前，从他手中接过舵桨。

我看着一箱箱新的补给，整整齐齐地堆在帐篷的阴凉下，看着火盆、上面的加热立方体，以及一堆坛坛罐罐，看着霰弹枪和等离子步枪——刚上了油，正躺在帆布罩下——看着我们的背包、睡袋、医疗箱和其他东西。我昏迷的时候，他们在筏子上竖了根“前桅”，上面挂了一件贝提克的白衬衫，它在上头迎风飞舞，像一面呼啦啦作响的三角旗。

“好吧。”我最后说，“去他娘的。”

“说得好，先生。”机器人说。

下一个传送门在城外五公里。穿过拱门那暗淡的阴影时，我眯起眼望向希伯伦闪耀的烈日，然后我们进入这扇传送门的边界。跳转到其他远距传送门的那个瞬间，内部的空气闪着微光，发生了变化，让我们瞥见了前方的景象。

唯有全然的黑暗。随着我们继续前行，黑暗没有丝毫改变，但温度骤然下降了至少七十摄氏度，同时，重力也改变了——突然间，我就感觉像是背着一个和我一样重的家伙。

“开灯！”我大喊，紧紧握住舵桨来抵抗突然加剧的水流，随着重力陡然增加，我稳稳站住，拼命抵抗那股可怕的拉力。刺骨的寒冷、全然的黑暗加上难以忍受的重力，这一切都令人心惧。

他们俩已经装好了在新耶路撒冷找到的提灯，但伊妮娅首先打开了那支古老的手电，她轻轻一按，灯亮了。光芒划破冰冷的雾气，穿过黑暗的水面，照亮了距头顶大约十五米那一层坚实的冰。各式各样的冰钟乳几乎垂到水面。黑暗急流的两旁和前端，匕首般的冰柱兀然刺出。遥远的前方，大约一百米之外，光线渐渐照不清了，似乎有一面坚实的冰墙堵住去路，一直延伸到水面。我们在一个冰洞里……而且是个看不见出路的冰洞。那寒意让我裸露的双手、双臂和脸上针刺般灼烧着。重力箍在脖子上，像是套了很多层铁领。

“该死。”我说着，固定好舵桨，蹒跚着走向背包。本就有条腿不灵便，背上还多了八十公斤东西，简直没法站直。贝提克和女孩都已经在那边了，正翻找着隔热服。

突然传来一声响亮的噼啪声。我抬起头，以为是冰钟乳要砸到我们头上，或者是窟顶在如此可怕的重力作用下塌陷，但事实上，只是桅杆撞上一层低矮的冰架折断了而已。桅杆掉落的速度比在海伯利安重力下快多了——它冲向木筏的情景，像是快放的全息影像，稀里哗啦，木片纷飞。贝提克的衬衫撞上木筏，发出一声巨响。它已经被冻得结结实实，上面覆了一层薄薄的冰霜。

“该死。”我又说了一遍，埋头翻找自己的羊毛贴身衣，牙齿捉对儿厮打。

35

德索亚神父舰长运用起教皇触显的权威，那手段他以前想都不敢想。

无限极海三-廿-六中滨站台——也就是发现霍鹰飞毯的地方，已被宣布为罪案现场，并颁布了戒严令。德索亚把圣特蕾莎浮城的圣神部队调到该地，并把先前驻扎在此的圣神卫戍部队，以及一干钓鱼旅客都软禁了起来。督管圣特蕾莎城的高阶教士——米兰德里亚诺主教，对此等专横霸道的行为提出了严正抗议，争论说教皇触显的权力总该有个限度，于是德索亚找来行星长官——简·凯莱大主教，大主教对着教皇触显深鞠一躬，以逐出教会的惩罚相威胁，米兰德里亚诺终于不再多说什么了。

调查过程开始，德索亚任命年轻的斯布劳尔上尉担任他的助手及联络官，又从圣特蕾莎和其他大型城市平台调来圣神法学专家和顶级调查员，开展罪案现场调查。无数人经受审问，包括多布斯·鲍尔舰长，他被拘留在了站台的双桅船上，还审问了先前驻扎此地的圣神卫戍部队其他成员，外加当时在场的所有渔民，过程中使用了吐真剂及其他一些药物。

几天之后真相大白。鲍尔舰长、已故的比留斯上尉，还有这座偏远平台上的许多官员与职员，都与区域偷猎者狼狈为奸，放任他们非法捕捞本地垂钓用鱼，盗窃圣神装备（赃物包括一艘潜艇，报告上说是被叛军击沉），还敲诈钓客的钱财。对于这些，德索亚神父舰长没有一丁点兴趣，他只是想确切地了解，两个标准月前的那天晚上，到底发生了什么事。

他们采集到了很多法医证据。残留在霍鹰飞毯上的血和组织，经过DNA测试，最终结果被传送回圣特蕾莎和圣神轨道基地的档案部门。上面找到两种截然不同的血迹：经过鉴定，占多数的那种明白无误，与比留斯上尉的DNA图谱相吻合；另一个却在无限极海的圣神档案中找不到任何匹配的样本，但这颗海洋星球上的每一个圣神居民都接受过采样，记录在案。

“那么，比留斯的血怎么会跑到飞毯上呢？”格列高利亚斯中士问，“根据所有人在吐真剂作用下的证词来看，在他们抓住的那个家伙企图乘着飞毯逃跑之前，比留斯早就被扔下了这片汪洋大海。”

德索亚点点头，双手合拢，竖起手指。前任主管的办公室已经被改造成了指挥中心，现在平台上的人数已经是先前的三倍，非常拥挤。三艘大型圣神海军护卫舰已经起锚，离开平台，出了海，其中两艘是战斗潜艇。先前的掠行艇甲板如今停满了圣神飞机，还召集了一帮工程师，修理并加长扑翼飞机的停机甲板。就在这天早晨，德索亚又下命再增派三艘船到该海域。米兰德里亚诺主教对与日俱增的费用表示了强烈不满，一天之内至少发送了两次书面抗议，但德索亚神父舰长置之不理。

“我想，这个不明身份的人中途停了下来，把上尉从……你刚才怎么说来着的，中士……对，汪洋大海……从汪洋大海中拉到了飞毯上。两个人打了起来。不明人物受了伤，也可能被杀死了。比留斯试图开飞毯回站台，但鲍尔和其他人误杀了他。”

“嗯，”格列高利亚斯说，“这是我听过的最精彩的剧本。”自圣特蕾莎城传送回DNA匹配结果后的几小时里，他们已经编撰了多种不同的故事情节——与偷猎者阴谋勾结、不明人物和比留斯上尉合谋、鲍尔舰长谋杀曾经的共犯。而这个推理是最简单的。

“那就是说，不明人物是女孩的旅伴之一，”德索亚说，“而他身上有着仁慈的一面——甚至还有些愚善。”

“或许，他就是个普通的偷猎者，”格列高利亚斯说，“但我们也查不到结果了。”

德索亚叩叩指尖，抬起头。“为什么，中士？”

“唔，舰长，证据都在下头摆着呢，不是吗，长官？”他说着，大拇指指向窗外波涛汹涌的紫罗兰色海洋，“这儿的海兵小伙说它有一万寻深，兴许还不止——那差不多是两万米啊，长官。不管是什么尸体掉到下面去，都早被鱼吃干净了，长官。如果他是个亡命天涯的偷猎者……唔，那么，我们什么也查不出来。如果他是外世界来的……嗯，圣神没有DNA档案总局……我们还得去几百颗星球搜索档案。总之，永远也找不出他是谁。”

德索亚神父舰长垂下双手，惨淡一笑。“中士，你向来料事如神，但这次可错了。瞧着吧。”

到了第二周，德索亚围捕了方圆一千公里内的所有偷猎者，用吐真剂逐个盘问。这次围捕行动不惜血本，动用了二十多艘海军船只，出动八千名圣神人员。米兰德里亚诺主教勃然大怒，亲自飞到三-廿-六中滨驻地，要阻止这场疯狂的闹剧。德索亚神父舰长下令逮捕神父，派人驾机把他送到九千公里外，关进一座毗邻极地冰帽的偏远修道院。

德索亚还决定搜索海底。

“你什么都不会找到的，长官。”斯布劳尔上尉说，“那下头的食人鱼相当多，根本就没有任何别的生物可以下到一百寻深的地方，更不用说海底……根据我们本周的声呐检测，海底有一万两千寻深。况且，无限极海上能在那么深的地方正常运转的潜艇，只有两艘。”

“我知道。”德索亚说，“我已经下令把它们派来了。它们将会在明天和护卫舰‘基督受难’号一同抵达。”

这一次，斯布劳尔无言以对。

德索亚微笑道:“比留斯上尉是名能够重生的基督教徒，你已经意识到这点了，孩子，不是吗？而他的十字形还没被找回来？”

斯布劳尔愣愣地张着嘴，好一阵说不出话来。“是的，长官……我是说……对，但是，长官，要重生的话，我是说……不是需要找到完整无缺的尸体吗，长官？”

“完全不需要，上尉，”德索亚神父舰长说，“只要一大块我们都拥有的十字形，就够了。几厘米长的完整十字形，加上一点用以鉴定DNA、能良好生长的血肉，就完全足够。像这样重生的天主教徒并不在少数。”

斯布劳尔摇摇头。“但是，长官……都已经过了九个涨潮期了。别说十字形了，比留斯上尉就连一平方毫米的肉都不可能留下。外头可是恐怖水族箱啊，长官。”

德索亚走到窗边。“也许吧，上尉，也许。但我们得为我们的基督徒伙伴尽到最大努力，对不对？还有，如果比留斯上尉命享重生的奇迹，他难道不该承担偷盗、背叛、谋杀未遂的指控吗？”

运用手边最先进的技术，本地法学专家从膳房的咖啡杯上提取出不明指纹，尽管在过去两个月里，那杯子已被反复清洗过多次。经过大量的努力和重显工作，在成千上万个隐约可辨的指纹当中，终于鉴定出唯一的不明指纹，而其他的都属于卫戍部队或是暂住的渔民。它现在和不明DNA这一证物放置在一起。

“如果在环网时代，”法学专家组主力成员霍莫·吕姆博士说，“我们可以在几秒之内，通过超光仪借由万方数据网连接至霸主中枢文件。几乎不用花什么时间，就能立刻找到与之匹配的人。”

“如果有奶酪，我们就可以来点火腿奶酪三明治。”德索亚神父舰长回答道，“如果还有火腿的话。”

“您说什么？”吕姆问。

“没啥。”德索亚说，“我希望在几天内就能配上。”

吕姆博士丈二和尚摸不着头脑。“怎么配，神父舰长？我们已经检索过整颗星球的数据库，和您逮捕的每一个偷猎者进行了核对……我得说，无限极海上从未有过如此大规模的围捕，您已经颠覆了此地的腐败秩序，而那微妙的平衡已在此地延续了好几个世纪。”

德索亚揉揉鼻梁，他已经好几周没好好睡过了。“我对腐败的微妙平衡没有半点兴趣，博士。”

“我明白，”吕姆说，“但我却不懂，您怎么会指望这指纹在几天之内匹配上。不管是教会还是圣神中央政权，都没有各个圣神星球上所有居民的档案，更不用说偏地和驱逐者占领区……”

“所有圣神星球都有各自的记录，”德索亚轻声说，“关于谁受过洗礼，谁接受过十字形，婚姻、死亡，军方及警务记录。”

吕姆无助地摊开双手。“那您准备从哪儿开始呢？”

“从最有可能找到他的地方。”德索亚神父舰长回答道。

与此同时，两艘深海潜艇同意下潜至六百寻深处，但整个下潜途中，压根没找到倒霉蛋比留斯上尉的半根汗毛。上百条虹鲨被震到海面，它们胃中的成分经过分析，依然没找到比留斯，既没有残渣，也没有十字形。方圆两百公里内，海生食腐动物也被全数捕捞，从它们喉咙里鉴定出两名偷猎者的残渣，但有关比留斯和陌生男子的信息，还是没有一点头绪。三-廿-六中滨驻地为上尉举行了葬礼弥撒，大家都认为他命享真死，得到了真正的永生。

德索亚命深海潜艇艇长继续下潜，寻找人工制品。艇长拒绝这么做。

“为什么？”神父船长问道，“我派你们来这儿，就是因为你们的机器能潜到海底。为什么不肯？”

“灯嘴鱼，”两位艇长中年长的那位说道，“要搜索的话，得用上灯。在六百寻深处，我们的声呐与深层雷达还能探测到它们的活动，把它们轰上海面，但到更深的地方，就一点机会也没有了。我们不能再下潜了。”

“你们必须下潜。”德索亚神父舰长命令道，教皇触显在他黢黑的法衣上耀眼闪亮。

年长的艇长走近一步。“您尽可把我逮捕，把我枪决，把我逐出教会……我也不会带着我的人和潜艇去送死。您压根就没见过灯嘴鱼，神父。”

德索亚友善地把手搭在艇长的肩上。“我不会逮捕你、枪毙你，更不会逐你出教会，艇长。我很快就会看到灯嘴鱼了，也许还不止一条。”

艇长毫不明白。

“我已经叫海洋舰队再派三艘攻击型潜艇过来。”德索亚说，“方圆五百公里内每条危险的食人鱼，不管是灯嘴鱼还是别的什么，都会被我们找到、击昏、杀死。保证区域绝对安全之后，你们再下潜。”

年长的深海潜艇艇长看看另一位艇长，又扭回头看着德索亚。两位艇长的表情都颇为震惊。“神父……舰长……长官……您知道一条灯嘴鱼的价值有**多大**吗？对于那些外世界的竞钓渔民和圣特蕾莎的大工厂来说……长官？”

“大约值一万五千风眼海塞冬，”德索亚说，“约合三万五千圣神弗罗林。差不多五万商团马克。每条。”德索亚微笑道，“如果协助海军寻找灯嘴鱼，你们将获得百分之三十的搜猎提成，祝各位狩猎愉快。”

两名深层潜艇艇长赶紧出了门。

这是德索亚第一次派别人乘坐“拉斐尔”号，帮他跑腿。格列高利亚斯中士独自乘着大天使飞船离开，随身携带着DNA和指纹信息，以及霍鹰飞毯上扯下的线。

“记住，”“拉斐尔”号加速至完全量子状态前，德索亚从平台上用密光嘱咐道，“海伯利安上依然有圣神军队重兵把守，星系内始终有至少两艘火炬舰船。他们会把你带到首都圣约瑟夫，让你接受彻底的重生。”

格列高利亚斯中士被捆绑在加速座椅中，仅仅咕哝了几声。面对即将来临的死亡，成像仪上显示出的面容看起来相当放松且冷静。

“去那里过上三天，当然，”德索亚继续说道，“而且，我觉得，不超过一天就能浏览完所有文件。然后回来。”

“明白，舰长，”格列高利亚斯说，“我不会在杰克镇任何一座酒吧里浪费一秒钟的。”

“杰克镇？”德索亚说道，“哦，对了……首都以前的浑名。好吧，中士，如果你真想在海伯利安的酒吧里度过一晚的话，那么，请别客气。你跟着我，已经好几个月滴酒未沾了。”

格列高利亚斯咧嘴笑笑。时钟宣布，三十秒钟之后，将开始量子跃迁及附赠的痛苦灭亡。“我毫无怨言，舰长。”

“非常好。”德索亚说，“旅途愉快。呃……那个，中士？”

“在，长官？”还剩十秒钟。

“多谢，中士。”

没有回应。超光速粒子密光的那一头，突然间什么都没有了。“拉斐尔”号已完成了量子跃迁。

海军已追踪并击杀了五条灯嘴鱼。德索亚乘着指挥扑翼机，飞到每一具躯壳边查看。

“老天爷，我没想到它们竟有这么大。”看到第一条被击毙的灯嘴鱼时，他对斯布劳尔上尉说。

那畜生白得像蛆，少说也有站台的三倍那么大：巨大的眼柄①，幽深的喉头，两条纤维状的鳃缝，长度跟扑翼飞机差不多，搏动的触须伸展了几百米长，悬荡的每条触角都挂着一盏冷光“提灯”，极为明亮（哪怕是在白日光天之下），还有嘴，很多很多嘴，每一张都大得足以吞下一艘作战潜艇。就在德索亚细细注视它的时候，在骤减的压力下内爆的尸体身边，已经聚集了不少捕捞队的船员，他们正锯下触须和眼柄，赶在烈日晒臭它之前，把白花花的肉切成

① 某些甲壳类动物（如蟹和虾）头部，末端生有眼睛的可动的柄状结构。

小块，方便搬运。

整个区域的所有灯嘴鱼和其他致命食人鱼都消灭干净后，两名深层潜艇艇长心满意足地将潜艇下潜至一万两千寻深处。在那里，如旧地红杉般庞大的管虫整齐而细密地生长着，他们惊异地在其中发现了一大批古老沉船——偷猎者潜艇，被深海的压力挤成了小提箱般大小；一艘失踪了一个多世纪的海军护卫舰；还找到一大堆靴子——好几十双靴子。

“是鞣革引起的结果，”斯布劳尔上尉对德索亚说，他们正一同注视着监视器，“有些匪夷所思，不过在旧地上也发生过这样的事情。有一些古老的深海打捞行动——比如对那艘叫作‘泰坦尼克’号的水面艇的打捞——没有找到任何尸体[①]，大海饥肠辘辘，迫不及待地将他们吞噬掉，却留下了很多靴子。皮革鞣制过程中产生的什么物质，让那里……以及此地海里的畜生胃口全无。”

“把它们捞上来。”德索亚对着总机线命令道。

“靴子？”潜艇艇长的声音传来。“全部？”

“全部。”德索亚回答。

监视器显出海床上有着大量的垃圾：差不多两个世纪以来，站台工作人员不小心落下的东西、溺死的偷猎者和水手生前的随身财物，渔民及其他人丢弃的金属与塑料垃圾。大部分物品历经深海甲壳类生物的侵蚀，饱受难以想象的压力的摧残，显得奇形怪状，但其中有一些依旧够新奇、够坚韧，尚能看出是什么东西。

“把它们装袋，捞上来。”德索亚下达命令捞起一切闪闪发光的东西，例如刀、叉、带扣，或者……

“那是什么？”德索亚问道。

① 此话与史料略有出入。泰坦尼克号遭受的海难造成1517人遇难，仅找到300余具尸体。

“什么？”深层潜艇艇长说道。他正望着遥控机械手，没有看监视器。

“那亮闪闪的东西……看起来像把手枪。”

潜艇调转过头，监视器画面随之改变。明亮的探照灯扫过一圈，转回，摄像仪变焦，照亮了那件物体。“是把手枪。”艇长的声音传来，“还很干净。被压坏了一点，但基本上还算完好。”单帧成像仪从监视器上截图，德索亚听到“咔嗒”一声。“我马上把它打捞上来。”艇长说。

德索亚突然想嘱咐一句“小心些”——但终究没有开口。多年火炬舰船船长的任职生涯，教会了他放心让手下做事。他望着出现在监视器上的抓钩臂，遥控机械手轻轻地举起闪闪发亮的东西。

“可能是比留斯上尉的钢矛手枪，”斯布劳尔说，“和他一起掉了下去，至今没有找回。”

“可这儿离站台非常远。”德索亚沉思道，望着监视器画面中的影像切换、改变。

“这儿的洋流很强劲，而且没有规律。”年轻的军官说道，“不过，这看起来不像钢矛手枪。太……我不知道该怎么说……方方正正了。”

“对。”德索亚说。水下探照灯闪耀着，扫过一艘潜艇，它在此深埋了好几十年，船体上都已结了一层硬壳。德索亚回忆起他多年在太空服役的经历，那些陌生的未知世界是多么空荡贫瘠，相比之下，任何一颗星球上的任何一片海洋，都富含大量生命与历史。神父舰长想起驱逐者和他们那些令人难以理解的尝试，竟企图使自己适应太空，就如同这些管虫、食人鱼、贴近海底生长的物种，已适应了永恒的黑暗与可怕的压力。也许，他想，驱逐者明白了人类未来的什么秘密，而那一点，我们圣神子民恰恰矢口否认。

异端。德索亚摇摇头甩开这些想法，看着身边年轻的联络员。“我们很快就会知道这是什么。”他说，“一小时后，他们就会把这东西捞上来。”

分别四天后，格列高利亚斯回来了。还未重生，“拉斐尔”号发出悲伤信标，二十光分外的一艘火炬舰船与之对接，把中士的待苏体带至圣特雷莎的重生教堂。德索亚等不及中士醒来，下令马上把信使邮袋拿给他。

海伯利安的圣神档案中，的确鉴别出了霍鹰飞毯上的DNA，杯子上遗留的部分指纹也找到了匹配资料，它们属于同一人：劳尔·安迪密恩，公元三〇九九年生于海伯利安行星，未受洗；公元三一一五年多马[①]月，应征加入海伯利安地方自卫队，曾在大熊起义期间加入第二十三机械步兵团作战——因英勇骁战而三次获得嘉奖，其中一次是冒着炮火营救同班战友——在天鹰大陆南爪地区的北京要塞驻扎了八个标准月，剩余时间在天鹰大陆湛江第九驻地服役，巡逻该地丛林，抵御纤维塑料种植园附近的叛乱恐怖分子。最高军衔，中士。公元三一一九年四旬斋[②]月十五日退伍（光荣退役），之后行踪不明，直到十标准月之前，即公元三一二六年升天月二十三日，在天鹰大陆浪漫港被捕，受审，判罪，罪名是谋杀来自复兴之矢的重生基督徒——达比尔·赫瑞格。档案上说，劳尔·安迪密恩拒绝接受十字形，入狱后一周，即公元三一二六年升天月三十日，通过死亡之杖处以死刑，尸体被投入大海。死亡证明和验尸报告经由当地圣神检察长公证。

① 多马：耶稣十二门徒之一。

② 四旬斋：为纪念耶稣，基督徒于复活节前的四十天斋戒，其间禁食红肉。

第二天，从海底捞起的那支已被压坏的古式点四五口径自动手枪上，残留的指印也找到了匹配档案：分别属于劳尔·安迪密恩和比留斯上尉。

对于从霍鹰飞毯上扯下的线头，通过海伯利安圣神档案没有那么容易鉴定。但负责调查工作的职员搜索了档案馆的手书记录，说大约一个世纪前，曾在海伯利安上居住的一位诗人，他所著的传奇文学《诗篇》，就曾描述过这样的一张飞毯。

格列高利亚斯中士重生之后，休息了几小时，继而飞到三-廿-六中滨驻地报告，德索亚将一系列发现一一告知他。他还告诉中士，二十多名圣神工程师在远距传送门附近调查了三周，所递交的报告却只是说古老的拱门没有任何被激活的迹象，尽管当晚平台上有好几个渔民看见一道明光忽闪而过。工程师还报告说，没有任何办法进入内核建造的这个古老拱门，也没办法弄清楚，通过它可以传送到哪儿——如果真有可能通过的话。

“和复兴之矢一样。”格列高利亚斯说，“但至少，你已经知道是谁在协助女孩逃跑。”

“也许。”德索亚答道。

“他远道而来，却死在了这里。”中士说。

德索亚神父舰长靠在椅背上。“他当真死在这里了吗，中士？”

格列高利亚斯没有回答。

最终德索亚说道：“我想，咱们在无限极海上的工作已经告一段落，至多还会待一两天。”

中士点点头。站在这，从主管办公室那长长的斜窗户望出去，已能看见月出之前明亮的暮光。“接下来去哪儿，舰长？回到先前的搜索模式吗？”

德索亚同样凝视着东方，等待巨大的橘黄色圆盘从黑色地平线上升起。“我不确定，中士。咱们先把这里的一摊子事理理清楚，把鲍尔舰长移交到第七轨道的圣神司法部，然后息息米兰德里亚诺主教的怒火……”

“如果办得到的话。”格列高利亚斯中士说。

“如果办得到的话，”德索亚同意道，“然后再向凯莱大主教请个安，回我们的‘拉斐尔’号，决定下一步往哪里走。现在，是时候分析一下那孩子会去哪儿，然后我们得赶在他们之前到达，不再遵照‘拉斐尔’号得出的最短路程模式办事了。”

“是，长官。”格列高利亚斯说。他敬了个礼，走向门口，在那里踌躇片刻。“您**分析**出什么结论了吗，长官？根据我们在这里发现的几样东西？”

德索亚望着正缓缓升起的三轮月亮。他没有转过椅子，只是背对着中士说道：“有几个猜测。仅仅是猜测。”

36

我们拼命撑着船篙，才赶在木筏撞上冰墙之前阻止了它的前进。现在，所有的提灯都被点亮，光芒投向冰窟里严寒的黑暗中。迷雾从漆黑的水面升起，在冰窟凹凸不平的顶部萦绕不散，犹如溺毙者不祥的阴魂。微弱的光线在冰晶间四下折射，令周遭的黑暗更加深晦。

“这么冷，河水怎么没结冰？”伊妮娅把双手捂在腋下，一面跺脚一面问。她已经把带来的衣物全都裹在身上了，但还不够。真是太冷了。

我单膝跪在木筏边缘，捧起一点河水，放到唇边尝了尝。“咸的，”我说，“跟无限极海上的海水一样咸。”

贝提克举起手电，扫过我们前方十米外的冰墙。“冰一直垂到水面。”他说，“看样子还有一部分延伸到了水下，但河水依然在流。”

突然间我心里涌起希望。“关掉提灯，”我说着，听见自己的声音在雾气氤氲的洞窟内回响，“手电也关掉。”

我本来以为，全都关掉之后，能够透过冰墙，或者从它下边看到一点微光——那标志着我们还有救，标志着冰窟不是无限远的，只是出口塌了而已。

但四下里只有纯然的黑暗，再怎么等，还是看不见任何东西。我骂了一句，怀念起被我丢在无限极海上的夜视镜：如果那东西在这里能用，就意味着有光从什么地方渗入。我们在漆黑中又等了一会儿，现在已经能听到伊妮娅在瑟瑟发抖，并真切地感受到我们呼出的水汽。

“把灯打开吧。”我最终说道。没有一丝希望之光。

我们再一次把光线投向冰墙、洞顶和河流。薄雾依然袅袅升起，在天花板附近凝结。不断有冰凌掉入白气腾腾的水中。

“我们……在……哪儿？”伊妮娅问道，努力想阻止牙齿格格作响，但全然没用。

我在背包中翻找了一阵，终于找到了很久以前从马丁·塞利纳斯的城堡里拿来的保暖毯，裹在她身上。“这样能保持热量。别……快披上。”

“咱们一起吧。”女孩说。

我蹲在加热立方体旁边，把它的传导力扭至最大值。六个陶瓷面中，有五个开始发光。“到了万不得已的时候，我会和你一起披的。”我说着，又把灯光扫过挡住前路的冰墙，然后说道，“现在回答你的问题，我猜咱们是在天龙星七号。我在沼泽那会儿，曾有些挺有钱的……也挺强壮的……客户到过那个星球狩猎北极幻灵。”

“我也这么想。”贝提克说。他缩在发热的提灯和加热立方体旁，幽蓝的皮肤让他看起来像是冻坏了，比我感觉到的还要冷。微薄帐篷上面已经结满了霜，如金属薄片一样脆弱。“那颗星球的重力场高达一点七倍。”他说，“据说，陨落后，霸主在该地的环境改造工程就全面失效，大部分区域都回到了超冰川时代。”

“超冰川？”伊妮娅重复道，“那是什么意思？”保暖毯保持住了她的体温，她的脸蛋稍稍变得红润了些。

“就是说，天龙星七号上的大气，大部分都是固体，”机器人说，“全都冻住了。”

伊妮娅左右四顾。“我想，我记得妈妈说过这个地方，有一次办案时，她追踪一个人到过这里。你们知道，她是个卢瑟斯人，很习惯一点五倍的重力，但就连她也记得，这颗星球让人很不舒服。特提斯河竟然流经这里，真是太不可思议了。”

贝提克再次站起身，把灯光往四下里一扫，然后又蹲回发热的立方体旁。在巨大的重力下，就连他那强壮的背脊也微微变驼了。

“指南书上怎么说？”我问。

他拿出小册子。“只有很简单的介绍，先生。这本书出版时，特提斯河才刚扩展到天龙星七号不久。河流位于北半球，在霸主准备环境改造的区域之外，这节河段的主要看点大概是，有可能见到北极幻灵。”

“就是你那些猎人朋友猎捕的东西？”伊妮娅问我。

我点点头。“白色的动物，生活在地表，速度很快，相当危险。听那些猎人说，环网时期它们几近灭绝，但自陨落以来，数量有所恢复。它们的食物，显然包括天龙星七号上的人类居民……幸存的那些。只有土著们——好几个世纪前适应本地的大流亡殖民者——在陨落后幸存了下来。他们应该还处于原始社会，猎人们说，这里唯一能供土著民捕猎的动物只有幻灵。土著民憎恨圣神，有传闻说，他们杀害传教士……还抽他们的筋做弓弦，就跟对待幻灵一样。”

“这颗星球历来不愿顺从别人的管制，霸主当局从没有管辖过此地，”机器人说，“传说，远距传输器崩溃时，本地人相当高兴。当然，那是瘟疫之前的事了。”

“瘟疫？”伊妮娅问。

“一种逆转录酶病毒。”我说，“大大削减了霸主人口，原来的几亿降到了不足一百万。幸存的人中，大部分都被仅有的几千土著民杀掉，还有少数在圣神早期被撤离。”我顿了顿，看着女孩。保暖毯优雅地披在她身上，在提灯和立方体的光芒照射下，皮肤微微发亮，看起来像是从画里走下来的年轻圣母。“陨落之后，原环网地区都进入了艰难时期。”

“我听说的情况也是如此，”她干巴巴地说，“我在海伯利安上长大的那段时间，情形还没那么遭。”她看看四周轻拍木筏的漆黑河水，又望望冰钟乳，“真不知道他们为什么特意在路途中加入几公里的劳什子冰窟。”

“这点是够怪。”我说着，朝袖珍指南点点头，“这上头说，这段的主要景观是可能见到北极幻灵。可那些幻灵……至少是我从那些环网猎人嘴里听到的……不会在冰上挖地洞，它们生活在地表。”

伊妮娅黑色的双眼紧盯着我，她听懂了我的意思。“那就是说，这地方其实并不是洞穴……”

“我想也是。”贝提克说着，指了指头顶十五厘米上方的冰顶，“那个年代的环境改造运动，只注重于某些低海拔地区，营造出适当的温度与地面气压，这样一来，以二氧化碳和氧气为主的大气，就可以从冻结状态升华为气体。”

“他们成功了吗？”女孩问。

“仅有几处。”机器人回答道，他又指指周围的黑暗，“我猜，在特提斯河的游客会通过这一小段流域的那个年代，这片地应当是露天的。或者说，应当是在用于截存大气、阻挡外界极为严酷气候的密蔽场保护之下的‘露天’。而那些密蔽场，我想，现在都已经没了。”

“这么说，困住我们的，恰恰就是曾供观光者呼吸的大气。”我说着，望望窟顶，又低头看着依然躺在箱子里的等离子突击步枪，喃喃道，“不知道有多厚……”

“很可能有几百米，至少。”贝提克说，“纵深一千米的冰也不足为奇。我想，环境改造区域临近北部地区，厚度差不多就这么厚。”

“你对这儿知道得真多。”我说。

“恰恰相反，先生。”他说，“关于天龙星七号的生态、地理以及历史方面的知识，这已是我知道的全部了。”

“我们可以问通信志。”我说着，朝我的背包点点头，那里面放着手环。

我们三人对视了一下。“不要。”伊妮娅说。

“附议。”贝提克说。

“那等会儿再说吧。”我说道。但事实上，就在我说出这句话的时候，心里却想着舱外活动物品柜里的东西（当初真该坚持把它们带来）：具有强大加热功能的危险环境防护服，水中呼吸装备，哪怕是件太空服也好，我们便不至于在这寒冷的天气里，一个个冻得像筛糠似的。

“我正在想，要不要朝洞顶开枪，看能不能打穿，爬到外面去，”我说，“但那样的话，也有可能会造成塌方，反而大大减少我们逃生的机会。”

贝提克点点头。他已经戴上了一顶式样奇特的羊毛帽，两边各有一条长长的耳罩。平常看起来瘦瘦的机器人，如今裹上一层一层的衣服，简直成了个粽子。“照明弹包里还有些塑料炸弹，安迪密恩先生。”

“对，我也正在想那个。剩下的还够六七次中型爆破……虽然只有四根雷管。所以，我们可以试着炸一条路出来，往头顶，或者往斜里，或者炸掉挡在面前的这堵冰墙，不过只能炸四次。”

瑟瑟发抖的小圣母看着我。“有关爆破的这些本事，你是从哪儿学来的呢，劳尔？海伯利安自卫队吗？”

“最开始是，”我说，“但我真正懂得怎么运用老式塑料炸弹来清除树桩和圆石，是在为阿弗洛·休谟设计鸟嘴庄园的时候……”我站起身，但马上意识到这地方实在是太冷了，没法一直站着不动，手指头和脚趾头都冻麻了。“要不试试看原路返回，逆流而上。”我一面说，一面使劲跺脚，不断屈伸手指。

伊妮娅皱了皱眉。“下一个能通过的远距传输器总是在下游……”

“确实。”我说，“但**上游**也可能会有出去的路。先找个地方暖和暖和，找到出洞的路，稍微歇息一阵子，再研究如何找到下一道传送门吧。”

伊妮娅点点头。

“好主意，先生。”机器人一面说，一面走向架在右舷的木篙。

离开前，我重新把前桅调整了一下——把它切掉了一米多，免得它撞上那些低垂的冰钟乳——在上头挂了盏提灯，又在筏子的每个角落都挂上一盏，然后我们撑着木筏往上游去。在严寒的薄雾中，灯光折射出微弱的黄色光晕。

河流相当浅——还不到三米深——撑杆一下就捅到了河底，很容易借力。但水流非常强劲，我和贝提克用尽全身力气让沉重的木筏逆流而上。伊妮娅从木筏后面拉出一根备用撑杆，站到我身旁，使尽力气推着，想要移动这小船。身后，飞速流动的黑色河水泛起浪花，打着旋涡朝筏尾扑来。

我们用尽了吃奶的劲，开始的几分钟里，这倒让我们浑身洋溢着暖意——我甚至都淌出汗来，汗水又在衣服上凝结——但断断续续地撑了三十分钟之后，寒冷又重新包围了我们，而距离起点处，才逆行了区区一百米。

“快瞧。”伊妮娅说着，放下手里的撑杆，拿过最亮的手电筒。

贝提克和我靠在各自的撑杆上，稳住木筏，定睛凝视。刚好能看到一座远距传送门的一端从巨大的冰墙中伸出，像是某种古式地行车的一小段轮缘，它被封在了一大块冰里，暴露在外的一小截门的对面，河槽变得越来越狭窄，直到成了条仅一米多宽的裂缝，最后消失在另一面冰墙之下。

“这条河以前的宽度，应该比现在最宽的地方还要宽四五倍。”贝提克说，“如果传送拱门是横跨两岸的话。”

“对。”我说着，感到又疲惫又沮丧，“咱们还是回去吧。”我们收起撑杆，筏子立即飞快地漂下冰廊，先前逆划了半个小时的路程，只用了两分钟就到达了尽头。我们三人不得不又动用起撑杆，减缓木筏的速度，避开尽头的冰墙。

“唔，”伊妮娅说，“又回到原点了。”她拿起手电筒，照了照两边垂直的冰壁，“要是有河岸之类的东西，我们倒是可以爬上去。可惜没有。”

“可以用塑料炸弹炸一个出来，”我说，“炸个冰窟之类的东西。”

“那样会暖和一点吗？”女孩问。她现在没有披保暖毯，又剧烈地发抖起来。我意识到，她实在是太瘦了，热量肯定在从她身上飞速逃逸。

“不会。”我实话实说，然后再次走到帐篷和装备那里，想找到什么东西来拯救我们，这已经是第二十次了。照明弹。塑料炸弹。武器——降临到万物之上的白霜，现在也覆上了那些箱子。一块保暖毯。食物。加热立方体还在发光，女孩和蓝皮人已经蹲到了它旁边。以它目前的设置，电力大约还可维持一百小时。倘使我们有什么好的隔热材料，就可以造出一个足够舒适的冰窟，调低设置，把幸存的时间延长两到三倍……

但我们没有任何隔热材料。微薄帐篷的材质相当棒，可隔热性能不佳。一想到手电和提灯都会灭掉——在这样的酷寒之下，这想法很快就会应验——我们只能互相依偎在这座冰墓之中，眼睁睁地看着加热立方体变冷，坐以待毙……唔，想得我胃疼啊。

我走到木筏前部，拿起手电，最后照了一遍不透明的冰墙和漆黑的河水，然后说道：“好吧，只能这么做了。”

伊妮娅和贝提克缩在加热立方体那一小圈光芒之中，举目朝我看来。我们仨都在发抖。

“我打算拿上塑料炸弹、雷管、所有引信，还有绳子、通信装置、激光手电，然后——”我深吸口气，“然后潜到这该死的冰墙底下，让水流把我冲到下游，希望这里只是局部坍陷，下游的河流是露天的。假若果真如此，我就浮上去，把炸药放在最合适的地方。这样或许可以为木筏炸出一条出路。要是炸不开，我们就只好弃筏，全部从下面游到那边去——”

“你会死的。”女孩有气无力地说，“十秒钟之内你就会体温过低。而且，在这么急的水流中，你怎么逆流游回来呢？”

“所以我要带上绳子。如果那边有地方躲开爆炸冲击波，那在爆破过程中，我就待在那头，如果没有，我就拉拉绳子，你们接到暗号就把我拉回来。等我登上木筏，就脱光衣服，全身裹在保暖毯里。”我说，“它是百分之百隔热的，只要我还有一丝热气，就能活下来。”

“那万一我们都得游过去呢？”伊妮娅用同样怀疑的口气问道，“保暖毯可不够裹我们三个。”

“那就带上加热立方体，”我说，“把保暖毯像帐篷一样撑起，直到大伙儿都暖和过来。”

“可在哪儿暖和过来？”女孩问，声音很小，“这里都没有河岸……那边又怎么可能有？”

我打了个手势。“所以我们要试试看，炸个出口让木筏通过。”我耐心地解释道，“如果不行，就用塑料炸弹炸块冰下来，我们坐到冰上去。不管怎样，能到达下一个远距传送门就成。”

“万一我们把塑料炸弹用光了，前进了二十米，又遇到另一座冰墙，那该怎么办？”女孩问，“万一远距传输器给裹在了足足五十公里厚的冰里，又怎么办？”

我本想再打个手势，但双手抖得太厉害——但愿是因为冷，于是我把它们捂在腋下。“那我们就会在墙的那面死去，”我说着，呼吸时冒出的雾气飘浮在眼前，“但总比在这儿等死要强。”

沉默了一阵之后，贝提克说道：“这计划似乎是我们最好的机会，安迪密恩先生，但是——您必须明白其中的逻辑——游过去的应该是我。您还在康复期，刚刚受了那么重的伤，身子还很虚弱。而我的生理机能，可以抵御极端的温度。”

“但也抵御不了这么极端的温度。”我说，“你瞧，你也在发抖。并且，你不知道炸药该放在哪儿。”

“您可以教我，安迪密恩先生，用通信装置。”

“我们还不知道，它们隔着冰能不能用，”我说，“并且，也很难讲清楚，这就像切割钻石——炸药必须放在正确位置，分毫不差。”

“别争啦。”机器人说，“只有我去，才合理——”

“看起来是很合理。”我打断了他的话，“但我们不会派你去，这是我的工作。如果我……失败了，再轮到你。同时，不管成不成功，我也需要一个非常强壮的人，把我从急流中拉回来。”我走上前，把手搭在蓝皮人的肩膀上，“这次我可要对你用用我的职权了，贝提克。”

伊妮娅扔下保暖毯，但她的身子依旧抖个不停。“什么职权？”她问。

我站直身子，挺出一个英雄的姿势。“我会让你们知道，我是海伯利安自卫队的持枪兵，三等中士。”牙齿不停打颤，但这句话我说得大概还算清楚。

“中士。”孩子说。

“三等。”我说。

她张开双臂抱住了我，让我吃了一惊。我垂下手臂，笨头笨脑地拍了拍她。

“是一等。”她轻轻地说，然后退后几步，跺着脚，向双手呵气，接着说道，“好吧……我们该怎么做？”

“得收拾些需要的东西。你们在无限极海上不是做了个海锚吗？是段百米长的绳子吧，能不能给我？那长度肯定够。贝提克，麻烦你把木筏往前撑，抵住冰墙，这样筏尾就不会被水淹没。我们可以把木筏的前端顶到那边那块低一点的冰层下……”

我们三人各自忙活了一阵。然后大家重新聚在木筏前头，削短的桅杆上挂着提灯，光芒已经昏暗了不少。我对伊妮娅说：“你是不是还觉得，是什么人或者什么东西，出于某种原因，特地将我们送往这些特提斯河星球？”

女孩朝四周的黑暗环顾了几秒。身后某处，又有一根冰钟乳掉入河中，迸出沉闷的溅水声。“对。”她说。

“那这死胡同又是怎么回事？”

伊妮娅耸耸肩，她裹得像个粽子，于是那动作——在这与众不同的情况下——看起来有些搞笑。“一种引诱吧。”她说。

我不明白。“什么引诱？”

“我讨厌寒冷和黑暗。”女孩说，“从来都讨厌，也许，现在那人正试图诱使我运用某种……还尚未充分觉醒的……能力。某种我还没有**通过努力**获得的力量。”

我望着脚下打旋的黑色河水。再有不到一分钟，我就该跳进去了。“啊，孩子，如果你有什么力量或者能力，可以使我们离开这鬼地方的，我建议你赶紧唤醒它们，使用它们，不管你还有没有获得。”

她摸摸我的手臂，手上套了一双我不穿的羊毛袜，当作手套。“我只是猜测。”她说，头上软帽的帽檐拉得很低，呼出的水汽在上面冻结，“但现在，我学到的任何本事，都无法把我们三个全部从这里救出去，我知道那是事实。也许，它是在诱使……不说了，劳尔。咱们来看看，到底能不能穿过这条冰瀑。”

我点点头，吸了口气，脱下衣物，只留着内衣裤，冰寒的空气深刺骨髓。我把绳索围绑在胸前，打好结，发现十指俱已冻僵，完全不听使唤。我从贝提克手中接过装有塑料炸弹的背包，说道：“河水的温度可能会冷得让我的心跳暂时停止，我下水后，会用力拉一下绳子，如果过了三十秒还没拉，就把我拉回来。”

机器人点点头，我们已经将所有的绳索暗号对了一遍。

“噢，你把我拉上来的时候，我可能已经陷入昏迷，或者没有知觉，”我说着，努力把语调装得事不关己，“别忘了，哪怕心脏停跳几分钟，我也有复苏的可能。这些冰冷的水应该会延迟脑死亡。”

贝提克又点点头。他站立着，绳索从一边肩膀上搭过，缠过腰间，握在另一边的手里。经典的登山者系绳法。

“行了。”我说着，意识到在我婆婆妈妈的当口，身上的热量正在飞速逃逸，“伙计们，几分钟后见。”我从木筏一侧滑进黑漆漆的河水中。

我想，我的心脏的确停跳了片刻，但很快，它就又开始跳动，几乎带着莫大的痛楚。水流比我预料得还要湍急，我还来不及动一下，就被它卷了下去，拽到冰墙之下。事实上，我从筏子的左舷那开始，被旋涡转到了好几米外，猛地撞上参差不齐的冰面，前额被利缘割破，小臂震得发麻。我用尽全身力气，拼死抓住一条锯齿冰晶，奋力挣扎着把脸露出水面，但感觉双腿，乃至整个下身，正被扯进水下的旋涡。身后有一条冰钟乳掉下来，撞上冰墙，砸得粉碎，就在左边半米外。要是砸到我，我肯定会当场昏迷，然后溺死其中，连怎么回事都不知道。

“这……可能……不是……一个……好主意。”我边喘气边说，牙齿咯咯作响，然后手一滑，被拖进了锯齿冰瀑下。

37

德索亚的意思，是要放弃“拉斐尔”号那劳时伤神的搜索计划，直接跃迁到第一个驱逐者占领星系。

“那样做有啥好处，长官？”纪下士问。

“也许什么好处都没有。”德索亚神父舰长承认，“但如果这件事跟驱逐者有关，我们可能会在那得到一些线索。”

格列高利亚斯中士揉揉下巴。“对。”他说，“但我们也可能会被游群抓住。我们这艘船并不是教皇陛下舰队里装备最好的，希望您不介意我这么说，长官。”

德索亚点点头。“但它速度奇快，兴许大部分游群飞船都追不上。并且，也许驱逐者现在已经抛弃了那个星系……他们一向如此，打一枪换一个地方，迫使圣神长城退后，对被占领的星球和民众大肆破坏之后，又象征性地布下周界防御线，离开星系……”说到此，德索亚顿了顿。他亲眼见过被驱逐者劫掠的星球，虽然仅是一颗——自由星——但他死也不愿再见到另一颗。“不管怎么样，”他说，“待在飞船上，结果都是一样。通常来讲，量子跃迁到长城外，得花上八到九个月的舰上时间，同时有十一年甚或更长的时间债。但对我们来说，不过是和往常一样，瞬时跃迁，加上三天的重生时间。”

持枪兵芮提戈举起手，在此类讨论中，他通常都会这么做。“还有一点需要考虑，长官。”

“哪一点？”

“驱逐者从来没有俘获过大天使信舰，长官，我怀疑他们究竟知不知道这世上有这种飞船。见鬼，长官，就连大多数圣神舰队都不知道大天使技术的存在。”

德索亚很快明白了他的意思，但芮提戈还在接着往下说：“所以我们是在冒很大的风险，长官。不只是我们自己，还搭上了圣神。”

一阵漫长的沉默。最终德索亚开口了，“你提的意见很好，持枪兵。我已经好生想了一遍，但圣神司令部修建这艘飞船的时候，给它装上自动重生龛，就是为了在必要的时刻跃迁至圣神领空之外。可以理解，如若必须，我们得率先进入偏地……进入驱逐者的领土。”神父舰长深深地吸了口气，“我去过那种地方，先生们。我烧掉了他们的环轨森林，杀出一条血路，逃出了游群。驱逐者……很怪异。他们试图去适应各种反常的环境……甚至适应太空……那真是……亵渎神明。他们可能已经不是人了，不过他们的飞船速度不快。‘拉斐尔’号可以进入他们的领地，一旦遭遇被俘的威胁，就可以立即转回量子速度。我们可以给它设定程序，一旦迫临被俘，就自毁。”

三名瑞士卫兵一声不吭，每个人似乎都在思量，那样做，将会让他们在尚未重生前就蒙受死亡——毫无警告的毁灭。也许，当他们像往常一样，在加速椅或是重生龛中沉眠的时候，沉眠却变作了长眠……至少此生不会再苏醒。十字形圣礼真是妙不可言——哪怕是粉碎的、烧焦的尸体，它也能让它们起死回生，那些再生基督徒，不论是被射死、烧死、饿死、淹死、闷死、刺死、压死或是病死，都可以重获肉体与灵魂——但它也有局限：如果连腐烂分解的时间都没有，譬如飞船的内部系统驱动器发生热核爆炸，就无法起作用了。

“我们会誓死追随于你。”最后，格列高利亚斯说道，他知道德索亚神父舰长发起这场讨论，只是因为他不愿命令手下冒险去做可能导致命遭真死的事。

纪下士和芮提戈只是点了点头。

“好。”德索亚说，“那我就这样给‘拉斐尔’号编程……如果在我们重生前，它没有机会逃脱，就引爆聚变引擎。我会仔细地定义‘走投无路’的各项参数，但我认为，那种情况发生的概率不大。我们醒来时，会在……上帝，我还没确认过呢，第一颗被驱逐者占领的特提斯星球是哪个啊？是不是太真星？”

“不，长官。”格列高利亚斯说，他正伏下身子看着“拉斐尔”号先前准备的搜索计划的硬拷贝星图，粗大的手指敲敲圣神之外一个划圈的区域，“是希伯伦，一颗犹太星球。”

“好，那么，”神父舰长说道，“咱们回各自的椅子，向传送地点出发。明年新耶路撒冷见[①]！”

“明年，长官？”持枪兵芮提戈正准备跃回躺椅，他飘浮在图表桌上方问道。

---

① 自公元前一世纪大卫王建立以色列王国起，耶路撒冷就成为犹太人的精神归属地。虔诚的犹太教徒希望能亲身去耶路撒冷朝圣，当一个犹太教徒向另一个犹太教徒告别的时候，他们会互相看看对方的眼睛，然后说“明年耶路撒冷见”。

德索亚笑笑。“不过是句口头禅，是从我的一些犹太朋友那里听来的，我也不知道是啥意思。”

“我都不知道咱们身边竟还有犹太人。”纪下士说道，他正飘浮在自己的躺椅上方，“我还以为，他们全都在偏地抱残守缺呢。”

德索亚摇摇头。“我曾经在神学院之外的大学念过研习班，那里有一部分皈依我教的犹太人。”他说，“别管了，我们很快就能在希伯伦遇到他们，系好了，先生们。”

神父舰长刚睁眼醒来，就发觉有什么地方不对劲，毫无疑问。费德里克·德索亚年轻的时候，远比现今放肆，有好几次和神学校的同窗出去买醉，其中一次，他在一张陌生的床上醒来——还好是独自一人，感谢上帝——但那是陌生城区里一张陌生的床，他全然不记得它是谁的，自己又是怎么去了那里。这次醒来，就跟当时一样。

德索亚睁开双眼，没有看见“拉斐尔”号封闭的自动重生龛，没有闻到飞船里臭氧和再循环汗液的气味，没有感觉到零重力下醒来的坠落恐惧，而是躺在一张舒适的床上，看见一间很漂亮的屋子，处在相当标准的重力场。墙上到处是宗教圣像——圣母马利亚；一个巨大的十字架，受难基督钉在其上，双眼神圣地上扬；还有一幅描绘圣保罗[①]殉道的画像。淡淡的日光从蕾丝窗帘中透射进来。

德索亚感到精神恍惚，觉得这些东西似曾相识，一如那个给他端来清汤、与他闲谈的矮胖神父，那张和善的脸庞好像在哪里见过。最后，德索亚神父舰长的脑袋瓜终于开了窍：这是巴乔神父，

① 圣保罗（3—67），亚伯拉罕的后裔，原名扫罗，起初不信耶稣，后得到拣选，悔改信主，改名为保罗，宣扬基督的福音。历史学家公认他是对于早期教会发展贡献最大的使徒。

负责重生的医疗神父，上次在梵蒂冈花园见过，他满心以为再也不可能见到他了。德索亚啜着汤，透过神父宅邸的窗户，望向外面淡蓝的天空，心中作如是想，佩森。他拼命想记起到底发生了什么事，让他又回到了这里，但他所能回忆起的最后一件事，是与格列高利亚斯以及手下的谈话，爬出无限极海及蛇夫座70A的重力井那漫长的时间，然后是突如其来的传送。

“发生了什么？”他喃喃道，抓住那慈善的神父的袖子，“为什么……怎么？”

“好啦，好啦，”巴乔神父道，“先好好休息，孩子，等一下会有时间来讨论这一切的，不管你想知道什么，有的是时间。”

面对轻柔的声音、华美的光线、氧气富足的空气，德索亚慢慢平静下来，闭上双眼，沉沉睡去，开始做起不祥的梦。

午餐时分——继续喝汤——德索亚已心知肚明，那友善的胖胖的巴乔神父不打算回答任何问题：不说他是怎么到的佩森，也不说他的下属现在何处、状况怎样，更不解释他为什么不回答。“法雷尔神父就要来了。”这位医疗神父说道，似乎这句话能解释一切。德索亚的体力逐渐恢复，洗了澡，换好衣服，努力理好思绪，等待着法雷尔神父大驾光临。

晌午时分，法雷尔神父终于驾临。这是位高大瘦削的苦行神父——德索亚很快得知，他是基督圣心会的一名指挥官，对此，德索亚毫不吃惊——法雷尔的嗓音温和但字正腔圆，一副公事公办的表情，灰褐色的双眼冷若冰霜。

“我完全理解你的好奇。”法雷尔神父说，“毫无疑问，还有些困惑。对于刚刚重生的人来说，这都是正常现象。”

“我很熟悉重生的副作用。”德索亚说着，透出一丝略带讽刺的微笑，“但我的确很好奇，我怎么会在佩森上醒来呢？在希伯伦星系发生了什么事？我的人怎么样了？”

法雷尔说话的时候，灰褐色的眼睛一眨不眨。“我先回答你最后一个问题，神父舰长。格列高利亚斯中士和纪下士都安然无恙……在我们说话的当儿，他们正在瑞士卫兵重生教堂里，从重生的余效中恢复。”

“持枪兵芮提戈呢？”德索亚问。自他醒来，那不祥的感觉就一直挥之不去，现在更是扑打起黑暗的双翼。

“恐怕，是死了，”法雷尔说，“真死。已经替他执行过临终祈祷，他的肉体已经交付给深邃的太空。”

“他怎么会死呢……我是说，真死？”德索亚终于问了出口。他想要哭，但抑制住了，他不清楚那是出自单纯的悲伤，还是由于重生的副作用。

“对于详细情况，我并不清楚。”高个男子说道。他们两人正在神父宅邸那狭小的起居室里，那里通常用来召开会议和重要会谈。现在只有他们两人，但墙上的圣哲、殉教者、基督、圣母都正眼盯着他们。“情况似乎是，在‘拉斐尔’号从希伯伦星系返回的时候，自动重生龛出了问题。”法雷尔继续道。

“从希伯伦——返回？”德索亚问道，“恕我愚昧，神父，但是我给飞船设定了程序，除非遭到驱逐者军队紧紧追赶，不然不会离开那里。是出现了那种情况吗？”

“显然如此。”圣心会教士回答道，“正如我所说，我并不熟悉技术上的细节……也不擅长描述技术问题……但就我所知，你为大天使信舰编制的程序，是要它穿越驱逐者控制的领空——”

“我们必须到希伯伦，执行我们的使命。”德索亚神父舰长打断他道。

对于德索亚的插话，法雷尔毫无愠怒，他那不置可否的表情也没有丝毫改变，德索亚望着那双冰冷的灰褐色双眼，不敢再妄自发言。

“如我所言，神父舰长，据我所知，你为飞船编制的程序，是要闯入驱逐者领空，并且，如果没有遭到攻击，就进入环绕希伯伦的轨道，准备降落。”

德索亚默认了。他黑色的双眼回瞪着灰褐色的眼睛——虽然没有表现出任何憎恨，但已准备好辩驳任何指控。

“也是基于我的理解，那艘……我想你的信舰名叫‘拉斐尔’！”

德索亚点点头。他现在意识到，对方措辞小心，故意问出答案很明显的问题——这都是律师的特征。教会有很多法律顾问，还有检察官。

“‘拉斐尔’号似乎执行了你编制的程序，在减速过程中没有遭遇任何阻碍，于是进入了环绕希伯伦的轨道。”法雷尔继续讲道。

“重生是在那时出现问题的吗？”德索亚问。

“据我所知，事实并非如此。”法雷尔说。圣心会教士灰褐的眼睛离开德索亚，扫视房间四周，似乎在评定家具和艺术品的价值，但显然没有发现任何东西能引起他的兴趣，于是又向神父舰长看去。“据我所知，”他说，“你们四人在船上即将完成重生的时候，飞船不得不逃离星系。随之而来的传送冲击，当然是致命的。不完全重生之后的二次重生——我相信你肯定知道——比初次重生要困难得多。正是在那时，圣礼因机械故障，出现了问题。”

法雷尔说完后，两人都沉默不言。德索亚陷入了深思，隐隐听到外面狭窄街道上地行车经过的声音和附近空港运输船起飞时的隆隆声。最后他说道：“但我们在复兴之矢轨道上的时候，重生龛全都接受过检修，法雷尔神父。”

法雷尔神父点点头，动作几乎无法察觉。“我们有记录。我想，持枪兵芮提戈的自动重生龛也发生了同一种校准误差。目前，调查正在复兴星系的卫戍地进行。我们调查过的地点包括无限极海星系、波江五和印地五、拉卡伊9352星系的必由恩典、巴纳之域、NGC^{es}2629-4BIV、织女星系、鲸逖中心。”

德索亚听得只有眨眼的份儿。“你们调查得相当彻底。”最后他说，心中却在想，他们一定出动了另外两艘大天使信舰，才足以展开这样的调查。这是何故？

“没错。”法雷尔神父答道。

德索亚神父舰长叹了口气，陷在神父宅邸柔软的椅子里。“这就是说，他们在自由星系找到了我们，却无法让持枪兵芮提戈重生……”

法雷尔微微撇了撇薄嘴唇。“自由星系，神父舰长？不。据我所知，你们的信舰是在蛇夫座70A星系被发现的，其时正朝海洋星球无限极海减速。”

德索亚坐起身来。“我不明白。我给‘拉斐尔’号编的程序分明是，如果迫不得已，一定要仓促离开希伯伦星系，那就依照她最初的搜索计划，跃迁至下一个圣神星系。而下一颗星球应该是自由星。”

“也许它在希伯伦星系遭到敌方飞船的追踪，情况太为特殊，让它排除了先前的跃迁顺序。”法雷尔干巴巴地说道，“飞船的电脑兴许是决定回到出发点。”

“也许。”德索亚说着，试图解读对方的表情，但他什么也看不出来，“法雷尔神父，你说‘兴许是决定’，难道你也不清楚吗？你们没有查看过飞船日志吗？”

法雷尔沉默着，不知是默认，还是单纯不想说话。

“如果我们回到了无限极海，”德索亚继续道，“为什么又会在此地——佩森醒来？在蛇夫座70A发生了什么？”

法雷尔终于笑了，但也仅仅是微微张开他的薄嘴唇：“纯属巧合，神父舰长，在你们跃迁的时候，大天使信舰‘米凯尔’号正好在无限极海卫戍领空，吴舰长当时正在‘米凯尔’号上——”

“吴玛姬？”德索亚问，毫不在乎他的打断会不会惹恼对方。

“正是她。”法雷尔移开手，像是在从硬挺而起皱的黑裤子上扯下一截线头，“考虑到……啊……你先前在无限极海上访问时引起的恐慌——”

“您是指我把米兰德里亚诺主教遣送到一座修道院，以免他妨碍我，”德索亚说，“另外还逮捕了几个不忠的圣神腐败军官，他们在米兰德里亚诺的眼皮底下，几乎是在公然盗窃，搞些阴谋活动……”

法雷尔举起手，打断了德索亚：“这些事，如今不在我的监管范围内，神父舰长。我只是在回答你的问题。需要我继续讲下去吗？”

德索亚听得只有干瞪眼的份儿。他感觉到愤怒，混合着对芮提戈的死而产生的悲伤，这一切都在重生后的眩晕间萦绕。

“吴舰长，她听闻米兰德里亚诺主教及无限极海上其他行政官员的抗议，决定让你们回到佩森重生，那兴许会是最为恰当的做法。”

“所以，我们的重生被第二次打断？”德索亚问。

“不。”法雷尔的语气中没有一丝愠怒，“在决定将你们从蛇夫座70A送回圣神司令部及梵蒂冈时，重生还没有开始。”

德索亚看着自己的手指，它们正抖个不停。他的脑海里浮现出“拉斐尔”号的影像，载着满船尸体，包括他自己的。起先是前往希伯伦星系的死亡之旅，然后减速朝无限极海驶去，之后又加速至佩森。他飞快地抬起头。“我们死了多长时间，神父？”

“三十二天。”法雷尔回答。

德索亚差点从椅子上跳起来。最终他又坐回去，尽量压制住自己的情绪，说道：“如果吴舰长决定不让我们在无限极海领空重生，而是将飞船送返此地，神父，在抵达希伯伦领空的时候，也没有完成重生，照此算来，那时我们的死亡状态，也才持续不到七十二小时。假设我们已经在这里待了三天……那另外的二十六天到哪里去了，神父？”

法雷尔的手指抚着裤子的褶皱。“在无限极海的领空发生了延误，”他平静自若地说，“最初的调查便是从那里开始的。我们将递交的抗议悉数归档，为持枪兵芮提戈安排了完整的军葬礼，将他葬在太空中。其余的……应尽职责……均已一一办妥。‘拉斐尔’号偕同‘米凯尔’号一道返回。”

法雷尔突然起身，德索亚也随之站起。“神父舰长，”法雷尔正式宣布，“我来此，是为了转达枢机秘书卢杜萨美大人的问候，先生，他祈愿你在基督的护佑下，完全恢复生命和健康，并请你明天早晨七时整，前往罗马教廷教义部议室，拜会卢卡斯·奥蒂蒙席，及圣部其他任命官员。”

德索亚大吃一惊。他能做的，仅仅是迅速立正，顺从地点点头。作为一名耶稣会士兼圣神舰队军官，经过严格训练，他已经习惯了服从。

“很好。”法雷尔神父说完，便离开了。

基督军修士离开之后，德索亚神父舰长仍旧在神父宅邸休息室里呆站了几分钟。作为区区一名神父和指挥官，德索亚极少参与教会的政治阴谋和明争暗斗，但哪怕是乡下来的神父，或者最为懵懂的圣神武士，都知道梵蒂冈的基本构架和职能。

在教皇之下，主要有两大行政体系——罗马教廷（梵蒂冈）和所谓的几大圣部。德索亚知道，教廷这一行政机构，繁冗臃肿，错综复杂，它的“现代”形式是由西斯科特五世于公元一五八八年制定的。教廷，包括了国务院，即卢杜萨美枢机的权力基础，他名义上是国务秘书，实质上却据有首相的权力。自十六世纪以来，各任教皇便经由通常称作“旧教廷”的机构行使权力，而国务院则是它的核心部分。除此之外，还有“新教廷”，那是在梵蒂冈第二届理事会上创立的（人们通常简称之为“梵二会议”，一九六五年大会圆满落幕），它最初只包含十六个次级机构。在尤利乌斯教皇长达二百六十年的统治之下，这十六个机构已经壮大，发展成三十一个互为牵涉的实体。

但传唤德索亚的，却不是教廷，而是圣部的一个部门。这些圣部之间通常各自独立，势均力敌。法雷尔明确通知他去所谓的教义部，这一组织在过去的两个世纪里，已得到——或者更为准确地说，是**再度获得**[①]——极大的权力。在尤利乌斯教皇统治下，教义部再次拥护教皇作为长官，这一结构上的改变，给这一圣部带来了新生。在尤利乌斯教皇当选之前的十二个世纪里，该圣部（自公元一九〇八年至一九六四年称为神圣法庭[②]）的重要性一直在降低，几乎就像是一个退化的器官。但如今，在尤利乌斯的统治下，人们似乎能穿越五百光年的空间，回溯三千年的历史，感受到曾经的神圣法庭那一手遮天的权力。

---

① 教义部前身为著名的宗教裁判所。该部负责维护信仰与教义，查禁和制裁任何违反信仰原则及教义教规的言论和刊物。

② 1908年，宗教裁判所改名为“神圣法庭”（Holy Office），也译“圣职部”，负责监视和处罚参加进步活动的教徒，查禁各种进步书刊，革除教徒的教籍和罢免神职人员等；而当今“圣职部”负责研究和处理各教区的神职人员的培训和生活等问题。1965年，“神圣法庭”更名为“信理部”。

德索亚回到起居室，背靠在先前所坐的椅子上，脑子晕晕乎乎的。但现在他知道，在次日清晨拜谒神圣法庭诸位官员之前，他不会见到格列高利亚斯，也见不到纪下士。甚至，他将永远也见不到他们。德索亚想要理顺其中的脉络，搞清楚他为什么会被拉入这样的一场会面，但教会的政局、敌对的神父、圣神的权力争斗，这一切混乱纠结的形势，以及他那刚刚重生的迷糊头脑，让这脉络最后都变成了一堆乱麻。

但他对此一清二楚：教义部，先前被称作神圣法庭的部门，在更名前的几个世纪里，一直叫作全教宗教裁判所。

正是在尤利乌斯十四世教皇的统治下，宗教裁判所又开始兴盛壮大，向它当初的名声及恐怖逐步靠拢。并且，德索亚必须于次日清晨七时整出现在他们面前，没有任何准备，无人可供计议，也无从得知会被加诸怎样的指控。

巴乔神父匆忙走进门来，他那天使般胖嘟嘟的脸庞上挂着笑容。“和法雷尔神父的交谈还愉快吧，孩子？”

“嗯，”德索亚心不在焉地说，“很愉快。”

“那就好，那就好，”巴乔神父说，“不过，我觉得该来点汤了，先祈祷吧——天使经[①]——然后早早道个晚安。不论明天是福是祸，咱们都必须精神抖擞地面对，不是吗？”

① 为纪念耶稣降世为人而在早晨、中午和晚上进行的虔诚的祈祷。

38

孩提时代，听外婆吟诵那无穷无尽的诗句时，有一首短诗我总是百听不厌，它的头两句是——“有人说世界将结束于熊熊烈焰，有人说世界将消亡于凛凛寒冰[1]。”外婆并不知道这些诗句出自谁人之手——她猜是个名叫弗洛斯特的大流亡前诗人，但就算那时年纪还小，我也觉得这样来刻画火与冰，实在是太做作，不太可信。可是，世界会在火或冰中消亡的**想法**，就像那简单的诗行歌舞般的节律一样，一直都留在我的心里，经久不灭。

我的世界，似乎是要在凛凛寒冰中消亡了。

冰墙之下一片漆黑，并且冷得找不到合适的词语来形容。我曾被烧伤过，有一次，在乘游船沿湛江逆流而上的时候，煤气炉发生了爆炸，我的双臂和胸口轻度烧伤，却疼痛异常，从此我知道了火焰的炽烈。这里的冰寒俨然具有同样的力度，犹如某种缓慢燃烧的

① 节选自罗伯特·弗洛斯特的《火与冰》。

火苗，在将我的血肉切作碎片。

腋下的绳子拴得很紧，强劲的水流很快就将我冲得调了个头，我现在两脚朝前，在黑暗的河道中被拖着前行。我举起双手护着脸，不让它撞上冰墙底部那些岩石般坚硬的冰脊。贝提克在木筏上稳稳屹立，犹如一个制动器，稳住我的前行速度，绷紧的绳索把我的胸膛和腋窝勒得紧紧的。水流不断把我的身体托高，撞向浮冰那凹凸不平的底面，像是正被人拖过崎岖的岩石地，我的双膝很快就被锋利的冰刀划得伤痕累累。

我穿着袜子是为了保护脚不让冰划伤，而不是为了御寒；但现在看来，在我撞上冰脊的时候，它的保护作用微乎其微。我还穿了贴身短裤和汗衫，但面对利如针刺的严寒，它们也无法提供任何的保暖作用。我脖子上绕着通信装置带，语声片压在喉头，不管是否出声，只要声带震动，就能把信息传递出去。耳塞没有一丝松动。肩膀上是一个防水袋，用胶带紧紧固定住，里面装有塑料炸弹、雷管、引线，在最后关头还放了两个闪光弹进去。我的手腕上缠着小型手电激光器，它狭窄的光线刺穿黑暗的河水，从冰面折射回来，但并没照亮多少东西。自打从海伯利安的迷宫出来后，我就一直很少用激光器：手提灯更有用一些，光线更宽阔，消耗的能量也更少。手包上的激光器在平时没多大用处，但作为一种切割性武器，它可用来在冰上钻孔，用以安放塑料炸弹。

如果我能活到钻孔的那一刻。

我任凭自己卷入地下暗河，在这疯狂的举动背后，我用到的唯一技巧，就是服役时从大熊冰架上的训练中学来的雕虫小技。在短暂的南极之夏，熊爪冰海几乎每天都会冻结、解冻，复又重新冻结，稍不留神，就会踩碎表面的薄冰，掉进冰海中。我们曾受过训练，即使被海水卷到最厚的冰层之下，在海面和冰层底面之间，也总会有一层薄薄的空气。我们浮到那层空气里，就算是脸全部泡在水里，也要把鼻尖凑到里面，然后沿着冰一路前进，直至到达裂缝，或者找到薄到足以砸开逃生的地方。

但那只是理论。我对此唯一的实践检验，就是参加了一个搜索救援组，大家分头寻找一个圣甲虫驾驶员。那名驾驶员下了车，从能支撑起他那四吨重机械的冰层处，朝外走了不到两米，结果掉进了冰窟窿，失踪了。是我找到了他，距圣甲虫和安全冰区大约六百米，他用了上面提到的呼吸技巧。找到他的时候，他的鼻子还紧贴在极厚的冰上，但嘴在水下大张着，脸就像掠过冰川的雪花一样惨白，双眼冻得僵硬，犹如钢铁轴承。我极力不去想那画面，拼命和急流搏斗，浮到水面，拉拉绳子，提示贝提克停止放绳，把脸贴上一片片碎冰，寻找空气。

水和冰之间有几厘米的空间——裂缝沿着大气冻川一路往上，如同倒置的地沟，那里空气还更多。我深深呼吸着冰寒的空气，将手电激光器的红色光束射进裂缝，然后又往狭窄的冰道照去，前后都照了下。“歇息一下。”我气喘吁吁道，“我没事。走了有多远？”

“大概八米。”贝提克的低语在我耳中响起。

“见鬼。”我咕哝了一声，全然忘记了通信装置也会把没说出声的话原原本本传送出去；我还以为至少已漂过了二三十米呢。“好吧，”我大声说，“第一处炸药我打算放在这儿。”

幸亏我的手指还没僵硬到按不动手电激光器的开关，我将其拨到高强度状态，在裂缝侧壁融出一个小槽。先前我已经为塑料炸弹做了预塑，现在我开始做进一步的塑力工作。炸药终于塑造成功——也就是说，只要我的准备工作没出差错，冲击波就会精确地按我想要的方向释放。早先，我已经提前完成了大部分工作，因为我知道，我所要做的，就是让冲击波笔直向上方和身后的冰墙轰去。现在，我继续精确引导爆炸力的卷须：所用技法，跟用等离子子弹打穿钢板如出一辙，要造出像炙热的子弹掉入黄油时的效果，让那些等离子卷须刺裂身后的巨大冰墙，穿透八米厚的冰，把它切成几大块，干净利落地掉进河里。但这只能仰仗一种情况，但愿在多年的环境改造中，大气生发器已经往空气里注入了足够的氮气和二氧化碳，这样，才不至于让爆炸演变成大规模的氧气燃烧。

因为早已确切知道了冲击波的走向，所以不到四十五秒，炸药塑形就完成了，也没费多少巧劲。但把微小的雷爆管放置好的那一刻，我的手开始不停发抖，几乎已经麻木。不过，既然已经知道通信信号穿越这么厚的冰并没有问题，那么我将雷管设为预置编码模式，没用包里的引线。

“好了，”我吸口气，沉到水中，“继续放绳。”

狂野的漂流重新开始，水流将我拽入黑暗，又拖着我撞上冰晶天顶，我疯狂地寻找空气，大喘着气指挥贝提克，拼命看清周围，继续前行，最后的温暖逐渐从我体内流失。

冰又延伸了三十米——正好是我认为塑料炸弹能够对付的最大限度。我在另外两个地方放好炸药，其中一包放在一条裂缝中，然后在天花板的冰层中融出一条管道，将另一包放进去。放最后一包的时候，我的双手已经完全麻木——就像是戴上了厚厚的冰手套——但我还是将炸药大致做好塑力，引导它上下两个方向爆炸。如果过会儿还看不到这面冰墙的尽头，那这一切都将成为徒劳。贝提克和我曾计划用斧子砍掉一些冰，但如果那东西有好几米厚，我们可砍不穿。

过了四十一米，我又冲出水面，呼吸空气。一开始，我怕那将是又一条裂缝，但我拿着手电激光左右照射，红色的光线映现出一片空旷区域，比我离开的那个地方更长更宽。我们曾讨论过，如果能看见第二处穴室的尽头，就要节省炸药，不能引爆，但当我把光线往下扫，扫向漫长而黑暗的河流，照亮的是同样的迷雾和冰钟乳，我看见这条河流——大约有三十米宽——蜿蜒而下，流过几百米，直至出了视野。跟先前的那段河流一样，没有河堤或是明显的水道，但至少看起来在往前流动。

我本想看看河流转过弯后又是怎样，但一来绳子没那么长，二来我身体的热量也不足以供我漂到那么远的距离，我还要报告情况，然后活着回去。“拉我回去！”我气喘吁吁道。

接下来的两分钟里我紧紧拽着绳子——或者说试图拽紧绳子——我的双手根本不听使唤了。机器人逆着汹涌的急流，将我往回拉，偶尔停下，让我躺在水面，大口呼吸裂缝里寒冷的空气。然后，再度开始黑暗的旅程。

如果是贝提克下了水，由我来拉他——或者，就算是让孩子下水——在这样强劲的水流中，哪怕花费四倍于贝提克所用的时间，我也无法把他们中的任何一个拉回来。我知道他很强壮，但他也并非超人——机器人力量没有强大到可以创造奇迹——但那天，他的确显示出了超人的力量。我猜，他肯定运用了体内积蓄多年的能量，才如此快地把我拉回木筏。我尽量搭把力，挥着手臂，沿着冰墙往前移动，挡开尖锐的冰晶，双脚绵软无力地踢着水流。

终于，我的脑袋再次透出水面，看见提灯的光晕，两个旅伴的身影向我凑来，但我根本没有力气抬起双臂，也没办法爬上木筏。贝提克一把托住我的腋下，轻轻地将我从水里拉出来；伊妮娅抓住我滴水的双腿，两人合力把我抬向船尾。我承认，我那冻僵的脑子想起了一座天主教堂，那教堂位于拉特莫斯[①]镇——北部荒沼中的一

① 拉特莫斯（Latmos）：本是古希腊神话中一座山的名称，安迪密恩牧羊的地方。

座村庄，我们到那座小镇是为了获取食物和牧羊所需的简单补给，偶尔顺道路过教堂，就进去看了看。教堂的南墙上有一幅巨大的宗教画：基督正被取下十字架，一名门徒从他绵软的双臂下将他抱住，而圣母则捧着他残缺不全的赤足。

别把自己想得这么高尚，这话从我脑海的迷雾中不请自来，却是伊妮娅的声音。

他们把我抬到结满霜的帐篷中，保暖毯已经铺开，下面垒着两个睡袋和一块薄毯，加热立方体在这小窝旁散发着光芒。贝提克把我湿透的汗衫、装闪光弹的袋子和通信装置一一褪下，剥掉缠在手上的手电激光器，小心地放进我的背包，给我裹上保暖毯，把我抱进上面的那个睡袋，然后打开一个医疗包。他把生物监视器黏黏的触口贴上我的胸膛、大腿内侧、左手腕、太阳穴，对着读数注视了片刻，然后给我注射了一管肾上腺素，一如我们的计划。

把我从水里拉回来，一定累坏你了，我本想这么说，可我的下巴、舌头和喉咙全都不听使唤。我被冻得已经不再发抖。意识微弱得如同一条细线，将我连到一丝光明之中，寒风吹过我的身体，意识也在其中飘摇。

贝提克俯身靠近。“安迪密恩先生，炸药放好了吧？”

我费力地点了点头。这是我能做到的极致，笨拙得像是个提线木偶。

伊妮娅跪在我身边，对贝提克说：“我来照看他，你带咱们离开这儿。”

机器人离开帐篷，拿起木筏尾部的撑杆，把我们撑离冰墙，朝上游划去。真是难以置信，把我从急流中拉回来，费了他那么多力气，他竟还有力量把整张木筏逆流撑上这么远的距离。

木筏开始移动。我的视线穿过帐篷末端的三角形开口，看见提灯的亮光，照在迷雾和遥远的窟顶上。雾气和冰钟乳缓缓地经过小小的三角形开口，那情景，犹如透过一个现实中的等腰三角形洞孔，窥视但丁所述的第九层地狱[①]。

伊妮娅一直注视着简陋的医疗包监控器。“劳尔，劳尔……”她轻声唤道。

保暖毯可以裹住我散发的热量，但我觉得自己已经不再散发任何热量。我冻得骨头都疼了，不过那些冻僵的神经末梢根本传达不了疼痛。我还非常非常困乏。

伊妮娅摇醒了我。“该死，不要离开我！”

我会尽力的，我这么想到，但我知道自己在撒谎，现在我只想睡觉。

“贝提克！”孩子大喊，然后我隐隐感觉到机器人走进帐篷，查看医疗包。他们说了些话，但在我看来，那都是些遥远的嗡嗡声，没有任何意义。

我的意识到了很远很远的地方，突然隐约感觉到我身边躺着什么人。贝提克又走开了，他得把积满冰的木筏逆着湍急的水流撑往上游。伊妮娅那孩子却爬进了保暖毯，和我一起躺在睡袋里面。起初，她那瘦弱身躯散发的热量，根本穿透不了我那冻成千层冰的身体，但在帐篷构成的空间中，我能感觉到她的气息，感觉到她的瘦弱的手肘和膝盖顶在我的身上。

不，不，我面对着她的方向想。*我才是保护人……我足够强壮，所以被雇来解救*。但我又冷又困，说不出声来。

我不记得她是否张开臂膀抱住了我。我知道，我的反应就跟一截冻住的木头差不多，感知力也好不过那些在我三角形视野中移动

---

① 《神曲》中描述的第九层地狱是一片冰湖。

的冰钟乳，我的意识就跟它们一样，底部被提灯的光芒照亮，顶端却迷失在黑暗和迷雾中。

后来，我终于开始感觉到从她小小的身躯中涌过来缕缕暖意。我只是隐隐地感觉到这点，但随着这些温热从我俩肌肤接触的地方流过来，那些地方开始如针刺般疼痛起来。真希望我能开口说话，叫她离开，好让我安详平静地打个瞌睡。

过了一会儿——也许有十五分钟，也许有两小时——贝提克回到帐篷。我还算清醒，意识到他一定已经按计划完成了所有事情：回到那截远距传送门下，把撑杆和方向舵杆卡在冰穴上部较窄的那个地方，以此“锚定”木筏。我们推断，金属拱门可以在炸药爆炸的时候，保护我们不受雪崩和冰崩的伤害。

快引爆炸药，我想这么对他说。但机器人却并没有在通信波段上发送命令，而是脱掉全身衣物，直到只剩下黄色沙滩短裤和衬衫，然后爬进保暖毯下，和女孩一起躺在我身边。

这事儿也许有些滑稽——对于正在阅读这些文字的你来说，看起来兴许有些滑稽——但在我的生命中，再没有别的事件，比我的两位旅伴以自己的体温来温暖我这一举动更深地感动过我。就连他们在紫罗兰大海上勇敢而又鲁莽的营救行动，也没有如此深深地触动我。我们三人躺在那儿——伊妮娅在我左边，手臂环抱着我，贝提克在我右边，身体蜷曲着，为我抵挡从保暖毯角落钻入的冷风。再过几分钟，我或许会因为血液循环恢复、因为肉体逐渐解冻而疼得大哭；但眼下，我为他们给予的温暖——这亲密的礼物——而哭泣，生命的热量从孩子和蓝皮肤人的身上流出，从他们的血肉流出，流向我的身体。

写到这里，我又禁不住泪流满面。

我也不知道我们像这样过了多久。我从来没有问过他们，他们也从没有说起过。肯定至少有一个小时，但感觉就像经历了一辈子的温暖和疼痛，还有起死回生时难以抗拒的喜悦。

到最后，我开始战栗，先是微微颤抖，继而猛烈抖动，就像是突然癫痫发作。我的两个朋友紧紧抱住我，不让热量从我身上逃脱。我知道，这时伊妮娅也哭了，虽然我从未问起，在以后的日子里，她也从没提过。

最终，在痛楚和麻痹几乎全数消散后，贝提克从我们共同盖着的铺盖下爬出，查看了医疗包，然后对孩子说起话来，那语言我又听得懂了。“都变成绿色了。”他轻声说，“没有永久性冻伤。没有永久性损伤。”

过了不久，伊妮娅从毯子下爬出，扶我坐起，拿过两个覆满白霜的背包，垫到我的背后和脑袋底下。她在炽热的立方体上烧了开水，沏了几杯热气腾腾的茶，把一杯送到我唇边。这个时候，我已经能抬手了，甚至还能弯弯手指，但它们都疼得要命，我无法抓住任何东西。

“安迪密恩先生，”贝提克蹲在帐篷外说道，“我已准备好发送引爆代码。”

我点点头。

“可能会掉下很多碎片，先生。”他又补上一句。

我又点点头。这一危险已经被讨论过，经过塑力的炸弹应该只会把我们前方的冰墙炸碎，但随之产生的震动波，将穿越冰层，足以把整片冻结的大气冰川震塌下来，砸到我们四周，砸沉我们的木筏，将我们埋葬在这浅浅的河底。但我们最终断定，冒险是值得的。现在，我抬头朝帐篷望了望，它里里外外都已经结满了冰霜，我不禁笑了笑，觉得这层霜也许能起一点掩护作用。我再次点点头，催促他赶紧。

爆炸的声音比我预计得要小，还不及随后的冰块和冰钟乳崩落的响声，以及河水狂野的冲击声。随着河水受到巨大压力的推挤和冰块的砸击，一浪接一浪的水流汹涌起伏，托着木筏，刹那间，我以为我们要被高高抛起，在天花板上撞得粉身碎骨。大家蜷缩在小小的石炉边，试图避开严寒的河水，乘着颠簸起伏的原木堆，活像遇难乘客坐在风雨飘摇中的救生小舢板上。

最后，浪涌和隆隆的声音逐渐平息。这场猛烈的动荡折断了我们的方向舵，冲走了一枝撑杆，把我们逐出安全的避风港，冲到了下游的冰墙那儿。

冲到了曾是冰墙的地方。

炸药把墙炸开了，一如我们计划的：它炸出的这个洞虽然低矮参差，但用手电激光器扫过去，看样子连通了对面的露天河床。伊妮娅大声欢呼，贝提克拍拍我的背。虽然有些羞于承认，但我差一点又哭了。

但事实并不像开始看起来的那么成功。落下的冰块和没被炸药击倒的冰柱，仍旧挡住了部分去路，虽说冰块的下落频率比起先慢了些，但那意味着我们的前行更加艰难，只得一边靠贝提克用斧头砍去那些冰堆，一边用仅剩的那支船篙断断续续地向前划。

看着贝提克辛苦工作了半小时，我摇摇晃晃地走向破烂不堪的筏首，示意换我来抡一会儿斧头。

“你肯定吗，安迪密恩先生？”蓝皮肤人问道。

“相当……肯定……”我小心地说着，寒冷的舌头和下巴费尽力气，才把这两个词咬了出来。

挥斧子的工作很快让我恢复了暖意，就连最后的一点战栗都停止了。现在，我能够感觉到擦刮和瘀伤的极度疼痛，这都是早先撞上冰顶时留下的，但这些皮肉伤，可以过阵子再处理。

最后，我们砍掉最后几根冰柱，终于漂进了通行无阻的水道。三人手上还戴着袜子手套，高兴地击掌庆贺，但立马又蜷缩回加热立方体边，把手提灯朝两边探照，陌生的景象从两侧拂过。

但这新的景象和原先的如出一辙：两旁还是垂直的冰墙，冰钟乳一副随时会砸向我们的模样，黑暗的河水汹涌奔流。

“也许会一直流到下一个拱门，一路上通行无阻。”伊妮娅说着，口中呼出的白雾在空气中凝结，像是什么光明的希望。

木筏冲过这条埋在冰下的河流的转弯处，我们全都站起身来。贝提克拿着撑杆，而我则操起方向舵破烂的残余部分，挡开左舷的冰墙，一阵手忙脚乱。接着，木筏又回到了急流中央，速度渐起。

“哎呀呀……”女孩叹道。她正站在木筏前端，语气告诉了我们一切。

河流往前流了六十米左右，然后变窄，在第二面冰墙前停住。

主意是伊妮娅想出来的，她建议把通信志手环派到前边侦察。

“它有视频微珠。”她说。

“但我们没有显示器。”我指出，“而且它也不能把视频信号发送给飞船……”

伊妮娅连连摇头。“不是这样，只要通信志本身看得见，它就可以告诉我们看到的一切。”

“也对，”我终于明白，于是说道，“但它有那么聪明吗？没有飞船人工智能的支持，它能理解它看见的东西吗？”

“咱们问问它吧？”贝提克提议道，他已经把手环从我背包里拿了出来。

我们再次激活手环，问了问它。它向我们保证，完全可以处理视频数据，并通过通信波段将它的分析传给我们。那声音和飞船的一样，几乎有些目空一切的味道。它也向我们保证，虽然它不能漂浮，也没学过游泳，但它是完全防水的。

伊妮娅拿起手电激光器，从木筏的末端削掉一条原木，套上手环，用几颗钉子和枢轴螺栓圈固定住，然后又加上一个钩环，用来系登山绳，她打了个双次半套结，扎紧绳子。

“在过第一面冰墙时就该用这个。”我说。

她笑了。帽檐上积满了霜，一条条冰柱悬挂在窄窄的帽檐。“手环对放置炸药可能不太在行。”从她说话的声音中听出来，她已经累得不行了。

我们把套着手环的木头丢进河里。“祝你好运。”我像个白痴一样说道。通信志相当有风度，没有回答。几乎是眨眼工夫，它就被冲到了冰墙之下。

我们把加热立方体向前挪了挪，蹲在它旁边，贝提克开始慢慢放绳。我调高通信装置扬声器的音量，大家鸦雀无声，望着绳索蜿蜒而去，听着通信志细声细气的声音向我们传回报告。

“十米。上面有裂缝，宽不超过六厘米。冰还没到头。”

“二十米。还是冰。”

“五十米。冰。”

“七十五米。还是看不到尽头。”

“一百米。冰。”绳已经放完，我们接上最后一段登山绳。

“一百五十米。冰。”

“一百八十米。冰。”

“两百米。冰。”

绳索全数放尽，希望全数尽灭，我开始把通信志拉回来。尽管双手已恢复知觉，勉强可以活动了，但急流太过凶猛，加上积满冰的绳子太过沉重，虽然那手环轻如鸿毛，但我还是费了好大劲才把它拉回来。我又一次想到，贝提克为了救我，花费的力气真是难以想象。

绳索几乎僵硬得卷不起来。当它最终被拉上木筏，我们不得不把通信志周围的冰一一凿下来。“虽然低温消耗了我很多能量，冰还遮住了我的视频捕捉装置，”手环尖声说着，“但我很愿意，也有能力继续探测。”

“不用了，谢谢。”贝提克礼貌地回答，关掉装置，递还给我。尽管手上套着袜子手套，但我还是感到金属环冰得拿不住，我只好把它丢进了覆满霜花的背包。

“我们的塑料炸弹已经不多，炸不掉五十米厚的冰。”我说道，声音非常平静——甚至连颤抖都没有了——我知道死刑已经准确清晰地降临到了我们头上，用不着再害怕什么了。

我现在意识到，在那疼痛与无望的沙漠中，之所以存在着一片平静的绿洲，还有另一个原因。是温暖。记忆中的温暖。生命之流从他们两人身上流向我，流入我体内，有一种共享生命的神圣感觉。现在，在被提灯照亮的黑暗中，我们慢慢前行，当务之急就是要活下去，于是我们讨论出一些不可能的办法，譬如用等离子步枪轰出一条生路等；又逐一抛弃这些不可能的办法，继续讨论更多类似的点子。在那恐慌、越发绝望、寒冷而黑暗的绝境中，却有一个温暖的核心，是这两个……朋友……灌输给我的，它让我保持平静，就像他们用自己的体温让我活了下来。在后来的艰难困境中——甚至现在，就在我写下这些的时候，每次呼吸都游走在死亡的边缘，致命的氰化物随时可能潜入——那共享温暖的记忆，第一次完全地分享生命力，总会让我冷静，平稳地度过人类恐惧的暴风雨。

我们做出决定，打算撑木筏沿河往回走，看看有没有先前漏看的裂缝、壁龛，或是通风口。虽然看上去希望不大，但比起让木筏挤进末端的冰瀑，这也许还不算太过无望。

终于，在河水改道朝右急转弯的地方，在那堵冰墙之下，我们发现了。显然，我们先前太过手忙脚乱，忙着挡开冰墙，重新回到中央急流，谁都没注意到，右舷方向的锯齿冰层里，隐藏着一条狭窄的裂缝。虽然我们不遗余力地去寻找，但如果没有手电激光器，就永远也不会发现那狭窄的通道：提灯的灯光，被结晶面和悬垂的冰凌四散弯折，恰恰没有照到它。常识告诉我们，这不过又是一条冰层的褶皱，就跟我在冰顶上看到的垂直裂缝一样，只不过它是水平的——那是一块供喘息的空隙，但到不了任何地方。但我们渴求希望，极力祈祷常识出了错。

那通道——褶皱——不管是啥，还不足一米宽，离河面约高两米。我们撑近一些，在激光的映照下看清，这条通道向前延伸了三米就到了尽头，也可能是这条渐窄的通道绕了个弯，消失在视野之中。常识告诉我们，那是这条冰冻死胡同的尽头。但我们再次选择忽略常识。

伊妮娅把全身重量压在那长长的撑杆上，迎着剧烈翻腾的河水，使尽力气稳住木筏，而贝提克则把我托了上去。我手里拿着锤子，用它的尖头辅助攀爬，把它紧紧地凿入狭窄隘路的冰地，然后赶紧拼命把自己往上拉，最后终于来到了上头，我四肢着地，气喘吁吁，全身瘫软，但最终还是接上气来，站起身，朝下边的两人挥挥手。他们在等候我的汇报。

狭窄的冰道向右来了个急转弯。我拿起手电激光器，朝第二条冰廊走去，心中慢慢升起希望。另一面冰墙将红色的光线反射回来，但这次，冰道似乎没了转角。不，等等……我沿着第二条冰廊往前走，由于冰顶高度渐低，不得不弯下身子，然后我意识到，隧道从这里陡峭地升了上去。光线先前照过的是这条冰坡的斜面。人在这种地方总会失去深度感知力。

我钻进这个狭小的空间，四肢着地爬了十几米，靴子在锯齿冰棱上磕磕绊绊。我回想起“买”这双靴子的那家商店，那是在空无一人、只闻回声的新耶路撒冷——以我在医院穿的拖鞋作为抵押，还放了几张海伯利安纸币在柜台上——我想不起店里的露营区有没有冰路钉鞋卖，可现在想买也为时已晚。

又到了一处新的地方，我不得不趴在冰上滑下去，又一次以为廊道会在一米之内到达尽头，可这一次它往左来了个急转弯，随后又直又平地延伸了——深入冰层——大约二十多米，然后又朝右一拐，继续向上爬升。我大口喘气，兴奋得全身颤抖，小步慢跑，滑行，借助锤子的尖头，慢慢爬下坡道，回到了通道出口处。激光束在清亮的冰面上投射出我的无数面容，那是一副兴奋的表情。

伊妮娅和贝提克在我走出他们的视野后，就开始给必要的装备打包，这会儿已经差不多全装好了。女孩被托上了小冰缝，贝提克把行装一件件往上扔，而她负责把东西悉数收好。我们互相呼喊，出谋划策。似乎每样东西都必不可少——睡袋、保暖毯、折叠帐篷——由于覆满了冰霜，压平后的大小竟然只有先前的三分之一——加热立方体、食物、惯性罗盘、武器、手提灯。

最后，我们几乎把木筏上的所有装备都运到了通道里。还争着要多带点——激烈的争论让我们暖和了一阵——最后只挑了必需品，能装得进行李包和背包的小件。我把手枪插进皮带，又把等离子步枪拴上背包。贝提克同意带上霰弹枪，弹药终于把他鼓鼓囊囊的背包塞满了。幸运的是，我们无须用背包来装衣服——能穿的已经全都套上了——背包里满满当当的都是食物和装备。伊妮娅和机器人还带了通信装置；我把依然结满冰的通信志套在粗粗的手腕上。尽管预防措施全部准备停当，我们还是不打算各自单独行动。

我有些担心木筏会漂走——虽然已用撑杆和支离破碎的方向舵固定住了，但是它们的稳固作用不会持续太久，但很快，贝提克就解决了这个问题，他在筏首和筏尾结上绳索，又用手电激光器在冰墙上融出几个凹槽，然后把绳索绑在牢固的冰楔上。

开始爬上狭窄的冰廊往前，我朝忠诚的木筏看了最后一眼，不知道是否还能再见到它。真是一幅感伤的景象：石炉仍在原处，方向舵已成碎片，筏首挂着提灯的船桅已经断裂，原木前端被撞得参差不齐，两侧的原木几乎四分五裂，筏尾还没在了水里，整艘船覆着薄薄一层冰，冰寒的雾气在我们四周盘旋，将小船半掩。我朝可怜的船骸点点头，算作是感激和道别，转过身，带路往右朝上而去。行进到最低矮、最狭窄的地方时，我不得不把沉重的行李包和鼓鼓囊囊的背包移到身前，推着它们前进。

我本有点害怕，担心尚未探索的通道会不会到达某个尽头，但我们连滚带爬，过了三十分钟，隧道还没到底，转弯也一个接着一个，并且一直在往上。这一番努力虽说没有给我们真正的温暖，却让我们活了下来，尽管如此，我们每一个人还是感觉这里冷得刺骨，寒意在逐渐侵蚀我们的身体，我们迟早会因体力不支而停下。但我们还是把卷好的铺盖和睡袋拿出来铺好，希望在如此的严寒中睡上一觉还能醒来。但幸而还没到那种地步。

我停下来，把巧克力条传给他们，又把激光开到最大，开始解冻水壶里的冰，说道："不远了。"

"离**哪儿**不远了？"伊妮娅问道，她身上已经结了一层冰，如同穿了件铠甲，"我们现在不可能接近地面……爬得还不够高。"

"离一些有趣的东西不远了。"我说，一开口，呼出的水汽就在夹克的前襟和下巴的胡茬上冻结。我知道，我的眉毛上肯定挂着冰凌。

“有趣的东西。”女孩重复着，听上去满腹狐疑。我能理解。迄今为止，“有趣”这个东西一直在竭尽全力地追杀我们。

一小时后，我们停下来，用立方体热了些食物——架立方体的时候相当仔细，不然在我们热肉锅的时候，很容易不慎把冰地融穿。我查了查惯性罗盘，想搞清楚我们走了多远，爬了多高，突然贝提克说道：“别出声！”

几分钟里，我们三人似乎都屏住了呼吸。最后伊妮娅低声说：“怎么啦？我什么都没听见。”

真是奇迹，我们头上都裹着厚厚的东西当头巾和帽兜，说的话竟还能听见。

贝提克皱皱眉，手指竖到唇边，示意我们安静。过了一会儿，他低声说道：“有脚步声。有人朝这边来了。”

39

在佩森，全教宗教裁判所神圣法庭的审问中心，严格意义上来说并非位处梵蒂冈，而是在一座由一堆石头建成的巨大环形要塞中，这里名为圣天使堡，起初建于公元一三五年，本是用作哈德良的陵墓，公元二七一年，与奥理安城墙连为一体，从此成为罗马最重要的堡垒。在旧地即将被大口吞噬地核的黑洞吞没之时，教会撤走了梵蒂冈办事处，同时还搬走了几栋罗马建筑，圣天使堡便是其中之一。公元五八七年瘟疫肆虐，大贵格利[1]率领祷众，恳求上帝结束瘟疫，而后大天使米凯尔在陵墓顶上显灵，于是城堡（实际上就是一块圆锥形的大石堆，四周环绕着护城河）对教会有了非常重大的意义。再后来，圣天使堡供多位教皇紧急藏身，躲避愤怒暴民的进犯，它潮湿的囚房和拷打室，也被用来关押教会觉察到的敌人，

① 大贵格利（Gregory the Great）：也就是教皇格列高利一世。

譬如本韦努托·切利尼[①]。自它在世约三千年来，事实证明，无论是面对蛮夷的侵略，还是面对核爆，它都能岿然不动。而现在，它依然如一座低矮的灰色山峰，矗立在公路、各式建筑、行政中心这“繁忙三角”内唯一开阔地的中央，三个顶点分别是梵蒂冈、圣神行政城和太空港。

德索亚神父舰长的与会时间应该在七时三十分，他提前二十分钟抵达，接待人给了他一枚徽章，在城堡闷热无窗的拱顶走廊中为他引路。四周的壁画、华丽的陈设、通风的凉廊，皆为中世纪时期的教皇所安置，现已华彩褪尽，亟待整修。圣天使堡再度担负起墓陵兼堡垒的职能。德索亚知道，从梵蒂冈至城堡那条戒备森严的通道，也是从旧地一并迁来的。在过去的两个世纪里，神圣法庭有一项职责，便是为圣天使堡提供现代武装和防御设备，万一星际大战的战火烧到佩森，它必须立刻为教皇提供庇护。

他走了整整二十分钟，途中必须频繁经过检查站和安全门，守卫者并非梵蒂冈那些衣着鲜亮的瑞士卫兵，而是神圣法庭那些身着黑银制服的近卫军。

他进入审问室，与刚才行经的古老走廊和楼梯相比，它倒显得非常华丽明朗：内部的三面石墙中，有两面是散发着柔和黄光的智能玻璃面板；三十米上方的房顶上，有一个阳光收集器，将屋外的阳光洒进来；简朴的房间内，摆着一张新式的会议桌——德索亚的座位摆在五个宗教法官的正对面，不过样式和他们的相同，也一样舒适。一套标准办公处理中心靠墙而落，有键盘、数据屏、触显板、虚拟输入设备，还有一个餐具柜，里面放着咖啡壶和早餐面包卷。

---

① 本韦努托·切利尼（Benvenuto Cellini，1500–1571），意大利雕塑家、金银工艺师、作家，文艺复兴晚期艺术中的风格主义代表人物。

德索亚只等了一分钟，宗教法官便一一抵达。几位枢机——一位耶稣会士、一位道明会[1]修士、三位基督圣心军修士——互相做了自我介绍并一一握手。德索亚身着黑色的圣神舰队制服，戴着洁白的教士领，而神圣法庭成员则穿着深红色的长袍、衣领带着黑色的垂饰，双方形成了鲜明对比。审判开始前倒有几点客套的礼节：先是谈及德索亚的健康和成功重生，又请他享用食物和咖啡。德索亚只要了咖啡。然后他们各自就坐。

神圣法庭早年有一项传统，后来也成了新生教会的惯例，如果受审者是名神父，那么对话将以拉丁文进行。整个陪审团的五名枢机，只有一人会真正开口提问。问题礼貌而正式，且总是选择第三人称措辞。审问完毕后，将有两份笔录交给受审者，分别由拉丁文和环网英文记录。

宗教法官：德索亚神父舰长，他是否成功找到并拘留名为伊妮娅的孩子？

德索亚神父舰长：我的确接触到了那个孩子，但没有成功拘留她。

宗教法官：请解释一下“接触”在此种背景下表示的具体含义。

德索亚神父舰长：那艘搭载孩子离开海伯利安的飞船，曾两度被我拦截。一次在帕瓦蒂星系，第二次在复兴之矢。

宗教法官：这两次未能成功羁押孩子的尝试早已记录在案，并已正式记入履历。他是否认为，他飞船上经过特训的瑞士卫兵不可能在孩子自杀前，及时强行突破，将孩子保护性拘留？

德索亚神父舰长：我当时的确是这么想的。我觉得风险太大。

---

① 由圣道明于1215年建立的托钵修会派别。

宗教法官：据神父舰长所知，负责实际登舱行动的那名瑞士卫兵高级指挥官——格列高利亚斯中士——是否同意取消该行动？

德索亚神父舰长：我不清楚格列高利亚斯中士在登舱行动撤销之后持什么意见。此前他坚持要执行。

宗教法官：神父舰长是否知道登舱行动中另外两名士兵的意见？

德索亚神父舰长：当时他们想去。他们艰苦训练了很长时间，已经准备就绪。但当时我的意见是，女孩意图伤害自己，风险太大。

宗教法官：那么，那艘逃亡飞船在进入复兴之矢的大气层前，他没有拦截它，也是出自同一原因？

德索亚神父舰长：不。当时女孩说她要在星球上登陆。所有相关人员都认为，让她这么做，等她登陆后再把她拘留，似乎要安全得多。

宗教法官：那么，前述飞船在接近复兴之矢上不再运转的远距传送门时，神父舰长却命令舰队和空军的多艘飞船对其开火……此言是否属实？

德索亚神父舰长：属实。

宗教法官：那么，他是否认为，这一命令不会伤及女孩？

德索亚神父舰长：不。我知道有危险，然而，当我意识到女孩的飞船是在朝远距传送门前进时，我坚定地相信，如果我们不把飞船击落，就会让她再次逃掉。

宗教法官：他是否知道，沿河的远距传送门在接近三个世纪的休眠之后，尚能自行激活？

德索亚神父舰长：不知道。只是突然冒出的直觉，一种预感。

宗教法官：他是否惯于依直觉行事，冒攸关使命成败的风险——何况该使命还由教皇陛下亲自授予最高优先级——是这样吗？

德索亚神父舰长：我并非惯于执行教皇陛下亲自授予的最高优

先级使命。在我的飞船参与的几次战役中，我也曾依据自己的见解下达命令，虽然以我的经验背景和接受的训练来看，那些见解并不完全符合逻辑。

宗教法官：他的意思是不是，自支持远距传输门的世界网陨落大约两百七十四年之后，传输门会重新激活，他得知这一点，是出于经验背景及接受的训练，对吗？

德索亚神父舰长：不。是出于……直觉。

宗教法官：他是否意识到，复兴星系联合舰队的行动花费巨大？

德索亚神父舰长：我知道损失无可估量。

宗教法官：他是否意识到，好几艘一线战舰因此而受耽搁，无法按时执行圣神舰队司令部的命令——派遣至所谓的长城防御周界沿线的事故多发区，对抗入侵的驱逐者？

德索亚神父舰长：我明白，那些飞船是因我的命令而滞留在复兴星系。我承认。

宗教法官：在无限极海，神父舰长逮捕了几名圣神军官，他觉得这毫无不妥之处。

德索亚神父舰长：对。

宗教法官：并且，未经无限极海圣神及教会当局的正当诉讼程序，也未曾听取任何官方意见，就对那些官员使用吐真剂及其他受限精神性药物，他也觉得毫无不妥之处。

德索亚神父舰长：对。

宗教法官：他是否认为，交予他的教皇触显，不仅是为了辅助他完成寻找孩子的使命，同时也给予他肆意逮捕圣神军官的权力，不经军事法庭或律师的正当诉讼程序，就可开展此般审问盘查？

德索亚神父舰长：对。我是这么认为的，并且现在也作此理解，教皇触显给了我……在当时情况下，可以给我……正式的权力，只要是我认为对于完成使命所必要的行动，我都能下令执行。

宗教法官：那么，他是否认为，逮捕这些圣神军官，就能促使他顺利拘捕名为伊妮娅的孩子？

德索亚神父舰长：那孩子可能从无限极海的远距传输器间通过，而我的调查对于弄清楚关于该事件的一切真相来说，是必要的。调查过程中，我们发现，那一系列事件发生地的平台主管一直在对上级隐瞒真相，对女孩旅伴有关的事件遮遮掩掩，还牵涉到该水域偷猎者的叛国买卖。调查结束后，我将此案涉及的官员及职员移交给了圣神卫戍军，他们将依照军事法庭舰队法典，纳入合适的诉讼程序。

宗教法官：他是否觉得，只要是出于这……调查的需要，那么对米兰德里亚诺主教的处理方式，也属于正当行为？

德索亚神父舰长：我们向米兰德里亚诺主教做过解释，行动必须马上展开，但米兰德里亚诺主教依然反对我们在三-廿-六中滨驻地平台上展开调查。他甚至想要远距离阻止调查——尽管他的上级，简·凯莱大主教的直接命令是要求他配合工作。

宗教法官：神父舰长是否认为，凯莱大主教是主动提供帮助，请求米兰德里亚诺主教配合？

德索亚神父舰长：不。是我求她帮忙的。

宗教法官：实际上，为了调查，神父舰长是否调用了教皇触显的权威，迫使凯莱大主教加以干涉？

德索亚神父舰长：是。

宗教法官：他能否陈述一下，在米兰德里亚诺主教亲自到三-廿-六中滨驻地平台后，发生了什么事？

德索亚神父舰长：米兰德里亚诺主教怒气冲天，命令圣神军队释放我的囚犯——

宗教法官：神父舰长所说的“我的囚犯”，是不是指平台的前任主管及圣神官员？

德索亚神父舰长：对。

宗教法官：请继续。

德索亚神父舰长：米兰德里亚诺主教对我召来的圣神军队下令，要求释放鲍尔舰长及其他人。我驳回了该命令。但米兰德里亚诺主教拒绝承认教皇触显授予我的权威，于是我把主教暂行拘留，遣送到距星球南极六百公里远的一座耶稣会士修道院。因为风暴和其他一些突发事件，主教在该处滞留了几天。到他从那里离开时，我的调查已经完成。

宗教法官：调查结果显示了什么？

德索亚神父舰长：显示了诸多事实，其中之一是，三-廿-六中滨驻地平台辖区内的偷猎者一直在向米兰德里亚诺主教暗送现金贿赂，主教也一直默默收受。同时，平台的鲍尔主管也在米兰德里亚诺主教的唆使下，伙同侵入者开展非法活动，向外世界渔人勒索钱财。

宗教法官：神父舰长是否已将此指控向米兰德里亚诺主教宣述？

德索亚神父舰长：没有。

宗教法官：他是否已将其上报凯莱大主教？

德索亚神父舰长：没有。

宗教法官：他是否已将其上报圣神卫戍指挥官？

德索亚神父舰长：没有。

宗教法官：他能否解释一下，他为何省略掉圣神舰队行动守则、教会及耶稣会章程均要求的行动步骤？

德索亚神父舰长：主教涉及的这些罪行，并不是我调查的重点。我将鲍尔船长和其他人移交给卫戍司令官，因为我知道，这些事件将会按照军事法庭舰队法典的规定，得到迅速而公正的处理。

我也知道，任何针对米兰德里亚诺主教的控诉，不论是以圣神民事诉讼立案，还是遵照教会司法程序立案，都将要求我在无限极海上逗留几周乃至几月，但我的使命等不得那么长时间。我权衡利弊，觉得主教的腐败案重要程度低于追踪女孩的任务。

宗教法官：一无确凿根据，二无书面证词，就对一个罗马天主教会的主教做出指控，他是否清楚这问题的严重性？

德索亚神父舰长：我清楚。

宗教法官：那么，是什么原因让他放弃先前的搜索模式，驾驶大天使信使舰船“拉斐尔”号到驱逐者占领的希伯伦星系呢？

德索亚神父舰长：依然是出于直觉。

宗教法官：请做具体陈述。

德索亚神父舰长：我并不知晓女孩从复兴之矢传送去了何处。依逻辑判断，他们应是把飞船留在了某个地方，以其他方式继续沿特提斯河前进……也许是乘霍鹰飞毯，但更有可能是乘船或是木筏。从对女孩在无限极海期间及之前的旅程中调查得到的证据来看，他们可能与驱逐者有所联系。

宗教法官：请详述。

德索亚神父舰长：首先，那艘飞船……它是霸主时代设计的……一艘私人星际飞船，如果这件事可靠属实的话。霸主历史上，只出产了为数不多的几艘。我们发现，有一艘跟我们遇到的这艘很像，它在陨落的几十年前被赠与了某位霸主领事。这位领事后来在《诗篇》中名垂千古，那是过去的海伯利安朝圣者马丁·塞利纳斯所撰写的史诗。《诗篇》中，领事讲述了一个为驱逐者做间谍、背叛霸主的故事。

宗教法官：请继续。

德索亚神父舰长：还有别的联系。我派格列高利亚斯中士带着法证到海伯利安，确认了那个和孩子一起旅行的人的身份。该男子名叫劳尔·安迪密恩，土生土长的海伯利安人，曾是海伯利安地方自卫队成员。安迪密恩这一名字和那女孩的……父亲——也就是赛伯怪物济慈的著作有联系。事情又扯到了《诗篇》。

宗教法官：请继续。

德索亚神父舰长：嗯，还有另一个联系。在无限极海上，劳尔·安迪密恩逃跑、疑似中弹后，他的飞行装置被俘获——

宗教法官：他为何说“疑似中弹”？平台上所有目击者都报告说，嫌犯被击中，掉入了大海。

德索亚神父舰长：早先比留斯上尉掉进了大海，但我们却在霍鹰飞毯上找到了他的血液和组织残片。而劳尔·安迪密恩的血，在飞毯上只找到了一小点。据我推断，可能是安迪密恩试图将比留斯上尉救上飞毯，又可能是比留斯用什么方法突袭了安迪密恩，总之后来两人在飞毯上打了起来，于是真正的嫌犯——劳尔·安迪密恩——受伤从飞毯上坠下，然后警卫开了火。我相信，被钢矛击中而死的是比留斯上尉。

宗教法官：除了血样和组织，他是否有任何证据证明，劳尔·安迪密恩在逃跑途中，停留了足够长的时间来杀死比留斯上尉？

德索亚神父舰长：没有。

宗教法官：请继续。

德索亚神父舰长：我怀疑此事与驱逐者有联系的另一个原因是霍鹰飞毯。经法医研究，它非常古老——非常非常古老，兴许正是船员梅闰·阿斯比克和希莉在茂伊约星球上使用过的那张著名的飞毯。事情再一次扯上了海伯利安朝圣，扯上了塞利纳斯的《诗篇》所描述的故事。

宗教法官：请继续。

德索亚神父舰长：我的话已讲完。我的想法是，我们可以抵达希伯伦，但不会碰上驱逐者游群，他们经常抛弃在战斗中夺取的星系。但显然，这次我的直觉错了，还搭上了持枪兵芮提戈的生命。对此我感到深挚的歉疚。

宗教法官：那么，这次调查花费了如此昂贵的代价，为米兰德里亚诺带来巨大的伤痛与困窘，而他认为结果是成功的，因为有几处似乎和名为《诗篇》的诗作有关，而后者又与驱逐者有着一丁点关系？

德索亚神父舰长：基本上……对。

宗教法官：神父舰长是否意识到，那部名为《诗篇》的长诗，一百五十多年来，一直列属禁书目录？

德索亚神父舰长：明白。

宗教法官：他是否承认读过这本书？

德索亚神父舰长：承认。

宗教法官：他是否记得，耶稣会内部对于存心阅读禁书书目这一行为的惩罚？

德索亚神父舰长：记得。是被驱逐出耶稣会。

宗教法官：他是否记得，依教会和平正义教规的规定，基督教会对于蓄意阅读禁书目录所列书籍的行为，最严重的惩罚是怎样？

德索亚神父舰长：是逐出教会。

宗教法官：我宣布，神父舰长即回梵蒂冈基督圣心军宅邸的住处，等候进一步召见，随时向本裁决小组或其他相应机构提供证言，其间不得私自离开。我们行使此职，恳请、起誓、允诺、约束我们的基督徒弟兄；以圣教、天主教、罗马使徒教之能，我们行使此职，强制、规避你；以耶稣之名，宣告此令。

德索亚神父舰长：感谢众位，尊敬显赫的枢机大人，审理官大人。我将静候消息。

40

在天龙星七号这个冰冻星球上，我们与奇查图克人共度了三周。在这段时间里，我们休养生息，恢复元气，和他们一起在冰冻大气的冰冻隧道中流浪，学会了他们晦涩语言的少数几个词和短语，在被掩埋的城市里拜访了格劳科斯神父，猎捕北极幻灵，也被它们反猎，最后是溯河而下的可怕旅程。

我说得有点远了。特别是在这样的情况下，吸入氰化物的可能性正在随着我的每一次呼吸而增大，这使我更加想把故事快点讲完。但还是算了吧：在我吸入氰化物的刹那间（不是之前），故事便会戛然而止，所以，故事究竟在哪个地方结束，根本就无关紧要。那么，现在，我不如假装时间还很充裕，把所有事件悉数娓娓道来。

与奇查图克人的首次接触，差点以悲剧告终。当时我们熄灭了提灯，蹲在冰廊的黑影中，形势似乎对我们有利，我的等离子步枪已经充满电荷，随时准备射击，突然间，隧道的下一个转弯处出现了极为微弱的亮光，庞大的非人类形体从拐角处缓缓走来。我拨亮提灯，它那在严寒之下暗淡不少的光线照亮了一幅骇人的景象：三四只虎背熊腰的野兽——雪白的毛皮，跟我的手臂一样长的黑色利爪，更长的白色獠牙，泛着红光的双眼。这群畜生慢慢前行，四周缭绕着口中呼出的氤氲雾气。我扛起等离子步枪，点了点速射选项。

“别开枪！”伊妮娅大喊，抓住我的手臂，“他们是人！”

她的叫喊不仅阻止了我，也阻止了奇查图克人。本来，长长的骨矛已经从层叠的白色皮毛下探出，灯光照亮锋利的矛尖和苍白的手臂，手臂后扬，正欲掷出长矛，但伊妮娅的声音似乎将这戏剧般的场面定格，双方离动武只剩肌肉抽动这最后一步。

然后，我看见了挡在幻灵牙齿后的苍白脸庞——宽大扁平的脸，扁塌塌的鼻子，满脸的皱纹，苍白得像是得了白化病，但怎么看都是个人，黑色的双眸闪闪发亮，盯着我们。我调低灯光亮度，免得晃花他们的眼睛。

奇查图克人魁梧而强壮——完全适应了天龙星七号那折磨人的一点七倍重力——再加上身上裹了一层层的幻灵皮毛，使他们看起来更魁梧、更强壮了。我们很快明白，他们每个人都穿着那种畜生前半身的皮，连脑袋都有，幻灵黑色的钩状利爪也垂在他们的手下，幻灵的利牙遮没他们的脸，就像是用尖锐匕首构成的吊闸。我们还得知，幻灵的黑眼球——虽然没有复杂的光学和神经系统，但也能让这些怪物在几乎全黑的环境下视物——尚能当作简易的夜视镜。奇查图克人的生活用品，不论是穿的，还是随身携带的，都来自幻灵：骨矛，用幻灵的肠子和脚筋做的皮带，把幻灵的大肠打个结制成的水袋；睡袍、小床，甚至身上带的两件人工制品——一件是火盆，形状颇似主教法冠，是用幻灵骨头制成的，用皮带吊着，里面盛满了发光的余火，可以为他们照路；另一件更复杂，是骨碗和漏斗，用来放在火盆上把冰融成水。我们后来又得知，他们都把水袋掩在长袍下，以体温保温，不让里面的水结冰，这也使得他们那本已十分健硕的身体看起来更为魁梧和结实。

双方对峙的局面肯定持续了一分半钟，接着，伊妮娅向前走了一步，一个奇查图克人（我们后来得知他叫库奇阿特）也朝我们踏前一步。库奇阿特先开口说话，发出一连串刺耳的声音，听起来就像条条巨大的冰钟乳砸向坚硬的地表。

“对不起，”伊妮娅说，“我听不懂。”她回头看着我们。

我看看贝提克。“你听得懂这种方言吗？”这么多世纪以来，环网英语已经成了标准用语，如果听到别人说番言夷语，简直都会震惊。即便是在陨落之后三个世纪，据那些来到海伯利安的外世界人讲，大部分行星和地区的方言也都能听懂。

“不，我不懂。”贝提克说，“安迪密恩先生，我建议使用……通信志？”

我点点头，从背包里拿出手环。奇查图克人警惕地看着我，仍然在互相唧唧咕咕，双眼警觉，留神我会拿出什么武器。我把手环举到眼前，按动开关，他们握着长矛的手臂也随之放松。

“我已激活，等候您的问题或命令。”覆满冰的手环唧唧叫了起来。

“听着，”库奇阿特又开始说话的时候，我命令道，“告诉我，你能否翻译他们的话。”

身披幻灵毛皮的武士说了一小段叽里呱啦的话。

“如何？”我对通信志说。

“我不熟悉这种语言，或者说，方言。”飞船的声音如钟鸣般从通信志中传来，“我熟悉好几种旧地语言，包括环网前的英语、德语、法语、荷兰语、日语……”

“好吧。”我说。奇查图克人定睛凝视着咿咿呀的通信志，黑色的大眼睛从幻灵牙缝间凝望过来，却没有半点恐惧或迷信的意思——只有好奇。

“我建议，”通信志接着说道，“你们让我保持几周或者几个月的激活状态，让我充分了解这种语言，这样我就可以收集出一个数据库，从而编纂出简单的词典。另外还有个更好的方法——”

“还是多谢了。”我说着，关掉了它。

伊妮娅又向库奇阿特踏前一步，向他比画着，意思是我们又冷又困。她还打了其他手势，表示食物，又把一条毯子盖到我们身上，意思是睡觉。

库奇阿特咕哝了一声，和其他人交换了意见。现在，冰冻地道中共聚着七个奇查图克人，不久我们就会知道，他们外出打猎的小分队总是以质数组建，大些的队列也是如此。最终，和其他人逐一交谈后，库奇阿特对我们简短地说了几句，就转身开始往上升的通道走去，并示意我们跟上。

我们瑟瑟发抖，又在星球引力的重压下弯腰曲背，睁大眼睛，努力在他们晦暗的灰烬微光下看清道路，我们为了节约电源，已经关掉了提灯，同时，确定我的惯性罗盘还能用后，我们一路走，一路用它将走过的路做出少许数字标记。我们就这样跟着库奇阿特和他的伙伴，走向奇查图克人的营地。

他们是一个慷慨的民族。他们给了我们每人一件幻灵袍子穿，又给了许多用幻灵的后腿毛皮制成的长袍，用来垫着或盖着睡觉，让我们吃了些幻灵肉汤（用他们小小的火盆烧的），给我们喝水（来自他们用身体保温的水袋），更给予了我们信任。我们很快得知，奇查图克人从不起内讧，他们从没有过杀人的想法。从本质上说，奇查图克人，当地的土著居民，千年来一直在适应这个冰天雪地的世界，是陨落、病毒性瘟疫和幻灵三重夹击下唯一的幸存者。奇查图克人所需的一切都取自凶残的幻灵，并且——我们发现——幻灵也依赖奇查图克人生存，这些人类是它们唯一的食物来源。其他的所有生命形式——数量极少——都在陨落和环境改造失败后，倒在了生存的门槛之后。

与他们共度的头两天里，我们所做的一切就是睡觉、吃饭、尝试着和他们交流。奇查图克人并不定居于冰中某处：他们一般是睡上几个小时，然后叠好长袍，在迷宫般的隧道中慢慢迁移。将冰化成水——这是他们唯一用火的时候，因为灰烬不足以温暖他们，他们吃的肉也是生的——他们用三条幻灵肌腱做成的皮带将主教法冠状的火盆悬挂起来，这样就不会在冰上面融出圆点，暴露行踪。

他们的部落或是宗族——不管该怎么称呼——共有二十三人。一开始，我们看不出里面究竟有没有女人，因为这些奇查图克人似乎总是穿着长袍，只有在大小解的时候，才会找一条冰缝，稍微撩起一点，以免弄脏。直到我们第三次睡觉时，看见那个叫查奇亚的女人和库奇阿特睡在一起，才确信他们的部落里确实有女人。

接下来的两天里，我们和他们在冰廊那亘古不变的晦暗下行走、交谈，逐渐熟悉他们的面容和名字。库奇阿特是首领，虽然说起话来如雪崩般排山倒海，却是个温柔的男子，两片薄薄的嘴唇和一双黑色的眼睛总是带着微笑。奇阿库，他的副手，是部落里身高最高的，身着的幻灵长袍上带有一条血迹，后来我们才知道，那是荣誉的象征。艾查库特时常动怒，总是满脸怒容地看着我们，还不跟我们接近。我想，如果是艾查库特带领打猎小分队的话，那天遇上他们时，我们肯定都成了躺在冰里的死尸了。

我们猜测，库奇图算是个巫医，他的工作是在我们睡觉的冰凹或隧道处转个圈，低声吟诵咒语，他脱下幻灵皮手套，将赤裸的手掌贴到冰上。我猜他这么做是在驱赶恶灵，而伊妮娅狡黠地回敬我，说他做的可能恰恰跟我们一样——试图找到一条路，离开这座冰迷宫。

奇奇提库是队伍中的载火人，显然，背负这样的使命令他颇感骄傲。灰烬对我们是一个谜：在无人拨火或添柴的情况下，它们竟能持续发光发热好几天——甚至几周。直到我们拜谒了格劳科斯神父，这一疑团才得以解开。

部落中没有孩子，对于慢慢熟悉的几个奇查图克人，我们也很难看出年龄。库奇阿特的岁数显然比大多数人都大——他那张脸犹如一张皱纹织成的网，以宽扁的鼻子为中心，呈放射状分布。我们和他们讨论过年龄的事，可从未有过结果。他们看出伊妮娅是个孩子——或者至少是个年轻人，也把她当作小孩看待。我们分辨出其中有三个女人，发现她们也和男人担任一样的狩猎和守卫工作，并轮换着行使职责。虽然他们把睡觉时站岗的光荣任务也分给了我和贝提克——他们每次会留下三个人不睡，拿着武器站岗——但从不让伊妮娅执行此项任务。他们显然很喜欢她，也喜欢和她交谈，他们交流时词语简单、连比带画，自旧石器时代以来，这一方式就帮助不同种族跨越了交流的鸿沟。

第三天，伊妮娅成功说服他们，叫他们陪我们回到河边。一开始他们完全不能理解，但她打着手势，另外用上刚学会的几个词，很快表达出了意思——河流，漂浮的木筏，冻在冰中的远距传输器拱门（听到这里，他们都大呼起来），然后是冰墙，走上冰隧道，之后遇见了我们的朋友奇查图克人。

伊妮娅刚提议我们一起回到河边，部落的人就很快收好了睡袍，把它们塞进幻灵皮包中，片刻之后，就和我们上路了。这是唯一的一次由我引路，惯性罗盘那发光的针盘拆解开许多缠绕错节的弯道、上升道、下降道，沿我们在三天前漫游中走过的道路返回。

话说，要是没有计时器，我们就会在天龙星七号的冰道里失去时间概念。骨质火盆发出一成不变的黯淡光线，冰墙闪烁的光芒，我们前头及身后的黑暗，刺透骨髓的寒冷，短暂的睡眠时间，身上背负着的巨大重力，在冰廊中无休止的行走——所有这一切结合起来，摧毁了我们对时间的感知。但计时器显示，我们爬下最后那一段狭窄冰廊，回到河边时，距我们抛下木筏已有三天，时近傍晚。

真是幅悲惨的景象：前桅四分五裂，圆木分崩离析，筏尾几乎已经没进了一大块冰中，我们留下的提灯覆上了一层白霜，没了帐篷和装备，整个筏子看起来空空荡荡，惨淡凄凉。奇查图克人却着实入了迷，显示出自我们见面以来从未有过的活力。库奇阿特和其他几个人抛出幻灵皮编成的绳索，下到木筏上，仔细地查看了所有东西——我们丢下的炉石、提灯上的金属、绑木头的尼龙线。他们的确很激动，我意识到，在这样一个社会里，建筑、武器、衣物等等的原料都只有一个来源，一种动物——一种灵巧的掠食者。在他们眼里，这木筏就是一堆不属于任何人的珍贵财宝。

他们本可以杀死我们，或者丢下我们，抢走这些财宝，可奇查图克人是慷慨的种族，他们认为所有人类都属于一个大家庭，就如所有的幻灵都是敌人和猎物，就连贪婪也不会改变他们这个看法。当时我们还没见过幻灵——当然，除了我们披在夏装外的皮毛，那些长袍温暖得令人难以置信，足以和保暖毯的隔热效率媲美，我们都已经把先前裹在身上的一层又一层外衣收起来了。如果说，我们当时对幻灵的力量和欲望还很无知，很快，我们就不会那么无知了。

伊妮娅又向他们讲了一遍我们的想法：沿河漂流而下，穿过拱门。她用手势表现出一堵冰墙——又指了指它——然后打手势告诉他们，我们准备继续沿河而下，到第二座拱门去。

这让库奇阿特和他的伙伴更加激动，兴奋得甚至忘了使用手语，直接跟我们交谈，那刺耳的词句向我们袭来，犹如一大堆砂砾倾泻在我们的耳朵中。发现我们听不懂，他们转身兴奋地互相言语。最后，库奇阿特上前一步，对我们三人说了一句简短的句子。我们重复听到“格劳科斯”这个词——先前我们就听到过，这个词同他们的语言格格不入，显得很突兀——然后库奇阿特朝上面指了指，反复打着手势，示意一起走上地表，我们迫不及待地同意了。

于是，众人牢牢裹着幻灵皮袍，在压垮人的重力下，弓身驼背，身负沉重的背包，脚在石头一样坚硬的冰面一步一滑，朝掩埋在冰下的城市出发，去拜谒神父。

41

德索亚神父舰长被软禁在基督军神父宅邸，但最终，释放他的命令还是抵达了。他先前以为，裁决应该是由宗教裁判所神圣法庭做出，而事实上，传唤来自于卢卡斯·奥蒂蒙席，即梵蒂冈国务秘书（西蒙·奥古斯蒂诺·卢杜萨美枢机大人）手下的副部长。

走进梵蒂冈城，穿过梵蒂冈花园，这番经历深深震撼着德索亚的心灵。他眼见耳闻的一切——淡蓝色的佩森天空，梨树园中四处飞驰的雀鸟，晚祷钟轻柔的长鸣，令他内心涌起细腻的情感，让他泪眼婆娑。奥蒂蒙席与他边走边聊，讲些罗马教廷的飞短流长和温和的插科打诨，两人走过花园，两旁次第开放着似锦繁花，蜜蜂在其间辛勤忙碌，那段路远去很久之后，德索亚的耳朵里还一直嗡嗡轰响着奥蒂蒙席的话语。

德索亚盯着眼前这位高大的老者，他以轻快的步伐为他领路。奥蒂非常高，那长长的法衣下，双腿悄无声息地迈动，看起来就像是在向前滑行。蒙席脸庞纤瘦，看上去很狡诈，多年来的笑容铸就了脸上的条条皱纹，鹰钩长鼻似乎总是在梵蒂冈的空气中嗅探诙谐和流言。德索亚听说过关于奥蒂蒙席和卢杜萨美枢机的玩笑，他们一个高大风趣，一个臃肿狡诈——要不是他们拥有令人芒刺在背的权力，别人看见他们在一起的样子，肯定会笑出声来。

两人出了花园，走进一架外部电梯，电梯升向梵蒂冈圣殿的走廊，对此，德索亚立马吃了一惊，但很快恢复了平静。他们乘上围有金属丝网的电梯箱，进出之时，守卫的瑞士卫兵都会迅速立正，他们古老的制服绘有红色、蓝色和橙色的条纹，光辉灿烂。这里的士兵都携带长枪，但德索亚记起来，那些东西都带有脉冲步枪的功用。

“你应该记得，陛下在第一次重生的时候，决定重新入住这一层，因为他欣赏那位同名教皇，尤利乌斯二世[①]。”奥蒂蒙席说着，手轻快地一挥，扫过长长的走廊。

“对。”德索亚说着，内心正狂野似的跳动。教皇尤利乌斯二世——这位著名的尚武教皇，是首位在此屋檐下入住的教皇。他于公元一五〇三年至一五一三年在位，在此期间，下令绘作西斯廷教堂的天顶画。现任尤利乌斯教皇——以尤利乌斯六世之衔登基，历经多次重生，现已是尤利乌斯十四世——在此生活及统治的时间，几乎是那第一位尚武教皇任期的二十七倍。他肯定不是来见教皇陛下本人的！他们开始走过雄伟的走廊，德索亚表面佯作镇定，但掌心却沁出了汗，呼吸也非常急促。

“当然，我们是去见国务秘书。”奥蒂微笑着说道，“但如果你先前没见过教皇公寓的话，这段路途将会是一次令人心旷神怡的经历。这一整天里，教皇陛下都在奈尔维大楼的小厅，接见参加星

---

① 尤利乌斯二世（1443-1513），1503年至1513年任教皇，时处文艺复兴时期，是他授命米开朗琪罗绘作西斯廷教堂的天顶画。1511年，教皇尤利乌斯二世为免意大利落入法国之手，曾联合各城市及西班牙拼凑成反对法国的“神圣联盟”，但被法国击败。

际宗教会议的主教们。”

德索亚点点头，看样子在侧耳倾听，但实际上，整个途中，他始终透过教皇公寓各房间一扇扇敞开的门朝里面窥去，注意力集中在拉斐尔诸室[①]。他记得历史大致是这样的：教皇尤利乌斯二世厌倦了一些二流天才的“过时”壁画，诸如皮耶罗·德拉·弗朗西斯卡以及安德利阿·德尔·卡斯塔亚的作品，于是在一五〇八年的秋季，从乌比诺请来了二十六岁的天才，拉斐罗·桑乔，也就是人称拉斐尔的大师。透过一扇房门，德索亚看见了署名室[②]，那里有一幅极为震撼人心的壁画，描绘了在哲学和科学真理的兴盛下宗教真理的繁荣。

“啊，”奥蒂蒙席说着，脚下停了停，让德索亚好生细看一番，“你喜欢这幅画，对吧？能看见柏拉图吗？他就在那群哲学家中间。”

“看见了。”德索亚说。

“你知道这些人实际上是依照谁画的吗？是以谁为模特的？”

“恕属下无知。”德索亚说。

“列昂纳多·达·芬奇，”蒙席说着，脸上挂着一丝隐笑，“还有赫拉克利特[③]——看到他了吗？你知道拉斐尔是以谁为蓝本摹画的吗？”

---

① 即拉斐尔展览室，位于梵蒂冈宫殿的右端，波吉亚寓所之上，在第二层，一共有4个展室，每一个展室有自己不同的主题：火灾之屋、署名室、埃里奥多拉之屋、君士坦丁大帝之屋。

② 署名室（Stanza della Segnatura）以天花板壁画《雅典学院》（The School of Athens）驰誉于世，是拉斐尔在25岁左右的作品，该室四幅主画为：《圣体的争论》《雅典学院》《三大德性》《帕纳索斯山》。后文中提到的那幅壁画即是《雅典学院》。

③ 古希腊哲学家，出生于小亚细亚的爱非斯城，是爱非斯学派的创始人。他认为万物的始基是“火”，世界是包括一切的整体，是永恒的活火，是运动变化的。他指出宇宙中存在着矛盾、对立和转化，斗争是万物之王。他具有丰富的自发辩证法思想，被列宁称为“辩证法的奠基人之一”。著有《论自然》，最著名的论断是“人不能两次走进同一条河流”。

德索亚只能摇摇头。他想起了故星上那个小小的马利亚教堂，是土砖砌成的，总有沙子从门缝下刮进，在简陋的圣母像脚下汇聚成堆。

“赫拉克利特其实是米开朗琪罗。”奥蒂蒙席说道，“而那边的欧几里得……看见了吧……是布拉芒特①。进来，走近看看。”

德索亚几乎不忍心踏上锦绣缎叠的华美地毯。整间屋里的壁画、雕像、镀金画框、高高的窗户，似乎都在他周围旋绕。

“看这儿，看见布拉芒特衣领上的这些字母了吗？过来，靠近些，能看清楚吗，我的孩子？”

“R-U-S-M。”德索亚念道。

“对，对。”卢卡斯·奥蒂蒙席咯咯笑起来。“*Raphael Urbinus Sua Manu*。过来，过来，我的孩子……为我这上了年纪的人翻译翻译。我相信，你这周可是好好复习了一番拉丁文吧。”

“乌比诺的拉斐尔，”德索亚为高个男子翻译道，声音更像是在自言自语，“亲笔。”

“对。随我来，乘教皇电梯到楼下去。我们可不能让国务秘书大人久等。”

波吉亚寓所占据了宫殿这一侧楼底层的大部分空间。他们穿过小小的尼古拉斯五世礼拜堂，德索亚神父舰长觉得，他从没见过任何人类的建筑比这间小屋更为华丽细致。此处的壁画都是弗拉·安基利科②于公元一四四七年至一四四九年间所作，画风清新简朴，正

---

① 布拉芒特（Donato Bramante，1444–1514）是意大利文艺复兴时期著名的建筑家，与同时期的列昂纳多·达·芬奇各领风骚，曾参与设计圣彼得大教堂。

② 意大利佛罗伦萨画派画家。原名圭多·迪彼得罗（Guido di Pietro），安基利科（意为天使）是后人给他的美称。现存最早作品是1429年完成的祭坛画《圣彼得殉教》，他的代表作还有《受胎告知》《从十字架上放下基督遗体》和他在圣马可修道院各僧房、楼梯过道等处的45幅壁画。

可谓是纯净的化身。

走过礼拜堂，波吉亚寓所的各个房间变得越来越黑暗狰狞，似乎印证着在当年的几位波吉亚教皇统治下日趋黑暗的教会历史。但是到了第四个房间——亚历山大教皇的书房，献给自然及人文科学——德索亚开始欣赏到鲜明色彩带来的视觉冲击，奢华的金叶铺施，华丽的灰泥粉饰。第五个房间通过一系列壁画和雕像，表现了诸位圣哲的略传，但风格略显呆板，不甚写实，令德索亚联想到曾目睹过的旧地古埃及绘画。第六个房间，教皇的餐厅，依蒙席所言，展现了信仰的秘密仪式，那一连串绚烂的颜色和令人眼花缭乱的塑像，着实让德索亚屏住了呼吸。

奥蒂蒙席驻足在一幅描绘重生的巨大壁画前，两根手指指向一个配角人物，经历了多个世纪，油画业已褪色，而那个人物热切的虔诚却丝毫未曾消减。“教皇亚历山大六世，”奥蒂轻声说，“波吉亚家族历任第二位教皇。”壁画上人头攒动，他几乎是有些漫不经心地伸手朝立在人群附近的两人轻轻一拂。那两人脸上的明光和表情，表明了圣哲非他们莫属。“恺撒·波吉亚，”奥蒂说道，“亚历山大教皇的私生子。他旁边那人是他的哥哥……后来被他杀害。教皇的女儿，卢克蕾西娅，第五间房间里有她的画像……可能你没注意到……就是纯洁的亚历山大圣凯瑟琳。”

德索亚听得目瞪口呆。他抬头看看天花板，看见这几间房里出现的同一个标志——公牛和皇冠组成的图案，色彩鲜明，曾是波吉亚家族的徽章。

“这些壁画都是平托瑞丘[①]所作。”奥蒂蒙席说着，又开始迈步

① 平托瑞丘是文艺复兴晚期绘画风格的代表，技法独特细腻，造型强调流畅曼妙的线条，有拉斐尔秀美笔法的遗风，设色和动态克制温文，但柔媚有余，力度不足，构图上面也显得散乱漫不经心，缺乏戏剧性和高潮。

向前，“他的真名是波纳迪诺·迪·贝托，此人是个彻头彻尾的疯子，兴许是黑暗的仆从。”蒙席停下来，回头朝房间望了一眼，与此同时，身边的瑞士卫兵迅速立正。“不过总的来说，他确实是个天才。”他轻声说，“快来。时间到了。”

卢杜萨美枢机在第六间房间，房间名谓*Sala dei Pontifici*——意即“教皇之屋”，他在一张狭长的矮桌后等待。通报德索亚来访并获允晋见的当儿，那庞大的男人没有起身，仍旧坐在椅子上，只是朝外挪了挪。德索亚单膝跪地，吻了吻枢机的戒指。卢杜萨美拍拍神父舰长的头，挥挥手，示意免去接下来的礼节。“坐，我的孩子。请随意。我向你保证，比起他们为我特设的这张直背宝座来说，那张小椅子可要舒适得多。”

德索亚几乎忘了枢机的嗓音是多么的响亮：洪亮的低音从那庞大的躯体中发出，轰隆咆哮，犹似从地底涌来。卢杜萨美身材臃肿，身上覆着红色丝绸、白色亚麻、深红色天鹅绒，整个人活似一座地质山丘，一层层下巴上顶着巨大的头颅，上面长着小嘴、精明的小眼睛、几乎秃顶的脑瓜，还戴了顶深红的无檐便帽。

“费德里克，”枢机声音低沉地说道，“你经历了这么多次的死亡与考验，却没有受到伤害，这令我很高兴，很愉快。你看起来很健康，我的孩子。虽然很累，但很健康。”

“谢大人挂念。”德索亚答道。奥蒂蒙席坐到神父舰长左边的一把椅子上，离枢机的桌子稍远。

“听说，你昨天接受了神圣法庭的审判。”卢杜萨美枢机轰隆隆地吼道，灼人的目光似乎要刺穿德索亚的身体。

“是的，大人。”

“我希望，他们没有用拇指夹吧？也没有用铁娘子[1]或者烙铁吧？有没有让你上刑架呢？”枢机的笑声似乎在他庞大的胸腔间回荡。

“没有，阁下。”德索亚挤出一丝微笑。

“那就好，那就好，”枢机说道。十米上方一个装置投来光芒，在他的戒指上闪亮。他凑近了些，微微一笑。“当年陛下命令神圣法庭取回旧名——宗教裁判所，少数无信仰的人以为，教会曾经的疯狂与恐怖又将卷土重来。但他们现在懂了，费德里克，神圣法庭唯一的权力，就是为教会提供建议，其唯一有权执行的惩罚，是建议逐出教会。”

德索亚舔舔嘴唇。“那可是个可怕的惩罚啊，大人。”

“对。”卢杜萨美枢机赞同道，声音里善意的嘲弄已然消失，“可怕，但你无须担心，我的孩子，这事已经画上句号，你已被判无罪，清白的名声丝毫不受影响。审判官将会向陛下递交一份报告，为你洗刷所有的冤名，除了……可以这么说……某个偏远地区的主教，他在教廷里有很多朋友要求参与预审旁听，你是不是太不顾及这位主教的感受了呢？”

德索亚一口气还没呼出。“米兰德里亚诺主教是个窃贼，大人。”

卢杜萨美炯炯有神的目光射向奥蒂蒙席，继而回到神父舰长的脸上。“对，对，费德里克。我们知道，我们早就知道了。你放心，那颗偏远海洋星球上的这位好主教，会来拜见神圣法庭的枢机大人的，总会有那么一天的。也许我还可以向你保证，对于他的案

[1] 欧洲中世纪时的刑具，外表像个人形棺材，内侧各个地方都装有可活动铁钉，靠改变钉刺的不同部位进行拷问，尤其是会引起剧烈疼痛的地方和靠近致命处的铁钉是可活动的。

子，处理建议不会像对你这么从宽。”枢机坐回高背椅，古旧的木头发出吱嘎吱嘎的声音。“但现在，我们必须讨论点别的事，我的孩子。准备好继续使命了吗？”

“准备好了，大人。”德索亚很惊奇，这答案竟然脱口而出，而且充满了诚挚。在那之前，他一直都希望，这一部分生命与使命还是结束为好。

卢杜萨美枢机的表情变得愈加严肃，肥胖的下颌似乎也变得结实些了。“很好。啊，我听说，你手下一名士兵在去希伯伦的途中牺牲了。”

“重生时发生了意外，大人。”德索亚说。

卢杜萨美摇着头。“太可怕了。太可怕了。”

“持枪兵芮提戈，”德索亚神父舰长补充道，他觉得必须说出烈士的名字，“他是个优秀的战士。”

枢机的小眼睛中似乎有泪光闪动。他直勾勾地望向德索亚，说道：“我们会派专人照顾他的父母和妹妹。持枪兵芮提戈有个哥哥，在布雷西亚，已晋升到神父指挥官的军衔。你知道吗，我的孩子？”

“不知道，大人。”德索亚说。

卢杜萨美点点头。“真是个巨大的损失。”枢机叹息着，肥胖的手摆在空荡荡的桌面上。德索亚看见他手背满是凹痕，他盯着那只手，感觉那就像是什么海生软体生物。

“费德里克，”卢杜萨美低沉地说道，“由于持枪兵芮提戈已为国捐躯，我们建议派人填补飞船上他空出的职位。但首先，我们得讨论一下这次使命的缘由。你知道我们**为什么**必须找到并羁押那个小女孩吗？”

德索亚坐直身子。“大人解释过，那名女孩是一个赛伯异种的孩子。”他说，“她会对教会造成威胁，还可能是人工智能技术内核的间谍。”

卢杜萨美点着头。“全都没错，费德里克。全都没错。但我们并没有明确告诉你，她究竟为什么会是威胁……不只对教会，对圣神，甚至对全人类来说，都是威胁。如果我们要派你回去继续这次任务，我的孩子，你有权知晓理由。”

外边，突然传来两声迥然不同的声音，隔着窗户和宫墙听不太真切，但依然隐约可辨。同一时刻，从雅尼库伦山沿河至特拉特福勒，传来了正午的炮礼声，另一面，圣彼得大钟开始敲响钟声，表示正午的到来。

卢杜萨美顿了顿，从深红色长袍的衣袋中拿出一块古表，点点头，似乎感到心满意足，然后给它上了发条，放回原处。

德索亚恭候着。

42

我们花了一天多的时间走过冰廊，来到格劳科斯神父所在的地下城市，途中睡了三次短觉，而旅途本身——冰层中的通道又黑又冷又狭窄——要不是因为一名伙伴被幻灵掳走，我可不见得会将它铭记在心。

如一切的暴行一样，它来得太快，根本察觉不到。前一秒，我们正以一列纵队徒步跋涉向前，我、伊妮娅和机器人走在队伍的后面，突然间，冰“砰”的一声炸裂，一阵骚动——我呆住了，以为是踩上了地雷，发生了爆炸。紧接着，伊妮娅前边，与她相隔两人的那个穿长袍的身影悄无声息地消失了。

身边的奇查图克人开始狂怒而无助地哀号，紧挨着的那些猎手奋不顾身跳进新出现的通道，而一秒钟以前，那里还是一块平地。我还呆立在原地，套在袜子里的双手握着等离子步枪，可事实上那根本就是白费力气，安全栓还没拔下来呢。

我举枪赶到伊妮娅身旁，她正举着提灯，照进近乎垂直的坑道。两个奇查图克人已经迅速跳进井道，通过靴底和短骨刀减缓下降速度，只见冰碴在他们头上飞舞。我正准备挤进去时，库奇阿特抓住我的肩膀。“科切！”他说道，“库切塔奇！”

我们已经在一起度过了四天，我知道他在叫我不要去。于是我听从了他的话，不过还是拿出手电激光器，为那些大声叫喊的猎手照亮前进之路，他们已经到了二十米之下，冰道蜿蜒着变为水平，我现在看不到他们了。看到眼前一片鲜红，一开始我以为是激光束的颜色，但接着我发现，坑道内壁其实是覆了一层——几乎涂满了——鲜血。

甚至在猎手们空手而归之后，奇查图克人依旧在不断哀号。我明白，他们没有看到幻灵，也没有找到被它掳去的猎物，只找到了血、长袍碎片，以及她的右手小指。库奇图，也就是我们先前觉得是巫医的那个，跪在地上，吻了吻被咬断的手指，然后取出一把骨刀，划过小臂，让自己的鲜血滴上血淋淋的手指，接着，他小心翼翼地将手指收进皮袋，那动作几乎是带着虔诚。哀号随即停止。奇阿库，高大的那个，也是跳下坑道的猎手之一，现在长袍上的血迹已增加到两条——他转身对着我们，动情地说了好一番话，而其他人则背好背包，收起长矛，重新开始艰苦跋涉。

我们继续沿冰廊朝上爬，但我总忍不住回头去看那些幻灵捅出的参差不齐的坑洞，看着它们融入如影随形的黑暗中。我先前以为那些动物生活在地表，只在捕猎时才会下来，所以丝毫不感到害怕。但现在，就连这些地面下的冰层也变得极为凶险，冰墙与冰顶的晶面和褶皱，都可能是下一只幻灵的埋伏之处。我发现自己正尽量轻手轻脚地前进，似乎那样我就不至于掉入地下，直面杀手。可这是在天龙星七号上，那根本就不是件容易的活计。

“伊妮娅女士，”贝提克裹在长袍里说道，“我听不懂奇阿库先生在说什么。是有关人数的事吗？”

伊妮娅的脸几乎完全隐没在幻灵长袍的牙齿背后。我已经得知，所有的长袍都是从幻灵幼兽——未成年的幻灵——身上扒下来的，但光是看到从冰墙中跃出的雪白膀子比我的腰还要粗，黑色的爪子跟我的小臂一样长，我已能想象那生物有多么庞大。等离子步枪的安全栓还没取下，我在天龙星七号那如坠千钧的重力下，试图轻手轻脚地走路，时不时地，我会想到，只有无知者才能无畏。

“……所以，我想他是在说，这伙人的人数不再是质数了。”伊妮娅正对贝提克说道，“在那女子……被带走之前……我们总共是二十六人，所以才会发生惨剧，现在他们必须马上采取行动，不然的话……我不清楚……可能会有更倒霉的事发生。”

据我所知，他们解开这个质数凶咎的办法，是派奇阿库作为侦察兵在前面探路。或者，他是自愿离开这队伙伴，直到他们把我们安全护送到冰冻的城市。二十五，这是个奇数，还可以暂时忍受，但我们离开后，他们的人数将会变成二十二，这个数字仍然无法接受。

不过，一到城市，我就没再去理会奇查图克人有关质数的迷信问题。

一开始，我们看见了灯光。仅仅几天，我们的眼睛就已经习惯于“库奇基图克”——也就是外形如主教法冠的骨质火盆——那灰烬发出的微光，连我们提灯的光芒似乎也显得太过刺眼，而冰冻城市发出的灯光则已令人痛苦不迭。

曾几何时，这栋建筑是由钢铁或塑钢加智能玻璃构成的，也许高达七十层，窗外的景色，一定是经过环境改造后变得舒适怡人的绿色溪谷。或许，面对的正是北面的河流，望着它流向半公里之外。而现在，这条冰道通进了玻璃中的一个洞口，所在位置大概在五十八层左右，大气冰川的巨舌已经舔弯了这栋建筑的铁架，侵蚀了每一个楼层。

但这座摩天大楼依旧矗立着，也许是因为其上层已经穿透了大气冰川，到了接近真空之地。而且，它依旧闪着光芒。

奇查图克人在入口处停下脚步，遮住双眼，以免被强光灼伤。接着，他们又大声呼唤起来，声调与先前那个女子被幻灵掳走时在冰廊中的哀泣不同，这是一种召唤。我们站在那儿等待，我盯着这个无遮无盖的钢铁玻璃框架，看着一层又一层的楼面上，张挂着一盏又一盏耀眼的提灯，以至于我们朝脚下望去的时候，视线可以穿透清澈的冰层，看见建筑笔直往下通去，各扇窗户闪着明亮的灯火。

格劳科斯神父穿过这座半是冰窟半是办公间的地方，朝我们缓缓走来。他穿着长长的黑色法衣，戴着十字架，我一下子联想到浪漫港附近修道院里的耶稣会士。显然，这个老人双目失明了——眼睛因白内障而成了乳白色，什么也看不见，就跟两颗石头差不多。但格劳科斯神父最先震慑到我的地方，并不是这一点：他很老，很苍老，须发尽白，留着长长的胡须，如一个年高德劭的长者。库奇阿特叫他的时候，他的面部一下子有了活力，像是忽然从入定状态中醒来。雪白的眉毛拱起，宽阔的前额皱出深沉的痕纹，裂纹横生的嘴唇咧开微笑。这听起来可能有些诡异，不过，格劳科斯神父身上，并没有任何一点令人觉得怪诞——不论是盲眼，还是白得煞眼的胡须，不论是那由于年老而皱褶叠生、杂点斑驳的皮肤，还是干瘪的嘴唇。他是那么……正常和健康……就算和别人比，也比不出个所以然来。

关于遇见这位“格劳科斯”的场景，我曾预先有过好些设想——害怕他和正在追捕我们的圣神有联系。而现在，看到他是名神父，我本该马上抓紧女孩和贝提克，随奇查图克人一同离开，但我们三个都没有这一冲动。这位老人不是圣神的人……他仅仅是格劳科斯神父。初次见面几分钟后，我们就知晓了这一点。

但一开始，在我们谁都没有说话的时候，盲眼的神父就似乎已经感觉到了我们的存在。他用奇查图克语对着库奇阿特和奇奇提库说过话之后，突然转身面对着我们，高高举起一只手，仿佛他的手掌能够感受到我们（我、伊妮娅、贝提克）的热量。然后，他越过狭小的空间，来到我们旁边，来到冰窟与房间互相侵蚀的边界。

格劳科斯神父笔直走向我，那只骨瘦如柴的手搭在我的肩上，然后以环网英语大声清晰地说道："汝即该人！"

我过了好一阵——好些年——才正确理解了他说的这句话。而当时，我只是以为那名老神父又疯又瞎。

大家商定，我们三人先在冰川下的这幢大厦中，与格劳科斯神父共度几日，而奇查图克人则回去完成重要的族内急事——我和伊妮娅猜测，解决质数问题是他们亟待解决的燃眉之急。事毕之后，他们会回来接我们。我和伊妮娅用手势告诉他们，我们想拆掉木筏，携带它沿河而下，抵达下一个远距传送门。奇查图克人似乎明白了——至少在我们用手势描绘出第二座拱门，示意木筏从中穿过的情景时，他们点点头，说出他们表示同意的词——"喳"。如果我对他们的手势和语言理解没错的话，那么，去第二座远距传输器必须从地面上行走，得花上好几天，还会经过一个有很多北极幻灵活动的区域。不过我肯定有一点是听懂了，他们说，这些留待之后再议，他们先得完成那当务之急，等到"寻找到无法分解的平衡"——我们猜，那也许是说他们要再去拉个人入伙——或是让其中三个离开。后一种想法让大家都沉默了片刻。

总而言之，在库奇阿特一伙回来前，我们得和格劳科斯神父待一段时间。盲眼的神父兴高采烈地与猎手们交谈了几分钟，然后站在冰窟的入口前，显然是在倾听，直到他们那骨火盆的亮光消失得很远很远。

而后，格劳科斯神父向我们再次致意，手拂过我们的脸、肩膀、手臂、手。我得承认，自己从没经历过这种方式的介绍。老人瘦骨嶙峋的双手捧起伊妮娅的脸，说道，“人类小孩。我从没想过，还能再次见到人类的孩子。”

我没有明白。“那奇查图克人呢？”我问，“他们也是人啊，肯定也有孩子吧。”

在我们互相“自我介绍”前，格劳科斯神父已经领我们进了摩天大楼，走上一段楼梯，进了一间较暖和的屋子。这里显然是他的起居所——众多提灯和火盆闪着明亮的光，用的是和奇查图克人同样的发光小球，不过这里要多好几百个，四周立着充裕的家具，有一台古老的唱片播放机，内墙摆放了一排排书籍——对于一间盲人的屋子来说，我觉得这显得有些荒唐了。

“奇查图克人有小孩，”年老的神父说，“但不允许他们随众同行，到这般遥远的北地。”

“为什么？”我问。

“幻灵。”格劳科斯神父说，“在环境改造线以北，有很多幻灵。”

“我还以为奇查图克人必须依靠幻灵才能生存呢。”我说。

老人点点头，捋捋胡须。他长着一大把银白的胡须，长得都遮住了罗马衣领。法衣很小心地补缀过，但那层层补丁又再次被磨损穿破。“我的奇查图克朋友必须依靠幻灵幼兽，取得生活所需的一切，”他说，“而成年兽的新陈代谢，使得它们的皮毛和骨头对部落的人没有一点利用价值……”

我不明白为什么，可也没有打断他，而是让他继续说下去。

“……另一方面，幻灵的最爱，也是奇查图克人的孩子。”他说，“所以，看到我们的小朋友在这么遥远的北部出现，奇查图克人会感到迷惑不解。”

“那他们的孩子都在哪儿呢？”伊妮娅问。

“几百公里外的南方。”神父说，“他们专门有一队族民在养育孩子。那儿是……热带地区，冰只有三四十米厚，空气还算适合呼吸。”

“为什么幻灵不去那儿捕猎孩童？”我问。

“对幻灵来说，那地方可是恐怖之地……太暖和了。”

“那为什么奇查图克人不谨慎行事，搬到南方……”我开口道，但立马打住了，一定是沉重的重力和寒冷把我变迟钝了。

像是从我的沉默里听明白了我的问题，格劳科斯神父说道：“正是如此，奇查图克人必须依赖幻灵才能生存。狩猎部落——比如我们的朋友库奇阿特所在的那群——冒着生死危险，为孩子养育队提供肉、皮和工具。而孩子养育队则冒着饿死的危险，等着食物送达。奇查图克人没多少孩子，仅有的几个对他们来说弥足珍贵。或者，就像他们说的一样——‘吾侪图克爱其特查库特库奇特’。”

“比温暖更……我猜那个词语的意思是……神圣。”伊妮娅翻译道。

“完全正确。”老神父说，“我真是老糊涂了，有些礼数不周，我该带你们去看看住处——我另外还有几间房，里面有家具，也生了火，虽然你们是……啊，我相信，五十标准年以来……除了奇查图克人之外，我的第一批客人。你们先住下，我去热晚饭。”

43

卢杜萨美枢机开始向德索亚解释此次任务的真正缘由，讲到一半，他靠回宝座，朝遥远的殿顶挥舞着胖乎乎的手臂。“你觉得这间屋宇怎么样，费德里克？”

德索亚神父舰长竖着耳朵正准备聆听重大信息的到来，听到这话，他抬头干眨了几下眼。这间宏伟大厅的装饰，和其他波吉亚诸室一样华丽炫目（他突然觉得，这里甚至更为华丽，因为这间屋子运用的色彩更鲜明，更艳丽），但他马上找到了区别：这里的织锦和壁画都是现代作品，其中一张描绘了教皇尤利乌斯六世从上帝派来的天使手中接过十字形，另有一张刻画了上帝探手而下——仿拟米开朗基罗的西斯廷教堂天顶画——为尤利乌斯施行重生圣礼。他还看见了邪恶的伪教皇，忒亚一世，被一个手持火焰剑的大天使驱逐[①]。其他

① 《圣经·创世纪》中说道：“又在伊甸园的东边安设基路伯和四面转动发火焰的剑，要把守生命树的道路。”画家德拉克罗瓦曾以此画过一幅画，表现了一天使拿着火焰之剑将亚当和夏娃驱逐出伊甸园。

天顶画和墙上的织锦，都颂扬着教会重生和圣神扩张这首个伟大世纪的荣耀。

“这儿原先的屋顶在公元一五〇〇年垮塌。”卢杜萨美枢机以低沉的声音说着，“亚历山大教皇险些因此薨逝，但原先的大部分装饰都毁坏了。尤利乌斯二世辞世后，利奥十世[①]开展了重建，但成果远逊于先。现在这幅崭新的作品，是一百三十标准年前陛下授权委任的。注意中央那幅壁画——这是复兴之矢的哈拉曼·甄纳所作。那儿的圣神升天织锦出自白久之手。而建筑的修复工作，则是由佩森本地的工匠精英完成，包括彼得·巴恩斯·科特-比尔哥鲁斯。”

德索亚礼貌地点点头，完全不知道这与他们当下的话题有什么关系。也许枢机大人和很多权高势大的男女一样，已经习惯于想到哪说到哪，随意跑题，因为他的部下永远不会就此提出抗议。

似乎是读出了神父舰长的心思，卢杜萨美咯咯笑了起来，软绵绵的手摆在桌子的皮革表面上。“我说这些是有理由的，费德里克。你是否同意，教会和圣神为人类带来了史无前例的和平与繁荣？”

德索亚犹豫了片刻。他读过历史，然而依旧不敢肯定这一时代是不是史无前例的。至于“和平”……记忆中那些燃烧的环轨森林与遭受劫掠的星球，现在依然出没在他的梦境中。“对于我曾去过的那些前环网星球，的确在教会和圣神同盟的管治下，境况大为改观，大人。”他说，“并且，无人能否认史无前例的重生之礼。”

---

① 利奥十世：1513年继位，他聘请拉斐尔为他歌功颂德，绘制壁画，这使拉斐尔穷于应付，不得不招收大量徒弟作为帮手。有些大构图壁画就是由他起草让学生们绘制的，然后再由拉斐尔做些修改与润饰，但教皇的肖像仍由拉斐尔亲手绘制，是他去世前3年完成的杰作。

卢杜萨美乐了，喉咙里发出低沉的声音："圣人们为我们解救了一位……外交家！"枢机揉揉薄薄的上唇，"对，对，费德里克，你说得完全正确。每一个年代都有不足，我们也不例外，一直以来，我们都在与驱逐者奋战，而更为紧要的战斗，是要让救世的主进驻所有人的心灵。但是，正如你所看到的——"他又指向壁画和织锦，"我们正处于复兴的中途，名副其实地，每分每秒都浸染着早期文艺复兴的精神，在你来的路上，你也看到了尼古拉斯五世礼拜堂和其他奇迹之作。当前的复兴完全是精神上的，费德里克……"

德索亚等着他继续。

"这个……异种……将会毁灭这一切。"卢杜萨美说着，现在他的嗓音严肃得无以复加，"一年前我就对你说过，我们搜寻的不是一个孩子，而是一种病毒。而现在，我们终于知道那病毒从何而来。"

德索亚凝神倾听。

"陛下曾见到过一种景象，"枢机说起这话，声音极为轻柔，几乎是在低声细语，"你清楚吧，费德里克，上帝经常托梦向陛下发送神启？"

"我曾有所耳闻，大人。"教会里这种玄之又玄的东西，向来对德索亚缺乏吸引力。他等着枢机继续。

卢杜萨美挥挥手，似乎是要赶走那些无聊的流言。"事实上，陛下是在经过了长期祈祷、斋戒，展示了无上的谦卑之后，才得到了极为重要的真相。从中我们得知，那孩子将于何时何地出现在海伯利安。到现在为止，陛下得到的这一切全然正确，不是吗？"

德索亚恭敬地点点头。

"你知道吗，费德里克，陛下委派你参与这一任务，也正是出于这些圣谕之一。他预见，你的命运，与我们教会和社会的救赎紧密地联系在一起。”

德索亚神父舰长听得目瞪口呆。

“而现在，”卢杜萨美枢机低沉地说道，“威胁到人类未来的东西，已经展露得愈加细致。”枢机站起身，于是德索亚和奥蒂蒙席连忙站起，但那庞大的人儿挥挥手，示意他们坐下。德索亚坐下了，望着那一团庞大的红白之物在黑暗房间的一小段光线中走动，脸上的肥肉闪着光芒，小眼睛隐没在头顶聚光灯投下的阴影里。

“费德里克，这……实际上……是人工智能技术内核蓄谋已久的计划，要借此毁灭我们。而毁灭旧地的，正是这群机器恶怪，他们寄生在远距传输器里，捕食人类的心智和灵魂，引发了驱逐者的攻击，直接导致了陨落……而现在，这群恶怪又盯上了我们。赛伯人的后代……也就是这个……伊妮娅……便是他们的工具。所以，远距传输器只为她打开，而其他任何人都不能通过；所以，伯劳那魔鬼屠杀了我们成千上万的人民，数目很快会增加到数百万之多——乃至几十亿。如果没人加以阻止，这个……女妖……将会把我们送回机器统治的时代。”

德索亚望着枢机那一大团红色的形体从亮处挪进黑暗。这些他都知道。

卢杜萨美停止踱步。“但现在，陛下得知，那赛伯小鬼不只是内核派来的特务，费德里克……她也是机械之神的一把工具。”

德索亚明白了。宗教裁判所当时向他质问关于《诗篇》的情况，一想到他将因读禁诗而遭受惩罚，他的心就一阵抽搐。但是，这本位列禁书书目的书也承认，好几世纪以来，人工智能内核的一派一直致力于创造终极智能——一种计算机控制的神明，力量甚至可以逆溯时间，进而掌控整个宇宙。实际上，《诗篇》和教会正史都承认，伪神和我主之间的确发生过战斗。禁书《诗篇》中，济慈赛伯人——准确地说，有两个赛伯人，因为内核的一派在万方网中摧毁第一个之后，又出现了一个接替者——他被错误地描绘成“人类终极智能”的候选，这个弥赛亚，正是渎神的忒亚理论中，进化出的人类之神。那首诗还谈到，移情，是人类精神进化的关键。但教会纠正了这一点，指出只有遵从上帝的意志，才会得到神启和救赎。

“通过这些神启，”卢杜萨美说道，“陛下已经知道那赛伯小鬼和受她蛊惑的家伙们在哪里了。”

德索亚朝前挪了挪。“在哪儿，大人？”

“在杳无人迹的冰冻星球天龙星七号，对此陛下很有把握。”枢机低沉地说道，“陛下也很清楚，如果没人阻止她，将会导致怎样的后果。”卢杜萨美绕长桌走过，站到神父舰长身旁。德索亚抬眼看见那闪亮的红色，夺目的白色，还有那两颗看透他内心的小眼睛。“她正在寻找盟友，”枢机那虔诚的低吼传来，“可以帮助她摧毁圣神、玷污教会的盟友。到现在为止，她一直都像是处在无人区域内的致命病毒——是个潜在的危险，但可以控制住。如果让她逃出了我们的掌心，那么她会成熟，获得全部力量……恶魔的全部力量。”

德索亚的视线越过枢机闪亮的肩膀，望见天顶壁画里挣扎扭曲的人形。

“每一座旧时的远距传送门将同时打开。”红色的人儿继续低沉地说道，“伯劳恶魔……将会有一百万个一模一样的伯劳……从中走出，屠杀基督教徒。驱逐者将会得到技术内核的武器，获得可怕的人工智能技术。而现在，他们已经能够运用亚细胞技术，把自己变得人不人妖不妖，已经用不朽的灵魂换取了那种技术，适应太空，摄取阳光，就像黑暗中的……植物那样生存。借由内核的秘密工具，他们的战斗力将增强一千倍，甚至连教会也不能抵御他们可怕的力量。将会有数十亿人命享真死，他们的十字形会被扯下，灵魂从身体内剥裂，犹如跳动的心脏被活生生地从胸膛剜出。上千亿人会死于非命。驱逐者将会在圣神内一路烧杀，就像汪达尔人和西哥特人[1]那样，毁灭佩森、梵蒂冈以及我们知晓的一切。他们会抹杀和平，辱蔑生命，亵渎我们个人的尊严和道义。”

德索亚依旧静候而坐。

“这不一定会发生。”国务秘书卢杜萨美枢机说道，“陛下每天都在祈祷**这不要**发生。但现在是危急存亡时刻，费德里克……不论对教会，对圣神，还是对人类的将来。他已经预见了未来，并委以我们教会巨子才有资格担当的重任，希望我们投入生命及神圣的荣誉，阻止这一可怕现实的发生。”

德索亚抬头望着枢机向他靠来。

“此时，我必须向你揭示一件事，费德里克，这条信息，会在几个月内都对无数的信徒保密……今日，此刻，在星际主教大会上……陛下要宣布发起圣战。”

“圣战？”德索亚重复道，就连镇定自若的奥蒂蒙席，嗓子里也发出了轻微的声音。

“对抗驱逐者威胁的圣战。”卢杜萨美枢机低沉地说道，“好几个世纪以来，我们都只是在自我防卫——长城就是其中之一，以基督教徒的肉体、飞船、生命来抵挡驱逐者的侵略。但从今天开始，承蒙上帝眷顾，教会和圣神将要发起反攻。”

“怎么开展？”德索亚问道。他知道，在圣神和驱逐者领地间的无人之地，战争早已打响，那上千秒差距的黑暗太空中，各舰队

① 汪达尔人和西哥特人皆为日耳曼人的分支，都曾攻占罗马。

你冲我挡，你进我退。但是由于时间债的存在——从佩森出发，到长城的最远端，最多需要两年的舰上时间，并产生二十多年的时间债，所以不论是进攻还是防御，都难以统筹。

卢杜萨美阴森一笑，回答道："就在我们说话的当口，陛下正在要求……命令……圣神和保护体的每一颗星球，调用星球上的资源，修建一艘巨大的飞船……每颗星球一艘。"

"我们已经有成千上万艘飞船……"神父舰长开口，但立马打住了。

"对，"枢机低沉地说道，"这些飞船都将使用新的大天使技术，但不会像'拉斐尔'号那样只是一艘信使舰船，它们将是本旋臂迄今为止最具毁灭性的战斗驱逐舰，能够在瞬间传送到星系内的任何地方，而花费的时间，比登陆飞船上升至轨道所需的还短。每艘飞船都将以建造它的星球命名，船员都将是如你这般虔诚的圣神军官——甘愿忍受死亡、接受重生的男女。而每艘飞船，都足以摧毁整个游群。"

德索亚点点头。"教皇陛下得到了这个神启，知道了那个孩子的威胁，而这就是他的回应吗，大人？"

卢杜萨美绕桌子走回去，坐进他的高背宝座，似乎突然变得疲乏不堪。"一部分，费德里克，只是部分。接下来的十年里，我们就会开始建造这些新飞船，这项技术很难掌握……非常难掌握。与此同时，那赛伯女妖还在像传染病毒一样，继续播撒病害，而这一部分，就要靠你解决——你，还有你的船员，加强版的病毒搜寻队。"

"加强版？"德索亚重复道，"格列高利亚斯中士和纪下士还会和我同行吗？"

"会。"枢机低沉地说道，"他们已经得到了委派令。"

“那新成员来自何处？”德索亚问道，害怕派到他任务中来的会是神圣法庭的枢机。

卢杜萨美枢机张开肥胖的手指，动作像是在打开一个宝箱的盖子。“只是给你增派了一名船员，费德里克。”

“是教会的官员？”神父舰长问道，他不知道教皇触显会不会被递交给另一个指挥官。

卢杜萨美摇摇头，肥胖的下颌随之抖动起来。“是名普通的武士，德索亚神父舰长。一种新型武士，专为复兴的基督圣心军特别训练的。”

德索亚不明白。听上去就像是教会在以自己的生物修正技术，回应驱逐者的纳米技术。这可违反了德索亚习得的所有教会教义。

枢机似乎又一次看透了神父舰长的心思。“并非你想的那样，费德里克。只是……能力有所强化……并在圣神军队的新支队中得到非常独特的训练而已，但她完全是人类……是基督教徒。”

“是名士兵？”德索亚问道，很是迷惑。

“一名武士。”卢杜萨美说，“不属于圣神舰队的指挥系统，是精英军团的首位成员，属于陛下今天将要宣布的圣战的先头部队。”

德索亚揉揉下巴。“那么他是否受我的直接领导，就像格列高利亚斯和纪白森一样？”

“当然，当然。”卢杜萨美话音低沉地说着，坐回椅子上，双手捧着滚圆的肚子，“只有一点不同，陛下与神圣法庭讨论之后，认为必须做出这一改变。这位女子也会拥有教皇触显，在做出军事决定，或是对教会有保护作用的行动上，她有单独的职权。”

“女子。”德索亚重复道，绞尽脑汁想弄明白这一切。如果他和这位神秘的“武士”都拥有教皇赐予的同等权力，还怎么做决定呢？迄今为止，追踪孩子的方方面面，都或多或少牵涉到军事行动。他所下达的每一个决定，都致力于保护教会。如果他只是被解职，由他人来替位，兴许还好过现在这虚假的分权。

还没等他搞清楚，卢杜萨美枢机便探身向前，用他低沉的嗓音尽量发出轻声的语句："费德里克，陛下依旧预见到你会牵涉其中……并将担负起主要的责任。但我主昭示了一个万分危急的时刻，陛下深知你慈悯，不想你经此一难。"

"万分危急的时刻？"德索亚说着，立即明白了那是什么意思，心沉到了谷底。

卢杜萨美从桌子那头探过身来，脸上除了明光，就是暗影。"你必须阻止这个赛伯小女妖，毁灭她。那病毒必须从基督教会中连根拔除，那是补正手术的第一步。"

德索亚数到八，终于开口道："也就是说，我负责找到孩子，"他说，"而这名……武士负责……杀死她。"

"不错。"卢杜萨美说。他没有询问德索亚神父舰长是否愿意接受这一新的使命。重生基督徒、神父，特别是耶稣会士和圣神舰队军官，在接受圣父或圣母署下的任务时，从来不会支吾推诿。

"我什么时候同这名武士见面，大人？"德索亚问。

"'拉斐尔'号将于今日午后传送到天龙星七号星系。"坐在德索亚左后方的奥蒂蒙席尖着嗓子说道，"你的新船员已经在飞船上了。"

"我能否问一下她的名字和军衔？"德索亚说着，转身看着高大的蒙席。

国务秘书西蒙·奥古斯蒂诺·卢杜萨美枢机回答了他："她还没有正式的军衔，德索亚神父舰长。她最后会在新成立的圣战军中任职，而在那之前，你和你的士兵都可以直呼其名。"

德索亚继续等候。

“她叫尼弥斯。”枢机低沉地说道，“拉达曼斯·尼弥斯。”他小小的眼睛忽然转向卢卡斯·奥蒂，蒙席站起身来，德索亚也赶忙站起来。很显然，接见到此结束。

卢杜萨美竖起三根粗短的指头，向两人赐福。德索亚颔首回礼。

“愿救世主耶稣基督，守护你，保佑你，助你成功走完这趟极为重要的旅程。以耶稣之名祈祷。”

“阿门。”卢卡斯·奥蒂蒙席轻轻念着。

“阿门。”德索亚应和道。

44

冻结在冰层里的不仅仅是一座建筑，而是一整座城市。原霸主居以自傲的一小颗星球，被牢牢冻结在天龙星七号再度凝华的大气中，就像远古的昆虫被锁闭在琥珀里。

格劳科斯神父是个和善的人，幽默且慷慨。我们很快了解到，他被流放到天龙星七号，是因为他加入了教会的最后一支忒亚修道会，这是对他的惩罚。在尤利乌斯六世颁布一项教谕，宣布伪教皇的观点亵渎上帝之后，他所在的修道会只能抛弃忒亚的基本教义并解散，而其下成员要么被逐出教会，要么被送到圣神疆域的屁股端上。但格劳科斯神父没有把这寒冰墓地中的五十七标准年看作是流放——他称其为使命。

格劳科斯神父承认，没有一个奇查图克人对信教表现出一丁点的兴趣，也坦言说他没有多少兴趣劝他们皈依。他钦慕他们的勇气，敬重他们的正直，并被他们辛苦繁衍出的文化深深吸引。格劳科斯神父说自己以前并不瞎，这不单纯是白内障，而是后来在地表受雪盲所害——寒冷、空气稀薄，加上超短波辐射所致，而在那之前，他曾跟随好几个奇查图克猎队出行。“那时候猎队很多。”我们在老神父那明亮的书房中入座后，他如此说，“而今已渐数被消磨。五十年前，这个区域还有好几万奇查图克人，如今活着的只剩几百个了。”

在头一两天里，在伊妮娅、贝提克和盲神父交谈的时候，我花了大量的时间去探索这个冰冻城市。

格劳科斯神父在那座高楼的四个楼层上挂满了燃料球提灯。“是为了驱走幻灵。”他解释过，“它们怕光。”我找到一段楼梯，于是提着提灯，为步枪上好膛，往下走进黑暗之中。二十多层之下，出现了一组迷宫般的冰道，通向城市中的其他建筑。几十年前，格劳科斯神父曾用光笔为这些入口一一做了标记，它们通向不同的地下建筑——**仓库**、**法院**、**通信中心**、**霸主大教堂**、**旅馆**等。我走进了其中几处，有迹象表明，神父近期也来过这些地方。在探索第三个的时候，我发现了纵深的地窖，里面存着高能燃料球。这些都是老神父光和热的来源，也是用来吸引奇查图克人时常登门拜访的主要筹码。

“除了燃料，他们从幻灵身上得到了一切。”他曾说，“这些小球可以给他们光芒和一丁点热量。我们喜欢实物交换——他们给我幻灵的肉和皮，我给他们光、热，再跟他们唠叨两句。他们一开始同我交谈，我想，是因为我这个群伙的数目是最纯粹的质数……一！早先，我还把东西藏起来不让他们知道，但现在我明白，奇查图克人永远不会从我这儿偷东西，哪怕他们必须靠这些东西才能生存，哪怕他们的孩子得靠这些才能活下去。”

在这被冰掩埋的城市里，再也没有其他东西可看。远处是纯然的黑暗，浓郁得连提灯也无法驱散。我曾有过一点期望，但愿能找到什么简单易行的办法——超大喷灯啦，融合钻孔器啦——可以帮我们沿河而下，抵达第二座拱门，但此类希望很快就灰飞烟灭。这座城市，除了格劳科斯神父所在的那四层楼，拥有家具、书、光、食物、温暖和人声，其余地方都和第九层地狱一样冰冷死寂。

我们到那儿的第三天（或是第四天）的晚餐前，我跟他们一起留在了老神父的书房，听着他们谈话。我早已将架子上的书浏览了一遍：一册册书摆在那儿，有哲学、神学、奥秘、天文学课本、人类文化学研究、关于新人类的著作、冒险小说、木工指南、医学教材、动物学书籍……

“三十年前，我的眼睛瞎了。”第一天，格劳科斯骄傲地向我们展示他的图书馆时，他如是说，“最令我悲伤的，是我再也不能阅读这些挚爱的书籍了。我就是遭叛的普洛斯彼罗[①]，你们想象不出，我花了多么长的时间，才把这三千册书从五十层之下的图书馆拖上来！”

到了下午，当我在大楼内探险，而贝提克独自看书的时候，伊妮娅会为盲诗人朗读。有一次，我没敲门就走进书房，看见年老的传教士竟然满脸泪痕。

这一天，我跟他们在一起时，格劳科斯神父正在为我们讲解忒亚——不是被尤利乌斯六世取而代之的伪教皇，而是古时的那位耶稣会士。

① 莎士比亚剧作《暴风雨》中，普洛斯彼罗是意大利北部米兰城邦的公爵，他的弟弟安东尼奥利用那不勒斯国王阿隆佐的帮助，篡夺了他的宝座，致使普洛斯彼罗和三岁的小女儿历尽艰险漂流到一座岛上，他用魔法降服了岛上的精灵和妖怪，之后用魔法唤起一阵风暴，使其弟和那不勒斯国王的船倾覆在礁石上。船上的人安然无恙，登岸后依然钩心斗角，最后普洛斯彼罗用魔法降服了弟弟和阿隆佐，他们答应恢复他的爵位，并一起回到了意大利。

“第一次世界大战期间，他在战地抬担架。”格劳科斯神父说道，“他本可作为随军神父，远离战线，可他决定去抬担架，最后因为英勇而获得了勋章，包括荣誉军章。”

贝提克彬彬有礼地清了清嗓子。“打断一下，神父，”他轻声道，“我想，第一次世界大战，应该是大流亡前在旧地发生的战争，对吗？”

长胡子神父微微一笑。“一点没错，我亲爱的朋友，一点没错。是在二十世纪早期，非常可怕的战争，非常可怕，而忒亚亲历了它最为激烈的时刻。他对战争的厌恶由此开始，一直持续到他去世。”

格劳科斯神父坐在他很久以前亲手制作的摇椅上，前后摇着，身后是简易搭建的壁炉，燃料球在里面燃烧。金色的余烬投射出长长的阴影，自穿过远距传送门以来，我们就再没感受过如此的温暖。“忒亚是地质学家和古生物学家。二十世纪三十年代，他在中国——我的朋友们，这是旧地的一个国家——他在那儿形成了一套理论，认为进化是一个未完成的过程，但也是一个精心设计的过程。他认为，宇宙是上帝的一个计划，要把进化的耶稣、人格、宇宙三者化为一个有意识的实体。忒亚·德·夏丹认为，进化的每一步都将充满希望的标志，甚至就连大灭绝也是欢乐的源泉，他用到的词是，当人类成为宇宙的中心，‘宇宙创世阶段’便开始了，当人类的意识进一步进化，便是‘心理创世阶段’，智人进化成真正的人类，是‘人化’和‘超人化’两个阶段。”

“打扰一下，神父，”我听见了自己的声音。在这冰冻的城市和冰冻的大气下，周遭环绕着幻灵杀手和寒冷，我隐隐意识到，讨论这些抽象的理论是多么不合时宜，“忒亚认为人类可以进化成神，但这难道不是他的异端邪说吗？”

盲神父摇摇头，表情依然很愉快。“我的孩子，在忒亚的一生中，他从未因异端而受惩戒。一九六二年，神圣法庭——我向你保证，那和今日的神圣法庭可是大相径庭——下达了一则训诰……”

“一则什么？”伊妮娅坐在靠近炉火的地毯上，问道。

“一则训诰，就是警告，呼吁人们不要不加批判地接受他的思想。”格劳科斯神父说，“忒亚没有说人类会成为上帝……他只是说，整个有意识的宇宙，都不过是大进化的一部分，目标是在终结之日——他将之称作欧米伽点——所有的创造物，包括人类，都将与神共生共存。”

“忒亚说的进化，是否也包括技术内核？”伊妮娅抱着双膝，轻声问道。

盲神父停下了摇椅，手指捋着胡须。“亲爱的，好几个世纪以来，忒亚派学者都在为这一点争论不休。我不是学者，但我肯定，在他的这一乐观论中，肯定包含了内核。”

“但它们是从机器演化而来的。”贝提克说，“它们关于终极智能的观念，肯定与基督教的完全不同——一个冷漠、不带感情的神，拥有强大的预言能力，能够理解所有的变数。”

格劳科斯神父频频点头。“但他们认为，我的孩子，他们早期具有自我意识的祖先，是依照活体DNA设计的——”

“依照DNA设计，目的是**用于计算**。”我说道。当谈到灵魂的时候，这些内核机器竟然也得到了不被妄下论断的权利，这一想法真是让我大吃一惊。

“那么，孩子，我问你，在头几千万年里，**我们**的DNA又是为了什么而存在呢？吃饭？杀戮？繁殖？人类的鸿蒙开初，比起大流亡前那些硅基和DNA基人工智能来说，不也是一样卑贱？依照忒亚的观点，是上帝所创造的‘意识’，作为领会祂意愿的一种方式，加快了宇宙自我意识的发展。”

“技术内核想利用人类，作为终极智能计划的一部分，”我说，“之后摧毁我们。”

“但它没有。”格劳科斯神父说。

“那也不是出于内核方面的原因。”我说。

“自从进化出人类——人类也一直在**不停**进化，”老神父继续道，“但那也不是出于它的祖先或者自己的原因。进化产生了智人。智人，又经历了漫长而痛苦的进程，进化成了人类。”

“移情。”伊妮娅轻声说。

盲眼的格劳科斯神父转过头，瞎眼望着她。“完全正确，亲爱的，但我们并不是人类唯一的化身。一旦我们的计算机器产生了自我意识，它们也就成了设计的一部分。它们也许会反抗。为了它们自身的复杂目的，它们或许会试图挣脱这一设计，可宇宙不会停止它的编排。”

“听你的话，就好像宇宙和它的进程是台机器。”我说，“有着既定程序，无法停止，无可避免。”

老人缓缓地摇着头。“不，不……从不是机器，也从不无可避免。假如基督要向我们昭示什么，那么他会跟我们说，没有什么东西是不可避免的。结果无人知晓。究竟是选择光明，还是黑暗，都在我们自己——我们人类，还有所有具备意识的实体手里。”

“但忒亚认为意识和移情会胜利，是吧？”伊妮娅说。

格劳科斯神父瘦骨嶙峋的手朝身后的书架挥了挥。“架子上应该有本书……在第三层……三十多年前，我最后一次看到它的时候，里边夹着一张蓝色书签。看到了吗？”

“《忒亚·德·夏丹的日记、笔记、书信集》？”伊妮娅问。

“对，对。翻到夹着蓝色书签的地方。有没有看到我做了批注的那段？那是我这双老眼瞎掉前看见的最后的东西……”

“标注了一九一九年十二月十二日的那段？”伊妮娅问。

“对，请读一下。”

伊妮娅拿起书，靠近火光。

“‘注意这点，’”她读道，“‘我从不认为人类的形态只有确定的几种。但我相信，所有形态终有一天会消失，并将重塑成一个难以想象的崭新整体。同时，我确信，这些形态会经历一些基本的过渡角色——这一阶段必不可少，无法避免，这是我们（我们或是整个种族）必将经历的蜕变过程。我对它们的钟爱，不在于它们特定的形态，而在于它们的机能，如何以某种神秘的方式，首先建立起神的某种潜质——然后，通过自身的努力，得到耶稣的恩典，成为神。’”

随后是一小段时间的沉默，间或被燃料球火焰那轻微的嗞嗞声，还有头顶和四周那上亿吨冰块的碎裂声和吱嘎声打断。最后，格劳科斯神父打破沉默。“这希望，在现任教皇的眼里就是忒亚的异端邪说。相信那希望，便是我最大的罪恶。这——”他指指外墙，玻璃外是迫临的冰川和黑暗，“这就是对我的惩罚。”

我们几人又沉默了一阵。

格劳科斯神父哈哈大笑，枯瘦如柴的双手放上膝盖。“但我母亲告诉我，只要有朋友，有吃的，有交流，那就不存在惩罚或痛苦了。而我们三样都有。贝提克先生！我叫你‘贝提克先生’，因为我想对你表示尊敬，先生。世人虚造了错误的类别，把你和人类区别开来。贝提克先生！”

“什么事？”

“帮老夫一个忙，去厨房取一下咖啡好吗？应该已经好了。我去看看炖肉和面包，安迪密恩先生？”

“什么事，神父？”

“能不能到酒窖去一下，找瓶最好的葡萄酒？”

我笑了，尽管知道老神父看不见我的表情。“我得往下走多少层才能找到酒窖，神父？但愿不到五十九层吧？”

老人也笑了，牙齿从胡须间露出来。“我每餐饭都会配酒，我的孩子，所以，如果像你说的那样，我的身板肯定不会像现在这样糟。可惜，像我这么懒的老东西，把酒放在了楼下的储藏室里，就在楼梯旁。”

“我去找。”我说。

“我来铺桌子。”伊妮娅说，“明晚我来做饭。”

于是我们散开，各自忙活。

45

“拉斐尔”号减速进入天龙星七号。同别的乘过大天使飞船的人一样，德索亚神父舰长曾听过关于飞船驱动原理的解释，它突破光速屏障的原理，和大流亡前那些古老的霍金驱动截然不同。“拉斐尔”号的驱动几乎可以说是个骗局：当达到近量子速度时，它会向一种曾被称作“缔结的虚空”的介质发出信号，于是别处的能量源就会激活一个遥远的装置，割裂该介质的次级位面，打破时空本身的构造。那样的破坏对人类船员是立时致命的，他们会痛苦地死去——细胞爆裂，骨头被磨碎成粉，神经突触失灵，五脏外流，器官液化。他们无从得知细节：在十字形进行重建和重生的过程中，那最后几毫秒关于恐怖和死亡的记忆，都将被全数抹除。

现在，“拉斐尔”号开始向天龙星七号减速，它那名副其实的聚变驱动在两百倍的重力下，让飞船逐渐慢了下来。德索亚神父舰长、格列高利亚斯中士、纪下士三人在各自的加速椅或重生龛中冰冷死寂地躺着，因为飞船在重生顺利开始前会自动保存能量，所以不会开启内部能场，于是，他们粉身碎骨的身体被第二次碾磨成粉。飞船上，除了三具人类待苏体，还有一双睁开的眼睛。拉达曼斯·尼弥斯打开了重生龛的盖子，正躺在敞开的躺椅中。她强健的身体正经受着减速的可怕冲击，却没有受到任何伤害。按照标准设计，普通舱室里的维生系统已经关闭：没有氧气，气压极低，人类如果不穿航空服，绝对活不成，何况温度还低达零下三十摄氏度。尼弥斯一脸漠然。她穿着大红的连体服，躺在躺椅上，注视着监视器，偶尔向飞船询问，并通过微纤数据链接获取答复。

六小时后，内部能量场还没有启动，躺在复杂棺具里的待苏体也未开始修复，甚至连舱室都还处在完全真空下，尼弥斯站了起来，面无表情地顶着两百倍重力，走到会议间和图表桌前。她调出天龙星七号的地图，迅速找到原特提斯河的河道，然后命令飞船叠加上远程视图，她伸出手，抚过全息图像上的冰河、雪丘、冰川裂缝。一幢建筑物的顶端从大气冰川中突兀地冒出。尼弥斯重新检查了一遍视图：这座建筑离被掩埋的河流不足三十公里。

在十一小时的减速之后，“拉斐尔”号进入旋转轨道，绕着天龙星七号这个发亮的白色雪球运行。内部能量场早已启动，维生系统全面开动，但拉达曼斯·尼弥斯对此没有任何反应，如先前对待重力和真空一样，满不在乎。离开飞船前，她检查了一遍重生龛监视器，还有两天多时间，德索亚和他的士兵才会从龛中醒来。

尼弥斯坐进登陆飞船，将手腕上的光纤连上控制台，下达脱离命令，然后引导飞船穿过晨昏线，进入大气，其间甚至没有使用任何辅助仪器或控制装置。十八分钟后，登陆飞船降落在地表，距离那勾了一层银边的半截塔楼不足两百米。

冰川的台地之上，日光煞是耀眼，但天空却只是单调的黑色，不见一颗星星。虽然这里的大气稀薄得可以忽略不计，但星球大量的热交换系统在两极之间流动，引发“狂风”呼啸不止，将冰晶携卷至每小时四百公里的速度。气闸舱中挂着太空服和抗危航服，但拉达曼斯·尼弥斯完全没瞧上一眼，便扭开了门。她未等阶梯在脚下展开，便马上跳到了三米下的地面上，在一点七倍重力下笔直站定。冰针向她袭来，速度堪比钢矛枪中发射出的钢矛。

尼弥斯打开内部能源，于是一个围裹着她的身体、距离发肤不到零点八毫米的拟生物能场被激活了。在外人眼里，这个留着一头短黑发、有着冷漠的黑色双眼的强健女人，突然变成了一个亮如镜面的水银质人形雕塑。那水银质人形以每小时三十公里的速度，悠闲地跑过凹凸不平的冰面，至建筑物处停下，没找到任何入口，于是一拳打碎一块塑钢窗。她步入那条裂缝，轻而易举地走过光滑的冰面，来到电梯升降井的顶部，扯开松垮朽坏的电梯门。电梯早已坠入八十多层之下的地底。

拉达曼斯·尼弥斯踏进敞开的升降井，跳了下去，如铅锤般以每秒一百零八点八英尺的速度坠入黑暗。当她看见光芒一闪而过，便赶紧抓住一条钢梁，陡然停住。此时，她已经达到每小时五百多公里的终极速度，但不到零点零三秒间，速度便陡降至零。

尼弥斯跨出电梯井，大步进入室内，留意到周围的家具、提灯、书架。老人正在厨房。他听到了急促的脚步声，便抬起头来。“劳尔？”他唤道，“伊妮娅？”

“就是这儿。”拉达曼斯·尼弥斯念叨着，突然将两根手指插进老神父的锁骨，把他举离地面，“伊妮娅那丫头在哪儿？”她轻声问，“他们在哪儿？”

意外的是，瞎眼的神父并没有因疼痛而大叫。他紧咬着疏落的牙齿，盲眼瞪着天花板，却只说了四个字：“我不知道。”

尼弥斯点点头，把神父丢到地上，骑坐在他的胸口，食指探向他的眼睛，将一根自导微纤射进他的大脑，自导探针很快自动抵达了大脑皮层中的特定位置。

“现在，神父，”她说，“咱们再试试。那丫头在哪儿？和谁在一起？他们在哪儿？”

垂死的神经能量化作编码，沿着微纤涌出。尼弥斯得到了答案。

46

和格劳科斯神父在一起的那些日子，我现在依然难以忘怀。在这么多周的来回奔忙后，那段时光的惬意和悠闲更显得弥足珍贵，还有大家的对话。我最怀念的，还是那些对话。

奇查图克人回来前，我得知了机器人贝提克和我一同旅行的原因之一。

“你有兄弟姐妹吗，贝提克先生？”格劳科斯神父问道，他依然拒绝使用表示机器人的敬语。

让我惊讶的是，贝提克答道：“有。”怎么可能？我总以为，机器人都是经由设计制造，然后用各种基因元件组装而成，在大型培养桶里成长……就像用于移植的器官一样。

“我们是被制造的。”在老神父的催促下，贝提克继续道，“是克隆出来的，按惯例，以五人为单位共同长大——通常有四个男性，一个女性。”

“五胞胎。”格劳科斯神父坐在摇椅上说道，“那么，你有三个兄弟和一个姐妹。”

“对。”蓝皮肤男子说道。

“但你们肯定不是……”我欲言又止，揉了揉下巴，胡子已经在格劳科斯神父奇特的家里刮了个干净——似乎文明人都该这么做——摸到光滑的皮肤，几乎吓了我一跳。“但你们肯定不是一起长大的。”我说，“我的意思是说，机器人不是……”

“不是制造出来就是成人吗？”贝提克接过我的话，报以同样的微笑，“不。我们的发育过程确实被加速了——大约经过八标准年就能完全发育成熟——但我们也有婴幼儿时期。机器人之所以造价惊人，这八年的耽搁也是其中一个原因。”

“你的兄弟姐妹都叫什么？”格劳科斯神父问。

贝提克合上手里正在翻看的书。“依照传统，五胞胎的各个成员，是以字母顺序命名。”他说，“我的兄弟姐妹们分别叫作安提比、科烈森、妲利亚、依维克。”

“谁是女生？”伊妮娅问，“妲利亚？”

“对。”

“你的童年是什么样的？”女孩问。

“基本上就是接受教育、责任训练、定义服务参数。”贝提克说。

伊妮娅正躺在地毯上，双手捧着下巴。“你上学吗？玩吗？”

“我们的大部分知识都是通过RNA直接导入的，不过也在工厂接受教育。”秃顶的男子看着伊妮娅，“如果你说的‘玩’是问有没有时间和兄弟姐妹们一起放松，答案是肯定的。”

“他们现在怎么样了？”伊妮娅问。

贝提克缓缓地摇了摇头。“一开始，我们被转移到同一个地方工作，但之后不久就分开了。我被卖到流亡的摩纳哥王国，运到阿斯奎斯。我觉得，我们五个人都还在环网及偏地的不同地方劳作着。”

“你们之后就再没联系过吗？”我问。

“再也没有过。”贝提克说，“虽然在诗人之城的建设时期，有很多机器人劳工从威廉王二十三世的殖民地传送到那个星球，但他们大多数早在我到达之前，就已在那里干活，他们之中，没有一个在转运途中遇到过我的任何一个兄弟姐妹。”

“在环网时期，”我说，“通过远距传输器和数据网，应该很容易搜索其他星球吧？”

“对。”贝提克说，“但实际上，受法律和RNA抑制物的禁止，机器人不能直接使用远距传输器或数据网。并且，当然，在我被制造出来后不久，霸主法律就禁止制造和拥有机器人了。”

“所以只有偏地，”我说，“在海伯利安这样的偏远星球，才有人敢雇你。”

“完全正确，安迪密恩先生。”

我吸了口气。“所以，你陪我踏上这趟旅途，是为了这个？为了寻找你的兄弟……兄弟或者妹妹？”

贝提克笑了。“能和我的克隆兄弟姐妹偶遇的概率，实在小得可怜，安迪密恩先生。撇开概率这一点不谈，陨落之后，机器人还被大规模摧毁了，他们能从中生还的机会也是微乎其微。可是——”贝提克闭了口，摊开双手，似乎在解释一件荒谬的事。

猎队回来的前一天傍晚，我第一次听到伊妮娅谈论她关于爱的见解。她先是向我们提问有关马丁·塞利纳斯《诗篇》的问题，后来话题就转到了这上面。

“好吧。”她说，“我明白，圣神每占领一个地方，就把这本书列入当地的禁书书目，但那些在书出版时还没被圣神吞并的星球呢？有没有像他如饥似渴想要的那般，得到高声喝彩？”

“我记得在神学院讨论过《诗篇》。”格劳科斯神父轻声笑道，“虽然明知是本禁书，但那只是让诱惑更添一分。我们可以忍住不读维吉尔，却排着队传阅那本已被翻得稀烂的《诗篇》，那本打油诗。”

“那是打油诗吗？”伊妮娅问，“我一直以为马丁叔叔是位伟大的诗人，不过，也只有他自己那么跟我讲，妈妈总是跟我说，他就是个讨厌鬼。”

“打油诗也是诗。”格劳科斯神父说着，又轻声笑起来，“事实上，两者很难分开。我记得，在那业已式微的文学圈被教会吞并之前，圈子中的大部分评论家都拒绝承认《诗篇》属于文学。也有人把他视为……真正的诗人，而非记录陨落前海伯利安事件的史官。但大多数人，都对他第二卷卷末关于爱的颂扬冷嘲热讽……”

“我记得。”我说，“那个叫索尔的人物——老学者，女儿逆龄成长的那位，他找到了‘亚伯拉罕的两难选择’的答案，是爱。”

“我记得首都有个恶毒的评论家，曾这样评论这首诗，”格劳科斯神父轻笑道，“他引用了大流亡前旧地出土的一面古墙上的涂鸦——‘如果爱是答案，那么问题为何？’”

伊妮娅看着我，等着我的解释。

“在《诗篇》里，”我说，“学者似乎发现，人工智能内核所谓的‘缔结的虚空’，正是爱。爱，就像引力、电磁力、强弱核力一样，是宇宙的基本力之一。在诗中，索尔领悟到，内核终极智能永远无法理解，移情与之……与爱，是密不可分的。老诗人对爱的描述是‘如同亚量子般不可捉摸/将信息在一个个光子间传递……’”

“忒亚定会赞同这一说法，”格劳科斯神父说，“尽管他会以另一种方式表达。”

“不管怎样，”我说，“对这首诗的普遍反应几乎都是——比如我的外婆——说它多愁善感得有些滥俗。”

伊妮娅摇着头。“马丁叔叔说得对。”她说，“爱是宇宙的基本力之一。我知道索尔·温特伯真的相信自己理解了那句话。他这么对妈妈说了之后，就随女儿消失在狮身人面像里，乘着它前往孩子的未来。”

盲神父停下摇椅，探过身，手肘撑在皮包骨头的膝盖上。他那补丁织缀的法衣，要是穿在别的缺少高贵气质的人身上，便会充满滑稽的意味。“简单来讲，是不是说，上帝即爱？”他说。

“对！”伊妮娅说，她已经站到了火堆前。那一刻，她似乎一下子成熟了，似乎在我们一起经历的短短几个月时间里长大成人了。“希腊人在劳作时发现了重力，但解释说那是四大元素之一：土，‘回归家族’。索尔·温特伯所瞥见的，是爱的一点**物理性质**……它存在于什么地方，怎样产生作用，一个人怎么理解并驾驭它。‘上帝即爱’这个说法，和索尔·温特伯所见的——马丁叔叔试图解释的东西——之间的区别，就像希腊人对于重力的解释与艾萨克·牛顿的公式之间的区别。一种是巧妙的描述，另一种是对其**本质**的分析。”

格劳科斯神父摇摇头。“我亲爱的，听你的话，爱就跟机械参数一样，可以套用公式计算。”

“不。”伊妮娅说，我从未听过她这么坚定的声音，“就像你所解释的，忒亚认为宇宙会向着更伟大的意识进化，那不可能纯粹是机械的……那些力量不是像自然科学里的其他力一样，不带任何感情，而是萌生自神明绝对的热情……嗯，那么，倘若承认爱属于‘缔结的虚空’的一部分，就意味着它永远不可能是机械的。从某种意义上说，它就是人类的本质。”

我抑制住想笑的冲动。“那么，你是说，会有另外一个艾萨克·牛顿，归纳爱的物理定律？”我说，“归纳出它的热力学定律，熵定律？推导爱的微积分？”

“对！”女孩说道，漆黑的双眼灿若明星。

格劳科斯神父身子依旧前倾，双手紧紧抱着双膝。“从海伯利安来的年轻的伊妮娅，你是不是那个人？”

伊妮娅飞快地别过身，朝智能玻璃之外的黑暗和冰原走去，几乎快要走出光亮时，又折返回来，慢慢走回温暖的地界。她低着头，睫毛上挂着泪珠。然后她开口了，声音极小极细，几乎有些颤抖。“对。”她说，“我想我是那个人。我不想成为她，但我是。或者我会成为……如果能活下去的话。”

听到此，我背脊一阵冰凉，真后悔讨论到这个问题上来。

“你现在愿意告诉我们吗？”格劳科斯神父问道，声音就像一个孩子在恳求。

伊妮娅仰起脸，慢慢地摇了摇头。“不。我还没准备好。对不起，神父。”

盲神父坐回椅子里，突然间看起来十分苍老。“没关系，我的孩子。我已经见到你了。这是我的荣幸。”

伊妮娅走到老人的摇椅旁，深情地拥抱了他一分钟。

第二天清晨，我们还没起床，库奇阿特和他的猎队就回来了。在与奇查图克人在一起的那段日子，我们几乎已经习惯了间歇地睡上几个小时，起来之后接着在没完没了的晦暗冰窟中前进，而在格劳科斯神父这里做客时，我们又遵循他的作息规律：把最里面房间的燃灯熄掉一部分，造出八小时的“夜晚”。就我自己的体验，在一点七倍重力环境下，人总是会觉得疲倦。

奇查图克人不喜欢在建筑里走得太远，所以他们只是站在敞开的窗户前，那里虽说也是室内，但更像是冰廊的一部分。他们以一种变化的声调柔声呼叫着，直到我们匆匆穿好衣服，跑出来。

猎队回到了吉利的质数——二十三，不过，对于他们在哪里找到了新成员——一个女人，格劳科斯神父没有问，我们也就无从得知了。我走进房间的时候，那景象着实让我吃了一惊，而且从此还深植入脑海，挥之不去——穿着幻灵长袍的强壮的奇查图克人，以他们的典型姿势蹲坐在地，格劳科斯神父也蹲在旁边，和库奇阿特聊天，老神父那夹了棉花、打着重重补丁的法衣在冰上铺开，犹如黑色的花朵，燃料球提灯发出光亮，从入口的冰晶一直折射到冰窟中。在智能玻璃外是刺骨的寒冰、千钧的重量、极度的黑暗，那可怕的感觉，压得人……喘不过气来。

我们很早就要求格劳科斯神父为我们充当翻译，请求——实际上应该是再次请求——土著人帮助我们。现在，老人开始谈到这一话题，问那些穿着白色长袍的人是否真的愿意帮助我们背着木筏，到河流下游。奇查图克人一一回答，每人都向格劳科斯神父和我们三人各自单独确认，答案完全一致——他们已准备好出行。

这不是一趟简单的旅程。库奇阿特向我们证实，的确有冰廊一路往下，通到第二座拱门所在的河流，那里差不多比我们这里低两百米，并且，还有一小段露天的河段，就从第二座传输器底下穿过，但是……

从这里到北方约二十八公里外的第二座拱门，没有直通的冰廊。

“我一直想问，”伊妮娅说，“这些冰廊到底是怎么来的？它们都如此光滑，形状规则，不可能是冰缝或者是裂沟。是奇查图克人在很久以前挖出来的吗？”

格劳科斯神父看着孩子，长着山羊胡子的脸上带着怀疑。“你是说你不知道？”他问，然后转过头，朝奇查图克人飞快地说了几个音节。他们立刻炸开了锅——激动地吵吵嚷嚷，近似于大叫大喊，我们猜测他们是在哈哈大笑。

“但愿我没有冒犯你，亲爱的，”老神父说道，他微笑着，盲眼对着伊妮娅的方向，“我以为这事大家都知道呢。你们在冰中走了这么长时间，竟不知道这冰廊的由来，我真是太吃惊了，觉得有些好笑——除不尽的人也有同感。”

“除不尽的人？”贝提克问。

“奇查图克。”格劳科斯神父说，“这个词的意思是‘除不尽的’。也许，更准确地说，应该是——‘没有比这更完美的数字’。”

伊妮娅笑了。“我没有生气。我很高兴能让大家开心。可到底是什么挖了那些冰廊？”

“幻灵。”神父回答之前，我先猜出了答案，并说出了口。

他微笑着看向我。“完全正确，我的朋友劳尔。你说对了。”

伊妮娅皱皱眉。“它们的爪子是很可怕，但就算是成年幻灵，也不可能在这么坚硬的冰层中挖出如此宽阔的廊道……不是吗？”

我摇摇头。“我想，我们还没有真正见识到成年幻灵。”

“完全正确，完全正确。”老人一个劲地点头，“劳尔说对了，亲爱的。奇查图克人能猎杀到的只是那些最小的幼兽。而稍大一些的幼兽，则会伺机猎杀奇查图克人。你们见到的幻灵幼兽，只是那种生物的幼年阶段。在这个阶段，它们在地表猎食、活动。但在天龙星七号的三个公转周期内——”

“是二十九标准年。”贝提克小声说道。

“完全正确，完全正确。”神父点头道，“在三个当地年，也就是二十九标准年内，那些未成年幻灵，也就是我们说的‘幼兽’——虽然这个词通常用来称呼哺乳动物——会经历变态发育，成为真正的幻灵，成年幻灵能以接近每小时二十公里的速度在冰层内穿梭。成体大约身长十五米，并且……嗯，去北方的途中，你们很可能会遇到一只。”

我清清嗓子。“我想，库奇阿特和奇阿库刚才说，北面二十八公里外的远距传输器廊道，与本区域之间，没有廊道相连……”

“啊，对。”格劳科斯神父说道，又继续用奇查图克语叽里呱啦地与他们交谈。库奇阿特回过话后，盲神父说道，“你们得横越地表约二十五公里，除不尽的人一次走不了那么远。艾查库特也好心指出，这一区域幻灵密集——不论是幼仔还是成年的都有。几个世纪以来，生活在那里的人都被幻灵做成了头骨项链。他还说，这个月正值夏天，地表的暴风雪非常猛烈。但为了你们，我的朋友们，他们愿意走一趟。”

我摇摇头。“我没有明白一点。这儿的地表应该是没有空气的，不是吗？我是说……”

“他们有旅行所需的所有材料，劳尔，我的孩子。”格劳科斯神父说。

艾查库特咆哮了几句话，库奇阿特又以更为温和的语调做了些补充。

“等你们准备好，他们就出发，我的朋友们。库奇阿特说，在回到木筏的途中，会经历三次行进、两次睡眠。然后，一直朝北走，直到走出地道为止……”老神父陡然停住，把脸别了开去。

“怎么了？”伊妮娅问道，声音里充满了关切。

格劳科斯神父回转身，挤出一个笑容，枯瘦如柴的手指捋过胡须。“我会想你们的。好久都没有……哈！我老了。来，我来帮你们打点行装，我们先吃几口早饭，然后看看储藏室里有没有东西，能补充你们的食物和装备。”

别离是痛苦的。想到老人要再度在冰洞里孤独生活，用那几盏灯驱赶幻灵和行星冰川的入侵……想想都让人心酸。伊妮娅哭了。贝提克去握格劳科斯神父的手，老神父猛烈地拥抱了机器人，把他吓了一跳。“来日方长，我的朋友，贝提克先生。我感觉得到，我有很强烈的感觉。”

贝提克没有回答，但过后，等我们跟着奇查图克人深入冰川时，我看见蓝皮肤男子回头看了一眼，望向灯光里映出的高大人影。然后，我们在冰廊中又拐了个弯，大厦、灯光和老神父也就此与我们作别。

我们的确花了三次行进和两次睡眠的时间，最后，大家跌跌撞撞地滑下最后那段陡峭的冰坡，穿过一条蜿蜒而狭窄的冰缝，出来后，就到了拴着木筏的地方。我觉得要将这堆木头从七弯八绕的无尽的廊道中运出去，压根就不可能，可这一次，奇查图克人没有浪费一分钟时间去赞叹那结满冰霜的木筏，而是立即开始动手，把它拆成一根根木头。

第一次见面时，整个猎队看到我们的斧头都面露惊讶之色。现在，我终于有机会向他们展示它的用法：将每根木头都砍成一小段，每段仅一米半长。我们使用电能即将耗尽的手电激光器来照明，临时组成了一个流水线，快要沉没的木筏上结着一层冰，奇查图克人把它们刮下来，将绳结切断或是解掉，然后把长圆木递给我们，由我们——我、贝提克、伊妮娅砍断并堆积在一处。干完后，炉石、多余的提灯、刮下的冰都堆在了冰架上，而木头都堆在长长的廊道里，就像是为明年储备的木柴。

一开始，我觉得这想法有些好玩，但我很快意识到，对于奇查图克人来说，这样的燃料储备是多么的珍贵。它们意味着可以驱走幻灵的热量和光芒。我以另一种眼光打量着被大卸八块的木筏。嗯，要是我们没能成功通过第二座入口……

现在由伊妮娅为我们做翻译，告诉库奇阿特我们乐意把斧头、炉子及其他杂物留给他们。我完全可以说，藏在幻灵牙齿后的那些脸都表现出了震惊。这群奇查图克人兴奋得团团乱转，一会儿和我们拥抱，一会儿拍拍我们的背，气力大得足够把我们拍断气，就连一脸怒气的艾查库特也朝我们又拍又撞，似乎在表示难以表达的爱意。

猎队每一名成员都绑了三四段木头到背上，我和贝提克、伊妮娅也一样，在如此强大的重力场下，它们就像混凝土一般沉重。接着，众人开始了漫长的跋涉，朝上方爬去，朝地表、真空、风暴、幻灵爬去。

47

拉达曼斯·尼弥斯的神经探针花了不到一分钟，就完成了对格劳科斯神父大脑的探查。将所有的目视图像、语言、原始的神经突触化学数据组合起来后，她对伊妮娅至冰冻城市的来访有了全面的印象，获得这些，甚至都不用拆解一个神经元。她收回微纤，花了几秒钟时间，将数据琢磨了一番。

三个半标准日前，伊妮娅、她的人类旅伴劳尔，还有机器人就已经离开，但他们肯定至少花了一天时间来拆木筏。第二座远距传输器远在北方，离这里几乎有三十公里，奇查图克人要带领他们从地表过去，那段旅途十分危险，也十分耗时。尼弥斯明白，伊妮娅可能无法活着从地表穿过，而且那概率很大。她已经从老神父的脑中获取到了相关信息，那些以质数出行的人用以对付地表严酷环境的工具，是多么拙劣。

拉曼达斯·尼弥斯淡淡一笑。她可不会让概率来处理此事。

这时，格劳科斯神父孱弱地呻吟起来。

尼弥斯暂停思绪，弯下腰，膝盖压在老神父的胸膛上。神经探针几乎没有造成伤害：只消一个专用医疗箱，就可以治愈微纤在老人的眼睛和大脑之间钻出的孔洞。况且，在她来之前，他就已经瞎了。

尼弥斯评估着情况。先前的等式中，可没有考虑到会在这颗星球上遇见圣神神父。格劳科斯神父开始挣扎，他那骨瘦如柴的双手朝脸伸去，尼弥斯权衡着平衡式：饶神父不死，不会带来多大风险。一个被遗忘的传教士，被流放到此，不管怎样都注定会死在这儿。而另一方面，尼弥斯也知道，不留活口就不会带来任何风险。这等式很简单。

“你……是……谁？”神父呻吟着，尼弥斯轻易地将他提起，拎着他离开厨房，穿过餐区，然后又穿过列着一排排书籍的图书馆，燃料球正温暖地燃烧，最后她穿过走廊到达中央梯井。就连这里都亮着提灯，防止幻灵来袭。

“你到底是谁？”盲神父再次问道。他在她的手里挣扎，就像一个两岁小孩想要挣脱一个强壮的大人的手。“你为什么这么做？”老人问道。尼弥斯到达电梯井，踢开塑钢门，手里依然抓着神父不放。

从地表上刮来一股冷风，咻咻卷入地下两百米的冰川深处，那声音听起来就像是冰冻的星球正在尖叫。最后一刻，格劳科斯神父终于意识到正在发生的事。“啊，亲爱的上帝，我主，”他低声说，裂开的嘴唇哆嗦着，“啊，圣忒亚……亲爱的上帝……”

尼弥斯松开手，把老人丢进机井，转身离开，身后竟然没有传出他的尖叫，这让她略微有点诧异。她来到冰冻的楼梯，开始往地表行进，在如此沉重的重力场下，她一步跨越了四五个台阶。快到顶时，有一条冰冻大气凝成的冰瀑，遮蔽了五六段楼梯，她不得不一边挥拳开路一边前进。到了大楼屋顶上，她站在那儿，天空一片漆黑，空无一物，冰冷的风暴卷起冰晶，如同鞭子般抽打着她的脸，她激活相移场，悠闲地跑过冰原，直奔登陆飞船。

有三只未成熟的幻灵正聚在飞船周围调查。尼弥斯立刻记下了这些生物的特征。非哺乳动物，它们白色的“皮毛”事实上都是管状鳞片，可以存储气态大气，并能以此来保持体温，眼睛以远红外频段视物，肺活量大得惊人，足以在无氧状态下存活十二个小时乃至更多，每一头都有五米多长，前足极为有力，后足的构造便于挖洞或开膛，每一头的行动都非常迅捷。

就在她慢步跑近的时候，几头野兽都转身对着她。在黑色背景的衬托下，那些幻灵看起来不像别的，倒更像巨大的白鼬，或者鬣蜥。它们修长的身躯快速地移动着，令人眼花缭乱。

尼弥斯本不想理会它们，但如果它们攻击飞船，那么起飞时就可能节外生枝。于是，她相移入快时间，兀然间，幻灵的动作在半途定格，飘飞的冰晶悬浮在黑色天幕的背景下。

尼弥斯仅仅使出了右手，相移的小臂已经变得如金刚石般坚硬，她游刃有余地宰杀了那三头生物。行动过程中，有两件事让她略微有些吃惊：其一，每头幻灵都有两颗心脏，每颗心脏有五个心室，似乎只要有一颗完整，这些野兽就不会倒下，能坚持继续战斗下去；其二，每一头都戴着小型人类头骨串成的项链。屠宰完成之后，尼弥斯回到慢时间，那三头幻灵砰然倒在冰面上，如同三大口袋泔水。她花了一小会儿时间，看了看那些项链。人类头骨，很可能是人类儿童的。有意思。

尼弥斯开动登陆飞船，朝北方飞去——用的是反作用推进器，因为在这种接近真空的地方，那粗短的机翼没办法让飞船浮在空中。深层雷达一直在探测冰原，最后终于找到了河流。河平面之上，有无数条上百公里长的冰廊。幻灵在这一区域的活动十分频繁。深层雷达显屏上，凸现出远距传送门的金属拱门，就像黑暗雾气中明亮的灯光。但雷达没有发现冰下有活物，或是正在移动的东西。大量回波清楚地显示着，成年幻灵正打洞穿越大气冰川，但这些声波都回馈自北面和东面好几公里之外。

她把登陆飞船降落在远距传送门顶部位置，在冰冻海浪般的表面上搜寻冰穴入口。找到一个后，她轻轻跃进冰川。压力增加到每平方英寸三磅、温度上升至零下三十摄氏度的时候，她打开了拟生物形态护盾。

冰廊迷宫有些令人望而生畏，但她有意维持着自己的方位，一直和身下的金属传送门保持三分之一公里的距离。不到一小时，她接近了河流平面。那里黑得要命，即便用光线放大装置或是红外线夜视装置，也几乎伸手不见五指，而且她没带手电。但她张开嘴，一束明亮的黄光立时照亮了廊道，照亮了身前的冰雾。

还未见那晦暗的燃屑提灯沿漫长的冰廊而下，她就早已听见了他们的动静。拉曼达斯·尼弥斯灭掉亮光，站在冰廊中等待。当他们走过拐角的时候，第一眼看上去更像是一群小型幻灵，而不是一群人。但尼弥斯凭着格劳科斯神父的记忆认出了他们：是库奇阿特率领的那队奇查图克人。他们看见一个女人孤零零地站在冰川廊道中，没穿长袍或是任何保暖衣物，惊诧地停下了脚步。

库奇阿特上前一步，快速地说起话来。“我们除不尽的人，上前向在接近完美的除不尽的光辉下前进的武士/猎手/探索者致意。如果你需要温暖、食物、武器，或是朋友，尽管开口，因为我们的猎队热爱所有直立行走的人，并尊敬质数之路。”

拉达曼斯·尼弥斯刚从老神父那里学来了奇查图克语言，她说道：“我在寻找我的朋友——伊妮娅、劳尔、蓝皮肤的人。他们穿过金属拱门了吗？”

陌生女人竟然熟知他们的语言，这二十三个奇查图克人互相讨论了一会儿，猜想她一定是格劳科斯的朋友或者亲人，因为她的口音与穿黑色衣服、给予拜访者温暖的盲神父一模一样。但库奇阿特还是带着怀疑回答道：“他们已经从冰下经过，穿过了拱门。他们祝我们好运，还赠给我们礼物。我们也希望你好运，愿意给你礼物。接近完美的除不尽的朋友，是不是想沿着那神秘的河道，与朋友同行？”

“马上。”拉达曼斯·尼弥斯又是淡淡一笑。这次碰面同处理老神父时的两难选择一样，也是一个影响等式的因素。她朝前迈出一步，就在她相移进入平滑的水银状态时，那二十三个奇查图克人如孩子般欢呼起来。她知道，他们的燃屑光芒在一千个冰面上反射，现在肯定也映照在了她的表面。她转入快时间，没有浪费一丝力气，没有多做一个动作，便杀死了那二十三名男女。

接着，她退出快时间，挑了最近的一具尸体，朝男子的眼角发出一枚神经探针。由于缺氧和缺血，大脑的神经网络正在溃塌，疯狂地爆发出常见的幻觉景象，不论是人类，还是人工智能，（神经）网络临死都会出现这样的场景。但是，就在濒死的神经突触重现出生景象的时候……从漫长的通道进入一个光亮、温暖的地方……她捕捉到一幅幅消逝的画面，孩子、高大的男子和机器人正撑着粗糙的重建木筏离开，低下头，躲开拱门上垂下的冰凌，进入了传送门。

“该死。”尼弥斯呼出一口气。

她把尸体弃在原处，任他们堆在黑暗的隧道中，小步跑过最后一公里左右的路程，来到河平面。

敞露在外面的河水并不多，远距传送门就像一小截金属弦，嵌在头顶参差不齐的冰里。尼弥斯站在低矮宽阔的冰架上，冰雾和迷霭在她周围缭绕。这里还遗留着一些热痕迹，显然，奇查图克人曾聚在这里，向朋友道别。

尼弥斯打算查询远距传输器，但要到拱门那儿去，就必须穿过好几米厚的冰层，或是爬上头顶的冰层，到二十多米上方的露天区域。但是，她仅仅相移了四肢，开始攀爬，手脚并用，在冰块上深深凿出台阶和把手。

到了上面，尼弥斯倒挂在弧形拱门上，手掌贴上一块面板，直到那块结满冰霜的金属往外翻圈出去，就如伤口上的皮肤被撕开了。她取出微纤和光纤探针，接入接口模件，直接与真正的远距传输器对话。低语直接撞击在她的听觉神经上，告诉她“意识的三派”都在监视她，并讨论着要事。

在人类霸主统治的那些世纪，每个人都知道，内核创造了数以千计的远距传送门，也许是数以万计。从最小的一扇门，到大一些的特提斯河拱门，还有巨大的太空传送门。但大家都错了。远距传送门只有一个。但它无处不在。

拉达曼斯·尼弥斯经由接口模件，穿过了那一堆以金属、电子装置和聚变护盾构成的伪装，接触到搏动、温暖而且生机勃勃的真正远距传输器。好几个世纪以来，人类都通过远距传输器在环网内跃迁（据一个人类分析家所说，在高峰时每秒会有十多亿人同时跃迁），这是在为终极派服务，内核的这一派想要创造出更为高级的人工智能……终极智能，它的意识可以容纳整个星系，乃至全宇宙。在环网时代，人类每接入一次超光数据网，或者通过远距传输器跃迁一次，人类的神经突触和DNA就为内核建造的环网神经网络贡献了一点计算力。内核并不在乎人类渴望在不费一点能量和时间的情况下四处游历的本性，但远距传输网确是一个极好的诱饵，可以源源不断地招徕上千亿原始的碳基大脑，用它们编织出有用的东西。

现在，它在时空裂隙之中的藏身之处，已经被梅伊娜·悦石和她该死的海伯利安朝圣者发现。网中之网，内核的家，被它用来以援助人类而制造的死亡之杖装置攻击，超光连接又被万方网所未能探知的某种力量切断。于是，这唯一的无所不在的远距传送门的所有位面，都死了，没用了。

除了这个，它刚被用过。接口模件向尼弥斯发出报告，信息与她和三大派所知的完全一致。位面已被神秘人从某个神秘之处激活。

在拱门那块调制微中子虚拟内存中，依然寄存着它在实际时空中的连接点。尼弥斯接入内存。

伊妮娅和同伴已经传送到库姆–利雅得。而这时尼弥斯又面临着另一个难题。她可以驾驶登陆飞船，回到大天使“拉斐尔”号上，然后在几分钟内到达库姆–利雅得星系。但这么做的话，就必定会打断德索亚和其他人的重生周期，同时还必须花言巧语一番，解释他们怎么会被传送到那儿。况且，库姆–利雅得是一个受圣神隔离的星系：位于官方列出的受驱逐者蹂躏的清单，属于早期的正义和平计划之一。和希伯伦的情况一样，不管是圣神，还是它的顾问，都不会允许德索亚和他的手下看到星球的实际景象。最后，尼弥斯知道那里的特提斯河只有几公里长，穿过南半球的红岩沙漠，流经马什哈德[1]的大清真寺。如果她不去打扰“拉斐尔”号重生系统的进程，德索亚和其他人将会到三天之后才醒来，就算伊妮娅的木筏速度再慢，也足以行过这段特提斯河。两相权衡，尼弥斯似乎必须无视德索亚和其他人的重生，独自前进。但她接受的指示是，不到万不得已，要尽量避免这种可能性。通过极为全面的模拟，通过大量全角度展望（如果没有危险就忽略），最终证实，在俘获“宣教的那个

① 原为伊朗东北部一城市名。

人”（伊妮娅这个威胁）的过程中，德索亚是极为重要的人物。时空的构架和精美的梵蒂冈挂毯非常相像，尼弥斯想到，如果她扯松一根线，就是在冒极大的风险，可能会眼睁睁看着整张挂毯被拆散。

尼弥斯花了片刻时间考虑这个情况。最后，她探出神经网络微纤，深入接口模件的突触。远距传输器所有的激活线路都记录在案——不管是过去的还是现在的。记录伊妮娅和她的同谋的内存模式，是个稍纵即逝的虚拟内存，但尼弥斯可以轻易看见刚刚过去和即将到来的出口。关于沿河而下的出口，只能预见到两个可能。神秘人已经编排好，从库姆-利雅得传送后，只会到达神林，然后是……

尼弥斯大喘粗气，收回微纤，再稍迟疑，后一则激活信息的完全输入就会把她烧坏了。那第二个显然是伊妮娅的目的地——或者更精确地说，是为她打开通道的神秘人的目的地。而这个地方，不论是教会圣神，还是三大派系，都无法企及。

但时间也许会恰到好处。尼弥斯可以保住德索亚和他手下的性命，但也依旧能跃迁到神林。她也想到了一个合适的借口。假设伊妮娅在库姆-利雅得上要花两天时间，然后在神林的河上度过整整一天的话，她还有时间截留住木筏，并在德索亚苏醒前完成她不得不做的使命，甚至还会有一两个小时来清理现场，这样，在她随神父舰长和瑞士警卫突击队员降落到神林上时，他们什么都发现不了，只会以为孩子和她的朋友已经过那里，又继续传送到了下一个目的地。

尼弥斯收回探针，轻轻跃回冰面，接着，她驾着登陆飞船回到“拉斐尔”号，擦除飞船电脑中有关她苏醒并使用登陆飞船的记录，又往其中植入一条虚假信息，之后，她爬进重生龛佯装睡觉。在佩森星系时，她曾将重生龛从重生系统内取出，将指示器的线路重装，让它模拟出各种活动状态。现在，她躺回嗡嗡作响的棺具中，闭上双眼。先前转换入快时间和使用相移外肤的次数过于频繁，让她感到疲倦异常。于是欣然在德索亚和其他人从死亡中醒来前，好好休息一番。

拉达曼斯·尼弥斯忽然记起一个细节，于是微笑着激活一只相移手套，轻轻碰了碰胸口，把那儿的皮肤揉红，模拟出十字形的形状。当然，她身上根本就没有这种寄生虫，但飞船里的人们可能会瞥见她赤裸的胴体，而她不打算因为一个细节上的愚蠢疏忽，而泄露什么秘密。

“拉斐尔”号继续沿着天龙星七号这个耀眼的冰冻星球的轨道绕行，与此同时，船上三名船员躺在重生龛中，监视灯和指示器记录着他们缓慢从死亡中恢复的过程。新加入的那名乘员睡着了。她没有做梦。

48

我们在沙漠星球上漂流，G2恒星那刺眼的光芒晃得人睁不开眼。我们用幻灵的肠胃制成的袋子储存水和空气，以便随时饮用。我们在那颗星球上的最后几天的回忆，犹如幻梦一般，正迅速褪去。

库奇阿特和他的猎队到了离上方的地表还有五十多米处停了下来，我们注意到，冰廊里的空气已明显稀薄了许多。在参差不齐的冰廊内，大家开始为远征做准备。奇查图克人全都脱了个精光，我们大吃一惊，忙不迭地别开脸去，虽然有些尴尬，但还是注意到，他们的身体是多么强壮和结实——男女都一样。就好像是一倍重力下的健美运动员被砸扁，并压缩成一个更加强壮的人。奇阿库和其他人从幻灵皮袋里拿出所需物品，而库奇阿特和女战士查特沙过来，指导我们为地表之行换装。

我们在库奇阿特和查特沙的帮助下，照着奇查图克人的动作穿衣服。几秒钟内，我们也都脱得精光。脚下垫着先前穿的幻灵长袍，以免脚被冻住，但全身还是冻得火辣辣的。然后，我们套上一层薄膜（我们后来得知，那是幻灵的内皮），它被裁剪出手臂、双腿和头的形状，但显然是为我们这样细瘦一些的手臂、腿、头量身定做的。事实上，那身薄膜比紧身衣还紧：半透明的幻灵皮紧紧绷在我身上，样子看起来一定就像是一串炮弹填进了肠衣之中。贝提克看起来也好不了多少。过了一会儿，我意识到，奇查图克人应该是把这用作抗压服——兴许它的能耐还能抵得上霸主军部曾在太空中使用的精妙复杂的拟肤束装。薄膜透汗恒温，同时还能很好地保护肺部，使之不会在真空中爆炸，保证皮肤不会被擦伤，血液不致沸腾。头部薄膜从前额拉下，直到下巴，就像蒙头斗篷一般，仅留着眼睛、鼻子和嘴巴在外面。

库奇阿特和查特沙从背包里拿出薄膜面具，其他的奇查图克人皆已戴上。这些显然都是人造物品——面具是用和抗压服一样的内皮制成的，只是在好几处加了幻灵皮制成的内垫。幻灵眼睛的外晶状体被制成目镜，和外袍上的目镜一样，拥有一定的红外夜视功能。面具的口部缝着一长条卷起的幻灵肠子，肠子尾部被库奇阿特仔细地缝好，连进一个水袋。

看到奇查图克人开始依赖面具呼吸，我意识到，那不只是水袋：那些被火盆里的燃料球融化的冰，不仅会产生水，还有空气。不知他们用了什么办法，将这混杂的空气过滤成充分可供呼吸的空气，我试图戴着面具呼吸——空气里的某些成分刺得我眼泪直流，肯定含有甲烷，也许甚至还有氨气，但至少可供呼吸。我猜测，袋里的空气估计只能维持两小时左右。

穿好抗压服后，我们又穿上了外层幻灵长袍。库奇阿特为我们把长袍的头部拉下（先前从未拉得这么低），又扣紧牙齿，这样我们就只能透过目镜向外看，像是在抗压服上戴了个粗制滥造的头盔。然后，我们又穿上一双幻灵皮靴，它能包覆住小腿，几乎快到膝盖。之后奇阿库拿起骨针，用力缝紧外层长袍。水袋和气袋都用带子悬在靠近长袍上的一个开口，水要是快没了，可以很快把它拆下，重新把袋子灌满。奇奇提库，负责搬运燃料球火盆的那个，总是在一刻不停地忙着把大气融化成水和空气，哪怕是在上路之后，也一直不停歇。他将替换用的皮袋按精确的顺序递来，先是库奇阿特，最后是我。我现在起码明白了猎队的次序，也明白了在地表遇到危险时，为什么猎队会立即排列成一个圈，保护搬火人奇奇提库，把他围在中间。这并不只是因为他携带的重要物品具有宗教意义和象征意义，也是缘于他持续的警觉和劳作，让我们得以存活。

就在我们走出洞穴，即将踏上穿越地表冰面和旋风的旅途时，我们在这身行头又加上了最后一件。奇阿库带着几个人，从入口附近的一个暗窖里取出许多长长的黑色冰刀，那玩意底部锋利如剃刀，顶部却平坦而宽阔，与脚上的短靴十分契合。这一次，我们又用幻灵皮绳将这些冰刀绑在靴子上。它们是冰鞋与越野雪橇的巧妙结合，我在冰川上那满是划痕的冰面上笨手笨脚地滑了十米后，终于意识到，脚下踩着的，是幻灵的利爪。

我很怕在一点七倍重力下摔倒，因为每次摔倒，都等于背上又多了十分之七个劳尔·安迪密恩。但我们很快就掌握了驾驶这东西的技巧，另外我们也绑了足够的缓冲垫，不会摔疼。后来，要是遇到太粗糙的地表，我就拿出从木筏上切下来的一根短原木，用作超大号滑雪杖，拄着它前进，犹如撑着一只一人的木筏。

如今我得承认，我很希望那次出行时大家能合张影，留下一张全息图像或者照片。我们外面罩着幻灵皮，里面衬着内皮抗压服，带着幻灵胃做的气袋、大肠做的气管，拿着骨矛、等离子步枪、背包，脚蹬利爪雪橇，一定看起来像旧地旧石器时代的宇航员。

这些东西非常好使。我们迅速地穿过了雪和冰晶组成的雪脊，比在冰廊里行进的速度快得多。地表旅途中有段很短的时间，吹了一阵子南风，于是，我们可以张开穿着幻灵长袍的手臂，在风的推动下横越平坦的冰域，就像一艘艘出航的帆船。

天龙星七号那冻结大气的表面，有着严酷而令人难忘的美。天空一片空白，太阳升起的时候，也和在月球表面上一般漆黑，但就在日落之后，马上会有数以千计的璀璨星辰纷然呈现。我们的长袍和内层抗压服，能让我们在白天的时候经受住如太空中的高温和低温，但到了晚上，显然连奇查图克人也无法抵御那种寒冷。幸运的是，我们穿越地表的速度足够快，途中只会经历一次六小时的黑暗，那时需要找地方躲避，而奇查图克人也精确地计算过出发时间，所以在夜幕降临前的一整天的阳光照射，我们一分也没浪费。

地表上，没有山或者什么其他东西大过冰脊或冻溪，除了我们刚到冰面上的头几个小时里，看到初升的太阳照射在遥远南面的一块冰冻物上。我突然意识到，那就是格劳科斯神父所在的摩天楼，它掩埋在好几公里外的冰层里，唯有顶端突立出来。除了那之外，地表平淡无奇，毫无特征，好一阵子，我想不通奇查图克人究竟依靠什么来确定方向。但很快，我就发现库奇阿特看了看太阳，然后又看看自己的影子。那短暂的一天里，我们继续向北滑去。

奇查图克人滑冰/滑雪的时候，以紧密的防御队形前进，搬火人和巫医两人在中间，负责照管火和空气/水袋，两翼是举着长矛的战士，库奇阿特领头，奇阿库（现在我们意识到，他显然是二把手）断后，时刻保持警惕，几乎像是在往后滑。每个奇查图克人的袍子上都拴着一根长长的幻灵皮绳（在我们三人穿衣服的时候，也给我们拴了一些），一次突发事件后，我终于弄清了那根绳子的用途。当时，库奇阿特突然停下来，继而往东滑去，避开了几条以我的肉眼根本无法察觉的裂缝。我朝其中一条裂缝中看去，那豁口似乎深不见底，全然是黑暗。我试图想象，如果掉下去的话，会是什么样的感觉。当天下午晚些时候，前面的地表突然溅起一团冰晶，一个人就那样寂静无声地消失了。但就在奇阿库和库奇阿特准备救援绳索的时候，他又重新出现了。那名战士自己阻止了下落，他脱下黑色的利爪冰鞋，利用它们作攀登工具，将它们凿入裂缝光滑的内壁，像熟练的攀岩运动员一样爬上陡峭的冰壁。我一点点明白，不能低估这些奇查图克人。

第一天，我们没有看见一只幻灵。随着太阳西沉，我们发现（当时已经疲乏不堪），库奇阿特和其他人已经停止了向北的滑行，正在围成圈，窥视着脚下的冰，似乎在寻找什么。稀薄的风挟卷着冰晶，砸向我们。我想，如果我们穿的是太空服，站在这儿的地表，面罩肯定会被风雪刮擦而导致毁损，但幻灵长袍和目镜却丝毫没受损害。

最后，远远滑到我们西边的艾查库特挥挥手臂（戴着面罩，而且在近真空之下，无法进行语言交流），于是我们全都朝那滑去，最终停在一个地方，那里看起来和其他地方毫无两样，表面一样是被压力挤得波纹横生。库奇阿特挥挥手示意我们退后，从背上解下我们送的斧头，开始凿冰。表层砍开后，我们发现这并不是一条裂缝或者冻溪，而是一个通往冰窟的狭窄入口。四名勇士拔出长矛，奇奇提库提着燃屑灯站到他们旁边，然后，在库奇阿特的带领下，一伙人爬进洞里，而我们其他人列成保护圈，在外边等待。

过了一会儿，库奇阿特披着长袍的脑袋冒了出来，挥手示意我们进去。手里依然握着斧头，我可以想象，在他的幻灵牙齿护栅和薄膜面罩底下，他笑得有多么开怀。斧头是一份重要的礼物。

我们在幻灵巢穴里过了夜。我帮奇阿库用冰雪填筑了入口，又用松散的冰晶和较大的冰块在入口多堵了一米左右，然后进到里面，看着奇奇提库将大块的冰雪加热，直到冰穴内充满足够的空气。我们聚在一起睡觉，二十三个除不尽的人和三个除不尽的旅行者，依然穿着长袍和抗压薄膜，但面罩已经取下。我们呼吸着各自汗液的芳香，挤作一团。温暖让我们存活下来，度过了可怕的夜晚。外面，气旋风暴和重力风暴卷着冰晶，以近乎音速（如果在那近真空中有声音的话）砸向一切。

关于和奇查图克人共度的最后一夜，我还记得另一个细节。幻灵的巢穴里，排列着……排列着无数的人类头骨和骨头，每一个都镶嵌在环形的冰墙内，看上去像是艺术家精心排列的作品。

在第二天的行程中，我们依然没有看到幻灵——不论是幼仔还是能挖冰的成年兽。日出前不久，我们脱下并藏好了冰刀，然后进入位于第二座远距传输器上方的冰道。在深入地下、大气密度合适时，我们取下了面罩和抗压服，略不情愿地把它们交还给查特沙，感觉就像是把队员的标识交还给了除不尽的人。

库奇阿特简单说了两句。他说得很快，我听不懂，但伊妮娅替我们做了翻译——“我们很幸运……穿过地表没有和幻灵狭路相逢，这很不寻常……但是，他说，第一天的幸运似乎总会导致第二天的不幸。”

“告诉他，我希望他想错了。”我说。

最后，我们终于见到了敞露的河流，上面是漂浮的薄雾和冰顶，那景象几乎令人震惊。虽然大伙儿都已精疲力竭，但我们还是立马开工。手上套着幻灵皮手套，要把砍断的木头捆在一起颇费周章，但奇查图克人动作很快，帮了我们大忙，不到两个小时，我们就有了一艘新木筏，虽然比先前的短多了，还有些难看——没有了前桅、帐篷、炉石。但舵还在原处，尽管撑杆也变短了，拴在一起看起来很别扭，不过我们想，它们在这段较浅的特提斯河上应该还能用。

告别比我想象得还要伤感。大家互相拥抱了至少两次。伊妮娅长长的睫毛上结了冰珠，我也不得不承认，我的喉咙被强烈的感情扯紧了。

然后，我们将木筏推进河中，顺流而下。站着不动的航行使我感觉怪怪的，身体和精神上都觉得似乎还踏着利爪冰刀，又推又滑的。接着，远距传送门和冰墙来到了我们面前，我们低下头，躲过低悬的冰脊，突然间就到了……另一个地方。

我们撑着篙进入了一片朝霞之中。这里的河面很宽，波澜不兴，水流缓慢而平稳。河岸都是红色岩石，生有条纹，就像宽阔的台阶一步步从河水中升起；沙漠也遍布红色岩石，还长有一些低矮的黄色灌木；遥远的一层层的丘陵和拱门，也都是光滑的红色石头。满目火红都被从我们左方升起的巨大红日引燃，温度比起冰窟，将近高出一百摄氏度。我们为双眼挡住阳光，将幻灵长袍脱下叠好，放在小木筏的尾部附近，它们看起来活像一块块又白又厚的地毯。清晨的日光下，圆木上一层层的冰反射着亮光，逐渐融化。

我们还没查询通信志或特提斯旅行指南，就已确定这儿是库姆-利雅得。是红岩沙漠提醒了我们。一座座大红色砂岩的天生桥；刻有凹槽的红色岩柱矗立在粉红色的天空下；精美的红色拱门使得身后远去的远距传送门相形见绌。河流所经的峡谷一线，都横跨着道道红色石桥，蜿蜒向前，进入一个更宽广的峡谷，炽热的风吹过黄色鼠尾草，托起一粒粒红色粗沙，粘在幻灵长袍长长的管状“毛发”中，落在我们的眼睛和嘴里。中午时分，我们穿过一个更为丰饶的峡谷。灌溉沟渠从我们所在的河流呈直角放射出去，低矮的黄色棕榈和洋红色的瓶刷子树[1]夹道排列。很快，一些低矮建筑进入视野，又过不久，一座由粉红和赭色房屋组成的村庄出现在眼前，但一个人都没有。

“就跟希伯伦一样。”伊妮娅低声说。

“别那么快下结论。”我说，“也许所有人都在某个看不见的地方工作呢。”

但是，随着温度一点点升高，正午过去，下午来临（据旅行指南说，库姆-利雅得的一天有二十二小时），虽然沟渠和植物都越来越多，村庄也越来越随处可见，但依旧看不见人类或者家畜的影子。我们两次撑筏靠岸——一次是从自流井中取水，另一次是在途经一座小村庄时，在河上听到捶打声，于是上岸去看了一下，却只看到一张坏掉的遮阳篷，在沙漠强风中嘭嘭作响。

突然，伊妮娅弓下身子，痛苦地大叫。我单膝跪地，用等离子手枪对着空旷的街道瞄了一圈，而贝提克则跑到她身边。街上没有一个人。一扇扇窗户里，没有任何动静。

“没关系。”伊妮娅大口喘气道，这时机器人已经抱住了她，“突然就疼了起来……”

我快步走到她身边，觉得自己很傻，竟然拔出了武器。于是我把它插回皮套里，单膝跪下，握住她的手。“怎么了，孩子？”她在抽泣。

“我……不……知道。”她一面抽噎，一面勉强说道，“有什么……可怕的事……我不知道。”

我们把她抱回木筏。“求你了，”伊妮娅低声说，尽管天气很

---

① 澳大利亚灌木，具有稠密的花状圆柱形尖刺，上带大量长而突出的雄蕊，形如瓶刷。

热，她的牙齿却在打战，“咱们走吧。赶紧离开这儿。”

贝提克支起超薄帐篷，尽管在我们的木筏“缩水”之后，它要占据筏子上的大部分空间。我们把幻灵长袍拖到阴凉的地方，让女孩躺到上面，然后拿起一个水袋，给她喂水。

“是这座村庄的缘故吗？”我问，“是不是这里的什么东西——”

“不是。”伊妮娅啜泣道，但没有泪水。我能感觉到，她正和一浪接着一浪的情感波浪搏斗。“不是……是某种可怕的事……这颗星球上，还有……在我们身后。”

“在我们身后？”透过帐篷的入口，我朝外望去，外面除了峡谷、宽阔的河道、掠过的村庄、大风吹拂下的黄棕榈，便什么都没有了。

“在我们身后的冰冻星球上？”贝提克轻声问。

“对。”伊妮娅艰难地说完这个字，又痛得蜷作一团，“好……疼。”

我用手掌抚上她的前额和赤裸的腹部。就算加上峡谷的气温以及晒在她脸和手臂的阳光，她的皮肤也不该这么热。我们从背包里拿出一个医疗包，贴上诊断贴。诊断结果是高烧、6.3级疼痛、肌肉痉挛，甚至脑电图也不平稳。治疗建议是服用水、镇痛药，并立即就医。

“有座城市。”河流在一段峭壁前转了个弯，机器人说道。

我走出帐篷细看。玫瑰红的塔楼、穹顶、尖塔都还很遥远——也许距离渐宽的峡谷地面有十五公里远——这段河的水流一点也不急。“你陪陪她。”我说着，走到右舷去撑木筏。切短了的木筏比先前轻多了，在水流推动下，我们飞速前进。

贝提克和我查阅了已经被水泡得变了形的旅行指南，确定这座城市叫马什哈德，是南部大陆的首都，大清真寺的故乡，现在我们已经能够看到它的众多尖塔；随着我们慢慢前进，河流流经密集的村庄、郊区、工业区，最后抵达了真正意义上的城市。伊妮娅忽睡忽醒。她的体温升得很高，医疗包的诊断灯闪着红光，建议就医。

和新耶路撒冷一样，马什哈德空荡得阴森可怕。

“我似乎记得有传闻讲，驱逐者占领煤袋的时候，库姆-利雅得也同时陷落。”我说。贝提克肯定了这一点，说他们曾从位于大学城的圣神交通系统无线监控器上，看到了那样的画面。

我们把木筏拴上一个低矮的码头，把女孩背进城市街道的荫蔽下。这里简直就是希伯伦的重演，唯一的不同是，现在身无大恙的是我，昏迷的是女孩。我暗自下定决心，从现在起，只要能不去沙漠星球，就不去。

街道不如新耶路撒冷那么整洁：地形车乱七八糟地停在人行道上，被丢弃在了那儿，碎屑在街道上飞舞，窗户和门都大开着，红色的沙子侵入其中，人行道、街道、垂死的草坪上都平放着奇怪的小地毯。我在见到的第一堆地毯旁停下，想着它们有没有可能是霍鹰飞毯。但它们只是普通地毯，而且都朝同一个方向摆放。

“祈祷用的跪垫。”贝提克说着，我们又回到城市街道的荫蔽外。这里最高的建筑物也没高到哪里去——还不及那些尖塔，面朝种植有热带树木的停车场。“库姆-利雅得的人口，几乎都是伊斯兰教徒。”他继续道，“据说，圣神在这里没有任何市场，即便有了重生的期望也无济于事。人们根本不想牵涉入保护体。”

我转过街角，依旧寻找着医院，或是指向医院的标志。伊妮娅滚烫的前额靠在我的脖子上，呼吸急促而微弱。“我觉得《诗篇》提到过这个地方。”我说。孩子的重量轻如鸿毛。

贝提克点点头。“塞利纳斯先生写过卡萨德上校的胜仗，大约三百年前，他在这里战胜了所谓的新先知。”

“环网陨落后，什叶派又夺得了政权，对吧？”我说。我们站在又一条小巷口边，往里望了望。我要寻找的是红色新月徽[①]，而不是全网通行的红十字形医疗救助标记。

“对。”贝提克说，“他们曾以暴力对抗圣神。据推测，圣神舰队从当地撤离时，他们热烈欢迎驱逐者的到来。”

我看着空荡荡的街道。“嗯，不过驱逐者好像并没有把欢迎当回事呢。这儿就跟希伯伦一样。你觉得他们都去了哪里？会不会是整个星球的人都被劫持了——”

“瞧啊，蛇杖标[②]。”贝提克打断了我。

一座高耸建筑的窗户上，贴着一个古老的标志：一根生有翅膀的手杖，两条蛇交缠其上。高楼内部乱七八糟，垃圾遍地，样子不像我去过的任何一间医院，倒更像一座标准的办公楼。贝提克走到一个数字显屏前，上头滚动着一行行阿拉伯文字。整台机器还在嘀嘀响着。

“你懂阿拉伯语吗？”我问。

“懂。”机器人说，“我也懂它说的话，是波斯语。十楼有家私人诊所，我想那儿可能有完整的诊疗中心，或许还有自动诊疗室。”

我怀抱着伊妮娅走向楼梯口，但贝提克试了试电梯。空荡荡的玻璃轴嗡嗡作响，一辆悬浮车飘到我们这一层，停下了。

“真不可思议，竟还有电。”我说。

---

① 穆斯林国家中相当于红十字会的组织的会徽。

② 铸在赫耳墨斯所持权杖上的标志，用于象征医生这一职业。

我们乘电梯到十楼。伊妮娅醒了，低声呻吟着，我们沿着铺着瓷砖的走廊往前走，行经一个露天的空中花园，黄色和绿色的棕榈树在风中沙沙作响，最后走进一间通风良好、四周全是玻璃的房间，里面是一排排自动诊疗床和中央诊疗设备。我们选了离窗最近的床，脱下孩子的外衣，让她躺在干净的被褥上。我们撕下医疗包的诊疗贴，换上贴皮纤丝，等候诊疗显板显示结果。电子合成声音说的是阿拉伯语和波斯语，显屏信息也是这两种默认的语言，但幸而有环网英语的选项，于是我们切换到这一项。

自动诊疗室的诊断是过度疲劳、脱水，还有脑电图异常，可能来自头部受到的猛烈撞击。贝提克和我面面相觑。伊妮娅的头部从没受过任何撞击。

我们认可了对过度疲劳和脱水的治疗，朝后退了退，望着床板下伸出流沫缚臂，人造手指触探着伊妮娅的静脉，装满镇静剂和生理盐水的静脉注射仪开始工作。

没过几分钟，孩子就平静地睡着了。诊疗机又说起阿拉伯语，没等我走过去看显示器，贝提克就已经翻译了出来。“它说病人需要好好睡一晚，明天病情就会好转。”

我把背上的等离子步枪换了个位置。我们那几只积满灰尘的背包蹲坐在一张会客椅上。我走到窗边，说道：“趁天还没黑，我去城市里转转，看看除了我们之外有没有别人。”

贝提克抱起双臂，望着挂在街对面建筑顶上的那轮巨大红日。“我想不会有。”他说，“只是这里花的时间要长一些而已。”

“什么花的时间长一些？”

“不管是什么东西掳走了民众，在希伯伦，没有任何恐慌或搏斗的痕迹，而这里的人还有时间丢弃车辆。另外，那些跪垫是最可靠的标志。”我第一次注意到，机器人的前额、双眼和嘴巴周围，那蓝色的皮肤已经出现了细微的皱纹。

“最可靠的什么标志？”我问。

“他们知道，有大事正降临到他们头上。”贝提克说，“所以把最后的一秒钟也用来祈祷。”

我把等离子步枪放到会客椅附近，掀起手枪皮套的口盖。“我还是打算去看看。”我说，“她可能会醒，你照看她一下，好吗？”我从背包里拿出两个通信装置，其中的一个扔给机器人，把另一个别在衣领上，调好话筒珠的位置。“开着公用频段。我待会试着跟你联系。如果有什么问题，就呼叫我。”

贝提克站在她的床边，大手轻抚熟睡中女孩的前额：“我会一直陪着她，直到她醒来，安迪密恩先生。”

很奇怪，我竟如此清晰地记得那天晚上漫步在废弃城市中的情景。一家银行的数字标牌显示当时有四十摄氏度——一百零四华氏度，但红岩沙漠吹来一阵阵干风，携走了汗水，粉红偏红的落日也给我一种安宁的感觉。我之所以记得那晚，也许，是因为那是旅途中巨变发生前的最后一夜。

马什哈德这个城市是一个奇怪的混合体，像是结合了现代都市和《一千零一夜》中的集市。外婆曾陪我坐在海伯利安满天繁星的夜空下，给我讲那本书中一个个奇妙的故事。这个地方弥漫着一股麝香的味道，给人一种浪漫的感觉。街角有个报刊亭，还有台自动取款机，拐过去，就能看见面前的街道中央摆起了货摊，撑着条纹鲜艳的遮阳篷，箱子里全是一堆堆腐烂的水果。我还能想象出这里昔日的嘈杂和熙攘——大流亡前的牲畜，马、骆驼什么的，正一群群地兜转着，蹶着蹄子，狗儿在吠叫，摊主大声叫卖，买主讨价还价，女人头戴黑色方披巾，面蒙蕾丝布卡或是面纱，翩然走过，两旁极具巴洛克风情但效能低下的地行车咆哮着经过，喷吐出肮脏的一氧化碳、甲酮，还有旧式内燃机自古以来一直制造的污秽尾气……

突然，一声悦耳的男声传来，把我从幻想中猛然惊醒，声音在这个石头与钢铁组成的峡谷城市间回荡。似乎是来自左边一两个街区外的公园，于是我朝那个方向跑去，一路上，我的手始终按着皮套里手枪的枪把。

“你听到没有？”我边跑边朝话筒珠说道。

“听到了。”耳塞里传来贝提克的声音，“我把露台的门开着，声音听得清清楚楚。”

“说的好像是阿拉伯语。你能翻译一下吗？”我急速跑过两个街区，微微有些喘不过气，来到一个露天公园，那里最高的建筑是座清真寺。几分钟之前，我曾站在楼上俯瞰下面纵横交错的街道，瞥见落日的余晖染红了一座尖塔的侧面，但现在石塔成了暗灰色，只有天上的一缕卷云还闪着光彩。

“能。”贝提克说，“这是宣礼员在召集晚祷。”

我从腰间口袋拿出望远镜，将各座尖塔上下打量了一番。每座塔楼都有一处露台四面安装着扬声器，男子的声音是从中发出来的。没有别的什么动静。突然间，这富有节奏的喊声停止了，鸟儿又开始在广场繁密的枝丫间鸣啭。

“很可能是录音。”贝提克说。

“我会弄清楚的。”我收好望远镜，沿一条碎石小径穿过一片宽阔的草坪，行经几棵微黄的棕榈树，来到清真寺的入口。穿过一个院落，便来到清真寺真正的大门前，里面的情况一清二楚——摆满了上百张祈祷垫。一根根优雅的梁柱，支撑起一个个由杂纹斑驳的石头筑成的精美石拱，远处的墙上有道美丽的拱门，通往一个半圆形的壁龛。壁龛右方有一段楼梯，一排巧夺天工的石栏夹道而立，顶部平台饰有石质华盖。我没进入宏大的殿堂，先把这里的景象给贝提克描述了一番。

“壁龛叫作米哈拉布。”他回答道，“是伊玛目，也就是领拜师专用的。右边的露台叫敏拜尔，也就是讲道坛。这两处有人吗？”

“没有。”我看见跪垫和石阶上都有点点红沙。

“那么，毫无疑问，祈祷召集令是定时播放的录音。”贝提克说道。

我有想进入这座巨石建筑的冲动，但又不愿亵渎任何人的神圣之地，因而将那想法压抑了下去。我想起了小时候去鸟嘴尖的天主教堂的情景；长大后，地方自卫队有个朋友要带我去海伯利安仅剩的禅灵教庙宇之一。我意识到，自打孩提时候起，不管在任何宗教场所，我都情愿做个局外人……我从未拥有过一个属于自己的圣地，它们都会令我感到不自在。于是我没有进去。

回程途中，我走过暮色四合、气温渐凉的街道，发现一条棕榈树夹道的大街，两侧城区引起了我的注意。很多四轮推车中装着食物和玩具，准备出售。我在一个卖油炸面圈的推车旁停下，拿起一个手镯大的面圈，闻了闻。已经变质了，但时间不长，大概才坏了几天。

走出林荫大道，来到河边，我转身向左，沿滨江大道往回走，准备回诊所，途中偶尔问问贝提克伊妮娅情况如何。她还在熟睡。

随着夜幕降临到城市之上，星光被大气中的沙尘掩暗了。只有一小部分城中心的建筑还亮着灯——不管是谁掳走了民众，事情肯定发生在白天——但整条滨江大道上威严古老的街灯亮着煤气灯光。要不是大道尽头靠近拴木筏的码头处有一盏灯亮着，我可能已经转身踏上回诊所的路了。但事实上，我看见了木筏，那盏灯让我在一百米开外就看到了它。

有人正站在我们的木筏上。那身影一动不动，很高，似乎穿着银色制服。路灯的灯光反射在那身影的表面，使它看起来像是穿着铬制宇航服。

我低声跟贝提克说，木筏上来了个入侵者，叫他保护好女孩，然后，我从皮套里拔出手枪，从腰带上取下望远镜。望远镜对焦完成的那一秒，发亮的银色躯体扭过头，朝我的方向转来。

49

德索亚神父舰长睁眼醒来，感受到来自“拉斐尔”号重生龛那熟悉的暖意。熬过起初那无法避免的困惑和迷茫之后，他从封闭的躺椅中起身，赤身裸体飘向指挥控制台。

一切如期运行：飞船已经进入天龙星七号的轨道——透过指挥控制台的窗户朝外望去，这颗星球俨然一个白得煞眼的球体；制动点火装置处于最佳状态；另外三口重生龛即将重新唤醒它们装载的贵重的人类货物，在他们完全恢复力气前，内部场都将设置为零重力，温度和空气也调到最适合刚苏醒的状态，飞船处在与星球相对静止的轨道。新生的神父舰长下达了他的第一条指令——命令飞船为所有人在军官室内调好咖啡。通常，他重生之后首先会想到的都是他的咖啡杯，它置于图表桌内（也就是军官室的那张桌子）的凹处，里面盛满热热的黑色饮品。

然后，德索亚注意到飞船电脑正闪烁着指示灯，表示有一条重要信息。他在佩森星系尚还清醒时，并没有接到任何信息，而且，似乎不大可能有人会在这个偏远的前殖民地星系找到他们。圣神还没有进驻天龙星星系——至多也就是传送中的火炬舰船，会在星系内的三座巨型蒸汽行星上补给氢燃料。他简短地查询了飞船电脑，证实在这三天减速进入轨道的时间里，没有其他飞船和他们有过接触。同时还得到确证，下面这颗星球没有传教团，且传教士上一次抵达此地，都是五十多标准年前的事了。

德索亚播放消息。那是经由圣神舰队发来的教皇权级令。依据显示代码，消息是“拉斐尔”号在佩森空域时，进入量子状态的零点零一秒前收到的。很简略的纯文本信息——**陛下撤销去天龙星七号的成命。搜捕队的新目标区：神林。立刻前往那里。卢杜萨美和马卢辛授权。消息完毕。**

德索亚叹了口气。这趟旅程，所有人的死亡与重生，都白费了。好一阵子，神父舰长一动也不动，只是赤着身子僵坐在指挥座上，望着头顶那颗填满了弧形窗户的冰冻星球那耀眼的白色边缘，陷入沉思。然后他又叹了口气，从椅子上离开去洗浴，走过军官室的时候，他停了下来，准备喝上一口咖啡。他一面往浴室的控制面板上敲命令——针型喷雾，他最喜欢的热度——一面伸手去够咖啡杯。然后他想起要去找几件浴袍，这儿已经不再是清一色男人的舱室了。

突然，德索亚愣住了，心里有些恼怒。伸出的手没有碰到咖啡杯的杯把，有人动过凹处中的杯子。

他们的新成员，拉达曼斯·尼弥斯下士，是最后一个离开重生龛的。她从龛具中走出，跃向浴室（同时也是更衣室），三人都不约而同地挪开了视线，但“拉斐尔”号内部拥挤不堪的指挥用透明罩有很多反光面，于是每人都瞥到了矮小女人结实的身体、苍白的皮肤和瘦小的双乳间青紫色的十字形。

尼弥斯下士来到他们身边，开始实行圣餐礼。众人啜着咖啡，此时内部能量场逐渐增加到一点六倍重力，她看上去有些迷糊，身体绵软无力。

“第一次重生？”德索亚轻声问道。

下士点点头。她的头发很黑，剪得很短，刘海柔柔地贴在苍白的额头上。

“祝你早日习惯。”神父舰长说着，“虽然实际上，每一次苏醒都和第一次差不多……艰难而又痛快。”

尼弥斯啜着咖啡，在微重力下，她似乎有些小心翼翼，红黑相间的制服衬得她的皮肤更加苍白。

“我们不是应该马上出发去神林星系吗？”她试探地问道。

“很快就出发。”德索亚神父舰长答道，“我已经命令‘拉斐尔’号在十五分钟内离开这条轨道。我们将以两倍重力加速度行进到最近的跃迁点，在回到重生龛躺椅上前，还可以休息几个小时。”

尼弥斯下士不禁微微有点发抖，似乎是想到又将经历一次这番痛苦。她像是急于要转移话题，在瞥了眼填满窗户和视屏上耀眼的行星边缘后，说道：“都封冻成这样了，怎么会有人在河上前进呢？”

“我想，河是在冰下。”格列高利亚斯中士说道。这名高大的士兵一直仔细地打量尼弥斯。“这些其实是自陨落以来再度冻结的大气，特提斯河一定在冰下流淌。”

尼弥斯下士惊讶地扬起一条深色的眉毛。“神林又是什么样的？”

“你不知道吗？”格列高利亚斯问，“我还以为圣神的所有人都听说过神林呢。”

尼弥斯摇摇头。“我是在希望星上长大的，那是颗农业和渔牧星球，那儿的人对其他地方都不太感兴趣，不了解圣神的其他星球……也没听过环网时代的那些传说。我们大多数人都一直靠着土地或海洋勉力维持着生计。”

“神林是古老的圣徒星球。”德索亚神父舰长说着，把咖啡杯放进图表桌内的凹处，“它曾经是个美丽的星球，可惜在陨落前的驱逐者入侵中，被烧得面目全非了。”

“对。”格列高利亚斯中士点点头，“圣徒的缪尔兄弟会是一种崇拜自然的异教徒。他们把神林改造成了一个森林星球——那些树木比旧地的红杉和美洲杉都还要高，还要美丽。圣徒生活在那儿，一共两千多万人——他们在美丽的树上建造了城市和平台。但他们在战争中站到了错误的一方……”

尼弥斯下士正啜着咖啡，她抬起头来。“你是说他们站在了驱逐者那一方？”听她的语气，似乎对这个念头相当震惊。

“正是，姑娘。”格列高利亚斯说，“可能是因为当时，他们拥有可以航空的树……”

尼弥斯笑了，声音短促而尖厉。

“他是说真的。”纪下士说道，“圣徒用尔格——毕宿五产的一种能够束缚能量的生物——将那些树密封在九级密蔽场内，并装备了星系内核反应驱动。他们甚至拥有合格的霍金驱动器，能进行星际飞行。”

“会飞的树。”尼弥斯下士说着，又刺耳地笑出声来。

“对他们的忠心，驱逐者给予的回报却是派了一队游群去攻击神林，于是一些圣徒驾着这些树飞走了。”格列高利亚斯继续道，“可大多数树都被烧毁了……这颗星球的大部分地方也是一样。据说，整整一个世纪来，这个星球的大多数地方都只剩余灰。烟云还创造出了核冬效应。”

“核冬？”尼弥斯问。

德索亚仔细地观察着年轻女人，心里思量着，为什么一个这么幼稚的人，会在特殊使命中被选中授予教皇触显。是不是因为在必要时刻，杀手的天真也是其力量的一部分？

“下士，”他发话了，对女人说道，“你说你是在希望星上长大的……有没有参加过那里的地方志愿军？”

她摇摇头。“我直接进入了圣神军队，神父舰长。闹了土豆饥荒……征兵人员说可以进行外世界旅行……于是，嗯……”

“你在哪里服役？”格列高利亚斯问。

“只是在自由岛接受了训练。”尼弥斯说。

格列高利亚斯支起手肘凑向前。一点六倍重力让人更倾向于坐着。“哪一旅？”

“二十三旅。”女人说道，“六团。”

“尖啸之鹰。”纪下士说，“我有个朋友，是个女的，也被调到了那儿。你的指挥官是不是科尔曼？”

尼弥斯又摇摇头。“我到那里的时候，指挥官是蒂灵。我在那儿只待了十个当地月……啊……我想，大约是八个半标准月。我是作为综合战斗专家训练的，后来他们招募志愿者参加第一军……”她声音逐渐变小，似乎这是机密信息。

格列高利亚斯抓抓下巴。“奇怪，我没听说过部队里有这支队伍。可军队里的秘密，时间一长总会传出去。嗯，你在这支……第一军里训练了多久？”

尼弥斯直勾勾地望了一眼大块头。“两个标准年，中士。那一直是机密……直到现在。我们大部分的训练都是在李三和兰伯特星环的领土。”

“兰伯特。”大块头中士沉吟道，“那么你接受过应有的低重力和零重力训练。”

“比我应接受的还多。”拉曼达斯·尼弥斯下士淡淡一笑，确认道，“在兰伯特星环时，我们曾在佩里格林的特洛伊星丛训练了五个月。”

德索亚神父舰长觉察到闲聊突然变成了审问。他不希望新船员因为他们的问题而感觉受到了攻击，可他和纪下士与格列高利亚斯一样好奇满满。另外，他还感觉到有什么地方……不对劲。“这么说，这个第一军的职能非常类似于海兵？”他说，“舰对舰的战斗？”

尼弥斯摇摇头。“不，不……舰长。不只是零重力条件下的舰对舰战斗战术那么简单。编组第一军的主要目的，是要向敌人宣战。”

“什么意思，下士？”神父舰长轻声问，“我在舰队这么多年了，百分之九十的战场都位于驱逐者领域。”

“对。”尼弥斯说着，脸上又浮起淡淡的笑容，“但你们总是打一枪换一个地方……舰队行为。而第一军将会真正占领这些地方。”

“但大多数的驱逐者领域都是在太空中！”纪说道，“小行星，环轨森林，乃至外层空间……”

“完全正确。”尼弥斯说着，脸上依然挂着微笑，“第一军将会在他们的土地上与之作战……即便是太空，也奉陪到底。”

格列高利亚斯瞥见了德索亚的目光，它仿佛在说，别再问了，但中士摇摇头，继续道：“嗯，我不明白这些自吹自擂的军团士兵要怎样学会——并且完成——瑞士卫兵在十六个世纪以来都无法办到的事。”

德索亚飘起身。“两分钟后开始加速，咱们回到各自的躺椅上去。在进入跃迁点前，我们再来谈谈神林和那儿的任务。”

在以光速进入星系后，“拉斐尔”号在两百倍重力下花了几乎十一个小时进行制动减速，才终于刹住了车，不过，计算机已经定位出一个足以传送到神林星系的跃迁点，那里离天龙星七号只有三千五百万公里。飞船可以从容地以一倍重力加速，并于大约二十五小时后到达那里，但德索亚命令它以两倍重力、用六个小时离开星球重力井，之后再增加能量开启能量场，以一百倍重力、用一小时时间完成最后的冲刺。

能量场启动后，这队人马将神林的最终安排检查了一遍——首先是三天的重生时间，接着由格列高利亚斯中士领导地面小组调度登陆飞船，继而监督该地五十八公里长的特提斯河段，最后准备捕获伊妮娅和她的同党。

“经过这么多事之后，为什么陛下开始为我们指引搜寻之路了？”他们向重生龛移去时，纪下士问道。

“神启。”德索亚神父舰长说道，“好嘞……大家都躺好，我来检查仪表。”

在传送前的最后几分钟里，他们通常都会关闭重生龛，只留下舰长在外面站岗。

在那仅有的几分钟里，德索亚独自一人面对着指挥仪表板，他快速调出他们进入希伯伦星系后遭受异常中止并迅速逃离的记录。在从佩森星系起飞前，他已经看过了这些，但现在他又把这些视频和数据记录快放了一遍。丝毫不差，也似乎滴水不漏：从希伯伦的轨道附近射来炮火，而此时他和两名士兵依然躺在重生龛中——燃烧的城市，满目疮痍的景色，希伯伦支离破碎的村庄升腾起滚滚浓烟，涌入沙漠的天空，变成一堆放射性废墟的新耶路撒冷——然后，雷达捕捉到三艘游群驱逐舰。“拉斐尔”号中止重生周期，开始逃跑，她载着三个待苏体，将强化聚变驱动的能力发挥到极致，以两百八十倍重力迅速离开星系。而另一方面，驱逐者必须将能量转移用以提升内部能量场，不然就得死——这些野蛮人没有重生的能力——这样一来，在追逐中，他们永远也无法制造出超过八十倍的重力加速度。

视频也是如此——驱逐者的聚变驱动器拖曳出修长的绿色尾迹，他们试图从将近一个天文单位之外用切枪攻击“拉斐尔”号，防御场轻而易举地阻截了如此远距离下发射来的能量，这一点，飞船也如实记录了下来，最后，飞船选择了最近的跃迁点，传送到无限极海星系……

一切都合乎情理，视频也极有说服力。但德索亚一点都不相信。

神父舰长并不确定自己为什么持那么大疑虑。当然，视频记录不具有任何意义；一千多年前，自数据时代开始之日起，就算是孩子，都可以通过家用电脑伪造极为逼真的视频图像。不过要伪造飞船的记录，可是相当费劲——那是个高技术的活计。为什么他现在会怀疑“拉斐尔”号的记录？

离传送只有几分钟的时候，德索亚调出了最近飞入天龙星七号星系的记录。他坐在指挥椅上，回头扫了一眼——三个重生龛躺椅全都已经封闭，没有一丝声音，信号灯显着绿色。格列高利亚斯、纪下士和尼弥斯都醒着，等待着传送和死亡。德索亚知道，在这最后的几分钟里，中士会祈祷，纪下士则通常会通过重生龛的显示器读书。但他不知道那女人会在舒适的龛座里做什么。

他知道自己有些过分执迷了。*我的咖啡杯被人动过，杯把方向*

不对。醒来之后，德索亚一直努力回忆着，在佩森星系时，是否有人去过更衣室，碰过咖啡杯。没有——在从佩森重力井中爬升的途中，没人去过更衣室。那个女人，尼弥斯，比他们先上船，但在她进入重生龛躺椅后，德索亚用过咖啡杯，并放回了原位。对此他非常确定。并且，他是最后一个进入重生龛的，一直以来都是如此。加速或者减速可能会震碎普通的咖啡杯，可他的杯子是特制的，能承受极高的重力水平，而信使舰船"拉斐尔"号的制动方向与它的航向线性相接，根本不会改变内部物体的横向位置。放咖啡壶的桌屉也是特制的，里面的东西不会随意移动。

德索亚神父舰长是一个水手。这项职业传承了几千年，从航海至航空，凡是水手，都着了魔般地要把所有东西放在确定位置。他是个航空员，在护卫舰、驱逐舰、火炬舰船上将近二十年的任职经验让他知道，只要有什么东西没完全放好，那么在飞船回到零重力时，那东西会立马砸到他脸上。更重要的是，他已经像老水手一样养成了习惯，不管是在黑暗还是在风暴中，想要什么东西，只需要一伸手，不用瞧就能拿到。他想，就算咖啡杯手把被移了位也不是个大问题……不过事实上的确是。拥挤的指挥舱里，他们就用那五人图表桌办公，每人仅有一席之地，而那桌子还兼作餐桌。当他们用这张桌子来描绘航线或查看行星地图时，每一个人——包括芮提戈活着的时候——都在他们的固定位置或坐或站或飘。这是人类的本性，也是空兵的第二习性，要保持整洁的习惯，少有变故。

有人碰过他的咖啡杯把，使它挪了方向——也许是零重力时，有人把膝盖顶在那里，以保持他……或者**她**……的平衡。过分执迷了。一点没错。

另外，格列高利亚斯中士从重生龛里出来后，趁尼弥斯还没醒，悄悄跟他说过一则使人不安的消息。

“舰长，我在梵蒂冈瑞士卫兵队有个朋友。走之前那晚我和他喝了一杯。他认识我们这伙人，包括纪和芮提戈，他发誓，说他在梵蒂冈医院外，看见昏迷不醒的持枪兵芮提戈被抬上担架，送上了一辆救护车。”

“不可能。”德索亚当时说，“持枪兵芮提戈死于重生并发症，已被空葬在无限极海空域。”

“话虽如此，”格列高利亚斯嘀咕道，“可我的朋友确定……几乎确定……救护车里的就是芮提戈。虽然昏迷不醒，身上连着维生包，脸上盖着氧气面罩，医疗器械应有尽有，但不会认错。”

“那可说不通。”德索亚说道。对于阴谋论他总是抱着怀疑的态度，因为从个人经历得知，两个人以上共享的秘密，很快就不会再是秘密。“为什么圣神舰队和教会要在芮提戈的事上欺瞒我们呢？如果他还活着，那他在佩森的什么地方？”

格列高利亚斯耸耸肩。“也许不是他，舰长。我一直这么告诉自己。但救护车——”

“怎么了？”德索亚高声问道，声音尖得超出了他的意图。

“它是开往圣天使堡的，长官。”格列高利亚斯说，“那是神圣法庭总部。”

过分执迷。

那十一个小时的减速记录没有异常——高重力制动，通常的三天重生周期，以最大概率确保他们安全恢复。德索亚朝入轨数据瞥了一眼，播放了天龙星七号缓慢自转的视频画面。他总是对失去的那三天感到好奇——“拉斐尔”号执行着她简单的任务，重生龛中他们各人正在苏醒——那段时间里飞船诡异的寂静令他万分好奇。

“离传送还有三分钟。”“拉斐尔”号粗糙的合成声音传来，“所有人员必须进入重生龛躺椅。”

德索亚没有理会警告，调出他们所有人重获新生前，飞船在天龙星七号轨道那两天半时间里的数据文件。他不确定自己到底在找什么……没有登陆飞船的部署记录……没有提前开启维生系统的标志……所有的重生龛监视器对重生周期都没有异常报告，只在第三天的最后几个小时里才有了苏醒迹象……飞船的轨道记录也很正常……慢着！

“离传送还有两分钟。”飞船单调的声音说道。

这儿，第一天，进入与行星的标准同步轨道后……还有这儿，大约四小时后。一切都正常，唯有一个不起眼的细节——四个小型反应堆推进器的点火。为了进入并保持在完美的同步轨道，“拉斐尔”号这样的飞船会做出调整，就像这样点燃十几个小型推进器。但德索亚知道，大部分这样的微调，涉及这艘造型怪异的信使舰船尾部聚变驱动附近的大型反应堆推进器荚舱，以及船首的指挥荚舱桁。这些推进器的喷射相当类似——在翻滚的过程中先喷两下，稳住飞船，让指挥荚舱远离行星的方向——这是“烤肉”模式的正常运行方式，可以将恒星热量均匀地传播到飞船表面，而无须能量场冷却剂——但只花了八分钟。这儿也是！翻滚之后，这些反应堆成对进行调整。两对，之后又是两对。然后，最后的一对点燃，同时大型推进器也会点火，以便将飞船翻回原来的位置，让指挥荚舱的摄像仪朝下对准行星。然后，四小时八分钟之后，整个过程重复了一遍。记录上还有三十八次保持相对位置的推进器点火，主推进器却没有一次点火，这意味着整艘飞船没有再次翻滚。但这两次四重喷射的间歇，却没能逃过德索亚那受过专业训练的鹰眼。

“离传送还有一分钟。”“拉斐尔”号发出警告。

德索亚能够听到那巨大的能量场生发器开始呜呜作响，准备转入改进的霍金系统，它将在五十六秒后杀死他。他没有理会。就算他现在不动，指挥椅也会在跃迁之后将他的待苏体送进重生龛。飞船就是那样设计的——麻烦，但确有必要。

费德里克·德索亚神父舰长担任过多年的火炬舰船舰长。到现在，他已经完成过十数次大天使信使舰船跃迁。他知道双重喷射、翻滚会在反应堆推进器上留下痕迹。就算是飞船日志里抹除了实际的翻滚记录，相应动作留下的蛛丝马迹可是抹除不去的。翻滚是要为登陆飞船定位，它位于指挥舱荚丛的对面，指向星球的大气层。第二次双重喷射——依然还记录在案的这次——是要抵消登陆飞船从“拉斐尔”号船体中心分离时所产生的推力。最后一次双重点火是要在飞船回到正常飞行姿态后，稳定它的状态，指挥舱荚上的成像仪又再度瞄准下方的行星。

这些都没有说起来那么明显，因为整个过程中，整艘飞船都处于缓慢的“烤肉”模式，偶尔会有点火情况，调整方位，使飞船各部分保持温度均匀，但就德索亚看来，这一痕迹确凿无误。他轻敲入指令，再次调出其他记录。登陆飞船部署，负记录。登陆飞船翻滚操纵部署，负记录。登陆飞船持续附着，正记录。所有人尚未重生前几小时的维生系统开启，负记录。登陆飞船飞向大气的视频记录影像，负记录。登陆飞船附着且空无一人的影像，持续存在。

唯一的异常之处是有两次八分钟的推进器点火，之间相隔四小时。远离行星方向八分钟的翻滚，足以让一艘登陆飞船进入大气，或者从大气层回归、汇合，而不被主成像仪采到视频记录。尾桁成像仪和雷达会把整个过程记录下来，除非在登陆飞船分离前键入命令，取消记录操作。那样，犯案之后，篡改记录的活儿就会轻松一些。

如果有人命令飞船电脑删去所有登陆飞船的部署记录，“拉斐尔”号的人工智能就可能如此这般更改记录，不过它智力有限，没有意识到“烤肉”模式下的小推进器点火也会留下一些蛛丝马迹。如果不是拥有任十二年火炬舰船舰长经历的人，会很容易忽略这一点。如果德索亚能有一个小时左右的时间，就可以调出所有的氢燃料数据，核对一下登陆飞船燃料补给的需求和进入星系的必要条件，然后仔细检查减速过程中巴萨德氢收集器的投入量，那么，他会更好地了解，是否真的发生了飞船主体翻滚动作，以及登陆飞船的部署。如果还有一个小时就好了。

“离传送还有三十秒。”

德索亚来不及躺回重生龛躺椅中，但还有时间为飞船的操作输入一条特殊指令序列，敲入超驰代码，确认，改变监视参数，又重复了两次。他刚听到第三次超驰得到确认时，大天使的超光速量子跃迁便开始了。

跃迁将德索亚在躺椅中撕裂，名副其实的撕裂。他狂笑着，陷入死亡。

50

“劳尔！”

离库姆-利雅得的日出至少还有一个小时，我和贝提克坐在伊妮娅房间里的椅子上。当时我正在打盹，贝提克醒着——他似乎从不需要睡觉。但伊妮娅开口后，我便立马伸手探到她床边。现在天还黑着，只有床头生物监视器的显示屏有光。外面，沙尘暴已经号叫了好几个小时。

“劳尔……”信息显示她的烧已经退了，疼痛也消除了，只有脑电图还不太稳定。

“我在这儿，孩子。”我捧起她的右手，她的手指已不再发烫。

“你看到伯劳了？”

这的确让我吃了一惊，但我马上意识到那不可能是她的预见或者心灵感应。当时我曾通过无线电将看到的一切都告诉了贝提克，他一定是开着通信装置的扬声器，而她又恰好清醒，于是就知道了这一切。

“对。”我说，“没关系，它没来这儿。”

“可你看见它了。”

“对。”

她紧紧握住我的手，从床上坐起。微光下，我看见她乌黑的双眼闪烁着光芒。“哪儿，劳尔？你在哪儿看见它的？”

“在木筏上。”我用另一只手把她推回枕头上。枕套和她身上的汗衫都被汗水浸透了，“没事，孩子。它什么都没做。我走的时候它还在那儿。”

“它有没有转头，劳尔？有没有看你？”

“嗯，看了，但是……”我住了口。她正在轻声呻吟，脑袋在枕头上来回摇动。“孩子……伊妮娅……没事……”

“不，不是这样。”女孩说，“啊，天哪，劳尔。我叫他陪我同行。那最后一晚。你知道吗？我叫他跟我们一起走，可他拒绝了——”

“谁拒绝了？”我问，“伯劳吗？”贝提克起身站在我身后。窗外，红色的沙子愤怒地刮擦着窗户和拉门。

“不，不，不。”伊妮娅说。她的双颊都是湿的，究竟是眼泪还是发烧流下的汗，我不得而知。“格劳科斯神父。”她说，声音在怒吼的风声下几乎听不见，“最后那晚……我叫格劳科斯神父跟我们一起走。我不该邀请他的，劳尔……那不是我的……梦的……一部分，但我却邀请了，既然邀请了，我就该坚持让他来……”

“没事的。”我说道，为她把一缕湿漉漉的头发从额头旁撩开，“格劳科斯神父没事的。”

“不，他出事了。”女孩说着，又轻声哀吟起来，“他死了。追我们的那东西杀死了他。他，还有所有的奇查图克人。”

我又看了看监视器显屏。虽然她在胡言乱语，可显屏却显示烧在慢慢退去。我看着贝提克，机器人正专心低注视着孩子。

“你是说伯劳杀了他们？”我问。

“不，不是伯劳。”她轻声说着，手腕捂住双唇，“至少我觉得不是。不，那不是伯劳。”她突然用两手抓紧我的手，“劳尔，你爱我吗？”

我一时有些目瞪口呆。但我没有抽回手，只是回答道：“当然了，孩子。我是说……”

自从伊妮娅醒来，叫出我的名字后，她似乎是第一次真正地看着我。“不，别说了。”她说着，轻声笑起来，“对不起，我暂时有点分辨不清时间。你现在当然不爱我，我忘了我们现在是什么时候……我俩是什么关系了。”

“不，没关系。”我安慰道，仍旧稀里糊涂。我拍拍她的手，“我确实很在乎你，孩子。贝提克也一样，我们正要——”

“嘘，”伊妮娅说着，抽出手，一根手指压上我的嘴唇，“嘘。我迷茫了一小会儿。我以为我们是……我们。我们要去的是……”她又重重地靠回枕头，叹了口气，“我的天，这是去神林前的最后一夜。旅途的最后一夜……”

我不清楚她的神志是否清醒，于是我没有答话。

贝提克插话道：“伊妮娅女士，神林是我们沿河而下的下一个目的地？”

“我猜是。”女孩说着，现在声音听起来有点像是我熟悉的那个孩子了，“对。我不知道。现在都看不见了……”她又坐起身来，“瞧，追我们的不是伯劳。也不是圣神。”

“当然是圣神。”我说，试图把她拉回现实，“是他们一直在追我们……”

伊妮娅固执地摇摇头，一缕缕湿漉漉的头发晃动着。“不。”

她轻轻说道，但口气坚决，“圣神追我们，是因为内核告诉它，我们对他们有危险。”

“内核？”我惊讶道，“但它……自从陨落之后就……”

“一直存在，并且很危险。”伊妮娅说，“在悦石带人摧毁了远距传输系统，也就是为内核提供养分的神经网络后，它撤退了……但并没有消失，劳尔。你还不明白吗？”

“不。”我说，“我不明白。如果没消失的话，它又在哪儿？”

“圣神。”女孩简单地说道，“我父亲——妈妈的舒克隆环中的人格——在我出生之前就向我解释了一切。内核一直在等待，直到教会在保罗·杜雷……也就是忒亚一世教皇的领导下得到新生。杜雷是个好人，劳尔。我妈妈和马丁叔叔都认识他，他身上有两个十字形……他自己的和雷纳·霍伊特神父的。但霍伊特很……软弱。”

我拍拍她的手腕。“但这一切有什么联系——”

“**听我说！**”女孩说着，抽回手臂，“明天在神林，什么事情都可能发生。我可能会死。我们都可能会死。未来不是既定的……只是有一个草稿。如果我死了，而你活着，我希望你能向马丁叔叔解释……向所有愿意倾听的人解释……”

“你不会死的，伊妮娅——”

“不，**你听着！**”女孩恳求道，眼睛里再度盈满了泪水。

我点点头，住了口。现在，似乎风声也平息了些。

“忒亚执政第九年时被谋杀了，我父亲预言了这件事。我不清楚是不是技术内核的特务干的……可能是他们派赛伯人下的毒手……也可能只是由于梵蒂冈的政治斗争，但雷纳·霍伊特从他们共有的十字形中复生时，内核终于开始行动。正是内核提供了相关技术，允许人类从十字形中复生，而不会像海伯利安上的毕库拉种族一样，失去性征或是变成傻子……”

“怎么办到的？”我问道，“技术内核的人工智能怎么会知道如何驯服十字形共生体？”没等她回答，我便猛然悟出了答案。

“因为创造十字形的，**正是他们自己**。”伊妮娅说，“但不是当今的内核，而是他们在将来创造出的终极智能。它先是将那些东西像光阴冢一样送回海伯利安，在不为人知的部落……毕库拉身上试验那些寄生虫……但发现了问题……”

“小问题。”我说，“比如重生会破坏生殖器官和智力。”

“对。”伊妮娅说着，又握住我的手，“内核有办法用他们的技术修正这些问题。新教皇……雷纳·霍伊特，尤利乌斯六世登基后，他们把技术传给了教会。”

我有些明白了。“浮士德式的交易……”我说。

“**正是**浮士德式的交易。”女孩说，“教会想统治宇宙，它所要做的，就是出卖自己的灵魂。”

“所以圣神保护体就应运而生了。”贝提克轻声说，“政治权力通过一堆寄生虫……”

“追杀我们……追杀我……的是**内核**。”孩子继续道，“我不只是对教会，对他们也有威胁。”

我缓缓地摇着头：“你怎么会对内核有威胁呢？你还只是个孩子……”

“一个在出生之前就和叛徒赛伯人格接触的孩子。”她低声说道，“我的父亲获得了自由，劳尔。不只是在数据网，或是万方网……而是在超元网。他在更广阔的心理赛伯网来去自如，连内核都害怕那儿……”

“狮虎熊。”贝提克低声说道。

“就是他们。”伊妮娅说，“我父亲的人格穿越内核万方网的时候，他曾问人工智能云门，内核怕什么。他们说，他们极少深入超元网，因为那儿全是狮虎熊。”

“我听不明白，孩子。”我说，“完全一头雾水。”

她朝前靠过来，捏住我的手，气息喷在我脸颊上，温暖又温馨。“劳尔，你读过马丁叔叔的《诗篇》。我问你，地球出了什么事？”

“旧地？”我愚蠢地问道，“在《诗篇》里，人工智能云门说，技术内核的三派处于相互交战状态……我们讨论过。”

“再给我讲一遍吧。”

“云门告诉济慈人格……也就是你的父亲……反复派想消灭人类，而稳定派……他所在的那一派……想要拯救人类。他们伪造了黑洞摧毁旧地的假象，将旧地转移到另一个地方，可能是麦哲伦星云，也可能是武仙座星团。第三派，终极派，根本不在乎旧地或人类发生什么事，只管他们的终极智能计划能不能实现。”

伊妮娅静静听着。

“而教会却确认了另一种说法，并且所有人都相信。”我结结巴巴地继续说下去，“旧地被黑洞吞噬，当时就灭亡了。”

“你相信哪一种说法，劳尔？”

我大吸了一口气。“不知道。”我说，“我想，我希望旧地还存在，可这好像又不那么重要。”

“若是有第三种可能呢？”伊妮娅说。

玻璃门突然抖动起来，发出哐啷哐啷的声音。我伸手握住等离子手枪，有点希望是伯劳在抓玻璃。可外头只有沙漠的干风在狂啸。“第三种可能？”我问。

“云门撒了谎。”伊妮娅说，“那名人工智能骗了我父亲。内核的三派都没有移走地球……不是稳定派，不是反复派，也不是终极派。”

“那它就是**真的**被毁灭了。”我说。

“不。”伊妮娅说，“我父亲当时没有明白，但他后来大彻大悟。旧地被转移到了麦哲伦星云，不错，但不是内核成员干的。他们没有这么高的技术或能量源，也无法那样随心所欲地使用缔结的虚空。内核甚至去不了麦哲伦星云。它太遥远……难以想象地遥远。”

“那到底是谁？”我说，“是谁偷走了旧地？”

伊妮娅躺回到枕头上。“我不知道。我觉得内核也不知道，但他们不想知道——而且害怕我们会找出真相。”

贝提克靠近了些。“那么，为我们激活远距传输器的，并不是内核？”

“不是。”伊妮娅说。

“我们会发现是谁吗？”我问。

“如果我们能免于一死。”伊妮娅说，“免于一死。”她的双眼现在看起来不像还在发烧，只是很疲惫。“他们会等着我们，就在明天，劳尔。我不是说那个神父舰长和他的手下。而是某个从内核来的人……**某种东西**，从内核来的，它在等着我们。”

“就是你觉得杀了格劳科斯神父、库奇阿特以及其他人的那东西。”我说。

“对。”

“这是不是显圣？”我说，“我是说，你能感知到格劳科斯神父。”

“不是显圣。”女孩声音空洞地说道，“只是关于未来的记忆。确定的记忆。”

我看着窗外渐弱的风暴。“我们可以留在这儿。”我说，“找一辆还可以开的掠行艇或者电磁车，飞到北半球，然后躲在阿里，或者旅行指南上提到的其他大城市。我们不一定非得和他们玩这个游戏，不一定非得在明天通过远距传送门。”

“不。”伊妮娅说，“我们必须去。”

我准备抗议，但马上就沉默了。过了一会儿我说道：“伯劳是打哪儿来的？”

“我不知道。”女孩说，“这要取决于这次是谁送它来的。或者，它也可能是自己来的。我不清楚。”

“自己来的？”我说，“我还以为它只是台机器。”

“哦，不。”伊妮娅说，“它可不只是台机器。”

我揉揉脸。“我不明白。它会成为我们的朋友吗？”

“永远不会。”女孩说着，坐起身，摸摸我一秒钟前刚揉过的脸，“对不起，劳尔，不是跟你绕圈子，我真的不知道。没有什么是写就的，所有一切都没有定数。我眼中的一切都像流沙，像美丽的沙画，瞬间就会被风吹散……”

沙漠风暴的残余力量刮得窗户格拉格拉直响，像是要表演她的比喻。她对我微笑着说：“对不起，刚才我的时感有些紊乱……”

“紊乱？”我问。

“先前问你爱不爱我。”她忧伤地笑了笑，“我忘了我们是在何时何地。”

过了一会儿，我答道：“没关系，孩子。我本来就爱你。明天，我会拼死保护你不受任何人的伤害——不管他是教会，还是内核，还是别的什么人。”

“我也会努力阻止这种不测发生的，伊妮娅女士。”贝提克说。

女孩笑了，握住我俩的手。“铁皮人，稻草人。”她说，“我不配有你们这样的朋友。”

轮到我笑了，外婆给我讲过这个故事[①]。“那胆小的狮子在哪儿呢？”我问。

伊妮娅的笑容褪去。“就是我。”她静静地说，“我就是那个胆小鬼。”

那晚，我们谁都没睡觉。第一缕曙光染上城外的红色山冈时，我们备好行装，走上木筏。

---

① 铁皮人、稻草人、狮子都是《绿野仙踪》里的角色。

51

因“拉斐尔”号在天龙星星系内抵达跃迁点的速度相对较慢，所以抵达神林空域的时候，就不必大力降低速度了。减速度极为温和——还不到二十五倍重力，且只持续三个小时。拉曼达斯·尼弥斯躺在松软的重生龛里，等待着。

当飞船平稳地滑入环绕行星的轨道时，尼弥斯打开重生龛的门，蹦向更衣室，穿上衣装。离开指挥荚舱，在前往通向登陆飞船的通道前，她查了查重生龛监控器，直接接入飞船的操作系统。三口重生龛都正常运行着，将按照程序进入为期三天的重生周期。尼弥斯知道，到德索亚和他手下醒来时，问题将已经得到解决。利用连接着飞船主电脑的微纤，她输入了在天龙星星系中用过的相同程序指令和超驰记录。飞船确认了登陆飞船下一步的起降程序，并准备好将记录擦除。

沿通道前往登陆飞船的气闸舱前，尼弥斯来到私人锁柜那里，敲入了密码。里面有几件替换的衣服和其他一些伪造的私人物品——一些“家庭”全息照，几封她那并不存在的哥哥给她写的假信。此外，就只有一条备用腰带，腰带上是几个普通的封袋。如果有人要检查这些封袋，只会找到那种只需要花上八到十个弗罗林就可以在任何便利店买到的扑克电脑，还有一卷线、三个装着药丸的小瓶、一盒卫生棉条。她把带子滑到腰间，继而朝登陆飞船跃去。

从轨道上看，纵使离地三万公里，而且覆盖了厚厚的云层，也还是可以看到神林现在的面目——一片饱经摧残的惨状。这颗星球表面，不是不连续的陆地和海洋，而是一整块单一的大陆，上面镶嵌着数千狭长的咸水湖——“湖湾”，一道道犹如在台球桌的绿色绒布上留下的条条爪印。现在，青翠的大陆上，除了湖湾和数不清的指状湖泊顺着断层线点缀在那儿，还有千万条棕色伤痕，那是几乎三百年以前，驱逐者入侵时——人们依然认为是驱逐者入侵——一遍又一遍划开这祥和的大陆所留下的。

登陆飞船急速穿过大气外层和电离层，刺入稠密的大气，发出了三倍音爆。尼弥斯低头俯瞰，广阔的云层下方，陆地地貌逐渐进入视野。从前，经DNA重组的红杉和美洲杉森林，吸引缪尔兄弟会来到这颗星球，它们曾高达两百米，现已悉数灭绝，在席卷全星球的森林大火中烧成了灰烬，随之而来的便是核冬。南北两半球依然有大块区域覆盖着积雪和冰川，白光闪耀，到了赤道地带，云层逐渐消散，两侧各有一千公里宽的地段显露了生机。恢复中的赤道地带，正是尼弥斯的目的地。

尼弥斯接过航空航天两用登陆飞船的手动操作，扣上纤丝插孔，搜索从“拉斐尔”号主存储库里下载的星球地图：找到了……特提斯河曾经约有一百六十公里长，主要是从西至东，绕过神林乾坤树的树根，经过缪尔博物馆。尼弥斯发现，特提斯河绕着乾坤树的北部圆周流过一小段，整体来看，几乎是绕出了一个巨大的半圆弧。圣徒将自己设想成霸主内具有生态良知的正义群体——不论在环网还是偏地，不管是否受到邀请，只要有地方进行环境改造，他们总要插上一脚。而乾坤树，就是他们傲慢的象征。的确，这棵树在已知的宇宙中是独一无二的：它的主干直径有八十多公里，枝条的直径也有五百多米，与火星享誉盛名的奥林帕斯山的底部直径相等，这棵活生生的生命体，上部枝条直伸入太空的边缘。

当然，现在它已死去，陨落前在“驱逐者”舰队的猛烈炮轰下，被撕了个粉碎，烧了个干净。这颗曾经壮观辉煌、生机勃勃的树木，如今只剩乾坤桩，一大堆灰烬和炭块，犹如遭受侵蚀的远古盾状火山遗迹。圣徒也不在了——受到攻击的那一天，他们乘上尔格推动的树舰，死的死，逃的逃——神林的土地，两百五十多年来都是一片荒芜。尼弥斯知道，很久以前圣神打算重新拓殖这颗星球，要不是内核命令他们放弃，现在根本不会是眼前这个样子：人工智能们对于神林有自己的远期计划，不需要传教士或者人类殖民。

尼弥斯找到上游的远距传输器，和南部烧成灰烬的乾坤桩斜面比起来，它真是小得可怜。她在上方盘旋了一会儿。沿河一线已经长出了次生组织，树桩处受到侵蚀的灰烬斜面也绿意葱葱，虽然和古老的森林比起来渺小得如同草芥，但那些树木高的也有二十米，有些还要更高。阳光照耀着溪谷的时候，尼弥斯能看见那里偶尔有几处杂乱而浓密的矮树丛。这不是埋伏的好地方。尼弥斯把登陆飞船降落在河流北岸，走向远距传输拱门。

她取下一块接入板，找到接口模件，剥下右手和手腕上的人皮。她小心地收好皮肤，待回到“拉斐尔”号使用，接着，她直接插入模件，开始浏览数据。自陨落以来，这座入口还没有被激活过。伊妮娅那伙人还没来这条路。

尼弥斯回到登陆飞船上，朝河的下游飞去，试图寻找最佳的位置，一个无法从陆上逃生的地方——有足够茂盛的森林，可以隐藏尼弥斯和她的陷阱，又不太多，不至于让伊妮娅和她的同伙藏身，最后，那地方还要在一切结束之后方便清理。她倾向于选择岩石较多的地表：在回“拉斐尔”号前，很容易清洗。

沿河而下仅仅过了十五公里，她便找到了最佳地点。在这儿，特提斯河变成一条满是岩石的狭窄河道，驱逐者的炮轰和随之引发的山崩造就了一系列急流。这段急流和一条汇入特提斯河的狭窄支流的两岸上，新生的树木已经沿着灰烬斜坡生长起来。这狭小的峡谷两边都是乱石地，驱逐者炮轰的时候，黑色熔岩流向山脚，冷却后形成一块块的阶梯。这么崎岖的地形让人无法从陆路逃脱，而任何一个在急流上为木筏领航的人，都会刻意将它划入泛着白花的水，这样就不会有多少时间留意这些石头或是河岸。

她把登陆飞船降落在南边一公里外，从舱外锁柜里抽出一个真空封装的标本袋，掖进腰带，又用树枝为登陆飞船做了隐蔽，之后快步跑回河边。

尼弥斯从工具包中拿出那卷线绳，扯掉所有线，抽出肉眼看不见的单纤丝，足有几百米长。她把单纤来来回回地布在河面上方，犹如一张无形的蛛网，又给近地面的物体上涂上树汁般清澈的聚碳胶水，之后把单纤缠绕其上，这样既可以方便她找到纤丝，又可以避免单纤丝切断它所缠绕的树木和石头。就算有人到这里的熔岩石地来踏青，也只会把沾上胶水的纤丝看作是树液或者岩石上的地衣。现在，如果有人驾着“拉斐尔”号穿过这个区域，那飞船立马会被这单纤网大卸八块。

尼弥斯编完单纤陷阱，沿唯一的平地朝上游走去，打开药瓶，把几百颗迷你克雷莫地雷撒到地面和树上。披着聚合变色外衣的迷你爆炸物甫一落地，颜色和质地就立即发生改变，混入了周遭的环境中。如果有行走或跑动的目标出现，地雷就会跳过去，发生爆炸，爆炸力为向内爆裂。十米内，只要有脉搏、二氧化碳呼出、体温或脚步对地面的压力出现，地雷就会被触发。

尼弥斯估量着这个地形。如果顺急流漂来的人想从陆上逃跑，这块平地是附近河岸上唯一可以通行的地方，而这里撒满了地雷，没人能活着走过。尼弥斯慢步跑回石地，用编码脉冲激活了地雷的传感器。

为防止有人逆河游回上游，她又撕开卫生棉条的外包装，往河底撒入裹着陶瓷外壳的“蠼螋卵”。它们躺在河底，看起来就跟周围那些被水流打磨光滑的卵石没什么两样。不过一旦有生物从上方经过，它们就会自动激活。要是有人试图折返回上游，这些蚊蚋大小的蠼螋，就会从陶瓷外壳中爆发而出，尖啸着穿过水体或空气，刺入目标的头骨，接触到大脑组织之后，立即爆裂成一大堆金属纤丝[①]。

拉曼达斯·尼弥斯来到急流上方十米外的一块石头上，躺下来，等待着。她的腰带里还剩两样东西，扑克电脑和标本袋。

“电脑”是她这趟狩猎旅程中最先进的装置，为她设计这件东西的团体称其为“狮身人面像陷阱”，海伯利安上有一座同名墓冢，由相同的一批人工智能设计。这张卡片可以创造一个五米范围的逆熵及超熵潮汐区，制造这样的潮汐区所需的能量，足可为一颗人口稠密的星球，譬如复兴之矢，提供十年的电能，但尼弥斯只需要产生三分钟的时间置换。她一面捻弄着平坦的卡片，一面想，或许应该叫伯劳陷阱才对。

这名右手剥了皮的矮小女人朝上游看去。现在，一切准备就绪。尽管入口在十五公里之外，尼弥斯也会得到警报：她能灵敏地

① 蠼螋是一种昆虫，传说会通过耳朵进入大脑。

察觉到远距传输器的失真信号。她期望伯劳同他们一起来，期待它把自己当作对手。事实上，如果伯劳不跟他们一起来，不做她的对手，她会感到很失望。

拉曼达斯·尼弥斯拨动着腰带上最后一件东西。标本袋没有什么特别之处——就是一个真空封装的舱外标本袋。她将用这东西把女孩的首级带回“拉斐尔”号，储存在聚变驱动接入面板后的秘密橱柜中。她的主人需要证据。

尼弥斯微微一笑，躺到黑色熔岩上，调整了一下身姿，让下午温暖的阳光照在她的脸颊上，她抬起手腕，遮住眼睛，准备打个短暂的小盹。现在，万事俱备，只欠东风。

52

终于到了命运攸关的最后一天，天还未亮，我们便来到库姆–利雅得马什哈德的滨江街道，当时我满心希望伯劳已经离开。但它还在原处。

当这座由铬和刀刃组成的三米高雕塑进入我们的视野，看到它正站在我们小小的木筏上时，我们都停下了脚步。那怪物的站姿和我前一夜见到的时候一模一样。当时我警觉地举起步枪朝后退，而现在，我小心地踏前一步，步枪依然举着。

“放松。”伊妮娅说着，把手搭上我的小臂。

“它到底想干什么？”我说着，拔下步枪的安全栓，把第一盒等离子弹夹顶入枪膛。

“我不知道。”伊妮娅说，“但你的枪根本伤不了它。”

我舔舔嘴唇，低头望着孩子。我想告诉她，等离子弹可以打穿这世上的任何东西，除非它包裹在环网时代二十厘米厚的抗冲击装甲中。伊妮娅看起来面色苍白，很是憔悴，眼睛下面已经起了黑眼圈，于是我没说这些。

“好吧。”我说着，把步枪放低了些，“有那怪物在，我们不能上木筏。”

伊妮娅捏捏我的手臂。“我们必须上去。”她开始朝混凝土码头走去。

我看看贝提克。看上去，他对这念头的反应比我好不到哪里去；不过我们还是慢跑上前，跟上女孩的步伐。

近看伯劳比远看还要可怕。我先前用到了“雕塑”这个词，的确，这怪物确有几分雕塑的意味。想象一下，一座全部由铬尖刺、刺线、刀刃、荆棘、光滑的金属甲胄组成的雕塑，庞大得惊人——我本不算矮，它竟比我还高出一米多。怪物的整个身形很复杂——结实的双腿，关节包裹在钢箍中，箍条上也满是棘刺；扁平的脚面，本应是脚趾的地方却满是弯曲的刀刃，脚跟上是一根长长的勺状刀锋，用来开膛破肚可真是绝佳的工具；上部甲胄是光滑的铬壳，复杂地散布着一根根刺线；手臂很长，到处是关节，而且很多——上臂之下，还隐藏着一对较短的下臂；四只插满刀刃的巨手，毫无生气地垂在怪物的身侧。

脑壳的大部分很光滑，很长，显得有点奇怪，蒸汽铲般的下巴里，生着一排又一排的金属牙齿。怪物的额头和那披坚带锐的脑壳上，各有一片弯曲的刀刃。两个大大的眼睛，暗红色，深陷入里。

“你打算和这……**怪物**……一起上木筏？”站在距码头四米远外，我低声问伊妮娅。我们向伯劳走去的整个过程中，它并没有转头看我们，那双眼睛就跟玻璃反射镜一样死气沉沉，但我还是有股很强烈的冲动，想要退后，远离这怪物，然后转身逃跑。

“我们必须上木筏，”女孩低声回答道，“我们今天必须离开这儿，今天是最后一天了。”

我依然注视着怪物，以眼角余光瞥了瞥天空和身后的建筑。由于晚上沙尘暴刮得太过凶猛，空气中沙粒增多，本以为天空会变得更红，但空气反而清新了些，似乎是风暴把尘土给吹跑了。在沙漠最后一丝清风的吹拂下，微红的云朵慢慢游移，头顶的天空比前一天更蓝。现在，曙光已经照射到了建筑的屋顶。

“也许我们可以找艘没坏的电磁车，那样才有型呢。”我低声说，步枪举着，“不是这种有破蓬装饰的玩意。”这玩笑就连我自己听起来都觉得蹩脚，但那天凌晨，我可是鼓了多大的劲才开了这样一个小玩笑啊。

“来吧。”伊妮娅低声说着，沿钢梯走下码头，走上破烂不堪的木筏。我匆匆跟上她，一手握着步枪，枪口对准那铬制的噩梦，另一只手紧紧抓住陈旧的梯子。贝提克跟着我们，不发一言。

先前我还没有注意过我们的木筏有多么破烂，多么脆弱。那些砍短的原木有好几处都已开裂，前部三分之一已经覆满了水，包住了伯劳巨大的双脚，帐篷上堆满了夜晚沙暴刮来的红沙。方向舵看起来似乎随时都可能散架，我们留在船上的装备看上去也像是被抛弃了好长时间似的。我们把背包丢进帐篷，站在木筏上，心中犹豫不决地望着伯劳的背影，等着它的动静——就像三只老鼠爬上了睡着猫儿的地毯上。

伯劳没有转身。它的背部并不比正面令人安心，唯一的区别在于，那双暗红色眼睛不再凝视着我们。

伊妮娅招招手，朝那怪物走去。她举起一只小手，但并没去摸那满是尖钉和刺线的肩膀。她转身看着我和贝提克，说道：“没事的。走吧。”

“怎么会没事呢？”我低声朝她吼道。我不知道自己为什么要小声说话……但不知怎的，在那东西旁边几乎不可能正常说话。

“如果它是来杀我们的，那我们早就死了。”女孩平静地说。她走到靠近码头的一侧，脸色依旧苍白，肩膀低垂着，拾起一条撑杆，“请解开绳子。”她对贝提克说，“我们得走了。”

机器人径直走向前，进入伯劳的势力范围内，他没有瑟缩，按伊妮娅的命令解开船头的绳子，把它卷成一圈。我一只手解开了船尾的绳子，另一只手一直紧紧握着步枪。

有这个庞然大物站在前头，木筏的吃水变得更低了，水漫过筏面，几乎要流到帐篷里。前头和左右的几根木头都松动了。

“我们得先修修这筏子。”我说着，拿过舵，把步枪放到脚边。

“先去下一颗星球。”伊妮娅说着，还在用力撑着木筏，想进入河中央，“等我们过了这入口。”

“你知道我们要去哪儿吗？”我问。

她摇摇头。今早，她的头发似乎有点暗淡。“我只知道这是最后一天。”

几分钟前她已说过这话，现在我又感到了和刚才一样突如其来的恐慌。“你肯定吗，孩子？”

“肯定。”

“可你却不知道我们要去哪儿？”

“不知道。不是非常肯定。”

“那你知道什么？我是说……”

她面无血色地笑笑。“我知道你的意思，劳尔。我知道的是，如果我们能活过接下来的几个小时，就去寻找我梦中的那栋楼。”

“什么样的楼？”

伊妮娅张嘴想要说话，却没有说出口，只是靠着撑杆休息了一会儿。现在，我们正在河流中央快速前进。城区高耸的建筑群已经过去，取而代之的是河岸两旁的小公园和人行道。“等我看到那栋楼时，我就会知道。”她放下撑杆，走过来拉住我的衣袖，轻轻地说起话来，我弯下身子，仔细倾听。“劳尔……如果我……失败了……而你……成功了……请回家，把我所说的告诉马丁叔叔。关于狮虎熊……关于内核的目的。”

我抓住她瘦弱的肩膀。“别那么说。我们会一起成功的，等我们见到马丁，一定要你来亲口告诉他。”

伊妮娅点点头，却不甚自信地回到撑杆边上。伯劳依旧目视前方，水花在它的双脚间荡漾，清晨的曙光开始在它体表的荆棘和刺线上闪耀。

我曾以为离开马什哈德城后，会进入开阔的沙漠，但这回我又错了。河畔公园和人行道的树木愈加繁茂——常蓝植物、变种旧地落叶乔木，更是蓬勃生长着黄色和绿色棕榈树。很快，我们就将城市建筑抛到了身后，宽广平直的河流进入了一片茂密的森林。现在依然是清晨，但初升的太阳已让人感受到强有力的热量。

船行在河流中央，不大需要掌舵。我把它绑好，脱下衬衫，叠整齐，放入背包顶部，然后从女孩手里接过左舷的撑杆，她显然已经精疲力尽，睁着一双黑色的眼睛望着我，但没有说什么。

贝提克把超薄帐篷折了起来，抖掉聚积的大半沙子，然后坐到我旁边，现在，水流正载着我们绕过一个大弯，进入了一片更加浓密的热带雨林。机器人穿着一件宽松的衬衣、一条破旧的亚麻短裤，就是在希伯伦和无限极海时的那副打扮，脚边放着宽沿草帽。就在我们漂入茂密的丛林时，伊妮娅做出了一个惊人的举动，她走到木筏前端，坐到了一动不动的伯劳身边。

“这不可能是自然形成的。”我一面说，一面撑好木筏，它正被水流冲得向岸边靠去，“沙漠里不可能有足够的降雨来维持这些树木。”

“我猜，这是什叶派朝圣者人工种植的大型林园，安迪密恩先生。”贝提克说，“听。”

我侧耳倾听。雨林里充满了活力，鸟儿啁啾，和风飒飒。在这些声音之下，我听到自动喷灌系统的咝咝声和咔嗒声。“真不可思议。”我说，“他们竟然用珍贵的水资源来维护这个生态系统。这林园的范围肯定有好几公里吧。”

“天堂。”伊妮娅说。

“什么，孩子？”我把木筏撑回河流中央。

“早先的穆斯林主要是旧地的沙漠民族。”她轻声说，“在他们的头脑中，水源和草木就是他们的天堂。马什哈德是宗教中心，也许这儿的景象是为了让到来的信徒看见，如果遵守安拉在《古兰经》里的教义，将会得到怎样的厚报。”

“成本昂贵的内部试映会。”我说道。河流慢慢变宽，木筏又朝左偏去，我稍稍撑了一下。“我想知道这些人都出了什么事。”

“圣神。”伊妮娅说。

“什么？”我没听懂。“希伯伦、库姆–利雅得……这些星球上所有人失踪的时候，是在驱逐者的控制之下啊。”

“圣神的一家之言。”伊妮娅说。

我思量着她的话。

“劳尔，这两颗星球有什么共同点？”她问。

我不假思索地回答了：“他们的人民都是坚定的非基督徒。”我说，“拒绝接受十字形。犹太教徒和穆斯林。”

伊妮娅没有接话。

“那想法真可怕。”我说着，一阵反胃，“也许教会被引入了歧途……圣神恃权傲物……但是……”我擦掉流入眼睛的汗水。“我的天……”我说着，咬牙说出了那个词，“种族屠杀？”

伊妮娅转头看着我，在她身后，伯劳插满利刃的双腿正闪着寒光。“我们无从得知。”她非常平静地说道，“但是，劳尔，在教会和圣神中，的确有人做得出来。记住，梵蒂冈几乎是完全依靠内核来维持对重生的控制——通过这种方式，控制所有星球上的所有人。”

我不住地摇头。“可是……种族屠杀？我无法相信。”这念头只会让我联系到贺瑞斯·格列侬高和阿道夫·希特勒的传说，但不会让我联想到这辈子所见过的人和机构。

“有什么可怕的事正在发生。”伊妮娅说，“所以我们才被安排走了这条线路……经过希伯伦和库姆-利雅得。”

“你说过这话。”我边说边使劲撑着木筏，“有人为我们定了线路，但不是内核所为。那又是谁呢？”我望着伯劳的背影。这里的白天闷热异常，我正挥汗如雨，而耸现在我面前的那个怪物，全身却是冰冷的刀刃和荆棘。

“不知道。”伊妮娅说着，扭回头，小臂放在膝盖上，“远距传输器到了。”

传送门矗立在我们面前。繁茂的丛林也已侵入了它的领地，藤蔓缠绕其上，整座拱门锈蚀斑斑。假如这里还是库姆-利雅得的天堂花园，那显然疏于管理。那片绿色华盖之上的蓝天，只有几丝红色的尘云在随风飘曳。

我让木筏驶向河流中央，将撑杆放在左舷，之后倒回去拿步枪。种族屠杀的念头依旧在我脑中徘徊不去，作呕的感觉还在。而现在，我们即将迈向等待着我们的未知目的地，我脑海中闪过冰穴、瀑布、海洋星球与活生生的伯劳的图景，这让我的肚子更加难受了。

“抓紧。”经过钢铁拱门时，我不由自主说了句废话。

前方的景色渐逝，之后变幻，仿佛周围和头顶有一道热雾正闪着微光。突然，光线变了，重力变了，我们的世界也变了。

53

德索亚神父舰长被尖叫声惊醒。几分钟后，他意识到是自己在尖叫。

他伸出拇指拨开龛盖钩，挣扎着在重生龛中坐起。监视器的显屏灯正闪着红色和琥珀色的光，不过让人舒心的是，所有的程序指示灯都是绿色。德索亚在痛苦和惶惑中哀号，开始往外爬。他的身体浮在敞开的重生龛上方，双手乱抓，但摸不到任何把手。他注意到自己的双手和双臂红通通的一片，闪着亮光，仿佛外皮被尽数烧光了。

“圣母马利亚……我在哪儿？”他正在哭泣，一颗颗泪珠翻滚着浮在他眼前，“零重力……我在哪儿？‘巴尔萨泽’号！怎么……回事？空战？烧伤？”

不。他在“拉斐尔”号上。慢慢地，他大脑的那些混乱不堪的突触逐渐恢复正常。他正飘浮在黑暗中，四周仅有仪表发出光芒。“拉斐尔”号。应该在神林的轨道上。他先前为格列高利亚斯、纪下士和自己设定了六小时的重生周期，而不是通常的三天，这充满了危险。拿士兵的生命来冒险，他记起了自己当时的想法。如此仓促地重生，失败的概率非常高。德索亚记起在“巴尔萨泽”号时，给他捎来命令的第二个信使，葛隆斯基神父——对他来说那似乎是几十年前的事了——就没有成功重生……“巴尔萨泽”号上那名重生神父……那老家伙叫什么名字来着？对，萨皮阿神父……他说，葛隆斯基神父第一次重生失败后，要经过几周乃至几月的时间，才能再次重生……那将是一段缓慢而痛苦的过程，重生神父说这话的时候，话语里充溢着责难……

德索亚神父舰长在重生龛上方飘浮着，脑袋瓜逐渐明朗。一切按计划进行。他记得之前曾考虑到，现在的自己可能不适合在一倍重力中行走。的确如此。

德索亚向前一跃，来到更衣室，他在镜子前检查了自己的身体——全身红通通的，闪闪发亮，看起来正像个不折不扣的烧伤病员，而十字形在那粉红的新生血肉之中，如同一条青紫的伤痕。

德索亚闭上双眼，穿上内衣和法衣。棉布碰上他新生的皮肉，令他感到无比疼痛，但他没有理会。咖啡已经按预定程序滤好。他从图表桌下拿起杯子，跃回公共休息室。

纪下士正处于重生的最后几秒，重生龛闪着绿色灯光。格列高利亚斯的重生龛却闪烁着警示灯。德索亚轻声咒骂，俯下身，看了看中士的重生龛显屏。重生周期已经被撤销，仓促的重生失败了。

“该死。”德索亚低声说道，然后立即念了段忏悔经，为这句谩骂忏悔。他不能失去格列高利亚斯。

幸而，纪下士安全地复苏了，虽然他既困惑又痛苦。德索亚把他抱出来，抱着他跃向更衣室，用海绵擦洗他发红的皮肤，又给他喝了杯橘子汁。几分钟后，纪下士就能恢复意识了。

“事情不对劲。”德索亚解释道，“我必须冒这个险，看看尼弥斯下士到底要搞什么鬼。”

纪点点头，表示明白。虽然已经穿好衣服，小舱内的温度也设得很高，但下士还是抖个不停。

德索亚带他回到指挥中心。现在，格列高利亚斯中士重生龛的指示灯全变成了琥珀色，重生周期已经中止，大个子没能活过来。拉达曼斯·尼弥斯的重生龛亮着绿灯，代表的是正常的三天重生。监视器上的信息显示她正躺在里面，没有生命，正接受秘密的重生圣礼。德索亚敲入开龛代码。

警告灯开始闪烁。“重生正在进行，不允许开龛。”传来“拉斐尔”号冷冰冰的声音，“任何开龛的企图将导致真死。”

德索亚没有理会闪烁的指示灯和鸣叫的警告器，使劲抬了抬龛盖，它被牢牢锁着。“把那根撬杆给我。”他对纪说道。

下士把钢棍从零重力空间的另一头扔过来。德索亚把棍子一头卡入一个小凹槽，默默祈祷了一段经文，希望自己没有判断错误，也没有患妄想症，然后撬开盖子。飞船里立时充满了警铃声。

重生龛空空如也。

“尼弥斯下士呢？”德索亚问飞船。

“所有仪器和传感器显示，她在重生龛中。”飞船电脑回答。

“没错。”德索亚说着，把撬杆扔到一边，它在零重力下呈慢动作状翻滚着，掉入一个角落。“随我来。”他对下士说道。两人跃到更衣室，淋浴间是空的，公共区域也无处可藏。德索亚又向前跃去，来到自己的指挥座椅中，纪下士则向导管蹦去。

状态指示灯显示，飞船正处在距地面三万公里的同步轨道。德索亚向窗外看去，看见一颗被旋转的云层遮蔽的星球，只在赤道部分有一段宽阔的无云区，那儿显现出绿色和棕色的地表，上面划满了割痕。仪表显示，登陆飞船依旧附连着，并未开动。德索亚口头询问飞船，确认登陆飞船还在原处，自传送以来，气闸门也原封未动。“纪下士？”德索亚在内部对讲机上呼叫。他必须集中精神，才能咬住牙齿，不让它们咯咯作响。真的很疼；就像是皮肤着了火，甚至还有一股强烈的冲动，想要闭上眼睛睡个好觉。“报告。”德索亚命令道。

“登陆飞船不见了，舰长。”管道口处的纪下士说道，“所有的连接器指示灯都显示着绿色，但如果我转动气闸，空气就会往外流。透过舱盖往外看，看不到登陆飞船。”

“妈的。[①]”德索亚低声骂道，“好了，快回这儿来。”趁等待的时间，他细细检查了其他仪表。推进器记录上有双重喷射的迹象……大约是在三小时前。德索亚调出神林赤道地区的地图，键入命令，让飞船对绕乾坤树残桩的流淌那段河，进行电波望远镜和深层雷达搜索。“寻找第一座远距传送门，显示之间的每一条河段。定位并报告登陆飞船异频雷达收发机的位置。”

“仪器显示登陆飞船正连接在指挥中心的导管上。”飞船说，“通过异频雷达收发机确认。”

“好吧。”德索亚一面说，一面想象着揍扁硅芯片，就像揍得别人满地找牙的情景，“忽略登陆飞船信标。只须开始电波望远镜和深层雷达搜索。发现任何生命形式或人工器物，立即报告。所有数据显示在主显屏上。”

“收到。”计算机说。望远镜筒开始放大倍率，德索亚看见屏幕上的图像突然向前扯动。现在，他正在一座远距传送门上方几百米处俯瞰着它。“往下游摇摄。”他命令道。

---

① 原文为法语。

“收到。”

纪下士滑进副驾驶座，系好安全带。“登陆飞船没了。”他说，“我们没法下去了。”

“用战斗服。”德索亚艰难地说着，痛苦像涟漪般一波波地在他周身荡漾，“它们有折散护盾……几百层微薄的彩色折散材料，是为了应对相干光①交战的，对吧？”

“不错，”纪下士说，“可是——”

“我的计划是，你和格列高利亚斯中士在进入大气层时使用折散护盾，”德索亚继续道，“我可以让‘拉斐尔’号尽量飞到最低轨道，你们使用辅助反推包作为制动工具。战斗服应该可以撑过进入大气层的过程，是不是？”

“也许吧，”纪说，“可是——”

“那你就用反重力装置，找到这……女人，”德索亚说道，“找到她，阻止她。完事之后，乘登陆飞船回来。”

纪下士揉揉眼。“是，长官。可我已经检查过制服，都裂了一大块口子……”

“一大块……”德索亚愚蠢地重复着。

“有人砍坏了折散装甲，”纪下士说，“但肉眼看不出，我是对它们实行了三级完整性诊断之后才知道的。要是穿着它们，在进入电离层之前我们就会死翘翘。”

“所有制服都坏了？”德索亚有气无力地问道。

“全部，长官。”

神父舰长克制住骂娘的冲动。“不管怎样，下士，我还是要让飞船飞低点。”

---

① 相干光：具有干涉性，振动方向、幅度和相位保持恒定的波，最典型的相干光就是激光。

“为什么，长官？”纪问道，“即便飞低了，地面上发生的事，都依旧离我们有几百公里远，我们只能干看，完全插不上一只手。”

德索亚点点头，但还是向导航核心敲入了他所需的参数。他那迷糊一团的脑子算错了好几处——其中有的会让他们在神林的大气中烧个一干二净——幸好飞船发现了。德索亚重新设置了一下。

“我不建议进入如此低的轨道。”飞船说道，声音不男不女，“神林的上层大气很不稳定，三百公里的高度超出了安全临界点，这项规定是——”

“闭嘴，执行。”德索亚神父舰长说道。

主推进器点火，德索亚闭上双眼。重力的回归让他表皮和体内的痛感愈加强烈，他听见坐在副驾驶座上的纪也在呻吟。

“我可以激活内部密蔽场，以减轻在四倍重力下减速的不适。”飞船说。

“不。”德索亚说。他打算节约能量。

噪声、振动、疼痛依然继续着。神林的星球边缘逐渐变大，最后填满了整片挡风玻璃。

*万一那个……叛徒……设定过，要是我们醒来，试图进行任何操控，飞船就自动载我们进入大气层，该怎么办？*德索亚突然作如是想。尽管压力使人痛不欲生，他还是咧嘴笑了。*那她也回不去了。*

痛苦还在继续。

54

从传送门另一面出来时，伯劳已然不见。

片刻之后，我放下步枪，往四周望去。这儿的河流又宽又浅，天空是深蓝色的，比海伯利安的湛青色还深，参天的层积云高耸在遥远的北方。云团似乎染上了夕阳的余晖，往身后一瞥，可以望见低空中悬着一轮巨日。我感觉这时应当是日落，而不是日出。

河岸上岩石堆积，野草丛生，灰土相连。就连空气中也弥漫着一股焦灰的味道，似乎我们穿过的地方被森林大火烧毁过。新生的林木长得非常低矮，这印证了我们的想法。右边好几公里之外，耸立着一个黑黢黢的东西，外表看上去像是盾状火山。

“我猜，这就是神林，”贝提克说，“那是乾坤树的遗迹。”

我又望了望那个黑色的火山锥。树怎么可能长到那么大！

“伯劳上哪儿去了？”我问道。

伊妮娅站起身，走到怪物原先站着的地方，伸出双手，探向空气，仿佛那怪物隐身了。

“抓紧！”木筏驶入一段不太凶猛的急流，我喊了一声，然后回到舵旁，解开它，机器人和女孩则拿起两侧的撑杆。筏子在浪中起伏，水花四溅，还差点调个个儿，可泛着白花的河段很快就过了。

“真好玩！”伊妮娅说道。长久以来，这是我听到她说得最欢悦的一句话。

“对，”我说，“好玩，不过筏子快散架了。”这话有点夸张，但夸张得并不过分。这堆木头本来就不牢，现在前端已经开始松了。我们的装备也丁零当啷地掉在垮掉的超薄帐篷上，散得到处都是。

“那儿有块平地，我们可以在那靠岸。”贝提克一面说，一面指着右边岸上的一片草地，“看起来，越往前走，山势越加险峻。”

我拿出望远镜，仔细观察那些黑色的山脊。“你说得对，”我说，“前方可能有更凶猛的激流，能靠岸的地方也可能更少。咱们最好在这儿把松散的木头绑牢。”

女孩和机器人把木筏撑到右边岸上。我跳下去，把木筏拖到泥泞的河岸上。木筏前端和右舷的损坏其实不严重，只不过是松了几根用作绑缚的幻影皮带，木板稍稍裂了开来。我朝上游瞄了一眼。太阳更低了，不过看样子还要再过一小时左右天才会黑。

“今晚扎营吗？”我觉得这儿可能是最合适的地方，要是过了这村就没这店了，“还是继续前进？”

“继续前进。”伊妮娅坚定地说。

我明白她的冲动，依库姆-利雅得时间，现在还是清晨。“可我不想在天黑后还要应付那恼人的急流。”我说。

伊妮娅眯眼看着西沉的太阳。“我也不想天黑后就在这儿坐着，”她说，“咱们尽量走远点儿。”她拿过望远镜，仔细看看河流右边的黑色山脊和左边黑漆漆的山峦，“他们不该把一条充满危险的急流作为特提斯河的一部分，对吧？”

贝提克清清嗓子。“据我估计，”他说，“大部分的熔岩流，都是在驱逐者攻击这颗星球时产生的。一次切枪攻击，就可以造成类似于地震的破坏，制造出如此险恶的滩流。”

“不是驱逐者。”伊妮娅轻声说。

“你说什么，孩子？”

“不是驱逐者，”她更坚定地说道，“是技术内核制造的飞船攻击了环网……是它们伪装成驱逐者侵略。”

“好吧。”我已然忘记马丁·塞利纳斯在他《诗篇》的最后几章里，曾详细解释过这些。我读那首诗的时候，那部分对我来说还没有太大意义。而现在，也毫不相干。“可是，河两岸尽是些被熔成渣的山，也许还有凶险的急流，甚至可能有瀑布，不管怎样，木筏不一定能通过。”

伊妮娅点点头，把望远镜放回我的背包。“如果不行的话，那就没办法了，只能走路过去，游到下一座传送门那儿。不过我们还是赶紧修好木筏，尽量走远点。一看见险滩，就赶紧靠岸。”

“也许，与其说是河岸，还不如说是悬崖峭壁，”我说，“那些熔岩好像不容易登上。”

伊妮娅耸耸肩。“那就爬山，然后走路。”

我承认那晚我对那丫头油然生出敬佩之情。我知道她很累，还生着病，受着某种我无法理解的情感的折磨，害怕得半死。但我从没见她准备打退堂鼓。

“啊，”我说，“至少伯劳走了。那是好兆头。”

伊妮娅凝神看着我，想笑，但没笑出来。

修复工作只花了二十分钟。我们重新绑好了带子，从中间抽出几根木头绑到前端，然后把超薄帐篷平铺在上面，当作脚垫，免得脚被打湿。

“如果天黑了还要继续前进，”伊妮娅说，“那我们得重新竖好桅杆，用来挂提灯。”

“对。”我说道。我先前留了根长长的撑杆，就是为了应对这个目的。于是我竖起它，插进一个孔槽，把底部捆牢，又用刀刻了一段浅槽，当作挂提灯的把手。“现在就点上吗？”我问。

“不急。”伊妮娅说着，瞥了一眼身后的落日。

“好嘞，”我说，“如果碰到急流，那肯定会颠簸得厉害，这样的话，得把装备都打好包，把最重要的东西放进防水背包。”我们立刻着手开干，我往防水背包里额外装入一件衬衫、一卷绳子，还有折起来的等离子步枪、一盏马灯、激光手电。我本想把没用的通信志丢进普通背包，但心里寻思，这东西虽然没用，不过反正也不重，于是又把它扣在手腕上。在库姆-利雅得诊所的时候，我们已经给通信志、激光器和提灯的电池充足了电。

“可都装好了？”我问道，准备再次撑进河道中。现在，我们的木筏拥有了崭新的甲板和桅杆，看起来好多了，背包已经装得满满当当，捆得严严实实，时刻准备好奔向险滩，船首挂起了提灯，即将点亮。

“好了。”伊妮娅说。

贝提克点点头，靠在撑杆上。我们回到了河中央。

水流非常强劲，水速至少每小时二十公里。我们行入黑色熔岩地时，太阳依然没有落入地平线。两边的河岸都成了断崖，木筏上下颠簸着，穿过几个滔滔的白色浪头，每次都飒爽地脱身而出。接着，我开始搜寻两岸上可以停靠的地方，一旦听到前方有瀑布或湍流，就马上靠岸。有些地方还算合适——比如隘谷、平地，但一眼望去，前方的土地似乎越来越崎岖。我注意到，在这段悬崖夹道的河流两侧，草木生长得更为繁茂——常蓝植物、矮小的红杉——低斜的落日将高处的枝条涂上了鲜艳的颜色。我脑海中刚现出一个念头，打算从背包中拿点东西，加热一下当午饭……或者晚饭吃，忽然间，贝提克大喊："前方有急流。"

我靠在舵上，向前望去。河流中出现了大块的石头，白浪滔滔翻滚，水花澎湃四溅。依靠在湛江当船员多年的经历，助我对这片急流做了番评估。"没事，"我说，"大家双腿站稳，如果河水太急，就稍稍往中间靠一点。等我说'撑'的时候，就用力撑。有个诀窍，一定要保证木筏的前端朝着我们要去的方向，这一点我们能办到。万一跌进河里，就重新游到筏子上，我已经准备好一根绳子。"那卷绳子就踩在我穿着的靴子底下。

我很不喜欢河流前方右岸上的巨石和黑色熔岩悬崖，不过看情形，这段湍急的水流过后，前面的那段似乎要宽阔且平和得多。如果河流中只有这一段险滩，那我们就很可能顺利航行到黑夜来临，到时候就用提灯和激光器宽光束来照亮前路。

正当我们三人都全神贯注地驾着木筏，让它安全地行驶在水流中，努力避开浪花中冒出的几块石头，这时，事情终于发生了。幸好有个旋涡让木筏打了两个转，不然，我们肯定还不知道怎么回事就完蛋了。事实上，我们的确是险些不明所以地命丧黄泉。

伊妮娅当时正欢快地高呼，我正咧着嘴笑，就连贝提克脸上也洋溢着喜悦之情。凭经验，我知道碰到像这种比较平静的水流，人们都会很欢快。碰到五级急流，经常会让人吓得现出龇牙咧嘴的怪相，但这种程度的颠簸并无大碍，反而很好玩。我们互相喊着口号——撑！右边用力！避开那块石头！伊妮娅在我右边，离我才几步远，贝提克在我左边，稍远些。我们刚避开一块大石头，可马上又被卷入下游的一个旋涡，当我抬头一望，却看见船头的桅杆和挂在上头的提灯突然被切成了碎片。

“搞什么鬼？”我刚说完这话，脑海里突然浮起陈年的记忆，还有当年的敏捷反应，虽然我以为它们在多年前就已经退化了。

木筏正朝左边打转，我声嘶力竭地大喊一声“趴下”，迅速放开舵，纵身把伊妮娅扑倒在地，我们两人滚下木筏，掉进了白花花的水里。

贝提克也几乎立刻做出了反应，一头扑倒在筏尾。那些单纤丝切碎了桅杆和提灯，就像切软黄油一样不费吹灰之力，距他肯定只是差之毫厘。我紧紧抱着伊妮娅，双脚在石头上擦擦绊绊，头刚冒出水面，就看见水下的单纤丝把木筏切成了两半，筏子在旋涡中转了个方向，立马又被切成两段。当然，那些纤丝都是看不见的，但那强大的切割力，只有这一种可能。在大熊时，我曾目睹同样的把戏在我同旅的众多战友身上上演；叛军把单纤丝布在路上，一辆公车满载着三十个士兵从城里的电影院回来，被拦腰截断，车上的人全都掉了脑袋。

我想朝贝提克喊话，但河水在怒号，甚至涌进我的嘴里。我伸手抓向一块石头，滑脱了，双脚在河底一阵猛蹬，终于抓住了下一块石头。一想到那些该死的线就在水下，就在我的脑袋前头……我不由得毛骨悚然起来。

机器人眼睁睁看着木筏被第三次切断，接着跳入了浅水中。水流把他翻了个个儿，脑袋被冲到水中，于是左臂本能地举起。刹那间，那条手臂肘部以下的位置被生生切断，喷射出一小股血雾。他的脑袋终于浮出水面，右手抓住一块尖锐的岩石，稳住自己，却没有叫喊出声。被切断的左臂和依然痉挛着的手掌被河水卷向下游，看不见了。

“哦，上帝！”我大叫道，“见鬼……该死！”

伊妮娅从水中冒出脸蛋，睁着大大的眼睛望着我，但眼里没有恐慌。

“你还好吧？”我压着急流的隆隆声大喊。单纤丝切东西十分干净利落，如果被它切掉一条腿，可能过半分钟才会发觉。

她点点头。

“抱着我的脖子！”我大喊，得把左臂腾出来才行。她紧抱住我，冰冷的河水已经把她的皮肤泡得没有一丝暖意。

“该死，该死，该死。”我念经般喋喋不休，左手在防水背包里摸索。手枪还在皮套里，挂在我右臀下方，顶着河底。这儿很浅……还不到一米深……如果狙击手要开始射击，几乎没法潜到水中藏身。但无所谓——如果潜到水下，我们就会被水流冲到下游，撞上单纤丝网。

下游约八米外，我看见贝提克正拼命坚持。他的左臂举在河面上，断肢处血流喷涌。疼痛正一阵阵地袭击着他，蓝色的脸上现出痛苦的表情，紧紧抓着石头的右手也几乎要滑脱。*机器人也会像人一样死去吗？*我摇摇头撇开这念头。他的血鲜红鲜红的。

我将熔岩地和岩石地仔细扫视了一遍，看看能不能找到夕阳余晖在金属上的反光。接下来，狙击手就将射出他的子弹。我们不会听到声音。真是场漂亮的伏击——就像照搬教科书上的，井然有序。我竟然亲手把自己送入狼窝。

我在包里找到手电激光器，重新拉上包，将激光器的圆筒塞进口中，紧紧咬住。接着，我的左手在水下摸索，解开皮带，把它抽离水面，拼命朝伊妮娅点头，示意她取出上面别着的手枪。

她左臂紧紧抱着我的脖子，腾出右手，掀开皮套，拔出手枪。我知道她永远不会对谁开枪，但没关系，我需要的并不是手枪，而是皮带。我摸索着，把激光器放在下巴下夹住，左手把皮带捻直。

“贝提克！”我大喊道。

机器人抬头看着我们，眼里充满了痛苦。“接住！”我尖声叫喊，拼尽力气把皮带朝他扔去。这动作让我差点弄掉了手电激光器，不过在它碰到水面时，我的左手又及时抓住了它。

机器人的左手没了，右手无法松开岩石，但他用那血流如注的残臂和胸膛，截住了扔过去的皮带。那一扔可算完美……不过，当时我只有那一个机会。

“医疗箱！”我大叫着，把头靠在身边一个上下起伏的包上，“先止血！”

我觉得他没听到我在喊什么，不过无所谓。他紧紧抓着岩石往上爬，来到石头面朝上游的那一面，趴在上面，接着把皮带缠在左臂手肘下方，用牙齿咬住一头，拉紧。皮带的那个位置没有扣眼，但他头一歪，便把它拉紧了，又往上缠了一圈，把它扯紧。

这时，我打开了手电激光器，把光束调到最宽状态，向河面扫去。

这些线是单纤丝，但不是超导单纤。超导单纤不会反光，而这些丝却闪闪发亮。被照亮的丝线在我眼前形成了一张网，发出红光，犹如细密交织的激光束，在河面上下来回拉紧。贝提克正浮在几根闪亮的细线的下方，有一些消失在了他两旁的水中。离我们最近的一根单纤，距伊妮娅的脚仅约一米。

我移动宽光束，朝我们头顶和左右扫射，没有发现反光的东西。贝提克头顶的细线发了一小阵子光，但散尽光热之后便消失了，似乎从未存在过。于是我又将光束扫过它们，再次将它们照出原形，接着调整到更密集的光束，瞄准那根单纤丝，它发出白光，却没有融化。虽然不是超导丝，但仅凭手电激光器那么低的能量，无法把它们化掉。

狙击手在哪儿？也许这只是个防护陷阱。多年前留下的。也许并没有人准备伏击我们。

但我不相信会是这样。我看见贝提克抓着岩石的手有些松劲，他快要被水流卷下去了。

“见鬼。”我咒骂着，把激光器插进裤腰，左臂抱紧伊妮娅，“抓稳了。”

我用右臂把自己拉上滑溜溜的岩石。那块石头是三角形的，非常滑。我双腿夹住它，爬上朝上游的一面，接着把伊妮娅也拉了过来。水流冲击着我，就好像有人在对我不停地拳打脚踢。“抓得住吗？”我大喊。

“行！”她的脸很白，头发全贴在了头皮上。脸上和太阳穴有多处划痕，下巴附近肿起一块瘀青，除此之外没有其他伤。

我拍拍她的肩膀，确认她双手抓紧了岩石，然后松手跳下了河。朝下游望去，还能看见木筏，不过它已经被大卸八块，搁浅在熔岩危崖旁的急流险滩上。

我在河里艰难前行，脚在河底磕磕绊绊，刚想站起来，便马上被水流拖倒，我被水流卷着冲向贝提克所在的那块石头，好在最终还是成功抵达，没有把他或者我自己撞昏。我一手抓住他，一手紧抱着岩石，注意到他的衬衫在锋利的岩石和强劲水流的共同作用下，几乎快从他身上扯了下来。蓝色的皮肤上划开了十多条口子，伤口都在渗血，我想仔细看看他的左臂，于是把那条手臂托出水面，他不禁发出呻吟。

那条皮带倒是有些止血的功效，但远远不够。鲜红色的血水在阳光照亮的水中打着旋儿。我不禁想起了无限极海上的虹鲨，不由得打了个冷战。

“来。”我说着，架起他的手臂，将他僵冷的手从岩石上掰下来，“咱们离开这儿。”

我站起身来，河水只漫到我的腰际，但冲击力非常强，就像有好儿股消火栓有机柱在同时冲刷。令人惊叹的是，尽管贝提克失血过多，濒临休克，但竟还有劲往前走。我俩的靴子在河底尖锐的石头上擦着，滑着，一路前行。

狙击手怎么还没射击？由于长时间负重，我的肩胛骨已经开始酸痛。

右边的河岸距我们近些——那是下游的一块平坦的浅滩，青草丛生，是我目力所及范围内最容易到的地方。诱人，太诱人了。

但是，伊妮娅还抓着上游八米外的那块石头。

贝提克右臂搭在我肩上，我们蹒跚着，半游半爬地朝上游前行，水不停击打着我们，泼溅在我们脸上。等我们来到伊妮娅身边时，我都快看不见东西了。由于寒冷和疲劳，她的手指已经发白。

“上岸！”我刚扶她站起身，她便朝我喊道。我们刚迈出一步，便踩进了一个坑中，水流还不停击打着她的胸口和脖子，那张小脸上全是白白的水花。

我摇摇头。“往上游走！”我大喊着，三人开始逆着水流往上游前进，两旁的水流重重地砸着，水花四溅。那一刻，我发狂般的使出浑身的劲，才让我们能直着腰往前走。每一次水流冲向我们，要将我们冲倒，或者卷向河底，我就将自己想象成南边的那棵乾坤树，树根深深扎进岩床，任尔东西南北风，兀自岿然不动。突然，我望见右岸有一根断木，约在上游二十米外。如果我们可以躲在它后边……我很清楚，我必须在几分钟之内给贝提克的手臂缠上止血带，不然他就死定了；如果我们在河里停下处理伤口，那么医疗包、背包，所有的一切都有被卷进河里的危险；但是，我也不想躺在那诱人的草岸上，毫无防御，任人宰割……

单纤丝。我拔出别在裤腰上的手电激光器，以宽光束扫过上游河流。没有细线。但也可能是在水下，正等着切断我们的脚踝。

我努力不去想这些，迎着水流拼命把我们三人往上游拽去。手电激光器似乎也快要握不住了，贝提克抓着我肩膀的手也越来越无力，而伊妮娅紧紧抓着我的左臂，好似抓着一根救命稻草。那**的确是**她的救命稻草。

我们向上游艰难行进了不到十米，前方的水忽然猛地炸开。我几乎仰头摔倒。伊妮娅的脑袋沉到水下不见了，我慌忙伸手，摸到她湿透的衣服，赶快把她拉出水面。贝提克似乎瘫在了我身上。

是伯劳。它突然从河中冒了出来，就出现在我们正前方，双眼红如火焰，手臂高举。

“见鬼！”不知道是我们中的谁吼出了这句话。也许是三个人一齐。

我们连忙转身，回头望见伯劳的指刃在我们身后挥舞，离我们只有毫厘之差。

贝提克倒了下去。我拦腰抱住他，将他拉出水面。我心头有股强烈的想要放弃的欲望：干脆躺倒在水里吧，随它把我冲到哪儿去。伊妮娅绊了一下，马上站直身子，指向右边的河岸。我点点头，和她一起挣扎着朝那个方向走去。

身后，伯劳正站在河中，四条金属手臂高举，上下摆动，好似金属蝎尾。但再次回头时，它不见了。

我们每个人都摔倒了五六次后，脚下终于感觉到踏到了泥浆，而不是石头。我先把伊妮娅推上岸，然后转身把瘫倒的贝提克推上草地。河水依然在我的腰际咆哮。我没有立刻爬上岸，而是先把背包扔上河水冲不到的草地上。“医疗包。”我大口喘着粗气，拼命往岸上爬，但手臂几乎没力气了，下半身也被河水冻得麻木了。

伊妮娅在医疗包里翻找黏胶带和止血带，虽然手指冰得快要僵住，但终于找到了。贝提克已经不省人事，她马上给他贴上诊断贴，扯下皮带，绕着他的残臂系上止血带。止血带嗞嗞叫着收紧，然后又发出嗞嗞的声音，注入药物，不知是镇痛剂还是兴奋剂。监视器指示灯急促地闪烁着。

我又使了一次劲，上身终于爬到岸上，接着把腿也拉出了河水。我张口想要跟伊妮娅说话，但牙齿咯咯打着颤：“手枪……在……哪儿？”

她摇摇头，牙齿同样冷得打颤：“我……丢了……就在……伯劳……出现……的时候……”

我只剩下点头的力气。河面上空无一物。“也许他已经走了。”我咬咬牙，一字一顿地说着，保暖毯哪儿去了？还放在包里，肯定是被冲走了。我没放进背包里的东西全都丢了。

我抬头朝下游望去。树梢还笼罩在最后一丝余晖中，但峡谷已经陷入了黑暗。一个女人从熔岩地向着我们走来。

我举起激光手电，用拇指将模式拨到密光。

“你不会想用这玩意来对付我吧，啊？”女人的语调带着些许戏谑。

伊妮娅正看着医疗包的诊断，听到声音，她抬起头，望着那人影。女人穿着一件红黑相间的制服，我认不出是这服装属于什么组织。她身材娇小，头发又短又黑，在逐渐暗去的夕阳余晖中，脸显得很苍白，右手的手腕上方部分似乎被剥了皮，嵌入了碳化纤维的骨骼。

伊妮娅颤抖起来，不是由于害怕，而是由于某种发自内心的情感。她的双眼眯了起来，若是让我来形容，我觉得，那一刻她的表情带着凶猛和无畏。冰冷的小手已经握紧了拳头。

女人笑了。“唉，看来没我想象得那么有趣啊。”她说着，走下岩石，来到草地上。

55

尼弥斯度过了一个漫长而无聊的下午。她打了几小时的盹，突然隐约感觉到一股强烈的分子移换扰动，上游约十五公里外的远距传送门被激活，于是她醒了，顺着岩石往上爬了几米，躲在一堆杂乱的灌木之后，等待着下一幕剧的开演。

下一幕，她想，将是场轻喜剧。她已经欣赏完河中奋力扑打手臂的场景，营救人造人——嗯，应该是少了一根人造手臂的人造人——的笨拙表演，然后是伯劳奇怪的登场，这给她平添了几番趣味。当然，她早就知道伯劳在附近，因为它穿过闭联时空时移换产生的震颤，与传送门的激活颇为相似。她甚至还移变进入快时间，看着它涉入河水中，在那群人的面前扮演一个妖怪。这让她有些迷茫：那老掉牙的怪物在干吗？是保护人类不踏入她的蠼螋陷阱，还是像一只听话的小牧羊犬一样，把它们赶回她身边？尼弥斯知道，要获得答案，首先得搞清楚，是什么势力把这个浑身刀刃的怪物送上这趟旅程的。

但这无关紧要。内核认为，制造伯劳并派它回到过去的，是早期处于萌芽中的终极智能。众所周知，伯劳的使命失败了，在遥远的未来，在羽翼初成的人类终极智能和日渐成熟的机器上帝间的战争中，伯劳还会再度被击败。不管事实如何，伯劳都是一个失败品，在这趟旅程无足轻重。尼弥斯对这怪物唯一的兴趣，就是可以将它作为对手，带给她一点小小的刺激，但这希望正慢慢落空。

现在，望着两个精疲力竭的人类和陷入昏迷的机器人躺在草地上，她开始厌倦自己的消极旁观。于是，她用力把标本袋往腰带里掖了掖，又把狮身人面陷阱卡片滑入手腕上的粘扣腕带，慢悠悠走下岩石，来到草地上。

年轻男子，劳尔，正单膝跪地，调整一个低能量激光器。尼弥斯忍不住笑了。“你不会想用这玩意来对付我吧，啊？”她说。

男子没有回答，只是举起激光器。尼弥斯想，如果他真敢把激光器射在她身上，毫无疑问，是想射瞎她的眼睛，那么，她就马上进行相移，把这东西捅进他的身体，穿过结肠，直塞入大肠，甚至还不用把光束关掉。

这是伊妮娅和她的第一次会面。尼弥斯能看出，为什么内核会对这个小毛孩的潜力感到不安——“缔结的虚空”的接入元素闪着微光，如静电一般绕在女孩周围。但尼弥斯也看到，要灵活运用该领域的能力，这姑娘还有很多年的路要走。这出《狂飙突进》[①]，这十万火急的迫切要求，其实都是徒然。这个人类女孩不仅在力量上还不成熟，对于它们真正的意义，她也不甚明了。

尼弥斯意识到自己心里隐藏着几许焦虑，女孩有可能在最后的

① 源自弗雷德里克·麦克西米兰·冯·克林格(1752–1831）的一部戏剧。

几秒钟内给她摆出难题，或许会以不可思议的方式接入虚空界面，搞出一大堆麻烦。但她很快意识到，担心是一个错误，不过，她随即感到一阵失望，这倒有些奇怪。“唉，看来没我想象得那么有趣啊。”她大声说着，向前踏了一步。

“你到底想要什么？”年轻的劳尔问道，挣扎着站起身。尼弥斯看得出来，男子把朋友们从河里拉上岸后，就已经累得筋疲力尽了。

“我不从你身上要求什么，”她从容地说，“你那就快见阎王的蓝皮朋友身上，也没有我要的东西。至于伊妮娅么，我只想和她聊上两句。”尼弥斯朝附近撒满克雷默地雷的树丛点点头。“为什么不带上你的哥连，到树林里去等着？过一会这丫头就会来找你们。我只想跟她说几句悄悄话，然后就把她还给你。”她又朝前走了一步。

“退后。”劳尔一面大叫，一面举起小小的手电激光器。

尼弥斯举起双手，似乎是害怕了。“嘿，伙计，别开枪。”她说道。但就算激光器发出的安培数是它实际的一万倍，尼弥斯也不会担心。

“退后。”劳尔继续道，拇指搭上了开关按钮。那玩具激光器瞄向了尼弥斯的眼睛。

“得，得。”尼弥斯说着，后退了一步，然后相移成一个银光闪闪的人形，仿佛表面被涂了一层铬。

“劳尔！”伊妮娅大喊。

尼弥斯腻了。她转换入快时间，眼前的场景刹那间定格了，伊妮娅大张着嘴，还在说话，但空气中却没有丝毫振动。奔流的河水也停滞了，似乎是以不可思议的高速快门拍下的一张照片，一粒粒水花正悬在空中。劳尔的下巴正滴着水，一滴水珠悬停在其下一毫米处，纹丝不动。

尼弥斯大步跨过，从劳尔手中拿过手电激光器。她很想将早先的那个念头付诸现实，之后再退回慢时间，看看每个人的反应。但她从眼角瞥见了伊妮娅——女孩的小手依旧紧紧握着拳头。尼弥斯意识到，办正事要紧，稍后再陪他们好好玩玩。

她退出相移形态，从腰带间取下标本袋，然后再度移换，走到蹲在地上的女孩跟前，袋子打开拿在左手，就像提着个篮子在女孩的下巴接着，等待头颅滚落。然后，她又相移了左手和前臂，手缘顿时变得坚如金铁，成了一片刀刃，锋利程度和依然悬挂在河上的单纤丝网不相上下。

尼弥斯躲在银铬面罩后微笑。“别了……丫头。”她说道。这三人还在上游好几公里之外时，她就已经偷听到了他们的谈话，知道了这个称呼。

她那刀刃般锋利的小臂挥砍而下。

“搞什么鬼玩意？”纪下士大吼，“什么都看不见。”

“安静。”德索亚命令道。两人都坐在指挥座椅上，倾身注视着望远镜监视器。

“尼弥斯变得……我不知该怎么讲……金属化了，”纪下士一面说，一面观望着下方的一幕幕场景，同时又在嵌盒里把视频放了一遍，“然后就消失了。”

“雷达上无法探测到她，”德索亚说着，敲入另一个搜索模式，“红外线也没有显示……但相邻区域的环境温度上升了将近十摄氏度，且高度电离。”

“小型暴风云团？”纪下士困惑地问道。没等德索亚回答，纪又指向监视器，“怎么回事？那孩子跌倒了。那男的好像出什么事了……”

“那是劳尔·安迪密恩。”德索亚说着，试图提高监视器的图像质量。不断升高的热量和大气的扰动使得图像泛起波纹和雪花，电脑尽了最大努力来稳定，但依旧很不清晰。“拉斐尔”号正处在神林的假定海平面上方，高度低至仅二百八十公里，使得它得花上九牛二虎之力才能保持同步轨道，也让它疑心浩瀚的大气层让它本已过热的船体更加滚烫了。

德索亚神父舰长看清楚了一切，立即做出决定。“停止一切飞船活动，维生系统降至最低水平，转移所有能量，”他命令道，“聚变核心提升到百分之一百一十五，撤销前部偏转防护场。能量转至战术用途。”

“这不明智——”传来飞船的声音。

“超驰所有的语声响应和安全协议，”德索亚厉声叫道，“优先代码德耳塔9920。教皇触显超驰……好。读数确认。”

显示器屏幕现在满是一列列的数据，叠加在地面上那个时刻变换的影像之上。纪下士瞪大双眼注视着。“老天爷，”下士低声嗫嚅着，“上帝啊！”

“对了。”德索亚低声说道，看着屏幕上除视频监控和战术监控之外，所有系统的能量供应都被划掉了。

此时，地表的爆炸开始了。

那女人突然变成了一团银色的朦胧物体，我刚感受到视网膜上的影像，在眨眼的刹那间，手里的手电激光器便不翼而飞。空气变得极热。伊妮娅两旁的空气一片迷蒙，似乎被扭打的两道身影填满了——六条手臂，四条腿，挥舞的刀刃。我马上向女孩跳过去，但心中明白，不论我想做什么都来不及。可是，令人惊奇的是，我竟然真的碰到了她，我把她扑倒在地，翻滚着逃离那一团热空气和模糊的混战。

医疗包的警报忽然炸响，犹如指甲在刮擦石板——这声音实在不容忽视，它在发出警告，贝提克就快离开我们了。我用身体护着伊妮娅，拉着她往贝提克的方向爬去。就在这时，身后的树林猛地炸开了。

尼弥斯挥下手臂，本以为会毫无感觉地切过肌肉和椎骨，但利刃却猛地撞上什么东西，她震惊了。

尼弥斯低头一看。相移手掌那锐利的边缘被两只插满刀刃的手牢牢握住，而前臂又被另外两只如解剖刀般锋利的手抓着。伯劳庞大的身形逐渐逼近，下部身躯的刀刃差一点就要刺入女孩面部，而那女孩依旧纹丝不动。怪物的双眼闪着红光。

尼弥斯一时被吓住了，心下感到十分恼怒，但没有惊慌。她抽回手，往后一跳。

周围的场景还和一秒钟之前完全一样——河流定格不动，劳尔·安迪密恩空空如也的手还向外伸着，做出要按下激光器发射按钮的动作，垂死的机器人倒在地上，医疗包指示灯的闪烁也定住了。唯一不同的是，女孩现在被伯劳巨大的身体挡在了背后。

尼弥斯在银铬面具背后偷笑。她先前的注意力全放在了女孩的脖子上，没有注意到这笨拙的怪物也以快时间移动过来，挡在她身前。这个失误她可不会再犯。

“你要抓她？”尼弥斯说，“你也是被派来杀她的？请便……不过先等我拿到她的脑袋再说。”

伯劳收回手臂，在孩子身旁踱起步来，它身上的荆棘和膝盖上的刀刃擦过她的双眼，距离不到一厘米。然后伯劳叉开双腿，站在尼弥斯和伊妮娅中间。

“哦，”尼弥斯说，“原来你不要她？那我就自个带她回去。”尼弥斯的动作比快时间还快上几分，她佯装往左，却迂回至右，之后旋身而下。幸好周围空间都因时间转换而扭曲，不然的话，猛烈的音爆会将方圆几公里内的一切全部震碎。

伯劳挡住了一击。铬面上迸出火星，火花刺入地面。那怪物立即还击，但尼弥斯在一纳秒间就瞬移开了，于是它砍了个空。她绕到伯劳身后，对准女孩的背一拳砸去，那力道足以砸断女孩的背脊，把它和心脏一起从胸腔中轰飞出去。

伯劳一挡，突袭便偏了方向，反而是尼弥斯被轰飞了。铬面的女人被抛出三十米远，掉入树丛，枝叶树干被悉数砸碎，那些碎裂的枝丫在她离开过后，都还悬在半空。伯劳以快时间紧随其后，进入树丛。

尼弥斯砸落在一块岩石上，那块坚硬的石头被撞出一个五厘米深的凹槽。伯劳朝她疾走而来，她感觉到它正转换回慢时间，于是也跟着转换，回到嘈杂喧嚣的时空。树木啪的一声折断，裂开，烈焰升腾。微型克莱莫地雷虽没有感觉到心跳，也没有感应到呼吸，却察觉到了压力，于是朝压力源跳去，上百颗地雷发生连锁爆炸，形成的冲击波将尼弥斯和伯劳往同一个方向推去，犹如老式内向爆炸的铀弹炸开成了两半。

伯劳胸膛上挺着一把长长的弯刀。尼弥斯听过无数关于这怪物的故事，它刺穿牺牲品，然后把它们挂在痛苦之树更加长的棘刺上。她听后毫不动容。随着两人被周遭爆炸的冲击波推向一处，尼弥斯利用移换场扭弯了伯劳胸前的荆棘，将它刺入伯劳的身躯。怪物那蒸汽铲状的下巴轰然打开，大声咆哮，超声波重重涌来。尼弥斯的臂刃挥向它的脖子，将它抛入十五米外的河水中。

她不再理会伯劳，径直走向伊妮娅和她的同伴。劳尔已经飞身护住了女孩。多么感人啊，尼弥斯想着，马上相移进入快时间，于是，她所站立的这个爆炸绽放的中心，就连升腾的团团橘色火焰也瞬间冻结了。

她疾步穿过冲击波形成的半固态墙面，中途突然加快脚步，跑向女孩和她的同伴。她要切下两人的头颅，女孩的交给上级，而男子的则留作纪念。

尼弥斯距那丫头还不到一米远时，伯劳从河水形成的云雾中出现，从左侧展开突然袭击。她挥舞的手臂距两颗头颅只有几厘米时，突然被挡开。接着她同伯劳扭打着滚离河岸，草皮被切碎，岩床突露，树木断裂，最后撞入另一堵岩墙。伯劳张开巨大的下颚，牙齿紧咬住尼弥斯的喉咙，甲胄上火花四溅。

“你……他妈……真是……开……玩笑。”她在移换面具背后大喘粗气，她今天的计划，可不包括被一个能转换时间的过时怪物咬死。死咬住尼弥斯喉咙的两排牙齿同防护面撞击，迸溅出火星和电光，她的手相移成刀刃，一把插入伯劳的胸膛，她感觉到四支手指刺穿了铠装和甲胄，尼弥斯咧嘴笑了，顺势抓住一把内脏，把它们拖出来，希望能够破坏几处关键器官，不管是什么，又有多么恶心，可扯下的只有一把刺线肌腱和甲胄碎片。伯劳蹒跚着退后，四只手臂挥舞着，好似四把镰刀。它巨大的下颚还动个不停，似乎那怪物不相信竟没能把到手的猎物嚼碎。

“来呀！”尼弥斯说着，朝那东西走去，“来呀！”她想消灭它——按人类的话来说，她的血液沸腾了。可她还是很冷静，因为消灭伯劳不是她的最终目的。她只须转移它的注意力，或者让它无法动弹，然后就能取下人类孩子的头颅。之后，他们就互不相关了。也许尼弥斯和她的同类可以把它关在动物园里，无聊的时候拿来玩狩猎游戏。“来呀。”她不断挑衅，又往前踏了一步。

怪物受了重伤，不得不退出快时间，但还保留有移换场。要不是移换场还存在，尼弥斯可以随心所欲地干掉它；如果她不管它，绕过移换场，那它可以马上相移进入快时间，跟到她后面。于是，尼弥斯也回到慢时间，她很高兴，能够保存一些能量。

“上帝！”我大叫道，飞身护住伊妮娅。之后仰头望去，伊妮娅也从我手臂的保护圈向外看。

所有的事都在刹那间发生了。贝提克医疗包的警报尖叫，空气热得像鼓风炉吹出的风，身后的森林突然响声大作，火焰腾腾燃烧，头顶的空中满是由于过热蒸汽爆裂出的木片，河流喷发出一股蒸汽柱，我们面前不到三米远外，陡然冒出伯劳和一个铬面的人形，正在搏斗。

伊妮娅没有理睬身边的恶战，从我身体的庇护下爬出，在泥泞的地面上一步一滑地跑向贝提克。我赶紧跟随在她身后，看着模糊的铬面形体互相冲撞。静电火花从这两个形体身上弹起，跳向岩石和受尽摧残的地面。

“胸外按压！”女孩大喊着，开始按压贝提克的胸膛。我跳到另一边，看着医疗包信号装置。他已经没有呼吸，半分钟以前心跳就已停止。失血过多。

有什么锋利的银色东西朝伊妮娅的后背疾飞而来。我赶紧扑向她，但还没碰到她时，又有一个金属的躯体杀将出来，挡住了先前那个东西，金属相击的声音在空气中炸开。“我来！”我大喊着，把她从机器人的身侧拉过来，让她躲在我身后，同时继续有节奏地进行胸外按压。医疗包指示灯显示，在我们的努力下，血液正被泵入贝提克的大脑。他的肺部有了空气交换，虽然这需要借助我们的力量。我继续着动作，不时回头看看后边的两个身影，它们以近超音速的速度碰撞、翻滚、扭打。空气中散发着臭氧的臭味，森林烧出的灰烬缭绕在我们身边，蒸汽云雾滚滚翻腾，嗞嗞作响。

“明……年……”伊妮娅在震耳欲聋的声音下大喊着，尽管热得汗流浃背，她的牙齿还是不住打颤，“咱们……换个……地方……休假。”

我抬头瞪着她，以为她疯了。她的双眼很明亮，但也没有疯狂的眼神。这是我的个人判断。医疗包警报啁啁叫着，我又继续我的工作。

在我们身后，突然传来内爆声，那声音在噼里啪啦的火燃声、蒸汽的嗞嗞声、金属表面的撞击声中，听得清清楚楚。我转头向后看去，手上没有停止给贝提克胸外按压。

空气浮现出微光，在两个人形先前打斗的地点，出现了一个铬面人形。接着，那金属的表面泛起涟漪，渐渐消退，先前熔岩地里的那个女人出现在我们眼前。她的头发一丝不乱，跟先前一样气定神闲。

“那么，”女人说，“我们刚才说到哪儿了？”她轻松地往前踏出一步。

在打斗的最后关头，设置狮身人面陷阱有些难度。尼弥斯正用尽全身力气挡开伯劳呼呼作响的刀刃，对她来说，那就像是在同时迎击好几个螺旋桨推进器。她曾去过一些星球，那儿还在使用螺旋桨飞机。两个世纪前，她曾在这样一个星球手刃霸主领事。

现在，她紧紧盯着那双耀眼的红色眼睛，挡开挥舞的手臂，我已占到上风，她对着伯劳想，他们裹在移换场内的肢体你挥我砍，好似无形的镰刀。怪物的移换场比她的薄弱，她伸手穿过，抓住它上臂的一个关节，扯下荆棘和刀刃。那条手臂被扯断了，但手掌上的五根利如解剖刀的手指捅向她的腹部，打算穿透移换场，给她来个开膛破肚。

“没门。”尼弥斯大叫，瞬间转到怪物的下身，一个扫堂腿，踢向怪物的右腿，“你没我快。”

伯劳摇晃了一下，她抓住这个破绽，立即从腕带中抖出狮身人面卡，卡片穿过移换场五纳秒的间隙，来到了她的手心，又马上将它拍向伯劳的脖子，贴在条条钢带中突起的一根尖刺上。

“结束了！”尼弥斯大叫着朝后蹦去，同时转换入快时间，赶在伯劳取下卡片前，在脑海里构出一个红色圈环，激活了它。

超逆熵场嗡嗡响着出现的时候，尼弥斯已经跃到极远处，她望着能量场将四臂狂舞的伯劳推向了五分钟后的未来。只要能量场还存在，它就没法回来。

拉达曼斯·尼弥斯相移出快时间，降下转换场。尽管气温很热，还飘着灰烬，但微风让她感觉心旷神怡。“那么，”她说道，满意地看着那两双人类眼睛的目光，“我们刚才说到哪儿了？”

“快动手！”纪下士大叫。

“不行。”德索亚坐在控制台前说道。他的手指已经点上了战术全能控制钮上。“有地下水，还有蒸汽。他们全会死于非命。”“拉斐尔”号的监控板显示，每一尔格[①]的能量都已转移，但那依旧没有用。

纪拉下话筒珠，切换到全频段，将画面上的标线定位在男子和女孩身上，而不是那步步紧逼的女人。接着，他开始在密光上喊话。

“那不会有用的。”德索亚说，他这辈子从没如此灰心丧气过。

---

① 能量或功的单位，相当于一达因的力在移动一厘米时所做的功。

“石头。”纪对着话筒珠大叫，“石头！”

女人慢慢走近，我站在那儿，把伊妮娅拉到身后，希望手里能有把手枪，或是手电激光器，什么都好。等离子步枪就在两米外岸边的那个防水背包里。我所需要做的不过是跳过去，拉开肩包，取下安全栓，打开折叠枪托，瞄准，然后开枪。但我觉得那笑眯眯的女人不会给我那么多时间，等我回来准备开枪时，伊妮娅也肯定已经一命呜呼了。

就在那一刻，我手腕上的白痴通信志震动起来，内垫摩擦着我的皮肤，就像老式的无声闹铃表。我没有管它。但通信志又开始用微小的刺针刺戳我的手腕，我只好把那白痴东西举到耳边。它小声对我说道：“去石头那儿。带着女孩，去熔岩地。”

一切都乱套了。我低头看着贝提克，此时，绿色信号灯正逐渐转为琥珀色。接着，我转身面对微笑的女人，用身体护着伊妮娅，跌跌撞撞地向后退去。

“哟，哟。”女人说，“这可不太好。伊妮娅，要是你过来的话，你男朋友就可以保命，那个蓝皮假人也不会有事，只要你男朋友可以救活他。”

我低头看着伊妮娅的脸，害怕她会接受这一要挟。她抓紧我的手臂，眼神中充满了紧张，却没有恐惧。“一切都会好的，孩子。”我低声说着，继续往左边移动。我们身后是河，左边五米外就是熔岩石地。

女人拐到右边，挡住我们的去路。“这可太慢了，”她轻声说，“我还剩四分钟。许多许多的时间。无限的时间。”

“快来。”我抓住伊妮娅的手腕，朝岩石奔去。我没有任何计划，只是在照着通信志里那陌生声音悄悄下达的荒谬吩咐行动。

我们没有走到熔岩石地那里，前方涌起一股热浪，铬面的女人兀地出现在我们前方，她已经站在了一块高三米的黑色熔岩上。“再见，劳尔·安迪密恩。”铬银的脸说道，金属手臂闪着微光举起。

那股热浪烧掉了我的眉毛，点燃了我的衬衣，将我和女孩抛向身后的半空。我们重重摔在地上，真是烫得难以形容，我们赶紧翻滚着离开。伊妮娅的头发冒起了烟，我用小臂拼命扑打，阻止明火的产生。贝提克的医疗包又开始尖叫，但身后那股过热空气如山崩地裂般的咆哮声淹没了它的叫声。我看见衬衣袖子在冒烟，于是赶在它烧起来前把它撕了下来。现在我和伊妮娅正背对着热气，摸爬滚打尽快朝外赶，感觉就像是爬在了火山口上。

我们抓住贝提克的身体，把他拖向岸边，毫不犹豫地滚进热气腾腾的水流中。我使出吃奶的劲，把不省人事的机器人的头托离水面，而伊妮娅拼命稳住我们，不被水流推倒。我们的脸浮出水面，靠在河岸的湿泥上，那儿的空气还比较凉爽，差不多可以呼吸。

我感觉到前额鼓出了水泡，但当时还不知道眉毛和鬓发都没了。我抬起头，朝河岸边缘的方向望去，窥视着上方的情况。

那铬面的人影正站在一束直径三米的橘色光柱中。光柱延伸到几百公里之上的天空，最后变成一个遥远的微点，消失了。那几乎致密如固体的光束穿透了大气层，空气也泛起了涟漪，沸腾滚滚。

金属质感的女人试图朝我们走来，但高能切枪光束似乎发挥出了极大的力量。她依然站着，身旁的能量场一会儿变成红色，一会儿变成绿色，最后是耀眼的白色。但她依然站着，拳头举起，朝天空挥舞着。在她脚下，熔岩石地已经沸腾，变红，汹涌的熔岩之河往低处奔涌而去。有的流入离我们不到十米的下游，蒸气云雾翻涌，嗞嗞声不绝于耳。就在那一刻，我承认我在此生中第一次考虑信仰宗教。

在最后关头，铬面人形似乎看到了危险，但为时已晚。它消失了，又模模糊糊地重新出现——拳头朝天空挥舞——接着又消失了，随后是最后一次出现，然后陷入了脚下的熔岩中，那里在片刻之前还是坚固的石头。

光束没有消失，它继续照射了一分钟。到此时，我已经无法再直视它，热气似乎正在烧灼掉我的面部皮肤。于是我又把脸贴在凉爽的淤泥上，水流正试图将我们拖向下游的蒸汽、熔岩和单纤丝网中，但我紧紧抱着贝提克和女孩，靠在岸上。

我最后一次朝上方看去，看见铬拳头慢慢陷入熔岩，整个能量场变幻着五光十色，似乎即将关闭，最终消失了。熔岩立刻开始冷却。等我把伊妮娅和贝提克拖上岸，我俩重新给他进行胸外按压的时候，那块石头重又凝固，只有几条细小的熔岩流还在流淌。石头渐渐冷却，岩屑剥落下来，上升到热空气中，加入我们身后熊熊燃烧的森林大火腾起的灰烟的行列。铬面女人的影子已经找不到了。

令人惊奇的是，医疗箱竟然还起着作用。在我们持续胸外按压，让血液流入贝提克的大脑和四肢，并给他做人工呼吸的时候，指示灯又从红色转为琥珀色。止血带很紧。当他似乎已经撑下来的时候，我抬头望着蹲在对面的女孩。“接下来怎么办？”我问。

身后的空气传来一记轻微的内爆声，我转过头，正好看见伯劳突然出现。

“要命。”我轻声咕哝道。

伊妮娅拼命摇头。我看见她的嘴唇和前额都被灼出了水泡，好几缕头发被烧掉了，衬衣被熏得黑不溜秋的，扯得不成形。不过除此之外，似乎没有大碍。“不，”她说，“没事。”

我已经站起身，在背包中翻寻等离子步枪。完蛋了。由于离能量光束太近，枪的保险装置已经融化了大半，折叠枪托的塑料部件也已经融化，和金属枪管混在了一起。令人惊讶的是，等离子弹夹竟没有爆炸，把我们都轰成灰。我丢下背包，面朝伯劳，双拳紧握。冲我来吧，天杀的。

“没事的，”伊妮娅又说道，把我往回拉，“它不会胡来的，没事的。”

我们蹲到贝提克身边，机器人的睫毛正在颤动。“我是不是错过了什么？”他嘶哑地轻声说道。

我们没有笑。伊妮娅摸摸他蓝色的脸，然后看着我。伯劳依旧站在原地，燃烧的灰烬在它红色的双眼周围飘动，不时有黑灰降落在它的甲胄上。

贝提克闭上双眼，信号灯又开始闪烁。“我们需要给他专业的治疗，”我轻声对伊妮娅说，“不然他就快离开我们了。”

她点点头。我听到轻微的声音，以为是她在回我话，可仔细一听，那不是她的声音。

我举起左臂，没有理会褴褛不堪的衣服和鼓起的红色伤痕，小臂上所有的毛发都被烧掉了。

我们仔细听着。通信志里传来一个男人的声音，相当熟悉。

56

当他们在通用频段上回应时，德索亚神父舰长惊奇不已。他没想到那古老的通信志竟能通过密光信号发送信息，甚至还有视频图像——主监视器上方正飘浮着模糊不清的全息图，两张烫伤的脸，黑得像是涂满了煤灰。

纪下士望着德索亚：“唉，我会下地狱的，神父。”

“我也是。”德索亚回应。接着他转向面前两张充满期待的脸，“我是德索亚神父舰长，在圣神飞船‘拉斐尔’号……”

“我记得你。”女孩说。德索亚意识到飞船也在传送全息图像，他们能看到他——毫无疑问，一张缩小的脸，下方是罗马衣领，像鬼魂一样悬浮在男子手腕的通信志上方。

“我也记得你。”除了这句话，德索亚想不出该怎么回答。这次追寻的旅途是多么的漫长。他看着她黝黑的双眼，她苍白的皮肤，被烟灰涂得脏兮兮的，还有好几处灼伤。如此近距离地……

劳尔·安迪密恩的影像说话了。“刚才那个是谁？究竟是什么东西？”

德索亚神父舰长摇摇头。“我不知道。她叫拉达曼斯·尼弥斯，几天前才分配到我们小队。她说自己是教会正在训练的新军团中的一员——”话一出口他便打住了。这些信息都是绝密，而他却正把它们泄露给敌人。德索亚看了眼纪下士。后者正在微笑，他从中看到了自身的处境。不管怎样，他们都难逃罪咎。“她说自己是圣神武士新军团的一员，”他继续道，“但我觉得她在撒谎。我觉得她不是人。”

“阿门。”劳尔·安迪密恩的影像说道。他扭过头看了片刻，然后又转回脸。“我们的朋友快死了，德索亚神父舰长。你能帮我们吗？”

神父舰长摇摇头。“我们下不去。尼弥斯把我们的登陆飞船开走了，还超驰了远程遥控自动驾驶仪，就连信标都不应答。但如果你们能找到它，就能用里边的自动诊疗室。”

“它在哪儿？”女孩问。

纪下士向采像区靠过来。“我们的雷达显示，它大概在你们东南面一点五公里外，”他说，“在山里。启动了伪装，但不过是障眼法而已，完全可以找到它。我们带你们过去。”

劳尔·安迪密恩说道：“当时通信志里传来一个人的声音，叫我们去岩石那边，就是**你**吧？”

“嗯，对。”纪下士回答，“我们把所有能量都投入了飞船的战术火力控制系统，约有八百亿瓦特，可以尽数射进大气层。但地下水可能会汽化，这样你们就都活不成。我们把赌注压在了石头上，那似乎是最好的办法。”

“她在那儿拦住了我们。”劳尔歪着脸笑笑。

“正中我们的圈套。”纪下士回答。

“谢谢你们。”伊妮娅说。

纪下士点点头，略带尴尬地低头出了采像区。“好心的下士说得没错，”德索亚神父舰长继续道，“我领你们去登陆飞船。”

“为什么？”劳尔那模糊不清的图像发问，“为什么你们要杀自己人？”

德索亚摇摇头。“她不是自己人。”

“那就是教会的人，”劳尔坚持道，“为什么？”

“我倒希望她不是教会的人。”德索亚轻声说，“假如是的话，那么我所在的教会已经异变了。”

接下来是一阵沉默，其间夹杂的仅有密光的嗞嗞声。“你们该动身了，”德索亚最后说，“天快黑了。”

全息图里的两张脸正在东张西望，有些滑稽，似乎忘了自己身处何地。“对啊，”劳尔说，“你们的切枪或是粒子束还是别的什么东西，已经把我的提灯熔成渣了。”

“我可以用灯来为你们引路，”德索亚面部严肃地说，“但那就意味着，主武器系统又会被激活。”

“不劳烦，”劳尔说，“我们会搞定的。我要关掉成像仪了，但会让无线电频道一直开着，直到我们找到登陆飞船。”

57

一公里半的路，我们花了两个多小时才走完。熔岩山脉非常难走，要不是身上背着贝提克，我可能还更容易在沟壑间崴到脚。云层掩蔽了群星，天黑得伸手不见五指，要不是在打点行装准备起程的时候，伊妮娅在草丛中找到了手电激光器，我想我们那晚根本就寸步难行。

“它究竟是怎么跑到那儿去的？”我自言自语道。我明明记得，当时我正准备打开激光器，射向那魔女的眼睛，结果它一眨眼就不见了。唉，我想，见鬼去吧。整整一天发生的事都玄之又玄，而身后，还留下了最后的一个谜团——伯劳依旧静静地待在原地，纹丝不动，也不打算跟着我们。

伊妮娅将手电设置在宽光束状态，走在前面领路，我们一路跌跌撞撞，艰难地走过黑色岩石地，穿过腾腾的灰烬，回到丘陵地带。我们必须时不时停下来为贝提克做一些处理，不然时间也许能缩短一半。

医疗箱里有限的抗生素、兴奋剂、止痛剂、血浆、静脉滴注，全都用得一干二净。在医疗箱的作用下，贝提克得以保住一线生机，但依旧在鬼门关外徘徊。他在河中失血过多；止血带起了一点作用，但不够紧，血液还在小股流出。必要时我们为他胸外按压，不为别的，只是要保证血液能流进他的大脑，一听到医疗箱拉响警报，就立即停下脚步。我们依照通信志里圣神下士的指示，往目标前进，我觉得，哪怕这是他们为了抓住伊妮娅而使的花招，我们也欠头顶上那两人一大票人情。一路上我们在黑暗中瞎摸索，伊妮娅的手电光束投在黑色的熔岩和死去树木的残骸上，我一路提心吊胆，害怕那魔女的铬手会从脚底的岩石中突然伸出，抓住我的脚踝。

最后我们找到了登陆飞船，就在他们猜的那地方。伊妮娅开始沿着金属梯子往上爬，但我一把抓住她那褴褛的裤腿，把她拽了下来。

"我不想你进飞船，孩子，"我说，"他们说不能遥控，但那只是一面之词。要是等你进了飞船，他们把它召回，你就插翅难逃了。"

她一屁股坐在梯子上，我从没见过她这么疲惫的样子。"我相信他们。"她说，"他们说——"

"对，但如果你不去那里，他们就不可能抓到你。你留在这儿，我背贝提克上去，看看那里到底有没有自动诊疗室。"

我爬上梯子，突然又冒出一个令人头疼的想法。万一上头那扇金属门是锁上的，而钥匙又在那魔女的上衣口袋里，那该如何是好？

入口有一块发光的触显板。"6992。"通信志中传来纪下士的声音。

我敲入数字，外层气闸门滑开了。自动诊疗室映入眼帘，一碰就运行起来。我轻轻把蓝皮肤的朋友放上封闭诊疗床的软垫——费了好大工夫，生怕撞到他的残臂——确认诊断贴和压力箍带都各就其位，然后盖上盖子。那感觉真像是盖上一口棺材。

数据不太乐观，但诊疗室马上开始了工作。我望了一会儿监视器，最后意识到自己的双眼开始模糊，快要站着打起瞌睡来，于是别过头，揉揉脸颊，回到敞开的气闸门口。

“你站到梯子上来吧，孩子。如果飞船要起飞，就赶紧跳下去。”

伊妮娅一步步走上梯子，关闭手里的激光器。现在就只剩自动诊疗室和控制板上的一些指示灯在亮着了。“然后呢？”伊妮娅说，“我跳下去，飞船载着你和贝提克起飞了，我怎么办呢？”

“去下一座远距传送门。”我说。

通信志说道：“我并不怪你怀疑我们。”是德索亚神父舰长的声音。

我坐在敞开的舱门口，静听清风吹过，折断的枝条掉落在飞船的顶部。“神父舰长，你为什么突然改变看法和计划？你是来抓伊妮娅的，为什么最后临阵倒戈？”我还记得在帕瓦蒂星系的追逐，他曾在复兴之矢下令向我们开火。

神父舰长没有正面回答我的问题，而是说道：“你的霍鹰飞毯在我手上，劳尔·安迪密恩。”

“啥？”我疲惫地说着，努力回想我是怎么把它弄丢的。是在无限极海朝平台飞去的时候。“这宇宙真小。”我说着，似乎那根本无关紧要，而内心里，我却宁愿花任何代价，把那张小飞毯换回来。伊妮娅紧紧抓着梯子，仔细倾听。我们不时仰头望望，确定自动诊疗室没有停止工作。

“是啊。”传来德索亚神父舰长的声音，“我开始慢慢理解你们的想法了，朋友们。也许有一天，你们也会理解我的想法。”

“也许吧。”我说。我当时还不知道，后来真的有了那么一天。

他的声调变成了官腔，几乎不带任何感情：“我们肯定，尼弥斯下士用某种超驰程序屏蔽了遥控自动驾驶功能，但我们不准备为你们证明这一点。请随意使用这艘飞船，继续你们的旅途，不要担心我们去抓伊妮娅。”

“那怎么可能呢？”我说。烧伤处开始疼痛。再过片刻，我就可以恢复一点力气，去自动诊疗器上方的箱子里找找看有没有医疗箱。我相信肯定有。

“我们准备离开星系。”德索亚神父舰长说。

我重新来了精神。“我们怎么知道你们有没有离开？”

通信志轻笑起来。“一艘开启聚变驱动的飞船，在爬出星球重力井时是相当明显的。”他说，“我们的望远镜显示，现在你们头顶的云层非常稀疏，用肉眼就能看见。”

“就算看见你们离开近地轨道，”我说，“我们又怎么知道你们已经传送出星系？”

伊妮娅拉下我的手腕，对通信志说道：“神父，你要去哪里？”

又是一阵伴着咝咝声的沉默。“回佩森。”德索亚最终说道，“我们的这艘飞船是宇宙中最快的三艘飞船之一，我和我的下士朋友也都悄悄想过逃跑……逃到别的什么地方……但真正要那么做的时候，我们又会考虑自己的军人身份。圣神舰队和基督军的身份。我们必须回佩森，接受审讯……面对我们必须面对的一切。”

哪怕在海伯利安上，神圣法庭宗教裁判所也投下了它冷酷的阴影。我不禁发抖，让我感到寒冷的，不仅仅是乾坤树灰堆那儿吹来的冷风。

“何况，”德索亚继续道，“我们这儿还有一位同伴没有成功重生，所以必须回到佩森，给他进行治疗。”

我看看嗡嗡叫的自动诊疗室，然后，在那漫长的一天里，我第一次相信天上的那位神父不是敌人。

“德索亚神父舰长，”伊妮娅说着，依旧握着我的手，凑近通信志，“他们会怎么对你？怎么对你们三个？”

静电声中，又一次传来一声轻笑。“如果走运的话，会被处死，然后被逐出教会。要是不走运，那就会得到相反顺序的处决。”

伊妮娅没有笑。“德索亚神父舰长……纪下士……下来随我们同行吧。把你的朋友和飞船一并送回，然后陪我们穿过下一个传送门。”

这一次的寂静极为漫长，我甚至都怀疑密光连接是否已经中断。最后，德索亚温和的声音终于传来：“你的话很让人心动，年轻的朋友。我们两人都颇为心动。我很乐意能在某天通过远距传输器旅行，也很乐意成为你的朋友。但我们都是教会忠诚的仆从，亲爱的孩子，我们的职责也很清楚明了。我只希望这个……异物……也就是尼弥斯下士的出现是一个错误。如果我们想弄清原委，就必须回去。”

突然射来一团亮光。我倾身探出气闸门，和伊妮娅一同仰望天空，那条蓝白相间的聚变尾迹划过了稀疏的云朵。

“除此之外，”德索亚的声音传来，听起来有点不太自然，似乎重力增加了，“没了登陆飞船，我们没有任何办法下到地面上去。尼弥斯那家伙破坏了士兵作战服，所以即便我们想铤而走险，也没得选择。”

现在，我和伊妮娅坐在敞开的气闸门边沿，望着聚变尾迹变得越来越长，越来越亮。乘坐飞船旅行，那似乎是上辈子的事了。我脑海中突然蹦出一个念头，感觉好似肚子上被打了一拳，我慌忙举起通信志。“神父舰长，这个……尼弥斯……死了没有？我是说，我们的确看见她被埋在熔化的熔岩下……可她会不会下一秒就在这里挖个洞钻出来？”

“我们不知道，”密光的咝咝声中，传来德索亚神父舰长的回答，“我建议你们尽快离开那儿。登陆飞船是我们送给你们的离别礼物，好好使用，别让它损坏了。”

我向外看去，注视了片刻黑色的熔岩地。每次微风拂动枯枝，或是吹过灰堆的时候，我都觉得那魔女正朝我们悄悄滑来。

“伊妮娅？”神父舰长的声音再度传来。

“什么，神父舰长？”

“我们马上就要关闭密光……我们之间的距离要超出通信范围了……但我得告诉你们一件事。”

“什么事，神父？”

“我的孩子，如果他们命令我回来找你……不是伤害你，而仅仅是找到你……那么，我依然是教会唯命是从的仆人，也是圣神舰队的军官……”

“我明白，神父。”伊妮娅说着，双眼依然望着天空，盯着东方地平线附近聚变尾迹淡去的地方，“再见，神父。再见，纪下士。谢谢你们。”

“再见，我的女儿，”德索亚神父舰长说，“上帝保佑你。”我们俩都听见他祷念的声音，然后密光突然断掉了，只剩下寂静。

“快进来，”我对伊妮娅说，“咱们得走了。快。”

关上内部和外部气闸门，这活儿很简单。我们最后检查了一遍自动诊疗器——所有指示灯都是琥珀色，但很稳定——然后各自躺在笨重的加速躺椅上，绑好束带。挡风玻璃上有一层防护罩，但已经拉起，所以我们能透过玻璃望见黑色的熔岩地，东方有几颗星星清晰可见。

“好。”我说着，看着数不清的开关、触显、触板、全息台、监视器、显屏、按钮、小摆设。在我俩之间，有一个低矮的控制台，上面有两个全能控制器，每个的上边都有指触嵌板，还有好多触显，我看到有几个地方可以直接接入。“好。”我又说了一遍，女孩脸色苍白，她躺在衬着软垫的躺椅中，整个人看起来更加小了。“有什么主意吗？”

“要不出去步行？”她说。

我叹了口气。“那可能是最好的计划，只不过——”我翘起大拇指，指了指嗡嗡作响的自动诊疗器。

“我知道，”伊妮娅仰面躺在巨大的躺椅中，捆着安全带说道，“我只是开玩笑。”

我摸摸她放在控制台上的手。就跟往常一样，有种触电的感觉——某种似曾相识的感觉。我拿开手，说道：“该死，越是先进的技术，操作起来应该也越是简单。可这破玩意儿，看起来像是旧地十八世纪的战斗机驾驶舱。”

“它是为专业人士设计的，”伊妮娅说，“我们只需一名专业飞行员。”

“的确有。”通信志尖声说道。是它自己的声音。

“你会开飞船？”我怀疑地问道。

“本质上讲，我**就是**一艘飞船。”通信志一本正经地说道。扣板“嗒”地一下打开了，“请将红色电线插进任意一个红色接口。”

我将它连上控制台，控制板立刻被激活，显示器亮起，仪器登入，登陆飞船的通风设备发出嗡嗡声，全能控制器颤动起来。控制板中央的纯平显示器显出黄光，通信志又发声：“你们想去哪儿，安迪密恩先生？伊妮娅女士？”

女孩先开口了。“下一个远距传输器，”她轻声说，“最后一个。”

58

另一边是白天。飞船悬浮在河流上方，缓缓朝前行进。在通信志的演示下，我们学会了如何使用控制器，但其余的系统还是由飞船操控，以免我们犯愚蠢的错误。我和伊妮娅对望了一眼，开始操纵登陆飞船在树梢上飞行，就仿佛在给它挠痒。现在我们已经安全了，除非那个魔女有办法通过远距传送门。

我们习惯了乘木筏穿越远距传输器，但这最后一次却没有用它，感觉颇为奇怪，不过不管怎样，木筏在这儿也派不上用场。两边的河岸相当宽阔，而特提斯河本身则几乎成了一条涓涓小溪，只有八九厘米深，三四米宽，它蜿蜒着穿过了树木稠密的乡间。这些树木似乎既陌生，又熟悉……多是如香芭或堰木一样的落叶乔木，也有一些树枝条舒展，是像混种橡木一样的阔叶树。树叶有嫩黄色的，也有亮红色的，在小溪两岸列成了一片。

天空是蓝色的，赏心悦目——没有海伯利安的那么深，但比起这趟旅程中所去过的所有类地行星都要深。太阳大而明亮，却并不感到灼热。

阳光透过挡风玻璃洒进来，落在我们的腿上。

“真想看看外边是什么样子。”我说。

通信志……飞船……总之它听到了我的话，以为那是对它说的。中央显示器突然闪了起来，数据开始一溜烟地涌出。

大气：氮77%

氧21%

氩0.9%

二氧化碳0.03%

水蒸气不定数量（<1%）

地表气压：0.986巴

磁场：0.318高斯

质量：5.976×10^{24}千克

逃逸速度：11.2千米/秒

地表重力：980千米/秒

磁轴倾斜度：11.5°

偶极矩：7.9×10^{28}高斯/立方厘米

“奇怪，”飞船说，“太巧了，真是难以置信。”

“什么？”我问道，心里已明白了大概。

“这些行星数据与我关于旧地的基本数据几乎完全吻合，”飞船说，“这很少见，竟有星球跟它如此相似——”

“别说了！”伊妮娅指着挡风玻璃外高喊，“请快着陆！快。”

幸好飞船接手了驾驶，不然的话，我肯定会在降落途中撞进树丛。飞船替我们找到一块平坦的岩石地，距绿树林立的溪床不到二十米，最后稳稳当当地成功着陆。我隔着挡风玻璃朝外张望，树丛背后露出一个屋顶平台，此时，伊妮娅已经跑到气闸门那儿按密码了。

我还没来得及说话，她就已经走下阶梯。我停下来看了看自动诊疗室，见到好几盏指示灯都变成了绿色，心里很高兴，然后对飞船说道："照顾好他，保持系统运行，做好随时起飞的准备。"

"收到，安迪密恩先生。"

我们来到下游，小溪对面就是那栋房屋。这房子很难用言语描述，不过我会尽力。

这座房屋建在一个迷你瀑布之上，瀑布仅三四米高，落入其下的一汪小潭。枯黄的落叶漂在潭中，接着被汩汩的水流卷往下游。房屋最显眼的特征，就是那单薄的屋顶和矩形的露台，似乎违背了重力定律，悬吊在小溪与瀑布上方。房屋看起来像是由石头、玻璃、混凝土和钢铁建成。露台左边，矗立着一面三层楼高的石墙，中央嵌着一面四角是玻璃的窗户，几乎与之等高。窗户四周的金属框架被漆成柔和的橙色。

"悬桁。"伊妮娅说。

"啥？"

"建筑师对这种悬挑露台的称呼。"她说，"悬桁。它们和这儿有好几万年历史的石灰岩岩架相共鸣。"

我停下脚步，望着她。身后，登陆飞船已经隐没在树林中。"这就是你说的房子，"我说，"在你还没出生前就梦见的房子。"

"对。"她的嘴唇微微颤动，"我现在已经知道了它的名字，劳尔。流水别墅。”

我点点头，吸了一口气。空气中弥漫着一股芳香，混合着树叶腐殖的气味，充满生机的植物、肥沃的土壤、溪水以及空气本身具有的特别的味道。这和海伯利安的空气大不一样，但不知何故，闻起来却有家的感觉。“旧地，”我低声说道，“对吗？”

“地球……这里并不‘旧’。”伊妮娅说着，拉住我的手，“咱们进去吧。”

我们从上游的一座小桥穿越了小溪，嘎吱嘎吱走过一条砾石小道，进入一条走廊，穿过狭小的入口，感觉好像是进入了一个舒适的洞穴。

我们在宽敞的客厅停下脚步，大声喊话，但没人回答。伊妮娅梦游一般走过开阔的空间，手指抚过木质和石质的表面，对每一个小发现大呼小叫。

地面上有的地方铺着地毯，有的地方则露着光秃秃的石头。至少有一个壁龛的下层架子上摆满了书，但我没有停下来去细看它们的名字。低矮的天花板下还有一排金属架子，但上面空无一物——也许那只是装饰。远处的墙壁被一面巨大的壁炉占满。炉膛使用的石头未经打磨——也许正是房子身下那块大石头的尖顶——向外凸出，约有两米长。

时值秋季，屋外阳光明媚，暖洋洋的，但壁炉里却有一大团火苗正哔剥作响。我又呼喊房主，但寂静依旧浓重。“他们在等我们呢。”我半开玩笑道。现在我唯一的武器只剩口袋里的手电激光器。

“对，他们是在等。”伊妮娅说。她走到壁炉左边，小手抚摸着一个金属球，那球体放置在石墙中一个半球形凹槽里，直径约有一米半，刷成鲜艳的锈红色。

“这个东西，是拿来热酒的，就像一个壶。”伊妮娅柔声说，

“它只用过一次……酒是在厨房里热好后，拿到这里来的。真大，上面的涂料可能有毒。”

“这就是你要找的那个人，那个你打算拜他为师的建筑师？”我问。

“对。”

“我觉得他是个天才，可为什么要造这样一个酒壶来用呢？这么大，还有毒。”

伊妮娅转头微笑，不——她只是**咧了咧嘴**：“天才也会犯傻，劳尔。如果你不相信的话，就想想我们的旅途吧。来，咱们四处看看。”

露台非常漂亮，站在小瀑布之上，映入眼帘的景色真是令人心旷神怡。房屋内部的天花板和吊顶都很低，但那只是更让人觉得像在一个洞穴里，我们正透过玻璃窥探外头那片绿色的森林世界。回到客厅，那里有一个由玻璃和金属制成的活板门，打开后露出一列梯子——由上一层楼的栏杆支撑——沿着它往上，进入一块更大的水泥平台，俯瞰着瀑布之上的一小片池塘。

“斜梯。”伊妮娅说着，似乎回到了家里，一切如数家珍。

“那是干吗用的？”我问道，四处观望。

“没什么实际用途，”伊妮娅说，“建筑师考虑的无非是——原话引用——‘移步换景’。”

我拍拍她的肩膀。她转身朝我微笑，自然而又明快，带着一种容光焕发的活力。

“这是哪儿，伊妮娅？”

“流水别墅，”她说，“在宾夕法尼亚西部的熊溪河畔。”

“宾什么，是个国家吗？”我问。

“是个省，”伊妮娅说，“不对，是个州，原美利坚合众国的一个州。位于地球的北美大陆。”

“地球，”我重复着这个词，四处张望，“这儿没人吗？你的建筑师呢？”

女孩摇摇头：“现在还不知道，但很快就能知道。”

“我们要在这儿待多久，孩子？”我曾想过，趁贝提克休养的这段时间，储存些食物、武器及其他设备，整备好之后再出发。

“几年吧，”伊妮娅说，“六七年，我想。”

“**年**？”我们走上楼梯顶部，到了上层露台，“六七年？”

“我得拜他为师，劳尔，我要学会一些东西。”

“学建筑？”

“对，以及认识我自己。”

“那你在……认识自己的时候，我该做些什么？”

伊妮娅没有开玩笑，而是严肃地点点头。“我知道，这似乎不公平。但在我……长大的过程中，有些事情必须你来做。”

我等着她说下去。

“你得要将地球探索一番，”她说，“我父母曾来过这儿。妈妈觉得……狮虎熊——也就是在技术内核摧毁地球之前，窃走了它的那股势力……妈妈觉得他们在这儿做试验。”

“试验？”我问，“什么样的试验？”

“关于天才的试验，”伊妮娅说，“或者，应该说是关于人类的试验，可能更恰当些。”

“说来听听。”

伊妮娅指指周围的房屋。“这座房子是一九三七年建成的。”

“公元纪年？”我问。

“对。我敢确信，它在二十一世纪北美的阶级暴动中被拆毁了，或者是在那之前。但不管是谁把地球带到这的，他们把它重建了，就像为我爸爸重建了十九世纪的罗马一样。”

“罗马？”我站在孩子旁边，感觉自己就像个笨蛋应声虫般的重复着她说的每一句话。过去的日子总是这样。

“约翰·济慈临终时的罗马，”伊妮娅说，“但那是另一回事了。”

“对，”我说，“我在你马丁叔叔的《诗篇》里读到过，可我当时没有懂，现在也是。”

伊妮娅双手一摊，我已经开始习惯她这个手势。“我也不懂，劳尔。但把地球带到这里的人，不仅还原了当时的人，也还原了古老的城市和建筑。他们创造了……**生机**。”

“通过重生？”我的声音带着怀疑。

“不……更像是……嗯，我爸爸是个赛伯人。他的人格栖息在一个人工智能矩阵中，而身体是人类之身。”

“可你不是赛伯人。”

伊妮娅摇摇头。“对，我不是。”她领我往露台边缘走去。身下，溪流哗哗地奔向小小的瀑布。“在我……学习的时候，还有其他任务需要你做。”

“比如？”

“除了探索整个地球，搞清那些神秘的……实体……究竟在做什么，你还得在我之前离开这个星球，回去把咱们的飞船找回来。”

“咱们的飞船？”我终又傻兮兮地重复了她的话，“你是说让我沿远距传输器返回，找回领事的飞船。”

“对。”

“乘着它回来？”

她摇摇头。“那会花上好几个世纪。我们得事先商量好，在以前环网的某处碰面。”

我揉揉脸，摸着扎人的胡茬儿。“没别的事了？不再给我十年的奥德赛之旅，让我忙活一阵？”

“之后只须去趟偏地，会见驱逐者，”她说，“但这次旅途，我会随你一道去。”

“好啊，”我说，“真希望此后再没有冒险等着我们了。瞧，我可没有以前那么年轻了。”

我试图表现出一副轻描淡写的神情，可伊妮娅的眼神深邃而严肃，她用五指捏住我的手掌。“不，劳尔，”她说，“那仅仅是开始。”

通信志嘀嗒嘀嗒鸣叫起来。“怎么了？”我想起贝提克的安危，不由一阵哆嗦。

“我刚在通用频段收到坐标。”传来通信志或是飞船的声音。声音听起来有些困惑。

“有语声或视频信息吗？”我问。

“没有，只有旅行坐标和最佳飞行高度。是条详细的飞行路线。”

“目的地是哪儿？”我问。

“位于这片大陆，在我们目前位置西南方约三千公里外。”飞船说。

我看看伊妮娅，她摇摇头。

“有啥主意吗？”我问。

“有一个。”她说，“但不确定。我们走，去给自己一个惊喜吧。”

她的小手还握在我手里。我没有放开，而和她一起踩上枯黄的叶子，沐浴着清晨的阳光，向等待着的登陆飞船走去。

59

我先前对你们说，你们选错了书；其实我本该说，是我写错了。

夜以继日，我在这些光滑的皮纸上写下记忆中的伊妮娅，儿时的伊妮娅；而对于你们所知道的伊妮娅，你们也许错误地崇拜着的弥赛亚，我却只字未提。但我发现，我写下这些书页既非为你们，也不是为我自己。我用文字将童年的伊妮娅复活了，因为我希望成年的伊妮娅活下去——尽管不合逻辑，尽管不符事实，尽管希望已成泡影。

每天早晨——应该说，是自定义程序将灯光开启的时候——在这长六米、宽三米的薛定谔猫箱中醒来，我都会惊喜地发现自己还活着，晚上没有闻到苦杏仁味。

每天早晨，我一面与绝望和恐惧搏斗，一面在写字板上写下这些记忆，皮纸越积越多，越堆越高。但这个小世界中的循环器能力有限；它一次只能制造十几页纸。所以我每次在十几页纸上写下记忆，就只好把最早的几张丢进循环器，制造出一张张干干净净的空白纸张，于是我才可以继续写。就像是一条蛇吞下了自己的尾巴。这是疯狂，抑或是极为纯粹的理智。

写字板芯片可能已经完全存储下了我在这里所写的一切……只要生命尚有时日，我便会一直写下去……但事实上，我并不真正在乎。每一天，我只关心这十几页皮纸。清晨时的空白纸页，到傍晚，它们就挤满了我亲手写上的细长而窄小的字母，墨点斑杂。

而后，伊妮娅鲜活地朝我走来了。

但昨晚，就在薛定谔猫箱的灯光全数灭掉后，我同外部宇宙之间，仅隔着静动外壳冻结的能量、那个装着氰化物的小瓶子、滴答作响的定时器、超精准的辐射探测仪，此时，我听见了伊妮娅在呼唤我的名字。我在一片漆黑中坐起，无比惊讶，无比冀望，甚至都忘了打开所有灯光，我感觉到她的手指抚摸着我的脸颊，这一定是在做梦。可那的确是她的手指。在她还是个孩子的时候，我便早已熟悉了它们。她成年之后，我吻过它们。他们最后带走她的时候，我的嘴唇轻触过它们。

她的手指抚摸着我的脸颊，温暖而甜美的呼吸温暖着我的脸颊，柔软的嘴唇轻轻贴上我的嘴角。

“我们要离开这里，劳尔，亲爱的，”她在黑暗中低语，“也许还会再等上一段时间，但只要你写完我们的故事，只要你记起这一切，理解这一切，就可以离开了。”

我伸手抱她，可温暖渐渐远去。灯光亮起的时候，我那卵形的世界赫然是空寂。

正常的觉醒时刻到来前，我一直在来回踱步。这数天，抑或数月以来，我最大的恐惧并非死亡——伊妮娅已教会我怎样从容看待死亡——而是疯狂。疯狂会夺走我的理智，夺走我对伊妮娅的……

记忆。

然后我看见一样东西，于是停下脚步。写字板竟然被激活了。触笔没有躺在它通常所在的地方，而是夹在了写字板的封面下，往事浮现出来——在我们离开地球后的旅途中，伊妮娅正是这样把她的钢笔夹在日记本里的。我的手指颤抖着，把昨天写下的纸张丢进循环器，激活了打印端口。

只出现了一张纸，纸上满是密密麻麻的手写文字。是伊妮娅的笔迹，我再熟悉不过了。

对我来说，这是一个转折点。或许，我已经完全疯了，这些都毫无意义；或许，我已受拯救，这一切都干系重大。

我和你一样，读着这张纸，希望我的神志依旧清醒，希望得到拯救，不是拯救我的灵魂，而是——重新焕发了确然的希望，明白自己能和记忆中的最爱重逢，真正的重逢，实体的重逢——从而拯救自我。

这才是读此书的最佳理由。

60

劳尔，今晚我读完了你写的关于我的回忆，请将这些作为附言。多年前，多年前……我们第一次结伴旅行的最后三小时里，我和你，我亲爱的劳尔，还有沉睡的贝提克，乘坐登陆飞船向西南方的西塔列森飞去，我将在那里开始漫长的求学生涯。那天我渴望告诉你一切——那些梦，梦见我们是爱人，诗人将歌颂我们；梦见未来的巨大危险，梦见与新朋友的相遇与死别，以及，确知的即将到来的无以言喻的悲伤，确知的尚未出现的难以想象的狂喜。

但我没有说。

你还记得吗？我们在飞行的过程中打了个盹。那样的生活是多么奇妙……那是我们单独在一起的最后几个小时，我们生活在一起的最亲密的一段时间即将过去，我的童年即将过去，我和你同为成人的时代即将开始，这重要时刻的最后几分钟，我们竟然在睡觉，睡在各自的躺椅中。那样的生命又多么残酷……在无足轻重的琐事中，我们消磨完了那永不会再来的宝贵时光。

只怪当时太疲惫。之前的几天，一路走来是多么艰难啊。

登陆飞船飞在西南方的沙漠上，开始下降，准备着陆在西塔列森，我将要开始新的生活。我找到脏兮兮的日记本，令我惊讶的是，大部分衣服都没有逃过水火的劫难，而它竟安然无恙，我从本子上撕下一页纸，匆匆给你写了张便条。你还在睡梦中，脸靠着塑料加速椅，嘴角淌着口水。你的睫毛都被烧光了，头顶有一片头发也是，看起来很滑稽——一个令人惊讶的正在睡觉的小丑。（我们后来谈起过小丑，记得吗，劳尔？就在我们前往驱逐者领地的旅途中。你小时候在浪漫港的马戏团里见过小丑；而我是在杰克镇一年一度的首批移民博览会上见过。）

你脸上的烧伤，还有我们在你的脸颊、太阳穴、眼睛、上唇搽的大量膏药，让你怎么都像是一个化了大花脸的小丑——半红半白。你当时好美。当时我就好爱你。过去和将来，我都爱着你。我对你的爱，已经跨越了时空的界限。

我匆忙写下便条，把它夹在你褴褛衬衣上仅剩下的半截口袋里，在你嘴角没有烧伤、也没有涂膏药的地方轻轻吻了吻。你动了动，但没醒。第二天，你没有提起便条的事——后来也从没提过——我一直想知道你究竟有没有发现它，它是不是滑出了口袋，或者在西塔列森的时候，被你连衣服一起丢掉了。

我写给你的是父亲的诗句。那是他在好几个世纪前写下的。他死去，之后作为一个赛伯人格——一个模仿体——重生，又身为人而死去。但实际上他的本体依然活着，他的人格在超元空间中流浪，最终入住领事飞船人工智能的DNA螺旋，随他离开海伯利安。尽管马丁叔叔在《诗篇》中做出了天赋异禀的创造，但他跟妈妈说的最后话语，谁也无从知晓。不过，他与妈妈永别的那天清晨，妈妈醒来时，发现了用写字板触笔写下的这些文字。她后来始终保存着原始的打印稿。我知道……住在海伯利安的杰克镇时，我经常偷偷溜进她的房间，阅读那些泛黄的牛皮纸页上匆忙写就的诗行，自两岁起，至少每周会看一次。

我亲爱的劳尔，在我们首趟旅程最后一天的最后一小时，在给你一吻，祝你好梦后，我为你写下的就是这些诗句。今晚，我给你一吻，想要唤醒你，并再度写下这些诗句。当我下一次回来，当你写完故事，我们最后的旅程开始时，我将要你为我背诵这些诗句。

美的事物是一种永恒的喜悦：
它的美与日俱增；它永不湮灭，
它永不消亡；为了我们，它永远
保留着一处幽静，让我们安眠，
美梦常伴，元神芳息。[①]

因此，劳尔·安迪密恩，在无比强烈的喜悦中，我向你道别，等待我们再度在你的书页上重逢——

汝乃沉默与慢时间的养子
森林的史官，竟能铺叙
一个如花的故事，比诗还瑰丽：
绿叶镶边的传说，缭绕着汝之形体
讲述着或神或凡，或亦神亦凡，
在潭蓓，或是阿卡狄的传奇？

① 此处选用屠岸译本，在原译文基础上略有修改。

什么人或神？少女怎样不情愿？
怎样疯狂的追逐？怎样竭力的躲逃？
怎样的风笛和手鼓？又是怎样强烈的喜悦？[①]

而现在，吾爱，愿你美梦常伴，元神芳息。[②]

后续故事请见《安迪密恩的觉醒》

---

① 这首诗摘自济慈的《希腊古瓮颂》。此处选用查良铮译本，在原译文基础上略有修改。

② 希腊神话中，月之女神发现了睡梦中的安迪密恩，她被年轻牧羊人的英俊相貌所倾倒，舍不得离去，并希望他能长睡不醒，以便每晚都能看到他。因此她求助于宙斯，让他永葆青春，长眠不醒。

图书在版编目（CIP）数据

安迪密恩 /（美）丹·西蒙斯著 ; 潘振华，李懿译
. -- 上海 : 文汇出版社，2023.1
ISBN 978-7-5496-3814-7
Ⅰ. ①安… Ⅱ. ①丹… ②潘… ③李… Ⅲ. ①幻想小
说－美国－现代 Ⅳ. ①I712.45
中国版本图书馆CIP数据核字（2022）第197635号

著作权合同登记号：图字09-2017-333

安迪密恩

作　　者 /（美）丹·西蒙斯
译　　者 / 潘振华　李　懿

责任编辑 / 陈　屹
特约编辑 / 叶　子　孟汇一
封面装帧 / 李子琪　陈　昭

出版发行 / 文汇出版社
上海市威海路 755 号
（邮政编码 200041）
经　　销 / 全国新华书店
印刷装订 / 三河市中晟雅豪印务有限公司
版　　次 / 2023 年 1 月第 1 版
印　　次 / 2026 年 1 月第 3 次印刷
开　　本 / 890mm × 1270mm　1/32
字　　数 / 517 千字
印　　张 / 21.75

ISBN 978-7-5496-3814-7
定　　价 / 92.00 元